思无邪

胭脂水 著

上海社会科学院出版社

目录

001 —— 第一章　乱世明珠

027 —— 第二章　琼天情海

051 —— 第三章　齐宫芳菲

086 —— 第四章　曲水流觞

114 —— 第五章　六贵之乱

146 —— 第六章　春娘之死

167 —— 第七章　霜降长夜

191 —— 第八章　魏王元勰

211 —— 第九章　祸起萧墙

231 —— 第十章　死生之交

246 —— 第十一章　襄阳一梦

267 —— 第十二章　洛阳魏紫

292 ____ 第十三章　华阳公主

313 ____ 第十四章　相煎何急

339 ____ 第十五章　别亦难

359 ____ 第十六章　大结局

第一章　乱世明珠

太阳从海平面上升起时，珠姬正挽着藤篮捡拾被昨夜的飓风留在海滩上的鱼虾。晨光给岛礁覆上一条橙黄相间的薄纱，隔着草帽缝隙，她忽然看到前面的沙子里露出了一块黑色的衣角。走近些瞧了瞧，将篮子搁下，对玉奴招招手："玉儿，过来这边！"

玉奴听见阿姊招呼，快步跑来。刚站定就觉脚下有东西，捡起一看："阿姊！金子呢！你看，好大一块，这上头还有字。"

珠姬接过那块长形的赤金绶牌，低声诵道："雍州刺史——"随后大惊，忙招呼妹妹一起将那人挖出来："看还有没气。"

姐妹俩费力扯出个人来，扒开脸上覆着的细砂，一看是个面色白净的青年男子，剑眉大眼高鼻梁，轮廓深邃。玉奴觉着他跟岛上清一色黑黢黢的男人不一样，当即赞了一句："长得可真俊！"

珠姬伸手一探那人的脉搏还在跳，眉间舒展了两分："先帮他把水控出来。"二人给男子控水施救。珠姬再细细端详，见他伤在头部，后脑处肿起一块，像是被重物敲过。

她给他喂了一点水囊里的清水，转头一看，玉奴居然又跑去刨捡遗落的东西，连忙喝住她："玉儿！莫擅动他物！"

玉奴自顾自地将沙子里刨出来的东西用衣摆兜着，走回红树底下一股脑撒开，逐样清点："阿姊，这像是值钱的东西呀！"

珠姬无奈地叹口气，看伤口怕是要化脓的样子，便对玉奴说："去屋里包一团金不换来。"

玉奴答应一声，放下衣摆悻悻去了。

日头渐渐升起来，红树枝叶疏散，总有阳光穿进来。珠姬看着篮子里的鱼虾已经半满，被太阳照着腥味愈浓，心里懊悔刚刚没有叫玉奴提回去。刚想站直身，就听地下躺着的人呻吟了一下。

她蹲下身问他："你醒了？"那人并不答话，再一看，原是篮子里的一只小鱼跳到了他脸上。他连眼睛都没有睁开，显然刚刚是被鱼惊到了，昏昏沉沉中本能地叫唤。

珠姬又看了看他的那块令牌，只见背面右下角处写了几个字，她轻轻读来："萧衍？"

不知为何，这个名字让她有所思忆。正抚牌入神时，玉奴一阵风似的跑来，从袖中取出一团干荷，抖开后就把里头的膏药尽数扣在了那人的伤处。

"阿姊，要不我去叫几个人来把他抬回去？红树林傍晚要涨潮，我可不想一直守在这里。"

珠姬也有此担心，只略一想还是摇头："不可，岛上不许外人进出。"

玉奴便作罢，不一会又跑去沙滩上玩。这回捡回一样东西，献宝似的送到了珠姬跟前。

珠姬接过来一看，是支玉笛。笛身包裹着细密银叶，叶片纤巧形态雅致，玉笛通体翠绿透亮。玉奴在旁怂恿："阿姊，你不是会吹笛吗？吹一下看看，兴许这个人就被唤醒了呢！"

这倒是个好提示，珠姬当即起了一首高音的吴歌。

萧衍从笛声中幽幽醒转时，见眼前一片朦胧混沌，光影时而暗沉时而明亮，他依稀见一位女郎背向而立。她的发丝长及腰下，随风丝丝缕缕向后展开。

女郎头戴散边草帽，应该是海岛渔女，但她吹的笛音却甚是熟稔，侧耳细听，竟是吴歌中的《春潮颂》。

初春才开海，岛上诸事琐碎。珠姬久不吹笛，起初还有两分生疏。但这玉笛的确音质绝佳，才刚过上段她便入了佳境，一曲吹完，转头见原先躺在地上的人居然已经不声不响地坐了起来。

萧衍此时大致搞清了自己现下的境况，应是两位渔女救了自己。他不顾伤痛爬起，朝女郎长揖到底："多谢女郎救命之恩，萧某感激不尽。"

珠姬手持玉笛含笑不言,玉奴凑近过来笑道:"你这人,只谢我阿姊,怎么不谢我呢?刚才我也一起搭手了。"

萧衍看向玉奴,眉目如画,灵动殊姿,纵是粗布草鞋也难掩国色。只是美则美矣,却过于稚气。

再看珠姬,又另有一番风华,那眉目婉约端宁,两片唇瓣宛若莲花,身上的白衫虽是质地寻常,可风拂来时,她立在那便如从画上走下来的,那样温柔而悲悯,恬静的眼神似能看进人心里。

萧衍莫名浮上来几分心慌,他垂下眼帘,再谢过玉奴。随后听珠姬吩咐妹妹把地上的东西都还给他,玉笛也被递到他跟前:"此物珍贵,使君应当好生保管着。"

萧衍心中一动,看见她手腕上那条赤绛树珠串——稀有的宝石透出温润与澄净的色泽,如此珍品,断不会是一介海岛渔女的家传。且见她将玉笛送回时却无半点留恋的眼神,他心中更是疑窦丛生。

大约是生平第一次见识如此惊艳的人,萧衍心生欢喜地笑了笑。他接过玉笛,行礼道:"请问女郎,萧某还有一位同伴,你们可有看见?"

珠姬和玉奴这才知道原来还有一人,兴许也被冲到了岛上。不过这片海滩广阔,搜救极为费时。珠姬便从袖中取出一只茶盏大小的海螺,放在唇下吹了一会,远处很快就传来了回音。

她回转身,神色疏离而客套:"我们替你在附近滩上找一找。抑或昨夜飓风,人被冲到了别的地方也未可知。"

萧衍点点头,心中的焦虑渐渐被带起。他并不懊悔昨夜随萧宝卷一起跳下宝船,因为倘若他有差池,萧鸾必定会血洗随侍。可就在此等时刻,他的目光还是忍不住紧紧跟随着那位白衣女郎。

他观察一番后大致明白过来——她在岛上的身份颇高,绝非一般渔女。再由那串绛树珠串推想,脑中飞快地掠过许多显赫的姓氏,最后骤然顿住——前朝刘宋建安长公主刘伯媛!她有一串这样的珠串，且跟自己父亲留下的那条七宝手钏上面的珠子系出同源。

那么，她是刘伯媛的女儿？如此珍贵之物等闲不会传给外人，从前曾听闻父亲提及，刘伯媛离开建康时曾带有大批随侍，以及满船金银细软、字画古玩等物……

他的思绪随回忆徐徐展开，正凝神时听见她的声音，柔和而恬静宛若清泉："使君，我们找到一人，不知道是不是你的同伴？"

萧衍猛然抬头，见她朝自己微一示意后，走出了红树林。滩涂上日光已炽，她戴着缀有白纱的帷帽，萧衍跟在她身后三四步之距。眼看着帷帽上的白纱向后飞扬，犹如振翅欲飞的蝶翼。

珠姬走到一处阴凉地停下，见躺在沙地上的人面容显见年轻稚嫩，袍角袖边滚着金珠蟠龙，遂转过脸来，问萧衍："是不是他？"

萧衍连连点头，长舒一口气："多谢诸位出手相救！萧某与同伴昨夜被飓风海浪冲到此处，还请诸位怜悯，容我们二人在岛上暂住几日。"

他这一请求无人回应，岛民只是齐齐看向站在一旁的珠姬。

而珠姬俯身把了一下溺水未醒者的脉象，随后放下白纱，摇头道："只是些皮外伤，芷兰岛不便外人进出，恕我不能留客。我让人送你们一只小船，再备些干粮与清水，两位这便请回吧，如何？"

她回绝的态度十分昭然，萧衍有些意外，狼狈中抬起头恳求道："就算如此，也请女郎容我们先在树林里稍作休息。我这位同伴一直昏迷不醒，如此带他上船，恐怕他经受不住。"

珠姬点头，指了先前那片红树林，让人将昏迷者抬过去。又叮嘱另外的两人去备干粮和午饭，朝萧衍说道："使君见谅，并非我等铁石心肠。实在是岛上规矩如此，我等不能违逆。"

萧衍生平少遇受人如此当面回绝，心下本来难堪。不知为何听她这么一句解释，居然满心郁火瞬时消散，回道："无规矩不成方圆，萧某明白客随主便的道理。"

既说通了此事，珠姬便要回家去。临走留下一句："你先照看着你的同伴，他醒来后再走不迟。涨潮之前，你们都可以待在这里，但是不能四处乱走。"

萧衍连连应诺，待人走远了，嘴角才不禁勾起。他将她所说的话逐字逐句回味了一番，想起她说一会还来送药膏，这才俯下身来照看仍是昏迷不醒的萧宝卷。

许是因为底子不好，萧宝卷一直昏昏沉沉没有醒转。还好脉象算平和，只是有些受寒的迹象。萧衍再细细查看，见他右侧大腿上有条极长的伤口，似乎是昨夜坠船时被船钩之类的锐器划伤。

这一发现令他有些紧张，他焦急站起身来。刚出红树林，他迎面就见玉奴带着一个妇人一起过来。妇人手里提着一只大篮子上面蒙着罩布，玉奴远远就对他眉开眼笑，热情地招呼："使君可是饿了？我们烧了胡鱼汤来，使君可就着炊饼垫垫肚子。"

萧衍忙答感谢之余，向玉奴讨些止血之药敷于萧宝卷伤口处，再来看那食盒。玉奴所说的胡鱼汤，便是鱼虾现剖现煮了，烹到汤色浓白再撒把香草进去，加些许盐巴就能盛碗。

萧衍心里有事，闷头喝了一口之后方觉鲜美异常，随口问玉奴："请问这鱼汤是何人所做？实在美味。"

玉奴回他："家里傅姆病了，今天的鱼汤和炊饼都是我阿姊做的。"说完又不忘描补自己的功劳："不过烧火、和面这些活，我都比阿姊在行。"

萧衍心中一动，顿觉口中的鱼汤愈发无上鲜甜。又思量这小女郎天真，便顺势问她家中还有何人？傅姆是谁？

"春娘是我阿姊的傅姆，使君看我跟阿姊长得像不像？其实我们并非亲生的姐妹，但阿娘心善，一直都拿我当亲生的一样待着。阿姊是我在这世上最亲的人，她会的东西比我多好多，像先前给你吹笛子，还有画画、写诗、弹琴……还有……对！还有她会管账，会打算盘。阿娘走后岛上的大小事情都归她管，大家都很服气她！"

萧衍抬起头，看玉奴一脸的崇拜与维护，便笑着点头附和："是的，你阿姊很了不起。敢问小娘子和你阿姊的芳名？萧某回去之后也好向菩萨许愿，保佑你们一生平安喜乐。"

就这样轻易诓到了她的名讳，珠姬——珍珠一般的人儿。果然，是很贴切的名字。

他放下海碗慢慢嚼咽着温热的炊饼，忽听一旁的萧宝卷似从梦里乍醒，一叠声的口吃又发作起来，只反复大叫道："痒——痒——痒……"

玉奴就在他身旁，见他撑起上身，两条腿却是抖个不停，遂挥手娇喝道："别怕，是软脚蟹！"

说完，便伸手沿着他裤管上的那个小小凸起去抓。她是孩子的心性，此时只觉得抓蟹好玩，浑然不觉眼前的小郎君早已成人，她亦想不起还有男女大防。

萧宝卷打从开口说话时便结结巴巴，可是被玉奴这么一声娇喝，反倒乖乖闭上了嘴巴。他见玉奴姿容如仙，娇憨可爱之余更显天真，随着她渐渐凑近，他早已忘却了其他，只是怔怔瞧着仙子的一举一动，心里如痴如醉一般，早已忘却前尘往事生平种种。

直到玉奴骤然一声喝，接着重重拍了一下："抓到啦！哈哈，看你还往哪里钻！"

这下换萧宝卷苦不堪言，被拍的地方正是他的鼠蹊附近，于是他急急伸手覆在她小手上，面红耳赤说道："多谢……多谢女郎，我……我自己来。"

玉奴摸到那一处凸起，也察觉自己举止似有不妥但又不知具体，只得收回手讪讪起身："你们先吃饭，我等会再过来。"

萧宝卷将那小青蟹掏出来，目送佳人走远后才飞起掌心把它扔出去。萧衍走过来蹲在他旁边："殿下，一会万勿亮明身份，切记。"

萧宝卷自是不甘愿意，冷哼道："这是为何？孤身为大齐储君，难道还见不得光？"

萧衍在旁早将他的痴迷看得一清二楚，当即轻叹口气："殿下可还记得昨夜在宝船上，随侍中有人说起附近有个芷兰岛，数十年以来岛上渔民从不与外界交往。"

萧宝卷揉揉脑袋，拧眉点头："对，孤记得好像是有人说起过，可这不是笑话吗？普天之下莫非王土，率土之滨——"

他的话没说完，萧衍便笑着道："对，这里就是芷兰岛。"

萧宝卷搭着萧衍的手立起身，看远处海天苍茫，头顶的红树枝叶缠绵交叠，而后目光渐渐胶着在那个纤巧玲珑的身影上。

怔然许久，仿佛入了心魔。

随后萧衍见他骤然回转脸，双目中火光如能噬人："不，孤要带她回去。孤要与她长相作伴，一生一世。"

海风从敞开的小圆窗里透进来，吹得屋内的珠贝帘子叮叮作响。珠姬坐在靠窗的榻上，听见隔壁隐约传来咳嗽声，忙拢了账簿用镇纸一压。来到西屋见春娘已然起身，便走近前扶着她，道："阿嬷怎么起来了？可是想出去走走？"

春娘自长公主走后身体也大不如从前，当下便笑着指了窗外道："屋里躺了数日，想走走透口气。"珠姬顺着她："我扶阿嬷一道出去看看风景。"

两人相扶徐徐向外行，出来门口见玉奴不在，春娘只是摇头："女君不要总纵容玉奴胡闹。"被她这么一提醒，珠姬才发觉玉奴出去有些时候。她看着日光，走出青扅，见新瓦已被运送到墙根，旁边还摆了两架云梯，便知和叔下午要叫人来换瓦。

春娘也道："今年的新瓦看着厚实许多，听说是咱们自己的窑窖烧出来的第一炉瓦？"珠姬点点头，笑容里有些许的自豪："是，岛上风大，每年都要换瓦，总不能时时都请宋叔帮忙。"

说完又道："说起来，可有些日子没见宋叔了。过些日子就是阿娘的祭日，他必定要来。"

春娘点头，想起旧主与宋琅，又不免喟叹："女君别怪奴婢啰唆，宋琅待公主与女君从来亲厚忠诚，公主临终前将女君托付与奴婢，奴婢不得不僭越一句，女君年纪正好，等除了服便该好好思量一下终身大事了。"

珠姬闻言不语，帷帽上的白纱遮蔽了神色，也看不清脸上的表情是欢喜还是默然。她知春娘苦口婆心皆是为自己谋划，只是想起母亲的遗言，要自己满十八岁后便与宋琅商议亲事。说是他定然会为自己物色合适的人选，托付终身。

可是珠姬心里却没有想过要嫁与谁，要与谁一道白首到老。因此只是缄默不语。

长公主刘伯媛对女儿的教导很是开明，珠姬对自己身世来历也知道得一清二楚。

当年刘宋皇朝风雨飘摇时，阿娘怀上了自己。尚未成亲的长公主心中慌乱，加之继位的新帝不与自己一母同胞，所以再三犹豫过后她便以出外游历为由，携了数百死侍与忠仆，满载数船金珠细软、字画古书等物，一路顺江而行。

本想在海上产子后再返京，不料王朝在数月后便遭倾覆。待行至舟山时收到飞信，天下已然易主为萧氏。建康城再也回不去，海上漂浮也总要靠岸补给。还好阿娘与祖母皆出身于琅琊王氏，百年望族的余威与数代人的经营，便是逢上乱世也不至于身陷绝境。

临危之际，昔年曾效忠于公主府的宋琅来见，给众人寻觅了这一处海上小岛，又建起了这座可抵千年风雨侵蚀的青厝——珠姬出生后便被抱着住进了这座以层层蚝壳砌成的屋苑内，她的胞衣被埋在阿娘所住的南屋门口。

阿娘亲手埋下了女儿的胞衣，随后也长眠在了岛上。至此，母女和芷兰岛联成一体，这里便是她的故乡，建康城才是那个远方。

珠姬对生父是谁这个问题从不好奇，她启蒙早，很小的时候就懂得了"负心薄幸"这个词，也曾很为阿娘抱屈。

但她从来没有开口问过阿娘，就连傅姆春娘她也不曾打探过。只是心内推测，应该与这串"思无邪"的珠串有关。阿娘下船时带来无数金珠珍宝，也有比之更贵重更精巧的。可阿娘临终前将此物从手腕上褪下，戴到她手上，叮嘱她一定要贴身戴着，决不能弃。

所以珠姬每看见此物便觉心绪复杂，她扶着春娘走过阴影下的厝道，抬头看见长在青厝右侧高耸入云的凤凰木。

海岛的春天潮湿温暖，花木繁盛时会遮蔽行走的小路。想起宋叔从前仰望阿娘的神色，便如仰慕这凤凰木一般虔诚，所以宋琅的忠义与正直她从不怀疑。

可她并不确定，他会给自己定一个怎样的郎君？她生于斯，长于斯，芷兰岛就是她的故乡，她不愿远离。想到此，她忽然觉得有些惆怅。

走近红树林，见玉奴正跟那个年轻的小郎君嘻嘻哈哈玩着藏宝的游戏，春娘当即就拢起眉头，摇头道："这两人不知来历，小玉也太过轻信于人。"

珠姬低声对她说了萧衍的身份，春娘微有些惊讶："兰陵萧氏？他们可是皇族，萧道成与他们乃是同宗至亲。"

珠姬对兰陵萧氏的认知，都来源于母亲生前的只言片语，并不具体。她隔着轻纱看见萧宝卷撸起一身华服，浑不顾什么身份来历，手脚并用地跟玉奴在海滩上左挖右埋。玉奴先是用纱布蒙住眼睛，然后等他喊好了便摘下，随后拿着她采珠的铁铲四处寻觅。

藏宝，想来藏的也是他身上带来的那些东西。许是还承诺了条件，譬如谁挖到了就算谁的——所以玉奴刨得很开心，偶尔找到一样东西还凑过去，跟他一起说笑打闹。

无邪，不羁——这是珠姬看见苏醒过来后的萧宝卷的第一印象。随后，她目光一转，看到了萧衍。

他正盘腿坐在树底下闭目冥思打坐，两人款款行去见礼，彼此简短寒暄客套。萧衍大概也明白这是来送客的，主动开口相求："还请女郎恩赐我等一条小船，也好让我们尽早离开。另，不知岛上可有能瞭望四周的高处？我们的船只应该还在这附近，看明方位我们也好动身。"

珠姬点点头，指了东南一面对他说道："岛上有瞭望台，我已让人看过你们的大船就在东南向十余海里的位置。若现在出发，怎样也能在日落之前回去。"

萧衍颔首道谢，又看向她慢慢收回的那只纤手。赤绛树珠串旁边还绞着一条细麻，这是孝期尚未除服。

知道不能多留,他心中骤然涌出许多的念头和话语,可理性压制着他的冲动,直到眼睁睁看着人走远,与正在海滩上玩闹一起的玉奴和萧宝卷站在了一起,他才终于轻叹出一口气。

萧宝卷没想到珠姬一来,玉奴就跳着脚跑到了她那边。而珠姬要逐客,这更让他挠心挠肺一般的恼火,顾不得放下华服的衣袖,又腰便道:"我不走!我与玉儿相识甚欢,我——我要娶她为妻!"

萧衍跟着过来,听到这句只想摇头。萧宝卷册东宫已有两年,正妃是册立那年的年末昭告天下迎娶的褚氏,太常褚澄之女。

所以这句娶妻,既是赌气又是负气的玩笑之话——随后忽然顿下脚步,妻室……他萧衍亦有。他的发妻郗徽,虽已与他形同陌路。但两家交好多年,如今就算是名存实亡,到底,他也要等到县主过世才能和离。

但这些又能与谁诉说?

一阵海风吹来,拂得他头上的伤口也清凉舒缓许多,随后听萧宝卷像个孩子一样在那里吵闹不休,嚷嚷道:"我不管!我就是要娶玉儿!你们不能赶我走,我——我——我……"

想是气急败坏,口吃又犯了。

萧衍知道下一句他可能就要抛出自己大齐太子的身份,只可怜萧宝卷这痴傻孩子并不知道,世间的女郎要分很多种。像玉奴这样单纯天真的小娘子,她嫁谁不嫁谁,可能最后能做主的并不是她自己,而是她一直敬重崇拜的阿姊。

他连忙上前稳住萧宝卷,对着珠姬长揖一礼,连连抱歉。好在珠姬并不见怒,只让他们快些起行,又转头对站在自己身侧低眉耷脑的玉奴说道:"难得你与萧郎君投缘,不如相送一番吧!也算全了这一面之缘。"

玉奴难得多了一个有趣的玩伴,乍听小郎君这就要走,她心里不免沮丧。听阿姊允许她去送行,自然是喜出望外,于是挽了阿姊的手就要一起往码头走,还不忘朝萧宝卷招招手:"走啊!咱们刚才不是挺高兴的嘛?现在你要回去了,也该高高兴兴的才是。"

这一句话让萧宝卷若有所悟，随后挤出了笑意飞快跟上。中途被萧衍伸手拉住低语几句，他这才重重点头："好，知道了……"

春天的海温和平静，下了锚的小船泊在水中微微晃荡。萧衍见萧宝卷对着玉奴万分难舍，索性先跳上船。

他在船上对着珠姬等人作揖，珠姬也回了半礼。驾船而来的渔民早在船舱里备下清水干粮等物，萧衍随手摸出两锭金锞子相送，却被坚决推拒了。

珠姬掀开轻纱对他微微一笑，颔首道："使君不必客气。"

萧衍取出那支翠玉笛，双手奉到她跟前："俗物粗陋，这支短笛却是女郎曾用过的。萧某一片诚意，还请不要嫌弃。"

珠姬似早料到他会有此一举，她看看他手里翠绿通透的笛身，竟然从袖中取出另外一支来。单看翠色不相伯仲，只是她这支是真正的竹笛，纤秀质朴。

"萍水相逢，使君不必挂怀。"

萧衍料不到她会如此相拒，一时竟无言相对。眼见那边萧宝卷也跟玉奴别过，堪堪跨上船来；离别在即，他忽然涌上几分执念，将短笛横在手中，长揖回道："高山流水，后会有期。"

说完，他示意那渔民松开船锚，自己则手持短笛乘风挺立于船头。此时风动衣袂，俨然又是一派华贵清雅的君子之风。

船行渐远，珠姬与玉奴等人早携手回去。遥遥听见海风里传来悠扬的笛声，竟真的是一首《高山流水》。

珠姬听了一会，并不回头，只是莞尔："这个人……还真是执着。"

说完又看玉奴，见她频频回首，一副不舍的模样，便问："玉儿，你想跟那小郎君一道回去吗？"

玉奴连忙摇头，神色笃定地说："我才不要！我跟他说了，要是想来找我，除非他愿意嫁到岛上来！"

这话惹得春娘和珠姬都笑了，春娘先撑不住，揶揄她："姑娘可知要是招郎入赘，咱们还要准备聘礼呢！"

这下轮到玉奴讶然了,她很不解地摊开手道:"啊?可我看他像个有钱人家的郎君,应该不会贪图咱们的聘礼吧!"

这一说不打紧,珠姬和春娘都看见了那枚躺在她手掌心里的同心如意佩。

暮色从海天一线之间渐渐隐没入黑暗之中,宝船上的灯火次第燃起。寂静了一天的船甲上复有歌舞喧嚣。

船尾的膳食厨舱里也开了大火,各色珍馐食材如流水一般端进去,以备夜宴。

满船的人经历了一天一夜的心惊胆战,自萧衍带着萧宝卷平安归来后,人人霎时有了种捡回一条命般的庆幸。劫后余生,总该要庆贺一番,更何况年轻的太子素来就有一颗怕寂寞、爱折腾的心。

不然,他也不会成为有史以来第一个为跟舞姬置气,酒醉后在甲板上比赛跳回旋舞,最终把自己旋进大海里的太子。

寝宫内,树灯摇曳,七彩的琉璃窗下,雪白的波斯织金毯毡摆着貔貅铜香炉,里头焚着顶好的安息香。四处是软而飘拂的纱幔,随风起起落落,一切都无声而轻柔,迷离得像个梦。

但卧躺于这个销魂梦境中的人,却很不雅观地将身子躺成了一摊烂泥状。

内侍来请萧衍过去时说,太子殿下已经独自一个人在寝殿内叹了不下一百次气,轰走了十几个前来试图投怀送抱的美人。

"萧使君,还请您速速过去,殿下他此刻……"

看内侍一脸为难,萧衍微一颔首,便把人打发了。

他刚洗漱出来,烛火下只见他面如白玉,发如乌墨,柔软的蜀缎勾勒出健壮的身躯,日间看来老成冷冽的唇上青须亦是柔和了几分。

窗棂被夜风吹开了一扇,他走过去随手阖上。见有海鸟从窗前飞过,扑棱棱振起一片粘在窗棂上豁开了口的油桐纸。檐下挂着的风灯左右摇曳,光影亦被吹得斑驳朦胧。

地上有几张纸笺被吹得四处翻飞,他俯身捡拾起来,将妻子郗徽的家书一目十行地略过。随后就手在桌上的烛火上点燃，待火焰燃至尽头才松开手指，让灰烬且随风去。

萧宝卷这个急性子，见他终于进来，不等萧衍行礼问安，已然连连摆手："皇叔，过来这边坐。"萧衍应了一句喏，仍是执礼恭敬。他跟齐帝萧道成才是正经的同族宗亲，但萧鸾篡位，两家仍在五服之内，只是萧宝卷往日不曾以皇叔之礼相待，如今这般可是破天荒头一遭。

萧衍坐定之后，萧宝卷便开始长吁短叹。得知宝船明日一早就要靠入句章城，萧宝卷骤然坐起来，问："那你不派水师去攻打那个岛了？你不去攻岛的话，那玉奴怎么会来到孤身边？"

萧衍心里叹口气，一一解释："殿下，臣已然问过随侍，他们说此岛早在数十年前就曾派兵围攻过，可是岛上的地形复杂，三面环水一面浅滩，浅滩中战船无法靠泊。而且据说此岛曾有海上鬼火相护，那鬼火可在海中燃烧，战船尚未靠近便被吓得自乱阵脚。自此以后，不但朝廷再无进兵之举，就连附近诸岛横行的水匪海盗也无人敢强行登岛。"

一听这话，萧宝卷更加不安焦躁。他在榻前负手徘徊，顿一顿又问："那怎么办？"

萧衍只是一笑："殿下放心。玉儿小娘子本来就对殿下倾心，殿下既告诉她会一直在句章城等她，她便会设法前来。且臣还要恭喜殿下，只要迎了玉儿姑娘到殿下身边，那么殿下与臣此趟的差事，也可复命了。"

萧宝卷是个不管事的闲人，可是皇帝的吩咐还是得遵从，遂问："怎么说？难道那芷兰岛上还有父皇要搜寻的绛树吗？"

萧衍有些高深莫测地点头道正是，继而提醒道："殿下，回京之后，褚妃那边要如何应对？"

说到自己那个呆板无趣的正妃，萧宝卷立即气哼哼地拂落了案上的茶盏："她待如何？难道孤要册个侧妃还要她点头不成？真要敢闹起来，孤索性废了她！"

萧衍记得早在数月前，他还曾因与褚妃争执而惹得皇帝萧鸾震怒，最后不得已之下又向褚妃低头认错。当即心下好笑，却连连称是。少顷便告退出来，待行至寝殿门口，小黄门刚刚向他屈膝时，便听见殿内复又响起摔砸之声。

他抿下唇角笑意，拂了拂袖，头也不回地去了。

三月雨水丰沛，换新瓦花费了两日工夫。到第三日一早，珠姬见瓦匠中一人面色有异，似乎黄瘦羸弱不少，便让他在厝前石坎上坐下来，细细把脉一番之后问他："可是有发热，连着食欲不佳？"

那人点头称是，怕病气过给珠姬，他很快告辞回家去了。珠姬回到屋里又翻看了几本医书，这才提笔写了个方子，让玉奴送去岛上的韩医家手中，请他过目之后再做定夺。

本来一件小事，珠姬也不曾放在心上。但玉奴这一去却到夜里才回来，进门便摇头道："韩医家本说阿姊开的方子对症，抓了草药让我顺道送过去。可徐旺才吃下去就见昏厥，我又请了韩医家过去给他把脉。这才耽误到现在，也不知道如今怎样了。"

珠姬听说人骤然昏厥很是吃了一惊，禽夜就要过去看看，但被春娘拦住："夜里风大，一来二去容易染上寒气。待明日早上再去瞧瞧也不迟。"

珠姬来到院中，听着声响果然是临夜起风了。海风从厝墙外灌进来，檐下那盏八角风灯滴溜溜地转着圈，光晕时大时暗。她在院中呆立片刻，最后还是轻叹口气，转回屋子里收起案上摊开的书。

入睡的时候下起了雨，起初热闹地哒哒作响，后继又显得细弱无力起来。珠姬心里有事，夜里辗转反侧。

天一放晴，人连心情都变得好起来。她起身穿戴，去菩萨跟前上香晨拜。随后来到隔壁屋子，正好瞧见玉奴坐在窗下，笨拙地用手持着阿娘留下的黛青画眉。

珠姬有意放轻脚步，看着妹妹一张粉嫩的脸上红霞昭昭，便知是动了少女的怀春之意。可玉奴才不过十五，实在年幼，便道：

"你原本就生得好看,这些俗物不能给你添色。"

玉奴连忙对着铜镜瞧了又瞧:"真的?哎呀,她们骗人!"

珠姬知道她日常还有几个玩伴,都是差不多年纪的小女郎。爱美之心,人恒有之,所以珠姬很是懂得玉奴此刻爱美的心思。只是看着她透亮如琼脂一般的肌肤,便坚定地告诉她:"玉儿,你阿娘年轻时是名动一朝的美人,所以你无须听她人说什么,你是质地上佳的玉,只要不蒙尘便会美丽可爱。"

玉奴的母亲是波斯来的歌姬,因被长公主赏识而留在了公主府,成为公主身边的一名随侍。因此在她身上有着一半波斯人的血统,所以肌肤与五官细看之下都与中原女子有些区别。

生母在她出生后便因血崩而死,她从小由长公主和春娘抚养长大,是以对生母根本没什么印象。但听阿姊这么说,她还是很高兴地对镜自赏了一下,随后扬眉吐气地说道:"阿姊说的才是正理!"

珠姬正要说话时,春娘在堂屋唤道:"女君,叫玉儿吃完早饭去徐旺家瞧瞧。"

玉奴一去半日都没有回来,起初春娘还几次嘀咕她定是贪玩,可是快到饷午时还不见人回来,珠姬按捺不住说去看看。她才出青厝不远,迎面就见韩医家的小女郎,名叫青阳,气喘吁吁一路小跑过来,对她挥手道:"女君!玉儿她病了,病得厉害——我阿耶叫我过来请您过去一道瞧瞧……"

珠姬脑子里"嗡"一声响,提裙就往韩医家奔去。到了里屋一看,玉奴已经躺在小竹榻上不省人事,小脸苍白两眼紧闭。

她颤抖着将两指扣上她的手腕,半晌后无力地垂放下来,转过脸,见须发皆白的韩医家也如是神色。

辗转问了几个小女郎,得知先前她们曾去过西芒山上采释迦花。韩医家指着才刚捣好的花泥摇头道:"徐旺一早便派人来说自己好了。正巧我想让她们采些花回来入药,玉奴也要跟去。一时没想到那片半山一到春日蛇虫众多,如今又近惊蛰。兴许,是被毒虫蜇到,但伤在暗处看不到罢了。"

说罢，他连连自责，满腹懊恼。

珠姬伸手给她掖好被角，看着昏睡过去的玉奴，潸然泪下。过去十几年的时间里，除了阿娘过世时她曾有过这样伤心的痛感之外，玉奴是第二个让她感到心痛如绞的人。

也是到此时方才明了阿娘临终前拉住两人的手，让她们十指交叠，齐齐跪在她跟前起誓，彼此要做一生一世的姐妹，不论贵贱病痛，都不能互相离弃的用心。

她与玉儿是姐妹，可眼下她却没有办法可以救得了她的命，眼睁睁看着她高热不退，不到两日便病得形销骨立。珠姬情知这样苦熬不是办法，这日快到暮晚时，她下定了决心。

碧落台是阿娘生前勘好的墓地，旁边临着一汪小小的水泊，地处小岛的东南向，要过到台上需得撑船划过水面。珠姬站在码头垂头看下去，只见日间平常的一汪水此时如同一只盛满细碎琉璃的碧碗，被半轮月光一照，反射出极致的绚烂。

夜幕初降，春夜的海风很柔很暖，小桨没入水中轻柔得带起些许涟漪，珠姬转身回望，船尾一串长长的轨迹震碎了碗面，船帮两侧星芒点点。

她的阿娘就长眠在另一侧的半山上，漫山遍布累累花树，四季缤纷如画。坟头遥向建康城，那是茔中人永远也回不去的梦里故乡。

珠姬在坟前跪下，点香叩拜，祝祷哀思。春娘点燃了带来的纸幡，火光里照见旁边的美人树，花瓣簌簌落在珠姬的身上。

珠姬泪如泉涌，手抚阿娘的墓碑，泣声道："阿娘，我要带玉儿出岛，我要救她。"

三月三是女儿节，句章城的风俗是闺阁的女郎们都要放桃花灯、喝绿米酒，再来行桃花酒令，热闹一宿。加上太子一行驾临，这一夜的县府灯火辉煌，远远望去就如一座燃烧在火海中的殿宇。

可纵有酒池肉林，美人如云，太子萧宝卷还是一连几次打发人来请萧衍。萧衍无法，进来时见萧宝卷正两眼半开半阖瞧着眼前飞旋如蝶翼般的歌姬。他素爱穿绯色，又在具服外罩素绫，让缂丝上的金线妆花若有似无地透显出来。如此喧嚣赫恒的衣着，看起来华贵且张扬。

萧衍走近前待要行礼时，只见他拖着长长的呵欠，眼角困顿的水光亦随之被带起。一抬眼，看见萧衍执礼站在自己跟前，萧宝卷连连招手让他坐下说话。

萧衍情知他叫自己要说什么，不过却有意岔开话题。他先举杯敬了太子殿下数杯绿酒，又笑着凑近前压低声——片刻后有数位彩衣侍女拥着进来，翩翩起舞，萧衍便退了出来。

萧衍出来时见天上月朗星稀，半空里有桃花灯次第冉冉升起。他并没有走远，就被同僚们拉去一起喝酒作诗。他们择了一处有风的亭子，挂上纱帐帷幔和风灯，幔中歌舞声徐徐响起。

萧衍跟他们一起谈天论地，酒至微醺，人却愈发精神。春风里吹来海上特有的咸湿气息，屏风那一头有歌姬抚琴清唱，唱的正是他们才刚做好的曲子。有人将笔墨纸砚送到他跟前，他挽袖提笔就开始游走徘徊。众人都凑近前来，见他笔下容与风流，洋洋洒洒，很快就做出了一首《芳树》：

> 绿树始摇芳，芳生非一叶。一叶度春风，芳芳自相接。色杂乱参差，众花纷重叠。重叠不可思，思此谁能愜。

他落笔如有神，一气呵成。旁边有人开始挤眉弄眼："萧使君这首诗像是意有所指呀，啧啧，芳树……重叠不可思……这像是要送给哪位佳人的呀？"于是闹作一团。

春夜的海，无风时平静如镜。船行在茫茫水域中，小桨带起清澈的水花，反而衬出四下里的寂静。春娘守在一旁，满脸不安地看着船舱外的水色。

"起雾了，女君。"

珠姬顺着她的话去看，果然，茫茫海面上不知从何刮来一团浓浓的白雾。这雾气将他们的小船裹挟其中顺水漂去，黑暗里只余船头一盏黯淡的风灯摇曳不休。

微弱的月色洒在临仙台上，星辉尚不及人们手中提着的风灯明亮。临仙台是句章城民众观海的一处高阔空台，三面临海，地处开阔，景色魏巍壮丽。

萧宝卷被萧衍拉着出来"体察民意"时还肿着一双眼睛，正觉无聊时，马车偏偏停了下来。萧宝卷焦躁地就想破口大骂，掀开车帘一看，正好见那一团白茫茫的雾气从海上席卷而来。站在临仙台边那些观海的人影瞬间被雾气笼罩，整个临仙台就如神仙驾临一般，骤然就有了仙气缥缈的意味。

他有些败兴地放下车帘，撇嘴道："这么大的雾有什么可看的？罢了罢了，还是回去喝酒。"

萧衍骑马行在一旁，闻言奏道："殿下，春夜大雾，许有蜃楼之奇景，不妨稍等片刻。"

萧宝卷长到这么大还没见识过什么叫蜃楼，当即就撩开衣袍走下地来。随侍们分流人群，簇拥着二人登上临仙台。萧宝卷本来烦躁，此时在这漫天的白雾中却意外地安静了。

仙雾很快就起了些变化，看着半空里渐渐幻化出来的似是而非的亭台楼阁，萧宝卷惊讶地握紧了台边的护栏。那蜃楼就在众人眼前横空出世，在世人的仰望与称奇声中，于缥缈的海面上搭起了巧夺天工的神仙殿宇。

一切都太过真实，以至于一些心志不坚的人甚至想要跨过护栏踏入那仙桥之上。萧宝卷看得入神，身后的百姓也纷纷议论。唯有萧衍一人静静站在外围，看着眼前变幻莫测的一切，幽幽轻叹了一口气。

人生如雾亦如梦，缘生缘灭还自在。

正仰望星际出神时，萧宝卷却忽然又叫他近前，且难掩兴奋地指了一座华殿与他说道："皇叔！皇叔！你看那儿——是玉儿！我看见玉儿了！"

萧衍随着他手指的方向看了看，敷衍一笑，趁着萧宝卷兴致正浓，他忽然发问道："殿下对玉儿小娘子果真如此思慕？"

萧宝卷从蜃楼中看到一闪而过的心上人，他痴痴仰视着那一座渐渐隐淡下去的仙殿，他看见玉奴娇俏的脸庞，美得赫恒而又虚幻……幻象将散时，他不遗余力地伸出双手，极力想要触及她离去的裙裾与画帛。

"我愿意——玉儿，只要是你，要我做什么都愿意……"

"殿下真是情深义重……我想，或许上天见您如此赤诚，也会尽力成全的。"

撇下唇角的冷笑，萧衍复又看向自己设在四周隐匿于暗处的那些人手。忽然，他看见西面亮起了一束极强的火焰，一下之后又连着两下，当即便捅着萧宝卷离开兴奋的人群。

"殿下！有消息了！"

夜里起雾，马车在城内行得也不快。珠姬攥着玉奴一双凉津津的手，几次掀开车帘去看外头的情形。她不是好奇，而是焦急。

而句章城跟她所想的也有些不同，这满城灯火辉煌，铺面华美有序，可却行人稀少。珠姬看阿娘画里的人间也有烟火市井，也有街头攀谈茶肆喧哗，但句章城却没有。

偌大的一座城，一路行来，竟如同一座空城。而她们更像是误入了空城的凡人，在这天地间兜兜转转。春娘心里的不安更重了几分，她按着突突直跳的脑仁，眼神里都是戒备。

一路疾行，到了回春堂前，赵集跑过去拍门，好不容易从里头探出个人来，却只对他们说了一句："今晚坐堂大夫去看桃花灯和蜃楼了，不接诊。"

珠姬当即就急了，千辛万苦夤夜赶来，却碰上坐诊的大夫不在——她回望躺在车内悄无声息的玉奴，满眶的泪水忍不住落下。还好春娘有主意，见不能立时给玉奴看病，便指着另外一侧的客栈对赵集吩咐道："你去那边找掌柜的要三间上房。"

本以为今夜就在这客栈中栖身，可春娘久不出岛，却不知此时的句章城因太子驾临而全城戒严，而赵集虽然有过进城采买的经验，但他打交道的都是些市井商贩。此时骤然被几个手持大刀身穿甲胄的府兵拦住去路，哪里还能神态自如的圆谎？

见他口齿不清面露异常，几个府兵立时就将车马团团围住，又举着手里的火把厉声喝令里头的人下车。

眼看逃不过去，春娘按住珠姬的手，先从袖中摸出了一袋银锭子。她是长于宫闱的人，想这些府兵们身份低微俸禄又薄，只要打发些银钱定然能过关。可实在是时运不济，她才刚亮出银钱，旁边就有人纵马行来，那人喝住府兵，一把长剑架在了春娘颈上："什么人？在这里鬼鬼祟祟行贿府兵……"

他的话没说完，只见春娘慢慢转过身，她抬起脸目视对方，两人登时愣住了。

珠姬见春娘遇险，也跟下车来。火光下她看清了那府兵将领的脸，居然是前些年从岛上潜逃的孟渊？

真是冤家路窄！

这孟渊的父母本是珠姬阿娘身边的侍卫与炊娘，二人都对长公主忠心耿耿，可却生了一个天生反骨的儿子。他前几年从岛上卷了家中金银细软逃走，害得他父母很长时间都抬不起头做人。

没想到今夜会在城中这般撞上，珠姬虽不知他是如何混入了军中，可看他稳坐马背，眯眼瞧着自己和春娘，脸上的神色却越来越阴冷时便察觉不好。她心思跳跃时，春娘却骤然开了口，朝那孟渊道："将军——"

她甫开口，孟渊手中的长剑突然发力，直愣愣朝她颈间刺下。珠姬此时才断定他要杀人灭口，惊愕间又听半空里传来利刃相撞时的嗡嗡声响。

是萧衍——他以手中长剑架住了孟渊直直刺到春娘颈间的剑，随后将其连人带马硬生生地推倒在地。

珠姬定神，忙扑上前拥住春娘，确认无碍，回首道："多谢使君出手相救。"抬头间，两人四目相对，瞬时一惊。

萧衍收剑回鞘，着人上前扣住孟渊。他下马扶起两人，随后萧宝卷的马车也到了，他一见珠姬就眼前发亮，连声欢呼道："阿姊！你来句章城了？玉儿呢？"

真正是峰回路转，险象环生。

一行人立即来到县府，萧宝卷和萧衍召集满城的大夫前来会诊，却无一人说得出个子丑寅卯。后来还是周太守的女郎周灵璧听说太子殿下哭哭啼啼地抬回一个快死的美人，身为医者，想着前来一探究竟，见着玉奴的病容后大吃一惊，随后摇头道："像是冰蟥虫。此虫钻进她的体内，吸干精血再吞噬五脏六腑……这种病，只有我师父典春秋能治！"

她的话前半段让所有人都毛骨悚然，后半段又让所有人都燃起了希望。为了这一线希望，萧宝卷很轻易就抛下了储君的尊严，在他软硬兼施的哀求下，周灵璧总算点了头。

典春秋此人是本朝的旷世名医。周灵璧带人前去他所住的藏识海接他，一直到第二天太阳升起时才回到县府。众人一见这位名医生得十分古怪，身形佝偻手脚细长，脑袋生得又大又扁，尤其是一双大眼，看人时瞪得跟铜铃一样，不由深感震撼。

萧宝卷守在玉奴床前一夜未眠，此时揉揉眼睛还差点以为自己看见个蛤蟆精。且蛤蟆精对他十分不客气，拿着手里的莲蓬拐杖就往他身上戳，喝他："不要挡道。"

生平第一次受此奇耻大辱，萧宝卷气得脑袋冒烟。还是周灵璧连连朝他使眼色："我师父诊病时最受不得喧哗，殿下，还请一旁静候。"

珠姬上前放下纱帘，将玉奴的手移出来。典春秋隔着纱帘探了探脉，随后又示意拢起纱帘，再看了看玉奴一张雪白如玉的脸，随后便摇头。

珠姬和萧宝卷都万分急切，一左一右蹴在了典春秋跟前："怎么样？"

典春秋一双铜铃大眼耷拉着，思虑许久，才道："的确是冰蟥虫入了体，可是蹊跷呀，这虫只在天祝山冰雪覆盖时才有！"

听到这一句，萧宝卷原本呆愚的脸上终于裂开了一丝冰霜神色。他慢慢起身，仿佛想到点什么，又追问了一句："你说的天祝山，是凉州境内的天祝山吗？"

典春秋点头，又细细描述道："那虫子长于天祝山下，以吸食途经山道的行人或牛马血肉为生。其通体透白莹洁如玉，破茧后可藏匿于阴凉之处蜷缩数年，直到遇上宿主，钻入人体内后吸食鲜血与脏器，最后衍生幼虫……直至宿主死亡……"

他声音低沉说得又十分详尽，在场之人无不觉得悚然。珠姬问他："典先生，我阿妹的病要如何才能治好？"

典春秋露出为难的神色，额前的抬头纹拢成了几条深沟，摇头："难……这幼虫并不是长在扬州一带，肯定是有人以血饲喂过一段时间，又将其塞入一个十分特别的物体内，让其不受沿途湿热的侵袭，否则路途迢迢，就算带到扬州也活不下来。眼下若要缓解症状，首先要取新鲜的少年男子的鲜血一碗，让她体内已经长大的成虫闻到血香而钻出来……可是即便如此，其余的幼虫也会留在她体内继续侵害她的身体……"

"难道就没有法子能根治吗？"珠姬焦急追问道。

典春秋叹口气，颔首道："除非找到那个最初以血饲喂幼虫的人，取尽他周身的血，才能引出所有的虫体。但他也是活不了了。"

萧宝卷听到最后一句，不禁吼道："这种人让他就这么死了，算便宜！"

珠姬听得浑身发凉，她想就算一时不能找到那饲虫的歹人，能缓解症状也是好的。可她与春娘都是女子，并不能采血来救玉奴。正心急如焚时，萧宝卷忽然想到了什么，神色大变。

随后众人见他翻出了那块如意同心玉佩，将玉佩送至典春秋跟前问道："孤听说羊脂白玉通体透凉，那幼虫会不会就是藏身于此，再经由玉佩侵入玉儿的体内？"

典春秋若有所思地举起玉佩，在室内通明的灯树下照了照，又把他那两只铜铃似的大眼凑近细细打量，最后道："砸开！"

价值连城的玉佩被镇纸砸成了几瓣，一堆玉粉碎屑之中，典春秋伸手从中拈起一块来，放在铜盘里交由众人看了看。果真与玉体一般无二，需得凑近了趴在眼前细看，才能见到虫身上的些许纹路，并不是玉的质地。

"这只幼虫想是尚未苏醒，所以仍留在玉佩当中。若是一旦醒来，就要侵害下一个宿主！"

典春秋招手让周灵璧过来："去取个玉盏，装好幼虫封住。"看来典神医还有饲养各种毒虫的特殊嗜好，众人心里都有些发毛。却没想到萧宝卷忽然就涕泪齐下捶胸顿足："玉儿！都怪我，都怪我害了你——那贼人本来就是为了害我，没想到我一时兴起把玉佩送给了你，最后却害了你！都怪我呀！"

事已至此，众人也没什么不明白的了。原是有人处心积虑想要害死太子，不想太子多情，将玉佩转送给心上人，这才祸害了玉奴。

珠姬心里惨痛，却说不出话来。萧宝卷忽然从屏风上取下一柄宝剑，对着那小宦官喝道："取碗来！"

萧衍头一个回过神，长揖劝道："殿下不可！殿下万金之躯，即便是要救人，也万不可伤了自己……"

萧宝卷却不理会他，见小宦官不动，居然自己手起剑下，也不皱一下眉头。周灵璧看得呆住，片刻之后抢步上前给他按住伤口止了血，神色有些震撼。

萧宝卷长到这么大，头一回干了一件舍己救人的事情。只是他这满腔豪气跟鲜血也没喷涌多久，随后便觉眼冒金星头晕乏力。典春秋伸手从药箱里取了一丸金丹，萧宝卷服下之后这才撑着脑袋摇头呼痛。

见他为救玉奴情愿自伤，珠姬心里倒对其生出了几分好感。典春秋让周灵璧将玉奴的右手浸入那碗温热的鲜血之中，约莫半炷香的工夫，珠姬清晰见到玉奴的手腕处有异物凸起，那凸起缓缓蠕动，最后竟顶破了油皮，直接从手背上坠入血碗之中！

是一条浑身通红的血虫！它俨然一只吸血怪物，坠入血碗之中便开始贪婪的吸食碗里的鲜血。周灵璧将血碗呈至典春秋跟前，典春秋点点头，吩咐她："拿去焚化炉中，看着烧尽了。"

随后又给玉奴开了一剂方子，摸出两颗回春丹，让珠姬先喂她吃下一颗。说来也是神奇，这回春丹吃下不久，玉奴便渐渐有了些许气色。待喝下汤药之后，珠姬再轻触其脸颊和四肢，已然变得温软如常。

众人松口气，再看窗外已是暮色金晖。夕阳洒在人衣上，也不知是谁发出了饥肠辘辘的声响。周灵璧这才恍然道："都快傍晚了，诸位午时饭食都还未进。"

众人都有些苦笑，见过那样毛骨悚然的血虫，此时任是山珍海味摆在跟前也实难下咽。但典春秋一听吃饭立即就神采飞扬，两只铜铃大眼倍亮。他扶着周灵璧的手起来，又对众人道："天大地大，吃饭最大！"说完，健步如飞去了花厅。

留下珠姬和萧宝卷等人，都还围着玉奴。珠姬见萧宝卷面露疲色，也劝他："殿下先去进些饭食吧，这里有我和春娘守着。"

萧宝卷摇头执意要守到玉奴醒来，被萧衍率两位东宫幕僚一起上前劝解，一左一右架走了他。

春娘也劝珠姬去歇会，正此时周灵璧领着两个侍女推门进来。她这少东主做得很是周全，不但送来了饭菜果点，还命人开窗换气，又重新焚上新的沉水香。就连隔壁房舍都一并打扫布置好，采了春花进去装点，只等入夜之后可供珠姬休息之用。

珠姬再三谢过她的美意，周灵璧连道不敢，又揶揄道："哪说得上周全，只是尽力罢了。"

又凑上来看了看玉奴，连连赞道："你们姊妹真是生得好，不似凡人，更像仙姝。"

听她如此说，珠姬反而苦笑着叹了口气。似猜想到她心中忧虑，周灵璧不着痕迹地安慰了几句，想是典春秋跟前还要她侍奉，随后便告辞离开。

珠姬心中有事，略用了点饭菜便放下了碗筷。天色渐暗，侍女进来收走了碗筷又奉上热茶，点上烛火，临走时却不及带上房门。

有风灌进来时两树烛火摇曳，连带帷幕也跟着光影一起拂动。珠姬才看见外面的半壁暮色被绚丽的火烧云染透，半壁天幕则沉入了黑夜之中。远远观之，便如夜幕被烈火焚烧一般。

于是她走至檐下，思绪悠长。

第一次离开芷兰岛，这一天一夜里的经历让她此刻还有些恍惚。夜幕与霞光下的县府有层诡秘的色彩，飞檐翘角笼在明暗之间，仿佛一座虚浮于幽冥之中的华殿。

珠姬没有见过别的官邸如何，她对这里的第一印象就是高楼深苑与通明的灯火，和阿娘画上的那些花木繁盛的宫室不同。县府建于一处高地，这里的花木都是低矮的，需得百年才能长成有用之才的黄花梨树遍布各处，但花开累累也是藏不住人。入夜时灯火辉煌，屋子里也能听见不远处的海浪发出巨大的声浪。

正入神时，不觉萧衍已从长廊的另外一头行至她跟前。见她只是仰首凝视半空，萧衍遂负手于身后道："朝霞不出门，晚霞行千里。看来女郎与令妹这一次来句章城，定会前程远大。"

珠姬回首行了一礼，不卑不亢道："使君过奖，我们姐妹无心那些远大前程。所求者，不过是为了安身保命而已。"

萧衍见她不为所动，也不深劝，只道："萧某自然明白女郎心中所想，但令妹的病总要调养，若要痊愈，希望还在殿下身上。"

这是一针见血地挑明了珠姬眼下是别无选择，亦不可回避地带来了一阵夹杂难堪的沉默。夜风袭来，檐下的灯笼火光也被吹得散乱。

珠姬抬起头，深深看了萧衍一眼，回道："使君，我与玉儿若入建康城，便是无根浮萍，漂泊久了，难免断根。"

萧衍此时抬手作揖，状似无意地露出手腕上的七宝手钏，诚意拳拳道："女郎与我和殿下都有救命之恩，便是女郎担心殿下日久生变，萧某也可对天起誓，必将竭尽所能维护你与令妹。"

珠姬见那七宝手钏中的赤色一闪而过，可那珠子的形状与色泽早已深刻她心。便是乍时一见也足以让她心潮起伏，于是默然片刻，随后竟鬼使神差地点了点头："那我就先谢过使君了。"

萧衍回礼，随后见春娘手里拿着斗篷出来，便道："夜里风大，女郎还是回屋休息。萧某告辞。"

珠姬站在檐下目送他，直到见着身影走远了，才回转身来。未待入室，长廊的另外一头又有人提着风灯行来。珠姬依稀闻见夜风里飘来混杂的酒香与脂粉香，便道："是周小娘子吗？"

周灵璧诸事繁忙，珠姬见她两颊坨红、双眸水光潋滟，便知她是刚刚罢了席。珠姬引她进屋："这里风大，妹妹进来说话喝茶。"

因怕搅扰玉奴，珠姬特地推开隔壁的房门，引了周灵璧进去。春娘要守着玉奴，便未跟随珠姬入门。珠姬想起临行时带了一样东西正好赠予周灵璧作为谢礼，便起身去拿。回来时一看，周灵璧已然坐到窗下牵袖斟茶。她斟完一盏，婉媚地抬眼一瞥："珠姬姐姐可知道，适才那位萧使君在外头徘徊了许久？"

珠姬心中一惊，摇头道："怎会？萧使君身份贵胄，若有什么话只管来传便是，何必在外头徘徊？"

周灵璧转过眼看窗外花影摇曳，轻抚一下指尖道："身份再高贵的男子，若是遇上自己心仪的人，也会方寸大乱——姐姐勿怪，其实我并不是来为谁说情做媒的。我只是见姐姐对世事不太熟稔，特来提醒一句，但凡身处高位的男人，没一个是纤尘不染，更何况萧使君年纪轻轻便已是一方封疆大吏。"

珠姬在她对面坐下，虽不知这周灵璧为何愿前来相劝，但想来心意是好的，于是执壶给她续上茶水回道："多谢你告诉我这些，但如今我妹妹她性命堪忧，我们姐妹别无选择，怕是只能先随殿下一起回京了。"

第二章　琼天情海

　　周灵璧点点头："是，我也知道你们情非得已。这世上，有太多的情非得已。"

　　说完，她又从袖中取出一个丝囊，递给珠姬："这是鲛珠，带在身边可百毒不侵。姐姐收着吧，来日或是有用上之时。"

　　珠姬见那鲛珠莹洁清透，里头还缠绕着万千细密的银线，一看便知是难得的宝物，当即推脱："不敢要妹妹如此贵重之物，妹妹还是自己收着吧。"

　　周灵璧却执意将丝囊塞进她手里，又道："姐姐千万不要推拒我的一片心意，而且实不相瞒，我此来也有一事想要求姐姐助我。"

　　珠姬看她神色端肃，便问："不知妹妹有何事是我可以帮得上的？"

　　周灵璧这才将自己所想和盘托出，原来她的阿娘本是府中的原配夫人，当年随夫远嫁至此。但因婚后只生得她一个女郎，再加上夫君仕途升迁，又需要当地士族相助，于是陆续又娶了几房贵妾，如今更是儿女成群，早不将原配放在眼里。可怜周夫人原本家在京城，而今落得个漂泊万里不得归家省亲的境地。作为女儿的周灵璧看在眼里痛在心里，这才想着在阿娘有生之年陪她回去京城看看，也算了了她一桩夙愿。

　　珠姬看她说得很坚决，没有咬牙切齿，但心沉似铁。

　　她点点头，想了想道："若是你能与我们同行去建康那自然是最好。可是不知太子殿下会如何考虑，自然，我愿意为妹妹进言。况且妹妹也懂得如何用药。"

　　如此两人便算是说定了，周灵璧的神色瞬间变得轻快起来。她再给珠姬斟茶，珠姬顺手把自己准备给她的那颗珍珠塞了过去。周灵璧一看珠子周身泛紫，圆润莹洁，足有拇指大小，先吃了一惊，随后笑道："我就说姐姐与玉儿都不像是世俗中人，这样的宝物随手拿来送人，我可是赚大了。"

她落落大方地收下珠子，便是结下了这段交情。事后春娘得知经过，犹豫地摇头道："这个周小娘子行事作风太过胆大直白，我怕她将来或会连累女君。"

"将来的事谁又可知呢？而今我们却是承她恩情，我倒觉得她是个实心人。"

玉奴醒来的早上，庭院里的春风吹得盛开的黄花梨簌簌落了满地。萧宝卷支着下巴守在床前，时不时问一句："怎么还没醒？"

周灵璧与珠姬交换眼神，皆是觉得有些好笑又感慨。混世魔王一样的太子骤然变身情窦初开的小郎君，每天心心念念的就只有自己的心上人。这样的萧宝卷，就很难让人讨厌。

静候良久，枯坐未免尴尬，萧宝卷便说起回京之后的种种安排。他称珠姬为"阿姊"，又说起建康城的繁华风物，还许诺要给她赐一座华丽别致的大宅，就靠在东宫附近。

周灵璧见状忙递眼风给珠姬，两人正想找机会开腔，玉奴轻轻的呻吟让众人的视线都跟了过去。玉奴醒来见到阿姊与春娘都在跟前，还有萧宝卷也忽然出现，她对置身于陌生的县府感到有些奇怪。

为怕吓着她，众人都商量好暂时不告诉她实情，只说她病了一场。

好在醒来已无大碍，玉奴很快就嚷着要坐起来。她对这奢华精致的县府后院每一处陈设都感到新奇，萧宝卷随后拉着她要去花园里荡秋千放纸鸢，两人兴奋地交头接耳，珠姬在旁听了默然不语，还是周灵璧适时插言道："殿下，玉儿小娘子刚刚好些，荡秋千时不必太高，放纸鸢就只能您放，她坐着看看就尽兴了。"

萧宝卷开怀到了极点，并没有什么不悦，反倒赞许周灵璧思虑周全。珠姬趁机道:"殿下若要带玉儿回东宫,这一路长途跋涉,典神医已经告辞,若有周小娘子在旁照料提点也是好的。"

萧宝卷细一想也有道理,周灵璧是典春秋的衣钵弟子,若要带个蛤蟆精同行,还不如带个周灵璧好使。再加上玉奴及时帮腔,她道:"阿姊说好,那自然就是好的。"

萧宝卷再不言说,点头时瞟了周灵璧一眼。周灵璧也是聪明人,连忙恭敬跪下道:"有幸随侍殿下与小女君,实乃臣女的福分。臣女的阿娘也是建康人,她自跟随我阿耶来到此处之后便一直没有回去探亲,臣女想带她一道同行,还请殿下恩准。"

萧宝卷"咦"了一声,略一思索追问道:"你就这一个请求?再无其他?你阿耶呢?"周灵璧连连点头,忙道:"我阿耶还有其余几位姨娘侍奉,请殿下放心。"

萧宝卷这才应允,一旁的玉奴听了还要发问,萧宝卷忙催她换衣服去花园踏春。

玉奴不在时,珠姬便长久坐在窗前,或者立于檐下看花赏春。海风灌进来时带起些许咸湿的气息,侍女会在窗下点上一炷沉水香,铜镜前的白瓷碟子里有清水养着的佛手柑花束,幽幽的香气飘散弥漫。

珠姬跟随周灵璧去后院拜访她的阿娘,经过一处花圃看见开得正好的白茶与一树绰约的春海棠。满树鼓鼓囊囊的花苞,实在可爱。周灵璧见状一下子从腰间抽出一把乌金钿刀,珠姬来不及阻止,她已经飞快将那枝从树上劈下的花枝递了过来。

回来后珠姬便寻了一只乌色粗陶小罐,将那几枝开得正好的白茶与春海棠插在一起,罐子摆在了窗下。她坐在那里左右观赏,正意趣盎然时,萧衍踩着檐下坠落的白茶花瓣来了。见到这一罐插花便赞道:"阶上香入怀,庭中花照眼。"

两人左右对坐,沏茶闲聊。很自然地说起了花道和茶艺,还有中原盛行数百年的香术。

珠姬对这些都很熟稔,她的日常起居跟她阿娘一样,冬日喜欢武夷山的大红袍,每到春茶上新的时节,就会想念汤色纯美的太平猴魁。所以萧衍问她觉得春茶的好处时,她浅笑垂眸,看了看手里的茶盏:"无论何时,都能从一口春茶里望见整个春天。"

萧衍看出了她骨子里的细腻与雅致,便觉她的血统和才气不凡,邀她列席明日的茶会。

珠姬觉得有些不便,他却笑道:"无妨,如此的诗会茶会大都无男女之别。若是有女郎列席,便在旁边架起一道屏风,另设茶席罢了。"

他盛意拳拳,又说起此行的宾客中多有当世才子名人,且相谈的又是各自旅居九州的趣闻奇事。珠姬在芷兰岛幽居多年,一贯觉得悠然自得,但于读书作诗绘画上面,却无人可与之交流。而今能有机会听听九州异闻——说不心动,自是假的。

可这样的茶会玉奴不会想去凑热闹,她天生坐不住。于是珠姬请周灵璧陪自己同行,周灵璧为此还盛装打扮了一番。

两人端坐在会客花厅的六扇松柏梅兰纹的屏风后,屏风大而阔,中间还垂着一层帘幕,两人一面喝茶一面听那些才俊们言谈。但觉这些人个个谈吐文雅、见地不凡,虽从儒家学派,但是思想并不古板。且有敬老怜贫之心,出外遇到不平之事也愿意为弱者振臂一呼,这让珠姬和周灵璧都觉钦佩不已。

珠姬静静听他们谈古论今,渊博的学识和独到的见解令人茅塞顿开。她才发现自己的眼界委实太窄了,拘泥于书上看来的一些,不知道这世间原来还有那么多超脱的思想与远见,足以让人摆脱人生于世的诸多困惑。

她与周灵璧听着听着,思绪都渐渐飞到了天南地北的九州天地。就连周灵璧后来也忍不住凑过来,对她低语道:"都说读万卷书不如行万里路,亏我以前还总觉得读书人都呆腐,原来不尽然。"

而且饱读诗书之人在一起,也有很多儒雅的消遣,他们一边谈论奇闻趣事,一边顺手拈来吟诗作画。那些诗词写好之后便送到屏风后的歌舞伎跟前,由歌姬们当场谱曲弹唱。词曲所奏,真是妙不可言。

珠姬听了两首诗乐,也学着周灵璧和外头才俊们的样子,拿了折扇一下一下在掌心击节,双眸半阖细品诗中的意境。众人正陶醉其中时,有人款款行来,到了跟前才举手作揖道:"对不住诸位,郗泛来迟了。"

旁人尚好,周灵璧闻言撑不住"扑哧"一声笑了出来。此时舞乐皆停,听见她的笑声,当即有人起身斥责道:"什么人这么放肆?竟敢嘲笑使君?"

珠姬一听便知道是误会了,连忙起身敛衽行礼:"诸公子请宽宥,都是刚才的诗词太过精妙绝伦,所以一时忘神了。实在不是有意嘲笑使君。"

她声音清澈柔婉,犹如溪水沥沥悦耳,才俊们听了不免神往,又不知其身份,便有人大胆相邀道:"宽宥也是可以,但请两位女郎出来一见,此事便揭过了。"

珠姬和周灵璧面面相觑,心道萧衍这个东家怎么还不出来打圆场?殊不知萧衍临时有事走开,这会也救不了急。周灵璧见大家都在等,便姗姗走出屏风来自报家门。诸位才俊见是县府的小娘子,当即不再戏言,连声道抱歉。

也有好事者追问:"还有一位小娘子是谁?莫不是你的姐妹?"

珠姬无法,也出来施了一礼,她是太子口中的"阿姊",众人自是尊崇礼遇有加。珠姬又朝那位后来的使君微微颔首致歉,两人四目相对,使君笑容温煦,如春风般温暖。

既亮了相,周灵璧便索性让人将屏风退了去,自己拉着珠姬仍坐下来,要听他们继续清谈。

珠姬对那位后来的使君名字有些好奇,周灵璧便凑过来与她低语道:"我刚打听过了,他叫郗泛,是郗的姓,再加上泛字……这个人可是有点意思。"

她蘸了茶水将这两个字一笔一画写在光洁的黄花梨木几面上,随后又冲珠姬挤眉弄眼描补:"郗氏乃是当世名门,他的母亲便是前朝刘宋的寻阳公主,跟你那位萧使君还是正宗的姻亲。他妹妹便是萧使君的夫人,为人很是厉害善妒。"

珠姬一听刘宋的寻阳公主,也不知道是自己阿娘的姐妹还是长辈?又见郗泛周身素白,周灵璧便道:"他家中妻子新丧,他为妻守制。刚到县府那日,我阿耶为他们设宴接风,众人都饮酒作乐,唯有他独坐一桌滴酒不沾,也算难得。"

珠姬点点头,心中附议。后来萧衍回席,见众人围着珠姬和周灵璧喧哗不止,便提议要去散散酒气,于是珠姬二人先行离席,回到客院时周灵璧才吐了吐舌头,对珠姬附耳道:"你这位萧使君好生霸道,一看众人都围着你,那脸色可不好看了。"

珠姬受不得她这样捕风捉影,矫正道:"他谨慎老成罢了。"

周灵璧以为她有些恼怒,便道:"姐姐莫要生气,我并不是撺掇你委身做妾。以姐姐的才貌人品,自然要一等一的人才堪般配。他萧衍算什么?"

她话音刚落,就见有人反手于身后,立在檐下灯笼火光中。再一看,正是萧衍。吓得周灵璧脸色都变了,还好他并没有说什么。

翌日忽然下起雨来,大雨打乱了玉奴和萧宝卷原本要去骑马的计划。且两人所住之处相隔甚远,雨中来往也多有不便。玉奴托着下巴坐在窗前百无聊赖,柳色的纱罗隐约映现出她肩臂肌肤的嫩色。珠姬坐在榻上翻看着一本古书,因见珠姬臂上挽着的画帛跟她身上的纱罗颜色近似,她便凑过来挽起画帛瞧了瞧,又看看那书上密密麻麻的小字,摇头道:"阿姊,萧郎说赤绛树可称作不死树,能让人长生?"

珠姬正看着周灵璧送来的一卷《搜神记》,讲的是吴王小女这一节。里头的紫玉鬼魂见到了韩重,一人一鬼阴阳相隔,却是爱得缠绵悱恻不能自已。珠姬右手绞着手帕,眼角已经有了些许泪光,正要举手拭泪时听见这一句,不由疑惑地转过头。

"什么不死树?你听谁说的——"

玉奴又复述了一遍,随后拉着珠姬的手央求:"萧郎说他此来扬州,便是奉了他阿耶的旨意,要在这里搜寻一棵赤色绛树回京。因为他阿耶病重,赤绛树可以让他长生不死。阿姊,你屋里不是就有一棵赤绛树吗?能不能送给他,也好让他交差。"

珠姬这才明白,原来萧宝卷和萧衍此来扬州还有这件要紧的公务。要说赤绛树十分难得,像阿娘留下的那棵近有一人高的宝树更是难求。但如果是为了玉奴,也没什么不可以。

她正要应允,春娘上前劝道:"女君不可,那棵宝树是你的同命树,万不可轻易赠人。"

珠姬和玉奴都吃了一惊,春娘随后将事情缘由娓娓道来,原来珠姬出生时难产,长公主痛了一天一夜都没能把孩子生下来。彼时随船的除了医官之外,还有一位来自波斯的老巫女。在她的游说下,众人将赤绛树移入产房之中,又着人诵经祈福。

最后长公主梦见蚌壳开窍,里头珠光乍现,珠姬平安落地时,赤绛树映出一室华光。顶端的树枝也绽开了一条细细的裂纹,那纹路细碎深长,内里透出一层红宝绯光,就跟人的血脉一样经络纵横。

"公主在世时再三叮嘱我,宝树不可轻易移动,此树乃灵物。"

听完春娘的话,玉奴连连点头:"原来这宝树对阿姊这么重要,那可万万不能送给别人,就算是萧郎的阿耶也不成。"

珠姬朝她一笑,有些心事重重地抚了抚玉奴鬓角的发丝。想起数日前她还躺在船上人事不知,那一种冰凉的触感至今仍让珠姬后怕和心惊。所以,再好的宝物焉能与活人相比?

雨停时,珠姬借着要去找周灵璧还书的由头,一个人去了萧衍所住的菩提堂。

菩提堂在县府的东侧,据说这里以前是佛堂,后来改作客院。珠姬此时对萧衍,也说不上到底有怎样的感受,毕竟交往不深一切都是表象。但因为那串手钏,珠姬便愿意给他比旁人多出几分的信任。况且还有岛上相救一事作为前提,于是怀揣着不安和期待,想向他讨个主意。

琼蕊苑到菩提堂有段路两旁都是花木,中间搭着长廊,廊间做了凸起的弧顶,却只是好看,并不挡雨。珠姬怕书被打湿,手里的油纸伞攥得紧紧的。还好天空很快放晴,太阳照在雨后的句章城,不一会半空里就挂出了一道绚丽的长虹。

珠姬也被长虹的七彩霓霞吸引住,她将伞放在脚下沥水,一手拿书一手摊掌挡在眼前踮足远眺。正入神时不想那柄油纸伞被风吹远,咕噜噜滚到了另外一人的脚下。

直到人家将伞收好送过来跟前,她才恍然:"多谢郗使君。"

来人正是郗泛。

珠姬一见他就有些不好意思,总觉得上次十分失礼,于是再道了歉,郗泛却连连摆手说无妨,又道:"能博人一笑,便不枉我阿耶当年为我取名的烦琐。"

珠姬也附和一笑接过伞,郗泛见她手里还握着书,便主动道:"女君是要去菩提堂吗?不如我来打伞,免得弄湿了你的书。"

珠姬是爱书之人,此时一见他也惜书,便有同道之感。于是颔首谢过,两人便缓缓行去菩提堂。途中郗泛说起《搜神记》,将其中的故事章回娓娓道来。珠姬听得痴迷,在长廊尽头驻足问道:"使君家中还有遗漏的那十三册书吗?若是方便,可否等到了建康之后借我一览?"

郗泛将油纸伞递给堂前侍立的小宦官,双手长揖一礼:"等到建康之后,定择日将书册送到女君府上。"

珠姬回了一礼,两人对视时有片刻的齐齐微笑。珠姬发现他笑的时候眉目舒展,一派宽和。郗泛的温文儒雅让她觉得他是个可交往的人,或许,到了建康之后还能与他和众才俊一起清谈诗文?

小宦官撑着伞,出言提醒珠姬留神脚下时,她才骤然发现自己已经走进了菩提堂。入院之后满目肃净,放眼一看居然找不出半朵春天的花来。果然,萧衍挑的地方极适合他。

片刻后,走上台阶,入了廊檐。檐下垂着一排竹帘,此时卷起半幅，略带暖意的春光斜照进来，打在光滑的地板上。而萧衍正站在回廊的尽头，见着她，他微挑了挑唇角，眯起眼，眼里细碎的金芒仿佛浮在水光之上。

扬州的春日湿润晴暖，实在很适宜出外踏春。珠姬见萧衍屋内案上堆放着许多公文，便知他诸事繁忙，她想长话短说，可萧衍让人奉茶上来后，便在她对面坐了下来，一副准备长谈的模样。

再看她面前这茶水汤色清澈，叶片嫩绿如新，香气散入肺腑后带来悠长的回甘与清雅。她喝了一口，道："这是今年的新茶？"

萧衍点点头："是，昨日才送到的。"

珠姬忍不住讶然，钱塘的新茶送到扬州最快也要半个月，如今清明过去才几日，他在扬州公干却已经喝上了今年的新茶。且看他的神情，也只当是寻常。

珠姬赞了茶香，向他打听详情。萧衍也不隐瞒，直言奉皇帝旨意来扬州搜寻绛树。珠姬趁机提出进献宝树，萧衍也不十分意外，颔首道："适才殿下派人来与我说起此事，说若是女君肯割爱，自然皆大欢喜。不过你要想好，宝树难得，若进献给陛下自然会有重赏。但若是家传之物，以后再想取回，就不是那么容易了。"

珠姬意外的是他没有以皇命来胁迫自己，心头多少有些感动，笑道："是家传之物，但再珍贵也比不过我和玉儿的姐妹之情。使君，我愿献出宝树，也想请使君为玉儿在殿下面前求个明话。"

萧衍会意，立即回道："女君爱护妹妹之心，实在让人钦佩。殿下有意回京之后便向陛下道出实情，为玉儿求封东宫良娣。"

东宫良娣只在太子妃之下，于内廷品秩已算极高。来日萧宝卷登基，必然要在妃位以上。珠姬点点头，算应下了此事。萧衍留意到了她带来的那本书，随口问道："这是《搜神记》的哪一卷？"

珠姬有些不好意思地将书收起放入袖中，回道："是吴王小女。"

萧衍笑了笑，脸上显露出轻松的神色，向她说起了《搜神记》诸卷。珠姬没想到他对内容十分熟络。听完之后莞尔道："使君原来还读这些闲书。"

萧衍闻言有些愕然,摇头失笑道:"少年时很喜欢看这些鬼怪奇谈,觉得三千世界何其精妙。那时候就想四处闯荡,还想做个游侠,斩妖除魔行侠仗义。"

珠姬想他出仕为官,自然游历九州天下,于是艳羡道:"那使君现在四处游历,也算是圆满自己从前的心愿了。"

萧衍却摇头,淡淡道:"现在哪算四处游历?不过是为名利苟且营生罢了。"

珠姬想不到他这么坦白,一时间反倒不知道该怎么接话。正好小宦官过来给她续茶,她看外头雨收放晴,顺势起身要告辞去周灵璧那。

萧衍起身将她送到檐下,珠姬仰头一看天边的长虹隐去,有些惋惜地说了句:"这场雨下得大,长虹却是一会就没了。"

萧衍站在堂前看她离去,又见小宦官送上油纸伞。他忽然醒过神,转身去屋里拿了两罐白瓷盒子封好的茶叶,兴冲冲追到菩提堂前那块牌匾下,正好遇上周灵璧挽着珠姬的手往另外那一头走去。

他忙顿住脚步,少顷,招那送伞的小宦官上前来。把茶叶递过去,吩咐送到她手里。小宦官应了一声"喏"刚要退下,萧衍看着长廊深处,鬼使神差地追问道:"她来时也是周娘子相送吗?"

"回使君的话,先头是郗大人送来的,他撑伞到了堂前就走了。"

萧衍随口"嗯"了一声,两道剑眉缓缓皱起。随后在堂前驻足许久,仰望天际时,再不见她所说的长虹。一种奇异的感受渐渐拢住了他的心神,碎步回到书房,枯坐案前细想多时,仍是不安。

所幸此时萧宝卷派人来传,他这才起身肃整了衣冠出去。

周灵璧是个生性喜欢热闹新奇的人,听说珠姬要回芷兰岛,便闹着同去。珠姬奈何不了她,也因着她救了玉奴,勉强应下,趁机也跟她要了一些古书,带在路上好慢慢翻看。周灵璧这才知道原来她竟是个书呆子,当即笑不可抑,连连道:"不得了!我长到这么大还是头一回知道现也有喜欢读书的小娘子。你呀,等去了建康城,就让太子安排你住在天禄阁附近。"

说完又道:"要说起来,那你跟那位郗泛郗大人可算良配。他呀,听说也是个痴迷读书的人。"

珠姬对她的揶揄不以为意,只是让她不要编排这些闲话,再挑眉回怼:"看书有什么不好?又安静又清宁。不过说起来我还是羡慕你,能跟你师父这样的神医四处替人治病,这是行善积德的义举。灵儿,你以后必定能长生多福。"

周灵璧又笑,不过笑容意味复杂:"我师父一生四处救人,可也因为救人,让他生生变成了现在这样。"

珠姬这才知道原来典春秋并不是生来就如此古怪,年轻时他曾是一位翩翩美男子。因为多年前他为救治一个病人而钻研药学,试药时出了岔子,才变成如今这副模样。

珠姬心里十分惋惜,喟叹一声后默不作声。周灵璧随后又自嘲道:"不过他就是这样的性子,为了钻研药学连命都豁得出去。以前我也没少劝他好好颐养天年,现在我不劝了,反正人各有志,一辈子怎么活着就该全凭个人心愿!"

珠姬刚要接话,就见迎面过来几位东宫臣僚。大齐对男女大防向来不甚严厉,且他们都曾在茶会上见过也不必回避,周灵璧迎上前,笑着对前排的郗泛说了一句:"郗大人,你今日可是春风满面。"

郗泛不意又在此遇见珠姬,见她站在周灵璧身侧,两人一明艳一清丽,大红石榴裙金锣画帛更衬得她一身素净如云。这样纤尘不染的女郎,当真如莲花一般令人见之心底柔软。

一桩小插曲,彼此见过寒暄过便各走各路了。但周灵璧心思敏锐,等到人都走远了便拉着珠姬的云袖,盘问她:"郗泛这两天是不是来找过你?我看他魂不守舍的样子。"

珠姬叹气扶额,简直要被她这好八卦的性子打败。两人在洪文阁的楼上闲话许久,回来收到萧衍派人送来的新茶,珠姬起初还有两分惊讶。第二日于船上见面时,当即便道了谢。

回到芷兰岛,珠姬和玉奴都深觉仿佛阔别许久。一下船玉奴便踢掉了脚上金线明珠绣缠的玉鞋,拖着一身华贵的绫罗欢快地跑向了那片白沙滩涂。萧宝卷跟着她,看来两人是去那片红树林追忆初见了。

周灵璧在旁觉得珠姬有些黯然,安慰她:"就是出去看看外头的世界,不还回来吗?"珠姬被她说得一笑,两人挽手走向青厝。

要收拾的东西本来也简单,赤绛树贵重非常,自有萧衍安排得力的人将其合力装箱,运送上船。只是在挪动之前春娘先在菩萨像跟前点香叩拜,萧衍这才从她口中得知"同命树"的由来。

一时间他神色纠结,两眉紧锁,责问春娘:"既是如此,怎么不早些说来?"

春娘对他没好气,将脸扭到一旁,沉声道:"女君宁愿自己受苦也不肯让别人难做。再说了,便是如今告诉使君和殿下又如何?难道你们愿意为了保全女君的安康而舍弃自己的前程?"

她说完便紧锁眉目满脸不悦,留下萧衍呆立在菩萨像跟前,许久之后才郑重拈起一炷香,对着菩萨像肃然一拜。

他押了大箱送上船,折回青厝时只见珠姬站在自己的香闺窗前,正手持一幅画卷出神。周灵璧劝她将画卷带走,珠姬却是轻轻摇头:"不了,我阿娘说她此生不想再回建康城。所以,她的画像我还是留在这里吧!"

说完她将画卷仔细收好放入匣内,一抬头见到萧衍站在门外,便点头示意他进来。萧衍却道不必,顺手掩上门,自己则缓缓踱步行至院中。他打量青厝的一砖一瓦,纵是古朴雅致,可终究觉得与她并不堪配。

可看她如此眷恋此中的一切,又忍不住生出两分动摇——而这一丝犹豫只是瞬间的念头。片刻后春娘让人抬了一箱子东西出来,走到他跟前行了一礼,手指大箱道:"使君,这些是我家女君要带去的一些体己，东西贵重，还请您着人好生护送。"

萧衍漫不经心地点点头，随手打开箱子瞄了一眼，只见其中多是珠光宝气与金银等物，当即问道："此去建康，女郎的一应起居殿下与萧某自会安排，何需带这么多金银？"

春娘老神在在地回他："使君，玉奴若嫁与殿下，吃穿用度自有殿下为她开销。可我们女君却是清清白白的女郎，她去建康只是为了陪护妹妹，这用度上面断没有让旁人代为开销的道理。"

春娘一番话诸多深意，驳得萧衍竟然一时间无话可回。他自然听得懂春娘的话外之音，又想起那日周灵璧说的话，她们都觉得自己并非良配——因为，她断不会与人做妾，更不会与他做妾。

这样的当面难堪，若换作旁人多半是心灰意冷，就此放下或者回避了。所以周灵璧走出院中，与春娘一起目送他大步离去时，两人眼里都有些了然的得意。

只可惜她们并不知道，世间有些人看似克制隐忍，实则内里痴狂。所谓执念，萌生亦不过只在一念之间。

萧衍去了碧落台，听说千百年来护岛的鬼火便是源于此处，他向珠姬说明情由后，珠姬点头，让人从湖底取了一桶鬼火上来，交给他自行揣摩。原来鬼火便是一种黏稠如墨的黑油，萧衍以木棍挑起一缕，置于空地细细研磨。半晌后他命人点燃鬼火，旋即见一束火焰腾空而起。大火在他的注视下熊熊燃烧，且火势丝毫不减。直烧了有半个时辰仍不显颓势。至此他终于明白此物的厉害，也在心中暗暗有了计较。

回建康时周灵璧带了不少酒上船，她是个很懂及时行乐的人，性子也如美酒一般醇香浓烈。打着以后会在萧宝卷跟前美言的名头，她临走时狠狠敲了周太守一记竹杠，银钱和细软都没少拿。

珠姬几次隐约觉得她心中有话掖着不说，直到有一次她酒后浓醉，珠姬扶了她回屋里歇息，才知道她阿娘的娘家早就败落了，这些年来音讯全无，回到建康母女俩还要重置宅院另立门户。不但如此，周夫人还身患风湿重症，若不离开句章城只有死路一条，回去建康故地，也许还能安度晚年。"

因此周灵璧走得义无反顾，说到伤心处，她抱着珠姬痛哭失声，恨道："有时候我也情愿自己生来就无父无母，为什么明明丢了我出去，还要让我认回他们？"

珠姬心感唏嘘，安慰她："相逢就是缘分，你看你若是没有回来县府，便不会与我相识。现在我们就要去建康了，以后买个相邻的宅子，好不好？"

周灵璧搂着她的颈连连点头，泪水濡湿了珠姬身上的罗衫。珠姬将她安置在床上睡好，自己却再无睡意。她拿起银剪去剪床前的烛心，见案上摊放着她带来的一只酒缸，酒气从散开的瓶口透散出来，一室淡淡的梨花香。

珠姬好奇地抿了一口，竟然是甘香无比，她连着又喝了几口。酒劲上头，她兴奋燥热地只想打开窗子吹吹夜风。怕吵醒周灵璧，于是套上一件常服，头发也没来得及梳，就推门出去了。

半夜的船甲上一片寂然，黯淡的风灯摇曳出一层层的光晕，照在光洁的船板上。再往上看时，半空里竟然有一轮近乎圆满的月亮。海上的明月显得比岛上的要大许多，伸出手来，似乎都能托在掌心。

也不知在甲板上坐了多久，浑身的燥热消退下去，许是到了半夜，终于觉得风凉。

想要起身时未料双脚已麻木，就在即将跌倒时有人从侧伸手过来捞住她的手臂："小心！"

她一看是萧衍，一身玄色的锦衣与夜色相融，不走到跟前根本就看不到身影。珠姬朝他笑了笑，见她脚步虚浮，又嗅到了空气里的酒香，萧衍连忙伸手扶住她问："你喝酒了？"

珠姬点点头，心里奇怪怎么几口梨花白下去便会半醉？萧衍却明白过来，周灵璧的都是烈酒。他架着她想要推开身后的舱门，珠姬却摆摆手，摇头道："周娘子喝醉了在我屋里睡，我怕吵醒她……"

她说着,又觉一阵昏花。萧衍便道:"我的船舱外还有一个小茶室,你喝点热茶,正好醒酒。"

珠姬的目光落在他的手钏上,竟然点了点头:"好。"

人有时很奇怪,平日相见,珠姬总会对他多少设些防。可这晚夜深人静,半醉半醒,一进门在榻上坐定,珠姬就盯着他手上的手钏问:"使君能不能借你的手钏给我看看?"

屋子里有幽幽的茶香和花香,洛阳来的白牡丹在墙角高几上绽放。萧衍点了点头,七宝手钏是礼佛时才戴的法器,轻易不能沾染外人的气息。但他仍褪下手钏递给她,转过身去提壶煮水。

趁他沏茶的功夫,珠姬将手钏细细摩挲了一遍。她从头上拔下白玉簪子,将尖头在头上耙了耙,用它挑开手钏的扣结。珠子咕噜噜滚落在白瓷茶盘里,她选出那颗赤绛树珠对着烛火看了又看,再递给萧衍:"使君,请看。"

萧衍看见珠子两头穿孔处刻有细密精巧的莲纹,这莲纹十分特别,并不是中原常用的描法,而像是用一种极细小的针一孔一孔扎成。可转念一想又有些说不通,本来绛树珠类同宝石一样质地坚硬,能在上面雕刻图纹的工匠便堪称国手。

什么样的鬼斧神工能在珠孔处扎眼绘纹?他简直闻所未闻。

随后珠姬摘下了自己手腕上的那条珠串,打开丝结,将珠子倾倒入另外一个茶洗之中。

萧衍拿起她的绛树珠一颗颗看过,果然是一模一样的花纹和质地。很显然,这些珠串们本来出自同源——绛树千百年来便是皇室贡品,那么这珠串,便是长公主送给自己阿耶的东西?所有珠子加一起正好十八颗,想必长公主得此物时便正好是十八岁。

如此私密贴身之物,能相赠的人,只能是非亲即爱。萧顺之早已娶妻生子,难道长公主便是恋上了他,所以才被迫离京远走?

一时间两人都陷入了无边的沉默,直到红泥炉子被沸水浇得哧啦哧啦响,他这才恍然起身,道:"我先去沏茶。"

茶雾袅袅弥漫过案几旁的那只黄铜大雀，珠姬转过脸，看向窗外的那一轮圆月。萧衍看她的侧脸被染上一层月色，满头的青丝垂坠下来，温婉清秀，很是动人。如果没有之前的种种，她应是跟她的母亲一样，出世便是尊贵之躯。

有时候命运不由自己，云端底下便是万丈深渊。乱世里所有人都在挣扎，就算躲在芷兰岛这样的荒野之地，也并不一定能求个安宁。

萧衍拿起她重新串好的手钏，复又戴上，随后坐在她身旁，极认真地说道："虽然不知道我阿耶跟你母亲生前到底有些什么样的交集，但照看，他们应该是极为亲近的故人。我知道你并不愿意去建康生活，也不放心将妹妹托付给太子。可事已至此，我们只能彼此信任，我也起誓，以我阿耶在天之灵的名义起誓，一定竭尽所能、倾我所有，照顾你与令妹。"

如此重誓自然令人动容，珠姬谢过，行礼时被他托住。

"时候不早了，我送你回去。"

随后想起她房里还有个喝醉酒的周灵璧，皱了皱眉头，又叮嘱她："周娘子生性素来大胆，你不要总被她蛊惑。"

珠姬本来心思沉重，听到此处却不由莞尔，揶揄他："使君家中一定有十分疼爱的妹妹，所以时常担心她被人蒙混。"

萧衍也笑，点头道："是有一个妹妹叫令儿，不过她早就出阁做人阿娘了。有夫婿疼爱，也轮不到我啰唆。"

顿一顿，又窥着她的脸色道："等到了建康安置下来，你便是不肯以真实身份示人也无妨，殿下应允登基之后，册你以郡主的名分。"

他如此周到细致，还真有了几分兄长的样。珠姬摇头，推拒了萧宝卷的好意，如实道："多谢你为我打算，可我还没想过这些。"

两人站在船舱外，他调过视线怔怔望着她："此去建康少则数年，难道你就没有什么打算？"

珠姬一怔，细细一想便说："也有一些打算，想跟周女君学些医术，再择一位画师研习一下画技，听说宫里的天禄阁藏书万册，也不知道借来看看可否方便。再有就是阿娘以前还会打马球，我也想像她一样英姿飒爽地骑在马背上。"

萧衍笑了笑："就想这些？没有别的了？"

珠姬笑而不语，别的她还没来得及考虑。如果能平安回到芷兰岛，若干年后想起客居建康的时日，也许是生命里最繁华喧嚣的一笔。有的人生来甘于平淡，虽然有心游历四方但又不愿流离不定，她就是这样。

可看在萧衍的眼里，她的微笑不言又有了别的歧义。

他对今晚的谈话很满意，觉得照这个势头发展，以后她最信任最亲近的人必然会是自己。所以后来说起要给她张罗茶会诗会时，珠姬问起郗泛的去向，他也很坦然无畏地回道："他是户曹司的官员，此来是奉旨核查几个城郡的户部册子，昨日去了莱城。想来晚月余才会回京。"

珠姬点点头，他提着灯笼给她照着脚下，两人在她的舱门前道别。萧衍提着灯笼一直往前走，不知不觉来到了船头，抬头仰望时，只见那一轮圆月还在冉冉向上。

自从有了这一次的夜谈，萧衍对珠姬的关心由以前的"暗中"，渐渐变成了明目张胆。宝船上的生活起居一应周全，沿途补给也由途经地的府衙备好送上来。可在海上漂行久了，人难免觉得乏味枯燥。

好在萧衍每隔一两天便会召集举行茶会和诗会，在丝竹袅袅中，听才子们尽情地挥洒才情，口吐诗意。

周灵璧蹭了几回光，回来直呼惬意，又挤眉弄眼地揶揄珠姬："你跟他？"

珠姬瞪她一眼，一脸正气地矫正了她脑子的邪念。得知萧衍这个冰垢子居然很有可能是珠姬同父异母的阿兄，周灵璧咔嚓一口咬掉了手里的半颗青枣，眼珠子转了好几圈才摇头："啧啧！这个世界可真小！一不小心就撞上自己阿耶阿娘年轻时的风流债，看来我以后要多加注意。"

她是天生的潇洒相，上船以后每天最常做的消遣，就是跟东宫那群僚臣们打情骂俏。珠姬闻言也只是点头："嗯，是要注意，不然以后几个郎君争着来做你孩儿的阿耶，我可吃不消。"

周灵璧连忙豪迈地夸下海口："绝不会闹这样的笑话！反正我有言在先，只要谁对我好，谁就是我孩儿的阿耶！"

她正舌灿如莲色心如炽，冷不防春娘端着刚炖好的鸡汤推门而入。周灵璧连忙奉承："这汤可真香！春娘的手艺就是没的说，这船上头厨的功夫也不能跟您比。"

春娘寒着脸本想训斥，反倒被堵得说不出话来。周灵璧寻个托词溜走，珠姬这才请了春娘坐下。春娘放下鸡汤，关上门，坐了下来。

得知萧衍拿出了七宝手钏作为信物，春娘的神色很是狐疑。她摇头道："公主从前是与萧顺之相识，两人也算有些来往。可萧顺之的发妻张尚柔十分严谨，公主的性情又是不肯迁就人的。所以——我倒不觉得他会是你的阿耶……"

"可阿娘临终前特地留了这珠串给我，萧使君手上也有一颗。阿嬷，如果真的没有什么牵连的话，我阿娘会轻易把这么私密的东西送给他？"

这话春娘答不上来，她坐在圈椅里沉思许久，最后才道："当时我告假回家治丧，正好足足一个月有余。其间，公主的起居住行都由冯昭打理，所以，这次咱们去到建康，一定要找她问个明白。"

珠姬应下，问道："那冯昭也是阿娘的侍女吗？她在建康？"

春娘也不知怎的，提到这位故人便有些怨念。她点点头，咬牙道："只要她还没死，必定就在建康。当年公主慈怀，明知她行为不端最后还是为她赐了婚。倘若她还有一丝良知，便该对女君道明一切真相。"

见春娘脸色难看，珠姬也不好再问。正好有人拍门，珠姬以为是周灵璧去而复返，上前拉开门栓，却是玉奴气急败坏地冲进来，倒进她怀里便发声大哭道："阿姊！萧宝卷他欺负我！我不去建康了！我们回去！"

一时间鸡飞狗跳，珠姬才刚安抚好玉奴叫她不要只顾着哭，萧宝卷立马就追了过来。珠姬不知缘由在旁插不上话，又被这一对冤家哭笑打骂闹得头晕目眩。

后来周灵璧也闻讯过来，一问才知道原来萧宝卷又偷偷跟个波斯舞姬眉来眼去，被玉奴撞见。珠姬一听当即寒了脸，转身就准备去给妹妹助阵，周灵璧却扯了扯她的衣袖，与她低声附耳了几句。

"什么？你说玉儿她……"

周灵璧说自己早早告诫了萧宝卷不能与玉奴有肌肤之亲，珠姬这才叹口气，看了看屋里闹作一团的两个人，问周灵璧："那难道就只能让他这么跟人胡闹？我妹妹的个性我很清楚，她不是肯吃这种亏的人。"

周灵璧托腮一想，吞吞吐吐道："要说办法自然是有的，可是这事干系甚大，我做不了这个主。得找个能担责的人点了头才行。"

珠姬问她什么办法，周灵璧便将那秘方说了出来。珠姬哪知她广天白日之下张嘴就是什么"不举""退势"之类的浑话，当即目瞪口呆，好一会才幽幽吐出一口长气，摇头道："你！这样的话也是一个女郎家能说得出口的？"

周灵璧嬉皮笑脸，厚颜炫耀着揶揄："这有什么？退势药也是药！难道你不知道这望闻问切，头一件要紧的就是望？别的不说，要是病人得了什么毛病，难道你还避着男女大防看也不看一眼？那不是有违医德吗？"

珠姬无言以对，正要摇头时忽听身旁有人道："周娘子说得有理。"

珠姬和周灵璧一看见是萧衍，两人都立时不再言语。萧衍领着身后几位东宫内侍站在那里候着萧宝卷，但听里头不时传来花瓶打砸声，还有太子殿下一连串的哄逗声，也只做充耳不闻。

珠姬心里尴尬又气恼，想一想走到萧衍跟前道："使君，此事究竟该如何处置，或许，可由太子殿下自行定夺？"

珠姬一句话，就把一切是非都推给了始作俑者萧宝卷自己来了断。还好萧宝卷也算没有色令智昏，他见玉奴始终不肯消气，很快就坡下驴，不但答应不再犯，顺带还主动提出将满船的舞姬歌姬们统统迁到后面几艘船上住，这场闹剧才终于消停。

事后东宫内侍们奉命前来给珠姬房里置换砸烂的物件，玩笑间说起此后殿下对玉儿小娘子只有专宠再无二心。珠姬正在跟周灵璧下棋，却是淡淡地回了一句："人各有志，《白头吟》中便有名言，闻君有两意，故来相决绝。真要走到那一步便求个好聚好散罢了，也犯不上寻死觅活的，不值当。"

此言甚合周灵璧心意，她笑嘻嘻地添补上两句："那是，这才是通透人的活法。一壶好酒喝下去就当做了一场梦，擦亮眼睛再找下一个便是。"

萧衍回来自己舱房后，只暗中叫人盯紧了船上的动向。到了夜间果然拿住一人借着转送舞姬歌姬的由头，私传密信回京。

萧衍先将密信呈给太子萧宝卷，得知是褚妃在船上安排的耳目，萧宝卷大怒，一拂袖将信与桌上果茶等统统扫落在地，骂道："悍妇！如此无夫无君，孤要废了她！"

萧衍站在一旁，见玉奴正在院中拉着另外两个近臣兴致勃勃地玩双陆，口中念念有词让萧宝卷给她银两，心道真正无夫无君的就在你眼前，但你早被收拾得妥帖乖顺。

他趁机道："褚妃耳目只怕不止这一个两个，殿下回京之前，还要趁早做些打算。"萧宝卷有什么打算？他满心里只有玉奴一人。当即委以他重任，叮嘱道："还请皇叔费心。"

萧衍从太子跟前回来不久，珠姬便送了一盏参汤过来。萧衍知道她心有疑问，便将东宫如今的情势大概说了一遍，萧宝卷虽是年方十六，但膝下已有一位小世子。且皇帝也曾给他挑选过几位美人，除了太子妃褚氏之外，东宫还有一位宝林姓黄，出身贵族且为世子生母。

随后叮嘱她："太子妃褚氏一门如今势大，咱们不宜明面上开罪于她。回京之后只怕还要隐忍一些。"

珠姬点头,应下说自己劝住玉奴不要使性子。又问起宫中陛下的龙体,萧衍面色晦暗,摇头道:"陛下之前一直龙体康健,自去岁开始常有抱恙,但照算仍在盛年,只是精力不济罢了。"

珠姬听了点点头,心中自有一番思虑。

不过自此以后,宝船上再无人作妖,没了那些胡人舞姬歌姬们的丝竹歌舞,东宫的僚臣们又怕太子殿下太过寂寞,倒各自施展起十八般才艺。天气晴好风平浪静时,众人也在船甲上钓鱼钓虾。

周灵璧不知从哪得来的心思,命膳房的人做了炙烤的架子,将那些现钓起来的鱼虾鲜贝等物就地清洗腌制,用银炭烤熟以后再蘸些胡人们爱吃的酸辣酱料。如此新奇有趣而又美味的吃法,不但萧宝卷赞赏有加,东宫臣僚们也纷纷叫好。倒是周灵璧还会跟珠姬抱怨:"明明是你出的主意,偏要我去出头。搞得我现在疲于应付他们,你倒是独享清闲。"

珠姬坐在窗前看书,手里拿着一只鲜红饱满的樱桃把玩着。闻言瞥了周灵璧一眼,回道:"你别不领情,这些才俊们个个都家世了得人品上佳,来日去了建康城,你若有差遣,他们总有能为你效力的时候。"

这句话说中周灵璧的心思,她略一思索,收敛起玩笑之意,凑过来与珠姬低语道:"这几夜总有人深夜出入货舱,每次都是一刻钟之后便折返出来。起初借口说是巡查,但除了存放你那棵赤绛树的重舱之外,其他的货舱都只是走走过场。姐姐,我知道那宝树对你十分重要,所以你看,此事要不要与萧使君商量?"

珠姬心中一沉,慢慢放下手里的书册,只将那红樱桃置于掌中摩挲。好一会才摇头,道:"不,他既答应我会护我们周全,我便相信他。更何况此次回京是他表功升迁的大好机会,他要陷害我们易如反掌,但这样做对他又能有什么好处?"

周灵璧便不再说什么。临走时珠姬让她带了一样东西送给萧衍,等春娘端过来托盘,周灵璧掀开汤盅一看,里头竟是一只刨皮炖透的橙木瓜，里头的瓜瓤被挖去，盛入了莹洁的燕窝和牛乳，倒是香气腾腾，十分勾人垂涎。

周灵璧一时间闹不清珠姬的用意。等她端了汤盅送到萧衍跟前，却意外得了一个前所未有的好脸色。

投我以木瓜，报之以琼琚。匪报也，永以为好也！——是夜，萧衍坐于书案前，思绪万千。

宝船抵达建康时，已是四月初三。暮春的京师码头，香车如盖美人如云。得知眼前这些都是前来迎接萧宝卷的东宫妃妾，玉奴自是酸醋不已。但珠姬事先与她通了气，她也不敢闹脾气，只是忍不住负气道："这个没良心的！竟也不告诉我，他连孩儿都有了！"

珠姬闻言淡然不语，心道日后这等家事只有多不会少。

等不多时便有人前来接应，先递了玉牌过来自报家门，说是宫中潘妃着人来接两位女郎入宫。珠姬这才知道，萧衍报之以自己的琼琚竟是如此厚重的一份大礼。

萧宝卷生母刘后乃今上的原配，但因病早逝，今上登基后也并未再册立继后，六宫之事由潘妃主理。他从小由潘妃抚养长大，如今潘妃肯出面认下她们姐妹为自己娘家的侄女，自然，以后再有人想在出身这一遭上面刁难玉奴，便要认真思量一下了。

只是珠姬心里不免有些惊疑，潘妃身份贵重，单凭萧衍一己之力又如何能说服她冒险答应此事？怀着这些疑虑，姐妹二人仓促进了潘妃所住的琼华殿。

洗漱更衣后，潘妃便升座召见二人，在珠姬行礼后抬起头时，她款款步出珠帘，屏退四下，在珠姬跟前细细端详许久，方才叹息道："你真是莲衣的女儿，你们母女长得太像了。"

莲衣是长公主刘伯媛的小字，只有极为亲近的人才知道。珠姬见潘妃与阿娘年纪相仿，但气度不算高华，只能称得上端庄美艳。再看身后春娘的神色，恭敬里带出两分疏离，隐约猜到她与自己阿娘应是少年时的故人。

潘妃拉着她坐下,细细问清此次来京的过程之后才感慨道:"你阿娘曾与我说过,此生若能得个女儿,定将其爱若珍宝。珠姬啊,你若不嫌弃,以后我便是你的义母。"

这样盛意拳拳,珠姬一时间真不知该如何回应。待后来无人时,才从春娘口中得知潘妃原来与长公主乃是幼时相识。但潘妃为人中庸圆滑,才情亦是平平,渐被长公主疏远。后来潘妃早嫁,离京后两人便没了来往,如今揣测她的心思,一是身居高位再见故人之女自然惊喜,又因珠姬气质不凡,加上玉奴深得太子眷顾,也有两分拉拢之心。

珠姬与玉奴就此在琼华殿住下,潘妃亲自安排人照料她们的起居饮食,并命两位年长的女使教导她们宫廷礼仪以及熟悉后宫诸妃、前朝诸王等情况。其间,萧宝卷屡次前来看望玉奴,并提出要接她住到东宫去。就连太子妃褚氏与宝林黄氏也假借给潘妃请安为名,前来打探虚实。

可惜珠姬坚决不允,她也不见东宫诸妃,只告诉玉奴,嫁娶便该有嫁娶的礼节,若太子真对她有情,便该以迎娶良娣的礼仪迎她入东宫。若只是随意敷衍她,想给她等闲姬妾这样的身份,那么这段情不要也罢——对此,潘妃倒是极力赞成。

她如今年老色衰,宠爱也早已不在,只是因为她出身尚可,压得住后宫诸妃,又抚养了太子长大,所以六宫之权还在她手里。如今玉奴既成了她娘家侄女,若能在东宫中谋得高位还能拢得住太子的心,于她而言自是有百利而无一害。

因此她四处运作,也拉拢几位亲近自己的嫔妃为玉奴美言,这一日从外头回来时满面喜色,进门便拉着玉奴的手道:"成了!成了!玉儿,你的好事将近,陛下已经松口了!"

珠姬这时正坐在榻上逗弄着潘妃所养的那只波斯猫,闻言也起身过来,奉茶给潘妃。潘妃说是今上得了那棵宝树如今龙体见安,大喜之下自然格外好说话。再加上太子连日侍疾之余也是苦苦哀求,以及潘妃这一派的极力促成,今上终于点了头,着礼部去筹备册封礼，又抬举了潘妃的兄长潘化成为承恩侯。待礼部选定日子之后，玉奴便在新落第的承恩侯府中出嫁，以侧妃良娣的身份抬入东宫，身份仅在太子妃褚氏之下。

如此神速，超出珠姬之前的预判。潘妃言毕又朝她笑道："说到此事，萧侍郎亦是功不可没。他如今深得官家与殿下器重，珠姬，你果然慧眼识人。"

听得萧衍升迁中书侍郎，珠姬倒并不意外。原本此次办差，官家的心意多半也是一半试探太子一半试探他。如今这样君臣尽欢的局势纵然很好，可她心里盘算的却是，位居侍郎，对于他而言便已心满意足了？

圣意已明，自然少不了后妃们齐齐来贺。几日下来搅扰的珠姬疲于应对，玉奴又是个不管事的。见她们姐妹都不愿意虚应，潘妃便提议："要不你们去老王母的长秋行宫给她请个安吧，珠姬，老王母是你嫡亲的姨祖母。她如今长居行宫内甚少见人，若见到你，必然高兴。"

珠姬已从春娘口中得知潘妃所说的老王母，便是自家那一朝最后一位宣德皇太后王宝明，也是自己的亲姨祖母。要说起来也是一位传奇女子，年近五旬的人生，参与了三位帝王的立废，亲历了刘宋王朝的覆灭，寻常人难以想象，要有多么强大的意志力才能在这样跌宕起伏的人生中继续走下去？

第三章　齐宫芳菲

珠姬、玉奴在琼华殿前登了车，与潘妃暂且作别。玉奴拨开车帘望着高远的宫墙与飞檐，倚过来问珠姬："阿姊，听说母亲从前也住在这宫里，你怎么不想去她的住处看看？"

珠姬心潮起伏，勉力摇头一笑："不了，睹物思人更添伤感。"

玉奴这才点头"哦"了一声，于她而言，虽也管长公主叫母亲，但却无法体会到珠姬此刻的感慨。好在宫车很快就出了内廷，经过一道门禁时停下，有人迎上前来问安。

珠姬让侍女卷起车帘，隔着一层烟色罗纱一看，只见萧衍正下马走来。

珠姬叫人将车赶到一旁停下，与萧衍彼此见礼互相道贺。萧衍看她今日的笑容有些牵强，于是上前两步，低声道："我让人从岛上移来的凤凰树如今成活了，就种在你母亲生前最爱的莫园里。算算也是顺路，不如我引你们过去看看？"

珠姬一时怔然，不知道他什么时候让人从岛上移来的树苗，还有母亲生前最爱的莫园……这样的心思不能不让人感动又感慨，于是点头谢过。放下车帘时见萧衍纵马跟上来，随侍在她身侧。两人隔着数道帘幕，但珠姬的心却安定下来，再无之前的忐忑与彷徨。

莫园兴建于长公主刘伯媛周岁时，而今算来已是一所旧宅。珠姬下车时遥遥看了一眼，只见屋苑位于近郊，十分幽静。入内一路行去，所见风景都有眼熟之意。后来细细一回想，这些花木园林都曾被母亲描绘于画中。

所以莫园承载着母亲从儿时到闺阁女郎的一应欢趣，是她少年时的回忆。

萧衍并未跟她进入内室，只身站在院中。珠姬从檐下步出时，见新移的凤凰木已长出浅碧翠色，便抬首仰望道："舟山的凤凰木据说移植不易成活，只盼建康的气候能与之相宜了。"

萧衍点点头，手抚树身道："叶如飞凰之羽，花若丹凤之冠。凤凰木是上古芳树，与这莫园很是相称。"

珠姬自小在岛上伴着这树长大，说没有喜爱那是假的。两人在树下站了一会，听见不远处玉奴招呼珠姬过去蹴秋千时才回过神，萧衍笑了笑，怂恿珠姬过去玩："那秋千架子也是你母亲以前坐过的，认真说起来，这里比宫中更像是她的家。"

珠姬不由莞尔一笑："宫中规矩森严，要是我，也会更喜欢待在这里。"萧衍想起她出宫门时一脸的肃容，边走边问她："宫中可是遇上什么难事？潘妃她待你们可好？"

珠姬叹口气："娘娘待我们极好，是我不喜欢后宫那样的地方。"

萧衍对此并不意外，他点点头，就势道："那以后你便长居莫园，我会另外拨一队亲兵随侍。陛下命我为中书侍郎后，我也暂不离京。"

珠姬停步，两人在两汪水池中间的小桥上四目相对。

人间四月的芳菲天，园中已有几只丹顶白鹤信步闲庭，珠姬听闻此鹤乃是最为坚贞的鸟儿，成双成对时便愿同生共死。她目光闪烁，遥想母亲从前的韶华，她与萧顺之到底有过什么样的情意已经无法追思，但萧顺之重情重义，却是无可争辩的事实。

心中一时思绪迷乱，最后对上萧衍深邃关怀的目光，道："使君要是不嫌弃，以后我便唤你做阿兄可好？"

萧衍闻言心下一沉，来不及惊喜，心里更多的是晦暗与酸涩。可前言也是他说出来的，于是只得含笑点头，顺势道："如此甚好，择日我便禀明殿下，将你收为义妹。"

挑明了这一层关系，两人的步履都变得轻快起来。因还要前往长秋行宫拜谒老王母，所以三人并未在莫园多做停留，仓促用了午饭之后便起行。

宣德太后是一位两鬓银白却精神奕奕的老仙君,她头戴紫金莲花冠,身着一件宝蓝色的燕尾深衣在行宫的正殿接见两位后辈,随后招手让两人近前来落座,对珠姬说道:"我上一次见你母亲,还是她行及笄礼之时。这一晃二十几年过去了,你都出落得如此大方了。"

珠姬应了一声"是",起身再行了一个家礼,这次改口道:"珠姬拜见姨外祖母。"

王宝明亲自俯身扶她起来,两人手掌相接时,珠姬觉察到她掌心的温热与周身的颤动,那是血脉至亲之间才有的交融。

她留二人在身旁稍住几日,为怕玉奴嫌闷,又吩咐人带她去学骑射功夫。珠姬也学会了骑马射箭,她又得见这里藏书不少,于是跑去向自家姨外祖母讨个示下,想临走时带一些书,还想请老王母心情好时下山去莫园小聚。

王宝明攥住珠姬的手,借着山间的暮色余晖细细打量她,片刻后怅然道:"孩子,你生不逢时,但我们琅琊王氏的气数并未尽绝。日后你要是逢上难事,便打开我送你的这个锦囊。此中有我毕生结下的善缘,定能助你一臂之力。"

珠姬闻言愕然,这样的重礼于她而言是惶恐不敢当。可王宝明不容她推拒,接着便让人上了温好的绿酒,几杯热酒下肚,便拉着自己的外甥孙女回忆起了诸多往事。

珠姬在旁相陪,不时与她添酒夹菜,两人这一番畅谈,不知不觉到了深夜。王宝明酒至半酣时开始叹息,摇头道:"我这一生所做之事皆天地可鉴!白刘宋覆灭之后我便长居于此再不见外人,也知道天下各种谩骂,皆以为我因私乱政,是为千古罪人。殊不知于我心里,何尝不愿刘氏后人中能出一位明主平定天下,让百姓们再无战祸之忧?可惜啊,我恨天不从人愿!"

珠姬见她满目悲愤之色,忙温言宽慰,又与左右侍女一起将她扶回内室休息。可王宝明一直拉着她的手不放,躺在床上还兀自翻来覆去地说着似醉非醉的话。年逾古稀的老人,此时难得任性,话语间嬉笑怒骂，多是斥责儿孙无能昏庸之语。

后来珠姬也乏了，借着她松开手的间隙刚要起身告退，便听她骤然又说了一句石破天惊的话："孩子，萧鸾父子的气数也尽了。以后你要有子，他便会是这乱世中的一代明主。天下分分合合，遭难的始终还是万千百姓。你要记着我的话，人生在世，气节虽难能可贵，但身体发肤既受之父母更受之于天地。真到万分不能忍时，你也要忍。我琅琊王氏的女子，都是女中豪杰。"

珠姬本已徐徐起身，闻得此言不禁蹴下身来。她撩开纱帐一角，见内里躺着的老王母睡容安详慈和，呼吸均匀，已然睡熟，于是福了福身，怀揣着许多不解与深思回到自己的房内。

五月初十，是礼部为玉奴选定的册封吉日。珠姬陪着她提前两日住到了承恩侯府内，又与春娘和周灵璧一道将她送上了花轿。大齐女子出嫁，行的是却扇礼。

这一日，玉奴的姿容胜过世间所有盛开的春花，她的眉目间含情带羞，便如繁花入碧水，浸过香汤的娇躯如沐晨露，纤纤细腰裹上世间最瑰丽的织锦，精致的钗环衬托着她如云一般姣好的容颜。

妆成的一刻，她轻轻回眸，满室华章顿显黯然。只盈盈立在此间，便已有了追魂夺魄的绝色。姐妹二人在铜镜前相拥，珠姬心中感慨万千，与她附耳道："玉儿，你要答应我，从此欢喜平安，莫负这大好韶华。"

玉奴生性懵懂，此时也感知到离别的茫然与宿命的深不可测。她含泪拥紧珠姬，重重颔首。但眼角的泪珠还是滚落下来，被旁边的喜娘飞快擦去："良娣今日大喜！万不可落泪哭花了妆。"

漫天遍地的红绸喜缎，喧嚣不尽的丝竹礼乐，不但如此，萧宝卷还别出心裁，让人赶造了一双金莲玉鞋——那玉鞋底部镂空做成莲花状，宫人将金箔香粉放于其中。当新嫁的潘良娣身穿华服手持却扇，款款行至大红锦毯上时，身后便留下了朵朵金莲香花。

如此奢侈华丽的场面，如此倾国倾城的佳人，一时间引得满城前来观礼的贵家名门子弟纷纷赞叹不已。

萧宝卷是践行诺言，他给了玉奴此生独一无二的深情与痴爱。但珠姬看见那些印在锦毯上的曼妙金莲，心中却并无多少欢喜之意。

后来周灵璧闹着要与她喝酒，眼见四下里都是欢声笑语，想着玉奴身边也有两位女使照应，便应了。两人带着春娘一道回了莫园，周灵璧进门就啧啧称赞。

她还是头一回来这里，见这园子修得精巧灵气，忍不住心生艳羡。

珠姬便邀她与她母亲一道搬来同住，哪知周灵璧摇头道："怕是不成，你这园子清净，不便我日后与郎子们相会。我还是住在花朝巷那里，热热闹闹的，这才衬得上我这个俗人。"

珠姬深知她素来没正形，也不去理会。两人喝了半壶热酒，说起医术，周灵璧这才敛下笑意，对珠姬附耳低语道："我师父座下有一位弟子，如今正在宫中太医院供职。今日可巧被我撞上，据他所言今上最近频频召太医入内，他脉象中隐约有朱砂中毒的迹象，怕是命不久矣。"

珠姬心中一沉，颦眉问她："今上素来有服食丹药的习惯？"

周灵璧摇头："非也，朱砂入体除了服食丹药，还有另外一些途径，比如寝殿内有沾染朱砂的东西。人在其中久了会随呼吸入肺，天长日久，中毒迹象便会一点一点显露出来。到最后毒发时，已是无药可救。"

珠姬放下手里的酒盏，提壶沉吟道："此事可有人察觉？"

周灵璧再摇头："今上不知，我那师兄也早就有了打算，下月他便回去扬州了。"

她说着，又看了一眼珠姬，终于开口道："可据他所说，今上素来饮食节制清心寡欲，此次中毒，或许与太子殿下所进贡的那棵宝树有关。"

"哐当"一声，珠姬手中被热水温得正得宜的玉壶坠落于地，旋即摔得粉碎，满室酒香弥漫。珠姬转过脸，不可置信地看向周灵璧，颤声道："不，这不可能。那棵赤绛树在我内室十几年，它不是毒物……"

周灵璧举盏，一饮而尽后才道："宝树在姐姐身边时自然无毒，那是天地山海灵气所凝结成的宝物。可再好的宝物到了阴毒之人的手里，便会成为杀人的利器。"

至此，珠姬还有什么不明白的？昔日在宝船上时周灵璧便曾隐约提醒她，有人夜入库房，出入的便是存放宝树的重仓。而宝船之上除了萧宝卷这位诸事不管的太子殿下，还有手握重权的萧衍——她的好阿兄！

譬如巨海浪，斯由猛风起。

珠姬再不犹豫，起身披上自己的锦莲披风，坐上马车径直去了东宫。

许是酒意上头，离远便听得一片沸反盈天，所过之处只见树梁披帛，檐廊皆是张灯结彩。到了东宫门前下马，守卫刚要上前盘问，便被珠姬身后的亲卫亮出的令牌喝住了："我家女君乃是潘良娣的阿姊！有要事要亲见良娣！"

可入了东宫的玉奴，便不再是珠姬想见便能见的。好在她身边还有两位老王母送来的女使，其中一位程女监得知珠姬前来，特来拜见。珠姬从她口中得知萧宝卷早与玉奴饮下交杯酒，此时洞房内喜帕见了红，宫婢都进去服侍良娣更衣了，便知一切晚矣——

她坐在布置的喜气盈盈的偏殿内，眼睁睁看着自己的妹妹嫁给了一个弑父弑君的恶人。

她看错了眼，以为萧宝卷只是少年狂妄心地还算纯善，但没想到他竟如此这般！珠姬满心茫然，再不发一言。程女监不知她此来所为何事，但也着人殷勤伺候着。

枯坐一番后，珠姬下意识地起身要回去。可她脑中一片空白，四肢也虚浮无力。刚要伸手扶住自己的前额，就见有人快步行来，将手送至她跟前道："阿妹，你怎么来了？"

是萧衍！——珠姬一见他，先时空洞无神的双眸突然重见周遭的浓墨重彩，窗外风声过耳，其声飒飒。丝竹缠绕，不绝于梁。而双眸不知何时蓄满了泪水，对着他只唤了一声："阿兄！"

萧衍握住她的指尖，冰凉入骨。他心中一惊，不顾筵席还未结束，便要送珠姬回莫园去。

一树灼灼桃花从莫园的白墙伸出甬道，下半夜的月光皎洁如水。行到一处，珠姬走下地来。萧衍亦随之下马，扬手示意身后的随侍亲卫后退。

"扬州的桃花到了三月底便是开尽了，没想到建康的暮春如此漫长。"

萧衍细看那花枝一眼，道："这是东瀛移植而来的晚樱，听说还有一种千重樱，生得与桃花更为肖似。你若喜欢，我遣人去移来莫园，来年便能细细赏玩。"

珠姬摇头，站在晚樱花下沉吟不语。萧衍似有所悟，折下一枝递给她，叹息道："是我错了，世间万物类似者多，但樱花终究不是桃花，如何能替代？"

珠姬将那花枝凑到鼻下嗅了嗅，果然全无桃花的芳菲。两人进了内室，春娘煮茶呈上，珠姬将那樱花花枝随意插在几上一小瓶内。萧衍坐于她对面，隔着茶盏内白雾袅袅樱花灼灼，珠姬问他："太子弑父弑君，阿兄可是早已知情？"

萧衍果然点头："是，当日潘良娣身中冰蝗虫之毒，可那枚玉佩却是始安王萧遥光所送。殿下上折参奏始安王谋害储君其心可诛，但陛下却斥责他未有凭据不得胡言——诚然，只此一事不足以令父子反目相杀，但冰冻三尺非一日之寒，他们父子之间十几年的恩怨情仇，绝非我们这些外人能够厘清。加之朝中总有一些人力主易储，这些人的背后便是始安王萧遥光。"

所以，萧宝卷要杀萧遥光，便要先杀了他父皇萧鸾。

珠姬唯有叹息，为这凉薄如纸的骨血亲情。但因萧衍的磊落与坦诚，她反倒不好再指责什么，只得道："原是我看错了人！"

萧衍面露愧色，垂眸自认过错道："此事在回京路上便已敲定，但事涉机要，我不想让你卷入其中。更何况潘良娣的病——也唯有萧遥光才能根除。是以，我们都别无选择。"

珠姬无言以对，也不再看他。想起与老王母临别前的那夜，她与自己说起这一生曾有过数次不得已的违心抉择。彼时她并未感同身受，而想不到命运的反转来得如此之快。

当她手持烛剪再向那逐渐微弱的火心探去时，身后的萧衍说了一句："你放心，那棵宝树来日我定会设法取回给你。"

珠姬放下手中的银剪轻叹："阿兄，绛树之贵乃在于它是山海孕育的千年灵物，所以蕴意不死长生，但再好的灵物沾了血腥，便成了凶器，请阿兄不必再为此费心了。"

萧衍揣摩她话中的意思，试问道："那你有何打算？而今良娣已经嫁入东宫，倘若殿下对她真是一片赤诚……"

"我与玉儿是姐妹，只要她还是当初那个玉儿，我便永远是她的阿姊。若她来日忘却了初心，那我们便各行各路吧！"

萧衍在她的沉思中告辞，珠姬却再无睡意。她在佛前打坐，五更时才睡下，一觉醒来看见窗外仍是灰蒙蒙一片。原以为自己眠浅，但一问春娘才知道已近晌午。只是天阴，窗外日光稀薄。

珠姬起身梳洗，心中烦闷，于是自己去了园子里散步。

天灰蒙蒙的，似有春雨将至。侍女被珠姬遣开了，她独自一人在小径上散步。不知不觉就走到了那日与萧衍相认的小桥下，她慢慢走过去，见桥的那一头种着一棵花色妩媚的晚樱。

她在晚樱树下站定，朦胧里看见玉奴活泼欢快地朝自己跑来。她身上穿的并不是大婚那日的华服，头上也是垂着双髻，一如从前在芷兰岛时那样的装扮。而她挥手时扬起的物件却不是别的，正是那块萧宝卷送给她的同心如意佩——珠姬忍不住大声道："丢掉它！"

可话音刚落，玉奴也转瞬就不见了。

此时天空下起细雨，珠姬仍站在树下无知无觉。有簌簌花瓣落在她身上肩头，还是春娘赶过来替她披上披风，满含疼惜道："女君,下雨了。"

珠姬与她一道撑伞回了室内,到午后见天空仍是细雨蒙蒙,珠姬让人套了车,去了春和堂。

之前一行人刚抵达建康时周灵璧就说要在京师重地盘下一块自己的地界,从此以后尽享人间春色。她的春和堂开张当日,珠姬便想过来,可惜那时人在宫中,抽不开身。今日趁着下雨,想来堂中清净,便过来瞧瞧。下车时拉起斗篷上的风帽,刚刚踩着脚凳下了地,周灵璧就从堂中迎了出来!

珠姬被她拉着进了内室坐定,喝茶时才知道原来郗泛刚刚从她这里走——"他说要去看你,我让他去莫园。没料到你们居然擦肩而过,真是好事多磨。"

珠姬忍不住揶揄她:"你不是女大夫吗?什么时候还兼起了媒婆?"

周灵璧坐在对面冲她翻了个大大的白眼,矫正道:"若不是你的事,我才懒得理会。"

二人正说着话,外头有堂倌过来小声地敲门。听说来了个急症,周灵璧"唰"的一下子起身,对珠姬道:"你且喝口热茶暖暖身,我去去就来。"

珠姬也通医理,便在后堂的药房粗略看了看各色药材。随后看见一本脉案,想是周灵璧匆忙还没来得及收进去,一时好奇也翻了翻,这才知道原来春和堂主治女子妇科杂症。见珠姬看着脉案出神,周灵璧好奇地问了句:"看什么呢?这么入神?"

珠姬垂眸,沉思了一会才开口:"我妹妹的身体,如今会不会受孕?"

周灵璧当即正色道:"不会。大婚之前我给良娣开了一剂汤药,用来避孕。当时也跟太子说了,如今她的身体不宜有孕。"

珠姬点点头,心下稍安。周灵璧似乎看透了她的心思,又道:"可即便没有孩子,这男女之间一旦有了情爱的瓜葛,以后再想了断便难了。"

珠姬微微绽出一个苦笑,随手拿起她桌上的一只锦盒,问道:

"这是郗使君送你的?"

周灵璧素来脸皮厚嘴皮薄,此时却闹了个大红脸,她想伸手从珠姬那里取回锦盒,又怕她笑话自己猴急。憋了一会还是忍不住,掖着袖子讪讪道:"他原是来向我打探你的音讯的,可总不好空手上门,所以东西必是顺手拿来的。我想着我好歹也帮他牵过线,所以收了也算应该。"

珠姬这才放下锦盒,推到她面前,单刀直入地问她:"你总说他是个值得托付的良人,既想成全我,为何不索性成全自己?"

周灵璧"啊"了一声,继而神色复杂地拧着眉头想了又想,才道:"不,我配不上他那样的人。我有自知之明,所以不会肖想不属于自己的东西。"

配不上?珠姬本想趁机再劝几句,可看周灵璧的神色并不想细说,于是作罢。两人随后说起建康城的风物,周灵璧复又眉飞色舞,很是热络地邀约珠姬过几日去逛胡人街,还道:"我听说那里聚集了所有来京的胡人,除了波斯的歌舞伎之外,那里还卖各种名贵的香料香药,据说一只琉璃瓶装的波斯蔷薇水,便要卖出天价,还不是有钱便能买得到……"

窗外细雨缠绵,春和堂的内室弥漫着散不去的淡淡药香。珠姬执壶,与周灵璧对坐畅谈,不觉便到了夜间。周灵璧又拉着她去掌仙楼吃饭,两人披了斗篷,戴上风帽,撑着油纸伞,出门走进灯火辉煌的人间繁华里。

珠姬出门只带了名叫玄碧的侍女,是萧衍新近送来的武姬。三人到了街对面的掌仙楼,周灵璧让店倌找了个稍稍安静一些的雅间,对珠姬说今晚必定得她来做东。两人凑在一块正在问店倌有哪些拿手好菜时,有身穿府兵铠甲的小吏粗鲁地一脚踹开了门板,指着她们便喝道:"你们谁是春和堂的掌柜?"

周灵璧点头之际,便有两人齐步上前,喝道:"我们是京都尉府的,有人状告你行医不当治死了人,现下将你收押回府!"

珠姬和周灵璧都是大惊,关键时刻玄碧挺身而出挡在珠姬跟前,朗声道:"我家女君乃东宫潘良娣阿姊,家中使君官拜中书侍郎,你们岂敢放肆?"

这几人都是京都尉的衙役,奉命办差,哪想到区区一个春和堂的掌柜结交的竟是这样显赫的人物?犹豫间莫园的侍卫已经冲上来,珠姬这才越众而出,劝道:"这里头怕是有什么误会,这位周娘子也是出身官家,她父亲乃是句章县令。要说她医术潦草,可她却是太子殿下钦定为良娣调养身体的女医。你们若是不信,只管派人去东宫走一遭。"

衙役们再度面面相觑,他们哪有这个胆子敢去东宫盘问?正僵持不下时,隔壁有人听了半天墙角按捺不住了,道:"既然有潘良娣的阿姊为她作保,你们还怕人跑了不成?敢这样冲撞贵人,我看你们这差事也当不了了。"

说着话,那人便从隔壁缓缓踱步过来了。他甫一亮相,那几个衙役立即拜倒,口称:"参见江大人!"

周灵璧当即对珠姬使了个眼色,低声道:"他是江祐,官拜右卫将军中书令。当真是,当朝数一数二的权臣。"

珠姬心道,你还挺门清,不过形势当前,也硬着头皮上前施了一礼。江祐入内便将珠姬和周灵璧二人都打量了一番,也客气回礼,对珠姬尤为热络。再看那几个衙役还愣着不动,便冷下脸喝道:"还杵在这里做甚?还不赶紧回去告知曾春照?他若有不从,只管来寻我江祐!"

得他这句话,衙役们连连称是赔罪撤了。

平白欠下这么一份人情,珠姬与周灵璧对视一眼后,唯有坐下来一番周旋。好在这位江祐大人虽然位高权重,但骨子里还是个懂得分寸的人,他见珠姬略带拘束,寒暄过后便起身告辞,又留下自己的名帖,邀两位女郎数日后共赴自己府上的芍药花会。

他一走,周灵璧就拿起那封烫金的名帖,啧啧道:"六贵之一的江使君居然邀我们去他家的芍药花会,珠姬姐姐,你说要不要去?"

珠姬刚想摇头推拒，便听侍女玄碧在外启道："女君，使君来了。"

萧衍来得匆忙，衣带沾风。知道自己惹下了祸端，周灵璧心有戚戚焉，起身告罪。萧衍本就十分不喜她，奈何珠姬与她交好，也只得容忍。听完事情的缘由后他沉着脸道："明日一早我自会派人去京都尉打探详情，只要你确定方子没问题，便不必担忧入罪。"

周灵璧大喜，她是个实际的人，大恩之前果断抛却前嫌，对着萧衍谢了又谢，随后识相地找了个由头开溜。

可周灵璧走得匆忙，喜形于色之下竟然忘了带走那张名帖。珠姬见萧衍目光停留其上，连忙道："阿兄，我不想去应酬这些贵家女眷，这花会……"

萧衍却若有所思道："不，这花会你得去。如今我已收你为义妹，京师之中便有许多亲眷要与你相认。阿妹，届时玄碧与春娘会一道陪你赴会，我另选派一批得用的亲卫随侍你，绝不会再出现今日这样的险况。"

珠姬垂眸应了个是，心里却有些感动。今日那几个衙役的粗鲁自然让她受了些惊吓，可也只是惊吓而已，他却说成是险况，还疾风骤雨一般地赶来——如此相护的情意让她动容，于是夹了一筷子的炙烤羊肉放进他碗里，且道："阿兄尝尝这炙肉，春日里很是提气养神。"

萧衍"嗯"了一声，提筷将羊肉送入口中。片刻后轻轻颔首，赞道："确是不错，你也尝尝。"

如此礼尚往来，两人还举盏共饮了几杯青梅酒。珠姬见阿兄的面色不再生硬，这才说出了周灵璧邀自己去逛胡人街一事。萧衍遂道："你既想去，届时多安排几个亲卫暗中保护便是了。不过胡人街兜售的都不是什么上品，你要买香料番药，可去天玑海，若要波斯的玛瑙水晶琉璃，京师还有琅嬛阁。"

他既说到琉璃，珠姬便想起先前周灵璧所说的波斯蔷薇水。遂道："阿兄可知波斯蔷薇水？灵儿与我说，如今京师甚为风行，一滴便可留香数日。"

萧衍正举盏饮酒，闻言转过脸来看了看她。蜜蜡火光下照出一张无瑕的面庞，双眉青黛，琼鼻樱唇，皎洁的气息随着她的一言一笑传递至他的肺腑间。他有片刻的失神，随后仰首笑道："这有何难？你若喜欢，明日一早我便让人送到莫园。"

珠姬连连摇头，只说闲谈不必当真。回来莫园，简管事来禀，郗使君来访，正好女君不在。他留下一匣子古书，另有一架古琴，已经收在了书房里。珠姬便知正是之前自己向他开口求借的《搜神记》遗卷，很是惊喜地开了匣子一一翻看。

再看古琴，乃为上好的青桐所制，琴尾刻有"长清"二字。拨弄弦音古朴悠扬，便与母亲留下的那尾"幽兰"亦不相伯仲。

珠姬骤然得郗泛相赠如此厚礼，自要想着如何回礼。但春娘在旁却说不急，还意有所指地细道："女君既与萧使君认了兄妹，此后便与郗氏一族也成了亲眷。待东宫婚礼之后，那是要与诸家亲眷都要相见的。所以礼单一事如今可以开始筹谋，却不急于一时。"

珠姬点头，觉得春娘所言有理。第二天刚刚起身就听得檐下鸟儿喳喳叫，少顷有人来叩门。春娘出去查看究竟后回道："使君让人送来百樽蔷薇水，说是供女君日常沐浴浣手之用。"

珠姬连忙起身，讶然不已。后玄碧取来一樽，打开之后但闻满室花香，那蔷薇水虽卖得金贵，但也的确如世人所言，只需一滴便能香透整个屋苑。且盛装的琉璃小瓶异常精美，其形便如观音大士手中所持的净瓶一般雅致。

珠姬将那琉璃小瓶端详许久，吩咐玄碧："送两支与春和堂的周娘子，另留几支给良娣。余下的，仍送回至阿兄处，叫他退了罢。"

玄碧应诺退下，春娘略带忧色上前来，道："使君为何忽然送来这么多蔷薇水？"珠姬正用净帕拭手，闻言回道："也是我多言，周娘子昨日与我说起这个，后来见到阿兄便顺嘴提了一句，没想到他将玩话当了真。"

春娘听到此处更觉不妥，这样的行径怕不是一个维护阿妹的阿兄所为——可这样的话她不能宣之于口，怕会损伤珠姬的颜面。见左右无人，便低语道："女君来日去江府花会时，便会遇见冯昭。她早年嫁于梅氏，夫家便是江府的堂叔。"

珠姬"哦"了一声，若有所思地凝了凝神。春娘再将一枚福字玉簪簪入她的发间，躬身道："江府花会奴自会相随女君出入，但倘若那日不便与冯昭当面说话，便只能女君亲自问她了。"

珠姬点点头，轻吸了一口鼻息间尚未散去的秋丽花香，道："不论如何，我既认了萧使君为阿兄，他便终究是我的阿兄。阿嬷不必过于担忧。"

春娘心中一沉，诸多话语纷涌而上，却再不能置喙。

玉奴三朝回门那日，建康城晴朗无云。几只春燕在园中叽叽喳喳地追花逐虫，引得白鹤们竞相追逐。珠姬梳妆时听见莺啼燕语，又见春娘为自己取来了宫制的榴色春衫，深衣抖开时满室光华，不由道："建康也要入夏了。"

春娘为她重整交领，将零星散落的些许青丝用上好的桂花油篦回云鬓之中，露出一截凝白如雪的颈间，应道："芒种之后便是夏至，届时可命人清理芙蕖池，以备女君游船赏花。"芷兰岛上并无芙蕖，珠姬也只在画上见过这样圣洁柔美的花儿。当下隐约有些期许，双眸中渐续满辉光。

原本良娣作为东宫侧妃，并无回门之礼。但萧宝卷爱重她，不但亲自相陪，就连送来承恩侯府和莫园的帛礼都十分贵重。且难得对珠姬言行恭敬，受礼后回了半礼道："阿姊安好。"

珠姬再回一礼，勉力压下心中的憎恶，含笑相迎。

日光下只见新婚后的萧宝卷着太子冕服，身饰九华美玉，容颜如雪，姿态端方；而玉奴则身着薄若蝉翼的蜀缎，其外帏衣上印着精美繁复的花纹，金银双线交织钩绣，层层叠叠，华美至极。

她足踏高底丝履，在侍女的扶持之下从宫车缓步出来。见到珠姬时已露出欣喜笑容，待下了宫车，唤了一声"阿姊"后，便禁不住紧紧拥住了珠姬。

珠姬亦拥住她，万千思绪未能启齿，只能道："都已做了良娣了，怎的还如此孩子气？"

玉奴却与她十指紧扣，寸步不离，回道："做了良娣也还是你的妹妹，阿姊难道要不认我？"

她二人走在并列，倒将萧宝卷这个新郎撇下不理。因萧衍也随侍在侧，他便笑着自嘲解围道："了不得了不得！孤这个夫君在良娣心里不过尔尔，看来日后还要好生奉承阿姊，要不然哪日惹得良娣不快，她必将孤弃若敝屣！"

玉奴在前听见此言，回眸瞪了他一眼，道："你如何与我阿姊相比？她与我从小便在一处。"

说罢，竟扭头举步快走。也不顾萧宝卷面露尴尬之色，就连萧衍等人在旁亦忍不住偷笑。

珠姬昨日便得程女监来报，说是良娣不知怎的竟将太子逐出了洞房，到了后半夜才准萧宝卷进来。她隐约猜到应是两人床笫之间略有不和，待进了内室四下无人时细一问，玉奴果然粉面含羞哭诉道："他总不让人睡觉！阿姊！我今夜要与你同寝，一会就打发他自己回去东宫！"

珠姬听了哭笑不得，就连春娘也在旁羞红了老脸。一会煮了新茶沏上来，见姐妹二人满腹体己话，便遣散了守在内室外头的宫婢，自己站在帘外候着。

珠姬自有许多话要叮嘱妹妹，萧宝卷便在园中四处赏花。他今日出宫身边只带了宦官与侍女，近臣之中萧衍因是珠姬的义兄，所以侍候在旁。许是人逢喜事精神爽，萧宝卷忽然想起一句玩笑话，便对萧衍道："皇叔如今成了阿姊的义兄，也成了良娣的义兄。如此一来，倒让孤以后不知该如何称谓了。"

萧衍只说不敢，随口再贺太子终于抱得美人归，如此大喜之事，自然要举盏同庆贺。萧宝卷心情极好，又知玉奴一时半会顾不上自己，便让人将酒宴摆在了园中花树下。待萧衍与之酒过三巡后，再命人取新酒上来时便见太子已经伏于酒案上酣睡不醒。其头顶落英缤纷，正是那夜珠姬下马所见的晚樱花。

萧衍命随侍宦官去取风衣为太子挡风，目光却落在了萧宝卷两颊的绯色上。遥想那日东宫大婚的盛况，今日新人夫妇回门，萧宝卷荒诞不经的人生里，第一次因为志得意满得展现出天家子弟应有的华服玉貌，光华之盛。这样的萧宝卷于他而言全然陌生，似是被情爱滋润了心智，原先的浅薄无知也渐渐被勃勃生机所取代。

志得意满？当然，这一刻他萧衍甚为理解。从前他以为的人生大志，不过平步青云位高权重，而今却因为一人而悄然变成了醒掌天下权，醉卧美人膝。到那时，他也会志得意满，再无所求。

只是，命数注定，他的志得意满，与萧宝卷决不能相容。

因太子酒醉，宫人们将其扶回房中休息。玉奴听得此言也不多过问，仍拉着珠姬一道喝茶说话。恰逢周灵璧也赶来拜会，她是个言辞大胆直白的人，又为玉奴调养身体，问起东宫秘事毫不觉羞。

一时满室笑语盈盈，到日光大炽时已是午后，三人便移步晚樱花树下，让人重上酒席，就着锦绣春光，且述闺中密语。

萧衍亦回房养神片刻，静谧中有人闪身进来，快步行至榻前跪下，启道："主君，奴婢探得女君将于江府花会时密见昔日长公主身边的近侍冯昭，便是如今的梅三夫人。"

萧衍闻言缓缓睁开双目，跪于榻前的正是他拨给珠姬的侍女玄碧。便回道："知道了，你退下吧。"

"喏！"玄碧俯身行礼，退下前又附了一句："女君还有一言，说当日既认了使君为阿兄，不论如何，使君都将是她的阿兄。"

萧衍深深望了她一眼，心内既有震撼亦有感怀。阿兄，当日他费尽心思才让她终于认下自己为阿兄，但她却不知道，自己想要的并不是做她的阿兄……

见主君久不作声，玄碧行礼之后便欲退下。萧衍叫住她，起身道："你做得极好，日后女君但凡有何言论谈及我，你都要事无巨细据实回禀。另，在女君跟前便要绝对效忠于她，不可忤逆，不可让她置身于险境。你要记下。"

玄碧出萧衍房门时,亦无人得见。她回到檐下,沏好新茶端入席间。一路但闻庭院中春燕细语,花落于石径上芳菲满地。一只丹顶白鹤甚为肆意地凑到珠姬座前,趁她不备便啄食案上的果点。

后被珠姬转身发现,她端起那碟樱桃小果一点点喂给白鹤,不自觉间,竟端着小碟一路随着白鹤走到了小桥边。

暮春的暖风吹起她臂间的画帛,晚樱花瓣纷落如雨。明媚的春光照拂在园中,几只新蝶被她发间的幽幽香气所吸引,扑棱着羽翼穿梭在花雨与她被风吹起的青丝之间。

萧衍负手站在檐下,看见这一幕,不知不觉已然入痴。珠姬看见他的身影,招手笑道:"阿兄!"

他含笑走上小桥,从她手里的碟内取了一粒樱桃,本想拿去投喂,却被那白鹤很不客气地转头驳了面子。珠姬伸手抚了抚那白鹤的羽翼,任由它走开。

萧衍与她一道慢慢走回席间。

他攒了许多的话,尚未开头便被玉奴出言抢去了话头。她亦唤萧衍做阿兄,却问起东宫褚妃与黄宝林。萧衍本想敷衍过去,奈何玉奴却要刨根问底。正为难时,萧宝卷来了,他对着玉奴恳切道:"我的蛮娘子,你就不能权当她们不存在吗?左右我只陪在你身边,咱们寝食都在一处,你还有什么不放心的?"

玉奴"哼"了一声,拿起手边的山核桃就往他身上扔。一边扔还一边道:"那两人本就在那里,还拖儿带女的管你叫阿耶,要我如何当她们不存在?都怪你,为何要这般早娶妻,倒弄得我稀里糊涂嫁与了你……"

这一对冤家,凑在一起不是恩爱就是打闹。萧宝卷被山核桃打得连蹦带跳,玉奴还不依不饶抓了一把追过去。余下人都是没眼看,直到那一对跑远了,周灵璧才伸了伸舌头,扮个鬼脸道:"想不到良娣这般厉害。"

珠姬因见萧宝卷对玉奴这般宠溺,心下的憎恶淡了几分,但终究是不耻其人品,便冷声道:"若不是走投无路,便是东宫良娣我也不愿玉儿嫁过去。"

萧衍在旁只是坐着不语。后来珠姬执壶给他斟酒,见他神色又复往常冷厉,不由道:"阿兄,可是酒菜不合你口味?"

萧衍连道无妨,随后拿起筷子随意夹了一筷眼前的菜碟。周灵璧坐在他对面立即瞪大双眼擎着丝帕,珠姬顺着她眼神的方向才看清萧衍居然夹了一片扬州黄米姜,连忙道:"阿兄!这姜极辣……"

可怜萧衍生平从不吃辣,一筷子送入口中当即被辣得眼冒金星。珠姬慌忙给他倒茶递丝帕,又见他肩背耸动想是辣气入肺,忙给他拍抚。正不可开交时春娘端了梅子酒过来,见状先递给萧衍一盏,道:"使君喝点酸酒,可解辣。"

萧衍被辣得涕泪齐流,为免露丑以帕掩面奔回了房。萧宝卷对他难得出丑感到十分快意,临走前还叮嘱萧衍的随侍,若是真有不适,只管派人来宫中求太医过去问诊。说完,才登车离去。

萧衍躲在房里又是洗面又是漱口,且见侍女们进进出出络绎不绝,把个周灵璧笑得腹痛,攀住珠姬的肩头低语道:"你阿兄一跟你说话就心猿意马,可见在他心里,你这个阿妹非同一般。"

珠姬还在懊恼没有提醒萧衍留神那一碟子黄米姜,此时被她这么一玩笑甚是烦恼,摇头道:"灵儿,你就不要胡乱玩笑了。不吃辣的人骤然吃这么一块黄米姜,怕是受不住。"

周灵璧撇撇嘴,一面收起桌上玉奴送自己的好些玩意儿,一面道:"那有什么?人家可是南征北战的沙场英雄,何况美人一笑值倾城。珠姬姐姐,你且看我说得对不对吧。"

说完她便扬长去了,留下珠姬守在萧衍房门外进退维谷。好容易等到萧衍发话说要回去,她迎上前一看,但见他面色潮红,双眼迷蒙,一副深醉的姿态。这样子,如何能骑马回去?她当即拦住他,又令玄碧:"去将厨房里那筐樱桃果去了核,果肉碾碎榨汁,再呈上来。"

玄碧连忙应诺去办,珠姬在春娘等人的襄助下把萧衍扶回榻上。待呈上果汁后合力灌他喝了大半碗。这一通忙活下来，等到萧衍沉沉睡去，外面已是夜深人静、新月初上。

端阳节这日，莫园上下都异常忙碌。春娘三更起身，率众仆妇扫洒庭院悬艾菖，又入厨煮蒲水，亲自熬一桶香草汤，留待珠姬起身后沐浴之用。早饭后远远听得有锣鼓相击声，春娘让人出去后院看了，回来道："女君，城中今日有赛龙舟。午后若女君得空，可去秦淮河岸观赏。"

珠姬点点头，见玄碧端着新做好的香囊和香扇过来，她在孝期不便用彩，难得玄碧选的布头都是素净的，扇面亦是新碧绘樱桃。那香囊以五色丝线缠在下端，绞成了秀丽的如意双结。珠姬从中择了一只，自有玄碧等人蹴身为她系上。

因想着午后周灵璧要来与自己一同去看赛龙舟，所以另外再择了一只放在旁边。玄碧端着托盘刚要退下时珠姬骤然想起，又道："将这只玄色的派人送去阿兄处，另外再带一盒青团，以及樱桃、香扇、五色裹粽，一并送过去。"

玄碧心中一喜，应诺退下。萧衍官邸离莫园并不远，仆役送到门房时刚好雍州也有信使下马至门前。得知莫园这边新住进来一位女君，乃是使君刚结下的义妹，雍州来使不免吃了一惊。萧衍此时刚好下朝归家不久，因午间便要随今上、太子等人前往淮水观龙舟，此时也是诸事缠身。听闻莫园的女君差人送了东西过来，侍者高兴不敢耽搁，连用托盘呈了进去。

萧衍素不爱吃甜食，见着青团、裹粽等物都只点了点头，香扇叫人悬在榻旁，唯有那只玄色的辟毒香囊被他一眼看中，高兴连忙为其佩在腰间，又奉承道："女君果然十分上心，这香囊的用色花纹正好与主君的衣饰相宜。"

萧衍闻言"唔"了一声，嘴角微微带起了一个弧度。随后雍州来使也到了门外，入内拜见之后呈上书信与物件，请罪道："主君降罪！奴等途中赶上大雨，耽搁了两日，这才迟误了。"

萧衍也知此前确有两地涝灾，点点头便叫起来。高兴呈上夫人的亲笔书信和应节等物，又道："香囊和扇面都是夫人亲手所制，余下还有几份送回了兰陵与小姑处。夫人另差奴请主君示下，七月祭祖之事，主君可是要亲回兰陵主持？"

萧衍当即皱起眉头，挥手让其退下。那来使素来伶俐机敏，跪退时见主君腰间系了一只玄色辟毒香囊，显是应节所用，当即留了心。出来后一番打听，得知是莫园的女君先前送来，心中暗觉不妙。

他又打听了一下主君近日的动向，虽被萧衍的近侍再三搪塞，但到底还是套出了一些蛛丝马迹。他们前后一联想，心中更是惴惴不安。

至午间，萧衍略用过茶饭便重整衣冠出外迎候今上等行驾。高兴捧了郗徽所绣的香囊等物出来，劝道："主君，夫人一番心意，您总要给她几分颜面才好。"

这话也就高兴这样自小相随的近侍才敢说得出来，但萧衍却看也不看一眼，取了佩剑在手便去了。高兴无法，将托盘交于他人，自己一路小跑跟上，到了门口时但见主君与亲卫十余骑快马绝尘而去，襄阳来人还守在门房中张望，见到他便上前打岔问道："主君这是还在与夫人置气？高寺人，还望您在主君面前多多美言呀……"

高兴心知主君与夫人之间的嫌隙由来已久，只能敷衍道："我就是为了给夫人美言，这才惹了主君的嫌。哎，咱们做奴的，还是只管做好自己的分内事，主君的心思，哪里是我等能琢磨的？"

说完，便拱拱手上了旁边马侍牵来的一匹褐马，火急火燎地赶了上去。他这一走，雍州来人既没有得个明话也没有拿到回信，自然只能先住下来。

偏此人又极会钻营打听，任是萧衍跟前的人个个铁嘴闷葫芦，他也旁敲侧击搜罗了许多小道消息。如此滞留了三四天，后来萧衍想起此事时顺手写了一封回信带回给郗徽，却不承想，就是因为这三四天的时间，后面横生出许多枝节。

珠姬从未见过何谓赛龙舟，这日，她与周灵璧两人早早去后院，取午时井水浣洗过双目，春娘等人则手持香艾菖蒲等药草，蘸取井水轻轻扑洒在二人身上，念念有声祝祷："午时洗目瞳，明到若乌鹙！""午时水饮一嘴，较好补药吃三载！"等吉祥话文。

　　珠姬不免好奇，问春娘："东宫也会有这样的仪式吗？不知一会玉儿会不会也随太子一道出游？"

　　春娘点点头："宫中也有打午时水的习俗，不过论规矩应是由太子妃执礼，诸妾妃轮序。至于随太子出游，也是褚妃才能与之同辇。"

　　珠姬望望周灵璧，周灵璧回她一个无奈的表情，凑过来劝她："放心，良娣定不会吃亏。"话虽如此，可仍免不了挂心。待出门上了马车，萧衍遣了谒者来回禀，说是早在淮水河前的观澜台摆好青庐玉帐，只等女君到了便可入座。

　　周灵璧当即"咦"了一声，对珠姬附耳道："观澜台虽也靠着淮水，但与定王台相隔有些距离。要是咱们在那边落座，可就不能与良娣一道看扒龙舟了。"

　　春娘却以为此举甚好，劝道："良娣既入了东宫，便该遵循法礼侍奉太子和太子妃左右。更何况今日盛典，若叫人看见她恃宠生娇，于良娣和女君都有害无益。"

　　春娘一念起礼法的经，便是珠姬也无法。周灵璧讪讪附和后，两人都就此歇了这份心思，老老实实去了观澜台。坐定之后，珠姬隔着纱帘一观望，见左右都是亲卫，粗粗数来便有数十人之多，问玄碧："为何要布这么多的守卫？不是说城内昨夜便已禁严了？"

　　玄碧回道："使君恐人多杂乱，命我们有备无患。"

　　珠姬这才发觉玉帐之外三步一岗，早已将百姓挡在外头。她眉间轻轻拧起，周灵璧宽慰她："京师重地，贵人重臣们都是如此。你看那边就是江氏的青庐，排场可比我们的大。"

　　珠姬顺着她手指的方向，遥遥看见对面的彩台布置得十分惹眼。而居于台上端坐的人中，有人遥遥冲自己举了举手中的杯盏，被周灵璧啧啧一笑，挽袖揶揄道："真是难为他了，隔着这么远竟也瞧得见你坐哪。"

春娘在身后一声轻咳，吓得周灵璧立时噎住嘴。珠姬这才摇了摇手里的樱桃香扇，朝她低语道："看你再敢胡言乱语。"

有春娘在，周灵璧再不敢造次。随后有一列彩衣宫娥端了朱盘过来，春娘认出是潘妃宫里的人，忙下去相迎，少顷带了女使上前来向珠姬请安道："娘娘让奴婢给女君送了些应节之物，还请女君一会过去拜谒陛下。"

珠姬谢过来人，再将潘妃送来的节礼打量了一番。少顷，待东宫一行人到了定王台上落座，她便与周灵璧一道过去见了礼。

历年的端阳节扒龙舟赛，都是一场盛大之事。京城水师中好手众多，都指望趁机出个风头，因此一个个都抖擞着精神。不过，毕竟是天子驾前，等后宫盛装丽服而至，四周反倒安静下来，再不闻一丝喧哗，只待今上一声令下便开赛。

如今后宫中高位嫔妃不多，潘妃虽不得宠仍是最尊，座位便在今上右侧，其下还有几位嫔妃。东宫居左，往下便是褚妃和玉奴，按次下去，左边一溜都是东宫的美人姬妾，再加上宫人侍女云立，几乎将新筑的彩台占得寻不开路来。

珠姬见褚妃今日一身绛红色馥彩流云宫装，髻上的金枝珠钗颤着光芒，于装束上的确打扮得华贵明丽。只是面上带有怨愤之意，就连珠姬上前请安时也只冷淡地颔首带过。玉奴暗恨不已，上前道："阿姊，不必理会她。她近日总与我置气，昨日还顶撞了太子，被当众斥责了。"

东宫场面如此紧张，珠姬自然心悬。还是潘妃招手示意她近前，拉她在身侧坐下道："无妨，褚妃自有我来调停。只要良娣肚子争气，尽快诞下小皇孙，到时候自然地位稳固。"

说到皇孙，珠姬便垂眸不语。她请安过后本想回去，无奈潘妃拉着她左右闲谈。到后来锣鼓声渐起，就连玉奴也凑了过来，潘妃拥着姐妹二人索性道:"就在我这坐着,都是自家人,无妨的。"

玉奴拉住珠姬的手,眉开眼笑满面稚气:"阿姊,咱们还是第一回观龙舟呢!"

此时江面上已经罗列好十二条彩船,为求今上和后妃们看得尽兴,船首船身皆是描金涂朱地勾画过,龙头上扎着五彩锦绸丝带,在金光粼粼的江面上迎风飞舞着,煞是夺人眼目。

妃子们难得出宫一趟,自然激动万分,礼监上前回禀道:"吉时至,请皇上发令开赛。"

萧鸾这才起身来,锦袍上的一对金龙在丽阳下现出龙鳞片片,栩栩如生,他看上去兴致甚为高昂:"端午佳节,万舟齐发!"

随着萧鸾一声令下,彩台下"咚"的一声鼓声响起,各色龙舟犹如离弦之箭,江面被激起层层雪白的水花。水师精英们皆奋力划桨,龙舟你追我赶,在金光碧水中显得格外壮观。彩台上的帝妃们看得兴致高昂,沿岸军士对着江心呐喊助威,鼓手们更是将鼓声敲打得震天作响,就连玉奴也紧紧攀住珠姬的手,不住道:"那条那条!阿姊你看,那条龙舟肯定获胜!"

十二条龙舟将至终点,都在争先恐后地抢夺头魁。其中一架红鳞龙舟冲到最前面,众人都忍不住叫好,谁知道侧旁一架紫鳞龙舟紧咬不放,竟然在最后关头离箭夺下彩球,以一臂之距惊险获胜。玉奴气得连连跺脚,噘嘴道:"讨厌!这条船怎么忽然跑出来抢人家的头彩?哼!"

珠姬却是莞尔,道:"竞技比赛,自然是谁能坚持到最后才是真正的赢家。你呀,看个龙舟也要跟人家过不去。"

萧鸾看着也觉有些意外,笑道:"叫舵手上来,朕有赏赐。"

宦官们放下彩台前的竹帘,紫船上依次上来三名主舵手,且跪在帘外请安。明帝瞧见那为首的面貌平常,看不出什么特别之处。只是双臂饱满结实,一看就是天生神力的草莽武夫,便问他想要什么赏赐。

那人粗声回道:"陛下,小的不敢妄想别的,只求能让皇上和诸位娘娘们看得高兴便好。"众妃不曾见过这般粗人，都举扇掩面窃笑。萧鸾也觉得可心，因此笑道："倒是个老实人，说吧，想要什么只管开口，不必太过拘束。"

"那——我就不客套了！"

话音到最后陡然变得锋利，仿佛有什么不妥——众人还没来得及思量，只见竹帘外一道寒光刺了进来，居然是要对皇帝行刺！

剑锋距离正中的龙座已不到数尺，萧宝卷慌将手上的热茶往前一泼，兜头兜脑浇了刺客一脸。萧鸾脸上笑意还来不及退去，只听"嚓"的一声，利剑锋芒因受阻而稍偏，仅仅以分毫之差钉在皇帝的龙袍之上。

众人惊呼起来，但听侍卫高呼："护驾！有人行刺！"

江祐率先冲进来，慌得众嫔妃纷纷掩面回避不及，萧鸾已被刺客手中的剑锋钉在龙椅之上不敢动弹。那刺客不敢恋战，刀光剑影之中刚抓起皇帝胸前的衣襟转身就要杀出重围，但没料到萧宝卷忽然扑上来，胡乱举着手里的匕首就往刺客身上扎下去。

那刺客被刺中右肩，吃痛之下目露凶光，手中长剑当胸刺向萧宝卷。萧宝卷护在皇帝身上，眼见剑尖离着自己只有一两尺之距，却忽然停顿下来——原来萧衍已一剑刺穿其胸，刺客慢慢倒地。江祐等人合力围扑过来，将其原地制住。

刀光剑影中，珠姬与玉奴先是围着潘妃缩瑟做一团，但玉奴却因担心萧宝卷的安危而挣扎站起身。珠姬拉扯不及，又见一陌生的宫娥扑向玉奴，急道："当心！"随后上前将那宫娥拉住，不想对方回转身就是一记短剑，剑刃带着寒光擦着珠姬的脸颊而过。

一阵剧痛后只听"哐当"一声响，玄碧已然徒手制住了这宫娥，并反绑其双手丢在地上。萧衍上前扶起珠姬，目露痛色问道："伤到哪里了？"

珠姬右臂被刺伤，此时惊痛难当，哪里还能说得上话来？玉奴更是自责不已。还好帘外的刺客已被制服，萧鸾这会才算回过神来，坐下后余惊未消，只对着江祐吩咐道："留着活口，万不能叫他死了！"

江祏连忙应诺，萧鸾这才想起先前奋不顾身救驾的太子，再让御医上前查看萧宝卷伤势。见萧宝卷虽只是些许外伤，但身上血迹点点，殷红夺目，也是心痛不已。

一场欢天喜地的赛龙舟，就在刀光剑影之中草草收尾。萧鸾受此惊吓，下令即刻回宫。东宫诸人也围在萧宝卷身边，哭啼不止。

玉奴本要随珠姬一起回莫园，无奈萧宝卷身边离不得她，只得安排程女监亲送她回来。好在周灵璧随身带有上好的金疮药，在马车上先行用药之后回来又另外开了一剂方子。珠姬昏昏沉沉睡到次日醒来，睁开眼就见萧衍满目忧心地坐在床前。她想要坐起来，刚一动静就被萧衍隔着纱帐止住："你好生躺着修养，周娘子和太医都来看过了，虽是皮外伤，也险些擦到骨上，万不可大意。"

珠姬也觉浑身无力，又有些潮热烦闷。春娘上前来扶她坐起来，勉强与萧衍说了几句话后，见她精神不济，萧衍便要告辞。珠姬这才想起来叫住他，问道："阿兄，太子那边怎样了？"

萧衍回转身，隔着纱帐看见她玉容憔悴毫无血色，他心中生出无限怜惜，压低声音沉吟道："你放心，太子那边一切安好……只是，宫中昨夜传来消息，今上急病咯血，如今我还要去宫中候命。"

珠姬一听这话大是不好，当即心下一沉。稍一定神，见玄碧不在跟前，刚要人叫玄碧过来，萧衍这才出言道："她护主不力，按照家规已经被发落去孤山了。"

孤山是何所在珠姬并不知内情，但听萧衍的口气绝不是什么好事。于是强打了精神向他求情，又道："若不是她相护，我兴许已经被那刺客杀了。阿兄你要赏罚分明自然是好的，可是玄碧她并无过错，还请阿兄开恩，宽恕她这一回。"

萧衍面有犹豫之色，春娘快人快语，一边给珠姬拍抚后背，一边道："使君还是快些答应女君所请吧，如若不然，对她身体更无益处。"

萧衍甚少被家中下人如此当面顶撞，但对春娘的话并不以为忤，随后竟很快点头，吩咐高兴去将人释回来。他说完，便举步而出。不多时周灵璧提着药箱赶来，珠姬攥住她的手，便道："萧宝卷这是做戏给世人看，今上危矣。"

周灵璧点头，见四下无人低声回道："且不管他们萧家父子的事情，我先前去了一趟东宫，良娣十分担忧你。太子也说，过些日子定要送你一份大礼作为酬谢。"

珠姬疲倦地靠在软枕上，闻言只是淡笑摇头："我与玉儿乃是姐妹，要他萧宝卷来谢我做甚？"

周灵璧叹口气，伸手推开窗棂透透屋子里的药息。有暖风吹来，檐下花树梢头有片片花瓣飘落，坠下一场满天无际的花瓣雨。

她接过侍女送进来的汤药，走到床前舀了一勺出来，待其冷却时道："你要有些准备，我听说——江祐曾在太子跟前提及，想要续弦，求娶你。不知太子会如何打算？"

原来如此——珠姬心中的猜疑终于有了眉目，再回想昨日的一幕幕，忽然道："我猜，江祐必定已与萧宝卷拟定条件，所以我除非抗旨，否则便只有嫁了。"

周灵璧却摇头，手中送了一勺汤药至珠姬口中，缓缓道："非也，我觉得与其被赐婚给江祐，你还不如先让良娣替你开口。真要比较起来，郗泛只是断弦，江祐却有杀妻之嫌。"

珠姬漱口后靠在软枕上并没有接言。江祐杀妻，概因两位妻室都暴病而亡，死因存疑。她对郗泛倒是印象颇佳，可要论起婚嫁来，却是丝毫念头也没有。想一想眼前的诸事繁杂，又不免担心入宫候令的萧衍。

周灵璧见她面露疲色，端了空碗便带上门出去了。

等到珠姬再次醒来时屋里已经掌灯，鼻息间传入幽幽的释迦果香。有一人静静跪在床前的地上，见她醒来便拜道："奴婢多谢女君回护之恩！"

珠姬看是玄碧，忙叫她起来。后来问起萧氏的家规，方才知道原来阿兄是个极为严厉的人。玄碧心中感激珠姬为她求情，是以渐渐打开心防，说到萧家上下诸人时，她格外提醒珠姬："其他人犹可，唯独是夫人跟前，女君需得处处留神。"

珠姬此前也隐约听过，这位阿嫂郗徽出身高门、性情厉害，便问玄碧："阿兄如今长住京师，为何不接阿嫂与儿女同来？"

玄碧垂了脸回道："夫人确有此意，但主君似乎不允——至于情由，奴婢也不知。只是主君与夫人分居已久，少有团聚。"

珠姬"哦"了一声，慢慢品着口中的茶汤。过得片刻才问道："阿兄膝下如今只有三位女君？皆是阿嫂所出？"

玄碧点点头，见四下无人才敢低声道："奴婢本不该非议主君家事，但女君问起，奴婢这才斗胆直言——夫人美貌又有高门望族的身份，只是成婚时便与主君定下八不准的规矩，以至于主君多年未纳一名姬妾。但夫人连生三位小女君却无男嗣，如今外头传得沸沸扬扬，此事……的确颇令主君烦忧。"

珠姬听到此处，再不好往下探听。正好春娘端了汤药进来，玄碧便收了茶盏退下。春娘隐约听到只言片语，见珠姬喝完汤药才摇头道："这位郗夫人怕是不好相与的，使君若不允她来京师还好，若来了，怕是不好应付。"

珠姬喝完药，犹觉满口苦涩，问道："阿嬷何出此言？"

春娘面有不屑说："原本以她的出身，就算姬妾生下了儿子又如何？她是正室，妾室所生的孩子都要尊她为嫡母。像这般竟弄得家中后继无嗣，岂不让人笑话。"

珠姬举袖含漱，末了放下手里的茶盏，若有所思道："情深才会妒忌，她出身尊贵，当初成亲时阿兄既答应她不再纳妾，那也该信守承诺。只是天意弄人，谁能想到他们竟无子嗣可承继？"

春娘撇嘴，神态自是不以为然。端了碗盏开门，正好玄碧就在门外，启道："女君，江府来了人，在门外候着。"

珠姬当即轻咳一声，对春娘道："阿嬷去看看，我歇会。"

这日莫园被前来送礼的贵人们踏破了门槛，都是听说良娣的阿姊受伤特派人上门请安，又送上许多的厚礼。春娘接礼单接到手软,后来索性交给玄碧去应对。春娘得空对珠姬道:"江家来的人格外殷勤周到,话里话外总让人听着大有深意。女君,该不会是那江祐真有心要求娶?"

珠姬躺在软枕上,手指轻轻拨弄着腕上的"思无邪"沉思不语。如此将养了五六日,臂上的伤口总算结痂褪了肿。这日玉奴与周灵璧一道前来,珠姬得知那日刺伤自己的宫婢竟然是褚妃身边的人,意外地看了看周灵璧。

玉奴却得意道:"如今她可算是跳进黄河也洗不清了,殿下前日便罚她闭门思过。哼,以后看她还怎么张扬?"

珠姬和周灵璧都觉此事大有蹊跷,后玉奴回东宫,周灵璧才道:"褚妃不像是幕后黑手,她没这个必要。反倒是那个黄宝林,她膝下有子,如今不上不下,如此坐收渔翁之利的行径,于她来说可是大大的便宜。"

珠姬揉了揉脑仁,点头道:"嗯,我如今进出东宫不便,你帮我提点一下玉儿,让她不要总上别人的当。"说到玉奴,周灵璧也是叹息。她与玉奴相识在扬州,知道其本来十分淳朴天真。但自从入了东宫做了良娣,也是变化甚大。衣裳配饰,动辄花费数万。光是鞋履,便存了不下百双,凤头、聚云、五色……各种形制,锦绣绚烂,金贝踩地,珠玉踏足,奢侈至极。

而东宫内外多有阿谀奉承讨好献媚之辈,偏再加个萧宝卷,更是凡事不怕大。玉奴管他要星星,他恨不能摘下月亮来。这两人凑一块,再被那些个别有用心的人一怂恿,真是赤手空拳两双手,也能把天给捅个大窟窿。

周灵璧想想这对活宝大感头疼,对着珠姬也只能勉力应承:"我尽力。"

过了五月,天气渐渐热起来。托赖有伤在身,珠姬在屋子里安静养了半个月。其间,老王母差人把她要的那些古书都一车车送了过来,又传话让她好了再去自己那处小住。

眼看就要入暑，萧衍倒一天更比一天忙。珠姬问高兴缘由，得知如今江祐正在朝中与萧衍分庭抗礼，党羽相争，实力又不相伯仲。

再过两日玉奴来时便问起她，哪知这丫头竟茫然道："萧郎从未提过要将阿姊许给何人，再则了，此事他怎么敢做主？若不是阿姊自己心仪的，便是皇上赐婚，我也定要他驳回去不可！"

珠姬心下有了分晓，再正色道："那你就记着我说的话，无论你那萧郎说起谁，你都要阻止。切记！"玉奴少见她如此严词厉色，想一想也似乎明白了一些，连忙点头应道："好，我知道了。"

看来萧宝卷只是有意以自己的婚事引得萧衍和江祐两人相争，珠姬心下有了眉目，便让玄碧去传话给萧衍。萧衍下马时已是暮晚，入园见珠姬坐在秋千架上，上身是件云霞色的襦衫，下系了条素裙，纤腰广袖，裙裾飘动。她双手扶着秋千两侧的绳，任由秋千在风中缓缓垂荡，也不知是在想什么，渐渐地出起了神，就连自己走到跟前都没察觉。

萧衍近来操劳，每日只得睡两三个时辰，掩不住疲色。因见珠姬神色恍惚，他在跟前站了许久，直到春娘端着茶水过来时才道："女君，使君过来了。"

珠姬吓一跳，双手去扣秋千绳，右臂上的伤处被带起内里的疼。萧衍见她"哎呀"一声似要从秋千上坠下，连忙上前伸手去接。

也是巧，两人身体相接时，珠姬胸前的衣襟靠在了他的手腕上。鼻息间透进了缕缕女儿家的幽香，萧衍这才神色一变，在春娘赶过来之前收回了自己的手。

兄妹二人有些日子没见，便在园中设席说起了家常。萧衍并不意外萧宝卷的态度，他朝珠姬道："皇上病重，已授太子监国。江祐是他的亲表舅，他有拉拢之意想用其来牵制我，也是人之常情。不过我也知他不敢乱许你的亲事，除非良娣失宠。"

珠姬见他看得高远深透，心里钦佩。又见他消瘦不少，便为他夹了一筷子紫苏蒸鲟鱼，道："阿兄尝一下这道蒸鱼，很是鲜美。"

萧衍朝她笑了笑，目光柔软如盛满春光。他吃完鱼扫视桌面，问:"上次那道黄米姜呢?"

珠姬不免有些面红,低声道:"之前不晓得阿兄不吃辣,我与周娘子还有玉儿都吃得惯,但是阿兄这样平时不吃辣的,还是不要试了。"

但萧衍却坚持要人端上来,还道:"春日里湿气重,吃些辣的发一下汗,也是好的。"

既如此,玄碧便去厨下端了一小碟上来。珠姬看萧衍拈起一片送入口中,起初很是担心他受不受得住,谁知后来过了一会见他神色如常,这才释然一笑:"阿兄觉得怎样?"

萧衍在她含笑的双眸中点点头,再忆起两人初识时她白衫临风的情形,先前喝下去的几杯绿酒涌上些许朦胧,脱口道:"极好!珠姬,我——"

他话未说完,被匆忙奔来的高兴打断。高兴满面汗渍,神色慌张地启道:"主君,夫人让家中送了新进的那位丁姬进京,说是要她好生在此伺候主君的起居。如今人已到了西庭门口,奴不敢自作主张,这——这该如何处置?"

萧衍与珠姬皆是大吃一惊,萧衍尤甚。他霍然起身,不可置信地问了一句:"我何时应承过让她把人送过来的?她——她简直是岂有此理!"

高兴跪在地上连连点头,揣摩着主君的意思,便大胆道:"那……奴这就让人还将丁姬送回丹阳?"

萧衍显是气急,没有作答。珠姬见状不得不进言,起身道:"不可!阿兄,阿嫂也是一片心意,况且那位丁姬既是第一次与阿兄蒙面,阿兄若连她见都不见便要遣她回去,岂不是让她无地自容?恳请阿兄念及无辜,不要如此待她,亦不要驳了阿嫂的颜面。"

萧衍不想她会如此设身处地为人着想,盛怒之后定下心神,再一想远在雍州的发妻此番作为,显然,她事先并不通知自己便将人送来,便是料到自己忙于政务必会对丁姬视而不见。

如此一来既狠狠下了族中亲长的情面,又逼得这丁姬此后再无立足之地——也是幸亏有珠姬提醒,否则后果又是一团乱麻。

当即点头,不过少顷又道:"今上病重,如今若是我将人留了下来,容易落人把柄。此事还请阿妹代为周旋,为兄感激不尽。"

珠姬点点头,唤玄碧去取自己的披风出来,再替萧衍斟了一杯茶,道:"这有何难?我与阿兄同去西庭,便算是相见了。人可留在西庭暂住,阿兄忙于政务便在衙内值房休息。过得几日,再寻个由头将人送回丹阳老宅,且叫人好生待着便是了。"

萧衍心中一声长叹,清茶入腹,却是五味杂陈。若说此时他不心灰是假的,可这样的心事又不能对珠姬说明!只能笑一笑,朝她拱手道:"有劳阿妹。"

两人一车一马,很快就到了西庭门口。此时月色如洗,珠姬下了马车,但见西庭一如句章城的菩提堂肃穆洁净。萧衍下马在前,伸手过来搭扶她时,不想裙裾被马车的横梁倒刺挂住。月色下只听"刺啦"一声轻响,珠姬皱起眉头向后看去,见玄碧将那方撕裂一块的裙裾抽出来,忐忑道:"奴婢失察!"

萧衍冷了脸,斥道:"无用!"

珠姬怕他又要责罚,连道无妨。两人随后一道进了正堂,见两侧圈椅最下首处坐了一人,听见脚步声便惴惴不安站起身来。谒者刚要上前引见,她先跪了下去,称道:"妾拜见主君!拜见主母!"

珠姬迟疑,高兴连忙上前答道:"这位是主君的义妹,丁姬,你可唤她女君。"

丁姬连忙改口,又要拜。珠姬忙扶住她,笑道:"丁姬姐姐一路辛苦了,阿兄定要好好安置她。"

萧衍此时面色和缓许多,略打量了一眼那丁姬,见她生得体态丰盈,姿色十分平平。但想来族中长辈以为其好生养,便草草点个头,吩咐高兴:"先安排她在北院暂住,另外派人回信给丹阳老宅以及雍州府,就说人已到了西庭,让他们放心。"

丁姬听得此处又要下拜,萧衍实在不愿多见她在眼前,挥手道:"不必多礼,你先下去休息。若有什么需要,只管找高兴便是了。"

珠姬见她行礼后退下,一张清秀的脸掩在烛火的阴影中,走到门槛处却骤然抬头看了看自己。那一个眼神中饱含着不安与感激,让珠姬心中一叹,起身对萧衍道:"阿兄,我还是第一次来西庭,不如让人带我四处瞧瞧。你若有事便先去处理,不必管我。"

萧衍本想亲自引她四处看看,奈何此时王融有事来会。当即点点头,吩咐高兴好生款待,又道:"我在书房议事,等会送你回莫园。"

珠姬去北苑时,丁姬还在花厅里独自张望。见到她来连忙迎上前,珠姬不让她行礼,只是温言道:"阿兄最近忙于政务,并非有心冷落你。他嘱我过来跟你说说话,让你不必担心,且住下来再作理论。"

丁姬此时才如释重负,她自知身份低微,先前听高兴说她是主君的义妹,又是东宫良娣的阿姊,如此尊贵的人还为了宽慰自己特地过来,自是十分感激,连道:"多谢女君善意开解。"

珠姬在花厅略坐了坐,见高兴着人摆了一席的瓜果点心,丁姬还拘束地坐在一旁默不作声,便问了一下她的家中生平。得知其出身寒微,珠姬心里对她有些怜悯,只是彼此间并不熟识,喝了半盏茶便想起身回去。

丁姬这才慌忙起来,对着她有些急促地说:"女君不在此处住吗?若女君不嫌弃,妾……妾可为女君缝好裙裾。"

珠姬出门时换得一袭绛纱复裙,裙边并无花纹亦无金线点缀。先前撕裂的那一块隐入其中,夜晚委实很难让人发现。但不想丁姬心细如发,于是复坐下,笑道:"那就有劳姐姐了。"

丁姬就势在她跟前蹴下身来,接过侍女递来的针线,很快就埋头于飞针走线中。珠姬示意旁人取来几盏明灯照亮些,一室莹光中,珠姬只要稍一垂眸,就能看见丁姬鼻尖上沁出来的点点汗意。许是局促紧张,丁姬的长睫始终颤动着,犹如不敢停驻的蝶。

过了片刻,终于见她将两眉舒展开来,随后缓缓起身,对珠姬展颜笑道:"妾手艺笨拙,女君不要见笑。"

珠姬看了看玄碧撩起来的那块织物，见其平整如新，丝毫不见之前曾被撕裂过的痕迹。当即明白丁姬绣艺高明，想一想心里感动，便拉住她的手道："姐姐明日若有空了，可让高寺人安排车马来莫园小聚。"

　　丁姬连连点头，神色间有些不敢相信。她将珠姬送到主院花厅时，萧衍来了，略一轻咳，她便立即退下。珠姬有些不忍，低声道："阿兄要待丁姬宽厚些，才刚她给我缝好了裙边，手艺十分精湛。"

　　萧衍点头，目光自然落到了她的裙裾。随后笑道："你既喜欢，便让她做你的绣娘也好。"

　　珠姬笑道："阿兄怎么这样玩笑？"

　　临夜有风，两人出了正门再回莫园。珠姬回屋后如常梳洗，临睡前还靠在软枕上看了一会都泛送来的《搜神记》。萧衍却没有回西庭，他约了竟陵八友中的沈约、范云、谢朓等去淮水岸边小酌。

　　谢朓刚刚卸任宣城太守，回京中待职，他是八友中最为放荡不羁的一人，此时一人携着数美，左拥右抱忙得不可开交。因见萧衍独坐一侧，身侧相陪的花魁晖月竟只是一味给他执壶添酒，谢朓当即不满地招手，吩咐晖月："你平日里这样思慕他，真等人到你面前了还这样矜持？如此做作！"

　　晖月是淮水岸孟氏章台的花魁，生得姿容妩媚，心仪萧衍也不是一两天的事情了，此时被谢朓责备矫情，也只是低垂了粉面，娇羞道："奴不敢，使君今日看着似有心事，且——奴还闻见他身上有些异香，兴许是府中早有美人相伴了。"

　　萧衍听到后一句，忽然想起之前自己的确轻拥过珠姬一下。后来至西庭门前，又扶她下车。此时指尖还残存着些许幽幽的蔷薇水气息，那是她素日以蔷薇水浣手所留。至于身上的香息，定是她天生的体香——如此一想，不由心旌摇曳神思飞驰，就连身侧的晖月两眼含情满目恳切地看向自己，也浑然不觉。

　　而谢朓等人素知他的和尚心性，听晖月说他身有女香当即笑作一团。还是沈约老成几分,笑罢后举起酒盏朝萧衍示意,劝道:"弟不必心忧,你尚在盛年,子嗣之事必定顺遂。倘若家中的河东君真不通情理,那我们也不会坐视不理。"

谢朓旋即拍案附和,道:"就是!你那蛮夫人虽是高门女,但心胸如此狭窄,实在有失大妇之德!今夜便由我们兄弟做主,将这晖月许给你做妾!"言毕,又朝晖月道:"你可要好生服侍我们叔达,日后也莫要忘记我们的成全。"

晖月心中大喜,犹忸怩不安道:"奴多谢几位相公美意,只是萧郎他……"

她既唤萧郎,余下的人皆又是哄笑起来。萧衍但坐不语,一副郎心似铁的模样。见状有美人忍不住为晖月抱打不平,朝他道:"萧使君自不愁佳人相伴,但晖月却为了使君屡次推拒恩客,引得鸨母虐打。如此深情就连我们这些姐妹都不禁动容,难道使君的心是石头做的吗?便一点情分也不给她?"

听见这话,萧衍才拢起眉梢。他顺手撩起晖月的长袖,见玉臂上果然瘀肿未散,放下后对她道:"我从没有许你什么,为何如此执念?"

"我既媚君姿,君亦悦我颜。何以致契阔,绕腕双跳脱。"

晖月从席间盈盈起身,敛衽衣裙朝他行了个大礼,随后含泪道:"奴从不敢奢求萧郎许我什么,奴甘愿为使君守身,再不侍奉他人。只此微末心愿,还请萧郎成全!"

她说完俯身拜下,一动不动。唯余双肩轻耸,显是哽噎不成言。

在场之人无不动容,纷纷放下酒盏看向萧衍。沈约刚要开口,萧衍已然伸手扶起晖月,朝她道:"你随我来。"

这二人走时,众人击盏相庆,大概都是以为萧衍动了心,会将晖月留在身侧。只是上了岸后,萧衍就翻身上马,朝随从吩咐道:"将她带去水仙胡同的别院安置。"

晖月本满怀喜悦,以为今晚便是良宵。后来见他要走,当即慌忙泣道:"萧郎——"萧衍纵马行至她跟前,指了随从雇来的马车道："你既心仪于我，我也不便驳回几位兄长的美意，自会供养你。不过若是你想要其他的，只怕我不能令你遂愿。正如你心仪于我一样，我也有心仪之人。如此相见而不得，你我倒算是同病相怜了。"

他看向晖月时，眼中有一层薄薄的哀伤。恰月色如洗，两人一坐一立，此时的萧衍再无素日的冷厉之气，但对于晖月而言却是全然陌生的。她张开嘴，本想再求他几分温情，可话到嘴边却变成了："能得萧郎如此深爱，她真是令天下女郎羡慕不尽。"

萧衍脸上的表情似笑非笑，又似隐含着一些叫她看不懂的意味。少顷，他纵马离去，身后亲卫亦随之绝尘。余下晖月站在秦淮河畔长叹一声，才登车去了。

江府的花会，原本珠姬以为已经作罢。没想到这日一早却又有人来递了名帖，还再三道："此次花会乃为宫中曹贵嫔主事，她说自己正好生于五月，芍药花神又有祛病之神力。因而想邀京中贵女夫人们一聚，一为陛下祈福，二为赏花相会。"

珠姬接到名帖本不想去，但细一想江府的筵席冯昭必会前来。因此才与春娘商议赴宴，却又很快为衣饰发愁——京中的风俗，若主家办的芍药花会，与会之人必定也要身佩芍药饰物，或者衣绣芍药而至。但珠姬素来不喜繁复，不但首饰皆多以玉为材摈弃赤金宝石，就连绣边的衣物也很少。若要开箱取了阿娘的首饰来戴，又怕被人认出来。

正左右为难时玄碧进来，启道："女君，西庭的丁姬来了。"

也不知为何，珠姬闻言竟然松了口气。她亲将人迎进来，略一寒暄之后由春娘道出难处。丁姬毫不推让，立时便与春娘商议起了花样子——后来珠姬坐在榻上，见她飞针走线间便绣好了一朵层层累累的粉白芍药。

窗外的微风吹拂在她脸上，茜色交领微微颤起，工整的垂云髻中坠下了几缕碎发，侧颜再不见昨夜的局促，真是个极为安静的女郎。

第四章　曲水流觞

有风穿堂而过,吹起挂在檐下的一只砗磲风铃叮叮作响。丁姬抬头一看,见是自己从未见过的一种物件,非珠非玉但洁白如练。珠姬正倚在榻上小几随手翻看着一本古书,见她好奇便道:"这是砗磲做的风铃,如今只此一件,日后待回去岛上再送你一个。"

丁姬连道不敢,心中一慌,手中的绣针扎在了指尖上,沁出一点点的血珠来,连忙被她按下。

随后门口传来人声,笑语嫣然。周灵璧到檐下挽住珠姬的手,进来一看丁姬手上的花色便啧啧道:"真是好手艺!姐姐,你从何处寻来这么好的绣娘?"

珠姬忙正色道:"别浑说!这位丁姬乃是我阿兄的侧房,刚从丹阳过来的。我一时没有合适的衣衫去花会,这才求她出手相助。"

周灵璧点头与丁姬见礼,随后便央着要同去花会。珠姬也应了,不过问她:"你哪有芍药花的衣衫?"

周灵璧眼珠子一转,就看向丁姬。珠姬抬手阻止,正色道:"我阿兄的人你也敢差遣。"

周灵璧只得收起顽皮,认真想了想道:"她是你的小嫂,我哪里敢有差遣之意?不过求人不能光张嘴,我这里有一剂生子秘方,对她和你阿兄却正是合宜!"

珠姬本不太相信这些秘方,但她深知典春秋的医术了得,况且周灵璧还不至于会在自己跟前胡言乱语,便问道:"果真有这样的方子?你且拿来我瞧一瞧。"

周灵璧神气地唤人要笔墨伺候,珠姬怕她吵得丁姬烦乱,便道:"去书房吧!你莫吵到人。"周灵璧娇笑连连:"是是是,你身边的人个个都文静温柔，就只有我是个女霸王，一来就要霸着你不放。"

她二人相携去了书房，周灵璧提笔写下了所谓的秘方，随后凑到珠姬跟前，与她窃窃私语了一番。珠姬不免吃了一惊，问她："你这从何来的消息？我阿兄不像是做这等荒唐事的人！"

周灵璧撇嘴，又朝隔壁努了努嘴，道："消息千真万确，不信你只管让人去水仙巷打听打听。再说了，你阿兄收的那位花魁娘子可是章台状元，自然要比这位娇俏妩媚得多！"

珠姬瞪她一眼，忙道："不许这样以貌取人！我看阿兄这样子，怕是在跟家中的长辈怄气。"

周灵璧被她驳回也不恼，只是嬉笑。珠姬想一想丹阳郡中的那些复杂的宗亲关系，也替萧衍头疼了一会。少顷，想起花会时还要请周灵璧代为周旋，于是向她低语叮嘱了几句。

周灵璧当即摩拳擦掌，连道："放心，包在我身上。到时我设法将那冯昭叫到无人处，你只管问她话，保管不会让人瞧出端倪。"

珠姬点点头，正好玄碧捧了先前的那条折褵裙过来。一抖开，但见光艳清丽的春藤雪萝锦缎上簇拥次第绽开了一朵朵大小不一的粉白毛边芍药。芍药花色不秾不艳，却十分饱满圆润，手抚上去时仍觉栩栩如生。珠姬心中暗叹，周灵璧早拽住了她的右手，央求道："好姐姐，就请你这小嫂为我绣一次可好？这样的绣艺，满建康城怕也找不出几个来了！"

珠姬笑了笑，思忖道："你只管当面去求她，她若肯帮你那是再好不过了。若是不肯，你也不许胡缠。"

周灵璧开口相求，丁姬哪里会推拒？珠姬便让人再选了一套现成的春衫过来，交由她与丁姬二人商量着如何着手。

初夏时节，日光原本清亮，更兼院中花色灼灼，浮丹流翠，珠姬看书看了一会有些乏，渐渐阖上双眸。刚支着右腮往下坠了一下，便听外头人声喧哗，有宦官尖细的声音传到耳中，慌乱道："良娣请女君速入东宫！太子妃娘娘——娘娘先前自裁了！"

珠姬立即醒过神来，顾不得更衣，匆匆拢了一下云鬓便道：

"速去东宫!"

这一去,直到入夜也不见人回。丁姬绣完了周灵璧的绛纱复裙,又在对襟小衣的长袖上绣了缠枝花样,莫园的侍女上来服侍她与周灵璧用过晚膳,又端上茶点,仍不见有消息传回。

丁姬与周灵璧不免忧心忡忡。还好此时外头传来车马声,侍女喜道:"应是女君回来了!"

珠姬带了一身疲色回来,入内便坐定在榻上。原来东宫褚妃被人挑唆,本就不得宠的她误以为萧宝卷相信那日的宫婢真是自己所指使,一时想不开竟然悬了梁。好在被人发现并救下,但事情闹得沸沸扬扬,又将玉奴置于炭火之上。

萧宝卷其实也知道是自己冤枉了褚妃,见黄宝林以及东宫诸人都散发除服跪在褚妃寝宫之外告罪,便让玉奴也去走个过场。可玉奴哪里肯从?还是珠姬赶来将她劝了过去,姐妹二人跪在石径上半日,直到褚妃的父兄都亲来探视过后,这才总算了了此事。

少顷,春娘让人端了香草汤进来,周灵璧展开珠姬的罗裙,见玉色双膝上青紫一片,自取了紫草膏缓缓轻涂。春娘心痛难当,哽噎道:"老奴只恨不能以身相替!"

清凉的紫草膏抹上去,珠姬这才觉得双膝火辣痛感渐退。她缓过神,摆手道:"没什么,当日我既打定主意要来,便料到了总会受些波折。只要玉儿没事,这些算不得什么。"

周灵璧蹴在她跟前,似有心事重重,也不作声。一屋子的人都屏声敛气时,珠姬忽然朝丁姬笑了笑,歉意道:"今日对不住你,事情来得突然,我竟没想到派人先把你送回去。"

丁姬惴惴不安地回道:"我左右无事,女君,只是你这伤……"

她本意是关怀,却不知该如何问起。正焦急时冷不防门外有人闯入,玄衣紫袍,玉面含霜,入内便道:"你去东宫怎么也不知会我?如此大辱,我定要替你讨回来!"

众人见是萧衍,连忙福身行礼。珠姬起身不便,也只笑了笑,回道:"不是什么大事,总不能处处劳烦阿兄打点。只是,东宫那黄宝林不是什么良善之辈，我怕玉儿要在她手里吃大亏，所以——还请阿兄帮忙，安排一两个得用的人到玉儿跟前。"

萧衍点头，他也正好有此谋算，心里很快想起一个得用的人来。不过见着她面色苍白，显然是强压了疲惫与疼痛所致，仍心疼道："此事我自会安排，但是日后再遇上这样的难事，你可先遣人来告知我，我定会有法子替你周旋。"

珠姬点点头，又想起一事来，便道："阿兄来得正好，今日辛苦丁姬为我绣好了花会的衣裙，如今夜深了，还请阿兄替我送她回去。"

她有心想要成全丁姬，却不想被萧衍看穿。对上她清澈如水的双眸，萧衍还只能勉力道："这个自然，你早些歇息，我这就把她送回西庭。"

他来去如风，莫园上下也早就惯了。只有丁姬被带上马车时仍不住向外张望，被萧衍发现后问道："你还有何事？"丁姬慌忙垂眸，摇头道："妾无事，只是不曾与女君道别，心中不安。"

萧衍已经跃上马背，闻言横了一眼，稍缓了语气道："你明日再来吧。"

丁姬心中一喜，朝他谢道："多谢主君。"

褚妃之事过后，东宫也算安宁了几日。珠姬双膝上的瘀痕渐消，便着意筹划了一下花会的细项。她是个细致的性情，日常见丁姬来莫园，每日都留下许多的绣品，或是绣衣，或是丝帕，香囊扇坠无一不精。因喜欢丁姬的安静淳朴，便提点她："你得空也替阿兄绣几个荷包吧，权当一番心意。我记得他喜欢玄色，你可用云纹再缀上金线，也是应景……"

她说着，为免丁姬不知萧衍的喜好，便叫人呈上笔墨，亲手绘了花样子，又叫人取了上好的丝帛绣线等物，供丁姬慢慢择选。丁姬选定之后夹上绣绷，照着她起的花样子定了个雏形。再侧身看时，却见珠姬正伸手攀择着放在几上一盆芍药花。那花开得正好，娇嫩的蕊心吐露芳菲,却比不过她素颜时的侧脸。

丁姬停下手,也不知从何而来的勇气,竟问她:"女君何不自己绣一个荷包送给主君?或许主君会更高兴。"珠姬回转脸,朝她一笑:"不可,我与阿兄乃是兄妹,这等贴身之物,只有你和阿嫂才能相赠。"

丁姬"哦"了一声,佯装懵懂地点点头。见珠姬随手拈下一片娇艳的芍药花瓣夹入书中,心里思量半天。她只是略识得几个字,自然看不懂那书里的真章,可不妨碍她去猜想那书中的精妙。

夜深无人时,坐在珠围翠环的寝居里,一个人漫漫回想着此来京城的一应所见。她并不是个愚蠢狂妄的人,萧衍分明看不上她,这一点早就确认无疑。主母是个远近闻名的厉害人,但所幸能遇上这样良善温和的女君,珠姬待她的好,她都记在心坎里。

相处越久,便越想留在她身边。哪怕是做个侍女,或者给她当个绣娘……这样的念头一旦生出,便再难抑制。

无人的夜里她辗转反侧,思索着主君对女君的百般呵护,甚至觉得只要女君肯开口,主君必会愿意。但次日起来,便觉右眼皮狂跳不休,未待吃完早饭再去莫园,已有人持了雍州郗夫人的亲笔信至西庭。

得知主母命自己明日便启程去雍州时,丁姬骇了一跳,手里攥着用来起画的那朵芍药花也掉到了地上,被侍女捡起来,斥道:"夫人但有所命,你还不谢恩?"

丁姬重重跪下,面无表情地朝西行了大礼,平板道:"妾谢主母大恩。"

这一日丁姬没有如常来莫园,珠姬也有些顾不上。

因江府的花会设在午间,她晨起便预备着外出。如今建康的名门花会,时兴的还是东晋的曲水流觞。珠姬以前在潘妃宫中暂住时便曾与会,今日到了江府门前,一路穿花拂柳,直至被谒者引至中庭的兰庭时方才知道,原来江氏富贵丝毫不逊于各家。

所见之兰庭，乃是府中一座别致隽秀的小山。山间遍植芳树，各色珍稀芍药盛放其间，山中便有活水，以玉竹连成迂回之状。竹内细水涓涓，上面浮着陶制的羽觞。觞内盛酒，流至跟前便可随手取来饮用。此时虽不是三月的上巳节，但世人总信奉流觞可驱除病痛秽气，因而宾客们都坐于茵席绣褥上，取了酒杯便与身侧之人举盏欢饮。

一路行来，珠姬见一众女宾已然粉面含春，空气里弥漫着馨甜冷冽的酒香。珠姬的席位被安排在南向的主位右侧，而携她名帖强行蹭席的周灵璧也被安置在她旁边，此时已是喝得醉醺醺。见到她来便上前拖手，又扯着要在自己的茵席落座，且醉态可掬地说道："你可算来了！这江府的绿酒十分清甜，来，你且尝尝看，今日我们可要不醉不归……"

珠姬见她装得有些过火，引来四下围观，连忙暗中提了提她的手腕，低声道："正经点！咱们又不是来唱戏的。"

周灵璧嘿嘿一笑，凑近她耳畔道："冯昭已经来了。"

珠姬心下有了分寸，就势在茵席上跪坐下来。随后江府女君江蕴扶着母亲江老太君款款步出，谒者一声令起，珠姬便随众人一道起身。

主家一行最先来到她跟前，老太君魏氏素来有些昏花，对着珠姬端详过后，才拍了拍她的手背，赞道："难怪那日端阳节后大家都说萧使君认了一位仙人般的阿妹，今日一见，果然气质不俗。"

江老太君既赞不绝口，余下众人也纷纷附和。江府的女君江蕴乃是长女，掌管江氏内务，人称江弗居。许是素来礼佛，虽年近四十，望之仍如青春女郎一样清澈。

她对珠姬也颇合眼缘，除了主动敬酒之外还问珠姬："你素日喜欢什么花？我家中花木培了许多。若有喜欢的，我送你几株。"

珠姬听闻过她在建康郊外长设善堂，施粥赠粱救济那些贫苦无依的流民，也有结交之意，便道："我在莫园也种有一些花木，来日等弗居得空了，可来莫园一道品茶赏花。"

寥寥数语过后，江蕴自扶着母亲再去应酬余下的宾客。随后宫中曹贵嫔驾到，众人都起身相迎接驾。正不可开交时周灵璧"及时发作"，捂着肚子拉住珠姬的手，央求道："哎呀，我肚子疼，姐姐陪我去更衣吧……"

珠姬瞥她一眼，顺势扶住她的手，两人带了玄碧，在江府谒者的指引下去了更衣的西厢。

江老太君率众迎了曹贵嫔入内，便在侍女的搀扶下回了东庭休息。见侍女打起珠帘，早已等候在内的江祐连忙迎上去，亲扶了母亲在堂中座下，又奉上新沏的茶，急切问道："阿娘觉得如何？"

江老太君沉吟良久，半晌后抬头望了望自己的儿子，问他："你真要求娶她？"江祐见母亲口气似有松动，连忙道："正是，儿以为此女品貌性情俱佳，可求为儿妇，请阿娘成全。"

江老太君听后不语，手拄拐杖，目视堂外。江蕴掀帘入内，见着自己这个不成器的二弟便唾了一句："你且死了这份心！还嫌祸害的人不够吗？"

江祐素来敬畏自己这位长姐，被如此一通数落后也不敢强辩，只道："阿姊为何以为她必定不愿嫁于我？如今京师之中，能有资格求娶她的人并不多，以她的身份又不可能委身做妾，我虽丧妻，但却能以正妻之礼相迎。更何况……"

江蕴因气恼他两次闹出杀妻的丑闻，虽不全是事实但也的确理亏于人，故而格外憎恶他这等将婚姻视为儿戏的放荡举止。当下且听到此处按捺不住，呵斥道："更何况什么？弘业我且告诉你，我猜她应是建安长公主的遗孤，萧衍既认她为义妹，她的身后便站着整个兰陵萧氏！你要仔细权衡，切莫再害人害己。"

江祐见长姐揭穿了珠姬的身世，当下更是得意，扬眉朝母亲道："阿娘，我若娶得建安长公主的女儿做你新妇，你以为如何？"

江老太君缓缓扬起脸，迟疑再三地问："她真是建安长公主的女儿？难怪了，我先前一见她就觉得十分面熟……原来如此……"

大约是上了年纪的人都格外念旧，提及长公主，江老太君便恍惚有些走了神。江蕴瞪了弟弟一眼，压低声音问他："我先前瞧见你专门去截你表舅母，拉着她鬼鬼祟祟说了半天的话。说吧，你又要弄些什么名堂？"

江祐颇为无奈地叹口气，对着她长长一揖，求饶讨告道："我的好阿姊，我是你亲弟，难道在你眼里我就真是一个只会欺男霸女的恶人？是，我是去找了表舅母，不过也是因为她从前侍奉过长公主，想着若是珠姬女君与她叙旧，还望她从中美言一二呀！"

江蕴冷冷瞟了他一眼，一副恨铁不成钢的嫌恶："早知今日何必当初？如今晓得要找人替你美言了，当日何不良善些，便是夫妻不睦也可和离，再不然，你便是休妻也好过逼得人家走投无路！"

言毕，她拂袖而去，余下江祐瞧着她身后簌簌颤动的珠帘，咂了咂舌，扶额摇头道："家里真出个女菩萨也不是什么好事，一天到晚地念经诵佛，简直快要把我头念晕了。"

他嘴里叨叨，冷不防坐在上首的母亲骤然提起手里的拐杖杵了杵地，喝令他："你长姐说的都是正理，你认真听着，此事不可莽撞！除非人家女君肯嫁你，否则你再敢使些卑鄙手段来胁迫人家，我头一个不饶你！"

可怜江祐左右碰壁，心里犹带了几分不甘。想一想冯昭那边应该已经了了，便出来使人寻她，又向兰庭那边打望了一下，问道："萧府的那位女君可是回席了？"

寺人忙道："还不曾，应是在西稧更衣。"

西稧幽静，高殿深远，日光清宁。冯昭一路敛衽而行，待闪身入了一间客舍后仍余悸未消。她此刻心内如沸水般翻腾纠结，不但是因为即将谒见昔日旧主之后人，更因为此前江祐亲自拦住她，向她耳提面命了一番。

"总之舅母记住，我求娶珠姬女君的心意已定。倘若她问起自己的身世，舅母便只管告诉她长公主曾私会萧顺之数日，两人之间十分暧昧缠绵，关系非同一般。"

江祐之父早已过世，如今江府便是他做主。冯昭的夫家和娘家都倚仗江府，因此对着这表侄儿她反倒有些卑微之态，先应了个"是"后才发问："那倘若女君误以为她便是萧顺之的骨肉，我又该如何作答？"

江祐露出狡黠笑意，回道："那便只管让她误会，反正你又不曾一口咬定她是萧顺之的女儿，来日便是被拆穿了，她也奈你不何。"

彼时冯昭唯有听命，此刻入了幽静客舍内，再思及旧主之恩，心下也是十分不安。终于听见门前传来脚步声，迎上前见丫鬟拥着一位十八九岁的女郎入内。那女郎眉目神态皆与昔日旧主有着六七分相似。她心口一热，双膝已然触地跪下，泪洒前襟："冯昭拜见少主！请少主安！"

珠姬将其扶起，安慰道："夫人太客气了，多谢你还念记着我母亲。但她昔日既将你嫁为人妇，你便不再是我的仆侍。我今日来，是有一事不明，还请夫人直言。"

冯昭心内絮乱，假意垂头取帕拭泪，应道："是，女君请讲，我必定据实以告。"

周灵璧守在门外，听得屋内话语声细细碎碎。大约过了半盏茶的工夫，珠姬推门而出。看她脸色不太好，连忙上前扶了一把，问道："如何？"

珠姬摇摇头，勉力压下满腹心事："回去说。"

屋内榻上，冯昭双手绞着丝帕，只恨不能将其撕裂。她面上两泪纵横，忆起旧主的厚恩，而实际却对少主撒谎欺骗。虽是情非得已，良心却已受尽煎熬。最后滑落跪坐于地，双手掩面泣道："公主！奴婢对不起您！"

珠姬出门后一路疾行，周灵璧觉察到她脸色惨白，便劝道："你若不适，我们这便告辞走了吧。"

珠姬恍惚点了点头，与曹贵嫔匆匆打了个照面后便借口身体不适要归家。待回到莫园，便径直去了书房。春娘见她面沉如水，双手不住在书橱内翻找着什么物件，便道："女君要找什么？奴叫几个人来帮手。"

珠姬却道不必，还让她带上门不许任何人进来。如此折腾到暮色起，檐下掌了灯，珠姬跪坐于一地书卷中，终于道："找到了！"

那是一卷孤本的《陶渊明诗集》。书册早已泛黄陈旧，陈腐不堪。珠姬照着冯昭所言，在书页内反复查找，终于摸到两页纸张偏厚。她让春娘拿裁刀来，小心翼翼地掀开，内里落下几张薄薄的桃花笺，其中一张，正是萧顺之写给长公主的密信。

长夜将至，莫园上下都掌起了灯。玄碧迎了萧衍下马时，躬身低语："女君将自己关在书房内，一直没有出来，晚膳也没有用。"

萧衍丢下手里的马鞭给寺人，且朝园中看了一眼，应道："知道了。"

他进来书房时，珠姬仍跪坐在满地铺开的书卷中。春娘在旁悄没声地收拾着一本本古书，见到他来起身行礼："使君来了。"

萧衍"嗯"了一声，走到珠姬跟前，向她伸出双臂，意欲扶她坐起。珠姬这才抬起脸，有些茫然地看了他一眼，随后眼神渐渐透亮，片刻后忽然道："阿兄——"

她这一声唤，再不比从前。是包含了无尽信任与温情，连带着一腔无人可诉的孤苦之意，连同她整个人一起，侧身倒入了萧衍的怀中。

萧衍立即僵直了身体，他觉得她在无声抽泣，眼泪落在他的衣襟上，激起一片温柔的怜惜。他伸手像个兄长一样抚拍着她耸动的肩背，柔声安慰道："这是怎么了？哭成这样，难道江府招待不周让你委屈了？"

珠姬摇摇头，从他怀中站直了身体。"没有——我只是，只是找到了一封阿娘生前的书信。想她那时怀着我离京南下，必定千难万难……我对不住阿娘，让她受了这么些苦，却没能报答她一丁点的恩情……"

萧衍见她用丝帕小心地拭去泪痕，展平手中的纸笺。上面用娟秀的簪花小楷写着一阕汉诗：行行重行行，与君生别离。相去万余里，各在天一涯。道路阻且长，会面安可知。胡马依北风，越鸟巢南枝。相去日已远，衣带日已缓。浮云蔽白日，游子不顾反。思君令人老，岁月忽已晚。

他低叹一口气，推想应是长公主离京之前怀感所书。而珠姬双目红肿怔怔地看着笺上的文字，再不发一言。他与她隔几坐于窗前榻上，小几正中摆着一个碎纹花觚，内中散放着几簇新鲜的玉簪花，花瓣白无瑕，透出一缕若有若无的幽淡香气。

这香气钻入他的鼻息中，牵带起之前她倾入怀中时的绵软触感。他攥紧了双手，按捺下心里汹涌的念头，平平朝她道："身体发肤受之父母，若念及父母大恩，便该好生珍重保养自己。我听说你从江府回来水米未进，如今已到深夜，你既唤我一声阿兄，我便不能不管你。"

说完，便唤人去传膳，又朝袖中摸出一样东西，送到珠姬跟前道："丁姬明日一早便要启程去雍州，她让我捎了这两样东西给你。另外——还有这个荷包，她说是你起的花样子，我甚是喜欢。"

珠姬这会仍是魂不守舍，脑中混沌一片。虽此前便已大致相信萧顺之便是自己的生父，但从诗集中拆出了冯昭所说的密信与母亲最后离开时的诗句，仍让她无法自控地泪如泉涌。所以听萧衍提及丁姬时只是淡然点了点头，口中敷衍地应道："阿兄关怀我，我亦应该感念阿兄。"

随后春娘来请二人移驾到花厅用膳，自替珠姬收起那两只绣好的荷包和扇坠不提。等到夜间在妆台前见了其中一个绣有芍药的荷包，珠姬拿起来看了看，才问道："丁姬姐姐今日来过了？"

春娘替她梳发，玉篦没入青丝中触手生滑，一面回道："不曾，听使君说雍州来人，要她前去侍奉夫人。她许是知道女君今日不在园中，所以绣好了荷包和扇坠让使君带过来。也是可怜，这一趟去雍州，怕是有些难。"

珠姬这才骤然惊醒，她手抚长发看向春娘："雍州的阿嫂要她去侍奉？那——可有说她何时启程？"

得知丁姬明日一早便要走，可此时再去送行也是不妥。更何况春娘压着珠姬，劝道："女君便是怜惜她，明日一早便遣人多送她一些财帛细软便是了。夫人始终才是正室，切不可为了一个姬妾触怒了她。"

话虽如此，珠姬还是有些自责愧疚。她让春娘帮着打点要送多少财帛，另外再包了几样造型精巧别致的钗环首饰，让玄碧明日去西庭代自己践行。

玄碧领命，五更之前便骑马出了门，入西庭后先拜见萧衍，将昨日江府冯昭的言辞一字不漏地回禀之后，才大胆问道："奴斗胆，使君怎知江祐便一定会胁迫冯昭编造这样的谎言？若来日冯昭反水，岂不是要给使君惹来祸事？"

萧衍正在整敛衣冠预备入朝，他摇头，慢声道："江祐品行败坏，他以为坐实我与珠姬的兄妹之义再娶她为妻，便能掣肘于我，却不想这本就是我为他挖好的深坟。"

说完，他掸掸两袖，接过高兴递来的热茶抿上一口便大步去了。玄碧再来北院，将珠姬相赠之物送上，道："女君怕今早赶不及相送，又怕骤然分离彼此都是难过，便让奴婢前来传话。她说日后若雍州有人来京，她会托人带话传物给您。"

丁姬擦擦眼角的余痕，草草点头应了个是。随后马车起行，她将珠姬所送的那个小包袱紧紧攥在手里。直到车子一路出了建康城，她才掀开车帘回望了一下这座繁华喧嚣的帝都。随着出城之路渐变得坎坷不平，她蜷缩于车内，如一片伶仃平淡的春花，被命运之手拨向了深不可测的来日。

入夏后的建康城酷热难当，一晃便到了七月中。珠姬虽惯于海岛的炎热，但却受不得建康的夏日。屋里早就用上了冰，但一夜辗转，到天明时仍觉有些疲惫。加上江祐一直献殷勤，隔三岔五便派人来送这送那。珠姬不胜其烦，后来还是派人告诉了江蕴。

那日江蕴将人堵在了莫园门口好一通恶骂，回去又逮住江祐的耳朵拎在手里，发狠道："你且做个人吧！人家好好的清白女郎，被你这样胡搅蛮缠，传出去你无所谓，我和阿娘还要做人！"

过后江祐这才总算消停了一些，但珠姬久居莫园不曾出门，想想如此禁坐园里，便成了笼中鸟一般不得自在。正好老王母派人来送山珍，她顺势让人收拾行装去了老王母那里避暑。

珠姬是天生耐得住寂寞的安静之人，能终日守在老王母跟前誊抄经文礼佛不倦。相处的时日越久，老王母便对其越发喜爱。这一日两人坐在大殿上喝茶时老王母便问她："听说江祐为求娶你，几次上书给陛下，他是陛下的亲表弟，如今便是陛下病重不与理会，来日只怕他也不肯死心，必定还要伺机而动。"

珠姬用茶盖拨弄着盏中琥珀色的茶水，徐徐道："您且安心，今上如今病重就不理会他，可见他在此事上并无多少胜算。况且我阿兄应承我，绝不会让我嫁给这等人物。"

老王母斜躺在榻上，身后两个侍女为其举扇纳凉。见珠姬并不在意，便也不再言语。不多时，膳食奉上来，寺人放好双人份的碟盏碗筷，珠姬亲为老王母侍饭。

但二人今日都不是很有胃口，老王母不过每样略动了几筷子，便道："我乏了，想歇会，你自便吧！"

珠姬也只吃了些素食，便让人撤了下去。到暮晚时她沐浴更衣，再去老王母跟前侍奉其起身。不想此时长廊中传来一阵闷雷滚滚。她抬头看时，见原本寂静如画的山间景色已然变得昏暗一片。寺人忙举火出来掌灯，珠姬入内时老王母已经坐于床前，她凝视着外头的风云跌宕，喃喃道："又要变天了……"

珠姬尚未明白其话中深意，老王母已遣人收好了她的行装，将她的双手揽于自己的掌心，道："你去吧！东宫或有变故，你阿妹需得你陪在她身边。"

珠姬心中一惊，双膝滑地跪下。她整肃衣冠重行大礼，至起身时老王母才道："记着我说的话，孩子，乱世桃花逐水流。你要坚韧些，如金刚如磐石，百折而不损。"

珠姬从她手中接过一支玲珑剔透的玉簪，但见簪身刻有"明"

字。窗外再有惊雷急电来，老王母只点了点头，便让人将她送走。

"去吧！孩子。"

长秋行宫位于山腰，马车疾行至山底时，萧衍之前派来的亲卫已在骤雨中集结候命。珠姬伸手掀开车帘，外头的雨滴打在她如玉的手背上，凉意森然。马车本要立即赶回莫园，但她却临时改了主意，道："在此稍候，且看行宫中可有动静。"

语毕，众人便持戗灭灯候在了原地。不多时前方有马蹄声疾驰而来，后见为首者正是东宫亲护都尉梅虫儿，而老王母的车驾随后亦随之被护送下山。

珠姬的马车隐在一块巨大的石碑后，见到车来她掀起卷帘，也不知是不是心有灵犀，宣德太后王宝明此时也执帘看向雨中。两人的眼神在暗夜中似流光交错而过，珠姬看见老王母头上的紫金莲花冠金箔摇曳，那一缕熠熠的金光，直到入了莫园还在她眼前闪烁不定。

这一夜大雨不歇，直落到天明。珠姬心绪翻涌如潮，也在佛堂中静坐一夜，直到翌日一早，入内的微风吹拂，带起了菩萨跟前净瓶内供奉的大白莲，落下了一片柔白的花瓣，尚未燃尽的供香霎时寂灭。

珠姬怔了一下，俯身捡拾起那片白莲。一室空明里，门外有人急急来报，泣声道："女君！良娣请您速入东宫！陛下他——刚刚驾崩了！"

永泰元年七月末，齐帝萧鸾驾崩，时年四十七岁，谥号明皇帝，庙号高宗，葬于兴平陵。太子萧宝卷登基为新帝，改元为永元元年，册褚妃为中宫，良娣潘玉奴为潘淑妃，宝林黄氏为淑仪。

承先帝遗命，新帝领六位重臣辅政，此后扬州刺史始安王萧遥光、尚书令徐孝嗣、右仆射江祏、右将军萧坦之、侍中江祀、卫尉刘暄乃并称"南朝六贵"。其中江祏又领太子詹事，封安陆县侯。

一时间六贵权倾朝野,新帝萧宝卷反倒大权旁落,终日只与潘淑妃厮闹在一处。

此后六贵为扩充自己的势力明争暗斗,甚至同一日颁布敕令,却是各持己见互不相容,以令朝中局势更是混乱不堪。

而这一年的冬天,建康下起了百年不遇的大雪,百姓们连出门都甚是艰难。冰雪消融后春花绽放,天气刚刚回暖时又不知从何传来了瘟疫。起初户政司部各衙的官吏们都想方设法瞒着不报,唯恐惹祸上身。对于那些染了病疫却无钱医治的穷苦人,有些官吏还下令左邻右舍都不得援手,任其断炊断药,病死家中。

如此暴政,以致后来一传十十传百,病患人数日渐增多,这才总算是瞒不住了。到二月初时,京师已经连续数日病死成百上千人。新帝这才命六贵共同商议对策,实施全城宵禁,派禁卫将那些染病之人送出城外安济坊救治,病死者须焚尸火化,不许土葬。

安济坊本由京司都尉府主建,后因经费掣肘容不下这么多的病人,珠姬便与江蕴商议,召集城中贵女们与会,募集了二十万余银两用以祛疫。再加上玉奴的枕头风,萧宝卷终于让六贵们匀出了三十万两银钱,另外再加派了近百医士寺人等供江蕴、珠姬等人调度。

至三月初,安济坊终于全数落成,染病者亦有了衣食着落,无须再为汤药忧愁。百姓们都知此番京师救疫,江蕴与珠姬两位的恩德不少,很是感激。

周灵璧于此次祛疫中立下大功,那时疫方子便是由她所开,所以新帝格外给她脸面,封了三品太医院副正。经此一事春和堂声名大噪,生意也日渐兴隆。

这日她从淑妃宫中出来时天光正盛,坐了马车便径直赶往南郊。待到了地方跳下车,但见连绵成片的坊屋外,连廊下自有野生的重瓣蔷薇开得甚是喜人,远处重重花影之后立着的人正是珠姬,她身上穿了一袭素雅的淡杏春衫,更衬得四周花木浮丹流翠。

因见她仰首站在一棵花树不远处，手里丝帕随风舞动，目光却是盯着爬在树上的玄碧，不时道："你小心点！不要摔下来了！那——就在那边——对，你右手往上一点就是了……"

周灵璧这才发现大树枝干中藏着一团黄白相间的小东西，许是被卡住了，缩瑟于一处不动。好在玄碧身手了得，终于将其抓住。随后一阵花叶纷飞坠落，玄碧带着那团小东西径直从高处落下来，稳稳立于珠姬跟前，献宝似的把手掌摊开道："女君你看！是一只小香狸！"

周灵璧和余下众人都围拢上前，见那小香狸通身毛色白中带着褐黄，两只耳朵圆润小巧，眼睛却甚是机灵狡黠。也不知到底如何受的伤，此时血迹斑驳气息微弱，触之皮毛便痛得咕咕叫唤。

珠姬叫人取了金疮药来，又朝周灵璧道："你且看看它到底伤在哪里，我不敢触碰，怕它太痛。"

周灵璧撇撇嘴，嘀咕了一句我是太医又不是兽医，随后接过玄碧递来的白巾将小香狸一通翻检，又打量着那新创的伤口沉吟道："香狸身有香囊，乃为名贵香药，亦常用作药引。它这是擦香时被人发现了，有人想要取走它的香囊。啧啧，也幸好它机灵，居然还逃掉了，可见命大。"

她言毕，捧了小香狸进去清创上药。珠姬连忙跟上，随后细嗅其香味，恍然道："难怪我最近总闻见院中有股子说不出来的奇香，原来就是它。"

周灵璧点点头，挽起袖子指了小香狸身下的一处，摇头道："怀璧其罪，也是可怜得很。"

她给小香狸清理了伤处，又取了一颗丹药掰开来喂服下去，才将其交给玄碧，自己浣手出来，跟珠姬一道坐在窗下喝茶。

"淑妃娘娘让我给你传话，说她上回也是一时冲动。那些话都当不得真，你千万别因为这个恼她了。"

珠姬掀开茶盖拨了拨，回想上次与玉奴的争执，心里也是一阵黯然。或者人总是会变的吧，从前那个对自己言听计从的阿妹如今成了宠冠六宫的淑妃，在她的身边围拢了无数想要讨好献媚的人，也许……她此生不会再想离开京城。

垂眸应了一个模糊的嗯，珠姬随后又问周灵璧："听说萧遥光最近频繁出入宫中，你们可想到什么法子了吗？"

周灵璧立即眉飞色舞，忍不住开始吹嘘："那当然！前几天他去黄淑仪宫中教大皇子骑射，我就想法子动了点手脚，后来取到一点血，一验果然他就是淑妃身上的冰璜原宿主。陛下当时恨得咬牙切齿，只可惜呀，他现在是先帝委任的顾命大臣，这事还急不得，且让他再蹦跶几天。"

珠姬默了默，道："萧遥光如今位高权重，要动他不是一件容易的事。陛下新登大宝，如果操之过急，怕会引来动乱。"

周灵璧也是如此以为，随后道："如今六贵把持朝纲，今上又不管事。偏生就连你阿兄和郗泛都离京暂避锋芒了，也不知道谁能掣肘这个萧遥光。还有那个江祐，据说不满今上推拒了为你赐婚，最近很是不安分。还好他阿姊是个明白事理的。可是我担心，长此下去，他必定会有动作。"

珠姬点点头，淡笑道："江娘子应承我，会帮我说服她母亲另外安排一门亲事给江祐。若成了，他这边可先不去理会。倒是我阿兄一走就是数月，雍州冬寒春冽，也不知道他现在如何了……"

雍州的三月的确仍是春寒料峭，高兴穿了里头絮着毛皮的大氅，走出西庭大门仍是被冻得迎风打了个喷嚏。他从小跟着萧衍在丹阳长大，原本以为建康的冬天就够冷了，没想到这里比建康还要厉害许多。去岁的冬日他整天揣着汤婆子跟着主君进进出出，虽是穿得如同毛熊一般，年前还是架不住这股子寒气而病了数日。

高兴掖着手，一路哆嗦着在这条甬道上徘徊，心里叨叨着怎么三月天还能冷成这副德行，忽然听见一阵舂米的"笃笃"声。

他心下觉得奇怪，便在几处下房门前探了探，忽然看见一个穿着青衫的身影，看侧脸还有几分眼熟，定了神之后讶然道："丁姬？——怎么是你？"

丁姬听他的唤声也愣了愣，随后松开右手擦拭了一把脸上的汗渍，却摇头道："高寺人，我这满身汗味，怕要冲撞了您……"

高兴忽然想起前些日子京城来信，当即脑子飞快一转，便上前笑道："这有什么？奴也是个寺人，哪里就有这般讲究。你为何在此舂米？"

他不说尚可，一提及此事丁姬当即缄默下来。想是有所顾虑，最后只低低道了一句："我本就是个贱妾，夫人要如何都是她的恩德。寺人还是不要问了。"

高兴这才察觉自己有些失言，不过顿一顿，心中转过万千思量，最后还是把女君的消息告诉了她，并道："女君既与你交好，以她在主君心目中的分量，只要她肯为你说一句话，主君便会依她所言将你送回京城。"

提起女君，丁姬当即心中一暖。她低头迅速拭去眼中的泪花，问女君近来可好？高兴从前在建康时早与珠姬相处熟了。珠姬性情温和又兼待人大方，对寺人也总有打发。赏赐的银钱和东西虽不是贵重，但就这份体面和尊重，便足以让高兴铭记在心。

再对比主母的严苛，他心里自然向着珠姬两分。更何况如今夫人还趁他病时安排了一个阿琥在主君身边，就更让他心中暗恨了。

听高兴说起珠姬在京城率众防治时疫一事，丁姬也跟着露出了笑容。高兴见她可怜，有意点拨她："你既想念女君，怎不给她递个书信？明日下午咱们府里有快马特使去京城，你顺带也给女君请个安。"

丁姬闻言心中咚咚直跳，要说有没有心，她当然是有。可是再一想自己如今的处境，她又犹豫了。高兴既说完了话便走，他让丁姬想好了再来寻他。

这一日劳作到深夜，总算舂完五斛米。因太过疲累，丁姬便舀了门前水缸里的凉水将就着冲洗了一番。躺倒时，浑身筋骨都似要散开，人瘫在那里一动不动，再醒过来时也恍惚是死而复生。

她胡思乱想了一阵，迷迷糊糊睡着了，梦里又回到那座幽深的庭院。天气很好，她坐在院子里的花架下为女君绣着衣裳，抬头耙针时看着两只蝴蝶从高墙那头来，款款飞过花荫，最后飞到了葡萄架底下。

她想看清楚蝴蝶身上的花纹给女君起花样子，便追着去扑，蝴蝶沿着架子一直向上。然后有脚步声传来，看见那身玄衣她便知是主君。她素来有些怕他，于是躲在葡萄架下不作声。

眼见着主君推开门入了花厅，忽然想起女君正在房中午睡。她想要进屋，为主君沏茶也叫醒女君。可是再一看，满园子的侍女都不见了踪影，春娘和玄碧也不知去了何处。

身后不知何时有一双手搭上她的肩头，她来不及张嘴出声，便被一阵刺鼻的气味给迷昏了过去。

再醒来时，园子里又有了脚步声。她迷迷瞪瞪爬起来，捡起绣绷四处看。玄碧站在檐下吩咐侍女们去剪新开的白莲供奉菩萨，春娘好像在屋里侍奉女君，隐约还能听见她的叹息声。

一切都如常，先前那一幕，便如梦境一样。

她有些迷惘，见台阶旁的水缸上搭着收集雨水的半爿毛竹，一个用竹筒做成的水瓢飘在缸沿。她弯腰打算舀水洗脸醒一下神，可刚刚凑到水缸边，就看见一朵圣洁的白莲从水底冒出来。

那花骨朵长得很快，莲瓣先是绽开一片，随后次第都开了出来。里头的蕊心嫩黄，她忍不住伸手触了触，没想到蕊心很快就变了样子。只是一眨眼，细嫩的莲蓬中长出了一个婴孩的脸。粉嫩如玉，莹白无瑕，一双清澈的瞳孔漆如深墨。

她看得呆住，擎着缸沿蹲下了身，刚刚伸出手，就见那婴孩朝她笑了。

她悚然一惊，从梦里挣出来。环顾屋内一切如常，窗外朔风呼啸，心里才略微安定。

她掏出了最后一点随身的细软，花了半日的工夫总算绣好两方帕子，又用细绫裹好了，这才找到高兴，求他把东西呈送给女君。

高兴满口答应，没有含糊便亲自送到了信使的手里。可是人算不如天算，信使临行前被夫人郗徽派人截住，所有送往建康的物品和信笺都被呈到了夫人跟前。

其实也无甚特别之物，除了一封亲笔信，萧衍只让人送了几罐新出的春茶到莫园。至于丁姬的帕子本来就不是主君授意，信使接过来也是揣在自己的行囊中，侥幸逃过一劫。

但郗徽却是大怒："太湖郡年年都送头茬的碧螺春到家中，唯独是今年不曾见。难怪，都叫他拿去送了人！"

傅姆襄娘子在旁相劝道："夫人不可意气用事。主君既认下她做义妹，礼尚往来仍是要的。更何况她如今身份不低，既有宫中潘淑妃作为倚仗，又与老王母交好。主君此乃为将来谋划，夫人不可因一时不忿而失了主君的心，这不划算。"

郗徽端坐在榻上，身后摆着一架紫檀木雕花刺绣屏风，心思如同花纹般凌乱。思来想去，前后斟酌，半晌后，东西还是原封不动被送了出来。不但如此，襄娘子还另外取了几样极为贵重的东西，交由信使一并带上，又打发赏银给他们，叮嘱道："女君与夫人虽未蒙面，但夫人念及亲情，也有心意一并送上。你们到了女君跟前，千万要仔细回话，主君与主母夫妻一体，亦盼着今岁中秋节回京相见。"

信使们既拿了主母的赏银，自然心里也有些掂量。所幸主君的亲笔信烫金封口仍完好，郗徽曾将信置于案上，几番思量之后还是打消了那个念头。她有不敢逾越的底线，因为心中明白，不能激怒萧衍，否则他必定不会纵容她的胡闹。

但襄娘子却不知内情，她将信与物件送出去时笑容笃定，意味悠长："夫人何需如此？您与主君是一生一世的夫妻，而她与主君却是一生一世的兄妹。亲疏有别，主君只是要借力于她成就大业。如此，夫人您对她顶多给些场面上的尊重便足矣。"

襄娘子将她从襁褓中一手带大，如何能不懂她？可惜当年郗徽一时鬼迷心窍，居然没有带上襄娘子一道前往赴会，这才犯下了那等不可饶恕的大罪。

郗徽觉得满心憋屈，一口气卡在那里不能上亦不能下，想要流泪痛哭，却只觉双眼发涩。木然起身，却见长女牵着幺女姐妹二人一齐跑进来，两人手里都拿着一枝春海棠，见到她便道："阿娘阿娘！看我们在园子里折的海棠好不好看？"

她强作欢颜接过来，极是认真地瞧了瞧，点头道："好看！"

两个小女郎闹着要阿娘给自己簪花，罢了又问："阿娘，听说您最喜欢这海棠花，为何现在不让人剪来插瓶？"

她心中一阵刺痛，一时间不知该如何作答。襄娘子带人端着托盘过来，满目慈爱地看着两位小女君道："阿嬷做了你们喜欢的珍珠藕粉团子，还有咸甜青团，趁热吃吧。"

两位小女君旋即跟了她去，郗徽这才缓缓抬起眼眸看向窗外。她的泪光与春光交织在眼底，于檐下踟躇许久，方见高兴匆匆来启："夫人，主君请您过去书房一趟。"

得知妻子截住了自己送往建康的信物，萧衍也不动怒。他在书房内喝茶看书，郗徽来时见他仍在伏案，上前见了个礼，不觉放缓了声调道："夫君，妾才刚得知你要送信物去京城，便自作主张又添了几样东西给阿妹。你不会怪我多事吧？"

她既先做挑明了，萧衍也附和一笑，放下手里的紫毫回道："怎么会？你想得周全，我诸事烦琐，便是要与阿妹书信来往也只是顺着手边有什么便送过去。哪里晓得你们女人家到底喜欢什么？"

说着，他又指了案上的几罐茶叶，对郗徽道："今年各地雨水多又加上新帝登基，春贡也要格外斟酌，所以新茶少了且晚到。这些本要叫人送到你那里，你既来了，便叫人一起带回去。"

郗徽一看那些茶罐，先前的郁气都消散了，她笑了笑。鼻息间隐约闻到一股子淡淡的汤药味，不由问道："夫君这是哪里不适？何来的药汤味？"

萧衍轻咳一声，并不作答。郗徽按捺不住便要上前去掀萧衍的衣襟，只见亵衣上果然隐约渗有血迹，立时便泣道："到底是何人伤了夫君？此仇我们不能不报！"

萧衍面色肃穆，拨开她的手缓缓道："我向陛下请辞时正是八月底，因玄晖兄遭江祐与萧遥光一党构陷，我便先离京后又秘密折返。那夜我与沈约等人想要劫天牢，没想到误中其奸计。此事本来就密不能宣，我疑心身边有人布了耳目，所以未告知与你，不想牵连你们。"

郗徽知道他与谢朓等人是生死之交，但不想他会为救兄弟而冒死受伤，当即哽噎道："夫君怎能这样说？我们是夫妻，生死都该同命，何来牵连不牵连……"

萧衍心中并不为所动，很快转入正题道："我今日叫你来，是要与你商议。如今六贵当权，我遭受排挤不说，更恐朝中局势日益恶劣。新帝不问朝政，如此下去必要出祸乱。我前些日子收到消息，说是玄晖怕是难逃此劫……想当年我们竟陵八友结拜为兄弟，却怎么能想到，这么快便要生离死别……"

郗徽听他的意思，谢朓怕是会死在天牢里，也禁不住唏嘘："谢朓到底是因何入狱？他是堂堂尚书吏部郎，难道今上也对此不闻不问？"

萧衍长叹一口气，面向窗外，目光深邃含悲："而今江祐与萧遥光勾结一气，他们江家想要取代我们王谢袁萧四族为新贵，自然是要想方设法赶尽杀绝。更何况今上昏懦，手段也是一点不逊于先帝。如今京师疫情方了，我怕是也会有杀身之祸了……"

郗徽听得心惊胆战，她何尝不知先帝在位时残暴毒辣？说来说去，为保家门平安，结交珠姬与淑妃姐妹，便是当下首要的大事。她再不敢有怨，只道："妾愚昧，实在不知夫君如今这般内忧外患。请夫君放心，妾定会管治好家务，绝不会给夫君再添烦忧。"

说着，她咬了咬下唇，又窥了一眼萧衍的脸色，方才试探问道："另外还有一事，就是族中几位长辈先前选定的那个丁姬，妾看她还算老实本分，要不就由她来侍奉夫君笔墨？"

萧衍经她这么一问,才想起居然还有这么一个人。他当即拧起眉头,严词道:"书房重地,怎可随意进出?我当日收下人,不过是因为长辈所赠而不能拒。"

郗徽闻言心中一喜,暗道这等蠢物果然不入夫君的眼。随后又听萧衍加了一句:"对了,听珠姬说她绣工尚可,你便使做绣娘,闲了让她给京城绣些新鲜花样子,也是个来往。"

珠姬!又是这个珠姬——不知为何,郗徽本来已经心平气和,但临了再听到这个名字,瞬间又有些止不住的恨意。虽然强忍着面上没有显露,出了书房便吩咐身侧的侍女:"传话给郭娘子,自今日起,每日除了要丁姬舂米五斛,另外再绣五块帕子,你们拿了分来自用。"

"是,夫人。"

丁姬的蜀缎帕子送到建康,已是几日后。珠姬拿了书信叫春娘赏了信使,得知他们还有别的差事,过几日才回时便道:"那你们两日后再来我这里取回信,我还有些东西要烦劳你们带回给阿兄和阿嫂。"

说完,打开绫布包裹的帕子细细一看,觉得针法似乎有些与从前不同,便问了一句:"丁姬可好?她是否有话要你们带给我?"

信使想起夫人临行前的叮嘱,犹豫片刻后答道:"一切都好,她说多谢女君挂念,切盼来日再见。"

珠姬点点头,便让人走了。刚刚收好帕子,听见里屋的小香狸叫了几声,忙进去抱起来,见它已比之前要灵活许多,遂摸着皮毛说道:"你可要仔细些,不要又乱跑被人抓了。"

她正跟小香狸说着话,忽然听见外头有喧哗声。玄碧挡在门口道:"女君莫要出来!奴等自能打发了这些泼皮无赖。"

珠姬有些讶然,萧衍离京前仍留了十余亲卫给她,再加上安济坊本来就有京都尉府的人驻守,什么样的泼皮无赖敢来这里撒野?随后再听外头的声音,分明有江祐夹杂其中,遂抱着香狸走到檐下，问道："江大司马所来何事？"

江祐坐在马车里，见她露面便立即下车。等他走得近了，珠姬才发现他怀里居然也抱了一只毛色、大小与她怀中颇为相似的小香狸。再看他脸上带着得意的笑，心里便生出一些不好的预感来。

果然，江祐甫一站定，就把怀里的香狸往她跟前一送，道："你看看，我们可是有缘得很，天造地设的金玉良缘——你还不知道吧？这对香狸是我去岁陪先帝春猎时所得的赏赐，当时先帝怜我无妻，便赐这一对刚刚出窝的小东西给我。说是来日可作聘礼，谁收下，她便能成为我江府的大夫人。女君若是不信，也可亲问一下陛下，当日他也在猎场。"

珠姬心下一沉，与玄碧飞快对视了一眼。她既知自己这是掉进了他的陷阱里，但也并不是没有转圜的余地，便仍徐徐道："既然这对香狸乃是先帝所赐，大司马怎么会任由其跑出来？你这样子，岂不是对先帝的大不敬？"

江祐见她站在檐下，日光沐洒之中更觉温润无瑕，便凑近道："哪里是我对先帝大不敬？是这小东西它到了春日，四处擦香，这才跑到了你这里。你且说，难道这还不算天大的缘分？"

珠姬知他不会善罢甘休，正思忖间，淑妃带人赶了过来。

珠姬一看淑妃来了，当即松口气。江祐再跋扈也不敢当众对淑妃无礼，只得先行告退。淑妃走到珠姬跟前，含泪拥住她，哀求道："阿姊！你就不要再恼我了，我知道错了，我以后再也不会这样顶撞你了……"

珠姬叹口气，牵了她的手往屋里走。

等进了屋坐下，珠姬先问起谢朓，淑妃道："我再三催促陛下，可他却说自己并没有下这样一道旨意。如果真是江祐和萧遥光私下将其囚禁起来，那么我们便要找到证据，才能向他们要人。"

这样的结果对珠姬来说并不意外，只是仍免不了有些失望。她想一想，只能寄希望于谢氏亲卫能在建康城内找到拘禁谢朓的地方，便道："那陛下可有当面问过？如果有，来日若真找到了他们关押谢朓的所在,又有人可以指证的话,这就是欺君之罪。"

淑妃本来凡事皆不上心,上一回还因珠姬劝她不要过分奢靡而跟她置气,此番亲眼看见江祐带人上门羞辱自己阿姊,方才知道原来朝政之争竟然如此残酷。她自然站在珠姬这一边,点头道:"对,我要让陛下亲自问他们一回。要是他们真敢欺君,到时候就治他们死罪!看以后谁还敢欺负我阿姊!"

珠姬笑了笑,对于淑妃孩子般的心性,她在心里既感到欣慰又觉得不安。随后看见端茶过来的女使吴景晖,知道她是阿兄萧衍安排在玉奴身边的人,便道:"你这位女使倒是不错,日后有什么事情拿不定主意,你可听听她的意见。"

玉奴不会深思,对珠姬的话自是听从。其实吴景晖便是当日萧衍从淮水河畔赎回的花魁晖月,他给她安排了一个清白的身份,又改了名字,送入东宫后便跟在玉奴身边,权作自己的耳目棋子。

吴景晖退下后,屋子里再无别人。玉奴凑近珠姬跟前,与她悄声道:"阿姊,前几天萧郎他夜间梦魇,我听见他一直在喊阿耶不要怪我,谁让你那么狠心……又说,我也不过是按照你教我的来做人,凡事不可落于人后。我听得稀里糊涂,早上问他,他却非说是我听岔了。这几日我思来想去,觉得萧郎好像有些事情瞒着我。阿姊,你说到底是不是我多心?还是他撒谎?"

珠姬闻言心中一紧,她是知道萧宝卷弑父一事真相的,但没想到一向懵懂的玉奴也会有所猜想。看来纸是包不住火的。

但对着淑妃清澈的双眸,念及她对萧宝卷的爱意,珠姬又实在不忍如实告知。只能安慰道:"陛下肯定是思念太深,才会有这样的梦境。你是他的枕边人,以后再听见这样的梦话万不可当真,也不必再追问他。难道我不在你身边,你便不会想念我吗?一样的道理,你不要多想。"

玉奴似懂非懂地点点头,见珠姬手边趴着一只乖巧可爱的毛团,便道:"阿姊何时养了这么一只小东西?拿给我抱抱。"

珠姬抱起小香狸叹口气,想一想便将刚才江祐追上门来的事由说了。玉奴瞪大双眼很是气愤，骂道："凭他和这么一个小毛团就想强娶我阿姊？岂有此礼！"

因憎恶江祏，她也不要抱这个小毛团了，只拿眼睛瞪着它。小香狸许是被江祏派人精心驯养过，加之天资聪明，此时见玉奴目露凶光，也只趴在珠姬身上做委屈状。玉奴被它这幅装乖的模样逗笑，忽然心思一转，露出了狡黠的笑意，道："阿姊，你把这小东西交给我，我就拿它来堵住那江祏的臭嘴。哼，看他到时候怎么自圆其说？"

珠姬一想，很快便明白了玉奴的用意。只是担心小香狸会认生抓伤玉奴，便唤了吴景晖进来，令她安置小香狸。两人又絮絮说了一会话，珠姬将她们送到门前，见玉奴上了宫车去远了，才怅然走回屋里。

随后玄碧进来，道："江祏才刚收到风，说是他母亲相中了曹家的小娘子，正在为他议亲。他这会已经赶过去了。"

珠姬有些忧心忡忡地点点头，心里那股不祥的预感却始终挥不去。她在菩萨跟前跪下，默默祈念许久。夜渐深，屋子里掌了灯，菩萨座前的烛光亮如白昼。珠姬拨弄着手中的紫檀佛珠，忽然心间一颤，佛珠就此跌落于地。

玄碧在旁忙要拾起，被她摆手止道："我自己来。"

佛珠落地是不敬，更是不祥的征兆。珠姬仰头看向宝相庄严的观自在菩萨，但见其双眸微阖，似也不忍见这人间诸多龌龊乱象。

到半夜时，有亲卫来报，告知曹府那位跟江祏定亲的小娘子已然横梁自尽，死前还被数人玷污清白。曹府这会闹得人声鼎沸，也有人备车马欲要进宫向曹太妃申冤。

如今的曹太妃就是先帝临终前一年所纳的宠妃曹贵嫔，曹氏与江家一样，本来都是新起的贵胄。而且江老太君以为曹太妃的妹妹跟自己儿子在今上跟前也属同辈，再加上曹家小娘子生得冰雪可人，温婉娇俏，她与江蕴都算中意，这才定下了这门亲事。

没想到才过了一天就闹出这样的惨剧，这背后的黑手是谁，她自然心知肚明。可怜老太太一辈子与人为善，儿子竟如此毫无人性。消息传到江府，老太君先是撑不住昏死了过去。

宫中也闹作一团，曹太妃披头散发除服来到紫宸殿前长跪不起，苦求严惩。宣德太后王宝明一直被禁于宫中，早就多方暗示潘太妃，二江兄弟便是阻拦她登上太后之位的元凶。此时潘太妃得此良机哪肯放过？索性召集起素日拥戴自己的一干太妃太嫔们，以为曹太妃鸣不平的情义而纷纷赶来紫宸殿。

到卯时文武百官列队上朝，便见到如此场面——因太妃们都是先帝的遗孀，百官们不敢越过她们自行进殿，唯有跟着一道在外头跪着。等到萧宝卷临朝时但见殿中空无一人，再往外一看，也是蒙了！

出了这样的事，便是萧宝卷有心替江祐遮掩也难。可想着他到底是自己姑奶奶的儿子，于是便私下将其传到了自己寝宫。本来以为江祐最起码会有悔悟的表现，只要他服软跟曹太妃请罪，自己再象征性施以惩罚，这便算过去了。

可不想江祐得传却迟迟不来，萧宝卷等得烦躁，正火起时见淑妃抱了一只小狸猫进来。他一直不喜欢这些毛茸茸一团的小东西，当即皱眉道："从哪弄来的这玩意儿？仔细伤了你。"

淑妃嬉笑上前，举起香狸与他逗弄着。不一会江祐来了，可巧，他怀里也揣着一只差不多的香狸。萧宝卷眉头皱得更深，淑妃则早就抱着香狸躲进了屏风后。

而江祐前来，先不说曹家的事情，指着香狸便说起了昔日先帝之遗命。因他没有率先提起珠姬，萧宝卷越听眼珠子瞪得越大，到后来听他说什么金玉良缘天造地设的时候终于忍不住，一把掀翻了案台，怒道："你给朕闭嘴！你跟谁金玉良缘天造地设？淑妃是朕此生最爱的女子，凭你——你也敢想？"

滚烫的茶水溅在江祐脸上，他也有些懵。正要分辩时见淑妃从屏风后款款现身，手里居然抱着那只原本应该在珠姬手里的小香狸，且含笑朝他揶揄道："大司马这是酒喝多了昏了头？拿着一只小香狸来向本宫提亲吗?"

至此,江祐还有什么不明白的?她们姐妹二人合力挖了个坑,自己还兴高采烈往里头跳!可他不敢当着萧宝卷的面斥责淑妃,而萧宝卷没有给他辩解的机会,挥挥广袖便道:"来人,将大司马手里的毛畜生拿下来交给淑妃处置,另外,押着他去给曹太妃赔罪,由着太妃打骂。若有不从,只管杖责。"

就这样,江祐来不及分辩,就被几个禁卫五花大绑送到了曹太妃跟前。此时文武百官也仍在殿外跪着,一见他这个始作俑者终于现身,众人自然是怒目而视,心里恨得咬牙切齿,哪个肯替他求半句情?

可怜曹太妃年纪轻轻便守寡,她素日最疼爱这个阿妹,此时见到江祐来了,冲上前便对其一通打骂,用尽所有力气之后方才恨恨甩了甩肿痛的手,再吩咐侍女:"哀家的妹妹命好苦啊,给我打!"

第五章　六贵之乱

江祐此时被打得鼻青脸肿,但还不算完,拖着一身伤回到家中,听闻母亲病危,阿姊气恨地将他挡在门外,怒道:"不要叫我阿姊!我没有你这样的阿弟!阿娘此番病危,全因你忤逆不孝!"

江蕴在母亲床前衣不解带地守了数日,但江老太君到底还是驾鹤西去了。消息传来时,二江兄弟皆是痛悔不已,但传到宫中,却有不少人都为之窃喜。

对萧宝卷而言,这位姑奶奶小时候曾对他有救命之恩,而今逝去,他下令为她风光大葬,并追封身后的哀荣。这一份恩情,便就此体面了结了。对二江兄弟而言,这却真是一场突如其来的大劫。二人在家中灵堂接到今上的恩旨,国库拨银修陵,追封江老太君为二品长宁夫人,另恩及其女江蕴,特封为江平县主。除此之外,江府余下人等一字未提。

而百官们心下自有计较,先有大司马当众被太妃责打,后又赶上二江立即就有三年丁忧——今上是秉持孝道的人,最起码明面上如此,又怎会下旨夺情?

于是江府的丧仪,来吊唁者对二江皆是敷衍之意。但因老夫人生前为人良善,所以与她有交情的妇人们还是心怀真切的悲痛。珠姬思虑再三,最后还是带着春娘和玄碧前来致哀。所幸江蕴并没有怨怼于她,只是临别时长叹口气,摇头道:"珠姬,我此生不知要如何才能自赎。"

珠姬听出她话里的悲凉,问她之后有何打算。果然,江蕴说自己打算出家,寄情于清修,从此斩断红尘。二人在灵堂前依依道别,出来时珠姬心中隐痛不止。

次日，江府女君江蕴身穿孝服悄然离去。她只带了两个近身侍女，今上所赐的宝物，以及江府铺天盖地的富贵她都不要，就此投身建康城外百余里的一处尼庵当中，再不曾与外界有丝毫来往。

因二江丁忧，朝中局势暂且缓和了下来。萧宝卷不再终日被人闹得头昏脑涨，便有了闲情，想要带淑妃出宫前往郊外的西林春猎。可他这一想法却被萧遥光劝阻住，萧遥光自己是个跛脚老汉，却一直自称骑射甚佳。上一回在宫中带着黄淑仪所生的大皇子骑马，被摔下马背来。

此时许是怕当众出丑，便以先帝上次春猎后病重为由，强拦着不许萧宝卷成行。

为这事，萧宝卷非常气愤，淑妃更是柳眉倒竖："好一个忠肝义胆的重臣！他怕是知道了咱们要趁着春猎时对他动手，所以才百般阻挠！"又转头对萧宝卷含泪道："萧郎，他早已对你心怀杀意。若他真在咱们身边安插了耳目，我怕——他会不会反过来先对我们不利？"

萧宝卷之前的确与淑妃商议过，会在西林对萧遥光动手。为了这事他提前准备了数月，如今骤然被阻止，怎能不疑心宫中有内鬼？不过想到先下手为强，他便迅速回忆起了阿耶的临终遗言——凡事不可落于人后，遂咬牙道："这个老匹夫朕一定要除，不但他要挨千刀，还有他的九族，朕都不会放过！"

淑妃此时已知九族是何意，细一想，萧遥光本是先帝的侄子，那九族之内，岂不是自家萧郎也在内？如此这般腥风血雨，难怪自己阿姊不愿长留建康！

萧宝卷却顾不上思量自己的话，又在殿中踱步起来。他要收拾萧遥光，需得有强有力的把柄才行，于是想来想去，忽然问道："谢朓可找到了？"

近臣梅虫儿上前，道："未有确凿消息，不过据闻最近谢氏的死士挟持了一名王爷的爱妾，便是人称掌上娘子的阮氏。说是要私底下以人易人，但又被始安王拒了。可巧这阮氏本来是淮水河畔的章台状元,旧日里也跟谢侍郎有些交情。她被抓之后以旧情说服了谢家,竟然被平安放回了,此事说来也是堪奇!"

始安王便是萧遥光,他的王府位于宫外十余里的玉带坊,萧宝卷早前听说他有一宠妾能歌善舞十分绝色,此时见他居然宁肯牺牲美人也不肯释了谢朓,遂道:"老匹夫实在无良!"

他说者无意却有人听者有心,吴景晖侍立在珠帘外,听见阮氏一词便微微色变。她借故退下,将香狸安顿好在金丝笼内,自己则悄悄寻到了一名禁军,细语一番之后再三叮嘱他:"务必要尽快将消息传给女君,由她定夺是否可行。"

那人领命而去,消息传到珠姬这里时已是午后。她自南郊回到莫园不久,听完吴景晖的进言先是思量片刻,随后颔首道:"可。你回复她,让她尽快出宫办好此事。"

再吩咐玄碧:"你去宫门外接应吴景晖,倘若事成立即护送她回宫。若不成,也要力保她性命无虞。"

玄碧应诺,自带了人手出门。到三更时才悄悄潜行回莫园,入内复命道:"女君,吴景晖说服了那阮氏,她愿出面指认萧遥光私扣谢朓,并已经写下了供认血书。此刻谢氏也已得到消息,连同琅琊王氏与袁氏之力,准备早朝时一同参奏萧遥光。"

珠姬一直跪坐于佛堂中静候音讯,此时颔首疲惫地应了一声"好"。时正半夜,万籁俱寂,风吹动檐下的砗磲风铃细碎作响。她心中凝重,对着菩萨拜了拜,再凝眸见案上宝瓶内贡花凋零,黯然神伤,更知来日或许就是一场腥风血雨的开端。

翌日早朝时,众臣果然吵作一团。此番谢朓被抓,门阀旧派早疑心是萧遥光和二江合谋,只是苦于没有证据,而今既有萧遥光爱妾的血书指认,谢氏的死侍又夤夜找到了囚禁谢朓的地方,自然是要竭力将事情闹到不可收拾才好。

于是两派唇枪舌剑毫不相让,本来还想高台看戏的徐孝嗣、刘暄也被拉下浑水,最后由萧遥光出面,他们三人联名参奏谢朓"扇动内外,妄贬乘舆,窃论宫禁,间谤亲贤,轻议朝宰"这几项罪名,却是空有名头,并没有丝毫罪证。

萧宝卷听了半日的骂架,也是头昏脑涨。他琢磨着旧派势力似乎真的大不如前,怎么有了这么好的把柄也吵不赢?正不知该如何"圣断"时,殿外有人苦着一张脸进来奏报——谢朓死了!

一代名士,文采风流的谢朓因不堪萧遥光的折辱就此离世!

噩耗很快传到萧衍处,他闻讯久久不作声,于书房内静坐终夜。翌日清晨,命人在刺史府内摆上香案烛台白幔等物,除服着素,拈香拜祭。

谢朓既死,门阀旧贵自不肯善罢甘休。六贵之中萧坦之为人最是谨慎,趁机以母病危为由告假离京。而萧遥光则知自己并无退路,除非杀尽旧派余党,否则便只有改立新君一途。而眼下的局势他看得分明,旧派虽衰然但势力仍在,要杀尽这些人非朝夕之力可为。但要另立新君,却是大有可为——于是他很快派人找了至今丁忧在家的二江兄弟,双方一拍即合,江祏又道:"要改立新君,刘暄亦要同我等一道行事。他是国舅,若肯拥戴新主,世人也会采信。"

萧遥光一想,此理倒是不错,便让二江前去说服刘暄。可他们都没料到刘暄虽素日耽于享乐,吆五喝六很是八面威风,却并不是个有宏图野心的人。萧宝卷在位他是国舅,若改立萧宝夤,两个都是他的亲外甥,此等举动在他看来无异于瞎折腾。于是借故并不回复,只以为他们是一时头脑发热,过得几日便会消停了。

可不想,萧遥光自被阮氏揭发之后,便终日惶惶不安。阮氏在他身边深得宠爱,对他的阴私知道甚多。她如今失踪,到底是被谁藏了起来,又在谋划着什么样的阴谋诡计来对付他?

他想想都是毛骨悚然。

再等了数日,仍不得刘暄的回复,就连二江上门也被挡在外头。他立即觉得不妙,于是遣左右黄昙庆刺刘暄于青溪桥别院。但黄昙庆见刘暄随从亲卫多,不敢发作。却不想又被刘暄的人察觉,于是刘暄立即入宫揭发江祏谋逆。

萧宝卷一看终于有了把柄，于是下命收捕江祏、江祀兄弟。六部会审之后证据确凿，萧宝卷立即下旨斩杀二江，又对旧派门阀多加抚慰。至于萧遥光，得知二江被杀之后便终日惶惶。更加不巧的是，他之前与其兄萧遥欣暗中联络，待他密谋举兵占据东府时，便让萧遥欣从江陵火速发兵。

正要发作的当口，萧遥欣却忽然病死了。萧遥欣死得蹊跷，萧遥光推想是旧派以及谢氏的人趁机报复，而出卖萧遥欣的人除了阮氏不做他想。如今阮氏与谢氏勾连，成了一柄悬在他脑门上的利刃。随后萧宝卷再宣他入宫议事，他便死活不出门，还脱光了衣服在园中装疯卖傻。

萧宝卷哪肯让他蒙混过关？萧遥光越是不来，他便越是每日派人来宣，直逼得萧遥光寝食难安。一想这样下去不是办法，便将心一横，就算无人外援也要起事。

殊不知，他这样的心思早就被萧宝卷料中。萧宝卷暗中布置人手将其盯牢，只待他一发作，便要将其千刀万剐，再挫骨扬灰。

是夜，天象有异，月红如血。群蛇沿着城墙四出，百姓们都觉得是异事。后建康城四处走水，火光冲天，百姓们哀号不断。还有人趁乱想要杀进莫园，且都是一等一的好手。只是玄碧早有防备，她将珠姬和春娘送入地宫，自己率众迎敌。

一番殊死之战，因对方人手众多而渐渐落入下风。危难时幸得左将军沈约来援，这才总算止住了那数十亡命之徒。

后一番审问，得知其竟然是萧遥光身边的死侍。想来萧遥光也深知淑妃在萧宝卷心中十分重要，欲挟持珠姬为人质，便是事败也还有可走的棋子。玄碧将人送到京都尉关押，并拿了供词等物，一并送呈到淑妃跟前。

直翌日早朝时便有旨意颁出，萧遥光起事谋逆，依律处死。今上宽宏，赐其全尸。同日颁下数道旨意，赦免萧遥光诸子，而以堂弟江陵公萧宝览为始安王，奉靖王后。

又至五月，淑妃宫中的芍药开得极是娇妍清丽。萧遥光被杀后，后宫黄淑仪亦遭牵连，原来当年的冰璜虫竟是她受命于萧遥光而做下的孽。后萧遥光身死，她因惧怕累及其子便吞金自戕。

珠姬怜悯小皇子年幼丧母，便问淑妃可有意愿代为抚养？淑妃摇头，抚弄着手中的小香狸："我才不要，若不是她我也不用受冰虫的苦，所以我一见她的孩子便心生不悦。再则后宫自有皇后做主，她若不养，我也不出这个风头。"萧遥光一死，淑妃所中之毒便解，只是其中内情十分令人不适，因此淑妃再不愿提及半分。

珠姬点了点头："你说得也有道理，要说抚养皇子，的确要尊重皇后在先。不过你要记着，寻个合适的机会，让陛下正旨复尊老王母为太皇太后。有她在宫中，你便能免却许多烦恼。"

淑妃应下了，随后道："萧郎应承我，过些日子便起复阿兄，还升迁一级，要封他做黄门侍郎。"珠姬回说好，接过吴景晖递来的香狸，细一端详，含笑道："还养胖了些。"

吴景晖如今除了随侍淑妃，便专养这两只香狸。此时忙道："回女君的话，也说不上门道，只是奴请教了几个驯兽师，知晓了一些它的习性喜好，便渐渐有了些头绪。"

珠姬见她言行谦卑，念及她屡次立功，便颔首道："你辛苦了，过些日子让淑妃给你晋位侍中，家人也能得些恩赏。"

吴景晖领受珠姬的恩德，又对淑妃千恩万谢，随后道："奴还有一事，乃为了上次揭发萧遥光的阮氏。她与奴是从前的旧识，如今无处栖身，想求淑妃娘娘和女君一个恩旨，让她进宫来侍奉，便是扫洒她也愿意。"

淑妃一听此女便是当日血书揭发萧遥光的头功，当即抚掌笑道："这有何不可？她既深明大义，又与你交好，你便传我的旨意让她进宫来当差吧！对了，便让她去侍奉老王母，也算我还她老人家一个人情。"

吴景晖谢恩退下，珠姬与淑妃分抱一只香狸在手，方才对她摇头道:"你也学乖了。"

淑妃噘嘴道:"如今萧遥光和二江都被诛杀了,但萧郎的梦魇依然不散。甚至有时半夜乍醒,整个人如同惊悸一般四肢抽搐,狂呼大喊。有一次他酒后抱着我哭,说在这世上,他唯一能信的人就是我。除此之外,父母、妃嫔、兄弟、君臣,无一人不在算计着他……不是人为刀俎我为鱼肉,便是我为刀俎鱼肉他人。阿姊,我知道你不愿长居建康,可是我真的狠不下这个心离他而去。你想,若是连我都抛下他走了,他一个人,要如何?"

珠姬闻言缄默,心中百转千回,她早知玉奴对萧宝卷日久生情,如今再劝什么都是晚了。片刻后手抚香狸,含笑道:"我打算四处云游去看看九州天下,等我在外云游累了,想你了,再回来建康看你。如此,不是甚好?"

玉奴一心只想劝阿姊留在自己身边,但听她的意思是早有这样的打算,遂点头应好,又抱着自己手里那只香狸道:"这两只小东西一母所生,便是相隔百里,也能循风找到彼此。阿姊,不如我们一人养一只,什么时候你要回来了,便让小狸先来告诉我。我会为你设宴接风,只要我在建康,建康便永远都是你的家。你要是相中了什么人,我也定会万般支持……"

珠姬哭笑不得,连忙摆手:"你少扯这些。"

玉奴嬉笑一声,又道:"阿姊,你那宝树如今仍在宫中。萧郎说此物乃是先帝所珍爱,他想另外再回赠你一棵赤绛树……"

珠姬早料到萧宝卷有此举动,遂淡淡笑道:"不必了,我是不信什么同命树的。那宝树虽陪伴我多年,但终究只是一物。若有心,便让人好生看顾吧。"

数日后,萧衍奉旨回京。今上似乎有意器重于他,不但升迁至黄门侍郎,还特意设宴为其接风洗尘,又令群臣共庆。当日珠姬也列席,就坐在玉奴身侧。群臣第一次见到这位今上口中的阿姊,但见其气度温润莹洁,比之潘妃的绝色,更有一种雍容秀雅的端丽。

而今上更是心情颇佳，频频举盏与群臣共庆，还赐了几名美人给萧衍。宴后珠姬向其请旨要修一座寺庙，萧宝卷满口应承，趁着酒劲又劝道："阿姊身为淑妃的至亲，朕可为你甄选才俊前来侍奉。阿姊若要云游四海，身边也得有人陪着才不觉寂寞……"

玉奴在旁听得目瞪口呆，随手抓起一把红艳艳的樱桃就劈头盖脑丢过去。萧宝卷连忙护头。

他们夫妻二人如此这般，便如十分寻常之事。萧宝卷领着几个宦官近臣在前逃走，玉奴带着一众宫娥娇笑连连，擎着果盘茶点等小物紧紧跟去。华殿中笑语嫣然酒香不散，花与珠玉簇成满目的奢靡。

珠姬与萧衍相视一笑，两人缓步走出大殿，见外面月华如水，不觉已是五月中。端阳节时正是朝中血洗动荡时，珠姬与萧衍并未互送节礼。

此时她一垂眸，见他腰间佩着的香囊十分眼熟，不由多看了两下。萧衍笑一笑，取下来摊开在掌心，道："你去年送给我的五毒香囊，我一直留着。前些日子换了新的香草进去，但觉不如之前。"

珠姬"嗯"一声，接过来道："那我拿回去重新蓄好，其实今年也给阿兄做了两个，但想着丁姬在你身边，她心灵手巧，做的定比春娘要好许多。"

萧衍叹口气，道："那时候谢朓兄逝世，我哪里有心思？如今想来人生也只是一场梦，物是人非，无处话凄凉。"

提及谢朓，二人心中都是一阵黯然。珠姬步下大殿台阶，便有宫车在等。她邀萧衍隔日来莫园喝茶，萧衍笑着应了。随后便见一位宦官领着数位彩衣罗裙的美人联袂而来，她们齐齐娇声向萧衍行礼，珠姬放下宫车车帘，握了握手中的旧香囊，平静无澜地吩咐道："走吧！"

萧宝卷送来的几位美人，并没有如愿得到萧衍的恩宠。高兴第二天一早来莫园给珠姬请安，说主君一会下了朝便要过来一道用饭,又跟玄碧抱怨那几个美人连经书都抄不好,还真把自己当成了半个主子,对他也没个尊重。玄碧一时闲着,知道他心思单纯,也玩笑道:"这是今上对主君的恩赏,赐美人本来是想为主君延绵子嗣的,怎么竟被打发去抄经文了?"

高兴嘿嘿一笑,摇头道:"主君一向重情重义,前些日子为着谢大人之事很是伤心消沉,如今便是起复回京,也头一时间赶去向谢氏家人致哀。今上虽是美意,但奈何时机不对呀,这时候莫说是送几个美人,就算送来西施貂蝉,怕也要吃冷落的。"

珠姬在屋里看书,不免有些感慨。她与谢朓并无交情,但读过他的一些诗歌,其文采风流,确是当世不可多得的名士才子。她唤了高兴进来,问萧衍可是要去陈郡祭拜谢朓,这才知道原来谢朓的棺椁一直停放在京师谢府。如今皇帝恩恤了谢氏,又启用其长子为中书侍郎,所以谢家近日打算以水路将其棺椁送回陈郡祖坟下葬。而萧衍明日一早,便与其余几位挚友到谢宅码头送他最后一程。

珠姬心道应该如此,午前萧衍来了,她便与他商议想一道同去。萧衍自然无不可,只是声明道:"我那几位至交,平日里私下多有放荡不羁的言行。你莫要往心里去便是。"

珠姬想文人才子,大都如此。待次日见过范云、任昉、王融、沈约几位后,更觉是为良友。尤其是沈约之前受萧衍所托,曾与她有过相救之恩。两人再次谋面,虽是为友送葬,却也有了些交情。

她原拟于五月末启程,与周灵璧一道出建康。两人乘舟南下,最终选了那条周灵璧对着地图和诗书反复甄选数月,又被珠姬修改了几处的路线,如今侥幸成行时两人都禁不住激动。

周灵璧极想把盏痛饮,先喝个昏天暗地再说,无奈船上还有萧衍和玉奴以及沈约等人相送。淑妃身份所限,不能出京师地界,便在下一个码头靠岸回宫。

临别时姐妹二人紧紧相拥,泪眼相视。

珠姬安慰说会给她书信详细描写各地的风物,又道:"来日有机会，你再与今上一道南巡吧！那时的风光，又跟今日不一样了。或者有生之年能看到天下南北一统，我们还能去北地瞧瞧。听说玉泉关外很多人在洞穴中供奉了菩萨和飞天，我真是想去看一看。"

周灵璧一直等到淑妃上了宫车，才开始大放厥词："这趟出宫，必定要肆意逍遥快活，赏尽春花秋月……"

沈约与她不过数面的交情，此时手中举盏亦忍不住惊愕。萧衍轻咳一声，看了看玄碧，又满目温柔地朝珠姬道："我已修书与诸郡太守，拜托他们一路沿途相护。你一路珍重。"

他心中凝着万千言语，却是不能述。只能以担忧之名，略表一个阿兄的关怀。或是这个漫长的春季被压抑了太久，她内心里想要抛开沉重，遁入山水美景之中的念头愈发强烈。所以后来举盏相庆，欢笑闹作一团的时候，她并没有留意到萧衍眼里浓到化不开的憾意与不甘。相送之后，萧衍一行便离船而去。

此次两人所乘乃是一艘大船，虽比不上去年自扬州至建康时的宝船奢侈华丽，却也是朱漆绿瓦、珠帘蔽月，雕栏楼阁一应俱全。

要说周灵璧也是个不可多得的人才，除了医术不错，吃喝玩乐更是一等一的行家。有她在身侧，船上的时日便充满了欢乐。船的平台上让人放着两把紫藤长椅，上头支着紫缎垂帘遮阳，天气好时二人倚坐在那，一边看沿岸的风景水色，一边吃喝闲聊。

珠姬也是感慨，去年的事情至今也不过一年多，但而今想来竟已恍如隔世。

大船一路南行，赶上暮春初夏最好的天气，两人在江陵上岸，游览了一番，随后就到太湖。太湖往下眼看着就要入苏杭境内，这两处是要预备多玩数日的，所以春娘和玄碧提前预备着，周灵璧也让侍女桔梗多带些衣物和首饰下船。

次日一早，珠姬出舱门再到平台护栏旁，但见晨曦初升，有青色飞鸟划破云层，清风从对岸沿江吹来。她顺势倚在栏杆前，一任云鬓飞扬，正觉心旷神怡时，忽然见周灵璧居然执笔如风，正在一旁的书案上描画着什么。她待要走近，却被她连连摆手："别动！如此美景佳人，就算我描摹不来，也要留些笔墨。"

珠姬忍俊不禁，两人在平台上耽搁许久。春娘摆好了早膳出来寻人，方道："原来周娘子还会画像？待我瞧瞧，哟——"

春娘本来对周灵璧多有不满，如今见她提笔作画，自然是以为她胡乱涂鸦，谁知道凑近一看，竟将珠姬描绘得风采如玉，一抹倩影落在纸上，已然能叫人生出无尽遐想。

珠姬凑近，也是瞧着自己的画像良久不语。随后执了周灵璧的手，柔声道："灵儿，无论从前发生过什么，我只愿你不要自苦，学会放下。"

周灵璧冲她嘿嘿一笑，飞快卷起画像晾干，随后折好掖入袖中，得意扬扬道："你可是想多了，出京前我跟你阿兄说好了，一路上要是我给你画了画像，回去卖给他！嘿嘿！这么好的发财机会上哪找？"

珠姬被噎至无语，春娘扭脸甩了袖子掖手就走。随后珠姬曼声唤了玄碧出来，吩咐她："取金饼给周娘子。"

玄碧不知发生何事，只是点头应命。随后她取来金饼，周灵璧还真接了，一边收好一边取出画像给玄碧保管，窃笑道："贪财贪财！这下我可有本钱去赌坊里走一遭了！"

珠姬忍不住扶额，直说交友不慎。周灵璧随后拉着她一边往内舱走，一边低语了一番。珠姬惊愕道："女扮男装？"等船靠了钱塘码头，周灵璧果然送来一套簇新的男子长衫巾子，又引诱珠姬："好不容易出来一趟，总要见识见识。更何况你穿这身出门在外，也不容易引人耳目。"

珠姬最后被她缠不过，加上也被周灵璧的话勾得心思活跃，便顺水推舟从了。春娘本要劝阻，奈何玄碧也中了周灵璧的蛊，道："只要女君开心快活，奴一定护着您周全。"

春娘瞥了她一眼，心道我从小带大的女君我不比旁人更疼她？于是悻悻闭上嘴。等下了船一看钱塘百姓果然都极为朴素又文雅，一路所见不但风景如画，民风也是良善淳朴，于是渐渐放下心来。

珠姬以为周灵璧从前来过钱塘，便问起经过。被她含糊糊一语带过，随后直奔一个名为长乐赌坊的所在。三人在赌坊前下马，易了男装的周灵璧和珠姬两人甚是豪迈地将手里的马缰丢给门口的店倌，玄碧则手握佩剑下马来，她仰头看了看顶上那块巨大的鎏金牌匾，啧啧道："果然是人间的销金窟，这么大的手笔，想来坊主也不是一般人。"

自东晋到本朝，历来都是士庶天隔。这样的赌坊位置显赫又极为奢丽，显然，其坊主必定出身高门。

店倌将三人迎入内，周灵璧在上楼前将金饼换成了一盘子的筹码，在店倌的指引下径直上了三楼。本以为赌坊内必定是人声鼎沸、喧哗不已，没想到并不然。三楼的花厅极为空阔，地上铺着织金的厚毡。四壁墙角的麒麟金兽首中青烟袅袅，里头冒出来的香息十分罕见，清香入鼻，走窜极快，甚为醒脑提神。珠姬嗅了一会才道："这是青麟髓。"

三人很快在一张长桌前落座，桌旁此时已经零星聚拢了五六人，都是一身华服珠玉。店倌过来行了礼，极为恭敬地说道："三位贵客请随意，小的这就让人送茶上来。"

周灵璧丢给他一锭银子，等人离桌之后才对珠姬道："这赌坊一共有四层，最上面的那层只有常来的豪客才能入内。咱们先在这里练练手，你就瞧好了。"

珠姬和玄碧互相瞧一眼，都是半信半疑。奈何周灵璧的确是个奇葩，她先是不显，几局下来有赢有输，后渐渐摸透了这些人的路数，开始大杀八方。夜色渐深，赌坊内聚集的人也越来越多。不但这张长桌两侧围满了人，就连另外几张方桌也是里外三层。

玄碧在侧替她端着筹码，那码头越堆越高，店倌赶忙过来收兑了一些，赔笑道："使君今日好手气。"

周灵璧男装后还贴了两撇小胡子，此时一抹胡须，嚣张至极："这算什么，爷我还没尽兴呢！"

她这么猖狂,难免惹来一些输家的不满。再加上珠姬换了男装又显得格外俊美,两人衣着讲究,却分明就是外地人的口音,这些年大齐男色时兴,这些常年出入赌坊的自有心思毒辣平时为恶甚多之人,有人盯着珠姬的美色,也有人盯着周灵璧的筹码,再与赌坊巡场的令者递个眼色。

这一来二去的,便私底下勾连起来。

等到周灵璧再赢了几局,忽然有人暴跳如雷发难道:"你出千!臭小子,敢来长乐赌坊出千,你可是上赶着寻死了!"

珠姬还是发蒙,搞不懂"出千"为何物。玄碧挡在她身前,一面看着周灵璧跟人拍桌子对质,一面道:"就是作弊。"

珠姬"哦"了一声,要说周灵璧会作弊她绝不怀疑。但眼看对方的人越围越多,就连一些看似赌坊的人也加入其中,她有些担心地说道:"这些人难道输了就要气急败坏?他们要干吗?"

玄碧麻利地将剩下的筹码都统统倒进一个包袱里,随后将包袱在腰间一缠,双手已经抽出长剑在握。又对珠姬道:"右边的长窗,咱们有人埋伏在那里。只要奴一动手,您就只管往那边去。"

珠姬看了一下,右侧长窗此时距她不过数丈。于是点点头,她身有鲛珠又早被周灵璧涂抹了秘药,据说只要谁敢触碰她一下,管教那人身中剧毒立即昏迷!于是珠姬难得十分镇定地仍坐于原处,且将手中香扇徐徐展开,就在周灵璧和玄碧以二敌数十的刀光剑影之中,还淡定自若地扇起了扇子!

这下子,更叫人看不明白了。大概众人都以为珠姬才是三人当中武功最好身份最高的,一时间硬是没人敢蹿到她跟前。玄碧剑术实在了得,而周灵璧功夫不及玄碧,但胜在心思精巧又善用香药。不管何人杀上前,被她轻飘飘一顿左闪右避,最后都是如一座肉塔般轰然倒下,哼都不带哼半句。

这二人打了一通痛快的混战,成功吓退了那些心怀不轨的歹人,现场除了躺的横七竖八的那些败将之外,其余的人都是纷纷逃了。招风也领了数人推窗进来,对着珠姬长揖道:"女君,此赌坊的坊主是袁氏一族的人。属下刚才去递了主君的名帖，说是不知女君前来，愿以千金略表歉意。"

珠姬"哦"了一声，看向周灵璧。周灵璧拍了拍手，嗤笑道："才千金？原来堂堂黄门令的面子也不过如此。"

珠姬问她："那我们现在走吗？"周灵璧手一挥，对招风一笑："咱们不是还有淑妃娘娘的手令吗？你再拿过去。"

招风见珠姬颔首，旋即领命而去。玄碧解下腰间围着的筹码，再把地上的那些落败者掉下来的筹码踢了踢，对几个亲卫招招手："都捡起来吧，一会全部拿去兑了。"

众人正捡得起劲，招风带了一个身穿紫袍头簪玉冠撇着一部花白胡子的人来了。他见到珠姬"扑通"一声跪倒，拜下道："小民参见淑妃娘娘！娘娘——"

珠姬咳一声，周灵璧打断他的话道："别看走眼，这位不是淑妃娘娘，她是娘娘的阿姊。今上亦称她阿姊。"

这半老男子被这么一提醒，方抬头看了看座上的丽人。见珠姬眉目如画，男装难掩姝色，但并不像个十分跋扈厉害的样子。便缓了缓那口气，腆颜笑道："是是是！小民老眼昏花，一时看错了。难得女君驾临钱塘，小店也是蓬荜生辉。女君所来既是想要赌个痛快，若是如此，小民可……"

珠姬一皱眉，招风便将剑刃送到了他颈间。那人又是色变，改为哀戚道："女君饶命！先前实在不知是您大驾光临，小民向您赔罪……"

珠姬还搞不懂周灵璧葫芦里卖的什么药，且看看她，周灵璧便从袖中摸出一样东西，丢到那人跟前，问道："这东西你可认得？"

那是一方小小的玉石私章，看起来方方正正不过三寸，上面雕着细密繁复的花纹，隐约像是鲤鱼吐珠的图案。但玉石质地上佳，落在猩红色的地毯上犹泛着温润的光。那人将其捡在手里，细细一端详，随后浑身颤了颤，满面为难道："这个……小的不认得……"

周灵璧看他分明是说谎，一脚踢过去，接过玄碧手里的长剑横在他颈间，喝道："敬酒不吃吃罚酒！"

在她这等威势相逼下，此人终于松口，结巴道："这是我家主君的私印，他就是……"

得知长乐赌坊的主人便是王谢袁萧四族中的袁氏分支袁长青，周灵璧这才松开剑刃，将那印章紧紧攥在手里。那管事连滚带爬命人取来数块金饼，恭敬奉与珠姬。珠姬本不欲取，却被周灵璧劝道："他们的金银都不是什么干净的来路，你若嫌脏便将其分给杭城的孤寡老弱穷人吧！也算帮他们积德了。"

珠姬这才勉强点头，见周灵璧没别的事，众人便动身回去。待行至楼下一看，钱塘太守夏正阳已经带了人在门口候着。

闹出这么大的动静，赌坊自要急着回禀家主。袁长青在钱塘可算显赫身份，他出身高门，以甲族资格的太尉行参军为起家，后累至丹阳太守，数年前因病告假，一直在家休养。

袁长青意外得知今上宠妃的阿姊忽然驾临钱塘，且还专去了一趟自己的长乐赌坊，当即不解道："她们就问你这私印的主人是谁，再没有问其他的事情？"

紫袍人连声称是，袁长青沉吟半晌之后让人退下，自己却禁不住思索，到底是什么时候丢失了这枚私章？以至于如今让人找上门来还全无印象？他这厢懵懂茫然，却不知已然大祸临头。

而周灵璧自与珠姬回去之后，便全当作没这回事一样，仍是没心没肺地到处游玩。中间有一日她们还临时起意，又租用画舫在西湖泛舟半日。待回来客栈，两人皆有醉意步态微醺。

春娘扶了珠姬入内，又取下小狸，连连摇头道："周娘子这样能造弄，前世肯定是个猴子托生的。"珠姬这些天不但在西湖泛舟吃酒，赏莲摘蓬，还去茶园喝茶静坐，但觉江南风光无限好，景色更是秀丽旖旎，真正是别有风韵。

此时见春娘埋怨周灵璧，不禁替她分辩道："哪有？阿嬷，要这么说，我也是半个猴子。要不然，我们哪能耍到一起。"

春娘虽是有些埋怨周灵璧的不羁，但见珠姬难得抒怀，便也只能作罢。一行人在钱塘滞留五日，将周围能去的地方都去了一遭，到原定启程返船之时，夏太守亲自带了手下群吏来送。又替钱塘百姓谢过珠姬的大恩，道："感谢女君感慨解囊，为钱塘百姓修了这么大一座庙宇。此后百姓们入庙拜祭诸神菩萨，也会保佑女君和淑妃娘娘一生和顺，富贵无极。"

珠姬修庙用的便是长乐赌坊进献的金饼，当即只说不必。宝船出钱塘便往苏州，一路缓行。珠姬与周灵璧对弈，周灵璧早早推了说身上乏要早些歇息，便回去睡觉了。珠姬本以为她是约了招风相会，等到了快熄灯时忽觉有些不对。

她心细如发，很快就在周灵璧房间的枕下发现了一封书信。展开一看不由大惊，立即下令："回钱塘！命招风带人立即前去袁府，无论如何都要保住周娘子。"

城内袁府，本是恢宏森严的所在。但家主袁长青嗜好修仙极贪清净，他所住的长青阁历来摒绝人迹，少有下人家兵进出。只是凡事都有例外，这夜他与几位交好的道友们一起研习修仙之道，直到深夜才将人送走。随后又辗转反侧，寺人见状便唤了两个童男童女进来。如此胡闹到三更时分，他疲惫至极，昏昏沉沉睡去。

忽然一阵风来推开了窗棂，室内灯树被吹得摇曳不定。那一对童男童女被他糟践的浑身是伤，两人蜷缩在床角，只见有一蒙面黑衣人持剑跳窗入内。那人先朝他们竖起一根手指头示意噤声，随后袖中洒出一片粉雾，便将他们送入了梦乡。

长剑寒光熠熠，渐渐凑近袁长青的颈间。刚要挥剑时忽然觉得身后有风，知道不对便大喊一声，且揪起床上昏睡的人挟持为人质，厉声道："都走开！不然我杀了他！"

不想却只得到一阵哈哈大笑声作为回应，随后数十精兵拥入内室，将蒙面人团团围在中央。随后有人缓缓行来，步履轻慢仪态闲定，还掖了双手，说道："你要杀便杀，不过是本座的一个替身罢了。值什么?"

蒙面人这才醒悟过来,原来他竟是引自己入坑!丢开手里的人质,却仍恨恨道:"袁长青!不要以为你诡计多端就能长命百岁!若你这般的祸害也能修道成仙,人间哪里还有半分正气可言?"

随后她举步上前,与数十精兵厮杀成堆。袁长青本来一直袖手旁观,后见其身中数刀渐渐不支才道:"留她性命!我要看看到底是哪个小娘子这么怨恨本座。"

"是!主君!"众精兵得令,蒙面人被围得密不透风,但下手时刀剑之势见缓,袁长青便步步逼近其身。眼见闯入者就要落败,忽然窗外燃起熊熊大火,有人惊呼道:"不好了!走水了!快打水来救!"

大宅骤然起火,这下袁长青可淡定不了。他凑到窗前举目看时,冷不防一条碧色丝绦柔而有力地套上了他的颈间。那丝绦犹如蛇尾越缠越紧,几乎要将他的脖颈勒断。身侧之人见状连忙去拉,但那丝绦却不是等闲织物,只会越拉越紧,又刀枪不入。

袁长青不支倒地,双目圆瞪,神色十分可怖。

随后一玄衣碧裙的女子越窗而入,径直踩在他胸膛上落地。她手持双剑,十招以内凑近已然重伤的蒙面人身边,两人互为倚仗,再次与那数十精兵激烈交战。片刻后再有数位蒙面人杀进来,风向顿时一变,袁府的兵丁居然不堪一击,不断有人倒下。

玄碧这才挟了那蒙面人走到窗前,怒道:"一言不发留下一封遗书便走,难道这么多天的交情,你竟然从没有跟我们交过心?"

蒙面巾下周灵璧一张惨白的俏脸愈加清冷。她身中数刀,此时嘴角淌血也是强忍,却道:"就是因为这份交情,我才不想连累你们。这个仇我一定要报,所以就算死也是我自己心甘情愿。但是……我不能连累珠姬,她跟我是不一样的人……"

她说着话,忽然觉得眼前一阵眩晕。玄碧一把扶住,见其胸中一刀,流血汩汩不止,忙对招风说:"快救人!"

招风和玄碧将她左右架起,命其余人收拾残局,这才扶着人走到隔壁的禅房。周灵璧似是对此地十分厌恶，宁肯躺在地上也不愿卧倒于榻，玄碧和招风渐渐明白了几分，刚刚给她止住血粗粗包扎了一下伤口，珠姬便在两名亲卫的护送下走了进来。

周灵璧本阖目躺着，余光里见到她来，挣扎着要起身。珠姬蹴身扶她，见满地血污，室内腥气浓重，当即泣道："这么大的事情你都不肯说一声，难道你以为你不说，便不会连累我伤心了吗？自扬州到建康，我们虽不是姐妹，但却有着过命的交情。你既要报仇，便该与我商议，不该如此莽撞将自己伤成这样。"

周灵璧此时面如金纸，嘴角却微微翘起，因大仇得报而笑得无尽舒畅，眼泪止不住纷纷如雨："珠姬姐姐，并非我有意瞒你，也不是不将你视作知己。只是你我……生来便有云泥之别，此生能与你相识相知，我周灵璧下辈子也要感谢上天的浩瀚恩德……我、我心里将你视若至亲，是我此生除了阿娘和师父以外，最不舍得的人……"

珠姬也跟着落泪："什么云泥之别，你是周灵璧啊！昔日那个放肆不羁的人，你怎么也会如此妄自菲薄？且你既不舍得我，便不该如此莽撞行事，你看你把自己伤成这样，以后可怎么陪我再去荆楚和巴州？"

周灵璧笑了笑，双眼光芒渐黯。玄碧一看不对，连忙取了一颗丹药让她服下。过了一会才听她又如同呓语一般低声道："十年前，我随师父来江南救治时疫。结果我被人贩拐走，后来到袁府，就在此地、此室……袁长青这个畜生，上天让他偷生了十年，但我就算拼死，也不能让这样的人活下去……珠姬姐姐，今日我大仇得报，就算死亦含笑。你们不要为我流泪，你要记得我信中的托付，余生一定要活得开心，尽情尽兴……"

至此时，不但珠姬哽噎难语，就连一向冷漠寡情的玄碧也不由涨红了眼眶。珠姬连连摇头，握着周灵璧的手泪流满面。招风去外头察看了一番，入内启道："女君，外头都收拾干净了，现下可由原路离去。只是，那两个孩子……"

周灵璧本已十分虚弱，整个人神识游离于生死之间。但听得孩子二字骤然睁开眼,撑尽最后一口气央求道:"姐姐!救救这些可怜的孩子,把他们都送出这里——"

她说完,两眼一闭便沉沉倒向另外一侧。玄碧忙蹴下身探了探鼻息,后心有余悸道:"周娘子只是伤得太重,要立即抬回去上药。"

珠姬点点头,吩咐招风将袁府关押的这些孩童们都送走,又取出离京时今上给她的手令,道:"倘若官府中人前来干涉,你便以上意弹压。"

招风接过手令大步而去,玄碧抱起周灵璧,与珠姬一起在另外两人的掩护下匆匆下楼。出后门便有人接应,随后快马赶回码头,待将人在舱内床上放下时,天已蒙蒙透亮。

漫长的暗夜终于过去,余下的便是精细的救治功夫。春娘也是一夜未眠,见周灵璧忽然回来,却变成了浑身血淋淋的半死之人,当下也是吓了一跳。等到珠姬终于将她伤口清理包扎好了,再派人入城去抓药回来的当口,方才上前问道:"女君,发生了什么事啊?周娘子怎么被伤成了这样?"

珠姬双目通红,双手轻揉了揉两侧的太阳穴,却不知从何说起。至午间时招风带着余下的人赶回来,向她复命道:"袁府大火,烧尽了长青阁,据说是袁长青好于修仙,炼丹用炉起火而致。至于他的家人并没有波及,府中的孩童全部被释,属下亲自送到夏太守处,让他造册发回原家,并请官府下令再敢拐卖孩童者必要严惩。"

珠姬接过那方手令,有些沉重又释然地点了点头。自然,她不会指望除去袁长青世间便再无这样惨绝人寰的悲剧。但不管怎么样,救得一个是一个吧!她让招风下去休息,随后再去看了看仍昏迷不醒的周灵璧。

此后数日,因周灵璧伤势严重,大船便沿着河道缓缓而行。后便有萧衍飞信传来,令珠姬立即回京,并叮嘱道:"沿途务必万分小心,急行勿停!袁氏正派人沿路追杀,我亦遣人赶来支援。"

寥寥数语,将珠姬和玄碧都惊得面无人色。原来袁长青品行恶劣，其父袁昂却是朝中大员。曾历任黄门侍郎、御史中丞等要职，如今便与萧衍平起，官至左光禄大夫。

袁长青死后，虽然招风将收尾处理利落，玄碧杀人时也只用了碧练并没有见血，但袁氏毕竟也是百年望族，其势力深植于江南一带，哪肯轻易就此认栽？不到数日便追查到事发之前曾有人手持淑妃的手令前往长乐坊砸场子，他们还持有袁长青失踪多年的私印，带着一只跟淑妃同样的小香狸，这才牵连出珠姬与周灵璧一行。

袁昂痛失爱子，一时间无力分辨是非，只想杀珠姬和周灵璧等人报仇，事后就算今上和淑妃发难，他也有的是法子可以推个干净。

但不想珠姬事后便修书与萧衍，告知一应详情。萧衍得知袁昂暗中调度府兵亲信前往江南便知不好，当即十万火急召她们回来，又火速派人前往支援。好在招风对这一带的水路十分熟稔，他设法连换数艘画舫，又留下人手继续迷惑袁氏的耳目，终于赶在八月初五之前抵达建康。

可巧，入京那日便是珠姬的生辰。玉奴得知她提前回来，抱了小香狸便命人备了凤辇，浩浩荡荡亲往码头迎接。

珠姬连日赶路，又忧心袁昂会对萧衍不利，此时难免憔悴。见到玉奴容颜如新雪红梅一般娇艳夺目，先时还颇为喜悦，在路上得知萧宝卷已然杀尽六贵，就连自己的亲舅舅刘暄和其数子都未能幸免，当即又觉心中止不住的失望，一时不知该如何面对玉奴。

玉奴邀她入宫，被她婉言推拒："我实在疲累得很，等过些日子安定了，再进宫看你。"

玉奴惶惑，见珠姬脸色不好，便以为真。此后数日，她再派人来请，珠姬也只是推病。周灵璧痊愈后仍要回太医院履职，这日她出宫后便来了珠姬处，两人寒暄数句，宫中又有人来。珠姬并不愿见她们，便让春娘出去应付。不想春娘片刻后回来，黑着一张脸道："吴侍中来了，她说……"

"淑妃有喜了。"

珠姬手中一抖，刚上的一盏热茶便被打翻在地。小香狸咕咕跳到了几上，吴景晖入内跪下，默默收捡起地上的茶盏启道："女君，淑妃娘娘遇喜，如今已有近两个月的身孕。她盼着您进宫相见，陛下也——"

珠姬闭了闭眼，在心里无声地长叹了一口气，再开口时已然展平了心绪，起身道："好，那这就去吧。"

周灵璧于宫车上自责道："都是我不好，我走时就该想到这一节的，应该留些避子药。"

珠姬摇头，手抚了抚香狸颈间柔软的绒毛，鬓上簪着的步摇流苏轻晃："怪不得你，若我猜得不错，萧宝卷应该早有此意。他让玉儿怀孕生子，便能将她长久地牵绊在身边。说来只是我们轻看了，他从不痴傻，甚至看得很明白我对他的戒备。"

周灵璧咬了咬下唇，经历一场生死大劫后，她对珠姬愈发依赖和亲近，当即目露忧心："那怎么办？姐姐，要不你还是先不要跟他计较了，毕竟淑妃如今怀孕，你也快要做姨母了……"

姨母这个称谓让珠姬心中五味杂陈，也不知道到底是该喜还是该忧。可玉奴毕竟是从小一起长大的阿妹，珠姬怜惜她不到十七岁便要为人母，唯恐她受苦又被后宫诸妃算计，入宫后不但多方叮咛，又让周灵璧每日过来为她请脉。

三人正凑在寝殿内窃窃私语笑做一团时，萧宝卷来了。他入内亦是满面喜色，见着珠姬便道："阿姊真是朕的福星啊！你一回京便有这样的好消息传出。日后还请阿姊多来宫中小住，也好令淑妃心情舒畅，安心坐胎。"

他既笑脸相迎，珠姬也不能过于漠然，点头应道："陛下，玉儿是我阿妹，照料她本是我分内之事。"

萧宝卷闻言大喜，立即便命人布置侧殿，又喜不自胜道："朕已命人为玉儿和小皇子另外再修三座华殿，分别名为神仙、玉寿、永寿。阿姊是拜菩萨的人，日后可做神仙。届时便住在神仙殿吧！"

他这样隆重其事，自然是大兴土木奢靡无度的前兆。珠姬在心里长叹一口气，等他一转身离去，便问玉奴："这两个月我不在京城，他可有对你说过什么特别的话？"

玉奴茫然摇头，细细一想才道："好像有一回他忽然问起你与阿兄到底是如何相认的，我也没有细想，便告诉了他过程。后来也不知道他如何晓得你回京后去过江府的花会，还是在那里结识了江蕴……阿姊，到底发生什么事了？我觉得萧郎他最近总是疑神疑鬼的，很多时候梅虫儿和茹法珍进来回话他都要避着我，说是什么后宫不得干政。哼，以前他可不这样。"

珠姬握了握她的手，安慰道："你现在怀着身孕，好好坐胎，比什么都要紧。"

萧宝卷既派人把偏殿都腾了出来，珠姬也不便违逆他，当夜就在宫中暂住下来。次日一早正好是八月十五，晚上宫中要摆宴赏月，早上诸位后妃便在皇后的带领下一道前往宣德太皇太后的寝宫诵经祈福。

珠姬没有与后妃们同行，她等人走了才抱着香狸进去，入内见老王母仍如从前在长秋行宫时的装扮，见到她来连连招手："到哀家跟前来。"

珠姬应了一声，行礼后温顺地坐在了老王母的身边。小香狸倒是精得很，十分殷勤地上前去，就势卧倒在老王母身前的玉簟上，还惬意地用前爪捧住了脸，露出两只滴溜溜乱转的大眼睛。正好侍女捧了几朵开得艳丽的牡丹花进来，珠姬择了一朵替她簪在鬓边，又左看右看，赞道："真好看！"

老王母笑着抚了抚香狸的脑袋，回道："出去一趟，连你也学聪明了。可见这外头的世界就是好。"

珠姬也笑，招手示意玄碧捧了自己誊抄的佛经奉上来，道："老祖宗莫要笑话我，跟您比，我们就是那井底之蛙。若不出去见识见识，也不晓得自己竟是如此愚钝。"

老王母接过她誊抄的佛经，点头道："嗯，你们走水路，一路船行难免颠簸,难得你还替我抄经,可是有心了。"

说完,她便唤了一个女使出来接下去,又道:"送去甘露寺,交给住持作法。"

珠姬因见那女使面生,且长得十分引人注目,正凝神看时老王母道:"你阿妹送给我的人,说是之前平定始安王时有功,我便收下来了。"

珠姬这才知道,原来她就是阮氏。珠姬对着她的背影看了看,忽然道:"老祖宗,我今日来,是有事相求。"老王母微一颔首,略一示意,殿中的人便都退下了。她攥着珠姬的手谆谆道:"淑妃有喜,这是一件天大的好事。今上年轻急躁,有时候行事难免不太周全,他又跟他阿耶一样,戾气过重心胸不广。但若淑妃生下麟儿,总归都能令他心性沉稳几分。凡事也会三思而行。"

珠姬点点头,随后略有忧心道:"可是我只怕,玉儿的身体孱弱,此时有孕原本就是操之过急,若再有人算计,更是凶险万分。"

老王母此前被复尊为太皇太后,于后宫她虽不掌权理六宫之事,但论身份威望手段,自远在皇后之上。而今她与珠姬一样,都站在淑妃这边。

所以老王母与珠姬对视片刻,后执手问她:"若我能保淑妃平安生下这一胎,来日,我更会力主你阿妹将褚后取而代之,将她送上中宫之位,你以为这样可好?"

珠姬心中一惊,犹豫片刻后俯身拜下,回道:"老祖宗的厚爱本不该辞,可是我与玉儿都出身单薄……恐怕难有这样的福分。"

老王母徐徐拨弄着手中的佛珠,浑不在意地说道:"你是我琅琊王氏之女,建安长公主的血脉,天下间又有几位女郎的出身能比你尊贵?至于淑妃,她与你既是姐妹,本就荣辱一体。所以珠儿,你要记着,我如今扶持的不仅是淑妃正位,更是我琅琊王氏一族的复兴大计。而你也不仅要为淑妃着想,更要着眼于大局,要看得见百姓疾苦,更要明白,唯有中兴我们王谢袁萧这样的世鼎之家,南朝天下,才有望国泰民安。"

所以，不管怎么样，自己终究还是陷入了权利争斗的旋涡里？就如昔日差点被取了性命的香狸一样，怀璧其罪，除非托赖强权庇佑。

珠姬有些心绪复杂地点点头，如今之计，的确如老王母所言，朝中急需一段安定与平缓的日子。

随后她想起袁长青一事，便如实向她道来，又替周灵璧描补道："此事不怪周娘子，实在是那袁长青太过禽兽不如。我虽与他素无恩怨，但也不能坐视不理。只是回京之后才听说袁昂为官素有美名，还请老祖宗设法周旋，决不能因此而牵连到玉儿和我阿兄。"

老王母似早对此有所耳闻，却不知他竟然派人沿路追杀珠姬，当即摇头道："这个袁长青的确不成器！但袁昂敢私下派人追杀你，也是太目中无人了些。你且放心，此事我自有主张，他必不敢再找你们的麻烦。"

珠姬立即谢恩，又见小香狸卧于老王母身前的玉簟上，遂笑道："老祖宗此处一团祥气，就连阿离也格外贪恋。"

老王母这才抱起那只睡得四仰八叉的小狸猫瞧了瞧，问珠姬："它叫阿离？那淑妃那一只呢，叫什么？"

珠姬笑着回道："她那只叫阿嫣，合在一块就是嫣离。"

"嫣离？"老王母两道淡眉渐渐拢起，她看向珠姬，摇头道："世间从来没有笑语嫣然的别离。珠儿，你要记着，命运从来都是掌握于强者的手里。人往高处走，水才往低处流。"

珠姬闻言默然，片刻后低声应了一句："是，珠姬明白了。"

夜间的宫宴设于修缮过后的邀月殿，珠姬自与玉奴坐在一处，两人的长桌相隔只有一尺之距。时候尚早，萧宝卷还与臣僚们在鸣月湖前的草地上对诗作赋，玉奴孕中怕热，左右皆有人举扇扑风，她还嫌暑气重，手里搅拌着侍女刚送上来的冰镇蜜瓜饮甚为无聊地打了个呵欠，朝珠姬道："阿姊，我好些日子没出宫去了，待过些天……"

珠姬取下她手里的赤金果钗，送上自己刚沏好的木樨花茶，平平朝她道:"你且安心待着,近日都不能出宫闲逛。"

她们姐妹二人说着话,一旁的褚后却甚是无精打采的模样。珠姬跟她打过些交道,觉得这位出身大族的皇后并没有什么坏心眼,只是忍不住会对玉奴有些妒忌,又不敢真的使什么恶劣手段。

为缓和关系,珠姬便让玄碧也给她送了一盏木樨花茶。片刻后,褚后喝了茶水,看向她们笑道:"听说女君也通晓岐黄之术,本宫最近也不知道怎么了,每天都觉得睡不醒一样,整个人昏昏沉沉的,召太医却说无恙。"

珠姬起初不以为意,先是点头应了。正好周灵璧走过来,她对褚后行礼时,珠姬便顺嘴提了一句:"皇后才刚说有些精神倦怠,还请周院正好好为她请一下平安脉。"

周灵璧旋即领命,不过是在褚后手腕上细细探听片刻,便道:"娘娘金安,只是最近暑热难眠,有些心火上浮。待臣稍后为您开一副方子,您照着喝几日便可神清气爽。"

褚后知道她是一直专司为淑妃调理身子的太医,师承神医典春秋,想是医术了得,故而便应了下来。又对周灵璧和淑妃等人格外地和气,后来还举盏主动邀珠姬吃酒,一副想要亲近交往的姿态。

这样的场合,老王母自是不会出现的。潘太妃领着一众太妃甫露面,便让人搬了牌桌来,又朝珠姬招手道:"陛下刚被叫去紫宸殿议事了,让我们先玩着。珠姬,你与淑妃一块过来打双陆,此乃后宫第一要务。"

她这话惹来一众太妃太嫔们的哄笑,潘太妃年不过四十,当然算不上老。可她日子过得很是逍遥,竟然养出了一层珠圆玉润的秋膘。看上去倒比从前更鲜活了几分,就连说话行事也从容了许多。

珠姬见她相邀,也不好推拒。再加上玉奴一听打双陆便两眼泛光,也不拿一只手撑在后腰喊腰痛了,而是迅速起身,举步便走到了潘太妃身边。

珠姬望了望周灵璧,问她:"孕中久坐,对腹中胎儿可有什么不利之处?"

周灵璧掖了掖两手藏于袖中，狡黠笑道："要说不利也算不上，毕竟孕妇最要紧的就是心情爽朗。不过——"

她与珠姬素来交好，此时当着众人叙话，大家都以为她们讨论的是淑妃的龙胎和起居要项。不想，周灵璧却对其私语道："皇后脉象有些不妥，似乎有些中毒的迹象。我才刚仓促探了探也没有头绪，我猜想那主使之人，怕是……"

她就此顿住，一脸的讳莫如深。珠姬也明白她所指，回想之前老王母所言，怕是她早有此意要对褚后动手，当即默了默，有些复杂地垂下眼眸："那你择机再看吧。"

曹太妃在众太妃之中年纪最轻，珠姬也跟她颇为投缘。虽然之前她阿妹被江祐所害，但她分得清善恶，并没有因此迁怒珠姬。可巧潘太妃这时候掷出了一个赢的点，兴奋地拊掌笑道："来来来，叫人端了那猪油胡饼出来。今天咱们可是说好的，除了淑妃之外，谁输了先吃一大块胡饼，可不许叫人替！"

珠姬眼见宫人端上来白花花一块软腻的糕点，上面还撒着酥黄的芝麻，看着挺可口的模样，可用金刀分切开来，便流出了里头温热的猪油膏。她是礼佛的人，常年茹素，此时连忙抱着阿离避开一边，却见褚后忽然皱起了眉头，随后还扭过脸干呕了两声。

一时间众人都看过去，潘太妃本来手里还捏着一块长箸，这会也掉在了牌桌上。也不知是哪个胆大包天的冒出来一句："皇后娘娘怕不是也有喜了？这猪油也就是孕妇才会怕闻见……"

"住口！没轻重的东西浑说什么？猪油这味道许多人都不喜欢，哀家从前也闻不得的，所以才专门挑了这个来做赌。"

潘太妃迅速回过神，呵斥完那个宫人便跟淑妃和珠姬打了个照眼。淑妃当然知道褚后不可能有孕，萧宝卷多久没去她宫里了别人不晓得，她却最是清楚不过的。褚后的尴尬被潘太妃化解，很是感激地冲她笑了笑。

这一举动让周灵璧瞧着也有些心酸，堂堂中宫落到这般，也是不易。另外，也更加印证了她的猜测，褚后的脉象着实奇怪。

她是个对医理有些钻研精神的人，过了一会便走到珠姬身边，借口要去看一下医女熬安胎药的火候便匆匆走了。

席间的牌局一直继续，珠姬陪在玉奴身侧不敢离开。后来吴景晖近前来，与她低语道："周娘子有事找您，正在紫宸殿后殿等着。"

珠姬心想她怎么跑去紫宸殿那边了？那是皇帝与众臣议事的地方，后宫诸人无事不该凑近。想一想有些不放心，便让吴景晖留在这里，自己紧赶慢赶往紫宸殿方向去。还没走到半路，便与周灵璧遇到了。

周灵璧上回受了重伤，肋间和腋下都留有长长的疤痕，肺部的创伤要将养数年才能痊愈，是以她这般急匆匆奔走时不但气喘如牛，额前和后背四处的冷汗也跟着懑懑而下。

珠姬一把搀住她，见她双唇翕动，样子就跟见了鬼神一样，忍不住道："先把气喘匀了，到底什么事，能让你激动成这样？"

周灵璧轻咳两声之后方才挽住珠姬的手，"扑通"一声朝她跪下道："救救郤泛！才刚——才刚有人参奏他牵涉六贵一案，说他是徐孝嗣的余党，还说他之前告假回乡服侍病母，实则是因为正在暗中调度人马，伺机反扑……"

她的话说得颠三倒四，珠姬先前听得还云里雾里。后来总算搞清楚了大概，很是震惊地问她："你什么时候跟郤泛这么好交情了？等等，这是朝政之事，后宫也是插不上话，况且郤泛身后还有郤氏和阿兄他们呢！这到时候，真要去找陛下求情，也得寻个合适的由头啊！"

周灵璧只拉着她的手不放，眼泪却渐渐流了出来。珠姬深知她的个性，极是倔强又极为隐忍负重，小小年纪便遭遇过那样的苦难，却始终没有怨天尤人。此时见她落泪，也是第一遭，当即蹲下身来，拥着她问道："到底怎么了？你且好好说呀！"

周灵璧这才娓娓道来，原来早在句章县府内，她便喜欢上了郤泛。那时候她念着他的名字脱口笑出声，本来以为他定要记恨在心,没想到后来又撞上了,正是与他同行的才子们在议论她,以及东海一带女郎们的豪放。

周灵璧从来没想过嫁人,对名声这东西看得很开,但难得郗泛竟然出言阻止友人非议她,还说:"周小娘子看来只是开朗热情了些,这样的年纪也是应该。我看她双眸清澈目光坦然,这样的人绝不会无行无德,你们莫要再论了。"

那一次,寥寥数语,便如刀刻一般,深深地印在了她心里。

珠姬心中恻然,她对郗泛了解不深,只觉得其人很有君子风范。若他真能与周灵璧凑成一对,那也是上天的眷顾。当下便扶了周灵璧起身,商议道:"你既然心仪他,我哪会不设法成全?只是事涉朝政,要求情便要师出有名。否则你也知道的,陛下哪里会理会咱们的几句话?"

周灵璧哭得稀里哗啦,这会拿了手帕擦擦鼻涕眼泪,点点头开始动用脑子:"对,姐姐说得对,贸然开口怕是无功而返,你让我想想,该找个什么样的理由才好……"

两人一边说一边缓缓向前走,不觉就来到了碧月湖畔。珠姬经常晨间来此处采摘莲花莲蓬,因此极为熟稔。她带着周灵璧寻了一处面水开阔的美人靠坐下,身后是接天莲叶无穷碧,眼前是一望无垠的碧波映月。天上的月亮倒映在湖面上,本是很有意境的画面。只是可惜两人都无心欣赏,周灵璧眼望着天边的秋月,目光迷离而茫然。

珠姬叹口气,远处有丝竹声传来,想是潘太妃她们这会已经开始听歌吃酒了。刚要搜罗一些话来安慰可怜的周灵璧,却见她忽然惊跳起身,拍着大腿道:"我想到了!姐姐,你就跟陛下说,郗泛是你的心上人,这样一来陛下肯定就不能为难他。不但不能为难,还得要给他高官厚禄,说不定还会给你们赐婚……"

珠姬目瞪口呆,刚要摇头,周灵璧误以为她看不上郗泛,又退而求其次道:"那你要是不想嫁给他,就跟陛下说他是你的面首……反正萧宝卷早有言在先的,只要你相中的人,他抢也要替你抢过来。一言九鼎！他不能食言！"

疯了，真是疯了……鉴于眼前的周灵璧看起来实在不清醒，珠姬便想先把她敷衍过去再做打算。正搜肠刮肚想着如何把她劝回去时，忽然身后传来一串金铃的细碎声响。

周灵璧率先起身喝问："什么人躲在这里鬼鬼祟祟的？"

"那个，女君和周院正……真是好巧啊！本宫也没想到，出来随便转转，还能遇上你们……"褚后的脸色和语气都满是尴尬，但更尴尬的还是珠姬。她猜想先前的对话肯定让褚后听到了，于是硬着头皮上前见了个礼，回道："是啊，真是好巧。"

"就是，说明咱们几个有缘得很。"

褚后走到美人靠上坐下，举着手里的团扇扑腾了几下。也不知道她到底咋想的，过了片刻居然主动道："本宫也是才刚知道，原来女君和郗泛有这等情意……若是女君不方便开口去求陛下，本宫倒有个办法，可以解燃眉之急。"

珠姬听她说到前面，尴尬地无从辩解。但后来一听她有法子可以救人，连忙凑过去问道："皇后娘娘真有法子能救郗泛？若是如此，珠姬感激不尽！"

其实此事对褚后而言并非难事，她的父亲褚澄官居左中尚书，乃为六部主事。而今朝中力主要清除六贵余党，每日议的都是这些生死簿上的事。左右不能让皇帝觉得自己饱食终日无所事事，所以杀谁留谁，自然都有各派势力的考量。

而郗泛出身高门，但吃亏就在于他是个老实人，一心只想为百姓干点实事，平日里并不怎么钻研为官之道。要不然以他的出身和才干，又岂会只谋个户部记事这样的五品官衔？况且如今萧衍离京前往雍州治水，他在朝中又无人声援，所以杀他最是便宜不过。

珠姬见褚后主动相助，又将其中关节也一并如实告诉了她，心下自然感激得很。珠姬千恩万谢将人送走后，睨了周灵璧一眼，刺刺道："人家这回可是于你有了救命之恩，你看怎么回报？"

周灵璧伸手耙了耙头皮，很是伤脑筋地想了想，叹口气，道：

"这几日我想法子再去给她仔细把把脉,去她宫里转一转。我心里有些头绪但是还没查证,或者跟她宫里种着的那几棵碧桐树有关……"

碧桐乃上古神木,最宜凤凰栖身。古语云"凤凰鸣矣,于彼高岗。梧桐生矣,于彼朝阳",宫中四处种有碧桐树,本是天家盛景。但周灵璧却道:"褚后是肺热血热之体,我看她的脉象应是幼年时曾遭溺水,肺中积伤,难以痊愈。所以四季皆要防风防絮,日常也炖梨汤来饮。可是碧桐无论花叶都有细碎的毛针,寻常人不怕,怕的是她这样的体质,她住得越久越是肺火重,梨汤用多了又会导致血气亏虚,如此一来病症越发严重。但又没有任何缘由可查,所以最后即便是死了,也会被说成肺痨而死,没有任何人会疑心。"

珠姬听得颔首,觉得她所言有理,又问起那干呕症状从何而来,周灵璧这才笑道:"也就是因为那一碟子猪油胡饼,我才有了这些把握。姐姐你来日端着它走到碧桐树下闻闻看,怕是连你也要有喜了。"珠姬笑骂她胡言乱语,心里却对褚后宫中的那几棵碧桐树有了好奇。

等她们二人回到席间,天上的月亮已经慢慢长出了些许毛边。众人看要起风,都忙着散去。

萧宝卷喝醉了酒,拉着淑妃又是搂又是抱,还非说要一起上天去当神仙。正不可开交时,忽然从他身上掉下来一个小小的玉壶,淑妃拿在手里打开闻了闻,立时火冒三丈,将那玉壶摔在了他脚边:"你又吃这五石散!"

五石散有毒,长用必定伤身毁神,最后身心不济而亡。

珠姬与周灵璧对视一眼,皆不知萧宝卷的五石散从何而来?后宫一向禁绝此物,先帝在位时还因重臣服用此药而诛杀了不少人。难道无声无息之间,建康又兴起了这股邪风?

萧宝卷既服用此物,难免神志不清。珠姬上前扶了淑妃,又吩咐宫人架了今上回宫,对玄碧道:"去查清楚东西从何而来。"

玄碧领命而去,翌日便有详尽复命,却道:"奴查得清楚,东西是由褚后献给皇上的。不但如此,她自己也……也悄悄在吃。"

珠姬心里摇头,直觉褚后应该不会服用这样的毒物。

萧宝卷和淑妃两人昨晚闹了半夜,这会都在补觉,阖宫上下一片寂静。

珠姬抱着阿离在手,走出门时才觉外头有些秋凉。玄碧连忙取了一件簇新的缎披上前,细致地给她系好了结,又道:"这缎披是波斯国今秋刚送来的贡品,阖宫就只有这么两件。女君您看,下面绣的西番莲还缀着宝石呢,没想到外藩的绣品也能做得这么好。"

正碎碎念时,珠姬看玄碧有些拢眉,便问她春娘何在?得知她晨起便出了宫,说是有事情要去办,心下不免感到蹊跷:"什么时候的事情?怎么我竟不知道?"

玄碧回道:"今日一早,女君还在休息,阿嬷好像是得到什么口信,当即叮嘱奴好生服侍之后便说自己去去就来。听起来,好像跟一个姓冯的妇人有关……"

冯昭!珠姬当即回过神来,她让玄碧带人赶去冯府一探究竟,再叫了周灵璧到自己的偏殿里,问她:"五石散可有解药?"

周灵璧又要伸手去耙头皮,被珠姬拦了:"再耙,你都要秃了。"

吓得周灵璧连忙凑到妆台前看了看,见自己满头青丝犹在,这才长长叹了口气:"拿点俸禄真是不容易,一个人做好几个人的活,却不见给我涨点银子。我与你说,五石散这玩意从来就没有解药一说,凭的全是个人的意志力。只要能咬牙扛住了,不吃也就渐渐淡忘。要是每每贪食,最后越用越多,这人也就被掏空了。"

珠姬想一想,也是毫无头绪,又听周灵璧喃喃道:"除非发作的时候让人把手脚捆起来扛过去,久而久之,或许能戒掉这个瘾……"

珠姬看着她,一副拭目以待的表情。周灵璧无力地摆手:"别看着我,我可不想犯这种诛九族的罪。要干也只能淑妃亲自动手,只要群臣不反对,想来也没啥。"

两人随后默了默,看来现在也没什么好办法。随后周灵璧又说起自己去了中宫，说是褚后也有吸食五石散的迹象，不过她用得少，脉象不显，但更加重了她现在的肺热毒发："我也算尽力了，摸着良心说，我是不敢在老王母的眼皮子底下跟她过不去的。我上有老母下有……咳咳，好些个伙计要养活，我还想多快活几年。所以我拐弯抹角的提醒褚后，让她月底带着几个嫔妃去甘露寺住些日子，就以为淑妃腹中的孩子祈福为名，这个由头也没人能说什么。"

珠姬有些愕然："那你就不给她开点药？"

周灵璧很是理直气壮地回答："开什么药呀？我但凡开药都要惹人怀疑。她能当得了中宫皇后，这点辨别力当是有的吧！"

两人说完了看病的事情，又说起郗泛，听说褚澄果然保下了他，珠姬这才笑了笑，沉吟道："等阿兄回来了，定要他设法去探探郗使君的口气。据说他一直未再续弦，你要是不嫌委屈，我便让阿兄代为转告……"

周灵璧闻言连连摆手："别别别，我从来没想过嫁人，真的……"

珠姬待要劝她，见玄碧匆忙掀了珠帘进来。周灵璧刚给阿离喂了一颗葡萄在它嘴里，就听玄碧神色慌张地说道："女君，不好了，冯府，您赶紧去一趟冯府……"

第六章　春娘之死

春娘死了，冯昭也死了。

珠姬和周灵璧快马赶到冯府时，京都尉已经派人团团围住了整个冯宅。天气有些阴冷，冯府中的人都被叫到了院子里待过审。

珠姬下马没有停顿，从檐下直接入了花厅。案发现场是花厅隔壁的一间茶室，四周窗棂紧闭，屋子里透着一股浓浓的血腥之气。靠窗边摆着一张长榻，榻上有几，春娘就仰面倒在长榻的右侧，双目不闭，身上和双手都沾染了血迹，嘴角沁出了一条黑色的血迹。

左侧便是冯昭，她胸口被刺入一柄短匕，匕柄镶嵌着一颗手指大小的鸽血宝石，十分华贵。

珠姬走近春娘，轻轻唤了一声"阿嬷"。见她不应自己，便上前想要将她扶起。京都尉的人也进来了，见她动了尸体有些着急，又不敢阻止，只能低声道："女君，令官刚刚赶到，还没查勘尸身……"

周灵璧陪在珠姬身侧，也是抹泪不止。玄碧骤然拔剑，寒刃如雪架在那捕头颈间，厉声喝道："闭嘴！"

那捕头被玄碧一把给推了出去。

玄碧和周灵璧帮着珠姬将春娘扶坐起来，珠姬给她细细擦去嘴角的血迹，反复道："阿嬷，我们走，我带你回去……你不喜欢建康，我们便回芷兰岛。我以后一定听你的话，再也不任性了……"

可是春娘已经死了，浑身都开始僵直发冷，周灵璧摸了摸她的手，估摸着应该死了快一个时辰了。玄碧托着春娘的下身，犹豫了一下，还是劝道："女君，先让令官进来勘察一下吧，总要抓住害死春娘的真凶。"

珠姬无法接受事实，她坚持春娘没死，还将自己的手贴在春娘的脸上，试图用自己的温度去温暖她。直到那种冰凉透骨的感觉清晰地传来，随后又无力地垂落下去，那是阴阳永隔的诀别，死生不复再见的落幕，她才失声痛哭："不！我要阿嬷，阿嬷！她怎么会忽然就死了，怎么会——"

周灵璧第一次看见这样失态发狂的珠姬，怕她伤心过甚会伤身。便同玄碧眼神交流之后，给珠姬用了一点安神宁气的药粉。

令官得以进来验尸，捕头们进一步查勘现场。珠姬被周灵璧扶到花厅榻上躺着，不知是惊怒伤心之下人有些痴了，还是药力的效用，她双眼睁着，不说话，只是眼泪源源不断地落下来。周灵璧无法，吩咐人端了热水和巾子上来。

她紧紧地抱着珠姬，一面陪着落泪，一面不住地安慰。到后来周灵璧也沉默了，就这么抱着珠姬坐在榻上。直到消息传到了宫里，淑妃来了。

淑妃来时已近暮晚，天边红霞如火。她听到春娘死讯也是悲伤不已，见拦不住她，萧宝卷也只得跟着一道来了。

淑妃到了花厅，先见珠姬半痴半木的样子，心里已经灰了大半。因她怀着身孕，周灵璧拦着不让她见春娘尸首。萧宝卷更连连劝道："朕一定会查清楚此案，给你们一个交代，也会让人厚葬她。就连她的亲人也可得封赏，你便不要去看了。"

淑妃和珠姬一样，从小由春娘抚养长大，对她自然有着很深的感情。此时人已经走了，珠姬悲痛到不能理事，淑妃只能撑住，就在冯府的正堂内升座，传了京都尉的一干捕头和都尉尹上来问话。

而那捕头也是个老实人，他如实回道："回陛下、淑妃娘娘，据现场勘查和验尸来看，应是春娘先杀了冯昭，随后才发现茶中有毒，后毒发身亡……"

淑妃孕中本就急躁，此时惊怒伤心交加，扔了手中的茶盏怒道："你胡说！春娘怎么会杀人？本宫从小由她抚养，知道她最是良善温和，你们分明是……分明是……"

她过于惊怒，气息絮乱之下语不成调。慌得萧宝卷连忙搀住，又朝京都尉一干人道:"淑妃所言甚是!你们查案就要仔细,朕给你们三日的时间限令破案,找出凶手。否则,朕便要你们的脑袋。"

帝妃都如此发话了,京都尉哪还敢坚持之前的判定?只得悻悻称是,随后又忍不住无语——由现场所有的证据来看,都充分表明的确是淑妃的傅姆杀了冯昭,但冯昭先在茶水中下了毒,所以她杀人之后也并未能走出这间茶室,两人便双双毙命于此。可如今淑妃不乐意让自己傅姆领着这么一个污名下葬,今上也跟着帮腔,这可叫他们怎么办?

府尹无奈,回来与众人闭门一番商议之后,只得将目光落在了已经扣押回衙的冯府几个下人身上。

宣德大殿中今夜供奉了莲花灯,那莲花灯座乃以上好的羊脂白玉整座雕成,莲瓣剔透晶莹,透出内里燃烧的火光冉冉。老王母盘坐在莲灯前,手中轻轻拨动着那串圆润的紫檀佛珠,神态安详。

众人随侍在她身后,殿中寂静无声,忽然听见一声细响,莲灯中的烛火居然熄灭了一盏。阮氏在旁看得清楚,连忙上前欲要重新点燃,却被老王母伸手阻止:"缘起缘灭,都是因果。既灭了,便随她去吧!"

时至深秋,建康城连日阴雨。萧衍八月初奉旨回调雍州治理今秋的水涝,因洞庭湖一带连日暴雨,他与同僚们皆是连日栖身民家。接到玄碧来信时他大吃了一惊,随后令人暂代职守,他带着高兴与亲卫数十人连夜快马赶回莫园。

皇帝只给了京都尉府三日的破案期限,因迫于无奈,只得将冯府几位下人屈打成招,说是冯昭居心歹毒,先在茶水中下毒想要胁迫淑妃的傅姆春娘,后春娘不从她便以短匕相刺。两人搏杀中春娘抢夺下短匕,将其杀死后随即毒发身亡。

如此算来,春娘便是受害者,冯昭死有余辜。至于冯府一干人等,惹下了这样的祸事,他们皆有牵连。但是府尹曾春照如此判案,心下到底还是不安。他与萧衍从前还有几分交情,此时听闻他连夜回京便亲自到莫园外求见,一看彼此都是双目赤红神色憔悴,见礼后不由苦笑道:"多事之秋,多事之秋啊!"

两人入园先去灵堂执礼拜祭了春娘,因今上有意安抚淑妃和珠姬,早前便有旨意传来,要将春娘以礼厚葬。而京都尉府尹品级不过三品,虽手握大权主理京师重地的安危,此时亦不得不来祭奠一位前朝皇室的傅姆。

好在这曾春照也是个心胸豁达之人,行礼后见珠姬在旁回礼,玉容憔悴支离,颇有盈盈不胜悲痛之意,心下不免有些恻然,遂道:"请女君节哀,凶案已破,冯府一干人等都收押在案,只等今上圣裁,以慰夫人的亡灵。"

珠姬本是目光呆滞,闻言却轻轻点了点头。过得片刻,就在曾春照走出灵堂时她忽然哑声叫住了他。

或许是听到冯府一干人等即将要被处决,她心里的一潭死水反倒激起了层层涟漪。

以她的心智不难看出,案发现场的确如京都尉府所言那样,是春娘先持短匕杀死了冯昭,随后自己才毒发身亡的。别的不说,那把短匕便是自己母亲留下的东西,上面还刻有建安长公主专用的徽记。而冯昭口唇内所流出来的血液早已凝固成黑,春娘嘴角的血污明显要更淡更浅,这就是死亡先后的最有力佐证。

想来那日一早春娘临时起意要出宫去见冯昭,因怕她心生歹念便带了短匕在身上。没想到此物最后被她用来刺向昔日的同僚,珠姬早前便察觉春娘对冯昭十分不喜,但又不肯告诉自己缘由。而今想来真是自己太大意了,对她也没有足够的关怀,否则何至于让她死得这么不明不白。

珠姬叫住曾春照,便道:"曾大人,冯府的人罪不至死,还请大人如实向今上禀明。我随后亦会派人传话给淑妃,让陛下不要迁怒大人,大人可放心了。"

曾春照冷不防被她道破了自己的辛苦盘算,当下不免讪讪之余还有几分恼怒。但珠姬随后又道:"连累大人与同僚们辛劳,我也过意不去。但我要的是真相，我傅姆走进冯府前后，到底发生了什么样的事情？她因何要刺死冯昭？冯昭又因何要毒害于她？我的傅姆生前一生善良，她从不作恶也从不害人，她不会要那些无辜之人来为自己陪葬……我坚信她杀人有因其情可悯，我要知道这一层原因，唯有如此，才能让她死而瞑目，也算不负她养育之恩。"

曾春照此时方才动容，他看了看萧衍，随后起身长揖道："请女君放心，曾某这就回衙亲自重审此案。务必如女君所言，将一应细节点滴都如实奉查清，绝不敢有半点懈怠。"

珠姬谢过曾春照，让吴景晖送他出去。兄妹二人坐在花厅里，萧衍见她数日之间消瘦了许多，不由心疼自责道："都怪为兄不好，我应该多安排点人手在你身边。还有玄碧也是大意，怎可让春娘独自出行？"

珠姬先前阻了他责罚玄碧，此时也说不必。"阿兄，春娘之死，或许是因我而起。她是为了维护我才遭遇不测的，所以我一定要查明真相，我不能让她枉死。"

萧衍一怔，道："怎么会？她与冯昭应该是旧日相识，或许从前便有恩怨没有了结，如今旧账重提罢了。"

珠姬却说不会，她定定道："我深知阿嬷的为人，她看淡名利，一向不愿与人争辩。况且她与冯昭便是相见，多半也是因为我曾提及我的身世——阿兄，你我之间应该坦诚，所以我不瞒你，来京之后我曾私下见过冯昭，向她追问当年我母亲离京前的动向。就是她告诉我母亲有书信藏于陶渊明的诗集之中，我才找到了那些遗物，才会那样的伤心自责。"

萧衍想不到她会如实道来，一时间不免更加愧疚，胡乱点头道："这也是情理之中的事情，毕竟事关自己的父母，为兄我——能理解你的不得已。"

珠姬随后道："今日我既把话说开了，便有言在先——此生无论如何，你都是我敬重亲近的阿兄。血缘至亲或能维系一生一世的手足之情，我与阿兄一路走到现在，早已荣辱共系。因此，我恳请阿兄尽全力助我查清真相,此情我将永世不忘!"

说完,她盈盈拜下。萧衍连忙将人扶起,心中五味杂陈,面上还要竭力维持平静:"好,你放心,我答应你便是。"

二人既说开了正题,萧衍随后便道:"此事发生于前朝,宫中或有一些老宦官女使仍知道些蛛丝马迹。我猜想,春娘此番愿意随你入宫暂住,或许她也是有此目的。"

珠姬点头,又禁不住拭泪:"是,都怪我太大意了,我对阿嬷真是不够关心。她一心为我,而我却连她近日以来一直早出晚归都不曾过问。"

随后想一想,又道:"除了曾府尹那边,还有宫中一途可以追查。阿兄当日既与潘太妃有些交情,为今之计,我当转告玉儿,让她助潘太妃为太后。她长居后宫多年,又执掌六宫权柄,总会多少有一些耳目。"

萧衍附和道:"这也是个法子,潘太妃若成了太后,她必然懂得回报于你。只不过这样一来,咱们也就见罪于老王母了……"

这一层道理珠姬如何不懂?老王母是她的亲姨祖母,与她的外祖母乃为同胞姐妹,她与潘太妃之间孰亲孰疏,难道这还用思量?可亲归亲,老王母数次暗示她与自己合力改册新君,此后专司于朝堂后宫弄权干政,这却实非她所愿。况且此事她还有一层暂时不能说出口的猜测。这样一来,最适合托付的人,反倒只有潘太妃了。

萧衍与她商议好了,便告辞回去西庭。口信传到宫中,淑妃乍听珠姬主张潘太妃为太后,一时也是不解。还是吴景晖上前道:"女君或者有需潘太妃关照之处,不然,不会在此时突然提及。"

淑妃因为春娘之死也有些抑郁伤怀,她怀有龙胎,尚且不足三月。如今不便四处走动,就连致哀也只能派人代替。听说阿姊连日伤心水米不进,她自是感同身受,此时珠姬让她向萧宝卷吹枕头风,她又怎么会推脱?于是夜间便向其提出来,萧宝卷也没有反对,只随口问了一句:"你怎么忽然想起这一茬来了?是不是她又跟你说什么了?"

淑妃闻言拉下脸："她能跟我说什么？她又不是我亲姑母，但昔日得她的照拂我还是记得的。如今我怀有身孕总是时常不安，想着她若是做了名正言顺的太后，多少会顾念着我的好处。便真有人要对我和孩子不利，她也会尽力相护的。"

萧宝卷对此深以为然，于是很快朱砂御笔一挥，便将潘太妃变成了正位后宫的潘太后。

而潘太后骤然得知自己实现了毕生所愿，终于坐上了太后的凤座，自然也是喜出望外的。欣喜过后一打听，得知是淑妃进言，丢下手里的长箸细一想，便知道背后是珠姬的意思。

她早知道这姐妹二人能够左右上意，此前多次明里暗里向珠姬提出，却被她敷衍了过去。如今她居然主动施恩，潘太后当然明白，这怕是有用得上自己的地方了。

果然，萧衍这边一面连同曾春照会审冯家上下人等，一面抽空进宫来向潘太后贺喜。潘太后揣着明白装糊涂，等他问起宫中如今还有多少前朝的老宫人时，她已然明白了大半。

她很快让人取来了一本名册簿，却不是宫中户司所制，而是她多年以来让人汇编的私册，递给了萧衍，也再无多问一句旁的。只在萧衍告退时问了一句珠姬现下如何，得知她因为连日伤心而卧病在床时连连摇头，自责道："哀家如今不便出宫去看她，你且让周太医替她好好诊治。人死不能复生呀。"

萧衍应下，他一走，潘太后也没闲着，让人挑了库房里最好的玉器古玩出来，见其中有一只九色琼枝凤钗，十分珍稀难得，便让人包在了锦缎里，用贵重的楠木盒子盛好一并带了过去。

淑妃宫里此时也正热闹，她连日抑郁不曾出门，褚后也不知怎么开了窍，居然找了几个说书的侍女，给她搜罗了好些让人解闷玩笑的民间小故事，说是让她宽解一些。淑妃听了有些意思也高兴，便跟褚后议论着故事里的情节。两人正嬉笑时潘太后来了，她没让人通传，入内见到这等和睦的景象，当即笑道："你们姐妹俩可真是热闹，哀家这是来得巧了。"

两人连忙起身行礼，潘太后叫免，又挨着淑妃和褚后一块坐了。三人听了一段说书，都被逗得笑起来。闲谈时潘太后邀褚后去自己宫里打牌，褚后便道："本不该辞了您的美意，不过如今淑妃妹妹身怀有孕，皇上那里也不太消停。我想明日一早便出宫去甘露寺为陛下和妹妹祈福，也拿自己的私房钱为太后您点个大海灯。让菩萨保佑您每天打牌都赢钱，早晚都笑呵呵的，这就是我们后宫诸位妹妹的福气了。"

潘太后被她逗得十分开心，再看淑妃和褚后之间也再无之前东宫时的互不相让了。想一想，随口道："哀家见你们姐妹和睦，彼此关怀，真是十分欣慰。"

淑妃对此自是深以为然，就连褚后也听进去了。彼此相视一笑，多少都有些难以形容的感慨。

春娘下葬后，珠姬便一直恹恹的，加之深秋多雨又潮湿，园子里的花木竟皆凋敝枯黄了，她更连散步的兴致也无。此前守灵那几夜跪在蒲团上太久，难免有寒气入体，等到周灵璧煎好了调养的汤药后才喝了一回，忽然又因阿离不见了踪影而四处寻找了一番。

园子里的人手都被发动起来，就连院子里的草皮也差点没被掀翻，后来还是珠姬想起后院还有一个码头，便一个人打着油纸伞去寻。就在后院码头泊着的那只乌篷小船顶上，看见蹲在最高处的阿离。小小一只狸猫，素日里被养得肥肥胖胖，甚是可爱乖巧。

此时的阿离却忽然有了神识一般，甘愿冒着细碎秋雨，很是怡然自得地蹲在船顶看着秋水与长天一色。见到珠姬打伞踩上那块长着青苔的台阶，它"咕咕"一声，如风一般又奔到了她怀里。

它抖了抖毛上的水珠，伸出舌头舔舔珠姬的手。珠姬抱着阿离，一股淡淡的温暖从手间传来，她忽然间就泪湿了双目，眼泪如潮一般汹涌而出。

在阿离才刚仰视自己时的目光里，她如同看见了儿时的自己。母亲素日礼佛抄经，总是春娘带着自己更多一些。她仍记得春娘从前有着姣好的容颜，如云的乌发，二十余年的爱与亲密，可是怎么会忽然间就不在了？她的阿嬷，一生未嫁辛劳克己，与人为善，却就这么惨死了……

细雨变得大了，粒粒如豆，啪嗒啪嗒重重打在油纸伞上。珠姬但觉肺腑中如同烧起了火，阵阵热辣，牵动的阵痛简直让她无法呼吸。她轻轻松开阿离，缓缓地蹲下身，抚它光滑的小脑袋，被松了手的油纸伞滚进了落着雨的淮水中。

像是被水中的河神引诱了一般，珠姬忽然想下去看看春娘是不是在里面。建康城的女子大都不会凫水，她在海岛长大，有着极高的水性。幼年时曾与玉奴一起潜入深海采珠，可以历经近半个时辰才浮上水面。所以心念一动便再不犹豫，她褪下脚上的绣花鞋，就这么纵身扑向了雨中涟漪丛生的河水之中……

等到玄碧发现不妥，将人从河里救上来时已经隔了大半个时辰。玄碧惨白着一张脸给珠姬控水，发现珠姬并不是溺水之象，反倒像是在水里潜了太久，力尽而虚的样子。

玄碧请周灵璧速速前来，再去请主君萧衍。萧衍得讯从京都尉府快马赶来，惊怒交加之下就连曾春照和好友沈约在场也顾不得告辞便扬长而去。

萧衍入内时周灵璧正在为珠姬施针，因她昏迷太久肺音絮乱，所以周灵璧对这一番针灸下手的着力之处找得格外费力。萧衍进来屏风后看到珠姬面若金纸的模样，心中如同万箭穿心。他走到屏风外，对着跪在门边的玄碧就是一脚。

玄碧倒地吐血，响动惊到了里头的周灵璧。周灵璧明白他这是拿人出气，便替玄碧回护道："萧大人还请收敛一下脾气，我正在为珠姬姐姐施针，你要打骂奴人也可缓一缓吧。"

萧衍这才甩了衣袖出去，他反手站在檐下，周身皆是森森寒气。玄碧慢慢从地上爬起来，擦拭去嘴角的血迹，对周灵璧轻轻道了一句："多谢。"

周灵璧顾不上答她，片刻后吩咐："去烧开水，烧煮时放入艾叶、姜草、茴香、菖蒲……切记用量万不能丝毫有错！"

玄碧很快记下，匆匆奔去动手烧煮香草汤。此后周灵璧又让人去抓药煎煮，又支使萧衍去弄几个百年燕巢过来，还得是今年仍有春燕住过的才行。萧衍原本悬吊着一颗心，时时刻刻都如被沸水烹煮，此时被她使唤去干这样的事情，当下不由愕然："哪里有这样的方子？我怎么从来就没听说过？这一时间，可如何才晓得谁家有这么老的燕巢？"

周灵璧既要用脑又要出力，此时擦拭一把额前的汗渍，朝他凉凉怼了一句："哟，难得堂堂黄门侍郎也有办不到的事情？就这么一个偏方，可缓解她的肺热之症，萧侍郎若不信，便去宫里找几个老太医问一问，看看我周灵璧有没有这个胆量敢诓你。"

正所谓关心则乱，此时他方寸尽失心绪如麻，被周灵璧这么一通开涮，觉得自己的确是孤陋寡闻了。

于是匆匆带了人出门，又发散人手去京都尉府，再传信给曾春照——赶紧派人去给他找几个百年的老燕巢，江湖救急！

先不说曾春照那边接到信要如何的暴跳如雷，再破口大骂，萧衍走后，周灵璧先长长地舒了一口气。她让玄碧斟茶上来，痛快地喝了半盏之后才摇头，心有余悸道："这个冰疙瘩实在是烦人，他要不是珠姬姐姐的阿兄，我都想什么时候毒他！"

玄碧只忧心忡忡地看着珠姬，对周灵璧这等欲要谋害她主君的言辞听而不闻。她问周灵璧："女君如何了？那燕子巢果真能让她病好起来吗？若是这样，明日一早我也去寻。"

周灵璧耙了耙汗湿的头皮，一手支着脑门沉吟不语。片刻后才缓缓摇头，喃喃道："只要不是心病，药石针灸一起下去，人总会慢慢好起来的。倘若是心病……"

她的话没说完，勾得玄碧焦心，最后按捺不住，追问道："若是心病又如何？"

周灵璧看了她一眼，坐直了身，感慨道："我阿娘在句章城住了二十余年，一直卧病在床，就连县府的花园她都不曾去看过。如今回到建康，她不但可以邀故人打牌，就连马球都能赛几场。你说，这人要是得了心病，是不是神医也无能为力……"

一场秋雨一场凉，九月的建康难得放晴数日，到月底时便冷得晨起草木挂霜。莫园内娇贵的西府海棠被几场暴雨一浇，且众人忙着照料女君的病情也没人看顾，便这么纷纷凋零在了泥地里。

费尽九牛二虎之力，萧衍总算是拿到了周灵璧所说的百年燕子巢。周灵璧拿到药引子之后便开始配药，萧衍连日奔波劳累，整个人都憔悴了。眼看着周灵璧将他们好不容易搜罗来的数只燕子巢并在一块，一捣药棍下去，便将其碾了个稀巴烂，当即心痛地差点暴起："你这是做什么？不是说要拿来做药引吗？"

周灵璧白他一眼，呛道："就是拿来做药引子啊！你不知道药引子有千百种方法，这个燕子巢是用来润罐的。"

何为润罐？简单地说，就是把燕子巢捣碎成泥末，然后加入去岁收集来的梅花雪水，调匀了之后再细细地糊在一只小药罐子上。糊好之后待其定型风干，再将小药罐子套入大药罐内，再入药，加水，放到红泥小炉子上煎煮……

周灵璧和玄碧两人动手，萧衍盯着，途中虽然屡次想要诘问，到底还是先忍了下来。

说来也是神奇，这一碗汤药喝下去之后不久，珠姬便幽幽醒转了过来。周灵璧扶着她的后背，给她拍出了一些积痰，玄碧立刻露出掩不住的笑意。

可萧衍心细，看见周灵璧笑不暖眼，便悄悄地跟在了她身后，追问道："如何？可能见好了？"

周灵璧疲惫不堪，心中明白珠姬的病怕是难好，便也没瞒萧衍，如实道："跟我预想的有些差异……或许，也跟她自小生活于海岛精于潜水有关，她的肺腑脏器，我总觉得与常人有些不同……实话说，我没有十足的把握能治好。"

她喃喃自语，亦是在细细回想自己开出的几剂药方。萧衍却没有这个耐性，他此生所有的耐性都被这场病消耗了一干二净，此刻听见周灵璧亲口告诉自己,她或许难以病愈——就如一柄尖刀刺入了他的心腔,他竭力隐忍,片刻后还是骤然发作了!

"你不是神医典春秋的衣钵弟子,怎么会连这样的小病都治不好?你是不是居心不良,你到底想要干什么——你要什么,只要你说得出来,就算是金山银山,我萧衍也会双手送上!"

周灵璧登时怔住,她想一想,伸手从袖中取出了一柄锋利的短匕。也没等萧衍回过神,就在自己手指上割了一刀。随后她用了一股蛮力将鲜血从指间挤出来,喷溅于地砖之上,洒落一串优雅的血花。

"萧侍郎,我知道您有权有势,从来瞧不上我这样的人。可是今天我周灵璧对天发誓,但凡可以,我愿意用我自己的性命来抵消珠姬姐姐所受的病痛。但凡可以,我甘愿为她取血做药,烹肉为汤……因为在我心里,这世间再没有人,比她更值得我付出一切来回护。"

她说完,大概是觉得指头痛,嘶嘶抽口凉气,飞快地用帕子扎好了。再对着一脸无言以对的萧衍留下一句:"我已经修书给我师父,请他无论如何来建康一次。若收到他的回信,还请您派人前去迎接——你便是不信我,总也会信他。"

周灵璧说完负气便走,萧衍听得典春秋要来,立即追上去拦住周灵璧一脸诚恳地向她行了一礼,肃然道:"多谢周娘子!萧某即刻便去准备。"

瞧这脸转的,简直比翻书还快啊——周灵璧对着他的背影很想怒喷几句,可她太累了,也就只叹了口气,心道算了。

离开芷兰岛这么久,珠姬第一次梦见蔚蓝秀丽的东海。

她与玉奴相携在海中嬉戏,三月的春风卷起温和的浪涛,蔚蓝的海水温柔地包裹着她们的周身。少女纤细玲珑的身体在海中游弋时犹如一尾灵动的鱼,她们的长发被水波吹散,丝丝缕缕宛若新生的海草。迎面游来一群斑斓美丽的小鱼,她们与之嬉戏,有几条迷糊的鱼儿还钻进了珠姬的发丝中。好一会回过神来,见玉奴伸手要来抓,它吓得一摆尾巴连忙跑了。

这是一个瑰丽温暖的梦,梦中她与玉奴牵手,在海底采了珠,又寻得几树可以煮食的海藻。玉奴贪玩,还想去别处看看,她怕春娘在船上等得心焦,便要伸手去拉她。可玉奴游得快,她只拽住了她的一缕青丝。随后再松开手,人就这么不见了。

珠姬心中有些急,顺着她的方向往前游去。可眼前的景象骤然大变,原本清澈美丽的东海瞬间变得浑浊污秽,水色亦从蔚蓝透光变得浑黄泛绿。珠姬觉得不安,她奋力游到水面,一看,哪里还是东海?

这是淮水河,正是那日她打着伞找到阿离的码头附近。河畔都是建康城中的贵人宅邸,户户雕梁画栋,此时暮色四沉,不少人家已经早早掌灯,远处更有歌舞声与丝竹声传来。暮色落夜幕起,灯火瞬时辉煌。

天上的星子照下来,也比不上这人间的烟火繁华璀璨。

可河里却泛着臭气,夜色中还能看到许多不明物品顺水漂流。珠姬觉得恶心,想要游上岸来。偏在此时有个圆圆的东西漂到了她手边。她拂开一看,居然是江祐的头颅!

吓得她大叫一声,仓促间奋力划水。可她在水中看到了什么?淮水河中流淌的鲜血,河底怨气丛生,呜呜咽咽的怨灵之声让她头皮发麻手脚僵直。

她被这一层层的残尸与血水压着,身体与四肢都不复灵动,脑中充斥着恐惧与绝望,慢慢地往河谷沉没。直到眼前忽然炸开一片亮光,有人吁出一口气,对她道:"快醒醒!"

周灵璧一针扎在她的人中穴上,银针刺破肌体,溅出一点血星。看见珠姬随后缓缓睁开双眸,她才总算松了口气,转身道:"醒了。"周灵璧便下去拟方子重新煎药了。

萧衍随即凑近前,见珠姬的双眸黯淡无神,见到自己也是看了良久,方才勉力点了点头,几近无声地唤道:"阿兄。"

他颔首应了，见她的右手落在了丝被外，便将其轻轻攥在自己手里。本想就势放回去，但珠姬此时浑身泛冷，似是贪恋着他掌心的暖意，意识模糊地就贴近了。他于是紧紧攥住！

　　珠姬醒来，病情看似好转，却又十分反复。一时间就连周灵璧都急得无法，只能盼着师父早日抵达建康救急。

　　褚后从甘露寺回来，身子好了，脑子也清明了。她回宫第一件事就是去了一趟老王母的玄德宫，送上了自己这一个月手抄的佛经，然后恭恭敬敬请了安，得了老王母的点头赞许方才告退。

　　随后又去潘太后宫里，潘太后一向随和，褚后自然放松许多。见褚后穿得单薄，潘太后还让人取了一件紫裘披风出来，叮嘱她："今年天凉的早，你虽是年轻，也得注意防寒保暖才是。"

　　潘太后又让她去淑妃宫里瞧瞧，拉着她的手谆谆道："珠姬病了许久，一直未见好转。哀家看淑妃心里难受，有时候也过去瞧瞧。你们是姐妹，此时她不好过，你要有皇后的度量，如今待她好些，日后她必然记在心里。"

　　褚后恭敬应下，便去了淑妃宫中。得她温言相劝又遣人前往莫园探视珠姬，淑妃不免感动，两人之间的关系就此和睦起来。

　　萧衍来宣德宫时，老王母跟前的几上还摊放着褚后刚送来的十几卷《金刚经》。阮氏听闻将有客来，便要上前将其收走，被老王母阻："放着吧，无妨。"

　　于是萧衍入内拜谒后近前，隐约见老王母正在抄经，便请罪道："下臣莽撞，扰太皇太后清修了。"

　　老王母便索性将那经文递给他看了看，笑道："这是皇后刚刚送来的。她去甘露寺住了些日子，回来神清气爽，人也通透了许多。倒是难得啊！"

　　萧衍一听是褚后所抄，当即双手放下告了个罪，又道："皇后聪慧，但也得太皇太后点化，方能悟出这样的道理来。"

　　老王母当即朗声笑道："哀家可不曾点化她什么，真要说到这一层，还是你那阿妹，哀家嫡亲的外甥孙女，她看得远想得深。"

萧衍听出她的意思,既有自得又含不满,只是来不及厘清,便就势道:"下臣此来求见太皇太后,也是阿妹的意思。她怕……怕自己这一病不知来日如何,想将淑妃和她腹中的孩子都托付给您,求您开恩,了了她这一个心愿。"

老王母看着萧衍,他背光面朝自己而坐,一张清隽的脸庞淹没在殿外天光的阴影里,模糊一团,只有两道眸光精利又带着寒气,其中的杀意她甚是熟稔。

她笑了笑,拨动手中的佛珠,问他:"就此一事,再无其他?"

萧衍这才从袖中取出一张薄薄的纸笺,摊平展开至老王母座前的几上,道:"下臣与珠姬并非同父异母的兄妹,她不忍春娘无辜枉死,想知道她的生父到底是何人?冯昭之死,是否由此而起?您是她的嫡亲姨祖母,必然心疼体恤她的难处,还请您开恩,不要让她病中忧思过甚!"

老王母听到后头,略有动容。她叹口气,放下手里的佛珠喝了一口茶水,方道:"你说得对,正因为她是我们琅琊王氏的嫡系血脉,我才一再告示她,天下要清平,四海要安定,便应择明君而立,事明主而忠。可这孩子聪慧也任性,哀家知道,她兴许还想着众生平等这样的痴念。但萧侍郎你懂得,若人为刀俎我为鱼肉,众生就是待宰的羔羊而已。她太年轻,还不晓得这里头的深渊到底有多深,有多暗。"

萧衍此时听老王母亲口承认自己早有册立新君之意,当即松了口气。他代珠姬请罪,又道:"太皇太后所言有理,下臣亦以为,今上昏庸暴戾,实非明主。"

老王母见他附和自己,便知转机来了,当即取来一只精雕的紫檀木小盒,递给萧衍,又叮嘱他:"此事干系甚大,内里装着的便是关于珠姬生父的信物。你拿回去交给她,她一看便能明白。"

萧衍双手接过,待要告退,老王母忽然问他:"等珠姬好起来了,哀家想用心为她择一门亲事。不知萧侍郎以为,天下可有配得上她的郎君?"

萧衍愕然,片刻后会意跪下,捧盒在手朗声道:"若珠姬出嫁,必应母仪天下!唯有一代明主,方能与她堪配!"

老王母终于仰首而笑,在萧衍走后,且将褚后送来的《金刚经》草草一收,便递给阮氏,道:"拿去菩萨座前烧了。"

宫里送来了今年头茬的小宫粉,正是难得一见的山茶珍品。阿离蹲在花盆旁瞧了半天,忽然举起右爪去扒拉,被玄碧看见了连忙将其抱开,哄它:"这花是送给女君看着养神的,你乖一点,等女君好起来了,到时候随便你怎么扒拉。"

周灵璧捣鼓完手里的丹药,听见这话叹了口气。玄碧也知道她在担忧什么,问道:"淑妃娘娘不是已经让皇上下旨,请你阿耶派人专送你师父直到建康吗?京师到各州都有飞信传书,想来你阿耶已经让人去寻你师父了。"

周灵璧只是点头,她心里有些说不出的担忧。天一日比一日更冷,屋子里的炭火已经再添了一盆,炭火之气对于肺中积痰带毒的人十分不利。她每夜辗转难眠,一向没心没肺的人这两个月也瘦掉了一大圈。

可照料伺候的人再辛苦也比不上被病痛折磨的珠姬,她如今单薄孱弱的只剩下一具空壳,淑妃上次来,远远见了就忍不住痛哭失声。她恨自己连累了阿姊,也恨不能以身相替。可是仍不能常来,因为怕过了病气,影响腹中的胎儿,就连哭也只能尽力隐忍控制。

而师父典春秋何时能到京城?她没有把握,也不知道其中还会不会有变数。周灵璧一向不事神佛,最近开始有些转变。珠姬的小佛堂空寂已久,有时她实在心忧焦虑了,便会过去拜一拜。

本来萧宝卷听淑妃要他下旨令句章县令亲往藏时海接典春秋时,也觉得这是个法子。可是旨意刚送出去,近臣梅虫儿就悄悄地凑到了跟前,见左右无人,伺机对皇帝低语了几句。

萧宝卷当即色变,问梅虫儿:"你这话可有凭据?无缘无故的,朕不能对阿姊见死不救,淑妃定会与我闹的。"

梅虫儿当即展平手里的一份文册,摊开指给萧宝卷过目,并道:"早前淑妃娘娘向陛下进言,要复尊老王母为太皇太后,陛下当时没有深思便允了。可陛下您想,淑妃娘娘与老王母又没有什么交情,背后主使之人必然是珠姬女君。她是老王母的嫡亲外甥孙女,淑妃娘娘又对她言听计从。而今外头如萧遥光和二江之类的反贼并不少,都是想从陛下手里分权各自捞些好处。老王母主理前朝后宫三十几年,威势不减当年,手里又有琅琊王氏作为倚仗。倘若她们联合起来图谋篡位,或者等淑妃娘娘产下皇子便逼令陛下禅位于太子,那到时候,陛下您可就危险了。"

萧宝卷闻言深以为然,他细一想,也对复尊老王母一事十分懊恼。只是一想到玉奴便狠不下心:"可朕已经答应了淑妃,此时再反悔,或者追回旨意,淑妃必然不依!"

梅虫儿平时最是机灵,他陪伴君侧近十年,对萧宝卷的性格了如指掌,当下便谋划道:"陛下不必追回旨意,只需再下一道密旨给周海宁,让他派人在路上把典春秋给……"

他做了杀鸡抹脖子的动作,萧宝卷自是会意,想一想,又复摇头:"不行不行,还是不行。典春秋必须进京,朕还要留他几个月,万一到时候淑妃生产时遇到麻烦,他必定能派得上用场,现在还不能让他死了。"

梅虫儿见状也不敢再胡乱进言,只是心里到底不甘,便道:"奴还有一事要禀告,前些日子萧侍郎进了两回后宫,先是去拜见了太后,后又去拜见了太皇太后。随后宫里便悄无声息地失踪了几个前朝的老宫人,还都是服侍过建安长公主的……"

萧宝卷对萧衍曾戒备极深,不但因为其家世才干,更因为他知悉自己弑父弑君的全部细节。此番再度起复重用,始终也不过是权宜之计。而今再听他有意联手两宫太后,这弄权都明晃晃地弄到自己眼皮子底下来了,当即不能容忍,恨恨道:"他萧衍莫以为朕真的不敢杀他!珠姬朕如今不能动,那是要给淑妃面子,要杀他有何不便?一声令下就能让他脑袋搬家!"

"是是是!陛下圣明,这都是他们这些逆臣不知恩典,所以决不能姑息。但奴以为，陛下应该先弄清楚他从宫里弄走的那几个老宫人，到底所谓何事？倘若能就此抓住他谋反的把柄，到时候陛下大可杀一儆百，顺势就连老王母也可牵制！"

萧宝卷点点头，拿了金令给他，让他放手去查。顿一顿，又道："要做得干净利落，万不能让淑妃听到一点风声。到时候你找几个人联名参奏，朕只做什么都不知道，按律判决就是。"

梅虫儿接过金令先是一喜，随后再听到后面一句，心里又不禁打了个咯噔。他没敢抱怨，心里却实在有些想不明白，何至于惧怕淑妃到这个份上？真是千古未闻！看来是得早点收拾掉淑妃的党羽，要不然这以后还不知会如何。

梅虫儿心思已定，出来又跟同党茹法珍合计一番。茹法珍也是自小跟随萧宝卷的宦官，两人如今同为"御刀"，不但手握重权还各有封诰。但茹法珍虽也不愿淑妃一人作大，却并没有梅虫儿这样决绝的恶意。

对于铲除萧衍，他痛快点头，却道："要说对淑妃娘娘不利，那这事我可不敢。她是陛下心尖上的人，往日对咱们也算宽厚。莫说她如今只是淑妃，便是来日做了皇后对咱们也无妨碍。我劝你莫要动她的心思，免得自找晦气。"

梅虫儿见说不动茹法珍与自己同心，便也不再浪费口舌。不过铲除萧衍仍需与他合力进行，当下便就事议论了一番，最后两人兵分几路，将建康围成了一个密不透风的天网，就等萧衍等人露出行迹，便要动手将其一网打尽。

萧衍回到莫园时，珠姬刚刚吃完药已经歇了。周灵璧收好了施针器具，朝他看了一眼，道："她刚睡着，先不要叫她。等药力发散出来，人便会醒。"

萧衍点点头，对她回了一句："有劳。"随后便掀了长衫，在床前的榻上落了坐。

他本想将盒内的东西先给珠姬过目，毕竟事关她的身世。这会坐下来细细一想，又觉得有些不妥——她在病中，周灵璧说万不能动气。倘若真相于她不能接受，那么一见之下势必加重病情。于是权衡许久，终将盒子从袖中取了出来，走到珠姬床前，对她低声道："我先帮你看过盒里的东西，若是于你病情无害，我定会立即告诉你。若有私心，也是为了你。"

说完，见珠姬躺在纱帐中无知无觉，便将盒子开启，从中先取出一张画像。摊平一看，随后大惊。片刻后稍稍定下神来，再取出另一块玉佩，将其攥在手里摩挲片刻，迅速做下决定，仍将东西放回，却推门大步而去。

周灵璧原以为他会在内室稍坐，还要玄碧去沏茶来。玄碧这边端着托盘走到檐下，正好与萧衍撞了个对面。萧衍不顾而去，留下玄碧有些惊疑地跪在那里。

见他步履生风，玄碧起身后不由喃喃道："主君这是怎么了？"

萧衍纵马，疾行至京都尉府。他劈面闯入曾春照的厅堂，惊得曾春照茶杯一抖，一看是他随后连忙招手，眉开眼笑地开始邀功："快来看！我这回可是查到了一些痕迹。"

萧衍心里压着那块巨大的山石，一时间不知道该如何开口。难得还能冷静地点点头，示意曾春照先说。

曾春照便摊开了好几卷公文，一一对他道来："首先，我从冯府的下人冯六那里查到了，冯昭约姑娘见面的前一天，曾让他赶着马车去了西城的簪春馆。按照簪春馆的掌柜和店伙的描述我们让画师画出了这么一幅画像，冯昭去见的人就是他。"

说着，他将一幅画像和一纸过所推到了萧衍跟前。萧衍拿起来细细看了看，有些不解道："他叫宋琅？是从前服侍过长公主的禁卫参军？"

曾春照点点头，忍不住兴奋之情地开始搓手，正在他要接着往下吹嘘时，沈约也推门进来。他隐约听到"宋琅"二字，当即阖上门板，皱眉道："可是这个宋琅早在二十几年前便被长公主府报了殉公，还追赏了家属。我对此人有些印象，是个有勇有谋的汉子，若是不死，如今最少该是个侯将。"

曾春照一看他还知道来由，当即拉他坐下，将画像和过所都推到他跟前，眉飞色舞道："那这事可就大有深意了，你看一个二十几年前就被建安长公主报了殉公的武将忽然现身建康城，约见的还是同为长公主身边的同僚冯昭。然后第二天冯昭又约见了春娘，接着两个人就双双血拼而亡了。据簪春馆的掌柜和店倌说此人出手阔绰，当日便包下了整个二楼雅间，一个人也不许放上去。可见他如今混得不错，不比侯将差呀。"

沈约有些嫌恶地伸手抹了一把曾春照喷到自己脸上的口水星子，忽然凝神想起了什么，他神色一变，看向萧衍道："我想起来了，当日萧遥光作乱，建康城四处大火，你托付我要照顾莫园那边，我便忙带了一队人手赶过去。当时便见有两对人马正在莫园外厮杀，其中一队要强攻入园，我便命兄弟们增援。后来生擒了几个活口，如今还关在牢里也没空料理。等缓了口气，想要看看到底是哪个人赶在了我们前头，结果那些人却早就撤走了。当时只记得这些人身手极好，这会我细细一想，那个领头的人，便应该是宋琅。"

这话一出，不但萧衍愕然，曾春照更是张大了嘴。他费力地咽了一下，追问道："你确定？那时候宋琅就在建康城，他还带人来保护珠姬？"

沈约点点头，从萧衍跟前端走了他的茶水，掀开盖子喝了一口。随后听萧衍问他："那你后来怎么没告诉我？"

沈约叹口气，这回不用他开口，曾春照早忍不住了："你叫人怎么告诉你呀？你自己实话说吧，当时你拜了多少个码头？你还记得清吗？反正我那晚上忙得很，后来派人过去一看，路上还遇上好几路人马。我估摸着那会除了宫里，也就属莫园了，当真是重兵把守，全拜萧兄所赐。"

萧衍有些讪讪地一笑，本要喝茶掩一掩，却发现自己跟前的茶水被沈约强占了。曾春照再唤人斟茶，对萧衍道："说起来这事你还欠我们一顿好酒呢！当时可是说好了，要请咱们去最好的画舫，再开最贵的美酒，寻几个妩媚的章台娘子……现如今，这酒呢？美人呢？你到底什么时候请？"

萧衍笑一笑，将盒子从袖中取出，叫了高兴进来："回去西庭把我珍藏多年的那几罐屠苏都取过来，另外，把皇上上次赏赐的那四个美人分送到两位大人的府上，让她们好生伺候着。"

高兴闻言有点蒙，心想喝酒怎么还要送美人？这不是明摆着驳今上的情吗？他心里忍不住忧虑，但也领命而去了。

曾春照和沈约都有些惊讶。尤其是曾春照，他历来好色，家里的夫人又是个厉害的河东君，搞得他常年无处施展，当即喜笑颜开凑近前，口是心非道："这怎么好意思？你看你忽然间这么大方，可把我们这些兄弟给感动坏了。只是古语有云：君子不夺人所好，况且朋友妻不可欺呀……"

说完，两人都是一脸不可描述的表情。萧衍心里凝重，勉力笑道："不劳你们担心，一切都好得很。"

曾春照不信，作势要追问一番。还是沈约明白了几分，拉住他："今晚咱们先喝酒，说好了不醉不归，他那几坛屠苏我可是垂涎好久了。"

"对对对！喝酒，喝酒！不醉不归！"曾春照说着，吩咐下吏去整治酒菜席面。三人又讨论了一下余下的案情进展，得知宋琅的过所居然是被簪春馆前面的几个惯偷给偷来的，沈约忍不住鄙夷道："你这个京都尉府尹到底是怎么当的？堂堂天子脚下偷盗成风，你也不觉得愧疚？"

曾春照冷哼一声，回道："你又不是不知道他们都是丐帮的人？你要有本事收拾你只管去呀！我可不愿惹这一身臊气。"

第七章　霜降长夜

　　沈约当即嗤笑："丐帮可是早就跟你有约定，他们不在城内偷摸，要偷也得在九门之外。你说你要编谎言能不能扯圆一点？"

　　曾春照被他说得情急，扯了嗓子辩解道："谁说我编谎言哄你们了？我亲自审过那几个惯偷，他们自己说的，跟了宋琅好几日，一直怀疑他是北魏来的细作。还说城外也有弟兄看见他跟北魏人接头，这才朝他下了手。"

　　萧衍和沈约又是一惊，建康城内北魏细作不少，因南朝对他们历来的痛恨，所以莫说是偷抢他们一点钱财，便是打死了也不论罪。萧衍沉吟一番，让曾春照传令去安排提审那几个惯偷，随后高兴带着人把酒送来了。萧衍先举起盏，朝他们两人道："承蒙你们多年的看顾和错爱，这杯酒我先干为敬！"

　　曾春照历来就被萧衍呼来喝去的，此时难得被抬举一回。沈约和萧衍的私交更好一些，早就发现他今晚不对劲了。这哪像是喝酒？好像是吃断头饭一般，当即把手里的酒盏往桌上一搁，问他："你到底怎么了？到底有没有把咱们当兄弟？"

　　"就是，三个臭皮匠顶个诸葛亮……你快点把话说清楚，我这也好一醉方休啊！"

　　萧衍复又给自己斟了一满盏，随后从盒中取出一张画像，先递给沈约："你自己看吧！"

　　沈约三两下展平，随后瞪大了双眼。半晌后跟曾春照对视一眼，两人都是一脸见了鬼的神色："这不是北魏皇帝拓跋宏？"

　　萧衍在他们见鬼一般的目光里点点头，说道："是拓跋宏，如今应该称作北魏先帝元宏。"沈约定了定神，道："北魏今春四月国丧，元宏崩于谷塘原之行宫，太子元恪继位。"

萧衍在他平展展的叙述中接过话，一口饮尽盏中酒："萧遥光作乱之前，宋琅便一直在建康城中，我猜他是奉命暗中保护珠姬。但此人一直没有露面，所以行踪成谜，应该是有意掩盖了。而今北魏新帝继位，或许他得到的旨意已改，所以才会约见冯昭。而春娘是珠姬的傅姆，她所作所为都是忠心于主。除非宋琅和冯昭要对珠姬不利，否则她不至于要痛下狠手。"

沈约脑子转得快，这会只是闷头品酒默不作声。曾春照有点发蒙，他期期艾艾张嘴半天，忍不住问："那你为什么拿着这元宏的画像啊？这要是让人发现可不得了，这是通敌卖国的罪证，你晓得不？"

萧衍一把夺下他手里的酒盏，一字一顿道："画像是老王母给我的，她说画像上的人就是珠姬的生父！"

曾春照一时没撑住，一口老酒当场喷出去好远，随后擦擦嘴巴，伸手捏了捏自己的脸："好痛！我这不是在做梦吧？叔达，你刚才说的不是梦话吧？"

沈约要过盒子，看了看里头的玉佩，将画像一并折好放回："信物可以作伪，但血脉却不能。难怪此前我一直觉得珠姬女君的面相有些熟悉，原来她竟然是元宏的女儿。"

萧衍也有余悸未消，自责道："我早前也看过魏帝的画像，但彼时他已蓄须，也实在没有往这上面去想。好在珠姬入宫拜谒时先帝已经病得昏聩，后宫除了老王母之外无人见过他的真容。否则，后果真是不堪设想。"

曾春照还想垂死挣扎，他忽然道："不对呀！元宏可比长公主还小几岁，长公主离京时年不过十八。小小年纪居然夺了我们艳冠京城的帝女花，这叫我们诸多南齐世家子弟情何以堪呐？"

沈约瞟他一眼，刺刺道："我记得你小子可是十三岁不到就……"

曾春照耙了一下脑门嘿嘿一笑，这会他总算品咂出来今晚这顿酒喝的到底是什么意义了,开始愁眉苦脸拉着萧衍道:"那你现在有什么打算?要是北魏新帝让人迎珠姬回洛阳做公主,你是要跟她一块回北魏吗?要是这样一来,咱们这些兄弟可怎么办?……"

萧衍一把从他手里夺回自己的衣袖,正色道:"你别胡说八道!我像是这等通敌卖国的人吗?"

曾春照委屈地吸了吸鼻子没有答话,沈约喝了一口酒,飞来一记鄙夷的眼神:"他不是通敌卖国,他是爱美人不爱江山。"

曾春照没撑住哈哈狂笑,笑完了一看萧衍居然不气不恼,又喝了一盏酒,方才道:"珠姬在建康城危机四伏,我要带她回襄阳。"

沈约放下酒盏,和曾春照飞快对视一眼,两人齐齐看向他,曾春照问道:"你怎么带她走?先不说北魏人如何,就说淑妃那里,她肯定不会放人。你可别看我,要是让淑妃知道我私放你带着珠姬走了,我肯定会被她株九族!"

萧衍喝了几盏酒下去,脑子却愈发地清明。他神色笃定道:"珠姬一病不起,此事说不得跟北魏人或者宫中的阴谋诡计有关。淑妃是她阿妹,她必定会愿意珠姬好,所以她这一层不必担心。但此事或许得劳你们二位担些风险——倘若事情真有不测,我也只能带她逃离建康。下次喝酒,怕要隔些年头了。"

曾春照这才回过味来,当即破口大骂:"萧衍!敢情你今晚这么大方,还真是打算跟咱们喝断头酒啊?不行!这事我不干,搞不好脑袋就要搬家了!"

说完,又负气地站起来,气咻咻地把酒盏一推,像个孩子般道:"这酒我不喝了!喝不下去!这都叫什么事?"

三日后,周灵璧收到师父典春秋的回信,说是已经被接到了大船上,由他父亲周海宁带人亲自护送着前来建康。周灵璧收到回信连看了数遍,随后丢开书信,噔噔噔跑到了小佛堂内,对着观自在菩萨就是一通拜。

宫里,淑妃得知这个消息也是大为宽怀。她抱着阿嫣要去找萧宝卷,正好褚后带了人过来。褚后见她精神甚好,一问得知神医要来了,当即也双手合十念道:"多谢菩萨!多谢老天保佑!"

淑妃如今与她来往甚多,平日里也多以姐妹相称,此时见她为阿姊祈愿,更是心里感动。两人一起走去紫宸殿,一路上欢声笑语,就连潘太后的人见了回来也道:"奴在宫中这么久,还是第一次看到能有皇后和宠妃相处成这样的。像亲姐妹那般呢!"

潘太后此时正在跟几位太妃坐着闲聊,闻言齐齐骂她:"这话怎么说的?咱们后宫历来就是一家子亲姐妹,这是优良传统,皇后和淑妃也是跟着咱们学的。"

侍女无语,默默退下。

等人都走散了,潘太后回来内殿坐下,把人叫来细细一问,得知是今上下令请了神医典春秋来京,所以淑妃才会这般高兴。当下也舒了口气,颔首道:"那就好,看来珠姬有救了。"

潘太后说完这话,忽然顿下来,再问身侧的侍女:"近来怎么不见梅虫儿和茹法珍这两个奴才?这又是跑哪去祸害人了?"

侍女绿萝平日里最是机灵耳目众多,当即上前附耳道:"娘娘有所不知,梅虫儿的本家梅府就是江家的正宗表亲。他从小进宫侍奉太子,当时的牒册上并没有记录这一条,只说是父母双亡才净身为奴。而今陛下登基后他得了势,便与本家父母又恢复了暗中往来。可前一阵子梅府不是因受二江牵连而落魄抄家了吗?他父母都被流放三千里,连去年冬日都没熬过就死在了路上,一竿子兄弟姐妹也没好到哪里去。如今他心里很不好受,又不敢明着面来求皇上开恩,否则便是欺君之罪呀!所以,这些日子都不大见人,许是关着门在被窝里哭吧!"

绿萝说得窃笑,潘太后听得却是心惊。她细细一想,觉得事情大有蹊跷。随后起身道:"服侍哀家更衣,哀家要去一趟宣德宫。"

左右侍女当下都有些讶然,因为太后之位的事情,自家主子跟老王母可是王不见王好些时日了,就连后来陛下下旨册封了太后,老王母派人来贺,她也硬是撑着没回礼没吭气。这时候忽然要去?

侍女们搞不清潘太后的心思，老王母却读得懂。她听说潘太后来了，便命左右女使出迎，并道："扶哀家起来整肃衣冠，着大妆深衣，把那顶紫金凤冠也取来。"

两位权势显赫的女主在宣德大殿中盛妆见礼，客套寒暄，彼此心中都各有自己的盘算。但这回潘太后没有转弯抹角，她很快道明了来意，并道："珠姬乃老祖宗一族的血脉，她的生死安危事关重大。臣妾怕梅虫儿这个奴才会因梅家获罪而怨恨于她，有些事情臣妾无能为力，还请老祖宗圣断。"

她这一来，就把查实梅虫儿和茹法珍到底密谋何事推给了老王母。偏偏老王母还不能不接，否则便是真正叫人看笑话了。她叹口气，点头应下，并道："多谢你这一番提醒，哀家老了，总有顾不到的时候。皇后到底年轻，许多事不知轻重。"

潘太后卖完人情又扳回一局面子，此时心里不免得意，但还是恭敬回了一句："臣妾不敢专权，自当与老祖宗一同商议行事。"

老王母这厢打发走了潘太后，心里正不好受，随后便听女使入内匆匆启道："禀太皇太后，北魏新帝遣使臣来京面圣，不日便要入宫。皇上召集了众臣议事，如今正要过来给您请安。"

老王母这才真是一惊，手里的茶水都溅到了襦席上。阮氏连忙擦拭干净，就听她喃喃摇头道："这么快？北魏新帝派的何人为使臣？"

女使叩首，回道："彭城王元勰是也。"

寥寥几字，惊得老王母始终挺拔笔直的后背为之一顿："居然是他？"

紫宸殿内，褚后和淑妃等得心焦，又不知道皇帝要跟群臣议事议到什么时候。淑妃有孕，尤为不耐劳累，褚后便扶着她入了偏殿休息。此处乃皇帝日常议事疲累时休憩的寝殿，一应器具周全，只是侍奉的人很少，应该都被清退回避了。

褚后见壶中茶水凉透了，便掖了手出来叫人，刚刚见到一个褐袍小太监从长廊尽头一闪而过，可来不及叫住，便唯有追上前。她行至一处壁照前停下,也不知该往哪一个方向,正在惊疑抉择时听见一个熟悉的声音,正是陛下跟前的近寺梅虫儿与他的徒弟,两人一面走一边道:"可派人看好了?那棵宝树陛下命其不得再重见天日,过些日子开库凿新冰的时候,索性把它封进冰窖里,再将窖口封死。记住了,此事绝不可向淑妃娘娘透漏半点风声。要不然,小心你们这些人的脑袋!"

手下人诺诺应了,梅虫儿便继续往前走。褚后躲在大柱旁心中怦怦狂跳,待回到寝殿,淑妃见她脸色发白,便问道:"皇后姐姐,你怎么了?"

褚后对上她清澈单纯的双眸,一时间也不知道该从何说起。只是摇头道:"没什么,才刚出去吹了风,又找不到半个人影子,可把我吓坏了。"

两人正说着话,萧宝卷来了。他见褚后和淑妃两人相处融洽,乐得一身轻松。只是后来三人坐在一块闲话时,又忍不住扶额头疼道:"北魏新帝忽然间派了使臣来京,来的还是声名显赫的彭城王。哎,朕如今可真是一脑子乱麻,也不知道如何理个头绪出来。"

淑妃根本不知彭城王身份为何,只知道北魏与南朝世代兵战不休,便脱口道:"那就扣下他们的使臣,治罪那个什么彭城王呗!谁让他们来咱们这里挑衅。"

褚后连忙示意她不要乱说,劝道:"朝政的事情臣妾们都不懂,不过只听说彭城王于北魏位高权重,乃北魏拓跋宏最为器重的宗室大臣,又是新帝跟前的顾命王。他此来必有事因,皇上要是想试探其来意,臣妾以为,可以让太皇太后出面。"

褚后一语惊醒梦中人,萧宝卷随后想起老王母还是前朝刘宋太后时,曾与彭城王有过交集。当即对褚后竖起一个大拇指,赞道:"皇后此言不错!朕的确是该请出太皇太后!嘿嘿,朕可懒得去跟这个彭城王周旋。不管他要来干什么,反正一句话,要钱没有,要地不给!"

淑妃见他做出无赖状,一脚踢过去,呵斥道:"别光会在这里耍嘴皮子，你这里的人呢？我跟姐姐来了半天连个沏茶的人都没有，可是要造反了不成？"

萧宝卷挨她一记香腿，嘿嘿笑着反倒就势一揉，赔笑道："是是是，这些个奴才都是不长眼的，朕这就让他们给你沏茶来。你消消气，可踢疼了吗？"

他们二人嬉笑打闹成一团，褚后对此也无知无觉。她眼前有些虚幻，看着穿了黄袍的萧宝卷，便如一个十足的陌生人。想起之前偷听到的那些话语，更觉心中无比的寒凉。

后来还是淑妃见褚后脸色十分不好，这才推开了萧宝卷，走到她跟前柔声道："皇后，要不，我们还是回宫吧！"

萧宝卷惨被嫌弃，眼看着褚后和淑妃相携离开，他瞪大双眼"嘿"一声，回过头问梅虫儿："她们俩什么时候这么好了？皇后这是忽然间就开窍了？"

梅虫儿恭喜皇帝此后尽享齐人之福，又上前低语道："陛下，奴近日查到了萧衍正在与沈约、曾春照等人合谋，派人四处搜寻北魏人的行踪。此事极为隐秘，就连奴也是刚刚得到消息。"

这个当口，让萧宝卷再听到"北魏人"这三个字，他立时目露凶光："他们这是要造反吗？如此通敌卖国之罪，朕可查抄他们九族！"

梅虫儿附和，又道："那现下要不要先将萧衍等人拿下待审？以免夜长梦多，真等他们跟北魏人接上了头，就不好办了。"

萧宝卷这回难得动了动脑子，他皱了半天眉头，最后舒展开来，露出喜滋滋的神色道："先不忙！且让他蹦跶几天，不是说北魏使臣很快就要抵京了吗？到时候朕自有办法让他露出狐狸尾巴，看他还如何狡辩？"

说完，他倒浑身骤然轻松起来，便让梅虫儿去宣德宫传话，自己要去给太皇太后请安。梅虫儿有些迷惘，他期期艾艾地问道："皇上怎么忽然想起要给她请安了？"

萧宝卷在他屁股上踢了一脚，骂道："不知尊卑的东西！什么叫'她',她是朕亲封的太皇太后,象征着咱们大齐的国祚!"

梅虫儿对萧宝卷这一下子忽然的转变有点摸不到头绪,随后去了宣德宫才知道,原来是要请老王母出面应付北魏来使。

而此时褚后徘徊于自己的寝殿中,已经来回兜了数十个圈圈。她从淑妃口中得知了宝树的由来,方知道萧宝卷要害的其实是淑妃的阿姊珠姬。可珠姬于她有着救命之恩,她不能坐视不理。

夜渐深,寒露起,风声沥沥。寝殿中的重重鲛纱帘幕被无孔不入的寒风吹拂出层层涟漪,灯树上的烛火坠下累累烛泪。褚后停下脚步,从发间拔下那支象征着中宫之位的九尾凤钗,用它去挑了挑一盏即将熄灭的烛火,火光摇曳中,她望着墙角的琉璃沙漏,问道:"今日是霜降吗?"

侍女上前答是,又道:"陛下果然依着娘娘所言,请了老王母出面应酬北魏来使。"褚后微一点头,随手将那支被烧了末端的凤钗往旁边的案上重重一丢,双手掖入长袖之中,端然道:"开佛堂,本宫今夜要为大齐诵经祈福。"

这是一个长夜。

至翌日,褚后心里拿定了主意。她自知力薄,又不能贸然将此事告知淑妃,以免她误以为自己要挑拨她和萧宝卷之间的关系。于是想出了一个法子,让人取来一棵矮子松,送到淑妃宫中专给阿嫣攀爬刨土之用。

淑妃如今日夜离不得阿嫣,夜间也让人将小狸猫放入金丝笼中,就在自己床畔就寝。阿嫣身有奇香,能令兰室椒殿更加馨香旖旎。

听说褚后送来矮子松,淑妃忙叫吴景晖抱了阿嫣出来。没想到阿嫣对这棵光长叶子不开花的小树并无兴趣,略转了一圈便要回去睡觉。吴景晖怕褚后心里不悦,遂笑道:"定是人多,这小东西如今也晓得避人耳目了。怕是到了夜间就要出来捣乱,有一回它惊扰了娘娘和陛下安寝,还害得奴们都被罚了。"

褚后笑一笑,只说狸猫本来就是夜间精神的小东西。又看了看吴景晖，她早觉得淑妃虽然毫无心机，但是她身边的三个女使，却是一个比一个精明，随口道："我前些日子去甘露寺小住了月余，回来后便觉得神清气爽大不同从前。本以为是神佛庇护，上回凤仪宫院中走水，烧掉了那几棵碧桐树，便听阿耶说许是有人作祟，将我的生辰八字压在了那树底下，我这才一病不好的。得亏周太医提点，所以我昨夜想来，你阿姊一直缠绵病榻，或许也有这样的缘由？要不，你让人查找一下她房中院中，或者可有人在树底下埋了什么不干净的东西？"

她的话引得淑妃深思，随后又摇头道："照说不会呀！那莫园是长公主留下的别院，我阿姊身边服侍的人也是精挑细选的，她那样的菩萨心肠，谁会想要害她？"

虽如此说着，但还是命吴景晖前去莫园传她的口信，又再三道："阿姊在病中，此事莫要惊动她，你们小心行事。"

吴景晖领命而去，一路上将褚后的话语和神色细细回想了数十遍。她久在尘俗最善察言观色，此事越想越觉得不对，随后再回想起昨日回宫路上褚后曾问起赤绛树的由来，这才猛然乍醒，掀开车帘朝外道："快！尽快赶去莫园！"

萧衍并未将那方小盒内的东西送到珠姬跟前，不但因为她昏昏沉沉神志不清，也因他连日以来日夜奔波根本无暇顾及，便索性将小盒放在了她床头的多宝储最下一个小格之内。因盒子本身便带巧夺天工的璇玑锁，需开启口诀才能打开，所以也不必担心被人误见其中的真章。

吴景晖在西庭拜见他时，他刚刚回来坐定。听说褚后暗示她去查看存在宫中宝库内的宝树，萧衍也骤然神色凝重起来。

他看了一眼吴景晖，问她："你可有把握，褚后并无不良居心？"

吴景晖一怔，定定神摇头道："奴没有十成的把握，但女君之前曾暗示周太医救过皇后一命。所以奴以为，皇后不至于恩将仇报。"

萧衍听她把甘露寺一事说完，禁不住苦笑道："她如此心善，处处对人不忍，却不晓得这世道如此险恶。"叹口气，命吴景晖立即回去莫园，先佯装搜查，又叮嘱："你回去之后便说女君已经好些了，让她宽一宽心。再后，你便要设法暗示淑妃亲自去宝库查看那棵赤绛树。记住了，此事只有淑妃亲自出面才能办成。且你不能暴露自己的目的，否则可能连淑妃都保不住你。"

吴景晖叩首退下，心里却有阵阵如潮暖意——她为萧衍效命这么久，第一次从他口中听到一句关怀的话。或许他只是出于利用的权衡，但不论如何，于她来说已经是毕生最为珍贵的温暖。

她并不笨，否则便不会成为萧衍选中的棋子。她早已看出来，主君心中那个得不到的人，便是女君珠姬。但这并不影响她一如既往的爱慕他，甚至更加死心塌地。

入冬后便难得有一日这样的晴好，园子里的黄蕊绿桂也开了几树。珠姬醒来时便见一缕薄透的阳光从新糊的碧桃暖纱中透进来，正好落在她放于身侧的右手上。她轻轻动了一下手掌，被蹲在床前蜀褥上闭目养神的阿离看见了，它两耳竖起，眼珠子滴溜溜打着转，一副急切想要求抱抱的表情。

珠姬朝它笑了笑，摊开手掌，轻道："阿离，来。"

阿离宛若顽皮孩童，一骨碌就跳上了床。玄碧正蹴在地上换着金鼎内的沉水香，听见声响转过脸来一看，珠姬已经抱住了阿离，一手轻梳着它颈上的皮毛。

玄碧上前扶她坐起，塞了两个软枕在身后，珠姬说想看看窗外的太阳，她便命人来开了窗。听说女君醒来精神见好，莫园上下霎时忙做一团。周灵璧过来探了脉象，再以手贴在珠姬胸腔凝神倾听半响，唇角微有喜色，道："你觉得怎样？"

珠姬病势一直反复，有时候好起来也如今日这样，能坐起来吃些东西说会话，也能看看窗外的花草。只是今日有风，周灵璧让人略开了一会窗,便又阖上了两扇,玄碧捧了宫中送来的数盆珍奇花儿进来,让她养神悦目。但阿离只喜欢那盆褚后送来的小宫粉,举着两只爪子飞快便挠下了几片花瓣来。

玄碧自要呵斥,珠姬却道无妨,刚抱回阿离却见它摊开小爪,内里握着一片极为娇妍的花瓣。它一再往前送着,直到珠姬将花瓣接过。

众人都忍不住惊叹,正说笑间外头有人来报,说有人送来一封书信,要亲呈给女君,还说是她的故人。

珠姬此时精神尚好,一听故人二字她便笑了,对玄碧说:"把信拿来,我看看。"

玄碧到底不敢偷阅,况且此人既敢光明正大地送信来,许是真与长公主有故也未可知。珠姬拿到信一见上面的字迹便忽然坐起,再问玄碧:"送信的人呢?"

玄碧摇头,如实道:"奴出去时,管家便说人已经走了,就是个半大的孩子。"

珠姬拆开封口,将内里的文字展平细细一看,松溪笺落在海棠并蒂的丝被面上,上面的字迹赫然便是长公主刘伯媛亲笔所书。

珠姬一时间有些回不过神,脑中一片空白。这是一封阿娘临终前留下的遗书,她在遗书上命自己十八岁后便随宋叔离开芷兰岛,前往魏都洛阳。阿娘让她去见彭城王元勰,并叮嘱她听从元勰的安排,不得拂逆。

珠姬觉得有些迷离,两耳嗡嗡有声。好一会定下心神,又捡起书信再细看了两遍。再抖信封,内里还有一张簇新的纸笺,上面是宋叔的落款,让她明日入宫,彭城王已至建康。

确认是阿娘和宋叔的笔迹无疑,她急切地想要下地,挣扎起身时带起了床帏两侧的鲛纱,半侧身子就此卷在了里面,阿离咕咕乱叫几声。

珠姬定了定神,收好书信掖在袖中,看她神色异常,玄碧问:"女君,怎么了?怎么忽然想要起来了?"

珠姬摇摇头，大口喘了几口气，她让玄碧去开自己从芷兰岛带来的几个大木箱。从中取出一个挂着金锁的小盒子，盒子摊开来，里面是一支光彩华目的赤金攒珠凤钗。她让玄碧用剪刀绞开钗身，随后"啪嗒"一声，钗头内居然掉出一丸洁白的丹丸。

周灵璧将丹丸察看了半天，仍是不放心。她沉吟道："你真要进宫见那彭城王，也不是不可以。但如今这情势，此番会面必然要避人耳目才行。"

珠姬点点头，她将丹丸掰开来，命玄碧送上温水，就势服下。

周灵璧和玄碧都拦不住，也只得由着她去了。半个时辰后珠姬再度沉沉睡下，周灵璧守在她床前，连眼皮都不敢阖一下。还好她这一回睡得很沉，半夜里也没有因剧烈咳嗽而惊醒。

玄碧黉夜赶去西庭见了萧衍，她没敢偷出珠姬袖中的书信怕她察觉，只道："那书信应是长公主所留，她让女君去见彭城王，还在她的遗物内留下了一颗药丸，让女君照着服下。"

萧衍也没有想到宋琅就如此明目张胆在自己眼皮子底下派人给珠姬送了信。他沉思半晌，觉得彭城王既然已经亲临建康城，那么阻止他们会面便是徒劳。于是摆摆手，对玄碧道："知道了，你退下吧。"

此时已是深夜，宫门四处下钥，就算临时命吴景晖传话也是来不及。他唯有冒险，开了莫园通往皇宫内长公主寝殿的密道，三更时分吴景晖总算把身怀六甲的淑妃给带了过来。两人窝在灯火幽暗的寝殿中见面，淑妃的脸色十分不好看，忍着气问他："不知阿兄到底有何急事？非要这么三更半夜来见本宫？"

萧衍告了个罪，长揖道："娘娘可还记得从前一直照拂你们的宋叔？"

淑妃闻言也是讶然，吴景晖扶着她在圈椅内坐下，她点点头："记得，宋叔是长公主从前的故人，多年来他一直多方照拂我们。"

萧衍点点头，再把袖中的画像和过所都递到她手中，直言道：

"这是京都尉府查到的,冯昭出事前一天,曾与他在城西的簪春馆密会。而沈约沈将军亲眼看见,萧遥光叛乱那晚也是他带了人马在莫园外保护珠姬。"

淑妃接过过所和画像细细一看,整个人如坠寒潭:"对!这就是宋叔,我记得很清楚,他来岛上数十次,还跟春娘和阿姊一起吃过饭喝过茶,我不会认错的!"

说完,她骤然抬眸,问萧衍:"你到底要告诉我什么?为什么他会忽然来建康?萧遥光作乱已经时隔这么久,难道他一直在建康?一直——暗中跟着我们?"

吴景晖见她开始发抖,连忙把自己身上的披风也取下来披在她身上,细语道:"娘娘莫急,萧大人定有办法可以为您分忧的。"

萧衍从她手里取回物件,俯身下来低声道:"北魏彭城王明日便要入宫觐见,娘娘可知道他便是专为你阿姊而来?宋琅曾是长公主府上的参军,后匿身假死。他一直暗中串通北魏人,今日下午他派人送信到莫园,让你阿姊明日一早进宫,还说长公主生前留下遗命,要你阿姊随那彭城王前往洛阳!"

他字字铿锵有力,一连串的惊变炸得淑妃简直头晕目眩。她看着眼前的萧衍,见他眼里冒出森森寒光和汹汹烈火,在冰火两重天里,倒映出自己因为惊愕而惨白一片的脸庞。

淑妃霍然起身,厉声道:"不!这不可能!我们的阿娘她是南朝长公主,她怎么会留下这么荒谬的遗命?她不可能让阿姊随彭城王去洛阳的,不可能……我要去问阿姊,我要看到阿娘的遗书,我要——"

萧衍示意吴景晖扶住她,自己缓步行至她身前,再道:"淑妃娘娘,请您听好了,事关你阿姊的生死,我必须告诉你一个事实——她是北魏帝王元宏的长女,新帝元恪的长姐。所以彭城王此来建康迎她回洛阳,那是再合情合理不过的事情。"

淑妃被惊得眼前再度晕黑一片,她重重跌坐于圈椅内,手中捧着的暖炉也滚落到了地上。

"什么？我阿姊是北魏元宏的长女？怎么会这样……阿兄，你不是说她与你乃是同父异母的兄妹吗？"

萧衍长叹一口气，并不对此多加辩解，只道："娘娘若不信，大可去陛下的御书房找一下元宏的画像，一对便知真伪。"

话已至此，淑妃还有什么可争的？她沉默良久，再起身时终于不复之前的羸弱无力，展平双眸看向萧衍，道："不，本宫不会让阿姊前往洛阳的。先不说她必不情愿，就算她为遵从阿娘的遗命甘愿委屈自己，可北魏如今新帝继位，朝中絮乱，她与元恪并非同母甚至非一族类，又有何人能保护我阿姊不会被奸人所害？"

萧衍一直等的也就是她这句话，当下心中长舒一口气，颔首道："是，娘娘所想与我所思一样。所以现在，我们要一起合力，阻止这件事的发生。"

淑妃看着他，目光灼灼似要穿透他的心腔。半晌，方才点头："好，我信你。"

真像是做了一场梦。

珠姬从梦里醒来，睁开眼看见帐顶上垂着的那圈密密攒成的挑花流苏。她伸手往袖中暗袋一摸，拈出了昨日的那个信封。尚未来得及再看，便听见玄碧的脚步声姗姗行来。

玄碧拢起鲛纱帘，只做忙碌的唤人打水进来。珠姬静静躺了一会，再将书信从里头取出摊平。阿娘的字迹犹如她在生时的谆谆叮嘱，她迅速掀开被子，吩咐道："烧香汤来，我要沐浴。"

又让玄碧去备车，稍后便要去宫里。

玄碧一看拦不住，当下急得团团转。正忧心时听见淑妃来了，已经下辇进了院中，方才长舒一口气，连出快步到檐下相迎。

淑妃把自己宫里那盆开花的十八学士送了过来，姐妹二人在寝阁内叙话良久。她走后，众人才知道原来今天竟是珠姬十八岁的生辰。珠姬凝视着这棵亭亭玉立风姿绰约的十八学士，终于明白，为何此前的十几年，阿娘和春娘都不曾给自己庆过生辰。

因为她们都知道，一旦过了十八岁，自己便不能再继续留在南朝。她的骨子里竟流淌着北魏皇室的一半血脉,从小一直照拂自己的宋叔竟然是效忠于北魏的将军。而她的阿耶,竟然是魏帝拓跋宏。

而今彭城王元勰——亦就是她的亲叔父亲临建康城,便是要接她回洛阳。

珠姬答应了淑妃,不去洛阳。除了她不愿在此时离开玉奴,更因为她渐渐想明白了从前懵懂的许多事情,比如阿娘为何要带着自己隐居于芷兰岛,为何芷兰岛不允外人踏入,为何阿娘会在盛年早逝,以及春娘的死。

她也想明白了,自己到底要如何应对这一场蓄谋了十八年,终将迎来抉择的宿命。

淑妃走后,窗外日光渐盛。珠姬让人开了窗引风对流,又吩咐扫洒庭院修整花木,将莫园上下拾掇一新,一副准备待客的姿态。

周灵璧匆匆赶来,见她气色精神都恢复了七八成,神色端然平静,抱着阿离站在檐下。

她给珠姬把了脉,随后惊得下巴都合不拢来:"这是……药到病除了?"

珠姬点点头,却又道:"只是暂时的,十八岁之后每隔三年便会发作一次,若断了解药,便会心肺衰竭而亡——我阿娘,便是因此而死。"

周灵璧气得两手叉腰破口大骂:"哪个缺德的研究出来这样的毒药?这分明就是非得把人一辈子折磨到底!"

玄碧端了茶水过来给周灵璧,心中也是怒火如炽。可看珠姬并无丝毫怒气,侍女取来披风,玄碧给她罩在肩上,刚刚系好带子就听她似在自语道:"我就说,阿娘怎么会留下这样的一封遗书?"

周灵璧双手托着手里热气腾腾的茶盏,看着外头虽然明媚却不知何时又会阴冷潮湿的天气,也是感慨:"快立冬了,今年的天冷得比去年还早,可万不要在此时下雪啊!"

玄碧和珠姬都知道她是心忧师父典春秋何时能来京,但对于珠姬来说,她已经不指望典春秋能够为自己解开这从母体内带出来的奇毒了。经历了这一场生死浩劫,她在梦中曾游离于黄泉之滨,见万千曼珠沙华盛开,知道生死不过是此岸与彼岸一线之隔。而阿娘虽然口不对心地留下了遗书给宋琅,让他护送自己前往北魏,可若她自己愿意屈服于强权,又怎会选择长眠于芷兰岛?

她是阿娘的女儿,即使不能青出于蓝而胜于蓝,但短短一生,气节二字,她还是懂得的。

于是珠姬打发周灵璧回宫,让她跟在淑妃身边:"你去帮我看顾着,今日宫中会有大事发生。我如今不便进宫,唯有你在她身边,我才能安心些。"

周灵璧见她这么说,又看她气色实在很好,便点头走了。珠姬抱着阿离去了佛堂,她已将春娘的牌位放在了菩萨右侧,拈香拜祭过后,跪坐于佛前蒲团上,长久阖眸静待。

宋琅果然大摇大摆地从莫园门口走了进来,珠姬早吩咐人恭敬相迎,她在檐下看见他,仍唤他宋叔。宋琅却掀了长衫,就地跪下,口称:"下臣宋琅,拜见华阳长公主!长公主安!"

华阳长公主?这个封号,便是自己的生父拓跋宏生前拟好的吗?珠姬心下微酸眼中泛热,一时间不知道伤心与喜悦到底哪一层更多几分?玄碧早屏退了闲杂人等,此时她持剑守在珠姬身侧,珠姬便让宋琅进来花厅说话。

两人一别近两年,不等珠姬发问,宋琅先跪下请罪道:"春娘一事,臣对不住长公主。当日臣曾约见春娘在先,让她择机送公主您出京,臣与城外的数百精兵定会护您一路平安抵达洛阳。可春娘她先是不信,怒骂了我一顿,后才约见冯昭求证真相。冯昭受人蒙蔽,下毒害她,臣却没有料想到这一层,这才让春娘含冤而死。臣有罪!请公主责罚!"

珠姬看着他,眼中的泪水又渐渐涌起。问道:"那么,是何人要害死春娘的?你可知道?"

宋琅点头,拿出一样东西双手奉上:"应该是梅虫儿!冯昭本是梅府二房的夫人，后来二江作乱，她与丈夫本来就不睦，趁机和离了，带着女儿回了娘家居住。臣约她在簪春馆相见时她曾亲口承认，说当日因为江祐以她女儿的性命作为要挟，她才不得不编造了谎言告诉公主您是萧顺之的骨肉。臣便追问她可有向任何人吐露此事的实情？她指天盟誓，说虽然愧对少主，但她心里一直牢记着长公主对她的恩义，就算是丈夫也不知情。臣这才信了她，让她告诉春娘实情，尽快劝说春娘带您离开建康。谁知第二日便听到她与春娘的死讯，臣心里有愧，派人截住了事发之后便逃离的侍女丽香。这是丽香的供述，她承认自己被梅虫儿收买，先把您约见冯昭的消息告诉了梅虫儿，后来得知春娘要见冯昭，梅虫儿就给她送来那包毒药，说要她把两个人都毒死，再把她听到的内容告诉自己。结果丽香下了毒药在茶水里，听到一半春娘便骤然发难杀了冯昭，丽香一时害怕便卷着银子要逃。如今人还在臣手里，公主若不信，大可亲自提审。"

珠姬扫了一眼那块白绫上的血字，缓缓摇头："不，我信宋叔。您从小看着我长大，您于我而言，便是亲人，我怎会不信您？"

珠姬的话就如一记响亮的耳光，臊得宋琅简直无地自容。他以额触地，道："臣羞愧。往昔臣奉命看护长公主和您，自然明白长公主是何等傲气的女子！她与先帝原本相爱，但却因分属两国而无法长相厮守。而今先帝抱憾离世，临终前的遗命也是让臣与彭城王务必接公主回洛阳，并再三严令新帝起誓厚待与您。他在皇城内为您种下了大片的牡丹花圃，说从前不能践行对您母亲的诺言，到您这里总算可以履约。公主，先帝思念您甚深，他说此生最大的憾事，便是终身未能见自己的长女一眼。他是您的生父呀！世间哪有儿女能对骨血亲恩无动于衷呢？您身上流淌着大魏皇室的血脉，您应该回洛阳拜祭先帝，以慰他在天之灵呀！"

他说完，便长拜不起，珠姬眼中更是泪落如雨，打湿了阿离头上一片皮毛。过得半晌，她放下阿离，扶起宋琅，道："宋叔，你说的我都明白。"

宋琅本是个武将，此时亦泪洒衣襟。他有些悲凉地抹了一把眼泪，再道："公主若能成全臣的这一片忠义，臣方算不负先帝所托，亦不负新帝所命。"

珠姬叹口气，让玄碧再去沏茶来，再问宋琅："请宋叔如实告诉我，我阿耶与阿娘……从前到底是如何相识的？还有我阿娘为何要怀着我避走东海，最后栖身于芷兰岛？我遗传得来的千日红之毒又是谁下的？若不知道这些详情，我是不会随您回洛阳的。"

宋琅与珠姬相识十几年，焉能不知道她的性情？当下先叹口气，坐在一旁想一想，便开始道："先帝幼年继位，彼时朝政由太上皇和冯太后总揽。先帝仰慕中原文化，便化名为元宏前来建康游学。后在建康认识了萧顺之等人，又与萧顺之交好。经萧顺之介绍，方才遇见长公主，两人一见倾心，却碍于先帝在南朝的身份不高，所以每次相会便请萧顺之从中代为遮掩。如此，便传出了长公主与萧顺之来往亲密的谣言。后先帝奉诏回魏，临行前约见长公主，也就是那一次，两人……有了公主您。随后先帝命臣留在建康保护长公主，并在书信中如实告知了自己的身世，约定一旦亲政便会正式向宋提亲，迎娶长公主为后。但长公主得知真相后十分恼怒，她痛恨先帝对她的蒙蔽，更自觉愧对于祖宗与臣民，这才怀着您离京南下。后又因宋室倾覆而无法再回来，臣沿途保护长公主，设法重金买通了东海一带的匪首，得知芷兰岛有天险可以暂时隐居避世，便护送长公主和您上了岛。至于后来，先帝十年前得以亲政，但长公主却不肯归魏。如此一直迁延至今，先帝与长公主到底没能再见上一面。可先帝多年以来不惜带病南伐，为的便是一统天下，也是想能在有生之年再见自己的长女一面啊！"

宋琅说得情深意切，令人动容。更何况珠姬作为至亲，此时遥想母亲十几年来的孤寂和坚守，当年怀着自己不得不离京漂泊的凄凉与无助，甚至是十年前阿耶终于亲政，终于可以履行少年时的约定，当他的书信经由宋琅之手呈送到母亲面前时，她又是何等复杂的心境？

若没有曾经刻骨铭心的挚爱，便不会有死生不复相见的深恨。作为女儿，珠姬懂得母亲的决绝。这决绝看似无情，其实才是真正的长情。因为少年情真，彼时两情缱绻的郎情妾意。他们曾是彼此生命里最明媚的阳光，是三月暮春时最绚丽的春花。他们的誓言让彼此都愿意倾尽一生来兑现，再没有任何人可以取代他们在彼此心目中的位置。

可也正是因为这份情爱太深，誓言太重，彼此遥望丛山群海默默等待了数年。曾以为所爱隔山海，山海永不平，直到十年前他终于踏平山海，要与她再会时，她却害怕了，退缩了。

因为时光啊，能改变的东西太多了。曾为金枝玉叶的长公主这些年经历了太多的磨难与挫折，更明白，也许曾经的少年郎依旧还是那个少年郎，但又必然已经面目全非了。

珠姬拭去两行泪水，她笑了笑，笑容艰涩而无力："请问宋叔，阿耶十年前让你迎我母亲回魏，彼时他能为我母亲废旧立新吗？"

宋琅被她问得有些瞠目结舌，片刻后回道："公主有所不知，先帝受冯太后抚养长大，彼时宫中冯氏女主便有数位，两位皇后亦是出自冯府。但先帝在书信中言明，会先册长公主为昭仪，位居三夫人之上。至于其他，自然要徐徐图之。"

不知？珠姬又怎会不知呢？自古以来哪位帝王不是后宫三千？自己阿娘曾为长公主，要她以妾妃的身份重回旧日情郎身边，分享同一个男人的雨露恩施，这又叫她情何以堪？

珠姬点点头，似认同他所言，又问："那我阿娘身上所中的千日红奇毒，便是冯太后派人所为了？"

宋琅对此并不辩驳，如实道："冯太后毒死太上皇后便独力把持朝纲，她自然要培植自家的势力入主后宫。当年先帝回魏后曾苦求她向宋提亲，她表面上答应，暗中却派人秘制了此毒，试图掌控长公主于自己手中。公主你出生时便遗传此毒的余害，只是幸好当年船上有赤绛树可取髓相冲，因此那宝树的确是公主的同命树，万不可落入萧宝卷手中!"

　　珠姬心中一声长叹,目视宋琅问道:"如今冯太后早就已经离世,她若临终前交出了解药方子,我想我阿耶不会狠心看着我毒发。她要是没有留下药方,我便是归魏又如何?"

　　宋琅立时精神大作,他抚胸相告道:"这一层请公主放心!太后当年让人配置此毒时,便取了先帝的血作为药引,此后每三年赐一次解药,也都是先帝割腕取血才得以炼出。而今先帝虽驾崩,但新帝与公主亦是血脉同宗,曾亲口承诺愿为公主取血为药,只要公主愿意回洛阳接受封赏,他定会重重弥补公主这些年来所受的委屈。"

　　珠姬问完了心中的疑问,抱着阿离长久无言。玄碧想起珠姬昨日从长公主所留的凤钗内绞出了那颗丹丸,忍不住道:"那女君昨日从凤钗内取出来的丹丸,便是昔年长公主所留?"

　　珠姬点点头,心中无限悲凉,眼泪却再也流不出来了。

　　她含笑看向窗外的蔼蔼日光,一字一顿道:"阿娘三年前不是病逝的,她是要留下那颗解药给我,所以选择了自尽。她牺牲自己,只是拼尽全力让我在今日,能够听凭自己的内心去做一次抉择,不会因为对生死的无能为力,而屈从于任何人的意志。阿娘……您如此爱我,我居然此时才知道一切……"

　　宋琅此时亦无言以对,他起身离座,再拜道:"此事绝非公主所想的那样,先帝赐药与长公主,只是想能借机与她有些书信往来。所以三年一次,每次只有提前绝无推后。况且你们本来就是一家至亲,又何来屈从之说呢?还请公主……"

　　他的话没说完,玄碧见珠姬眼中悲凉含怒,自己也实难忍耐,便取出腰间佩剑怒道:"闭嘴!天底下哪有这样荒谬的一家至亲?女君此番毒发险些丧命,你还在此替你主子遮掩,实在是荒唐!"

　　宋琅被玄碧训斥,自然脸上下不来。还是珠姬及时出言,对他摇了摇头,道:"宋叔,我如今不想去洛阳,你便如实禀告彭城王,让他请回吧。一是我阿妹即将临盆生产,我不能离开建康。二来,我心中不求名利富贵,只想过些恬静淡泊的日子。元阳长公主若是我阿耶生前的遗愿,是他对我的爱与期许,我会在心里领受。但若受封,我将愧对生我养我的南朝,愧对我身上所流的琅琊王氏与宋室的血脉。宋叔您从小看着我长大,很了解我的性情,我决定的事情不会改变,也请宋叔您体谅。"

她说完,朝宋琅回了一礼,便仰首示意玄碧:"替我送宋叔出去。"

玄碧拔剑在手,恶狠狠盯着宋琅,一副赶人的架势。宋琅此时情知劝说无望,掩不住失望的神色不再多言,只是走到檐下还问了一句:"难道公主就不想见见自己的阿弟吗?新帝正在洛阳盼能与您认亲!"

玄碧再不客气,举剑便砍,宋琅躲避之后,她又骂:"再惹女君伤心,我一定毒哑你这张嘴!"

周灵璧急急回宫,听闻淑妃已经跟褚后一道去了紫宸殿,当即也跟了过去。她跑得气喘吁吁,大冷天里浑身冒汗,一边提着裙摆费力跨过长长的台阶,一边道:"这到底是要干吗?淑妃要临朝听政了吗?我的天爷,这紫宸殿台阶真多……"

大殿内,文武百官肃容敛袖,都紧紧盯着这位来自北魏的彭城王。萧宝卷起初也严阵以待,正襟危坐半天,后来一看彭城王先是送上了厚礼,又让礼官宣读一篇令人耳目眩晕的交好文书,他不由讶然。心道这是要做什么?魏帝元宏刚死,他儿子就罩不住老子打下来的江山准备屈膝示弱?

再一想不对,这必然又是北魏人的诡计,毕竟北强南弱多年,冯太后和元宏虽死,但猛将重臣仍在。元宏死前可是带病南征,他的儿子焉能不想着为他复仇?于是更加紧张,一言不发只等着元勰进入正题,若有阴谋便要将其拿下,再不济也能换回几座城池。

萧宝卷心中如是作想,元勰又岂会不知自己此番亲入建康,便如狼入虎口?但他身负重任,不能有失,于是打起十二分精神,见上座的齐帝与太皇太后一直三缄其口,这才不得不在一派肃然的气氛中开口,道明了自己真正的来意。

萧宝卷和群臣听彭城王此来是要寻回魏帝元宏早年遗落在南朝的一位公主,当即都面面相觑。萧宝卷看了看老王母,老王母皱着眉头也在看他,底下的群臣早就忍不住开始议论纷纷,于是清一清嗓子,刚要作答,便听殿后传来一声娇喝:"且慢!"

淑妃在褚后和吴景晖的搀扶下,费力地挺着个大肚子现身大殿。她一来,萧宝卷本能地就想下去相迎,后一看不对,这是在大殿上,还是北魏人前,于是忍住坐着不动,只问道:"爱妃怎么来了?"

淑妃在褚后身侧落座,她让吴景晖递了一条带字的锦帕给萧宝卷,随后平展了声线,勉力朝殿中群臣道:"本宫知道彭城王此来之意,也知道彭城王要找的公主,便是以此物为信物。"

她说完,让礼官端了托盘送去自己从珠姬那里拿来的元宏玉佩。这边萧宝卷展平锦帕一看,正是淑妃的字迹,用胭脂草草写就歪歪扭扭一行字,上书:一会我说什么你便应什么,莫要啰唆!

萧宝卷伸手抹了一把额前的汗意,为了不被蛮夫人回去收拾,他决定今天在大殿上一声不吭。

而彭城王拿起托盘内的玉佩细细一看,当即大惊:"淑妃娘娘从何得来的玉佩?那玉佩的主人呢?她怎么不现身相见?"

淑妃费力地想着昨夜萧衍的叮嘱,她果断回道:"玉佩的原主便是本宫,怎么,彭城王真要迎本宫回洛阳做你们北魏的长公主吗?本宫以为,此事万万不妥!"

她这话刚一落音,底下群臣自然喧哗起来。萧宝卷一跳三丈高,立时便道:"这怎么可能?淑妃是朕的爱妃,又怀有龙胎即将临产,你们北魏人莫要欺人太甚!真要强夺朕的爱妃回洛阳,朕——朕这会便让人先砍了你这厮的脑袋!"

他说着,便要殿外御林军入内,彭城王一看势头不对,忙道:"陛下,此事不是这样的。我们要迎回的只是先帝的长公主,并不是淑妃娘娘。"

淑妃也示意让御林军先退下候命,幽幽道:"彭城王可知,世间最不能强求的,便是人心?"

元勰被她这话堵得心里一噎,心想我又何尝愿意冒着掉脑袋的危险迎奉一个流着南朝皇室血脉的长公主回洛阳?不过是奉命不能违罢了。但听淑妃的意思,她已然知悉全部的内情。而今既见不到珠姬,又不便先行公布她的身份,以免为她惹来灾祸,遂退而求其次,先与淑妃在殿中交谈了起来。

萧衍昨夜便告诉淑妃,元勰届时必定会以血亲骨肉之情来作为说辞,而她要做的就是坚定自己作为南朝子民的立场,虽挂念父兄,却也不能投奔。此时淑妃以此作答,果然怼得元勰词穷。

待要再说,淑妃已经盈盈起身,只道:"本宫怀有身孕不能久待,彭城王若真心有不甘,本宫便与陛下和皇后一道设宴,三日后为您践行,也算慰藉您一番辛劳了。至于归洛阳一事不必再提,我既为南朝淑妃,又深得圣恩,此生便是绝不容改。"

原本淑妃在群臣心目中像是祸国殃民的妖妃,此时听得她这样一番忠肝义胆的言辞,不但萧宝卷瞠目结舌心中狂喜不能自禁,就连群臣也是面面相觑,原来往昔竟然是自己看走了眼?这哪里是什么妖妃,这分明就是一代贤妃啊!

淑妃既走,彭城王也不能再留。群臣议论纷纷,彭城王领着自己的一众亲随死侍刚刚步下大殿,便见迎面走来一侍女,低声对他说道:"淑妃娘娘让您今夜亲往淮水河畔,有画舫载您去见女君。"

彭城王模糊听得此言,见那侍女擦肩而过,待要再问,人却已经被下朝的群臣身影湮没。他心中惊疑不定,回来驿馆招来宋琅,果然长公主并不愿归朝。他心中无奈,再让宋琅悄悄去了一趟莫园,得到珠姬的亲口回复——今夜亥时一刻,她将于画舫上拜见彭城王,面释她不能前往洛阳的所有苦衷。

既是约在淮水画舫,淑妃便让吴景晖前来应援。萧衍亲来接送珠姬,有些感慨道:"原先还肖想着能有这个福气做你的阿兄,没想到真是我高攀了。"

此时再回想当日离岛时春娘所言,竟然一语成谶——原是他不配,真是不配。

幸而珠姬并没有这样的念头,她拨弄着手腕上的思无邪,遥想当年萧顺之为了成全阿娘与阿耶相会,竟不惜牺牲自己的名节。如此清正仗义的君子,自己竟然还能与他的后人相识相遇,又成为兄妹,这不是上天给的厚缘是什么?她是个知恩图报的人,虽然心里对阿耶元宏始终有些解不开的心结,但对于萧衍,却只有发自肺腑的感激与亲近,当下回道:"阿兄怎么这样说?我们是兄妹,此情绝不会变。你看我与玉儿,也并不是血亲,难道我们就不是彼此最重要的亲人吗?"

萧衍当即笑了笑,略有释然,随后生出更深刻的憾意——他要的岂非兄妹之情?并不是,亦如当年自己的阿耶对长公主生出的爱慕一样,他也渴望能够换一个身份,与她长相厮守。可是现在还不是时候,他得忍耐。

第八章　魏王元飏

淮水河畔的章台画舫是个什么模样,珠姬并不知道。她掖着袖边将阿离放在自己膝上,与萧衍一起坐在舱内喝茶,回想起当年夤夜送玉奴进句章城,也是这样的夜色,水天苍茫。

见她不说话,入内奉茶的高兴便上赶着凑趣,对珠姬笑道:"女君可知道为何这建康城的贵人之家都会在后院建造一个水路码头?一是方便运送物品,二呢,也是为了方便家主出去偷个香什么的。您看这前面就是入河的甬道了,过了这一片,前边就有大片的画舫。那里什么样的美人都有,可是我们主君却从不光顾,还把皇上前些日子送的几个美人都分赠给沈将军和曾府尹了。"

他本意是想彰显一下萧衍的高洁,却让珠姬一下子想起了丁姬。她问萧衍:"丁姬姐姐在襄阳可好?我一直记着她,可是病中也顾不上。"

萧衍根本无心于丁姬,但见她提及便胡乱点了点头:"她很好,我让她得空便绣些花样子给你。入冬了,你喜欢什么花?可以让她绣一整幅给你,裁了来做衣衫。"

珠姬随手掀开舱帘看了看外面,遥见无数橘红色的灯笼摇曳如沉醉的星子,蜿蜒漂流在广阔的淮水河面上。天的确是很冷了,案下摆着的银炭盆内传来细碎的声响。她想了想,回道:"我想要一幅墨梅,就绣在素色的蜀缎上。冬日里铺在书案,再插上一瓶盛开的红梅,很是雅致。"

萧衍想一想,虽然觉得素锻墨梅有些不祥,但还是应了。两人正说着话,忽然听见案下的炭盆内传来一声暴响。珠姬骇一跳,连忙抱起阿离,萧衍拖出了炭盆一看,原是这小东西把高兴刚才给它的那一碟子松子隔着银丝罩笼的小孔丢了好几颗下去。

这会松子在火盆里爆开了，焦香四溢。他叫高兴钳出来扔掉，珠姬却止住道："不要扔。"

说着，她将几颗用火钳取上来的松果都拿了过来，随手拈起一颗剥开递给萧衍，见他果真张嘴，便笑道："不好吃不许怪我。"

萧衍含住了那颗纤细洁白的松果，唇瓣在她的两指之间微微划过。他的心甜如蜜汁，将那松果含住舍不得咽下。珠姬自己吃了一颗，觉得果然美味，又喂给阿离，被它拒了。随后抬眸问他："阿兄，好吃吗？"

萧衍有些出神，直到她又问了一遍，方才迟迟点头，回道："好吃，好吃——"

刚说完，便听头顶炸开了一朵焰火。"啪"的一声，可比刚才炭火盆里的那一下子响亮得多。高兴与玄碧在外头守着，高兴便入内禀道："有人在画舫上放焰火，很是排场。"

萧衍这才想起，今日也是她十八岁的生辰。而珠姬伸手掀开舱帘，遥望那一片璀璨而绚丽的焰火，夜幕中铺陈出绝美的七彩流光。耳畔隐约听见观望的人在大声欢叫，笑语盈盈不绝于耳，她却叹了口气，摇头道："如此美景却只是刹那芳华，若人生便如这焰火一般，为了这一刻的艳光四射便要燃尽一生的心血。那还不如淡泊宁静，孤芳自赏。"

萧衍以为她在为身世自伤，刚要劝，又听半空中再传来数声炸响，随后便次第不绝，舱外半边水色亦为焰火染透。等他带着珠姬走出船舱，抬头仰望时，半空里已经簇簇拥拥挤满了盛开的焰火。

那样瑰丽的璀璨，照亮了半个原本已经滑入梦乡中的建康城，百姓们纷纷推开窗棂惊叹。而后玄碧接到前方安排的人手传信，说是彭城王为女君准备的见面礼，当下就连萧衍和珠姬都愕然了。

原来堂堂北魏彭城王，竟然如斯风雅？

其实彭城王也是忽然兴起，他临行前想起今日便是自己那位侄女的十八岁生辰。当即命人准备礼单，又问宋琅："她素日喜欢什么东西？"

宋琅一想，如实道："公主喜欢读书画画，尤其喜欢一些孤本古书，又或者名家字画，陶渊明的诗集这些，她都让末将代为寻过。"

元勰点头，到了淮水河畔，第一次亲见这样的江南水光夜色，只觉说不出的迷离旖旎。刚下马，便听一个路人对自家孩子说："你乖一点，人家吴家给小娘子做生辰放了焰火，那是因为人家家财万贯。咱们家小门小户，哪里花得起这样的银钱？阿耶带你去那边转转好不好？"

元勰一看，见是一个年轻的父亲牵着自家哭哭啼啼的女儿，正在好言安慰着。他心中一动，招手让宋琅近前，问他："建康城里的贵家富户，会给女儿放焰火做生辰？"

宋琅点点头，回道："是有这么一个规矩，不过焰火忒贵，不是一般人家能燃得起……"

他的话没说完，元勰便大手一挥，让他去安排人采买焰火，并道："本王今晚要让整个建康城的百姓都为她庆祝生辰，要这火树银花为她燃成不夜天。"

堂堂北魏彭城王，他自然不用在意这点花费，但此事对于珠姬而言，却是生平第一次。得知这漫天焰火都是与自己有着血缘至亲的叔父为自己燃放的，她心下除了感动，也在无声无息之间生出那一层说不清道不明的……牵绊。

珠姬等人到时，彭城王早就在画舫上等着了。珠姬略有些紧张，怀中抱着的阿离发现了，冲她咕咕一笑。

珠姬抚了抚它颈间的皮毛，正与它对视时，画舫的内舱门开了，层层帘幕被人次第拢起，兰花的幽香在炭盆的暖熏中更见清雅。但见彭城王元勰穿了一身雪白的长衫，面容清隽，正负手站在窗前眺望着江南水乡的繁华夜色。听见脚步声，两人似心有灵犀一般转过了脸。

一个眼神的交错寂寂无声，却让元勰瞬间明白了兄长此生不渝的深情与坚守——原来世间真正的美人在骨不在皮，不需沾染胭脂玉粉的俗艳，却有着清透如琼脂的质地与从容。眼前的女郎皎洁如月，清丽如霜，眼神中有着温润的光华，笑容中全是温柔。

他的心中不由为之一撼，随后就见她盈盈朝自己拜下道："珠姬拜见叔父！请叔父安！"

元勰年长她一轮，算是十分年轻的叔父了。他忙将她扶起，又细细一番端详，随后摇头道："兄长生前未能见你一面，果然是他此生的遗憾。"

珠姬与元勰第一次谋面，却觉无比亲和。因为他年纪不大，其实不像叔父，更像是个阿兄一般。她心里有些哀伤，垂下眼眸开始拭泪，回道："我会择机去阿耶墓前拜祭他，请叔父不要难过。"

见她哭了，元勰有些慌乱，他再不好说这个，忙道："不难过，不难过——今夜是我们叔侄第一次相见，本是你十八岁的生辰，应该好好庆贺一番。可是叔父临行匆忙，也没带什么像样的见面礼。这几样你且收着玩，日后一定拣好的补上。"

珠姬收了泪，看侍女捧出来的锦盒，都是光彩流熠的珠玉宝物。她谢过元勰，又道："多谢叔父的美意，这还是我第一次过生辰……"

"为什么？以前……"元勰话已出口便知道自己不该起这个头，长公主刘伯媛为何从来不为女儿操办生辰？自然是不愿她在女儿十八岁之后将其送回北魏。他心下有些复杂，看珠姬的眼神愈发怜惜温情。珠姬随即要向他说出自己不回洛阳的缘由，却先道："侄女大胆揣测，叔父此来建康，是想与新帝商量好，但对外仍是秘而不发吧？"

元勰吃了一惊，随后放下手里的茶盏肃然点了点头，心里开始对这位看似柔弱的侄女有了些许防备之意。

珠姬又道："其实我知道，阿娘的心里一直只有阿耶。她在岛上苦等了十几年，在一个女子最好的青春年华里，她独自承受了生子、国破家亡或无处可依的苦楚。她将这一切都埋在心里，她从来没有对我说过阿耶半个字的不好。至于阿耶亲政后她为什么不愿归魏？一个曾经贵为金枝玉叶的长公主，如今除了阿耶对她的爱却已然一无所有。她不知道自己拿什么去跟阿耶的后妃们争宠夺爱，可就算她不争，也必然会被视作眼中钉肉中刺。叔父，真到那时，您以为阿耶是该为了阿娘和我罢黜六宫，还是再将我和我娘一道送回南朝？或者我们会死于宫廷永无止休的争斗，又或者我们连累了阿耶，让他半生的心血付之东流……而今日我之所以不去洛阳，心迹亦与我阿娘一样。我自知身份敏感，一旦回洛阳必会为新帝惹来不尽的流言与争端。既如此，还不如遥祝新帝万事皆安，祝叔父春秋永盛，一生顺遂！"

说完，她再执礼相拜，却被元勰稳稳扶住。

元勰眼中有泪光，他看着这个比自己小不了多少的侄女，心里失去了责怪珠姬的立场和理由，反而生出了更多的怜爱与自责。叹口气，点头道："你说的不错，你阿耶当年也是身不由己，若不然他何尝不想早点接你们母女回去？而今朝中新帝刚刚继位，正是派系争斗激烈之时。你能如此深明大义，叔父回去定会向新帝解释详情。左右你们都还小，日后一定会有机会相认的。"

珠姬点点头，心中遐想自己这个同父异母的弟弟元恪长得什么样？元勰似看透了她的心思，招手命近侍取来一个锦盒，先从中取出一卷明黄色的绸缎。珠姬一看便知应是阿耶留下的遗旨，当即重新施礼相迎。

元勰一字一顿地宣读了魏帝元宏留给珠姬的遗诏，并将其双手送到她掌中，道："拿着吧，孩子！你阿耶临终前最大的遗憾，便是未能亲眼见到你。而今你接下他的遗诏，也算对他的慰藉了。"

珠姬泪落如雨，她将遗诏上的内容反复端详了数遍，方才将其贴在自己胸口，哽咽道："阿耶！"

元勰亦目中有泪，他看珠姬哭得凄凉，便岔开了话题，将淑妃交给自己的玉佩仍还给她，又问："淑妃与你一起长大，我知道你们情义很深，但她如今已是皇妃，来日若大魏与南朝有冲突，她能不能一直为你保守这个秘密？"

言下之意,当然忧虑若南朝以她为人质,届时他居于中间,自然十分为难。

珠姬当即点头,笃定道:"请叔父放心,我与淑妃虽非血亲,但胜似血亲。她不会背叛我,永远不会。"

说完又唤玄碧去请萧衍近前,对元勰道:"叔父,这位是萧衍萧侍郎,他一直多方照拂我,我认他为义兄,他的阿耶便是萧顺之大人。"

元勰看了看萧衍,眼中神色有些复杂。两年前先帝御驾亲征南攻,他亦在军中,彼时北魏大军攻占了雍州的南阳、新野、南乡等郡,刘思忌被杀,房伯玉被迫出降。继而大败崔慧景、萧衍的南朝大军,于邓城斩首、俘获二万余人。

此一战名动天下,魏帝元宏被誉为战神皇帝。而彼时魏帝本有机会能够擒住萧衍,却让人有意留出了一个破绽,算是放了他一马。原来兄长不过是顾念着昔年与故人萧顺之的情义。

可没想到,萧顺之当年有成人之美,而今他的儿子亦成了珠姬的义兄。缘分如此奇妙,就连元勰都感到有些不可思议。他原本比萧衍还小几岁,此时反倒忽然成了他的长辈,亦被称作了叔父。

当下仰首大笑,举盏与之相击道:"今日算本王占你一个便宜,日后再攻雍州,本王一定先让你一回合,算是还礼。"

萧衍被他隐约提及上回的惨败,心中甚是不自在,现在却也只能虚应而笑。还好时辰已然不早,外头吴景晖等人已经抚琴为示,要彭城王尽快赶回驿馆。

眼见分别在即,珠姬忽然想到一事,她见阁中笔墨丹青周全,便道:"叔父,我身无长物,便呈上书信一封,托您呈给新帝。他看见书信,自会明了我的心迹,也算见字如面。"

元勰当即点头说好。不多时,珠姬写好了家书,他揣入怀中,又叮嘱道:"要好好的,我回去之后便会与你阿弟说,让他届时配了解药,我再派人送到建康。你若在南朝不好,只管来洛阳找叔父。记着,无论何时,叔父都将如你阿耶一般疼爱你,我们永远是斩不断的至亲。"

珠姬再要行礼,却被他托住。元勰朝萧衍望了望,眼神中含义颇深。随后他大步而去,在随从的簇拥下登岸上马。珠姬出来船头时,见他在灯笼的橘色火光中朝自己挥了挥手,随后纵马行去。

她抱着阿离痴痴立于风中,直到萧衍取来披风为她裹上,方才仰头看了看夜空中仍在燃放的焰火,含笑道:"叔父真年轻。"

萧衍心中一怔,想起自己方才也随她唤元勰做叔父,一时间也不知道该喜还是该愧。但见她眉目间都是笑意,便笑道:"彭城王本也就只比你大了十二岁,他的风流才名冠绝北魏皇室,乃当世不可多得的英雄人物。"

两人说着话,便从舢板回到了来时的船舱。

这一次北魏使臣的忽然到来,意外地让萧宝卷大大地扳回了一局。虽然南朝与北魏世代交战,但北魏长公主的身份对于一向重视门第出身的南朝贵族们而言,仍是了不得的高贵出身。所以这日他刚在紫宸大殿上打发走了彭城王,便被各路前来道喜和打听的宗室和重臣们包围了。得到确切消息的南朝贵族们个个眉开眼笑,露出了与有荣焉的无耻表情。此时不但全忘了之前他们曾是如何义正词严地抨击淑妃出身低微,不堪高位这样的言论,而且还一起大赞陛下眼光独到,英明神武,把个萧宝卷捧得那是一个头晕眼花。

等到应付完了这些人,他喜滋滋跑到淑妃宫里,刚要抱住她,冷不防就被推开了好远!

萧宝卷有些蒙,他也不知道自己到底做错了什么,但看淑妃一脸冰雪的怒容,还不敢强辩,只能委屈巴巴地站在远处,可怜兮兮地问:"这——这是怎么了?朕做错什么了?不是都依着你说什么便是什么嘛?"

淑妃冷冷一笑,指着他的鼻子诘问道:"我说什么便是什么?好,那我来问你,我曾一再叮嘱你,那棵赤绛树乃是我阿姊的同命树。当年她为助我们能成眷属,不惜牺牲自己的心头所爱向先帝送上了此宝树。后来先帝驾崩,我一再让你尽早归还,可你却一而再再而三的推辞。前些日子我阿姊病重,几次气息奄奄,我急得寝食难安,可你呢?你却让梅虫儿这个杀千刀的奴才把她的同命树浸在了寒潭水中!萧宝卷,我是否看错了你?此刻我真想拿你的心来看看,看看你到底有没有爱过我?"

　　淑妃此时惊怒伤心绝望至极,眼眶中坠落的不只是泪水,更是真正的血泪。

　　而萧宝卷可真正是蒙了,他细一想,好像的确是有这么一回事。但将宝树浸入寒潭水中,原是为了稀释上面的剧毒,否则一旦被世人发现,他当年弑父的罪行便要公之于天下。但他无法将真相告知她,因为他知道,以玉奴善良单纯的性格,她是无论如何也接受不了自己的弑父之罪!

　　于是没法子,萧宝卷只能打落牙齿吞落肚。咬咬牙,居然一掀衣袍,便就势扑倒在淑妃跟前,仰首软软哀求道:"玉儿,你听我说,此事不是你所想的那样。是,之前梅虫儿那奴才是跟我说,因为宝树上沾染了先帝的病气,所以才要将其沉入寒潭之中反复冲洗……我这样做,不也是想着能够尽快将宝树原封不动的送还给阿姊嘛!至于同命树一说,并不是我不在乎你,不在意阿姊的生死。我发誓,我心里只有你,玉儿你要相信我,我不能没有你呀!"

　　他说到后来,也是悲从心起。就这么抱着淑妃的脚踝,像个无助的孩子一般哭成了一团。淑妃孕中奔波操劳,又兼忧虑紧张伤心过甚,此时从他口中听到承认了此事,竟不知道该如何才好。

　　她眼中泪如雨下,忽然眼前一黑,就这么软倒了下去!

　　翌日一早,宫中便有人来接珠姬。听说淑妃病倒,珠姬不免十分地担心。

　　她在宫车上听了吴景晖细细回禀昨日的经过,入殿前见萧宝卷孤身坐在檐下,身上衣着单薄神色沮丧,见到她来,便先迎上前哀戚道:"阿姊,求你进去为朕美言几句,朕发誓,朕真的不是有意的……那宝树，朕过些日子便归还给你，朕发誓！"

他语无伦次神色焦虑，眼下一片瘀青显然一夜未眠。珠姬无言，越过他进入寝殿。一见褚后与潘太后都在殿中，正坐在淑妃身侧轻声细语地说着话。见到她来，褚后先笑了："正说着，你来了我们便放心了。"

说完，她跟潘太后一起告辞走了。临走前还对着珠姬端详了一番，道："女君病后消瘦了些，但风姿不减。"

潘太后甚是自得地扬了扬眉梢，接道："那还用说？哀家的这两个侄女可都是绝顶的美人。"

褚后附和道："那当然！"

淑妃听着她二人的说笑声渐远，也撑着身子端坐了起来。对珠姬道："阿姊，我对不起你——"

珠姬已经知道她跟萧宝卷争执的由来，安慰她："我们姐妹之间为何要说这样的话？或许他真的是无心的，你如此不顾自己的身体和腹中孩子的安危，跟他翻脸，这才让我真的不安。玉儿，你马上就要做阿娘了，以后行事不能太任性，要三思而为，知道吗？"

淑妃含泪点头，沉默不语。也不知道是不是孕中多思的缘故，她这几日的心事格外地重。从前那个终日明媚欢笑无忧无虑的小女郎，一夜之间变得多愁善感起来。她将自己的脑袋倚靠在珠姬身上，抚摸着阿离的皮毛，对她央求道："不论如何，阿姊你答应过我的，绝不会与我分开。"

珠姬这才知道她是怕自己离开建康而去洛阳，便道："好，你放心吧，我哪里也不去，就在建康守着你，我还等着做姨母呢！"

淑妃这才露出了一些笑意，她手捧着肚子，有些不安地说道："也不知是男是女？我问了周姐姐几次，她都说瓜熟蒂落便知分晓。可是宫里的人说太医号脉能号出男女。阿姊，不如等会你帮我问一下她，她该不会是以为我盼着生个儿子来当太后吧？我可没有这样想。"

珠姬心中微感意外，以周灵璧的医术，她不可能断不出胎儿性别。莫非玉儿腹中的孩子有什么不妥？她点点头，应下淑妃的话，又跟她说起昨夜在淮水画舫中见到了自己的叔父元勰。

岂知淑妃居然对她很认真地说道:"阿姊,你叔父真是个美男子!是一位面如珠玉又风度翩翩的郎君。"

珠姬就势劝她与萧宝卷和好,并道:"兴许真的只是巧合,你这样不许他进殿,如今外头可冷了!风嗖嗖的,我看他穿得单薄,不如让他进来陪你说会话,也好暖和暖和。"

淑妃先是不松口,后来被珠姬描述的那副惨状打动了,默了一会,终究还是轻轻点了点头。珠姬当即便让吴景晖去请萧宝卷,自己则来到了隔壁的偏殿,想跟周灵璧说会话。

周灵璧昨夜在此守了一夜,珠姬入内时见两个小宫女正跪在榻前给她捶腿捏背。珠姬本想蹑手蹑脚上前调侃一下她这好享受。谁知走到跟前一看,周灵璧侧身卧于榻上,已经睡得很熟。

珠姬这才发现她近来消瘦了许多,当即取下屏风上挂着的披风给她盖在身上,本想悄悄出去,可一转身倒把周灵璧给惊醒了。

周灵璧一把拉住她的手,叫道:"好姐姐,你可算来了。"

珠姬让她再睡一会,她揉着眼睛摇了摇头:"不用了,我前世肯定是属猫的,一到夜里就精神,一到天亮就打瞌睡,都习惯了。"

珠姬有些过意不去,随后问起淑妃的胎相如何,周灵璧也没瞒着,摇头道:"孕中最怕惊怒伤心,淑妃本来体弱,年纪也小了些。这一胎怀相并不好,我一直用汤药调理养着。昨夜昏倒后见了红,还好很快止住了,孩子也还算好,但再不能有下一次,否则,便是华佗再世也难保她们母子平安。"

珠姬听到母子二字,便知淑妃此胎果然是个小郎君。她心里又喜又愁,又问皇帝是否知道了,周灵璧将手一摊:"他早追问过我无数次,后来瞒不住了,就告诉了他。他高兴至极,直说这就是未来大齐的太子了。哎,现在我是只能盼着师父能早点到,你说这么多的事情,怎么偏偏都赶到一块来了?"

珠姬点点头,心道萧宝卷果然有心想要立这个孩子为太子的话,那日后必然又会惹来许多的波折。可如今想这些也没用,且等孩子平安落地再做打算吧。她心事重重，跟周灵璧一起坐在榻上喝茶，忽然听见窗外传来沙沙细响，便叹道："今年的雪下得可真早。"

"是啊，听他们说建康往年总要到岁末才下几场雪的，今年这样早就天寒，也不知道师父他们什么时候才到？河道千万不要结冰才好……"

周灵璧说着，忽然想起一件事，她对珠姬低声道："陛下昨夜把梅虫儿打了一顿，发落他去给先帝守灵了。啧啧，看来还是想护着的。"

珠姬知道梅虫儿因为梅家受二江的牵连而深恨自己，且又因他的缘故害死了春娘，心中不免有恨，便道："他与今上从小混在一处长大的，自然情意不比一般的奴才。可他心术不正性情残暴，就算今上打发他去给先帝守灵，他也不会安分的。且等着吧，除非人不回宫，否则，春娘的死我是一定要讨回个公道来。"

周灵璧"嗯"一声，再看窗外的雪粒子越下越大，便阖上了窗棂。后来吴景晖走来，说今上要设宴款待珠姬，还请了褚后、潘太后等人一起热闹一下，又请周灵璧一块作陪，周灵璧依然没有回过神来。

珠姬一看她神色不对，便让吴景晖先回去复命，自己挽住周灵璧的手，却听她忽然道："听说高平郡冬日寒冷，日常都要凿开冰面才能打出井水来。我前几日给他调了一盒子冻疮膏，后来一想，他也不用劳作，定然用不上。如今正好，拿来送给淑妃宫里粗使的宫人，也算不枉费我一番功夫。"

珠姬起初还有些发蒙，心想什么人在高平郡？随后一想，旋即明白过来——郗泛此前一直告假在高平侍奉病母，那么，这冻疮膏是专为他所调了？

看来周灵璧心中对郗泛早已情根深种，相思不可解了。只是她自己不愿意挑明，珠姬也无可奈何。眼见外面雪粒子下完了，她从宫女手中接过一只暖炉，塞到周灵璧手中，劝道："既是为他所调，便收着吧！也算是个念想。郗泛与我阿兄乃是姻亲，你若有此心，不如我让阿兄来日修书给他，试探一下他的心迹？"

"不，不要，千万不要提及。"

周灵璧忽然牵袖拭泪，随后默了默，轻声对珠姬说："此事我只告诉了你，普天之下，再无第二个人晓得。"说完，她便恢复了往常的神色，依然谈笑风生，似乎刚才那一番入骨的相思渴慕，只是呓语罢了。

典春秋抵达建康那日，正是彭城王元勰返回洛阳时。他不走水路，仍从雍州返回洛阳。当然，洛阳也早就收到消息，就在他抵达的那日，北魏陈兵二十余万于雍州边境，恭迎他回朝。

珠姬在城外三十余里的安济坊相送，此处她曾小住过数月，对周边地形十分熟稔。知道有一处山丘可以俯瞰官道，又有梅林作为遮掩。她与元勰不便公然再见，但相送之仪必不可少。于是便事先让人做了布防，在梅林中摆了母亲的绿檀古琴，又取了一坛陈年美酒倒入内瓶中，在小炉上温着。

元勰的卫队经过此处山丘时，远远便听见悠扬琴声。她抚的是梅花三弄中的《梅花引》，梅为花之最清，琴为声之最清，而珠姬的琴音更是清雅婉转，元勰一听便知道是她特地为自己送行所奏。当即取来一管羌笛，与她琴音娓娓相和。

元勰行至梅林旁，恰有一阵风来，风中传来暖暖的酒香，梅林落花翩翩，都坠落到他的衣袍上。一曲终了，珠姬泼酒于雪地冷风之中，含泪凝眸目送。

元勰再三回首，也只叹了口气，就此抱憾返回洛阳。

典春秋一来，便被迎入宫中，萧宝卷起初还没认出来，心道这是哪里来的下臣这般不懂规矩，竟然连淑妃寝殿也敢乱闯？正要发问，周灵璧上前解释说这就是自己师父典春秋，这可把萧宝卷看呆了。

萧宝卷还记得上次在句章县府内见到他时，典春秋两眼大如铜铃身形矮小，就跟个蛤蟆精一样。这回却忽然变得高大了许多，而且肤白如脂双目澄亮，十足美男子一个。要不是周灵璧再三确认这就是典春秋，他真是不敢相信自己的眼睛。

幸好面容身形改了,声音却没有变,一如既往的乖张。典春秋隔着纱帐给淑妃探了脉,随后皱起眉头一言不发。萧宝卷心悬,人走到一边就跟着追问:"淑妃怎么样?龙胎可还好?"

典春秋看了看他,展平眉梢摇头:"陛下服食五石散,可知道会贻害龙胎?淑妃尚好,只是有些气血亏虚。但龙胎明显有些孱弱不足,将来恐怕——"

"恐怕怎样?你这装神弄鬼的,再不好好说话,朕这就先杀了你!"萧宝卷耍起了无赖,还是周灵璧上前来拦住他:"陛下,淑妃娘娘叫您。"

此时珠姬才刚入殿,她紧赶慢赶从城外冒着风雪入宫,见到典春秋也是吃了一惊。听完他的诊断,她与周灵璧对视一眼,随后周灵璧又请师父为她探脉,并将原委说了一遍。

"是千日红,这是北魏冯太后亲自秘制的一种奇毒,专用来控制后宫中的嫔妃命妇。此毒三年发作一次,若无解药便会如肺痨一般死去,看上去并无丝毫中毒的迹象。若有解药,则三年为一个周期,只要解药不断,便不会影响寿命。"

周灵璧叹口气,叹自己学艺不精。她目视珠姬颈间,抠出那颗鲛珠,颇为不解地追问:"既是毒,为何鲛珠却没有丝毫反应?"

典春秋一声嗤笑,道:"千日红既是人间奇毒,又可以说并不是毒。你不懂其中的精妙,因为它必须以至亲的鲜血作为药引,亦是以此来作为解药。所以受者都是北魏后宫中育有皇子公主的后妃,解药也得从她们的孩子身上割取鲜血才能炼成。如此一来便是天衣无缝,不但最高明的御医无法察觉,就连号称能御百毒的鲛珠也丝毫不起作用。"

珠姬此时已经想明白了他说的药理,点头道:"也就是说,冯太后当年是从我阿耶身上取了血炼制毒药,然后再将其投至我阿娘身上。我阿娘怀着我,这才让我也中了此毒。"

典春秋点点头,道:"不错。"

珠姬叹口气,回说知道了,便再不发一言。典春秋有些惊讶地看了她一眼，尚且不明白她为何忽然间就变了脸色。周灵璧更敏锐一些，她很快便把师父推去另外的殿中拟安胎方子，并握住珠姬的手道："姐姐，兴许事情不是你所想的那样。你阿耶他怎么会有心想要在你母亲身上下此毒药呢？他们当时正热恋情深，他没有理由这样做呀！"

珠姬的手脚发凉，心亦忍不住开始颤抖。她附和周灵璧所言，喃喃道："是啊，应该不会的——可是灵儿你想过吗？我阿娘当时身为长公主，她身边的侍女侍卫都对她极为忠心。冯太后即使再有权势，可终究鞭长莫及。若不是在毫无防备的情况下，她又怎么会身中此毒呢？这不是很蹊跷的事情吗？"

周灵璧当即语塞，一种油然而生的悲凉与寒意也涌上心头。是啊，彼时魏帝元宏被召回魏都，他既深爱长公主，更唯恐自己将来会失去她，所以暗施此毒，以此来做永生永世的牵绊——兴许彼时他尚且不知道长公主腹中怀了自己的骨肉，所以此毒遗祸到珠姬身上，她又何其无辜？

想到此处，她不再劝珠姬，只是叹口气，仰望着窗外苍茫的雪色，道："姐姐，你不要为此心凉。人若遇到心仪的爱人时，兴许会一念痴狂，为了留住他在自己身边，再卑微、再疯狂的举动，也能做得出来。"

珠姬默了默，抬眸问她："会吗？爱一个人便会如此不择手段，便要不计代价地想要将她囚禁在自己身边？真要是这样的话，那世间的情爱便是牢笼，何其可怖？"

两人正说着话，忽听一旁传来萧宝卷的嚎叫声。另有杯盏落地，一阵嘈杂。珠姬吓了一跳，连忙抚弄着手里的阿离便要赶过去，周灵璧且拉住她往那边一扬脸，漫不经心道："别慌，没事的。必定是淑妃正在发脾气。等淑妃打完了，咱们再过去圆个场，不然这会过去撞见了多尴尬？"

话是如此说，珠姬还是担心地往那边去。珠姬细一看淑妃并无什么不妥，只是两手叉腰略有不雅，便让她放下慢慢说。再一看余下的宫人女使，就连吴景晖都对此视若无睹，便知道真是家常便饭了。当即心中一叹，心道，还真是一物降一物。

典春秋一来，周灵璧总算可以松口气。她之前累了许多的沐休，此时自然可以肆意拉着珠姬出去走走。可惜天公不作美，这一场初雪下了足足有五六日，等到放晴时已入了腊月。礼部的人之前奉旨为珠姬修建佛寺，如今修好了，连着上了数道折子，请皇帝太后后妃等与珠姬一道前往寺中上头炷香。

萧宝卷当然不会想去，他如今守着淑妃，一看典春秋过来请脉就如临大敌一般。淑妃也不能去，她怀胎六月，肚子大得跟一面锣鼓，别说出来外头寺庙上香，就是日常起居行走坐卧都需要人搀扶。珠姬看她怀得辛苦，也安慰说头胎难过，等下回再生就有经验了。淑妃急得不行，捧着肚子就要放声大哭，且道："还生？我再也不要怀孩子了，呜呜……这都是被他害的，萧宝卷你这个……！"

腊月初一这天，风雪乍停，五更时分就见东边露出了些许红霞。潘太后和褚后还有几位太妃都事先约好了，要与珠姬一道去慧光寺上香。这一行人多，带的侍从也不少，光是坐人的宫车便浩浩荡荡用了不少。

众人都很少出宫，此时难得遇上这么好的机会，又听说慧光寺内种有许多珍稀绿梅，此时正是花期，便叽叽喳喳议论着一会上了香拜完菩萨，还能在寺中用一顿斋膳。珠姬作为东主，早前便到了寺中，她与主持方丈和两位掌院查看四处，见大殿中刚塑的如来金身熠熠华光，宝相庄严令人不敢直视，遂先在蒲团上求了个愿：祈求神佛庇佑，让淑妃这一胎母子平安。

这么热闹的场合，哪里少的了周灵璧？她赶在后宫诸位之前来到寺中，见珠姬跪坐在佛前许愿，等她行完礼便拉她起来："我跟你说，你阿兄的兄长萧懿要进京领赏受封了。"

珠姬有些惊讶，问她："什么时候得到的消息？"

"就刚才，早朝时陛下才下的旨意，不过有些蹊跷的是，陛下还特地召了萧懿的家属也一并前来。"

珠姬若有所思地点点头,这本是好事,但不知为何,放在萧宝卷身上就显得有些古怪。因为他登基之后便一直屠杀宗室功臣,此时忽然论功厚赏,不免让人有些惊疑。但在菩萨跟前还是先告了个罪,祈道:"求菩萨开恩,赐天下泰和安定。"

先帝葬于兴平陵,距宫中百余里。陵周乃有五百户良民在此耕种,梅虫儿被发落来此之后便一直躺在自己的寝阁里养伤,他出宫时挨了五十杖责,虽然打板子的大力宦官只用了不到两成力度,但仍旧是打得皮开肉绽。

在屋子里将养了七八天,尚且不能下地走路,躺久了又周身酸麻四肢僵冷,于是便让身边的徒弟扶着他沿着榻缓缓踱步。他一面走一面疼得龇牙咧嘴,又不时看着几上摆的沙漏,等到窗外天光渐盛,后院传来了烟火气,方才问道:"巳时到了?"

"是,师父,正好巳时整。"

他点点头,眼中泛出阴冷的精光,咬牙道:"妥儿那边,可是应承得利落?你再派人跟着她,这丫头蠢笨胆小,万一此事不成,便不要留着了。"

他如此阴狠毒辣,就连身边的几个徒弟也不免胆寒。但他们都深知梅虫儿的行事手段,历来便是如此。只是此番他要对付的人是淑妃的阿姊,万一事败恐会牵连自己,这才格外担着一份心。

慧光寺中,珠姬陪着潘太后褚后等人在寺中游了一遍,又择选吉时拜过菩萨,各人都捐了不菲的香油钱,尤其是潘太后,带头在寺中供奉了一年的莲灯。众人见她如此大方,都以为这里头有什么内情。

哪知潘太后居然笑道:"能有什么内情?你们想啊,这才建的新寺,菩萨肯定会常来看看。咱们这头一茬捐功德的人,菩萨岂会不记在心里?所以这功德必须往大了捐,这叫事半功倍呀!"

众人一听恍然,随后笑作一团纷纷慷慨解囊。少顷便是巳时,住持请了珠姬与一众贵客们同登大雄宝殿的左右钟楼,在楼上朝前来进香的信众们抛洒用金箔剪出来的莲花,预示吉祥。

而慧光寺作为皇家修建的寺庙,一应仪式排面上又要更讲究大气一些。除了金莲之外还要再派一些小小的银锭子和金锞子,这两样都是寺中早就准备好的。跟金莲花一起放在一个木箱内,派洒时只要伸手进去,就能抓取出来随意朝半空中一挥,周灵璧还笑珠姬:"今儿个可是你挥金如土的好日子,我等会就伸长脖子在底下等着,看您能不能从手指缝里赏我两盒胭脂钱。"

潘太后和太妃们身份贵重,又自持辈分,自然不愿登楼去凑这样的热闹。于是褚后作为中宫,跟珠姬的交情也算不错,两人一左一右,各带了两名侍女罩着面障,等吉时一到,寺前大门洞开,前来上香的百姓们鱼贯而入时便开始抛撒花雨和金银。

百姓们一听这钟楼上站着的便有当朝皇后和昔日曾治疫有功的淑妃阿姊,更是兴高采烈。不一会就把大雄宝殿前面的台阶和殿前的地方都挤得水泄不通,累得周灵璧不但没抢到金子,反倒被人重重地踩了几脚,痛得她哇哇大叫。

周灵璧吃痛之下,便蹲下身去揉脚。可是人挨人,实在是转身都费力。而且她这边刚揉到被踩痛的那只脚背,另外一只脚上穿着的鞋子又被人踩住了后跟。她气得不行,刚想回过头去骂人,却见满地金箔有一汩油渍正在缓缓流下。

她吃了一惊,以为大殿中佛前供奉的油灯被人推倒,可踮起脚跟一看,却又不是。殿中有十几名侍卫守在金佛之前,里面虽也人多,但秩序尚好。

周灵璧开始觉得有些不对,她用手拈了一些油渍,放在鼻下嗅了嗅——是灯油!沙桐的气息醇厚,略带些刺鼻。她站起身要去找那个故意洒油的人,但四下望了望,都没有可疑的对象。周灵璧跳出人群,找到了一个莫园的侍卫,对他耳语几句。

那侍卫点头应下,随即将消息传递到各处,自然玄碧也知晓了此事。对于楼下的这些变故,珠姬与褚后自然全无所知。她们在钟楼上洒完金莲，便下来入殿住持开坛仪式。谒者一声高呼："皇后娘娘、珠姬女君入殿住持开坛大典！肃静！"

先前那一片鼎沸的人声便骤然安静下来，珠姬撩开面障，刚从后殿穿过金佛两旁的神坛，便听殿中有人泣道："女君！珠姬女君！求您发发慈悲，让我给我阿娘在佛祖前上一炷头香吧！我阿娘冯昭，从前也服侍了长公主十几年啊！"

珠姬闻言皱了皱眉头，她立时便听明白了，这是冯昭的女儿梅妥儿。可她怎么会选在这样的日子找到了慧光寺？她看了看玄碧，玄碧的手隐隐握住了腰间的碧血练，被她摇头道："不可。"

玄碧便凑到她耳畔低语了几句，珠姬微微吃惊，随后道："她既然来了，我总要面对，不然还让人以为是我们理亏。"

对这个梅妥儿，珠姬心中并无一分好感。因为冯昭的缘故，春娘才会惨死，这一层悲痛挥之不去，她无论如何也做不到以德报怨。此时迎上前，见梅妥儿生得十分孱弱，明明已经十三四岁的小女郎，身量却远比同龄人矮小，而且面黄肌瘦，跪在那里一面洒泪一面颤抖，果然引得众人都生出了几分同情之意。

珠姬心中一叹，隔着面障对她展平声音问道："你便是冯昭的女儿妥儿？"

妥儿朝她磕了三个头，应道："正是。"

珠姬照着玄碧的话一面盘问一面打量，见她答话时一只手始终紧紧攥着，显然，玄机便藏在那里。而玄碧等人则在殿中的人群里寻找着梅妥儿的同党，可惜暗中搜寻一番，却并没有什么收获。

眼见吉时已到，钟楼上的大钟开始鸣撞，珠姬冒了一回险，朝那梅妥儿招手道："你既然一片孝心，我便成全你。过来吧。"

她说完，先让玄碧带着褚后回避到殿后。褚后一听那瘦小的女郎竟然可能是刺客，当即惊得面无人色，一手掩唇道："天呐！那你们赶紧去保护女君，可千万不要——"

她的话音未落，只听前面已是轰的一声巨响。原来是方才三位大力僧捧来三支巨大的檀香，珠姬接过侍女递来的明火烛，点燃了其中的一支。众人都将戒备放在了那梅妥儿的身上，却不想这檀香身高过三尺，内里却大有文章。那一支被点燃之后随即爆开来，火花四溅中点燃了珠姬身侧那个侍女身上的衣裳和头发，只听她大声呼痛，接着便要慌不择路地冲向后殿。

而珠姬幸而是戴了这方西域进贡的冰丝雪缎所做的面罩，方才堪堪躲过一劫。不过面罩只是薄薄数层，倘若再有爆炸必然会受波及。她掀开一侧往外看了看，正好见梅妥儿在混乱的人群中站起身来，将手中紧握的东西朝自己泼面洒下！

"小心！"

萧衍在人群中逆流而上，他将珠姬紧紧地护在自己怀中，随后以手一挡——珠姬闻见一股浓重的酸灼之气，再一看，萧衍身上所穿的玄色官袍骤然冒出阵阵青烟，接着露出里头红肿的皮肉，而最可怕的是那东西还能附着在皮肉上，很快就烧得血肉模糊！

"阿兄！你怎么样？这——"

萧衍一手紧紧地拢着她，那只已经负伤的手还要勉力替她挡住。大殿中早就乱成了一团，那只爆开的檀香残骸飞溅一地，就连菩萨座前用来摆放功德箱和贡物鲜花的长案都着起了火。

玄碧此时刚好制住了梅妥儿，她本想将其就地解决，后来想起珠姬所言，不能在佛前见血，便将其双手反绑押在手中，走到珠姬跟前请罪道："女君恕罪！奴一时失察……"

"玄碧！你快松开她！"珠姬声音发颤，指着骤然变成一团火球的梅妥儿惊得面无人色。玄碧右侧衣衫被点燃，松开手时便见那一团火球直直地撞向珠姬所在的位置，她嘴里不断地厉声呼喊着阿娘，却拼尽了最后一丝力气，也要跟珠姬同归于尽。

萧衍此来慧光寺并未佩剑，他一手负伤，此时已无力阻拦梅妥儿撞来，唯有拉着珠姬向后退去。可旁边地上便卧着另一只没有点燃的檀香，此时火光微亮。他不敢冒险，正好身后有人慌不择路地从他跟前逃窜，萧衍一伸手，便将那人挡在了珠姬跟前，对她道："闭上眼睛！不要看！"

珠姬早已被吓蒙了，慌乱中萧衍的话带着千钧之力，她唯有听从。等萧衍带着她转移到了安全的偏殿，定下神来再一问，梅妥儿已经烧成了一团灰烬，连同那个被萧衍随手抓来替自己挡了大劫的人一块，都在金佛的慈目注视中，化作一缕冤魂。

萧衍受伤不轻，周灵璧替他包扎完回来先跟珠姬说了一句："多亏他，要不然后果我真不敢想。这个人以前我十分讨厌，但往后不会了。我敬重他，他做到了我想做但没做到的事情。"

珠姬整个人都笼罩在一种悲凉的愧悔自责当中，她当然知道萧衍的所作所为都是为了保全自己。可一想到今日所发生的一切不幸，都是由自己引发的，她便无法从这一层自责当中挣脱出来。

而她更清晰记得，在生死一刻间，萧衍的决绝与漠然。他没有丝毫犹豫地将那人挡在了自己身前，珠姬从未见过这样的萧衍。

她看着周灵璧，想起她曾对自己说过的，身处高位的男人从来就没有双手干净的。就像萧宝卷当了皇帝也开始大肆杀戮，而自己在芷兰岛第一次看见他，他只是个内心寂寞需要人陪伴的孩子。

因为受惊过度，珠姬回宫之后便病倒了。也幸而因为她病了，所以不用面对接下来许多的烦恼。慧光寺闹出这么大动静，今上自然知晓。梅妥儿是罪人之女，她死不足惜，麻烦的是那个被萧衍随手抓来做了替死鬼的人——也就那么巧，他便是皇帝近前宠臣茹法珍的阿兄。茹法珍跟梅虫儿不一样，他入宫净身时就将身世报的一清二楚，他与阿兄两人自幼父母双失，符合甄选入宫的条件。而他愿入宫为奴，便是想用卖身的银子替阿兄换个娶妻生子的希望。

而今他骤然失却至亲，自然不肯善罢甘休。这一纸诉状将萧衍告到了萧宝卷跟前，萧宝卷一看又跟珠姬有关，当即大呼头疼。

但他也不能将萧衍怎么样，因为淑妃知道后便挺着个大肚子将他一顿臭骂，指梅妥儿忽然现身必定是受人指使。这主使的人是谁？当然最有嫌疑的便是正在兴平陵的梅虫儿。而梅虫儿与茹法珍都是他跟前的近臣，两人历来走得近，谁知道是不是他们两个合计着要来谋害自家阿姊？

第九章　祸起萧墙

萧宝卷当着淑妃的面只有唯唯诺诺，无人时便追问茹法珍可有跟梅虫儿密谋过？恨得茹法珍一口血憋在心里老半天，最后眼看是不能指望今上替自己阿兄报仇了，这才含恨带着怨毒，禽夜快马去了兴平陵。

兴平陵中，梅虫儿也在等着茹法珍的到来。当然他面上装着一无所知的样子，被茹法珍一脚踹开门板之后还假惺惺地揉了揉眼睛，问："你怎么想起来看我了？"

茹法珍上前一把卡住他的脖子，恶狠狠地逼问道："说！我阿兄去慧光寺是不是你的算计？你明知道我只有这么一个亲人了，你还——"

梅虫儿对此梗着脖子硬到底，他指天发誓说自己一无所知，并反问道："你阿兄又不是我手里的牵线木偶，那日慧光寺开坛，京城里去了那么多的百姓，难道都是我谋算的？你可别不讲道理！"

茹法珍满腔仇恨悲愤无处发泄，最终无力地瘫软在地。他饮泣半响，最后仰天长叹道："难道老天爷就这么不开眼，连我最后一点为人的希望都要剥夺吗？"

梅虫儿跟他厮打时也牵动了伤口，此时瘫在另一边接言道："又不止你一个家破人亡，难道我就能比你好半分？我早跟你说过，咱们这样没根的人活着就是造孽，要想不被人捏死，便要先发制人！"

茹法珍哭了一会，想一想，脑子里渐渐清明起来。他看向梅虫儿，问他："你可有什么主意，能替我阿兄报仇？"

梅虫儿趁机挪到他跟前，两人一番密语，随后茹法珍这才下定了决心，咬牙道："好！就依你所言！此仇不报，我誓不为人！"

送走了茹法珍，梅虫儿挪腾着从冰冷的地上爬上了炕。他心里想着一步步的报复计划，最后想到珠姬和淑妃这两朵娇花都跪倒在地苦求自己饶命，一张精瘦的脸上露出了狡诈的笑容，眼中泛出了幽幽的绿光。

萧宝卷最后安抚了茹法珍，追赐他阿兄为成平县侯，又另外罚萧衍两千两丧葬银子，将那一撮骨灰厚葬入了棺，此事便算揭过了。

但对刚刚获胜回京的萧懿而言，这样的赏罚却是分明给了他一记耳光。且不说他如今正是春风得意的时候，就以出身而论，他兰陵萧氏本与今上同出一族，而茹法珍作为皇家的奴仆，其兄与家人都是贱籍。

如此天渊之隔，加之当时也是事出有因，所以他入京听说此事，当即便气得要与今上对峙。后来虽被萧衍劝住，但这口气一直攒在心里，随后一场宫宴时，便借机找了个事由，将杯中的酒水全洒在了茹法珍身上，并斥责他言行无状，对自己多有不敬。

如此一来，两人自然势成水火。茹法珍心里发恨，更加紧与梅虫儿暗中的勾连。

在茹法珍的游说下，萧宝卷似也生出了动摇之意，想将梅虫儿暗中召回来，只是不摆在身边侍候，想来这样便不会被淑妃察觉。

珠姬病好之后，便让慧光寺的住持和几位高僧给梅妥儿和那位无辜枉死的人做了一场盛大的法事。为免她忧虑，淑妃便让周灵璧等人对茹法珍一事隐瞒了下来，所以她并不知道又生出来的许多波折。

时间一晃便到了岁末，淑妃怀胎马上就要满七月，而宫中也迎来了新年节庆。腊八节前又下了一场大雪，这一次可是厚实得很，宫殿树木掩成一色，仿佛被那无形的白色吞噬了。

日子静得波澜不惊，但在这一坛平澜之中，又分明在酝酿着什么巨大的惊涛骇浪。淑妃听说皇帝私底下召回了梅虫儿,当即便要冲过去与他算账,只是被周灵璧和褚后拦了。

褚后劝她:"好妹妹,你如今即将临盆,此时不宜动怒伤肝,好生保养自己和孩子才是上策。再则了,陛下始终是天子,他既然只是私底下召回,说明他还顾念着你们的情分。你这般明目张胆地跑过去质问,岂不是摆明了让他知道,咱们一直盯着他的一举一动?"

说完,褚后又将自己前些日子在甘露寺求来的一张签文递给淑妃,上面写道:靡不有初,鲜克有终。

淑妃不太懂诗文,她看着这两行端正的小楷,露出了迷茫的神色。

丁姬将那幅墨梅图交到郗徽跟前时,正是腊八的夜间。

郗徽面色不虞,沉沉地坐在屏风前的榻上。见丁姬双手颤抖地把绣品跪呈上来,她啪的一下就手挡开,洁白的蜀缎落在青砖地上,墨梅次第绽开,宛若一幅刚刚绘成的水墨画。侍女连忙捡起来,低声劝道:"夫人,主君昨日来信还在催这个……"

郗徽恨得心都要滴下血来,她凝了凝那幅浅淡疏落有致的墨梅图,默了又默,才咬牙道:"把东西收起来,明日一早便送往京城。"

她心里拱着一把火,烧得心肺都焦成一片黑炭。到了就寝时仍不得排解,半夜里听见风吹得门闩作响。她忽然惊坐起身,问守夜的侍女:"快去看看,可是主君回来了?"

侍女睡得迷迷蒙蒙,揉着眼睛跑到门外一看,哪里有主君的身影?不过是朔风吹落了檐下挂着的冰凌子,碎冰都落到了暗渠内。

风太大,半空里挂着的那一轮上弦月也显得分外清冷。

临近年关的半个月,宫内处处都是灯火通明,树上缠着大红宫绸,枝蔓间挂着祈福锦缎,宫墙内外都漂浮着令人眩晕的喜庆气息。为求喜庆之意，宫妃们大都是穿了织金红色裘皮，就连手里抱着的暖炉都套上了大红的锦囊。

这日暮晚时萧宝卷来了，吴景晖出来见到珠姬正在大殿中逗弄两只小香狸，便低声道了一句："陛下和淑妃娘娘都在里头睡着了，这晚膳……"

珠姬这才抬头看了看外头乌澄澄的天说，罢了。想起阿兄说明天要赶回襄阳，不知为何心里有些隐隐的不安。她抱着阿嫣、阿离一起走到檐下，见院子里早已堆好的那两个雪人被风吹着，有一个掉了一只鼻子。恰好院中的一棵蜡梅的花歪斜坠落下来，细碎的雪水溅落到她脸颊上，那寒凉之意迅速地蔓延散开，她不由冷战一下。

次日一早，萧衍便来宫中辞行。本来今晚小年夜，宫中设宴，他亦在受邀之列。可他自称长女忽然染病，加上久未回去探望妻女，这般理由就连萧宝卷也无法反驳，只得笑了笑，有些遗憾地摇头："那今晚朕可省下几坛好酒了，也罢，等你开春回京再喝个痛快。"

珠姬坐在淑妃身侧，闻言便问是什么好酒，萧宝卷仰头哈哈一笑，回道："烈酒，不宜进献给阿姊这样的淑女。阿姊若有酒兴，晚上朕让人开几壶宫酿陈年花雕，你与太后和皇后一起热闹热闹，只是不能给淑妃了。"

淑妃当即又不高兴，撅起一张小嘴撒娇："哪有这样的？大过年的大家都高高兴兴，就我一人这不许，那不让。"

萧宝卷哄她："这不是为了你和孩子吗？且忍一忍，等生下来，你想吃什么我也给你弄来……"

他们二人你侬我侬，旁人不免尴尬。珠姬起身来说送萧衍出去，玄碧连忙取来那件簇新的紫貂披风给她拢着。萧衍看这紫貂通体色泽柔美，华贵无匹，竟看不出一丝拼缝的痕迹，便问道："是北魏送来的？"

珠姬点点头，道："我本不想留下，可玉儿劝我，都是彭城王的一片心意。想来他为张罗这些也费了心思，我不能不领他的情。"

顿一顿，看向萧衍又道："前些天我让人给阿嫂和几位侄女也送了一些东西，都是精心挑出来的，不知道合不合她们的心意。"

萧衍胡乱点着头，道："你有心了，不过大可不必，襄阳城里，怕是没几个人能懂得一裘万金。"

又问珠姬："宫里的娘娘们冬日都喝酒吗？我才刚看你问起，倒想起西庭的地窖里还藏着几壶上好的百末旨。那酒是采百草花末杂于酒中，据说极为滋养女子容颜，也甘甜清淡。"

珠姬笑着摇头，回说："我喝得少，不过说来奇怪，宫里的娘娘们的确都是爱酒成狂。"

她说着，看了看左右，见无人才敢道："有一回我去皇后宫中，见她正捧着手里的书卷一面哈哈大笑，直呼快给本宫温一壶好酒来。当时可把我吓到了，以为皇后被什么魔住了心魂。后来才知道中宫的日子离不得酒，就连潘太后宫里也挖了一个酒窖，她的那些好酒多是从宫外买来的，也有一些是自己动手酿的。一说起酿酒之道，她们可有经验了，不比那些酒坊的师傅弱。"

萧衍难得见她讲这样的小道消息，当即凑趣追问："那老王母那里呢？你可有探听过，她老人家搜罗了什么好酒？下次我去了，也好讨点便宜。"

珠姬瞪他一眼，撇撇嘴："阿兄！"

萧衍旋即哈哈大笑，笑完了才道："我一会让人把百末旨送过来，你也给她们分一些。"

说话间两人已经行出了檐下，外面飘着细碎的雪花，玄碧跟在后头给珠姬撑着伞，萧衍看了她一眼，从她手里接过伞柄。

玄碧慢慢地落在了后头，被高兴追上来，两人并肩跟着。高兴这厮一向闲不住嘴，这会忽然又道："哎呀，咱们主君和女君走在一块，还真是登对呀！"

玄碧伸出右边手肘在他肋下狠狠捣了一肘子，斥责他："浑说什么？"

高兴吃痛，踉跄着揉揉自己被捣疼的几根肋骨，尤不肯示弱，嘴里嘀咕着我哪有浑说。过了一会，他忽然又道："你看你看！主君和女君这一路同行,这是要行到白首了呀!"

玄碧狠狠瞪他一眼,定睛看去,只见前面的两人就这么一路慢慢走着,紫色貂袍与玄色大裘拖曳于雪地上,细碎的雪花渐渐沾上落于腰间的发梢,余下一层浅浅的莹白。

一眼望去,便真如转瞬至白头。

萧衍到底没有告诉珠姬,自己此番并不是回雍州团聚,而是要去益州密会张弘策、吕僧珍等人。他叮嘱玄碧一定要保护好珠姬,并道:"若宫中有变,你可飞书到益州。另外,再拨一些人手去西庭,阿嫂和几个小郎君身边,也得看紧些。"

萧懿入京之后便暂住在西庭,这是从前竟陵王留下的宅子,十分广阔。玄碧领命应下,见萧衍纵马行远了方才折返回宫。没想到就在漱玉宫殿前遇见两眉紧锁的吴景晖。她迎上来问玄碧:"主君已回襄阳了吗?"

玄碧知道她的心思和过去,向来不怎么搭理她。况且此事乃是机密,更不可能向其透露半分。随后听见吴景晖在身后幽幽叹口气,似是十分担忧道:"听说陛下要重新起复梅虫儿回宫侍奉,皇后还劝着淑妃娘娘不要去跟他闹。主君此时回襄阳,我真是万分心悬。"

玄碧顿一顿,将她的话听进去了,不过并没有回言。

宫宴历来沉闷,好在潘太后和褚后都不是喜欢做官样文章的人。大家凑在一起说些场面上的吉祥话,又轮桌敬酒。一轮走下来,珠姬觉得有些气闷头晕,又想起萧衍派人送来的百末旨还放在寝殿内没有带出来,便趁机说去更衣,退了出来。

她带了几分醉意回来,推门见寝殿内一室宁寂。重重雪色宫纱帷帐后,四束五彩丝绦对开,一盏吉灯悬挂在房梁之上,橘红色光芒透出纸皮,幽幽暖光向外发散晕开,整个寝阁都笼罩在朦胧光晕中。

穿过屏风,襄阳送来的那副墨梅图正铺陈在宽大的书案上。玄碧端来醒酒汤,她只喝了一口,又让人把百末旨送上来。打开封好的窖口，满室都是美酒的浓香。珠姬倒了一盏，捧在手里自斟自饮，听着外头传来的焰火声，遥想起叔父彭城王为自己燃放过一整夜的繁华。许是逢上佳节格外思念亲人，她又取出那封一直掖在自己袖内的密信展开来看。

信是彭城王所书，附了十二页绘画的书签。那书签是魏帝元恪亲手所绘，他描下一年四季的花卉，遥祝自己的长姐平安顺遂。珠姬想起母亲和春娘，眼泪更是止不住地落下来。如此一面喝酒，一面看画，也不知道过了多久，她站起身来想要给彭城王回信，刚从笔架上取下一支紫毫尚未来得及研墨，就见玄碧匆匆奔入道："女君！不好了，陛下在宫宴上毒杀了萧尚书，这会正命人赶去苍梧苑！"

珠姬心中大惊，手中紫毫落于案上，打翻了一旁的酒盏。陈年百末旨溅洒于墨梅图上，点点嫣红，便似滴血盛放的蜡梅一般，染透了半面绣图。

来不及慌乱，珠姬深吸一口气，问道："淑妃呢？"

"淑妃娘娘还在苍梧苑，尚书夫人之前还跟娘娘一道赏梅花来着。"

听得淑妃尚在萧懿家眷跟前，珠姬舒了一口气。她收好信笺掖回袖内，再回苍梧苑，果然见席间的气氛已经有些冷凝。歌姬们还在舞乐不休，在座之人却无心观赏。

珠姬与淑妃两人对视一眼，珠姬握了握妹妹有些冰凉的手指，替她拢紧身上的披风，道："回吧，没事的！"

潘太后深看了一眼萧懿妻女三人，心中长叹一口气，再与褚后望了望，婆媳二人尽皆无言地默默坐了一会，最后由潘太后起身道："时候不早了，都散了吧。"

歌舞暂停的宫廷雪夜萧瑟而冷清，珠姬扶着淑妃，身后带着一群女使宫娥迤逦而出。至门口，正好见梅虫儿领着数十个御林军护卫进来。双方迎面相遇，珠姬只做不见，淑妃挥手一巴掌掴到梅虫儿脸上，怒道："你要干什么？"

梅虫儿跪下，也不敢捂脸，只不住磕头："奴不敢！奴只是奉命请萧夫人和两位女君过去问话，绝不敢冲撞淑妃娘娘……"

珠姬再次握了握妹妹的手，示意她不必多言，当然，人是不可能让他带走的。一行人回到漱玉宫，淑妃到底气不过，甩袖拂落了侍女送上来的茶水，哭道："他这是要做什么？大年节下的，抓人都抓到我眼皮子底下来了！"

珠姬让人收拾了茶盏碎片下去，又见萧懿妻女缩瑟在一旁，便让玄碧先安排她们到偏殿休息，并安抚道："夫人请放心，我们定会竭力护你们周全。"

萧懿的夫人出身陈郡袁氏，与袁昂乃是一族同宗的近亲。为人十分通情达理，此时虽然伤心绝望，却也没有完全失去分寸，她携着两个女儿向淑妃和珠姬谢了恩，这才随玄碧去了。

珠姬让淑妃不要只管哭，淑妃也止不住眼泪，抽泣道："我不哭还能怎么样？他现下答应我的事情一件也不做数，而今想来，当初我也不知道是为何鬼迷了心窍……"

珠姬默了默，如今再说当初，已是迟了。

少顷，珠姬唤玄碧进来，吩咐道："传信给阿兄，让他万万不要回京。此去襄阳之后，若无要事，明年也不必再回了。"

年关的竟陵郡朔风凛冽，虽然没有下雪却离奇地寒冷，天色晦暗、铅云波动，像是有什么东西呼之欲出。萧衍出建康后直奔郡中一处名为芙蓉镇的地方，昨夜在此密会了几位好友，今晨起身之后便要洗漱出发，仍往益州行去。但就在早饭时收到宫中传来的飞书——萧懿被鸩杀于熙雪阁，其妻女被珠姬和淑妃暂时救下。珠姬让他尽早赶回襄阳，若无要事，不必再回来……

萧衍手中的蜡纸滚落到饭桌上，高兴连忙捡起，窥着他的脸色，小心翼翼地问道："主君，那咱们现在是不是立即赶回襄阳？"

萧衍脸色冷凝成冰，右手紧紧攥握成拳。昏暗的晨光中但见他双眸内有些莹莹的光芒转动，半晌后忽然站起身，摇头断然道：

"不！即刻起行，仍往巴郡汇合。派人传信给襄阳府夫人，告诉她即刻紧闭府门，令长史全城宵禁！无令者不得出城！"

"是！"

耐不过淑妃一张冷脸，虽是不哭不闹，却也实在要人命，萧宝卷最后还是留下了萧懿妻女一命。不过将她们发往掖庭为奴，又拟旨称萧懿持功自傲意图谋反，今上念其平定豫州有功，这才留他一个全尸，并没有祸连三族。

收到旨意后，萧懿妻女便来向淑妃和珠姬谢恩辞行。珠姬请了潘太后暗中使劲，令掖庭那边也只不要为难她们罢了。

褚后心中感慨，邀珠姬过来夜话。两人在凤仪宫中闲谈家常，说到萧衍，褚后也是一声叹息，道："萧大人此去襄阳，日后若不奉诏回京还好些，最起码能保得住身家性命。若哪一日陛下又受这起子奸人蛊惑，只怕他会重蹈自己兄长的覆辙。"

珠姬略饮了几杯，方才发觉这百末旨虽是入口清甜淡雅，但实则后劲十足。她一手扶额，揉了揉有些酸痛的太阳穴，觉得那里突突直跳，就跟她的心一样……也就是一错眼的功夫，她看见萧衍就坐在自己身侧，一如从前那样含笑望着她。

殿中点着赤色吉灯，火光盈盈暖亮笼在他的玄衣上，她的心骤然一紧，居然脱口唤道："阿兄——"

褚后也是半醉半醒，闻言转过脸看过来，问她："你唤谁？玄碧吗？"

珠姬摇头，她缓缓坐起身，眼前哪里有萧衍的身影？她这才知道自己只是甚念他，怕他沿路被萧宝卷派人追杀，又怕他即便回到襄阳，萧宝卷也不肯放过他……如此诸多的担忧一直埋在她心里，虽然她从不跟人提及，可此刻再也撑不住，居然一手掩面，泣道："皇后，我实在担心我阿兄……也不知道他如今可回到襄阳了？皇帝会不会放过他？"

褚后心中恻然，安慰珠姬："不会的，陛下连萧懿的妻女都放过了，又怎会牵连波及他的兄弟？再则兰陵萧氏根系甚深，正所谓牵一发而动全身，如今淑妃马上就要临盆，陛下必然会有所顾忌，不会在此时血洗朝堂的。"

话虽如此说，但褚后也跟着叹了口气。从褚后宫中出来，外头还在飘着雪。夜里宫道扫洒不如白日勤快，玄碧扶着珠姬一脚深一脚浅地踩在厚厚的雪地里，跟前有个侍女打着灯笼照亮，身后还跟着几个，都掖手在袖中，冷得缩起了脖子。

珠姬心中有些止不住的悲伤，大半个身子都倚靠在玄碧身上，幸亏玄碧力气极大，扶着珠姬缓缓往前走，又吩咐那打灯笼的："你举高些。"

正说着话，冷不防从旁边冲出来一条狗。珠姬怀里窝着的阿离迅速探出脑袋来，也不等珠姬抱稳，它便离箭一般冲向那只狗，随后在雪地里厮打成一团。

珠姬心里着急，怕阿离受伤，便让玄碧去赶。玄碧松开她上前，却不想珠姬酒后无力，加上连日焦心忧虑，整个人就势瘫软在了雪地上。此时旁边又走来几个小宦官，对着玄碧和珠姬身后的侍女连连作揖道歉，又把那条狗给带走了。

珠姬被一名陌生的宫娥扶起，她略行了个礼，便道："惊扰了女君，实在是奴等的罪过。"

玄碧抱回阿离，珠姬接过来一看，见并没有受伤这才松了口气。等到想起要问那宫娥是哪一处时，身侧已经不见了人。

玄碧精明冷静，此时隐约觉得有些不妥。她问珠姬："您可认得那扶您的宫女？"

珠姬摇摇头，冷风里来不及细思，等回到自己的寝殿暖和着坐了下来，抱着阿离回想时，方才感到不安。她本能地朝袖袋内伸手一掏，却不见了那一纸彭城王的密信！随后颤声对玄碧道："信不见了，定是那宫女扶我时顺手偷走了。"

玄碧也凝了凝，她定下心神一想，随后答是，转头便出去找了吴景晖和程女监三人。得知女君有极为重要的书信被人偷走，吴景晖当即断定："必定是梅虫儿使的坏！他在宫中眼线耳目众多，咱们太大意了!"

珠姬不让惊扰淑妃,独自一人忐忑了一夜。天未大亮便去求见老王母,得知梅虫儿居然连这样龌龊的伎俩都使了出来,老王母也是肃了神色,摇头问道:"彭城王在书信里可有跟你提及什么要紧的事情?"

珠姬连忙摇头,将书信上的内容逐字逐句背诵了一遍。但老王母依然神色凝重,她将手中的佛珠拨弄了数回,忽然道:"咱们真是大意了!梅虫儿此计怕是要将你和淑妃一并连根拔起——不论信中有无提及什么要紧的事情,只要去到他手里,他都能将其捏造成通敌卖国的罪证!你呀,也是失策了,这么要紧的东西怎能随身带在袖袋内?"

她说完,连连叹息。珠姬也是自悔不该,但事已至此,除了应对也别无他法。随后老王母派人请来潘太后和褚后,众人坐了满殿,又细细摊分了各自的事项,等人都散了,珠姬的脸色仍是一片煞白。

她朝老王母说道:"我想起来了,那棵宝树——梅虫儿只要将其送到北魏反对彭城王一派人的手里,便坐实了我与淑妃的死罪。到那时,怕是连今上也自身难保了……"

老王母放下手里的佛珠阖上眼眸,沉思片刻,最后道:"为今之计,只有派人截住梅虫儿的人。无论如何,不计代价,也要将宝树拦下来!"

此事说来容易,做起来却甚难。梅虫儿若没有万无一失的计策,便不会冒此大险。此计若成,南朝被搅成一摊浑水,保守的重臣们自然会以新君失德大不孝为名请立新君,梅虫儿等人则将一应罪责都扣在珠姬和萧衍等人身上。

珠姬当即对老王母行了大礼,自责道:"此事全因我一人而起,与淑妃毫不相干。请您开恩,庇护淑妃母子的性命。"

老王母只是摇头,她微微牵动了一下嘴角,叹道:"真要让他们的奸计得逞了,这建康城便会成为人间的修罗地狱。到那时,莫说是淑妃母子，就连哀家，怕也难逃此劫……"

她说着，招手让珠姬近前来。叹息道："你呀，还是太年轻了。要知道这世间权利的争斗，历来便是不容丝毫心软和大意的。"

珠姬的眼泪落在老王母的手背上，她伏地泣道："姨祖母！孙女知错了！"

老王母扶她起来，又让阮氏打了热水过来给她净面，等珠姬终于稍稍平复了心情之后，才道："去吧！如今你求我也无用，我从前给你的那个香囊，里面装着所有我能给你的、你能用得上的东西。正所谓谋事在人，成事在天，成与不成，且看你的造化了。无论生死，都是天意。"

珠姬拜过她出来，脸上泪痕犹在。阮氏将人送到门口，见那碧裙侍女上前来扶住了，方才行礼折回。

方才老王母和珠姬谈话，并没有叫她回避，所以她入内之后见老王母怔然无语，心事重重的样子，小心翼翼回道："奴愚笨，实在想不出来梅虫儿为何如此冒险，难道他不怕陛下遇不测时，他也遭到株连吗？"

老王母看了看她，毫不意外地点点头："是，他必然有此担忧。但只要有一成的希望，他们都不会放过——因为一旦事成，则意味着无上的荣耀和权利。权利的滋味啊，没有掌控过的人，永远都不知道，那是多么让人丧心病狂的毒药……"

阮氏对此似懂非懂，但她也知道中宫前朝即将有大事发生。而潘太后和褚后回去之后便发散所有的人手，彻查昨夜放狗拦住珠姬女君的那几个宦官和那个神秘的宫娥。最后在午膳前传来消息，那几个宦官连同那条狗都被淹死在御花园的太液湖里，手脚做得干净，半点线索也没有留下。

至于那个神偷宫娥，潘太后翻出了自己的私名册簿，最后才找到了踪迹——她竟然是太医院前任副院正的女儿，因父母双亡无处可依，便在太医院的药房做个煎药的医女。事后便不知了去向，兴许也早就遭了毒手。

得知这宫娥竟然还在自己眼皮子底下混迹过,周灵璧气得破口大骂,也是这么一件事让她发现自己得好好清理太医院的人手了。

萧衍不在,珠姬唯有拿着锦囊去见了沈约和曾春照。得知梅虫儿居然丧心病狂到想要用那棵赤绛树来与北魏人做交易,曾春照一掌拍在案上,怒道:"都是这起子阉党祸国!如此一来势必引得天下大乱,他却只为了一己私利!"

沈约沉吟不语,复问珠姬:"现下可知道他将宝树运送出京了吗?"

珠姬摇头,她将锦囊内的一份名单交给沈约,并道:"照算是还没有,因为那棵宝树高有三尺,而且必须以锦缎层层包裹,再以木盒装箱之后才能起运。如今临近年下,京城九门都查得很严。他们昨夜才拿到那封书信,今日一早太后便下令宫中戒严,除非他们事先就有十成的把握能近得了我身,但是我以为,这种可能性微乎其微。"

沈约点点头,又问:"那皇后为何会那晚约你去她宫中吃酒?这其中可有什么牵连?"

珠姬忙道:"不是皇后临时起意约我,其实是小年夜那天阿兄送了我几壶百末旨,我当时便说要送给太后和皇后都品尝一下。此事与皇后无关,她定然不会与那些人同流合污的。"

事情既说清楚了,沈约便与曾春照合计着开始全城搜索。其实这事他们也不是第一次干了,不过这回跟上次不同的是,一切都必须在暗中进行,不得让人察觉。而且曾春照有些头疼的是他的辖地是京内九门以内,九门以外就是袁焰风的地盘。他跟自己向来不对付,焉知此时不会趁机为难?

但沈约展开老王母的那份名册,细细一看之后旋即目瞪口呆——这分明是琅琊王氏经营数百年笼络得来的一份人脉。其中不但有袁焰风这样刀枪不入的清流一党,就连素日很少露面的陈郡殷氏、高阳张氏亦有许多人列在其中。

曾春照看得口水滴答,他牵袖擦了擦嘴,问沈约:"这上面的人,咱们都可以随意调遣?"

沈约皱了皱眉头,对他的目光之短浅实在是看不过去:"说什么呢?除非咱们没有办法的人才能亮明,否则便是滥用了。"

曾春照连连点头,珠姬在他的殷勤相送中离开了沈府,外面天光大亮,积雪开始消融时亦是最为寒凉入骨之际。珠姬的马车离开沈府不远,迎面赶过来另外一乘青顶油壁车。

玄碧一眼认出了那个赶车的人就是略作乔装之后的宋琅,她示意马车放缓,随后让马车先行回宫,自与宋琅将事情摊开说了一遍。得知珠姬身陷危机,宋琅当即道:"那宫中也不安全,为今之计还请女君速速离开建康,洛阳才是万全之地。"

玄碧看着他,心绪复杂地想了想,回道:"此事还得女君定夺,你我的职责便是保证她的安全。若再有消息,我会派人知会你。"

宋琅忙指派人手与玄碧互通音信,两人匆匆告别。等回到漱玉宫一看,萧宝卷正陪着淑妃用午膳,珠姬坐在旁边神色端和,也瞧不出丝毫端倪。

到暮晚时分,沈约与曾春照等还没有消息递进来。珠姬陪着淑妃和褚后还有周灵璧一起在殿中,玄碧心中犹豫再三,还是将实情回禀了萧衍,并对吴景晖道:"主君临行前有命,若宫中有变,你需全力保护女君,余下之人不必在意。"

吴景晖愣了一下神,余下之人——这会自然指的就是淑妃。可她也知道,这只是萧衍的意思,他在意的人只有珠姬,余下之人,连同她在内,都不是他要在意的人。

再有两日便是大年,偏生雪落不停,盖得四处都白茫茫一片。淑妃的肚子越发显大了,她也不爱动,雪天路滑更不能出门,便整日都邀了褚后过来说话打牌。因少见皇帝露面,褚后也问道:"陛下近来朝政繁忙?"

她眼睛看向淑妃和珠姬。珠姬不语,淑妃倒皱起了眉头:"说这个我就来气,自从那个梅虫儿回来后,便整日在陛下跟前,也不知为的哪般!"

褚后安慰她少动怒，正说着话，玄碧匆匆入内。珠姬一看她神色有异，便起身，道："皇后，我去去就来。"

玄碧也是脚下生风，她将密信递给珠姬，十分不安地回道："主君如今人在巴郡，听说书信被偷之后便决定返京！他说……实在放心不下您……"

"什么？阿兄怎么如此糊涂？他此时回宫，岂不是自投罗网？"

珠姬展平蜡纸看完，随后跌坐在榻上。玄碧将蜡纸投入炭盆中，眼见那一方小小的纸片化成了一撮灰烬，方才道："主君心意已定，他怀疑宝树仍在宫中，梅虫儿等人只不过是做了一道障眼法。如今，我们只能趁梅虫儿等人不备配合主君夺回宝树。否则，终究是个祸端。"

珠姬看着案上怒放的那支红梅沉吟不语，少顷后起身，似下定了决心，道："既然如此，我们便着手准备应敌。"

玄碧微微有些惊讶，她从未见过这样的珠姬，哪怕是春娘死后她满心念着复仇，可终究是哀伤大于愤怒的。此时的她目光坚定，透出深思熟虑之后的冷静与睿智，随后她果然叫了周灵璧进来，问她宫中可有密道通往宝库？

周灵璧起初还以为她要拉着自己一块去盗宝，兴奋地撸起袖子就在书案上开始奋笔，随后指着图纸道："这几处密道都是前朝留下来的，但如今入口早被封死，知道的人也很少。要重新打开通道需要费些功夫，不过也不是什么太难的事情，只要银子到位……"

珠姬看了一眼玄碧，玄碧忙道："银钱不是问题，但是这人是否可靠？不然还是我调人进来，万一走漏消息可就遭了。"

周灵璧摆手说不用，她历来就很有一套处世之道，虽然抠门，但仗着太医的身份，许多宫女宦官得了病过来找她开方子，她一概不收诊金，就连丹药也是酌情附送的。是以对于宫中的许多隐秘，她知道得比谁都清楚，当下从玄碧手里接了鼓鼓囊囊一袋子金锞，便拍了胸脯道："我办事你们只管放一百个心，也就今晚一晚的功夫，明日一早玄碧你就可去验货。"

送了周灵璧出来，外头的牌局也散了。褚后看珠姬脸色凝重，以为她有事情要与淑妃说，起身要走。珠姬上前朝她福了一礼，把褚后吓一跳，忙道："这是干什么？你有事且说出来，咱们又不是外人。"

珠姬心中一软，眼泪便盈眶而出。她看着褚后勉力笑了笑，心想或许这一别，日后也不知道何时才能再见了。只是这样的想法不能说出口，便摇头笑道："没事，想起过两日就是大年了。皇后娘娘可与家人团聚，父母兄妹俱能一见，真是令人羡慕。"

褚后是中宫，年节时的确有这样的仪礼。她笑眯眯应了，又朝淑妃道："这有什么好羡慕的？你们姐妹终日守在一起，又亲密无间的，岂不是好过我这个孤家寡人？好了，时候不早了我回宫去了，一会陛下要过来，我又成了个陪衬。"

她话语和神色都很轻快，想来心中对自己久不受宠的事实已然释怀。珠姬和淑妃一道送她出大殿，姐妹二人看着殿外灰蒙蒙的天，白茫茫的雪，淑妃忽然转过脸，问道："阿姊，你是不是有什么事瞒着我？"

事到如今，便是想瞒也瞒不住了。珠姬点点头，扶着她回到寝殿。玄碧在外头守着，她压低了声音将事情原委一一道来。得知梅虫儿要用宝树来害珠姬，甚至有可能引得朝中大乱，淑妃先是气狠狠地握拳道："又是他！怎么陛下就偏偏鬼迷心窍，非要受这样的唆使？"

随后又惊疑地追问："那宝树到底有什么样的秘密？阿姊，我实在想不明白，为何梅虫儿非要在这棵绛树上大做文章？"

珠姬看着她清澈如水的双眸摇头，缓缓地说出了一个真相："先帝他不是病死的，他是被人害死的。有人在宝树上涂满了剧毒，那棵宝树就是毒杀先帝的罪证，所以陛下才迟迟不肯将宝树归还给我。"

淑妃闻言大惊，脸色瞬间变得惨白一片。她摇头，云鬓中簪着的那支九转玉钗流苏簌簌晃摇，浑身颤抖不止："不！怎么可能？

是谁要害先帝？到底是谁在宝树上涂满了剧毒？阿姊……阿姊你看着我，你告诉我，这不是真的！不……这不可能！"

珠姬看淑妃惊惧交加，泪如雨下，却没有一如从前那样温言安慰她。

人总要学会长大，没有谁能庇护得了谁一生一世。这九重宫是人间的云霄殿，也是浩瀚的修罗场。每一寸锦绣之下或有累累白骨，每一片珠玉之中，或饱含着无数人的血泪。

这样的道理，从前的玉奴可以不懂，但是如今的淑妃却必须懂。

珠姬只是握着她的手，紧紧地握着，直到淑妃自己真正接受了这残忍而不堪的事实，方才颔首道："这是真的。"

淑妃瘫软在榻上，惊惧绝望过后，眼泪渐渐收住，她双眸空洞迷茫地看了看珠姬，轻声道："阿姊……我……"

珠姬朝她摇头，目光坚定地抚了抚她散乱在胸前的长发，一字一顿地说道："接下来我要说的话，你务必记在心里。倘若阿兄这几日回宫，你便要设法留住陛下。还有梅虫儿，也不能让他离开你的漱玉宫。无论如何，拖住他们，让阿兄全身而退……我的意思，你可听明白了？"

淑妃眼角泪痕未干，闻言似懂非懂地点点头。过了一会才恍然道："你说阿兄要回宫劫走宝树？那……那他岂不是很危险？"

珠姬将她拥入怀中，无声地长叹了一口气，眼泪也簌簌落下来。淑妃发觉她落泪，心中更加惊怕不安，只抓着珠姬的手问道："阿姊，你要跟阿兄一起离开吗？不，我不要你走，你答应过我的，你会一直陪在我身边的……"

珠姬握着她的手，牵引她触摸腹中的孩子，对她笑道："如果你想让我早点回来，就要自己坚强起来。好好生下这个孩子，将他抚养长大。他或许会成为南朝的希望，也会成为风云的一个转折……你听话，而今我留在建康宫中，只会成为别人刺向你的一把利刃。所以我必须走，如果不走，可能你跟我还有这个孩子，甚至就连萧宝卷都活不了……"

变故来得太突然,先前还含笑盈盈春风满面的淑妃,此时便如狂风骤雨侵袭之后的艳丽芍药,花枝委地玉容憔悴。她不舍地抱住自己的阿姊,摇头道:"不会的,阿姊你不能离开我。我去求陛下,让他不要听信谗言。他会答应我护着你的,他不是皇帝吗?难道还有他做不到的事情?阿姊——你不能离开我!"

淑妃如孩子一般的眷恋不舍,更牵动珠姬心中的悲伤。可她早已下定了决心,只能耐心地哄劝着淑妃。见改变不了阿姊的决定,渐渐冷静下来的淑妃终于接受了姐妹俩即将分别的事实。

她瞪着通红的双目,定定问道:"阿姊,你说只要我能坚强振作,我们就能早日重逢,这话是真的吗?"

珠姬心中一沉,对她有些艰涩地笑着点头,叮嘱她:"对!只要你平安生下腹中的孩子,以后有什么拿不定主意的事情,你就去找老王母——她会帮你的,也会让我们尽早团聚……"

事已至此,从前的那些挣扎如今想来也是无用了。珠姬凝视着淑妃高高隆起的腹部,心中有些自嘲地想着,倘若真有那么一日,萧宝卷大开杀戒丧心病狂不肯放过阿兄的话,或许老王母的法子便是对的。

废了他,或者杀了他,改立年幼的太子为新君,褚后与淑妃两宫并立垂帘。南朝的半壁江山,或许还有一线生机……只是可怜了玉儿,她将要承受夫死子立的两难煎熬。

但除此之外,真的也别无他法了。

珠姬抚摸着阿离柔软的皮毛,转头见淑妃喝了安胎药已经昏昏睡去。她睡颜极为不安,梦中也皱着两道眉毛。珠姬有些心疼地伸手抚了抚,又被她抓住自己的手,只是嘀咕道:"阿姊,你不要离开我……"

"如果可以,阿姊愿意永远陪着你,我们永不分离。"

珠姬将窝在一旁的阿嫣拢过来,送入淑妃的怀里,又摸了摸它的脑袋,叮嘱它:"替我好好陪着她,不能让她伤心不快,知道吗？"

懵懂的小香狸在宫中养了大半年，此时已经变得肥肥胖胖，极为圆润趣致可爱。或许是听懂了珠姬的话，竟然将脑袋往下沉了沉。珠姬一笑，再抱起自己的阿离，缓缓走出了淑妃的寝殿。

沈约和曾春照都没有在京城内找到宝树的踪迹，但宋琅飞信传书，前日的确有建康来使秘密求见与彭城王素有不合的北海王元详。

珠姬收到消息，心中肯定了自己的猜测，梅虫儿这是坐等自己按捺不住露出马脚，他便可就势收网，可他显然低估了淑妃在皇帝心中的分量。

除夕夜宴，深夜方散。萧宝卷陪着淑妃回宫，原本略坐一坐就要走，可淑妃娇缠着他不让，只说自己昨晚睡得不好，做了极其可怕的噩梦，如今还有些心悸。萧宝卷细看她眼下有些瘀青，便答应陪她睡着再回去。淑妃又不肯，偏要他宿在她处。

她一撒娇蛮缠，萧宝卷毫无招架之力，当下点了头，扶着她在床上并排躺下。殿里点着灯，火光朦胧迷离。两人一时间也睡不着，萧宝卷忽然问道："你以前在岛上，除夕夜怎么过？"

淑妃掰着手指头开始细数："小时候每到这一天早上，春娘便会跟几个阿嬷先来给母亲请安，然后她们就开始下厨做好吃的……"

萧宝卷就在她额前吻了一吻，他柔声笑她："就记得吃！"

淑妃噘起嘴，白他一眼："那皇上呢？"

"我吗，容我想想？"萧宝卷躺在她身侧，眼中有些迷蒙的回忆神色，"小的时候，我其实最喜欢看年夜花灯，金莲花灯、马猴灯、梅花灯、蟠桃灯，那时候还在宣城县府，下人们总能把花灯扎出诸多样式来，又挂得高高的，我也够不着。有一次，我不小心弄翻了灯里的蜡烛，竟然把那盏最大的宝台莲花灯烧毁了。"

"那——"淑妃凝着他的神色，有些小心翼翼地问道："当时你阿耶可有打你？"

"才没有。"萧宝卷畅然大笑，双手将淑妃环入怀中，随后他的声音渐低，淑妃靠在他怀里却看不到他的神色："我阿娘去世后，阿耶便再没有跟我一起过除夕。他后来又娶了几位高门的女子，都各自生了儿女。我弄翻宝台莲灯的事情只有我跟梅虫儿知道，他拉着我就跑，后来也没人说要来责罚我。"

淑妃有些心疼又有些难过地贴紧了他，她伸手抚平他眉间的些许皱痕，朝他恬静一笑："你要是喜欢看花灯，以后每年我都陪你看，还有我们的孩子。来年我们还能一起扎一个，就扎那年你烧毁的那种宝莲灯。"

萧宝卷温情地凝视着她，轻轻"嗯"了一声。他眉宇间的细纹被她抚平，渐渐舒展成少年郎应有的平滑。两人十指交缠在一起，过了一会，萧宝卷便沉沉睡着了。

珠姬一直在自己的偏殿中抚琴，除夕夜，她弹的曲子也是温馨祥和的吴歌。琴声悠扬悦耳，淑妃从寝殿中走出来，见梅虫儿正徘徊于门外，当即冷笑一声，命他："陛下在寝殿休息，让你在外头随时候命，不得离开半步。"

梅虫儿抬头看了淑妃一眼，旋即低头跪下应了个是。淑妃让吴景晖带人守在门口，自己捧着肚子来到偏殿，掀开珠帘纱幕一看，见里面的人只是一名陌生的舞姬，当即明白——阿姊已经走了！

第十章　死生之交

　　淑妃在偏殿内掩面哭泣了一会，她慢慢定下神，随后起身回到自己的寝殿。见萧宝卷仍熟睡不醒，便伸手替他掖了掖翻开的被角，又对吴景晖道："关上殿门，你随我去送一送阿姊。"

　　吴景晖看了看她高耸的腹部，略犹豫了一下，最后应道："是。"

　　两人披上厚厚的风衣，就势闪入寝殿后的浴房暗门。而淑妃与吴景晖一走，原本躺在床上熟睡的萧宝卷便睁开了眼。他嗅了嗅被角残留的余香，淑妃的手指抚过他眉间时带起的欢喜与心安犹在，定了定神，唤了梅虫儿进来。

　　"走吧！"

　　梅虫儿与两名小宦官替他整肃好衣冠，年轻的帝王面带戾气与犹豫，在更鼓声敲响时终于下定了决心，拂袖掖手道："传朕的旨意，今夜闯宫者，杀无赦！"

　　与想象中不同的是，密道内虽然阴暗但却暖和，不比外面寒风呼啸凉意刺骨。珠姬在玄碧的搀扶下走了小半个时辰，开始觉得后背有汗意。她取帕擦拭了一下额前的细密水汽，驻足停了停，摇头道："怎么这么热？"

　　玄碧扶她站定，取出水囊来给她喝了两口，随后道："可能是那件天蚕甲，据说此物不但可以护体兼有冬暖夏凉的奇效。"

　　当日彭城王元勰送给珠姬的见面礼当中便有这么一样宝物，此物的确神奇，堪称巧夺天工之妙。此时穿在珠姬身上，便如一方小小的暖炉，烘得她全身热气腾腾。

　　玄碧还带了几个萧府的死侍，他们都是萧衍隐藏在宫中的侍卫。这些人先行探路，再将前方的消息传回，等珠姬即将走出密道口时,玄碧已经得知了萧衍此时的位置,朝珠姬道:"主君在翰墨轩等您,宝树已经找到,咱们在莲华阁下密道汇合,然后趁夜出城。"

珠姬点点头,得知宝树已经到手,她心下一松又一紧——不知为何,她隐约觉得有些不妙。如此轻易就在宝库中劫走了那棵赤绛树,难道萧宝卷和梅虫儿此前只是故弄玄虚?但来不及细思,她急于见到萧衍,便让玄碧扶着自己加快脚步。等终于走出密道口,眼前火光摇曳,萧衍穿着一身铠甲,正在檐下等着她。

"阿兄!"

珠姬心中一暖,脚上虚浮着差点滑倒,还好被玄碧扶住,但仍就势摔倒在萧衍的怀中。

他拥着她,如同失而复得的珍宝。他紧紧地抱了抱,揉了揉她身上那件华美的紫貂披风,笑着摸摸她宛若莲瓣的脸,轻声道:"可有想我?"

珠姬有些羞涩,不知该如何作答,模糊"嗯"了一声,继而见他又把自己拥得更紧了一些,珠姬重重叹了口气,哑声道:"我可真是想念你……生怕以后再也见不到你了……"

两人如此缱绻,看得高兴和玄碧都想遁地隐身。还好夜风中传来几声细长的哨声,高兴忙上前道:"主君,咱们要走了。"

萧衍这才松开快要被抱得窒息的珠姬,他替她理了理鬓角有些凌乱的碎发,问她:"你可想好了?此去襄阳,我也许无法再给你如今的富贵尊荣,甚至还会有性命之忧。你若担心前程,我会让玄碧替你接应上宋琅,彭城王在洛阳等着你。你可以回去做你的长公主,我绝无半点怨恨,只要我不死,以后仍会如今日一般对你关怀牵挂。你不必有任何对不住我的念头。"

珠姬抬头凝视着他,冬日寒风凛冽,他连日奔波于几地,风餐露宿日夜兼程,下巴上有新冒出来的胡茬,一撮一撮极为坚挺。她见他憔悴、疲惫,却神色毅然,双眸中全然不见半点畏缩与惧意。

眼前的他是世上最英伟的男子,是她引以为傲的阿兄。也许从前他也曾为了权势做过许多不应该的事,但此刻他的眼里、心里,只有她——为了她,他甘愿冒着性命之忧重回建康,却只怕会给她不确定的将来,也从未考虑过自己此后会陷入怎样艰难的境地。

如此深情厚谊,她又怎能辜负?珠姬伸手轻触他的脸颊,她指尖的细腻带给他阵阵难言的颤慄……眼帘中,只见她垂眸浅笑,轻轻倚入他怀中,回道:"我与阿兄不离不弃,不论生死,永不言悔。"

萧衍得她这一句承诺,当即喜出望外。他再度将她拥紧,激动地难以自持。两人站在檐下的风中,萧衍与她极目朝远处望去,见夜色浓稠如墨,除夕夜的宫中华灯点点、灯火通明,远远看去好似满天星子洒落地上,闪烁着欲述无声的光芒。

而雪色与夜色相辉映,入目之处就连檐下的宫道也变得分外皎洁。夜风中传来蜡梅的冷冽香气,萧衍趁机拉住她的手,道:"好,你说的,不论生死,永不言悔。"

珠姬轻轻点头,刚想开口,就听身后传来重重铁甲与马蹄声。原本久无人迹的翰墨轩骤然灯火大亮,接着是附近的莲华阁、月暖楼……夜风中传来子夜的更鼓声,梅虫儿细长尖锐的号令声如锋利的刀刃刺破耳膜,他拖长声调徐徐道:"陛下有令!今夜凡闯宫者,格杀勿论!"

利箭如雨,铺天盖地朝他们所在的檐下射来。萧衍将珠姬紧紧护在怀中,他唤玄碧:"送女君出宫!宋琅就在宫外西华门等!"

玄碧接过珠姬,随后见一支长箭破空而来,她脱口道:"主君小心!"

说话时萧衍已被箭头擦着铠甲划过,耳边留下一条长长的血痕。他手中长剑舞得密不透风,恋恋不舍地朝珠姬看了一眼,却仍是毫不犹豫地挥手下令:"带她走!"

萧宝卷原本的目的,自然是要在此诛杀萧衍,以绝后患。他意不在珠姬,但梅虫儿心中恨透了珠姬,更深知只要她不死,日后淑妃必定不会与自己善罢甘休。于是心中发狠,稍微做了一个动作,身边便有人得令,立即派人前去围杀玄碧和珠姬。

幸亏玄碧身手实在了得,她以一敌十,丝毫不见败势。只因为要顾忌珠姬,所以难免有些分神。眼见离密道入口只有十几步,但围聚的御林军却越来越多,她心中焦急,骂了一句:"梅虫儿!若叫淑妃知道了,她必将你千刀万剐!"

话音未落,珠姬便见那边萧衍中了一箭。利箭刺破他身上穿着的护心镜,自背后穿出到胸前长长的一截,她心中一窒,随后不顾一切地奔过去,一把扑倒在他身上:"阿兄!"

嗖嗖的箭雨落在她身上,华美的紫貂披风瞬间千疮百孔。好在有天蚕甲护体,未伤到要害。弓弩手们看得清楚,护在萧衍身上的人正是淑妃的阿姊,当下都犹豫不决,止住了引弓。梅虫儿见状大怒,骂道:"你们胆敢违抗圣意吗?陛下说了,今夜闯宫者格杀勿论。杀!——不管是谁,只要违抗了陛下的旨意,就该万死!"

千钧一发之际,吴景晖扶着汗如雨下的淑妃走出了密道。她来不及喘匀气息,用尽毕生的力气,厉声道:"我看谁敢乱来?"

梅虫儿闻言狠狠瞪了身边的徒弟一眼,逼问道:"不是让你们引开淑妃吗?怎么还是——"

"这,小的们也不知道……"

御林军听闻淑妃驾到,当即先收起弓弩,尽皆看向端坐于莲华台上的皇帝萧宝卷。萧宝卷也有些意外,他如梦初醒一般地站起来,见对面的檐下慢慢地走出一个人。她身形笨拙,在侍女的搀扶下亦是极为艰难地一手抻在腰间,先是行至珠姬身旁扶起了自己的阿姊,姐妹二人无声拥泣片刻。

随后,她重重地在雪地上跪了下来,朝他仰首哀求道:"萧郎!求你放过我的阿姊吧!你放他们出宫,以后我一定一心一意陪着你,只要你放过他们,你要我做什么我都答应……"

萧宝卷见她泪洒于雪地之中,神色哀婉悲凉,哪里还有半分初见时那个娇俏无忧的女郎的烂漫?他心中如被火噬一般,骤然拂袖转身,不待梅虫儿出言阻止,已经快步下了莲华台。

萧衍这一箭伤得很重,箭头破胸而出,鲜血转瞬就将身下的雪地染成一片绯红。珠姬守在他身边,紧紧地握着他的手,却觉得他身上越来越凉。她不断唤他:"阿兄!阿兄!"

却没有回应。

萧宝卷在雪地上扶起哭成泪人的淑妃,他叹口气,将她拥在怀里。片刻后令人看了看萧衍的伤势,说是命在旦夕,又见珠姬跪坐在一旁神色呆滞,绝望无助的只是落泪,到底松了口,下令:"放他们走。"

吴景晖迅速将人送上马车,正要含泪退下,忽然听见萧衍颤颤巍巍地开口,气息絮乱地说道:"晖月……"

她连忙转身,将脸凑到他唇边,终于听清他说:"跟着淑妃……设法保住那棵宝树……"

她心中一颤,眼泪簌簌落下,哽咽着应了一句是,随后跳下车。

萧宝卷拥着淑妃正要登车回宫,淑妃眼望着珠姬所在的马车,忽然止不住心中的悲伤,大哭道:"阿姊!我对不起你!"

珠姬掀开车帘,只听见淑妃飘散在风雪里的哭泣声。她咬唇忍住号哭之意,泪落如雨,喃喃道:"傻妹妹,你何曾有对不起我?我们姐妹一场,从来真心守护彼此。只是以后的路我不能再陪你走了,玉儿,是我对不起你……"

怀中的阿离咕咕叫着,似也察觉此去将再难与阿嫣相见。珠姬守着昏迷不醒的萧衍,含泪用丝帕拭去他脸上的血痕,忽然想起那时给两只小香狸取名,自己本想出外云游四海,便对淑妃随口说了一句:"纵使别离,笑语嫣然。就叫它们阿嫣和阿离吧!"

未曾想,竟是一语成谶——只不过此时想来,天下所有别离都只是痛彻心扉,如何能笑语嫣然?到底是她太年轻了,未识人间生离死别,不知那痛,原来竟是如此惨烈。

萧衍这一箭的确伤得极重,躺在车内昏昏沉沉毫无神识,伤处汩汩流血不止。五更时分,城门未开,珠姬顾不得避嫌,先让玄碧把车赶到了春和堂门口。

周灵璧历来讨厌萧衍,却不愿看见珠姬为他之死而伤心,所以全神贯注,直到箭头握于手中,再被瞬间抽离时,方才略微松了一口气。

一朵殷红的血花,飞溅喷洒于青砖地上,周灵璧脸上也溅了些,萧衍闷哼了一声全身一阵抽搐轻颤,继而再没有了动静。珠姬身上的衣服被染红一片,她顾不得其他,先上前查看伤口。周灵璧丢下染血的箭头在托盘里,对高兴道:"酒。"

纯烈的屠苏美酒,被周灵璧撕开素帛后蘸涂在萧衍的伤口周围。密闭的室内,血腥之气与烈酒的浓郁相合,味道刺鼻。沈约与曾春照两人先是都静坐默等,后来闻见这股奇异的味道也微微皱起眉头。

珠姬守在萧衍身侧,直到周灵璧忙活完了,沈约和曾春照也围拢过来。天色将明的晨曦里只见萧衍脸色青白如纸,曾春照忍不住叹口气,喃喃道:"这辈子我再也不想喝什么屠苏了。"

沈约瞥他一眼,道:"反正我是没打算请你喝。"

气氛太凝重,寥寥几句玩笑也解不开众人心里的烦忧。周灵璧料理完萧衍的伤口就让珠姬入内,说要替她上药。珠姬这才想起自己先前也挨了几箭,所幸有天蚕甲护体,倒并不觉得怎样疼痛。

但褪下衣衫,周灵璧替她松开天蚕甲,还是倒抽了一口凉气,连道:"好险!"

她的手抹了清凉的药膏在珠姬身上游走,珠姬这才觉得原来身上有数处火辣辣的伤口。虽然不曾见血,但利箭破空而来,其力度可想而知。周灵璧一边抹一边念着阿弥陀佛,等停下手了,方才问她:"你为他挡箭的时候,可有怕死之意?"

珠姬一怔,随后细想,那一刻自己的确是全无惧怕的。她不曾想过什么同生共死,但生死当前,她亦无所畏惧。

周灵璧在她耳畔幽幽叹息,道:"所以说,萧衍这一箭挨得其实很值得,只要不死,他这辈子可是赚了。"

珠姬有些羞赧地低垂下眼眸,她心绪复杂,低低回道:"你瞎说什么?"

"我有没有瞎说,你问问你自己的心——你的心里,现在只有他这个人。你连自己的性命都不顾惜了。"

周灵璧说完，随后仍替她穿好小衣，又将那天蚕甲套上去。两人从内室出来，沈约便要护送萧衍和珠姬立即出城，并道："陛下一时心软才肯放你们走，倘若一会又有人在他面前进了什么谗言，到时候怕会有变。"

再没有多余的时间来依依道别，周灵璧安置好自己的药罐子就跳下马车，珠姬隔着车帘与她挥手。

周灵璧手上血迹未清，泪眼婆娑地看着珠姬的马车远去，很快就消失在晨光里。曾春照和沈约两人带人将萧衍和珠姬护送出城，两队人马在城外三十余里的梅林坳分别。珠姬听到宋琅的声音连忙掀开车帘，一看宋琅带了近百人疾驰而来，沈约与曾春照对他点点头，算是彼此寒暄过了。宋琅这才上前来对珠姬道："公主，末将奉彭城王之命，护送您前往襄阳。"

珠姬一想也未尝不可，便问了几句彭城王是否知情，得知他近日与北海王元详在朝堂上多有冲突时便道："北海王与叔父素来不合？"

宋琅点点头，示意有话稍后详说。随后珠姬下车与沈约和曾春照道别，她看了看路边积雪未消的梅林，回想那时自己为叔父彭城王践行，所有情景仍历历在目。但时过境迁，而今要告别建康的人却变成了自己。

她向沈约与曾春照二人施礼，谢过他们多方襄助，沈约与曾春照亦长作一揖，深道："此去襄阳一路艰辛，望女君多加保重，愿天佑叔达，祝你们一路平安。"

珠姬亦含泪回道："保重。"

她登车，命启程。沈约与曾春照二人骑在马背上，直到那一列人马都走远了，风雪中只见依稀的身影攒动，方才彼此对视，长叹一口气，策马回城。

这天夜里，离京百余里的珠姬与萧衍一行人遭遇突袭。好在宋琅及时增援，最后合力将突袭者制住。

经此一事，后面的行程愈发艰难。珠姬等人尽量选择地广人多的城镇投宿，天不亮就要启程。加上正月里天气寒冷，滴水成冰。

寒风从四面八方灌入车缝，出门在外不比宫中优渥，马车内又不能多置放炭盆唯恐引起明火。萧衍高烧时需用冷水浸了帕子来敷，烧退下来浑身颤倏打摆子，这等时候顾不得男女之嫌，珠姬只能用自己的身体作为暖炉，扑在他身上为他带来些许暖意。

如此一来，不到数日，她便清减消瘦了许多。玄碧不忍她太过劳累，屡次提出夜间代她照顾萧衍，高兴亦是如此。但都被珠姬拒绝："除非阿兄醒过来，否则我必然夜不安寝。"

说来也巧，那日正好途经萧衍的舅舅张弘策所辖之处。他早早派人在地界接应，见到珠姬随行先吃了一惊，随后再看萧衍依然重伤昏迷不醒，当即道："你们先在我这里休养数日，我自有安排，万事不必担心。"

珠姬早知他是萧衍之母张尚柔的嫡亲堂哥，于是放下心来在他府中暂住。也许是一路奔波这两日终于得到了静养，再加上张弘策请来了几位名医一起会诊，在张府的第三日一早，玄碧便匆匆奔进来告诉珠姬："主君醒了！"

萧衍与珠姬在此处停留了数日，正好也到了元宵节。便说好在此过了元宵，再启程返回。珠姬听玄碧说起这里元宵的风俗，夜间要放花灯还要"送灯"至附近的河边。她想起母亲在世时，每年的元宵节也会领着自己将红烛插到离青厝最近的滩涂，然后再放一盏风灯。

她与玄碧也一起揉了一些汤圆，有蜜橘馅料和三鲜馅料，也有猪油芝麻等几种。正在搓揉时，高兴打着哈哈进来看见了，他便笑着问了一句："女君做的汤圆里可有放黄米姜？"

珠姬一愣，随后想起萧衍第一次吃黄米姜被辣的场景，便笑道："汤圆当然不会放这个，再则，我就是想放也没有呀。"

黄米姜是扬州特产，别的地方都难有。高兴嘿嘿一笑，却道："此处不一定有，不过等回了襄阳便有了。主君早让人从扬州送过去，只怕这会已是送到府中了。"

珠姬有些讶然，这样的小事萧衍怎能记得住？高兴却道："主君还让句章县令另外送了当地的许多特产，只希望女君在襄阳能过得自在些,就像在自己家一样。"

珠姬感动,等午饭时见到萧衍与他说起,他却淡淡笑道:"这有什么?我能为你做的虽然有限,但只要我力所能及的,都会让你如愿。"

两人在席间笑语盎然,正要开席用饭时听见花厅外传来鸟雀叽喳作响。珠姬放下手中的筷子,含笑道:"鸟雀都出来了,春天也就不远了。"

萧衍往她碗里夹了一筷七彩翡翠烩珍,颔首附和道:"是,冬雪消融,春天便来了。"

他看她身上穿着两重相叠的玉兰色厚缎衫襦,想是从宫中带出来的。但是日常穿着还好,于元宵佳节中未免显得太过素净,幸好衣带边缘有一溜细窄的胭脂色花线绣做迎春点缀,也就无可挑剔了。只是她较从前清瘦不少,因而心中略有愧疚,便道:"等回去襄阳,让人给你好好裁做几件春衫。再让丁姬给你绣些喜欢的花样子上去。"

两人这一路日夜相伴,自然就比从前更亲密了许多。珠姬点点头,随口问起丁姬在襄阳是否常做绣艺,惋惜道:"上次她给我绣的墨梅图我很是喜欢,可惜后来洒了百末旨酒上去,也洗不干净了,便没有带过来。"

萧衍说不要紧,日后再绣便是。但心中略想了想,似乎珠姬对她很是关怀上心,便留了个心眼。等午饭之后招来高兴一问,得知丁姬一直住在府中的西厢,与下人们混住在一块,便皱眉道:"这怎么行?你等会派人传信回去,让夫人给她换个院子住着,另外再拨两个下人伺候。"

高兴连忙应下,心里倒很为丁姬的苦尽甘来感到高兴。巴郡离襄阳不过两百余里,传书信自然比之前在建康时要方便许多。但这封书信送到襄阳刺史府也是两日之后的事情了,只是元宵这日,郗徽有些意外地迎来两位至亲——她的母亲松溪县主与兄长郗泛。

松溪县主久病,幸亏儿子在跟前殷勤侍奉,这才慢慢见好。但她这次来襄阳城却并非全为探望女儿和几个外孙女,而是坐定不久，拉着她语重心长道："萧衍此番回来，带了淑妃的阿姊、他的义妹珠姬女君，一道同行，此事你可早有准备？"

郗徽闻言愣了一下，颔首道："夫君早已派人送信告知我此事，让我整修韶光阁给她暂住。"又问母亲："阿娘，您怎么也知道了？"

松溪县主叹口气，拉着女儿的手道："我听说此番皇帝能放萧衍离开建康，都是她以死相护。所以此来，你需得谨慎客气，恪尽自己作为萧府主母的职责，万不可因一时之气有怠慢之处，阿娘的话，你可听得明白？"

郗徽历来聪明敏锐，听到此处还有什么不明白的？当即掩下心中的苦涩，颔首道："阿娘放心，女儿不会连这点轻重缓急都不懂的。她有皇后和淑妃撑腰，又对夫君和阿兄都有大恩，此来她是贵客，我定会好生殷勤招待。"

听她这么说，松溪县主方才放下几分心来。她见几个外孙女都围着舅舅在玩笑，眉间舒展地一笑，随后压低声音问："你生紫儿也好几年了，怎么身子还没有调理过来？如今眼看你已经过了三十，若再不抓紧时间添个男丁，以后便是萧衍不想纳妾，世人也会笑话你们无人承继香火的。"

此事刺中郗徽的伤处，她牵袖拭泪，咬唇道："因阿娘这几年身子也不大好，女儿未能在您跟前尽孝，更不敢让您增添烦忧——"

她说着，凑到了母亲耳畔，对她悄声低语了两句。松溪县主当即愕然："什么？你既早知道自己不能再生育，为何不及早给女婿选几个良妾进府？你这孩子——唉！都怨我当初对你太过宠溺，才惯得你如此不识大局体面。你说说，这倘若是让女婿知道了，你们这夫妻情分还要不要？这萧府的主母，你还如何当得下去？"

郗徽心中也懊悔难言，并不加以辩解，只道："起初我只是想着自己还年轻，或许能寻个回春的名医，也就有希望了。后来因为他从不提起此事，我便以为他并不介意子嗣——再则，便是我真的生不出男丁来，他萧氏族中也有同宗后辈，大不了挑一个过继到我们名下，将来也可以传承香火……"

"糊涂！你简直是——你太糊涂了！我的儿，你想想，女婿今年不过三十有四，于男子而言他正在盛年，如今又不是他不能再生，而是你肚子不争气。你不问缘由便想着给他过继族中子弟传承香火，你可有想过，万一他在外头另外再安一头家呢？或者被你逼急了，他生几个私生子在外养着，到时候长大了再回来承继家业，他们便不会将你这个嫡母放在眼里，更不用说你还有几个女儿，以后都要靠兄弟撑起娘家的底气。"

松溪县主这几句话说得甚重，声量也高了几分，几个外孙女都听到外祖母在训斥自己母亲，也不敢围着舅舅笑闹了。郗泛隐约听到母亲斥责妹妹糊涂，走过来打圆场道："母亲好些日子没看见几个外孙女，阿紫她们也闹着要跟您一道说说话呢，我这就让她们过来给您磕头。"

松溪县主这才收敛了脸上的神色，笑着招呼过几个外孙女，祖孙几个坐在屏风前的榻上说起了家常。郗泛丢给妹妹一个眼神，示意她跟自己出来说话。

院中天色晴好，几棵垂丝海棠都绽出了绿意，待要萌芽吐芳。郗泛目光和煦地打量着自己阿妹，见她身量略有清减，明媚的天光下隐约看见眼角的淡淡皱纹，道："你清瘦了些，上次回来时看着还好，怎么本该藏肉的冬天反倒瘦了？不要太操劳，好生保养自己才能让我们放心。"

郗徽涨红了眼圈，摇头道："多谢阿兄关怀，只是家中如此境况，你让我如何能宽心度日？他年前便说不回襄阳团聚，后来又闹出了这样的大事，差点性命不保。我日夜忐忑难安，还不能让几个孩子知道她们的阿耶如今伤重在身……也是幸亏有阿兄倚仗，不然我更是难以撑得下去。"

她说完，也望了望兄长。见他虽然略有疲惫，但依然玉树临风，风采不减从前。当下在心里长叹一口气——或许阿娘说得对，女子的青春如何能跟男子相比？

如此一想，她又勾起了一丝苦笑，问兄长："听闻阿兄昔日在扬州时曾见过这位珠姬女君？不知她性情如何，是否如夫君信中所言，是位温柔优雅的女郎？"

郗泛回想起那时与她共撑一把油纸伞，走过县府花园的长长甬道。那样温柔的笑意清澈的眸光，仿佛犹在眼前。

"嗯，女君的确是位难得一见的淑女，她来了，或许能与你一起做伴。"

郗泛想周灵璧那样刁钻顽皮热烈的性子，也会不由自主围着她转，她与褚后之间的关系本来敏感，后来却相处合宜，成了推心置腹的密友。如此温柔的女郎，自然能与阿妹相处融洽才是。

可随后又想起另外一层隐忧，他略含担心地看了看郗徽，尽可能婉转地问道："你与妹夫，近来感情可还和睦？"

冷不防阿兄会问起这个，郗徽涨红了脸，犹豫着回道："也还好——他是个好阿耶，对三个孩子十分关怀，对我也敬重。按说——我是该知足的，可是不知道为什么，我这心里就是放不下，总觉得……好像……"

郗泛拢起眉头，问她："好像什么？阿妹，你是在担心吗？"

郗徽叹口气，举起手中的帕子擦拭了一下眼角，随后含笑摇头："没什么，或许是我多思多虑了。其实说白了，我如今就缺个儿子，没有儿子，我终究会觉得对他有愧。"

郗泛的发妻三年前因病去世，其后他便一直独身，这两年因为母亲病重，也顾不上这个。但他膝下是有子嗣的，发妻为他生育了一儿一女，所以松溪县主虽然也会念叨要给儿子续弦，但也不担忧家中香火。

闻言他点点头，因不知其中缘由，便劝道："儿女缘分都是天意，你好生保养身体，孩子总会有的。"

当着兄长的面，郗徽满腹委屈却不能细说，正好小女儿阿紫此时蹦蹦跳跳出来寻他了："舅舅！外祖母让我叫你们进去喝茶。"

"好！那舅舅就抱你进去喝茶。"

元宵这夜，襄阳的刺史府自有一番亲情暖暖的热闹。

巴郡张府家宴散去时时辰尚早，夜里城中有灯会，张府的好些人要去赶赶热闹。萧衍早就告诉珠姬巴郡有一条任河，河畔景致优美，堪称任河仙境。

张弘策派人护送他们到了任河上游的三树台，台上烛火延绵，一直将灯送入任河壶口。珠姬与萧衍在台上点燃了夜明灯，在花灯冉冉升空，随风飘远时对月遥拜祝祷。礼毕，萧衍问她："许了什么愿？"

珠姬望他一眼，抿唇笑道："不告诉你。"

许是离宫到了巴郡，她的心情轻快，萧衍觉得她近日笑容多了，人也显得明媚许多。可两人在三树台上赏完月色及城中的焰火之后，珠姬还是轻声叹了一句："人有悲欢离合，月有阴晴圆缺。也不知道玉儿如今在宫中怎么样？算算日子，她也临产了。"

萧衍为她拢好身上的披风，安慰她："有周灵璧照应着，她肯定能母子平安。安心等着，很快你就要做姨母了。"

珠姬莞尔一笑，兜帽帽檐处一圈洁白的绒毛随风摇曳，夜色中更衬得她脸若莲瓣，星眸熠熠。萧衍看得心旌摇曳，借着替她拢披风的机会悄悄在身后环住了她，又扶她慢慢步下高台。

宫中，元宵过后萧宝卷便如常早朝。但近日淑妃心情沉闷，加之临盆在即格外辛苦，也没有心思过多关注皇帝的一举一动。倒是吴景晖生来警觉，她总觉最近梅虫儿与茹法珍两人有些鬼鬼祟祟，便与程女监二人商议了一番，最后是程女监派人打探来了紫宸殿那边的消息——得知梅、茹二人居然给皇帝找了两个波斯来的舞姬，每日陪着皇帝一起服食五石散，之后翻云覆雨好不快活，吴景晖当即觉得此事棘手。

她不敢惊动淑妃，想起珠姬临行前的叮嘱，便悄悄与程女监一起去见了老王母。正好这日褚后和潘太后都在宣德宫，三人听她这样回禀都吃了一惊，褚后摇头道："梅、茹二人实在太不像话！"

潘太后向老王母进言:"看来得杀鸡儆猴,先把这两个狐媚子给打出去,也好给他们一个警醒。"

老王母却并不意外,她微一沉吟,对褚后道:"你是六宫之主,这二人入宫却没有禀明过你,你自可动用皇后之权将她们处置。倘若皇帝和梅、茹二人敢有异议,哀家自会与太后一起为你做主。"

褚后回去便命人先将那两个波斯舞姬黥面鞭笞,关入了掖庭大牢里。她此举干脆利落,一改她从前唯唯诺诺的行事风格,令梅、茹二人着实有些意外,但一时间也不敢怎么样。至于萧宝卷更不可能因为此事而跟皇后争执,便只当不知。

周灵璧得知消息时,已是尘埃落定。不过沐休两日,回来听说皇帝又在宫里行此事,当即气得咬牙切齿,骂道:"这么好的美娇娘供在屋里,还要偷鸡摸狗,天底下的男人难道都是这般?"

她的话被师父典春秋听见,当即责问。

周灵璧愤愤地坐着倒腾手里的丹药,随后便听见有人急匆匆奔进来,见到她们师徒二人便跪下道:"快!淑妃娘娘……说是快要生了,这会已经见红,皇上要你们赶紧的……"

淑妃难产,羊水未破先动了大红。

折腾了一天一夜,最后孩子是在子夜时分落地的。照着民间的说法,这是百鬼夜行的时辰。此时降生的孩子必定多灾多难,会有许多厄运和坎坷。

但挡不住皇帝的大喜与后宫诸位主子们的祝福,就连褚后凑上前看了看襁褓中的婴孩,也笑道:"生在星月璀璨的时候,将来必定是个聪明可爱的小皇子。"

萧宝卷听见这话更加高兴,想着淑妃一会便要醒来,让人释了先前因舞姬之事迁怒的吴景晖和程女监,并对老王母和潘太后道:"朕给这孩子拟了好多名字,都在书房的案上摊着。现下叫人去取来,也请太皇太后和太后帮着一起看看,到底用哪个好。"

老王母在此守了一个时辰,此时疲态尽显。她向皇帝道喜,摆手说自己年纪大了弄不懂这些官样文章，随后就拄着拐杖进去看淑妃。潘太后也道："皇帝既然珍爱这个孩子，取名自然要慎之又慎。御史台和从文阁有那么多学识渊博的臣子，哪里轮得到我这个老太婆来操这个心？"

说着，也跟在老王母后头进了寝殿，似乎对取名这一事都避之不及。

这一夜，珠姬与萧衍投宿在紫金镇。夜间她梦见昨夜的三树台下，汇流入江的任河之中飘来了一朵未开的白莲。

她站在河畔，夜色中见白莲与自己河中的花灯们汇拢在一起，其中有一盏高高大大的宝莲灯，周身赤红鎏金，十分华丽惹眼。小小的白莲靠在它身侧，似由那宝莲台灯所衍生一般。她笑了笑，心中正觉得造物主十分神奇，就连莲灯也有生得如此相似。

没想到下一刻就见宝莲台灯骤然起火，那火光滔天，生生烧得小白莲也变成一盏红莲，殷红欲滴。

而佛经之中，红莲乃八寒地狱之第七。

珠姬心中骤然生出无边的不安，她双手合十目送漂流在河中的小红莲随水远去，醒来时不知为何，眼角润湿了一片，心中也有些茫然的痛楚。

至次日午间，他们一行人刚刚进襄阳城内，玄碧便收到了宫中飞书，喜滋滋回禀道："淑妃昨夜生下了小皇子，母子俱安。恭喜女君，您做姨母了。"

珠姬大喜，合十念了一句阿弥陀佛，萧衍却有些意外地问道："怎么这么快？这才不到八个月。"

珠姬点头，周灵璧为免她担心只在密信中说是母子平安，自然没有提及淑妃与萧宝卷争执的由来。但玄碧随后又收到另外一封飞信，这次是萧衍的耳目亲信送来的，密信中将淑妃生产的经过和孩子降生于子夜的时辰都细细说了一遍。萧衍过目之后便毁去，叮嘱玄碧："此信不必告知女君，以免让她担忧。"

第十一章　襄阳一梦

玄碧应下,心里却有些欲言又止。恰好快到刺史府,夫人郗徽早早派了人在前头迎接。萧衍坐在马背上受了府中下人们的拜谒,随后指着身后的马车道:"这是女君。"

下人们称喏,复又向珠姬拜谒。刺史府前渐渐围拢了不少路过的百姓,听闻是萧刺史回府,都前来向他行礼问安。郗徽领着三个女儿连同自己兄长郗泛亦在府门前相迎,珠姬下车时正好见着郗泛手中牵着一个四五岁的小女郎,对她颔首而笑。她亦含笑回礼,先随萧衍上前见过郗徽,随后再与郗泛见礼,寒暄道:"一别就快两年,使君一切安好?"

又问起松溪县主的病情如何,得知县主此刻就在府中做客,当即便要过去问安,被郗泛劝道:"真是对不住,我阿娘早上吃过药要静养,也不能见风,怕是要午饭时候才能出来与你相见了。"

说完,心中对珠姬的知礼守节十分赞许。正好郗徽看过来,他便微微扬眉,朝她无声说道——看,我说得可是不错。

郗徽心里却实在高兴不起来。

午饭设在有风楼,珠姬在来的路上便听萧衍说起襄阳城中的紫薇花最盛,夏末时节花开如云,半个城都笼罩在一片紫云之中。此时虽未到花期,但站在有风楼的窗边,遥望那一片新绿萌发的树林,仍是不免心生向往。

松溪县主见了珠姬,心中也暗暗沉吟。一顿饭后,她再对女儿叮嘱道:"她进退有礼,处处周全,是个难得一见的聪慧之人。你性子太过急躁,遇事容易沉不住气,这个毛病如今非改不可,否则若让女婿对比起来,你必定处处都落于下风。"

郗徽尚且不服气，争辩道："阿娘，怎么就连您也帮她说话？我就没看出来，她到底哪点好？不就是会矫情做派吗？我要是肯忍着气，我也能！"

松溪县主连连摇头："这不是矫情，这是涵养。徽儿，你要听阿娘的劝，以后她要客居在此，你就要克制自己的脾气，学会跟她一样令人如沐春风。相信阿娘的话，阿娘必不会害你。"

郗徽点头应了，心里却并不如何情愿。她这样的心思自然瞒不过松溪县主，等无人时叫了襄娘子到跟前，又跟她细细一说，襄娘子便道："您放心，奴会看顾着，只要主君在，夫人必定会懂得分寸的。"

松溪县主且听了仍有几分心悬。但是嫁出去的女儿泼出去的水，她也不能总赖在女婿家中长住。于是吩咐下去说后天一早便启程，又让人精心挑了两样东西作为珠姬的见面礼回礼。

谁知才到翌日一早，便听说今上发兵要来攻打襄阳城，派的还是朝中十分得力的宁朔将军王国珍，率十万大军浩浩荡荡而来。消息传到襄阳城时，满城百姓都十分惊慌。幸好萧衍提早预知了这一情况，他乘势而起，以讨伐昏君为由，传檄四方，命雍、荆二州将士水陆两路正面迎敌。

雍、荆二州正在奋力举兵守城，宫中萧宝卷却甚是烦恼。

淑妃那日早产，就因不知道谁走漏了消息，让她得知自己腹大如箩时萧宝卷还拥着两个波斯舞姬逍遥快活，根本不管她和孩子。萧宝卷那日被杯盏划破了前额，如今伤口犹在。没想到她醒来后仍记恨在心，并让吴景晖和乳母抱回孩子，不许给他看。

萧宝卷被轰出漱玉宫，不但颜面扫地，心内更加焦虑愤恨。此时梅虫儿便趁机上前道："若是珠姬女君在此，必定能劝得住淑妃娘娘。只可惜，就连她都被萧衍诓骗去雍州了。"

说完又看萧宝卷的脸色，果然十分怨恨，便再上前低声密语了几句。得知珠姬才是真正的北魏公主，而老王母曾与萧衍密谋策淑妃之子为新君，将自己取而代之，他更加郁结于心。思来想去，怕来日北魏会暗中支持萧衍篡位，终究是不能留着这个心腹大患，这才有了发兵攻打襄阳的旨意。

淑妃养得不好，孩子又因早产而过分羸弱，终日啼哭不止，这让周灵璧感到焦虑不安，也无暇顾及其他。

至于萧宝卷发兵襄阳一事，她与褚后商议后决定还是暂时瞒着淑妃。

到了老王母那里，得知萧衍终于起事，她反倒心定了下来。吩咐程女监盯着吴景晖，道："不许任何人告诉淑妃，皇帝攻打襄阳一事。"

程女监应下，等她走后阮氏才上前续茶，且看着老王母的脸色问道："太皇太后，陛下怎么会选择在此刻攻打襄阳？"

老王母冷笑一声，花白的两鬓上簪着的一支碧玉万寿钗微微摇曳。回道："还能是什么？必定是梅、茹二人在做鬼。"

见她老神在在并不放在心上，阮氏心里有了分寸，退下之后寻了个空子，悄悄来找了吴景晖。先告诉她不能惊扰淑妃，随后叹口气，道："我以前不懂你为何对萧大人如此死心塌地，而今见太皇太后也把重注押在他身上，也许你是对的，那位萧大人的确是人中龙凤。只盼来日你富贵了，也能拉我一把。"

她与吴景晖一样的出身，要说色艺心智自然远胜于常人，而吴景晖当日既答应助她入宫，自然也存了拉拢之意。此番吴景晖因梅虫儿的陷害而差点被皇帝处死，如今萧衍起事要与萧宝卷决一死战，她自然是祈愿萧衍大事能成。于是趁机游说阮氏，道："都是姐妹，你今日能特地赶来告知我此事的深浅，我必会记在心上。再则，既然你也知道主君来日必定能成大业，不如现在就投诚于他，来日若有富贵，我们理应共享，又何来尊卑之分？"

阮氏被她说得怦然心动，她在老王母跟前见过萧衍几次，觉得其人玉树临风，不但姿容英伟更颇有才名，再加上兰陵萧氏的出身，若来日还能位极人臣或成至尊，这样的前程试问谁能不心动？

于是稍作思虑，便点头应下了此事，并跟吴景晖约定，两人互通消息通力合作，还趁机拜了金兰姐妹，又试探道："说起来主君样样皆好，就是他心仪珠姬女君，此事你可知情？我怕，来日就算我们姐妹助他登上大宝，他心里也难以容得下我们。"

吴景晖点头，咬唇道："我想过了，来日主君若成了至尊，他的发妻便如现在的皇后一般，而女君，会有淑妃这样的盛宠。至于你我，要的不过是在宫中的一方立足之地罢了。所以我们根本无须跟女君攀比，那样的美人，世间又有几人能与她比拟？"

阮氏闻言笑了笑，赞她看得也通透。岂料吴景晖却幽幽叹了口气，苦笑道："我并不是一开始就想得通看得透的，只是没有办法——"

阮氏听完默了默，安慰她也是自我安慰道："晖月，我们一定能如愿的。"

两人在月色下分别，各自都有一番思量。吴景晖夜半辗转反侧，忽然听见寝殿中传来淑妃的呼声。她披衣下地，推开寝殿的门，一看淑妃手脚抽搐神态痴迷，忙命侍女："去请周太医。"

周灵璧很快赶来，施针用药时皇帝萧宝卷也到了。他见淑妃形容憔悴，又听偏殿中婴孩啼哭不止，愧疚自责道："玉儿，是朕对不起你。"

淑妃产后有些癫痫之症，加上小皇子生来体弱，也是难养得很。萧宝卷终日都守在漱玉宫中，对雍州的战事并不怎么放在心上。在他看来，集数州兵力围剿一个雍州，就算再加上旁边的益州，也是轻而易举的事情。

而王国珍那边，一开始因为萧衍刚回襄阳，兵力尚未来得及集结，他才能一路长驱直入。待数日后大军抵达襄阳城时，萧衍已经完成了重兵回调。且襄阳三面环水，一面靠山，本就是易守难攻，战事一时间进入了胶着的状态。

王国珍似乎也不急，他打定主意要在此进行一场旷日持久的大战。好在他杀进雍州时带了不少粮草，沿路又抢占了不少粮库，所以军需充裕。

而立春之后天气一日比一日暖和，眼看襄阳城既然一时间攻不下来，他便索性调转了方向，改派手下的将士们到处抢粮抢钱，有时候遇上俊俏的小女郎和妇人，也会抢回来。

这样一搞，弄得襄阳城外的百姓叫苦连天。萧衍得报，觉得久耗始终不是长久之计，而且襄阳城内粮草物资有限，若到夏收时节还不能结束这场战事，到时候人心必定会动乱，粮草也会消耗殆尽。

于是他决定暗中出城一趟，会一会这个王国珍，就算谈不拢，探一下虚实也好。得知他要亲身犯险，郗徽和珠姬都很是担忧。郗徽先是拦着不让，后来见劝不住，便负气道："你既不将我们母女几个放在心上，要去便去吧！反正现在无论我说什么，你都不进耳！"

珠姬送来了那件天蚕甲，又对萧衍说道："王国珍此人颇有威名，但他这一次奉命来战，似乎并没有将主要精力放在攻打襄阳上。所以我以为阿兄可以冒险出城与他密谈一次，但千万要注意安全，另外——"她将老王母交给自己的那个锦囊递给萧衍，拔下头上那支白玉福字簪，一并送到他手里。

"阿兄带着这个去吧，或许能助你一臂之力。"

萧衍打开锦囊看了看，诧异道："这是老王母给你的……"他说着，就要把锦囊送回给珠姬，却被她坚决推了回来："拿着吧！我与阿兄从来都是荣辱一体的。"

她既然坚持，萧衍便也大方地接下了。不过高兴在给他穿天蚕甲的时候无意中说了一句："这件天蚕甲闯宫那晚穿在女君身上，受了几处箭伤。前天我见女君拿去请丁姬修补了一下，没想到她不但会绣花还会补这个。"

天蚕甲上留有珠姬身上的淡淡馨香，萧衍伸手抚了抚，遥想那夜被箭雨围攻的凶险场面，没想到她一介女子竟然会挡在自己身上替自己受了那几箭——这样的情意，足以称得上死生契阔，他又该如何才能回报万一？虽只淡淡应了一声"嗯"，但心里却是波涛汹涌，翻滚难平。

直到高兴牵过马来，又见珠姬遥遥站在东面的韶光阁外与他挥手道别。他抿唇一笑，将手中马鞭高高举起，对她作了一揖，方才策马去了。

送了萧衍离开，珠姬转身便对玄碧道："带上点心，咱们去看看丁姬。"

她此来匆忙，行囊简单，没什么可做见面礼的。因看丁姬住的小院逼仄而潮湿，下人态度傲慢，料想她因不得宠而生计艰难。于是让人开箱取了一些金银，再加上一盒子新做好的点心带了过去。

谁知一进门就见丁姬正在院子里舂米，当即讶然道："姐姐，怎么要你舂米？这——"

那老婆子从后院走出来，见是珠姬先行了个礼，随后站直身回道："女君有所不知，这是夫人吩咐的。丁姬要每日舂米五斛，因为咱们府里不养闲人。"

珠姬一噎，再一想，郗徽的确是能做得出此事的人。她身份尴尬，不便与作为主母的阿嫂作对，于是挽起衣袖作势要帮丁姬，身后的玄碧上前拦住道："此等粗活怎能劳动女君？"

玄碧说完，便跟丁姬一起合力舂米。那两个小丫鬟也不敢玩耍了，乖觉地扫院洗衣。至于那老婆子，见珠姬面色不快，也赔笑着撸起了衣袖，帮着一起将旁边未碾的稻谷倾倒入舂磨当中……

五斛米舂完，已是暮色四沉。珠姬与丁姬入内喝茶，她将带来的金银塞给丁姬，玄碧自端了点心下去蒸热来。丁姬有些歉意地一笑，垂脸道："多谢女君让玄碧帮我舂米，可是以后，还是不要了……我做惯了，一个人也能做完的。"

珠姬看着她的手，摇头道："阿嫂精于持家，可是你擅长的是绣艺。舂米这样的活实在繁重，并不适合你。"丁姬忙说无碍，两人坐在厢房里说了一会话，珠姬便回了自己的韶光阁。

她叮嘱玄碧去打点丁姬院子里的仆妇。窗外风声簌簌，快要就寝时，有人来通传说郗徽带着几个使女来了。珠姬连忙从榻上下来，侍女们卷起珠帘，郗徽入内，姑嫂二人在榻上重新坐定。

几句寒暄过后，郗徽便道明了来意："上次你刚到府中，我母亲和兄长走得匆忙，也没来得及设宴饯别。这几样东西是他们回去之后特地让人送过来的，也不知道合不合你的心意，你且看看吧。"

珠姬立即起身谢过，随手打开其中一只锦盒，见内里装着两瓮精巧的黑白棋子，都是上好的墨玉与白玉。颗颗莹洁漆黑，令人爱不释手，便笑道："这是郗使君送给我的吗？真是太精巧了，我很喜欢，多谢他的一番心意！"

郗徽有些吃惊，暗道这丫头还真是有些眼力。心里倒震惊了一下，等珠姬看完余下的几样东西，边起身边朝她道："你喜欢就好。时候不早了，你也早点休息。"

她强撑着笑容，出了韶光院就冷下了一张脸。回到房中卸妆时犹有些不忿，却不想襄娘子端来一碗燕窝，伺候她吃下之后笑吟吟道："夫人何必气恼？难道您就看不出来，咱们家公子对女君可是格外体贴。"

郗徽将手中的碗盏搁下，眉间蹙起："阿嬷这是什么意思？难道……"她灵光一闪，想起一个可能，随后浑身颤悠了一下，摇头道："不！不能这样，她要是嫁给我阿兄，那日后我岂不是……"

襄娘子劝她："有何不可？夫人您仔细想想，女君嫁到咱们府上，难道不好过现如今她客居襄阳？"

真是一语惊醒梦中人，郗徽骤然明白过来，随后又惊疑道："可阿兄如今赋闲在家，她会不会答应这门亲事？还有，夫君他……"

襄娘子凑到她耳畔低语了几句，郗徽先犹豫片刻，随后终于点了点头，道："倘若阿兄真的心仪她，我自当成全。"

次日一早，萧衍从城外风尘仆仆而归，见他面带喜色，郗徽迎上前替他解下披风，问道："夫君辛苦，此番会谈可有进展？"

萧衍也没有跟她细说进展，吃了一盏茶便去了书房。郗徽心细，叫人暗中跟着，得知他刚刚进门就让高兴送了一样东西到韶光阁给珠姬，心里又是一个咯噔。

其实萧衍让高兴送去的就是珠姬给他的那个锦囊，也因为这个锦囊和那支白玉簪，王国珍终于松了口，答应跟萧衍秘密和谈——时间，就在今夜，城外三十余里的檀溪壶口。

对于萧衍而言，这一次会面意义重大。只要稳住了王国珍，就算稍后朝廷再派其他的大将来，他也有了喘息的机会，可以联同益州吕僧珍等人一起合力狙击萧宝卷的大军。

而高兴奉命前去见珠姬，不但交还了锦囊和玉簪，还将萧衍与王国珍密会的内容也详尽地告诉了她，最后笑眯眯地冲珠姬行了个大礼："主君说此番能劝服王国珍，都是女君的功劳。等此事过了，他再亲自与女君道谢。"

珠姬听说王国珍松口，也跟着松了一口气。她笑着摇头，让高兴忙去萧衍跟前当差，抱着阿离就去主院向郗徽问安。

意外的是，郗徽今日看似心情颇佳，不但留着珠姬一道用早饭，还给她挑了几匹新送来的春藤雪缎，吩咐下人："去请霁月楼最好的裁缝师傅过来，给女君和三位小女君一道做几身春衫。"

珠姬本要婉言相拒，郗徽却笑道："不怕你笑话，你阿兄虽是出身高门，却厉行俭省持家。我自从入门之后，家中便只有两个粗使的绣娘。可这一年四季的衣衫便是我们不做新的，你与孩子们的却省不得。"

如此，珠姬也不好再说什么。她从主院回来，再去丁姬的清樱阁，见那婆子和两个小丫鬟果然乖觉许多，院子里收拾得整齐利落，五斛米已经舂了大半之数，丁姬正坐在门口的小矮凳上，手里拿着个绣绷。

珠姬一看丁姬拿着绣绷就笑了，她觉得凝神绣花的丁姬温婉恬静，有种难言的素雅韵味。

丁姬院子里种了几棵早樱，二月初便绽出了新蕾。珠姬坐在窗边的榻上，一只手随意地举着茶盏，遥敬外头的春光。丁姬看着她轻声说话的侧颜，那样娇妍美好，二月的春光照在上面，反衬出比桃李更加细腻的光彩。

她觉得这个春天真好，把女君从建康送来了襄阳。她的世界里也铺满了春光，让她萌生出一种奢念——若能长久如此，该多好？

阿离近日有些躁动，总不肯安静待着。丁姬在旁看着忽然道："春天了，猫猫狗狗都会躁动些，阿离应该也是。"经她提醒，珠姬才想起阿离也到了发春的时候。想想周灵璧在宝船上给萧宝卷配的那一剂药，便托玄碧也出去寻来。可是不巧，玄碧出门待要上马，就遇上高兴。

高兴一看是玄碧，立马迎上来："玄碧姐姐这是要去哪里？有什么跑腿的活只管吩咐我们去办，哪能劳动你四处奔波？"

伸手不打笑脸人，况且这厮从前也算好相与。玄碧跨上马背虽面无表情，还是回了一句："女君命我去给阿离配一剂方子。"

听闻是给阿离配方子，高兴更加来了精神。他示意余下的人都起开，近前详细问了问。得知是小香狸发春躁动，当即拍胸道："这么一件小事，哪用得着你去办？外头市井里的人粗俗得很，你就放心，包在我身上！"

玄碧一想有些道理，便下马来扔给他一锭银子，吩咐他："你快去快回！女君还等着呢！"

高兴接住银子，却不往怀里揣，反倒是眉飞色舞地捧在手里瞧了又瞧，口中嘿嘿笑着。他见玄碧大步走远，身上的绿裙飘逸如迎风摇曳的绿枝，真是英姿飒爽得很。正出神时冷不防被襄娘子迎面一吓，问他："高兴，你这是在作甚？"

高兴一看是她，连忙摆手摇头，飞快地骑马走了。

襄娘子觉得不对，便招人细问，得知是女君养着的那只香狸发了春，她脑中骤然冒出一个念头，随后匆匆去寻主母郗徽了。

掌灯前，高兴果然带了抓好的药材进来，不但如此，他还在西市搜罗了好些女郎们喜欢吃的应季新鲜水果和点心，以及一些精巧的玩物，送过来时只说愿博女君一笑，也不要赏赐便走了。

珠姬看他甚是用心，就连买来的小玩意都颇有些意趣，吩咐玄碧改天去道谢。侍女很快将药煎好端上来，吃了药之后的阿离有些恹恹无神，珠姬以为是起了药效，便吩咐侍女抱下去。等她洗漱完回到自己房中，方才想起已经两日没见过阿兄萧衍了。

夜来有香，那香息幽幽如兰。珠姬睡在纱帐之中，隐约听见几声阿离的咕咕叫声。待要再仔细听时又不见了，她以为自己听错，翻身辗转，这才沉沉睡去。

郗徽昨晚也没有睡好，晨起时眼下有些瘀青，又见头疼。梳妆时她闭目养神，等妆成之后只留下襄娘子在身侧，低声问道："这法子能行吗？若万一弄巧成拙重伤了她，到时候夫君必定震怒。要是细查起来，咱们怕是不能撇得干净。"

襄娘子见她面容蜡黄，心中疼惜，便道："夫人不必过虑，我让人配来那药只是先让老鼠吃了，等那狸猫吃下老鼠之后慢慢才会发作。中间相隔了数个时辰，料想便是查起来也难寻根源。至于药的分量，只要算好，吓她一吓，或是惹她些许眼泪罢了。如此一来，夫人过些日子再跟她提出婚约一事，想来她也会自己斟酌的。"

郗徽听完觉得有理，心里沉了沉，咬牙道："那就好，记着手脚要做得干净些，千万别让人查到蛛丝马迹。"

襄娘子出手，自然诸事妥帖无虞。到了午后，珠姬发现阿离不见了，以为它又四处擦香，便让韶光阁的下人们都去找找。

随后她与玄碧例行来到清樱阁，正与丁姬说话笑谈时有人来禀，说是阿离正在韶光阁中四处翻闹捣乱。珠姬皱了皱眉起身要回去，丁姬有些不放心，也跟了上去。一行人回到韶光阁时院子里已经零零总总站了好几个下人，手里都拿着棍棒等物。珠姬先让她们散了，随后走进花厅，刚刚打开门就见阿离半空里飞扑过来。

她躲避不及，还好玄碧眼明手快，一把拈住了阿离的后脑勺，斥它："还敢捣乱？越来越张狂了！"

阿离一到玄碧手中，倒也乖觉了不少。珠姬安抚它一阵，见它昏昏欲睡，便将其放在床前的蜀褥上。丁姬还是第一次来韶光阁，她见此处陈设的竟与主院相差无几，甚至更见清幽雅致，便四处张望了一下。

珠姬让人上了茶点，两人坐在檐下喝茶说话。不多时，高兴一溜小跑进来，对着珠姬便作揖道："女君，主君回府，一会便来看您。"

珠姬起身应下，丁姬一听萧衍要来，着急便要回去。被珠姬拦住，含笑道："你也许久没见过阿兄了，正好，今日打个照面。"

丁姬急得想哭，又不知道该如何婉言回绝。见她面露窘迫，珠姬还带着她回房换了一身自己的衣衫，又让侍女给她重新对镜梳妆，对她说道："见面三分情，你是阿兄的姬妾，总不能一年到头都不见他几次。我知道你惧怕阿嫂，可是姻缘天注定，是你的，便不用总想着逃避。"

说着，她从自己的妆奁中取出了一支珍珠玲珑八宝簪，簪在丁姬刚刚挽好的涵烟髻上。黄澄铜镜内映出两人若有所思的面容，丁姬缓缓站起身，垂眸道："女君，主君那样的人，我配不上他。"

珠姬心里掠过一片模糊的疼痛，她不知道自己为何会有这样的情绪，仿佛是妒忌，又夹杂着几分不太情愿的成全。但因对丁姬有发自内心的维护，便道："怎么这样说？"

两人在房中说着话，萧衍已经大步迈入了院中。他见檐下摆着茶点，人却不在，便径直走进了花厅。

听到他的脚步声，两人连忙出来相迎。萧衍先看见珠姬，嘴角的笑容已经情不自禁地浮起，再看她身侧还站着一人，定睛一瞧，才认出竟是丁姬。

他嘴角的弧度瞬间拉下来两分，但因珠姬迎上前行礼，又对他道："阿兄近来辛苦了，这会子若有空，我来煮茶，你且好好安坐片刻。"

她眸中有光，萧衍不禁又绽出了笑意，颔首道："好。"

他说着，拔腿就往里屋的长榻走去。珠姬悄悄推了丁姬一把，示意她跟着，自己转去后头让人取了存在地窖中的梅顶雪水出来，又选了一罐新茶，这才挽了手走回去。

萧衍入内坐定，不见珠姬跟来，却见丁姬慢吞吞地出现在自己眼前。他转瞬便明白了珠姬的用意，只是不便让她下不了台，又见不远处的几子上摆着一只架好的绣绷，便问："你最近在给女君绣花？绣了什么，拿来我看看？"

丁姬绣的是青樱，自己窗外含苞未开的那几树。萧衍略看了两眼，刚要赞她绣得好，珠姬带着玄碧进来摆好茶具，又放下几碟子新鲜瓜果，道："阿兄近日受累了。"

萧衍从她手中接过那一瓣果肉，送进嘴里慢慢嚼了。又看那果肉十分特别，似乎是自己以前去扬州时才见过的，恍然道："这是我让人从句章城送来的？"

珠姬点点头，就势在他跟前落座，一面执壶沏茶，一面道："正是。"

萧衍又用果钿取了一块吃着，一边赞好，一边看向站在一旁的丁姬。他目光如炬，丁姬立即明白过来，她待要悄声退下，却被珠姬拉住了手，笑道："丁姬姐姐难得来我这里一次，阿兄客随主便，也跟姐姐一起喝会茶说说话。"

萧衍大感头痛，又不便明说，含糊应了一声，再不看那丁姬。丁姬自然懂得看他眼色，她寻机接过珠姬手里的茶壶，就这么坐在一旁给他们添茶续水，偶尔帮着换一下果碟点心之类的，倒也安静妥当。

珠姬心急外头的战事怎样，便专注听萧衍讲了一遍王国珍与他密会的细节。得知此人早有心要跟随萧衍，她当即道："阿兄美名于外，此番收下王国珍，雍州无忧矣。"

萧衍点点头，却道："王国珍是有意投诚于我，但他若消极怠战，朝中自会另派大将前来。所以当务之急，我要挥师南下，尽快逆转局势，掌控大权。"

珠姬心中明白，此行实属必然之举，但仍不免忧心忡忡。见她默然不语，萧衍示意丁姬退下，随后望着珠姬道："我有一事想求你相助,你还记得芷兰岛上的黑色鬼火吗?我想带人秘密前去收集一些,以备战时奇袭之用。"

珠姬很是吃了一惊,她定神片刻才道:"可那鬼火产自海中,岛上之人唯有我才知道如何开启机关。再则,此火甚为猛烈,一旦点燃可数日不灭。阿兄……"

萧衍见她面露不忍之色,连忙伸手覆上她的柔荑,郑重道:"你放心,不到万不得已,我绝不动用此物。"

珠姬缓缓点头,她怎会不知沙场上刀剑无眼,一旦开战便是你死我活!他们冒着大险从建康逃回襄阳,途中可谓是九死一生。往昔的惨烈依然历历在目,此时她又如何能以妇人之仁,让他不兴屠戮?

片刻后,她阖眸应下:"好,我带人回岛,取来鬼火之后再返回襄阳。"

萧衍没有放开她的手,他轻轻摩挲几下,附道:"此行艰险,旁人护送我都不放心,我亲自与你一道同去。"

珠姬不免讶然:"可是城中诸多事,都需阿兄——"

萧衍笑着摆了摆手,回道:"无妨,我自有主张,明日一早你且去码头等我便是。"

见他胸有成竹,想必是诸事安排妥当。珠姬点点头,想到要再回芷兰岛,终究还是有几分欢喜涌上来。再一想,明日一早便要启程,旋即拢了拢眉宇,问萧衍:"此事阿兄可跟阿嫂商量过了?"

萧衍被她这么一问才放开手,他摇头果断道:"事关战局胜败,暂且不能让她知晓。你放心,你明日只说要回去拜祭你阿娘,余下的事情自有我来安排便是。"

珠姬一想也是,她沉吟片刻,忽然抬头道:"阿兄,我想带丁姬姐姐一道同行……不知可否?"

她眼眸闪烁,心中诸多念头流转。萧衍与她相处的时日已久,一眼便看出了她的顾虑,只是转念一想,玄碧沉闷,有丁姬沿途给她做伴解闷也好。于是点了点头,道:"你倒是跟她投缘。"

珠姬眉眼含笑:"我喜欢与她做伴。"

萧衍再瞄了一眼那绣绷上尚未完工的数朵清樱,漫不经心地点头:"你喜欢就好。"

送了萧衍出门,珠姬拉着丁姬的手对她低语了几句,丁姬这才瞪圆了双眼:"真的?女君要带我一并去?"珠姬点点头,刚要与她细说详情,忽然听见外头传来阿离的咕咕叫声,还有一阵花木的窸窣作响。她顿觉异常,唤玄碧问:"阿离在哪?"

谁知玄碧此时并不在韶光阁,萧衍本来已出了院门,听见响动又折回来,问道:"发生何事?"

珠姬知道他诸事繁忙,便回说无妨,正值此时猛然见到夜色中有一团黑影飞快地扑过来。萧衍吃了一惊,见那黑影扑向珠姬,当即毫不犹豫地伸手一挡。他臂力惊人,阿离被阻断了去路,当即咕咕几声,就势与他厮打起来。

珠姬看清烛火下的阿离双目泛绿,神色是自己从未见过的凶蛮之气,当即吓了一跳。可怕萧衍抽剑伤了它,便道:"阿兄!不要伤它!"

萧衍也没想到一只狸猫发起野性来竟会如此难驯,又不能以刀剑相向。见他被狸猫缠住,身侧的几个亲卫都冲进来。一番围捕之下终于擒住了阿离,刚要将它捆起来时,院外又传来几声咕咕的叫声,似是还有另外一只狸猫也在附近。

众人都觉好奇,不想原本被擒住的阿离骤然跃起。见它难免伤到珠姬,萧衍再不迟疑,飞身起将其踢下地,斥道:"不知死活的东西!"

玄碧与高兴赶回韶光阁时,阿离已经被珠姬包扎好了。它伤得挺重,虽然不至于奄奄一息,但一时也难以痊愈。萧衍打发人去城里找能治猫狗的大夫,见到玄碧回来便质问:"你去哪里了?"

玄碧当即跪下请罪,如实道:"主君恕罪,奴先前收到一个口信,说是高寺人约我去后花园有事要说。奴不知是计,便去了。后来在那璇玑林中被困许久,直到高寺人赶来才脱身。"

萧衍定定地看了她一眼，高兴连忙跟着跪下，磕头道："玄碧所言不错，奴也是收到一个小丫鬟的口信，听说她在璇玑林中等奴，这才匆匆赶过去的。"

萧衍皱了皱眉头，挥手让玄碧先进去，朝高兴吩咐道："去查一下到底是什么人做的。"说完，他又叹口气，进去看看珠姬。见她心神不属的样子，很是自责道："对不住，我——"

珠姬摇头，神色黯然："不怪阿兄，你也是为了保护我。不过阿离平时不会这样的，这事有些蹊跷。我心中感到不安。"

待将萧衍送到檐下，目送他背影消失在院门口，珠姬方才转过脸来问玄碧："今儿个什么日子了？"

玄碧一愣，片刻后答道："二月十六。"

珠姬恍然，难怪今夜有这么好的月色。十五的月亮十六圆，今夜，是淑妃的孩子满月之夜。想来宫中此刻还在欢宴庆贺吧？她抬头，凝视着天边的那轮圆月，她想，或许此刻，她也会跟自己一样，凝视着同一轮圆月吧。

萧宝卷给孩子取名为连城，萧连城——他与淑妃所生的第一个孩子，也是他生命中真正意义上的第一个孩子。

周灵璧这天也被淑妃请来参加宫宴，淑妃月子坐得不太好，出月时不但不见丰腴，反而清瘦了一圈。今夜她穿了一身华丽的宫装，明月为铛金珠为缀，坐在萧宝卷身侧很是惹眼，说是容色倾城半点也不为过。

只是这倾国倾城的容貌中掺杂了几分说不出的落寞，笑容里也有几分耐人寻味的苦涩。明眼人如潘太后褚后等都是看破不说破，仍是举盏相庆。周灵璧却觉得十分烦闷，一口气干掉了一壶九丹金液后，借着发散酒气的名头离宴出来，她正走着，便走到了太液湖旁那一处荷池边。

时值初春，夜风寒凉，她想起去岁拉着珠姬来到这里向她请求搭救郗泛，彼时的情景依然历历在目，如今物是人非。她独自倚坐美人靠，任凭夜风吹拂在滚烫的脸颊上，一只手无力地支在右脸旁，见眼前的荷池早已衰败，只余几枝残荷枯秆还露在水面。

一时间有些出神，也不知道过了多久，忽然听见一阵细碎的脚步声，间中还夹杂着几人窃窃私语，因为说的都是波斯话，她只零星听到一句："都快些，一会宫宴就要散了。"

她顿时警醒起来，迅速跟上去，见那几个波斯乐师都换上了宦官的衣服，心里更加起疑。又跟了一段路，发现这些人的目标正是漱玉宫，当即一跺脚，骂了一句，二话不说就奔去寝殿。

吴景晖要照应淑妃，小皇子便交给了程女监和两个乳母照顾。周灵璧一入内便要抱小皇子出去，程女监当即将她拦住，说是夜深了小皇子不能受风。周灵璧急得跳脚，正解释时，小皇子被惊醒了。他发出如幼猫一般的啼哭声，孱弱而不安。

周灵璧知道这孩子生来不足，再不敢跟程女监大声争执。正五内俱焚之际，殿外有侍女匆匆进来，哭道："不得了了！外头火光冲天，靠着咱们漱玉宫的几座宫殿都烧了起来，这会咱们想跑也跑不出去了——"

周灵璧这才恍然大悟，一拍脑门——果然喝酒误事，她早该想到的！这些人是用了包抄战术，幸好漱玉宫附近几座宫室都是空着的，并没有住人。只是如此一来，她要如何才能护着小皇子安全逃离？随后她想到了密道，稍作犹豫，便对程女监道："我们从密道走！让人先下去查看情况。"

程女监这会不固执了，大难当前，她很快就领着宫人一起护着小皇子走进了密道。

宫中失火，消息很快就传到了正在设宴的承乾殿。淑妃听到消息就发足狂奔，萧宝卷赶紧跟上。

漱玉宫也被连带烧起，但火势不算厉害，周围几座宫室的大火很快被扑灭了。可是淑妃冲入宫中找不到自己的孩子，就连程女监和两个乳母，连带着宫娥十余人，统统都不见了人影！她找遍阖宫一无所获，受不住这样的打击，最后急火攻心昏了过去！

萧宝卷一看她昏倒，也是乱了阵脚。一面派人去找皇子，另一面又催促着太医快点过来。一地狼藉之中，褚后赶来听说了详情，当即便道："陛下不要过分心急，许是程女监带着小皇子进了密道躲避。"

经她一提醒，萧宝卷方才恍然，让人立即下去密道寻人，又拉着褚后的手泣道："今日本是宫中大喜之日，没想到竟有人如此居心歹毒，要在此时作乱。若让朕查出来到底是什么人干的，朕必定将他千刀万剐！碎尸万段！"

褚后心中暗道一句造孽，口中叹了口气。还好不多时便找回了小皇子和程女监等人，可密道空气混浊，小皇子又生来不足，周灵璧只给淑妃和皇帝看了两眼，便将其抱回了太医院施救。

明日一早便要启程，珠姬这夜却睡得不安宁。辗转昏睡几回，后半夜渐渐觉得身子轻飘飘起来，有点不知身在何处。有熟悉的声音在耳畔轻唤，"阿姊，阿姊……"她欣喜道："玉儿，真的是你吗？"

眼前的淑妃又扮作了从前的小女郎，双髻垂在两侧，身上穿了一件月色长衫。窗外清辉洒照在她周身，她走近前，拉住珠姬的手，道："阿姊，我们回去芷兰岛吧！"

珠姬点头，下地要找自己的那双便鞋。只是怎么找都不见其踪影，待要唤玄碧，却猛然听见窗外响起一阵"轰隆隆"的雷鸣，倾盆大雨打在窗纱上，花树投影摇曳，周遭情景突变。

再看玉奴，却见她与萧宝卷一起坐在蝠纹梨花木椅上，九龙长袍与赤金宫装柔软堆曳。玉奴端坐在那里一动不动，双眸华彩全无，只如泥塑一般。

"玉儿，玉儿……快，我们走吧！"珠姬猛然有些混乱起来，只是莫名地害怕，想要上前去拉玉奴离开。

"不！她是朕的淑妃，她要陪着朕，她哪里也不去……"萧宝卷上前来挡开珠姬的手，话音未落，只听"咔嚓"一声巨响，高高的房梁径直掉下来一根巨木，不偏不倚正正在他和玉奴的头顶坠落！

"玉儿！！"珠姬一声惊呼出口，萧宝卷已扑在淑妃的身上，巨木将他牢牢地钉在椅上。淑妃站起身嘶声喊道："快来人，救救皇上！！"

但是整座大殿都被笼罩在阴影之中，重重帷幕诡异摇曳，四周空空如也，宫娥宦官等人早已经不知去向。外面透着火红如血的亮光，灼浪逼近，浓烟慢慢透进来，呛得人几乎不能呼吸。

珠姬被火光阻隔，再不能走到淑妃跟前，她心急如焚周身发颤，喉间却似被什么堵塞般，竟然发不出半点声音来。

"女君，女君……你醒醒……"

耳畔仿佛是玄碧的声音，珠姬只觉浑身黏湿难耐，睁开眼一看，原来是韶光阁的寝房。哪有什么血色火海？

襄阳的春夜，触手生寒。

只是方才的梦那么真实，那么可怖，一时之间让她无法从中回转。

宫中，小皇子骤然病重。淑妃与皇帝连日围在小皇子跟前，眼见小小的婴孩每日遭受施针与病痛折磨，一碗碗的汤药喝下去，却丝毫不见起色。

萧宝卷几次发怒，扬言要砍了典春秋师徒的脑袋，可是都被周灵璧这个硬脖子给噎了回去："皇上要砍便砍，要杀便杀。您砍了我们，便另请高明吧。"

褚后和淑妃自然劝阻萧宝卷。淑妃形容憔悴，看着孩子如此遭罪却无计可施。回想当时生他时的种种痛苦，而今才不过陪伴自己几十天，便随时可能失去。她的心中有着难以厘清的痛苦和悔恨，再也无力去思考其他，只拦住萧宝卷道："不要迁怒旁人，也许是这孩子跟我们的缘分不深，也许一切都是我们强求了……"

她悲痛难当，神色间再无一丝从前的天真明媚。萧宝卷看着她，再看卧躺在锦绣襁褓中气息微弱的婴孩，一时间只觉天大地大，四海九州都无法承载自己的悲伤与愤恨，只得与淑妃抱在一起双双痛哭。

　　襄阳檀溪码头，晨雾霭霭，水色空蒙。珠姬和丁姬带着玄碧等几个侍女，在朝阳未现之前便登上了画舫。为了避人耳目，萧衍并未与她们同行，而是约定在荆州天门码头会合。

　　珠姬入了舱房，见玄碧将那只金丝小笼放在窗前，似要给阿离看看外头的风景，便叹息了一声："关在笼子里看到的风景，又怎么会有意趣？"

　　玄碧觉得阿离昨夜忽然发狂有些不寻常，当着珠姬的面她不敢多说，正好丁姬从自己的舱房走过来，见珠姬站在窗前挽着画帛不言语，便道："女君，檀溪的景色真美。"

　　珠姬点点头，朝她嫣然一笑。两人在窗前落座，珠姬逗弄着笼中的阿离说道："我想起我的阿妹，她从来到建康之后便一直待在宫中，上次我南下去游玩，她恋恋不舍要跟我一道去。可是哪里成？到底还是回了宫，所以再华丽的笼子也是笼子。"

　　丁姬听闻淑妃是个喜热闹活泼的性子，也跟着点点头："我没去过几个地方，但是来回建康的路上，也长了不少见识。后来到襄阳，一路上见到的风景都是不一样的，这才知道原来世间的山与山并不相同，水与水也有差别。"

　　珠姬朝她一笑，道："以后说不定天下九州四海都能游历一遍，你且等着吧。"

　　两人说着话，画舫拨开晨雾，离开檀溪码头。

　　郗徽送走了珠姬，心里自有几分说不出的得意。见萧衍回来吃完早饭便要高兴收拾行装，不免有些意外："夫君这是要去哪里？"

　　萧衍拢着眉头对她道："籍田巡视，快要春耕了，此事不可大意。若朝廷围兵不撤，夏收便成了关键。"

　　他既这么说，往年也的确会在此时连续外出半个月之久，郗徽也无从质疑。想一想，提了一句："夫君，珠姬妹妹年纪也不小了，她既住在咱们这，我这做阿嫂的少不得要把她当一家人看待。关于她的亲事，不知道夫君可有什么想法？"

萧衍原本正在翻检自己置于案上的公文，闻言震惊地抬起头："什么亲事？"

他话一出口觉得自己有些失态，便缓了口气道："如今这时节，你让我去操心这些事情？且放一放吧，等日子太平了再论。"

郗徽应下，心里却敏锐地察觉他对此事的抗拒。待把人送出门口，又打发了两个暗桩跟上，回屋后还是叹气，倚在软枕上怔怔道："这么巧，一个前脚走，一个后脚出门。"

襄娘子用阿离收拾了珠姬，这两日也是暗自畅快，闻言便劝道："夫人请放宽心，如今咱们主君哪有心思想别的事情？依我看，就是那丫头自己被吓到了，这才想着出去外头散散心。您若不信，且等着外边的人回话吧。"

郗徽点点头，等到晚间她派去的眼线传回话来，萧衍已到了附近的紫金县，正在处理一桩无头公案，这才松出一口气，冷哼一声睡下了。

两日后，画舫在天门码头停泊，萧衍带着高兴及两个侍卫换了便服上船。他行踪隐秘，但没有逃过宋琅的眼线，只是郗徽并未察觉。

建康的春天迟迟不来，御花园中拂面而来的风里仍带着彻骨的寒意。上次纵火一案，后来查出是那两个曾经受宠后被皇后黥面发入掖庭大牢的波斯舞姬勾结自己熟悉的乐师与伶人所为。

此后皇帝下令内务府从国库中拨款重建那些被烧毁的宫殿，另外再起了画稿，要为淑妃母子修建三座高耸入云的华庭——也就是他以前对淑妃许诺过的神仙、玉寿、永寿三座宫殿。

小皇子病势缠绵，一直不见大的起色。宫中明眼人都看出来，这孩子怕是福寿不长。为了避嫌，长春宫除了褚后和潘太后仍会每日过来探望，余下的人统统都不来了。淑妃每日守着自己的孩子，整个人都如同魔怔了一般。

皇帝看着心里难受，却又无计可施。典春秋便对皇帝道："此子或与禁宫肃杀之气相冲，陛下若信得过，可将其交给我带回扬州抚养。待其长大几岁，再送回建康宫中。"

萧宝卷一开始不肯，但眼见小皇子病势沉疴，再加上典春秋的确盛名在世，他既说有把握带回扬州抚养，或许真有这个能耐也未可知？于是犹豫再三点了点头，再去问淑妃，却见她一把将孩子抱在怀中，大哭道："不！我不要他离开我！我的孩儿……我苦命的孩儿啊！……"

淑妃爱子心痛，一切都在典春秋的预料之中。但痛过哭过，最后她也只能接受现实。在将孩子送到典春秋手中时她伏地拜了下去，泣道："求先生答应我，一定好好照养他。我会为先生立生祠，每日香火供奉。"

典春秋接过孩子，带了萧宝卷赏赐的许多金银细软连带几个医士侍女，就此离宫前往扬州。数日后，正好是三月初一那日，他的大船与珠姬的画舫在东海海面上遥遥相对而过。

玄碧在船舱外隐约看见那船上的旗号徽记，正是典春秋所住的藏识海字样，当即回舱禀告珠姬。

珠姬闻言大惊，即刻命调转方向，追赶典春秋的大船。但海峡内常有海浪与暗礁，两船在几度接近后最终还是渐行渐远。萧衍走出舱房与珠姬并肩站在甲板上，遥望那渐去的大船，安慰道："典春秋既已回来，想来小皇子和淑妃都已大安。你莫要着急，我们回去襄阳便可收到宫中的飞信。"

珠姬模糊地应了一声，双眼空茫地注视着波浪汹涌的海面，久久无言。萧衍凑近看时，只见她暗自垂泪，海风吹乱了她的发丝，泪痕也随之斑驳凌乱。

第十二章　洛阳魏紫

画舫一来一回，耗时二十几天，回到襄阳时已是三月中下旬。为避人耳目，萧衍仍在天门码头下船。珠姬一路返回檀溪，在刺史府门口见到郗徽时，只觉有些恍如隔世。

此后日子如常，珠姬得空便来与丁姬做伴，两人凑在一起绣花看书，彼此都有进益。

到四月时，王国珍消极怠战一事被人参奏到御前。萧宝卷闻讯大怒，命王国珍回朝受审，又另外改派左兴盛前来督战。殊不知左兴盛早就被沈约等人策动，萧衍收到消息只是一笑。

他本想乘势反攻，但就在前夜收到益州密报——荆州府州事萧颖胄拥立南康王萧宝融，于是萧衍当夜前往巴郡召开密会，随后决定与荆州联合，共同征伐昏君。

如此一来，形势骤然紧张，自二月战事一兴，米粮便随行就市地翻了几番。到如今，百姓们只守着家中余粮度日，就盼着夏收新米能解年中之忧。刺史府要为前线军士缝制军衣、赶制军鞋等，珠姬与丁姬二人领着府中的侍女婆子等，日夜飞针引线。也是幸亏这些日子丁姬常与她切磋技艺，否则要照从前珠姬的针线功夫，怕还未必能拿得出手。

萧衍听闻珠姬为赶制军需而差点病倒，当即质问正在榻上安坐听侍女抚琴的郗徽。郗徽睁开眼，见他风尘仆仆赶回，却无半句温言软语，反倒是责怪自己不该劳动珠姬，当即也来了气。

夫妻二人这番争执传到了下人耳中，很快也传到了珠姬这里，她摇头对丁姬道："此等时候，正是需要团结人心众志成城之时，阿兄如此急躁，传出去怕是有碍他的美名。"

丁姬本来就惧怕郗徽,闻言也跟着点头。又问珠姬:"那现在该怎么办?"珠姬叹口气,只能劝着萧衍向郗徽示好求和。

郗徽乘势提出要带珠姬一道回娘家高平郡为母贺寿,萧衍本不愿答应,奈何松溪县主今年乃是六十整寿。他作为女婿未能一道前往拜寿已是失礼,再加上珠姬已在先前为县主绣好了一幅百鹤献寿图,于是安排了一队得力的亲兵,又再三叮嘱玄碧路上小心,方才应下此事。

既带了珠姬,郗徽也顺道带上了丁姬。一行人径直赶往高平郡,途中投宿过几处客栈,珠姬听闻百姓们都在唾骂萧宝卷昏庸暴戾,又骂淑妃是妖妃,祸国乱世,因而心中不安又难过。

郗徽却有意在她面前笑道:"听闻淑妃生得绝色,也不知到底是何等标致的人物,竟能让今上都迷了心智。"

她这话让珠姬忍不住变色,定了定心神,回道:"淑妃性情天真烂漫,是个不谙世事的人。更何况朝政之事又不是后宫所为,世人如此推断,不过是将骂名都推到了一个女子身上罢了。"

郗徽心中嗤笑,又道:"也有道理,不过皇后倒是大度,又素有美名。可见其品行俱佳,乃是贤德宽宏之人。"

她话有所指,珠姬亦只能强忍。待珠姬走后,襄娘子上前劝道:"夫人这又是何必?以后都是自家人。"郗徽搁下手里的茶盏,冷笑道:"我就是看不惯她那副矫情的样子,给谁看呢?"

两日后抵达高平郡,松溪县主早安排了郗泛出城相迎。郗徽一见兄长自是喜不自禁,珠姬下来与他见礼,郗泛的目光就落在了她身上,含笑作揖道:"一路辛劳了。"

珠姬还礼,拉着丁姬与他相见。谁知郗泛有些意外地咦了一声,道:"你就是丁姬?"珠姬看了看丁姬,见她低下头应了一声,随后屈膝道:"见过郗使君,上次多谢您相救。"

郗泛只是一笑,说区区小事不足挂齿。随后车驾再骑行,不多时便到了金乡郗府。

郗氏百年望族,松溪县主当初下嫁时还是南宋的寻阳公主。因此如今的郗府不远处还有一座别院，名为丰园。就是当初朝廷拨款修建的寻阳公主府，比之郗府大宅亦丝毫不显逊色。

珠姬与丁姬跟在郗徽身后进到郗府内院，见几棵积年老树十分繁茂，院中陈设古朴雅致。松溪县主坐在树下浓荫处，她身侧还站着两个半大的孩童，见到郗徽的三个女儿都围拢过来，不一会便欢笑着跑去玩了。

珠姬远来是客，松溪县主自是客气热络，珠姬向她见礼后，就与丁姬一道去了客院休息。到了地方才发现郗府的客院十分清幽，内里陈设更是素雅馨宁。后听领她们过来的侍女说起，旁边就是昔日郗泛发妻所住的熙悦轩。珠姬随意探目一看，见那院中的石桌上还摆着一架古琴，当即好奇道："熙悦轩如今住着何人？"

郗府的侍女忙道："一直都空着，主君重情，时常过去那边小坐片刻。如今内里的陈设一如夫人在世时，那古琴也是主君有时在弹。"

丁姬不由惊叹："郗使君真是个难得的重情之人。"

"可不是？咱们郗府本是高平郡数一数二的名门，夫人故去之后使君守制三年，到如今房里也没有半个姬妾。这样的郎子，莫说是咱们高平郡不曾有，就是放到本朝，又有几人能比？"

珠姬听完颔首，却不做置评。过了一会见丁姬一直默然不语，便问起她之前可跟郗泛打过照面。

丁姬这才说出来："上次他来府中做客时，我与碧桃一起抬了一筐子舂好的白米去下厨。谁知道碧桃一时脚滑，绊得我们齐齐摔在了地上。若不是郗使君路过，让跟着的人帮着一起收捡，我跟碧桃肯定是要受罚的。"

她说完低声叹了口气，脑海中却回想起那一刻，他伸手将自己从泥水横流的甬道上扶起，问可摔到哪里了。彼时她面红如秋柿，裙子上沾着一大块的污水，而今想想，那副窘迫狼狈的样子被他看在眼里，可真是难堪得紧……

玄碧见她们说着话，便去见郗徽。也是巧，她到主院时松溪县主正在跟郗徽谈论明日宾客的名单。见她过来，郗徽便将其中的一份递给她，吩咐道："这两日府中诸事繁杂，你让女君和丁姬不要四处乱走。"

玄碧应下，接了名单便告退出来。随后她将这本名册细看了一遍，发现座号与宾客有些出入，当即又折返回来。可是不巧，她这一转身的工夫，主院花厅的门便阖上了。两个侍女垂着手站在门前左右，看起来似乎是松溪县主已经睡下。

可玄碧却隐约觉得有些蹊跷，这一次主母主动邀约女君前来高平郡的娘家，她一路思来想去总觉许多地方说不通。于是留了个心眼，趁着守门的两个侍女不注意，她移步来到了院中的海棠花树下。

这个位置正好能看见松溪县主母女俩，她们正坐在榻上说话，而郗徽接下来所言，则应证了她心里的猜测——她果然是不安好心。

左右无人，松溪县主便问女儿最近与夫婿之间感情如何？郗徽只是摇头，一脸欲言又止的苦衷："就那样，他待我也算尊重客气，可就是有些说不出的生分。"

说完，又忍不住说起上次赶制军需一事，指责珠姬太能来事，并道："襄阳城里多少世家贵女，大家都不曾抢着去出这个风头。偏就是她，想一出是一出，她这样一来，弄得我反倒被夫君责备。阿娘，您说这叫什么事？难不成我还能跟那些出身卑贱的人一样出去抛头露面？"

松溪县主坐在榻上望了望自己的女儿，摇头道："你丈夫说得有理，她那不叫争风头逞强，这是与民共患难。你莫以为此事只是赶制几件军衣几双军鞋这么简单，这关系着你们萧府在军中的人心所向。你呀，到底还是被我宠坏了。"

郗徽闻言一怔，仍是不服气："她就是会耍手段用心机，哼！"

松溪县主望向窗外的大树，幽幽道："我听说她在京城时疫时，也曾出面发动各方力量救助染病的灾民，这是功德。徽儿，你要听为娘一句劝,人言可畏。你虽是萧府名正言顺的主母,可一向自视过高,轻易不肯向人低半个头。如今你夫君正是建功立业时,你要做好他的贤内助,便要学着像她一样,内能治家有道,外能博得民心众望。如此,将来萧衍封侯拜相时,你才堪与他并肩而立。"

郗徽不敢当面顶撞母亲,却仍嘟囔道:"阿娘你让我跟她学,我还不如买块豆腐撞死罢了。"

她历来便是如此难以服软,松溪县主也不跟她再说,只问她听不听自己的,郗徽这才勉强答应说,听从母亲教诲。县主再问起萧衍对珠姬亲事的想法,这回郗徽再也忍不住,摇着她的手腕道:"阿娘,我此来就是跟您商量此事的。夫君一听我说要给她安排亲事,当即就脸黑,吓得我也不敢再提。可是我觉得,此事宜早不宜迟,这回我既带她来了,便要坐实这门亲事,再不容有变。"

松溪县主脸色一变,皱起眉头问:"你要做甚?"

郗徽在母亲跟前也不瞒着了,便将自己图谋许久的事情如实道来。县主听完之后半晌回不过神,瞪大双眼指着女儿颤声道:"你⋯⋯你怎么会有这样荒谬的念想?婚姻大事本就是结两家百年之好,岂能不情不愿凑作一对?再说,她总归是你夫君的义妹,届时她要是不愿,浑死在咱们家,你那夫君还不得立逼着向我要人?不成,不成——你死了这份心吧,我不会答应让你这般胡来的!"

眼见母亲断然回绝,郗徽双膝一软,跪在了她跟前,含泪央求道:"阿娘,我也是没法子⋯⋯如今夫君眼里只有她一人,无论我做什么他都看不上。就连您也让我跟她学,可是女儿根本就不想那样子委屈自己来做人——再说了,您便是不为女儿和几个外孙女着想,您也为阿兄想一想。阿嫂过世后他就郁郁寡欢,一直不肯点头再娶。如今好不容易看上一个,若来日夫君真要娶她为妾,到时岂不让阿兄又遭一番打击?阿娘,女儿也并非胡来,女儿是深思熟虑之后才做此决定的。"

松溪县主听了这番话,起初沉吟不语。后来想起儿子丧妻之后便一直消极抑郁,这一年多以来,更因服侍自己而告假在家。其实她心里明白,他只是无心仕途,这才避世不愿混迹名利场。

而这个珠姬,品貌都算上佳,对长辈谦和有礼,也有治家理事之才,再加上儿子对她也心仪,难得流露出愿意续弦的打算——她年事已高,自然期盼能在走之前看见儿子再续姻缘。

于是思来想去,心肠渐软,最后长叹一口气,无奈地点了头,道:"你说得也有道理,此事——我们可再做商议。但有一样,你得把握好分寸,万不能让外人知晓,也不能令珠姬难堪。"

郗徽听母亲终于首肯,大喜过望之下连连应诺:"阿娘放心,这些我省得,绝不会叫外人议论了去的。"

她们母女二人在花厅中这番密谈,本来神不知鬼不觉。但玄碧从小便精通唇读之术,她听完之后禁不住浑身颤倏。头一刻便想回去告知珠姬,随后又收住脚,想了想,还是拟了封密信,飞鸽传书告知主君萧衍,且看他如何示下。

宫中,萧宝卷正为大兴土木修建三座华殿而与群臣唇枪舌剑。下朝回到长春宫,却见淑妃仍是病恹恹的样子,双眸无精打采,也不肯装扮自己。时已暮春,长春宫中花木繁盛,外头春光正盛,她却一派寂寥地躺在榻上,手中轻抚着小皇子萧连城穿过的衣服,不时拭泪叹息。

他在榻上陪她坐了一会,见周灵璧过来请脉,便顺口问了一句淑妃的身体如何。周灵璧似有话想跟他说,示意他出来细谈。

原来周灵璧也觉得淑妃如此抑郁伤怀,必会损伤身体,她给萧宝卷提了一个大胆的建议——给淑妃配一味忘川神水,让她暂时忘记小皇子萧连城的事情,如此一来她心境开朗,身体自然会好起来。

但她也事先声明,这个忘川神水配制极为啰唆,而且所费不菲——没想到萧宝卷立即点头,表示赞同她这个主意,随后便见周灵璧摊开手掌,朝他道:"好,既然如此,陛下先拨一百两黄金给我。"

萧宝卷看着周灵璧见钱眼开的样子,顿时有些说不出话来。这两年在宫中,她负责照料淑妃,也照料刚出生的小皇子,明里暗里找他要了不少赏钱。为了小皇子生来不足一事,他没少威胁要砍她和她师父的脑袋。可周灵璧丝毫不惧,每次都梗着脖子叉腰招呼他拿刀来——自然也是没砍成,因为淑妃离不得她。

所以如今她经常对他吃五喝六,他似乎也习惯了她的嚣张。眼看她又趁机伸手,当即无奈地摇头:"先拨一半吧,宫中正在修新殿,雍州那边又在用兵,国库吃紧得很。"

周灵璧朝天翻了一个白眼。不过她有医者仁心,还是点头答应了。萧宝卷趁机提出:"淑妃喝了这忘川神水,是不是除了朕以外,她谁都不再记得?"

周灵璧忍不住回答:"不可能,忘川神水只能忘记近一年以来发生的事情。陛下若要她记不得其他人,那得来一剂猛药,直接回到牙牙学语的时候。到时候陛下你还得喂她吃饭,给她穿衣,您确定要这样?"

萧宝卷被她吓住,连连摇头:"那算了,一年就一年。"

周灵璧说完这些便甩手走人,萧宝卷从偏殿中出来,刚要换上笑脸去见淑妃,就见梅虫儿迎上前,颇为不忿地说道:"陛下,这周太医是不是又跟您讨钱了?"

萧宝卷瞪他一眼,十分不悦:"什么叫又找朕讨钱?人家这是要炼药,办的是正事,当然要银钱花费。"说完,一甩广袖进了寝殿,倒让梅虫儿碰了一鼻子灰。

珠姬将自己绣好的那幅百鹤献寿图送给松溪县主时,得她一番由衷地赞赏,又拉过她的手赞道:"难得你肯如此费心,来人,快将此图装裱起来,就挂在堂上,供宾客们观赏。"

珠姬刚要谦逊几句,松溪县主已经褪下了自己手上的一只翡翠镯子,不由分说地戴在了她的腕上:"好孩子,这是我的一点心意。我知道你也不缺这些,但难得我们这么有缘分。既是一家人,你就不要与我生分了。"

她是长辈,又盛意拳拳,珠姬便收下了。松溪县主再看那串思无邪,又叹口气,拉住她的手道:"你母亲与我是同宗的姐妹,我虚长些岁数,以后你便只管把我当作自己的姨母,凡事不必客套。"

珠姬再应了一声"是",抬头见玄碧面露冷色,郗徽却勉力笑着让她回房更衣,说一会有族中女眷过来暖寿。珠姬不疑有他,便要丁姬跟自己一道回去,谁知被郗徽挡了,她对丁姬道:"我母亲也有东西送给你,你先留一留。"

丁姬应诺,珠姬便带了玄碧回房。更衣时见玄碧目有霜色,便问起缘由。玄碧不敢答,只推说无事。珠姬忽然想起来,玩笑道:"上次见你和高兴在一起的时候很是欢喜,他会说话,有时候我也被他说着就笑起来了。难怪阿兄给他取名叫高兴。"

玄碧垂下眼眸,蹲身下去给珠姬撸平裙裾上的些许折痕,道:"女君可知道高兴本是孤儿?他从小在萧府长大,三岁时就跟着主君。主君对他有再造之恩,高兴这名是他自己改的,他说,这辈子他活着的意义,就是为了让主君高兴。"

珠姬不意高兴竟有如此坎坷的出身,她看着玄碧蹴在地上的身影,低声问道:"那你呢?玄碧,我从来没问过你,你——"

玄碧站起身来,难得盈盈一笑。她看着珠姬,目露光华道:"等有空闲了,我再跟女君讲讲我以前的事情。可是今晚女君要答应我,无论发生任何事情,您都要相信我,听我的判断,好吗?"

她目含恳切地望着珠姬,珠姬并不明白她话中之意,但还是点了点头:"好,我相信你。"

更衣梳洗完毕,就有郗府的侍女前来催珠姬去前厅迎客。见到她腕上的镯子当即"咦"了一声,道:"老夫人还真是看重女君,把这么贵重的陪嫁之物都送给您了。"

珠姬心下一沉,看了那侍女一眼,不动声色地随手将一只金簪递过去说是赏她的。那侍女很是欢喜,没费什么工夫就被套出一篇话来——原来那玉镯竟是松溪县主的陪嫁之物,本来有两只,前一只已经送给已故的郗泛发妻,后来随着她一起陪葬了。

另外一只,如今便戴在了珠姬的腕上。

侍女说完,珠姬又打发她重新再沏一盏茶来,随后问玄碧:"你是不是知道了什么?"

玄碧这才跪下:"女君——"

主院窗外垂丝海棠花开如云,郗徽褪下耳上的明月珰,问侍女琼枝:"都安排好了吗?丁姬怎么说?"

琼枝上前递了一只赤金并蒂海棠花的耳坠给她,笑道:"她能怎么说?夫人有命,难道她还敢不从?"

郗徽点点头,将那耳坠戴上耳间,又对镜理了理如云的发丝,慢慢浮上一缕浅笑:"她还懂得识趣就好。你去,把这些都赏她,让她等会戴着见人,免得丢了我萧府的脸面。"

丁姬不敢接郗徽的赏赐,可这赏赐不接也不成。当着琼枝的面,她只是诺诺连声,一副十分敬畏的样子。等人一走就跌坐在榻上,脑中反复地想着,夫人到底要自己做什么?效忠——她是主母自己是姬妾,若想在她手底下讨生活,自然就要懂得看她的眼色做人。

可是她又不懂,夫人到底要指派自己做什么?如此大费功夫,软硬兼施,所图肯定不小。细细一想,寒意从脚底蔓延而上,等到玄碧来敲门时,方才回过神来,连忙理了理装束,开门迎了她进来。

郗府在高平郡是数得上的望族,这夜前来道贺的女眷实在不少。珠姬被安排在松溪县主身边陪客,郗泛与郗徽兄妹俩便在前厅迎客。

郗泛见珠姬今日难得穿得喜庆,照面时还赞了一句:"你穿这石榴色很是合宜,倒让我想起初见时,周女郎也穿了一身这样的衣裙。不过她喜欢挽金画帛,看着很是热闹。"

珠姬不意他还记得周灵璧那时穿的衣衫,心中一动,快走几步上前道:"使君只看见她流于外表的热闹,却不知她藏于心中的孤寂。"

郗泛闻言怔了怔,很快想起春和堂与周灵璧的匆匆一面。不觉时光飞逝,转瞬便已近两载。他点点头,含笑道:"听闻周女郎如今还在宫中做太医,你可知她近况?她还好吗?——"

两人说着话,迎面有女眷走进前厅,见着郗泛正在与一位丽人亲密攀谈,便凑过来道:"阿摩,这位是——"

来者正是郗泛的姑母赵夫人,见她目露喜色神色猜疑,郗泛立即拱手行礼,又介绍了珠姬的身份,道:"姑母请堂上坐着喝茶吧,母亲正在等着您。"

赵夫人点点头,却又朝珠姬看了两眼,才道:"好好好,我进去喝茶,不妨碍你们说话。"

被她这么一搅和,郗泛也有点乱了思绪。再加上门外宾客渐多,他便对珠姬道了一句抱歉,随后匆匆去了。

珠姬目送他的背影湮没在橘色灯火中,心中遥想周灵璧对他的一腔痴情,他或许全无所知?她在心中叹口气,转身端上笑意,仍回松溪县主跟前陪客了。

女眷们一看她戴着那只玉镯,又加上县主对她的态度热络而亲切,当即都明白了五六分。因是喜事,又能喜上加喜,大家都乐见其成。等开席上了酒菜,就有人端着酒盏来邀珠姬。珠姬怕误事,又担心郗徽会在酒中做手脚,一直只是小口抿着,推说自己不会喝酒。可后来一看众人都喝了那壶里温着的花雕,也没有事,这一颗心才渐渐落回原地。

等熬到散席,仍是风平浪静。女眷们因是至亲,明日还有正席要办,当晚也不回去了,便歇在郗府的客院之中。珠姬又与郗徽一道将宾客一一送回房安歇,等到忙完这些,真是有了几分疲乏。

郗徽感激地冲她一笑,难得热络地把住她的手道:"今儿可真是要谢谢你,没你替我分担着,我怕是要累得瘫倒了。"珠姬被她握着手很是不自在,也不好擅自抽出来。又虚应了几句,郗徽这才推说自己累了,也让珠姬早些休息。

珠姬揣着心事回房,侍女早备好热水供她洗浴。洗漱后一切如常,只是在临睡时才发现不见了阿离——她心中一惊,立即遣人去找。待听侍女回说是丁姬先前过来抱走了阿离时,方才略微放心。

此次来郗府,她怕阿离生事,便一直将它关在笼子里。此时见天色已晚，但西厢房中还掌着灯，料想丁姬可能未睡，便取来披风，随口道："我去看看。"

玄碧立即跟上，随手挡住身后要同行的那个侍女，不冷不热地说了一句："有我跟着就好。"那侍女被她目光中的寒意吓到，没敢再上前。等人推门去了西厢房，立即掀开窗棂，朝外头候着的小丫鬟低语了几句。

此时客院中的一众女眷也纷纷洗漱好了，正要准备安歇。也有几个平时交好的，这会正凑在一起说起郗府即将到来的喜事，众人都觉得珠姬与郗泛很是般配，也算着日子，猜测郗府何时会为他们操办婚礼。

正在兴头上时，有郗府的小丫鬟进来回禀了一个消息：说是姑奶奶郗徽请她们过去春晖阁，要请诸位长辈们给自己做个见证人。一众妇人当即便来了兴致，追问之后得知春晖阁的西厢房住着萧衍的侍妾，当即便明白过来，这是郗徽要整治这个侍妾，明着请她们帮腔了。

虽然内里也有些人对郗徽这般手段感到不齿，但总归是自家人不能不帮着，便依言前往。等到了半路又有消息传过来，原来是那侍妾与萧府的侍卫通奸，这下子众人都来了劲，赶忙加快脚步走去春晖阁。

郗泛很久没有这样醉过了，他被几位表兄表弟围着，众人都起着哄恭喜他，话里话外地打听着珠姬的事情，加上又是母亲的寿宴，这样的酒他不能不喝。谁知道越到后头就越管不住自己，也不用别人来劝，自己便想一醉方休。

被送回房后许久，他勉力睁开眼，依稀见到珠姬抱在怀里的那只小香狸，当即挣扎着坐起身。再看四周，并不是自己的寝阁，反倒像是女子的香闺，纱帐外隐约可见一位身形窈窕的佳人，那一抹背影让人生出诸多的遐想。

他醉意蹒跚地想要撩起纱帐走下地来，却稳不住身形，一个趔趄栽到了帐中。佳人听见声响回转身一看，正问他可摔到哪里时，门被重重踢开,檐下火光一片。

郗徽领着一众女眷走进来时,丁姬正扶着郗泛眼神惊恐地看着她们。见是她,郗徽也吃了一惊,问道:"怎么是你?"随后立即明白过来,走上前就对丁姬挥了一巴掌,怒道:"好你个吃里爬外的东西!你竟然——"

她手指着丁姬,却说不出余下的话来。一众亲眷以为她是被气懵了,可见到帐中露出郗泛的脸时,个个也是目瞪口呆。

正不知如何收场时,外头传来一阵急促而有力的脚步声。有人眼尖,发觉那领头之人便是萧衍,当即慌得没了分寸,期期艾艾地叫了一声:"萧刺史来了……"

郗徽一听这话就瘫软在地,她恨恨地瞪了一眼丁姬,随后迫于情势,还不得不强撑着精神去迎萧衍,结果被他当着众人的面推开在一旁。萧衍诘问道:"你说要回娘家祝寿,这便是你的图谋?郗徽,我与你十几年夫妻,如今才晓得,你早已不是我原来认识的那个人了!"

见状,一旁的亲眷都是悄没声地走了。留下萧衍和郗徽两人四目相对。随后玄碧扶着珠姬从旁边的檐下走过来,见着萧衍她行了个礼,垂眸道:"阿兄。"

萧衍心中一阵剧痛,他不敢想象若是此事没有被玄碧提前发现,此刻会如何?见珠姬不言不语,神色间也有一丝不易察觉的委屈,当即长叹一口气,满含自责道:"是阿兄对不住你……"

说完,便命玄碧去收拾东西,即刻返回襄阳。郗徽听到这话忍不住哭出声,扑到他跟前泣道:"你这样可叫我如何做人?难不成在你心里,我这结发妻子,还比不得她一个狐媚子?"

萧衍接到飞书时正在巴郡,随后日夜兼程赶来,一路上他尽力压制着自己的怒气,此时也不欲与郗徽多说。见丁姬被她打得跪坐在地,便朝她指了指,道:"丁姬,你也收拾东西,随我们一道回去。"

丁姬闻言如逢大赦,忙将阿离抱着送到了珠姬手中。珠姬见她脸上红肿一片，不由道："对不住姐姐，此事——"

她话未说完，便被郗徽的冷笑声打断。呛道："好一个姐姐妹妹！我还没死呢，怎么就轮到你跟她做姐妹了？珠姬！既然你敬酒不吃吃罚酒，那我也不必再跟你客套了。"

说完，她抢步拦在萧衍跟前，颤声道："我与你结发夫妻十几年，今日之事，皆因你不顾夫妻之情生出外心。所以无论如何，我不准你带她们走。你若执意不听我言，我——便自刎在你跟前，省得碍了你们的好事！"

说话间，她便要去拔萧衍腰间的佩剑。被他躲过之后仍是不肯罢休，萧衍逼于无奈又怕刀剑出鞘误伤了人，随手将她一推，便见郗徽滚下那六级石阶。

这一下，珠姬也看呆了，她飞奔走下台阶，扶起郗徽对萧衍道："阿兄，阿嫂受伤了！"萧衍也不意这一推之力会收势不及，见郗徽状似昏迷，便跟珠姬一起将她扶起。

刚刚送回房中，高兴便来通传道："主君，县主过来了。"

闹成这般，松溪县主的脸色自然极为不好看。她先叫人看过郗徽，得知并无大碍只是一时气火攻心昏迷过去，便摇摇头。再让人灌了醒酒汤给儿子，郗泛悠悠睁开眼，一看在场之人的脸色十分古怪，也是吓了一跳。

高兴压低嗓门跟他讲清来龙去脉，得知自己竟跟萧衍的侍妾同处一室，还被众人抓了个正着，他后背的冷汗"唰"的流下来，硬着头皮上前道："都是喝酒误事，叔达，我——"

他的话被萧衍一个冰冷的眼神所阻止，两人四目相对，片刻后郗泛低垂下眼眸，不敢再辩。

松溪县主稳坐上位，她先朝萧衍道："今日之事，的确是徽儿有错在先。我教女无方，先跟你赔个不是。"萧衍只说不敢，神色却不见半点缓和。松溪县主在心里叹口气，便道："今儿个也晚了，既然来了，便留下来吃顿饭，明日筵席散了再走，也免了许多议论。"

她既有心圆场，萧衍也就势捡了台阶下来。县主带着自己的儿子回去，珠姬邀丁姬去自己屋里睡，顺便给她上些玉容膏。至于萧衍夫妇，也是分了两个院子而住。

次日郗府大宴宾客，昨夜在场的亲眷们全都揣着明白装糊涂。郗府上下则被严令守口如瓶，再不得提起半个字。只是眼尖的有心人便发现珠姬昨日戴在手上的那只翡翠镯子，已经悄然被摘了下来。

因为早上她特地与玄碧将那镯子送回到郗泛手中，并道："使君可知道，当日托我救你的人便是周娘子？她一直心仪于你，去岁寒冬时怕你冻伤，还给你配了治疮的膏药，可惜无法托人送到高平郡，但千里相思，她不觉苦，我都替她感到心苦。"

郗泛接过镯子，不意竟然听到这样的一番话。他怔了怔，想起周灵璧，其实有些说不清的意味。见珠姬为她鸣不平，亦只能道："我的确不知此事，但还是谢谢你告诉我。如你所言，我应该重重感谢她。可是这感情的事，又如何能说得清？我……"

他本想趁机添补一句，自己对她的心意。可惜缘分终究不够，话未出口便见萧衍负手从檐下长廊中走过来。他心中一滞，作了一揖，便与珠姬就此告辞。

萧衍看着郗泛的背影若有所思，转头问珠姬："东西还给他了？"

珠姬只"嗯"了一声，也无余话。为着避嫌，萧衍还特地等了丁姬过来，才与她一道回去客院。

到午后，宾客们尽散了，伶人谢了帘子，萧衍带着妻妾与珠姬等人向县主道了辞。松溪县主看着精神还好，可是珠姬却觉得她内里似乎虚透了——后来送别时，从郗泛口中果然证实了这一点。

郗泛向珠姬解释自己如今身不由己，皆因母亲已经病重，各路名医诊过，都说撑不过两年。珠姬坐在马车上，隔着薄薄一层车帘，回道："你好生照顾老夫人，若有什么事，只管派人来信给我。"

说完，车队便要起行，她又急急掀起帘子，叮嘱郗泛："你若有信给周娘子，便让人送到京中春和堂。郗使君，她一直在等你……"

她的余音被春风吹散,落在郗泛耳中只剩下袅袅几缕。

他呆坐在马背上,从袖袋中摸出那只玉镯,天光下的老坑翡翠清透如清澈深邃的海面。透过水光,依稀可见她穿着一身月色长衫复裙的仙姿玉容。

回到襄阳刺史府后翌日,萧衍便因忙于政务而离家。他让高兴前来传话,说此去大概要十来日才能回。又另外指派了几名侍卫留在府中,供珠姬差遣。

到四月下旬时,一场高热烧得郗徽缠绵病榻数日,连水米都不能进半口。珠姬这边起初被瞒着,后来见府里每日都有大夫上门,主院的汤药更是源源不断,这才总算瞒不住了,消息迅速在刺史府内传扬开来。

刺史府内多年都由郗徽主事,她一病倒便乱了套。起初襄娘子还能以她的名义暂代其职,后来萧衍回信,要动用府中私库筹集银钱采买军供,此事干系重大,襄娘子不敢擅做决定,便求到珠姬跟前,将原委一一说来,又道:"夫人如今病得不能理事,如此大事奴不敢越权。还请女君发发慈悲,就算不看夫人的面,也看在主君的面上,帮着应付这一回吧!"

珠姬先把人扶起,思索片刻便应了下来。等人一走,玄碧便上前道:"女君,我觉得此事十分棘手。您若不愿接,大可修书给主君,他自会有安排。"

珠姬叹口气,摇头道:"阿兄如今领兵在外,这等棘手之事便是我不做,也总归要有人来做。罢了,我们先去看看夫人吧。"

她说着,带了玄碧去主院向郗徽问安。见郗徽躺在绣榻上,人都病得形销骨立了,将脸扭在一边,只跟她说了几句话便开始咳嗽,连连摆手道:"我十分不适,你还是回去吧。"

珠姬无奈,只得告退。走到院门口正好见侍女端来汤药,从中闻到一缕腥香之气。她又回转身,示意襄娘子出来说话,向她追问郗徽到底是怎么病的。

襄娘子想不到她还通晓岐黄之术，便道："都怪琼枝那丫头！她游说夫人花重金向游医买了什么回春丹，说是吃了以后能令女子容颜恢复青春，还能有利于子嗣。夫人病急乱投医，买了许多丹药回来。结果没想到才吃了十来天便成了这样……"

珠姬让襄娘子取了丹药来，化开其中一丸，细细一看见，其中多有铅粉，还有少许极为隐秘的当门子附在其中，只是被药味压住，闻不出来罢了。当即回去药盒中取了三颗周灵璧给的百消丹，交给襄娘子叮嘱道："此药是宫中太医给我的，你若信我，便拿去给夫人服用。三日之后若症状不能缓解，我自当向阿兄请罪，与你没有半点干系。"

她说完，便当着襄娘子的面写了一封书信让人呈给萧衍，特地告知此事。襄娘子见她神色真诚，又主动告知主君料想是好意，便瞒着郗徽将丹药拿回去给她服了。

说来也是周灵璧医术了得，她的丹药郗徽吃下去人便见好许多，到第三日时郗徽已能如常坐起。襄娘子至此深信珠姬的为人，再不附和郗徽对她的嫌恶，反倒开始尝试说服郗徽接受珠姬，与她处好关系。

可这样的话郗徽如何能听得进去？眼见她拒绝了与兄长的亲事，她心里对珠姬恨之入骨。只是碍于之前授人以柄，这才不得不应付着。襄娘子虽是她的傅姆，但说话不合她的意，渐渐也懒得听了。

襄娘子无可奈何，只能托人带信给松溪县主，让她劝着些。

县主接到信，也不免扼腕。她对郗泛道："你阿妹的性子实在是太倔强了，就连阿襄的话都听不进去。"

郗泛得知妹妹误服丹药病倒，也很心悬。他对周灵璧的医术十分放心，便道："不如我亲自写封信到宫中，请那位周太医根据她的症状再配些方子来。"

松溪县主颇以为然，连连点头让他赶紧去办。郗泛回到书房提起笔，想起珠姬对自己说过的话，却不禁惘然——他对周灵璧并无男女之情，但因她痴心念着自己，又不禁感到负疚和亏欠。这封信思索许久方才落笔，最后写完了，再叫管事备了一份厚礼，一并加急送到宫中。

暮春四月，是放纸鸢的好时节。宫中能人工匠多，把个赏玩的大飞燕扎得比老鹰还大，振翅一飞足有两丈见方。淑妃人小玲珑，一个人还拉不住绳，旁边跟着的吴景晖和另一个侍女也赶忙上前助力，三人穿了新裁的春衫宫装，淑妃臂上挽着的画帛飘逸如云，咯咯笑着奔走在绿草如茵的御花园中。不时仰首道："看！快要飞到云里头去了……"

"是啊！飞进云里去了！哎呀，你往左边一边，我手酸了……"

三人叽叽喳喳仰头看着纸鸢，春光明媚下的淑妃重绽娇颜，笑得跟个孩子一样。周灵璧就这么远远地看着，过一会觉得眼睛有些乏了，招手让小宦官取了蜀褥过来铺开在草地上，就这么四仰八叉地躺了下去。

萧宝卷下朝过来，见到的就是这么一个情景。他皱着眉头伸脚踢了踢已经睡得半迷糊的周灵璧，"嘿"了一声，鄙夷道："光天化日之下躺成这样，羞也不羞？"

周灵璧睡得正香，冷不防被他踢醒，很是光火。当即回了一记白眼，没好气道："我又没做亏心事，不过就是补个觉而已。有什么可羞的？"

萧宝卷这才想起，她最近为了配那个忘川神水废寝忘食，看着远处娇笑连连的淑妃，他很是感激地充了一回胖子，广袖一挥，道："你那忘川神水很好，淑妃最近每日都像从前那样开心。朕便赏你五十两黄金，一会让人给你送过去。"

周灵璧一听这话不对，当即拆台道："分明就是你之前还欠我五十两，说什么赏呢……"

萧宝卷气得够呛，又踢了她一脚。

过了一会，他看着淑妃在草地花丛间欢欣雀跃的身影，不由喃喃道："要不你也给我配一剂忘川神水……我其实挺想回到以前没当皇帝的时候。"

周灵璧被他吓一跳,伸手在他跟前晃了晃,问:"这是几?"

萧宝卷一把拂下她的手,面无表情地说道:"我是说真的,有时候想想,还是以前更快乐……也更像个人……"

周灵璧本着"非礼勿视,非礼勿听"的心情伸手掸了掸衣服上的草屑,站起身来向萧宝卷略一福身,就走了。

留下萧宝卷一人躺在绣满芍药花的蜀褥上,他睁开眼,觉得天光太盛,又飞快闭上。脑中费力地想啊想啊,自己到底是什么时候开始觉得做皇帝太累了?又或者,从做皇帝开始,他就不曾真正快乐过?

太多的回忆,如潮水一般汹涌而来。他如一叶扁舟,被命运的洪流裹挟着,分不清东南西北,只是拼命往那光亮处游走。等到了光亮的尽头,看见站在莲花上的淑妃,他终于笑了。

周灵璧一路哼着小曲,回到值房看到一大堆的礼品,连着那封郁泛的亲笔书信。她急不可耐地拆开书信细细一看,长呼一口气。复又贴在胸口,两手掩着在狭小的值房内徘徊,又重重坐下。

后又觉得坐不住,头晕眼花心跳如擂鼓,看见那张歇息用的拔步床一股脑躺下去。且在那床上翻来滚去的,嘴里不住叫道:"我要死了,我要死了……"

推门进来问她方子的小医女被吓一跳,抢步上前道:"周太医,您这是怎么了?生病了吗?"

周灵璧伸手摸了摸自己的额,有些烫,再摸摸自己的脸,还是烫……她索性一骨碌躺回床上,叫道:"我就是病了,去跟人说我病了,这两日不要来找我,我得回家歇着……"

说着,她就跟吃醉酒一样,摇摇晃晃地抱着那封书信,然后手一指那些堆得高高的礼盒,吩咐道:"让人把这些东西送到我家去。"

得知周灵璧告假,淑妃很是惊讶,问道:"她病得厉害?怎么我上次也没瞧出来?"

吴景晖早就将此事打探清楚,这会揣着明白装糊涂,望了望旁边的萧宝卷,不着痕迹挑拨道:"说是有些厉害,收到一封书信便直嚷嚷着要死了。也不知道是什么症状，竟然发作得这么急。"

淑妃懵懂，并不知其中真意，萧宝卷却瞬间明白了。他垮下脸，过了一会背着淑妃招来吴景晖一问，得知是郗泛派人送信和厚礼进来，当即气哼哼地甩袖道："朕还当什么宝呢？原来是这么个落魄鳏夫来向她示好。哼！"

吴景晖久在风月场，自然看得出来萧宝卷似乎有些吃味，她本想笼络周灵璧跟自己一道，如今见她不肯上自己的船，便道："话可不是这样说的，皇上，易得无价宝，难求有情郎。女郎家不都是想找个可靠的郎子寄托终身吗？周太医正好花样年华，她又岂会甘心跟那些表面敷衍她的浪子厮混？自然是要找个老实本分的人嫁了，才算终身有靠。"

萧宝卷朝天翻个白眼，问她："那你呢？你的终身又指靠着谁？萧衍这乱臣贼子吗？"

上次之事，他便知吴景晖是萧衍送来东宫的细作。不过因为淑妃离不得她，才没有杀她泄愤。此时吴景晖也不敢强辩，跪下道："奴侍奉娘娘和皇上，自然是要指靠皇上和娘娘的。皇上明鉴，奴并没有二心。"

萧宝卷看着她，薄透的交领小衣外套着一件云锦长衫，雪白细长的脖颈，往下……他随手拈起盏中的一枚樱桃果，丢进嘴里慢慢嚼着，随后恶作剧般拿起几枚果子，就这么往她身上不轻不重地丢过去。

吴景晖心里一惊，这时一枚樱桃顺势从她的小衣开口处滚进了内里。她想伸手去拿，手刚触到胸前就被萧宝卷蹴下身来一把抓住。

他阴恻恻地打量着吴景晖，心里的邪火跟着欲念一起升腾。吴景晖一看他的眼神，当即伏地求道："皇上，若叫淑妃娘娘知道了，奴必死无疑……"

萧宝卷嘿嘿一笑，痞气十足地顺手从她的肩膀往下掏摸，伸进去替她取出了那枚樱桃果，并扔进嘴里"咔嚓"一声咬碎了，含糊不清地说道："那正好，你要是有这胆子，一会便去告诉淑妃……不过这会……"萧宝卷边说着,边一把将其推倒在地,覆了上去……

周灵璧在家"病"了两日,回到太医院时已经将郗泛要的丹丸配好。但当配好的药丸送到郗徽跟前时,却被她拒了。

襄娘子实在想不到郗徽怎会对这些毒丹药入了迷,不但每天早晚都服,还时常对着铜镜自揽——的确,因回春丹内有铅粉可拔毒去腐,美白收湿,倒令郗徽整个人看上去越来越年轻。

且上一回的事情后,那炼丹的江湖游医便改进了方子,酌情减少铅粉用量,又加入了几味其他提神养气的药,让郗徽如今不但容光焕发,还精神奕奕。

尝到了这样的甜头,她哪里再肯服什么其他的丹丸?虽说这一盒秘药是自己兄长托人从宫中请太医所制,她也就略打开看了看,随后道:"先搁着吧。"

襄娘子见状,有心想劝,想一想还是叹了口气作罢。这回她没有呈信给县主,怕激得她心里难受,便打发人悄悄送了一封信给郗泛,道明了此事。

郗徽在府中除了掌管中馈教养女儿,也并不热衷于过问萧衍在前线军需一事。反倒是珠姬因为之前筹集了一批军衣和军鞋等物,如今但凡有这些琐碎的大小事情,萧衍都交由她全权负责。

珠姬因此有了机会,常带着丁姬一起出去与各处的管事共同协办,核查物品。有时候两人也会偶尔在襄阳城的酒楼茶肆出入,见识一下城内的风土人情和美食。玄碧几次发现宋琅等人暗中跟随珠姬,也不说破。直到有一次宋琅露了面,找上她说要与珠姬说几句话,她才道:"只要不是劝女君跟你回洛阳,其他事都可以说。但要是这一件,恕我不能应你。"

宋琅神色有些焦急,他望着玄碧,问她:"你到底是效忠于萧衍,还是效忠于公主?"

玄碧瞪了他一眼,左右张望一下,示意他找个僻静的地方说话。

最后宋琅还是如愿见到了珠姬,得知彭城王元勰遭人弹劾,珠姬不免吃了一惊,问道:"这是为何?"

宋琅如实道:"王爷秉性高洁,但如今朝中外戚高肇一党十分猖狂得势,他们从梅虫儿的书信中得知先帝留给您的遗诏,便想以此作为借口,参奏彭城王假传先帝遗命,与南朝私通叛国,质疑您跟新帝的血缘之亲。公主,此事一旦被高肇一党大做文章,如若您不出面认亲,王爷终也无法自辩。他是您的亲叔父,您可不能坐视不理啊!"

珠姬闻言怔住,冷静下来想了想,再问宋琅:"依你之见,我能为叔父做些什么?"

宋琅上前一步,叩首拜下:"只要公主回到洛阳,与新帝滴血认亲,届时真相自会大白。高肇一党也再无文章可做。"

事关彭城王的清白与性命,珠姬再不能犹豫不决。她想了想,很快便道:"好,我随你去洛阳。但在此之前,我要飞书告知我阿兄。"

宋琅对此也不意外,他了解珠姬的为人,她不会对至亲的生死视而不见。于是点点头起身,说先去打点安排路上的行程,便等着珠姬传话何时启程了。

珠姬在此之前从未想过要去洛阳,但因事涉至亲,她断然不能袖手旁观。还好萧衍接到书信便赶回襄阳,他先对珠姬道:"我知道你担心元勰,但如今高肇初掌权,照算还不能把控北魏朝中言论。说是弹劾,只是风声传出来而已。但实情如何,怕是宋琅也未必知其详尽。"

珠姬点点头,道:"宋叔看着我长大,我知道他绝不会有意诓骗我。上次之事,叔父回到洛阳便已被北海王等人参奏。我想此事多半是真的,只是叔父不愿连累我,这才一直没有修书过来。"

萧衍知道劝不住她,便唯有答应亲自护送她至洛阳。珠姬摇头,问他:"阿兄送我至洛阳,那战事怎么办?"

萧衍道:"军中有副将都督等人,不至于离了我便转不开。可若让你独自一个人去洛阳,我……实在是放不下这个心。"

珠姬听到这里,脸颊骤然发热绯红。她又不傻,此时还能听不

第十二章 洛阳魏紫

出他话里的意思?只不过没想到,他会为了自己在此时离开军中。心中自然无限感动,又觉得不安和愧疚,垂眸道:"可是此去洛阳快则半月,慢的话还不知归期。阿兄,你不必为我冒此大险。更何况你身份敏感,若让人知道你只身前往洛阳,我怕……"

萧衍听到她为自己担忧,也很是开怀。他仰首大笑道:"我自然不会如此招摇地去到北魏。你放心,到时候我易容改装,扮成你身边的侍卫随从。只要那宋琅不揭穿我,想来无妨。"

"可是……即便如此,我也还是觉得十分不安全。"

珠姬说着,忧心忡忡地看了看桌上摆着的一盆兰花。此番会面,为了避人耳目他们并没有在刺史府叙话,而是由玄碧找了一间茶肆,萧衍回城之后便径直来此。此时外面飘着细雨,高兴也不知道打哪回来,手里撑着一柄朱红的油纸伞。

他一露面玄碧先忍不住"扑哧"一声笑了,珠姬定睛一看,也是牵袖掩住了嘴。原来高兴脸上不知打哪蹭来一坨胭脂,就在右边的颧骨位置。如此看去平添几分滑稽,就连萧衍也斥他:"这是干什么去了?脸上的东西从哪蹭来的?"

高兴吓一跳,伸手便要去抹,却被玄碧挡住,道:"别动!"

原是他撑伞的那只手上尽是朱红的颜料,想是这油纸伞刚刚糊好,尚未风干固色。玄碧一根手指头托着他下巴瞧了瞧,啧啧两声,赞他:"除了生得丰满了些,也算是个俊俏的小娘子了。"

高兴一张圆脸憋得通红,结结巴巴辩解道:"你们不能这样——这伞是奴才刚花了十个铜钱从一个老汉手里买来的。不是下大雨了吗?我怕误了主君的事情,这才火急火燎赶回来的。"

珠姬看着他,忽然有了些灵感。她一摆手,示意高兴闭嘴,随后又对萧衍招了招手,示意他凑到自己身旁。

高兴和玄碧站得都挺近,可愣是谁也没听清两人到底说了啥。珠姬说话时还特地牵袖掩面,想来就是为了防着玄碧的唇读术了。

随后萧衍的脸色也变了,他很有几分为难地问道:"你是说,让我扮成女郎跟你一道去洛阳?不成,不成——这,这成何体统?"

珠姬一撇嘴，回道："阿兄若是不愿意，那我也不能让你冒这个险。毕竟你身上担负的不止我一个，你是萧府的主君，是雍州城主，也是……阿嫂的夫君，还是三位妹妹的阿耶——我不能让你为我冒这个险。"

萧衍看她的意思，是没有转圜的余地。而且高兴也一旁起哄道："主君要扮成女郎跟女君一道去洛阳？好啊，那我跟主君一起扮成女子——"

玄碧看了看他因为兴奋而笑得颤抖不止的双下巴，冷冷回了一句："有你这么胖的女郎吗？"

"你——玄碧姐姐，你就非要如此伤人吗？以后我再也不给你送好吃的好玩的了——"

这两人如今一见面就要打嘴战，珠姬也见惯了。不过要去洛阳的事就算定了下来，她让玄碧去知会宋琅，自己便先回刺史府了。

本来此事做得神不知鬼不觉，郗徽那边，珠姬也只告诉她自己要去钱塘一趟，归期不定。当着面，郗徽还艳羡她来去自由，不比自己这拖家带口的妇人，哪里也去不得。等人一走就不免生疑，问琼枝："她要去钱塘，为何不带丁姬？"

琼枝眼珠子一转，狡黠道："夫人说得对，其中一定有古怪。奴去打听打听，说不定里头真有什么见不得人的鬼。"

琼枝花了一番心思去打听，最后也不知是谁透露给她，说女君昨日下午便在城中的一处茶馆与人密谈，回来后便让人收拾行装，说是要去钱塘。

她回来向郗徽告密，主仆二人都揣测着此事的真章。琼枝忽然一拍脑袋，道："她该不会是去密会情郎吧？要不然怎么会不带丁姬？我听说钱塘春日风景优美，正是适合幽会的好地方。"

郗徽一听这话立时两眼放光，若真是如此，她只要抓住这个把柄，不愁送不走这个克星。于是低声吩咐琼枝几句，又道："此事交给你去办，不必在乎花费。只要查清楚，回来我重重有赏。"

琼枝领命而去，不到半日工夫便安排妥帖。她是郗徽跟前得用的人，自己出面也不合适。便先贿赂了府里的马车夫，要他替自己将府内所有的马匹都换了一种新的马掌。此马掌看着寻常，但只要经过便会留下不同其他马掌的痕迹，极易被追踪。

随后又找到了城内丐帮污衣派的一位长老，其实也就是自己的相好，让他沿路派人跟着珠姬，无论她去到哪里，她的人都要清清楚楚。

做完这两件事，她便面有得色地回来向郗徽复命，并道："夫人只管等消息便是，这丐帮的人行走天下，还没有他们打探不来的隐秘。哼！这回且看她怎么在主君面前自圆其说了。"

郗徽对此也颇为好奇，第二天一早，珠姬出了府之后并没有去往檀溪码头方向，反而是一路乘坐马车，直到城外的一处茶棚，与易容改装之后的萧衍汇合。这似乎更印证了她们的猜测——从襄阳到钱塘，唯有水路河运最为便捷。她弃船不用，反而只走陆运，足以说明其中的蹊跷。而随后丐帮的人又传来消息，说与她在茶棚汇合的女郎身量高大，看着并非中原人士，反倒像是波斯或者大食的胡姬——郗徽看了看琼枝，问："胡姬？她跟胡姬一起出行，难道那情郎也是波斯人？"

"有这个可能，夫人您想，她从前在京城，必定结识了不少人。这些波斯富商出手阔绰，兴许就是那时候勾连上的也未可知。"

两人这般揣测着，神色既紧张又期待。这边萧衍换了一身胡姬的装扮，正浑不是滋味坐立难安时，忽然忍不住打了几个喷嚏。

他有些尴尬地笑笑，将脸转到一边。珠姬递给他一方帕子，笑道："兴许是有人在惦记阿兄了。"

萧衍连连摆手，甩一甩宽大的滚金边水袖，问车中坐着的人："我穿这衣裳，真的合适吗？"

玄碧瞥他一眼，忍着笑点头："挺合适的，的确像波斯来的武姬。"

"就是，主君身手敏捷，一看就是个不好惹的娘子。"玄碧难得也敢调侃萧衍，惹得高兴立即附和道："是是是，主君穿什么都好看。不像奴，穿着这身衣裳，显得更加胖了。"

高兴说的是实话，他本来就胖，身量也不比玄碧高多少。本来穿着寺人的深衣褐袍总也遮得住一些肉，这回换了侍女的春衫，轻薄质地下皮肤倒是显得雪白细腻，可身上的肉也是一圈圈的，动辄就微微颤抖。玄碧虽不想看，奈何他就掖着手坐在自己对面，于是一抬眼就能看到那个油水丰厚的肚子，终于忍不住瞪他一眼，鄙夷道："你就不能少吃点？"

可怜高兴被她鄙夷得就像个做错事的孩子，委委屈屈地点点头，又用力把最大的一圈肉吸回去。随后才发下宏愿，道："那我以后就吃斋，女君说了，人吃斋能积福消孽。"

当日元鳃从建康回洛阳，便是取道雍州。所以襄阳离洛阳并不算远，快马也就是两日的脚力，但是珠姬一行乘的是马车，所以抵达洛阳时已经是三日后。

宋琅早将消息传回洛阳大都，因此元恪派了女使与使臣在洛阳东门处相迎。这位姓殷的女使应是元恪的心腹，她一见珠姬便看直了眼，大约是惊讶于珠姬会跟先帝如此相似吧！随后拜下行礼，起身时已道："公主一路辛苦，陛下正在宫中等候，请随婢来。"

珠姬在驿馆稍作休息，便重整衣装上了宫车进了魏宫，此时仍是那位殷女使相伴。入了内城一看，不由惊疑道："洛都皇宫与建康皇城如此相似？"

萧衍在她身侧坐着，刮净面须又上了一层脂粉后，他显得高大健美，颇有几分英姿飒爽的气度。闻言便捏着嗓子道："你阿耶当初在建康住了两三年，自然对建康皇城十分熟稔。所以你看，这些宫室，还有那座佛塔……都像极了建康的风物。"

珠姬轻轻颔首，也在遥想阿耶当初兴建这座大都时的心境。或许是怀念吧，他将脑中记着的建康照样搬到了洛阳。

而入内城不远，迎面看见一大片的牡丹花田。此时正是花季，花海漫漫如云。

第十三章　华阳公主

珠姬放下车帘，无声地叹了口气。纱帘被吹得飘拂，映照在车壁上一片光影朦胧。殷女使见她有些黯然自伤，便安慰道："先帝特地为公主修建了华容宫，一会公主谒见了陛下，婢引您过去瞧瞧，您必然喜欢。"

珠姬便笑了笑，不多时来到太极殿前。殷女使引她下车，珠姬尚未登上台阶，便远远望见高深的宫门前立着一人。她眼中一热，快步拾级上前，唤道："叔父！"

既见到元勰完好无损地站在这里，她悬着的一颗心也放了下来。元勰微笑打量她一番，道："果然是个重情重义的好孩子，叔父还以为你要把我忘到脑后了。"

"叔父……"珠姬对元勰有些天生的亲近之意，但仍不敢在他面前肆意撒娇。叔侄二人便往里走，只是跟在后面的玄碧与萧衍却遇上了搜身的麻烦。玄碧犹可，一言不发地上缴了佩剑，腰间系着的碧练被当成璎珞未被察觉。

萧衍自己心虚，一看要搜身便连连摆手。还是珠姬回过头来，朝元勰央求着看了一眼，道："叔父，那个是……"

她面有难色，元勰自然会意。他招手让萧衍走近前，御前的侍卫也接着跟上。少顷，当他看清楚那武姬竟然是萧衍所扮，当即摇了摇头，挥手道："不必搜了，他们留在殿外候着，不许乱走便是。"

侍卫应下，领了两人一道候在太极殿前。珠姬与元勰进入大殿，新帝在书房之中。见到珠姬的身影他放下手中的狼毫，姐弟二人隔着数丈互相对望了一眼，随后元恪站起身来，唤了一声："长姐……"

珠姬入内,在他案前站定。哪用什么滴血认亲?她有着与先帝神似的面容与气度,元恪到底还是十六七岁的少年,虽已登基为帝,一冲动起来便不免有几分孩子气。

见礼之后,他对珠姬喜滋滋地描绘道:"长姐既已回洛都,朕便命礼部即刻准备册封之礼。父皇生前留有遗诏,册你为华阳长公主,食邑九千,朕再赏你三千,凑足亲王之礼。另赐长公主府,仆婢八百,长姐可还有什么需要的?朕一定替你办来。"

如此显赫厚赏,足见元恪是个顾念亲情、恪守孝道之人。珠姬深知不患寡而患不均的道理,便道:"陛下顾念亲恩,其实并不在赏赐轻重。我是个不理事的人,您便是赏赐再多的财帛和奴仆,可我也不晓得如何调度。再则,陛下兄弟姐妹并不止我一个,若只因阿耶的遗旨而格外厚待于我,又不免厚此薄彼。还请陛下体谅。"

她既这么说,元恪也不再强求,只道:"可是如今南朝动乱,战事不休。长姐既已回来,便请安心在洛都长住吧!"

珠姬对元恪此言并不意外,她望着眼前这个稍显青涩稚气,但眉宇之间已有帝王威仪的阿弟笑了起来,柔声回道:"多谢陛下,能得您唤我一声长姐,我余愿足矣。"

姐弟俩这一壶茶喝了足足有一个多时辰,三人皆是谈笑风生。只苦了候在殿门口充作门神的萧衍和玄碧。玄碧还好,她早已习惯。萧衍见珠姬不出来,不由焦急张望。这个小动作被之前负责搜身的侍卫看见了,便斥他:"老实点!再这样东张西望,便打发你去耳房里蹲着!"

正说着,有人摇着圆扇走来。萧衍见那人身量修长,手指纤细,以黑纱覆面金冠簪发,人未至,先有香息袭来,起初还以为是魏宫中的后妃,见那几个侍卫跪下,朝他行礼道:"见过大司徒!"方才知道,原来他就是元恪的母舅,平原郡公、大司徒高肇。

萧衍飞快与玄碧交换了一个眼神,玄碧也几不可见地点点头。高肇凑近前来,以纤纤玉手褪下覆面的黑纱,叹息着摇了摇头,又伸手掸了掸根本就不存在的浮灰,道:"这洛都春日风沙真是大,出来一趟便要被吹得灰头土脸。要我说，还是平城更好，山水皆养人。"

他生得肤白清隽，由那双纤纤玉手便瞧出来日常该是如何精心地保养着，加上位高权重，既如此抱怨，侍卫们也少不得附和奉承。

高肇看见玄碧和萧衍两人身量都高于寻常侍女，又作了南朝与波斯的装扮，便问道："她们是从哪来的？"

侍卫们面面相觑，还是有人说了实话。听说是长公主已至，高肇当即提了提袍袖，径直向殿内走，留下一句："既是长公主来了，我如何能不谋一面？"

萧衍一听他语气不善，心内未免焦急。幸好此时魏帝元恪带着珠姬与元勰三人一道从殿内走出来，迎上高肇之后，高肇先盯着珠姬那张脸瞧了半晌，再不提滴血认亲的话，装模作样地说了一句："真是像……如此说来，先帝留下的子女当中，竟是长公主与他生得最为神似。"

元恪与他乃是甥舅，关系自然亲密。闻言也跟着笑道："舅父所言，亦是朕所言。长姐，这是朕的舅父高大司徒，舅父，这便是朕的长姐了。"

他是魏帝，此一言便是当众认定了珠姬长公主的身份。高肇似乎也有意附和，当即拖长声调吩咐那两列侍卫："还不快见过长公主！"

萧衍眼见众人拜谒珠姬，她站在元恪身侧，姐弟二人虽然气度不同，却有着五六分相似的面容。他心中说不清是苦涩还是欢喜，被玄碧拉了一下示意之后，也跟着玄碧一起行礼道："参见长公主。"

珠姬叫起，对魏帝元恪与元勰道："这两个是侍奉我的武姬，让她们一块跟着去华容宫吧。"

她如此说，元恪自然不会有什么意见。而元勰早已认出萧衍，心里对他敢冒险护送珠姬前来魏宫有些钦佩。麻烦的是那个高肇，出来之后一双眼睛便钉在了萧衍身上，看得萧衍浑身不自在之余，还被他套了几句话。

得知是长公主身边的近侍，他当即对珠姬道："你这两个武姬看来都是一等一的好手，有机会我要请她们喝酒，赏一下剑舞也好。"

元恪闻言脸上浮过些许尴尬的神色，萧衍随即想起坊间传言，说是这高肇虽前后迎娶了两位公主，如今的妻子便是魏帝元恪的姑姑高平公主，但依然十分好色。自然，对于这等事情，元恪也不好与他追究。

可一想到这，再看看高肇那分明过分炽热的眼神，萧衍就再也不能镇定下来。寻了个机会与玄碧递个眼色，玄碧会意，嘴角却忍不住划过一丝揶揄的笑意。

华容宫前，正是大片魏紫姚黄盛开的花季。所谓人间最美四月天，洛都的春风里也弥漫着牡丹的馨香。珠姬略看了看那片花海，发觉此处栽种的牡丹的确与别处不同。见她驻足在花圃前，元恪望了望，忽然笑道："淡极始知花更艳，原来竟是如此妙境。"

珠姬一向不施脂粉，衣着也以清雅为主。但她生得端丽，眉目间有着与魏帝元宏相似的大气，亦融合了长公主刘伯媛的贞静，是以气质出尘，令人一见难忘。此时她与大片姹紫嫣红的牡丹花相映衬之后，众人方才恍然，原来女子素雅才是绝色。

华容宫内殿陈设与齐宫几乎相仿，一应的奢华宏丽。阳光透过窗纱映进来，满室辉煌。元恪与珠姬入内，元恪背对窗口而坐，将余下人都摒退出去，方才说道："你不要怪皇叔和宋琅，是朕的意思，想迎你回宫。"

珠姬望着他的双眸点了点头，手中一盏浅碧茶水微起涟漪，淡声道："我知道，陛下是忠孝明君。您与我是手足之情，迎我回宫自然是想了却阿耶的遗愿，也想阖家团聚，我又怎会有别的疑心？"

元恪这才释然地叹口气，终于开口道："是，除此之外，还有一事——长姐你听了莫要恼。"

他窥着珠姬的神色，竭力将接下来的话语说得和缓一些——

"朕听说，长姐在南朝与萧衍甚为亲近，彼此都以兄妹相称。而今他联合几州之力造反，据说还颇有赢面。朕登基不久，朝中人心也尚未大定。不知长姐可否助朕一臂之力，来日若萧衍掌权，朕愿与他结两国之好……无论是联姻，还是其他，都要请长姐从中周旋。朕在此，先谢过长姐了。"

说完，他执家礼，真要对珠姬俯身作揖。珠姬连忙起身将他拦住，回道："若能使两国百姓安居，免于战祸，我自当尽力。请陛下放心。"

姐弟二人在寝阁内叙话时，元勰与高肇在正殿也没闲着。他二人本来就是面和心不和，此次怂恿新帝接珠姬回洛都，也都是高肇的主意。

如今见珠姬真是先帝的血脉，他也就先不拿滴血认亲说事了，反倒是盯上了打扮成武姬的萧衍。一面心不在焉地跟元勰闲扯，一面拿眼角余光不停地瞄着人家。

元勰何等人也？怎会看不穿高肇这等龌龊心思？他心里揣着暗笑也不拆穿，就这么不徐不缓地陪着瞎扯。过了一会见元恪与珠姬姐弟俩走出寝阁，便迎上前对珠姬暗暗挤了挤眉眼，话中有话地说道："对了珠姬，上次你可说，要回送叔父一样东西的。怎么样，你想好送什么了吗？"

珠姬有些愕然，心想自己几时说过这话了？但她看懂了元勰的眼神，当即笑道："不知道叔父喜欢什么，总之只要我有的，您看得上的，我都愿意送您，就等您开口了。"

元勰对她的冰雪聪明十分满意，点头道："好好好！只要有你这句话，叔父我就放心了。叔父肯定不会挑什么奇珍异宝，叔父想要的是——"

他说着话，却将眼光就地扫视了一圈，最后若有若无地在萧衍身上停下，又飞快移开。这片刻停顿被高肇捕捉到了，他心中一沉，暗道莫非他也跟着看上了这个武姬？如此一来，岂不是要叫他捷足先登了？

高肇心里不免开始着急，面上仍装着不显。还好随后元勰并没有当众提出这一请求，大概就是想在人前端着自己清高无欲的架子吧！哼，这伪君子！

元勰跟珠姬说想清楚再来索要，随后便随众人在华容宫中四处观赏。临近午间，于后派人来请，说是已在宫中备好家宴，请长公主和彭城王以及大司徒一道作陪，权当为长公主接风洗尘。

珠姬此时已知于后便是元恪的发妻，他十三岁时被册为太子，同年大婚，如今算来已有近四年。

洛都的宫室多承袭汉代宫制，皇后所住的长秋宫依然是整个后宫最为巍峨秀丽的所在。移驾途中也不知高肇有意还是无意，居然议起了珠姬的亲事，状似玩笑道："皇后所生的皇长子三月正好周岁，照算她比公主还小一些。公主如此才貌双全却仍未议亲，就不知什么样的美男子才能入得公主的眼了。"

这话似有讽刺珠姬大龄待嫁的嫌疑，惹得元勰当即护短地皱起眉头。就连元恪也轻咳一声，圆场道："此事也不急，等长姐在宫中安顿下来，朕再与皇叔为长姐慢慢甄选合适之人。"

珠姬身份尴尬，也就索性不言语。唯有跟在宫车旁随行的萧衍心中又急又苦，他咬咬牙看看魏宫上方晴朗无云的碧空，心中暗恨老天怎么不劈下一道惊雷来炸这姓高的，省得他在这里胡说八道……

珠姬等人在长秋宫中饮宴，外头有人也等得心焦不已。之前琼枝委托了丐帮的人一路随行来到洛阳，这些人起初还不知道自己接下的是什么活，等珠姬从驿馆上了宫车，径直入了魏宫之后方才觉得有些不对劲——魏宫是什么样的地方，他们自是不敢想，可光看那前来迎接珠姬的女使与卫队便知道品秩不低。

这些丐帮子弟也不傻，他们走南闯北，多少都见过些风浪。三个乞丐围在一起商量了半天，最后为首的那人摇头道："我看这事不像琼枝那丫头说得这么简单，这人进了魏宫，只要她们不出来，咱们就打探不到什么消息。要不还是先传信回去给老大，让他看是继续留在洛阳等消息，还是先撤回去？"

余下两人纷纷点头，正在此时忽然有一人发现了身穿魏将服饰的宋琅——也是冤家路窄，当年宋琅在建康潜伏时便是此人做的手脚，偷光了他身上的银钱，还把那张过所也一并顺到了自己手里。

不过那件事让此人倒了大霉，因为东西很快就被京都尉府的人搜到了。宋琅的过所写着他是南朝人，所以京都尉府按照律法将其杖责三十，并严令建康的丐帮要将此人驱逐出帮派。为着这个，他才不得已流落到了襄阳。

而今再见宋琅，见他衣着光鲜骑着高头大马，身后还跟着一大群的军士，当即涨红了眼，起身恨恨道："你们看，这就是那个宋琅！老子就说自己没看走眼，这人分明就是魏贼！"

余下两人见他十分激动，连忙将其劝着拉坐回地上，为首那人与他有些远亲，早知道这段往事的由来，当即便道："你说他就是宋琅，那他早年在建康时便是细作了？若是如此的话，这人的确该杀，咱们需得将此事回禀帮中长老才是。"

三人都以为然，随后宋琅就在驿馆前下马，稍候了片刻，见到从宫中回来的高兴与玄碧二人。高兴上前跟宋琅寒暄，玄碧也冷着一张脸略跟他打了个招呼。

宋琅此番难得春风满面，对着玄碧拱手道："恭喜女郎，长公主册封之后，女郎自会得高品女官。从此咱们也算同僚了，说不得日后还要仰仗女郎多多关照。"

玄碧不冷不热地瞥了他一眼，回了两个字不敢，便进了驿馆去收拾东西。高兴一看她扭头走了，赔个笑脸给宋琅，也连忙追了上去："哎，玄碧姐姐，等等我——"

这一番话被坐在地上的几个丐帮弟子听见，先前作势要跟宋琅拼个你死我活的那人吓得目瞪口呆，他压低声音问同伙："他刚才说什么？长公主？难道琼枝那丫头让咱们跟踪的人，就是北魏的长公主？"

另外两人也是十分震惊，三人等了片刻，见到玄碧和高兴收拾好了东西,身后跟着几个寺人一起出来。宋琅便翻身上马,护送他们仍往魏宫的方向而去。

看来,这回是真要在魏宫长住,就连驿馆里的东西都收拾得干干净净了。

丐帮那三人换了个地方一番商议,最后决定立即传信回去给本帮的长老,由他去跟萧夫人详谈此事。至于他们三个,仍留在洛阳静候消息,等着下一步如何行动。

翌日,襄阳刺史府内,郗徽正在梳妆时琼枝便急急忙忙地快步进来。襄娘子一见她便皱起眉头,琼枝迟疑了片刻,走到郗徽身后对郗徽使了个焦急的眼神。郗徽会意,让襄娘子去安排几位小女郎的早饭,随后问琼枝:"到底怎么了?"

琼枝凑近前,将丐帮送来的消息如实回禀。郗徽吃惊不住,手里捏着的一根金簪也掉到了地上:"你说什么?她竟是北魏的公主?这——这怎么可能?"

此事不但让郗徽大感意外,琼枝也是毫无防备。主仆二人在内室商量了半晌,最后琼枝眼前一亮,道:"夫人,奴有一个法子,既能制得住她,又能让主君对她彻底死心。"

随后,她对着郗徽附耳低语了几句,听得郗徽连连点头,吩咐她:"不计代价去办好。"

琼枝连连点头:"夫人放心。"

按着珠姬的要求,她的册封典礼一应规制与食邑,都与其余几位公主看齐。至于公主府,因为先帝已经为她修建了华容宫,而珠姬不知自己能在洛阳待多久,便索性将华容宫改成了公主府。

萧衍对高肇百般提防,只求尽快能回襄阳。但数日后他便收到了襄阳城的来信——南康王萧宝融在江陵自立为帝,竟陵太守曹景宗遣使劝萧衍与自己一道奉迎。萧衍看完密信当即大怒,道:"他曹景宗在如此大事上竟也昏聩至此!"

珠姬听说此事,便劝萧衍返回襄阳。正好翌日元勰来访,珠姬就此事问起他的意思，元勰便道："我以为萧宝融不成气候，但除他之外，南齐如今也没有合适的人可以拥立。倒不如拿他来做棋子，先铲除萧宝卷再做理论。"

他说着话，目光却看向萧衍。萧衍也知道他的意思，便点头称是。珠姬见他们二人有事商议，索性抱着阿离避到檐下看花。正好先帝留下的最小的皇子元恍走过来，他要抱阿离，阿离却懒怠跟他这样的孩童玩闹，于是一人一狸互相举手试探。

正不亦乐乎时，元勰从殿中走出来，朝珠姬道："你倒有孩子缘，元恍平日里甚少跟人这样亲近的。"

珠姬一笑，取帕子擦了擦元恍鬓角沁出来的汗珠，道："他并不骄纵，也很听话。可见他母亲教得好，日后必定是个聪明好学的皇子。"

元勰点点头，有些感慨地看了看元恍。随后对珠姬道："叔父知道你素来有主见，不过你如今年纪不小了，也该早些成亲孕育子女。"

珠姬一听这话就止住了笑容，她对元勰如实道："叔父，我如今还不想嫁人。"

元勰挑了挑眉头："是如今不想，还是觉得时机不对——你放心，我才刚跟他挑明了，他若有心于你，便该以正妻之礼相求娶。而不是现在这般，名不正言不顺地敷衍着。"

珠姬一听这话立即涨红了脸，她摇头道："叔父，我并没有——"

元勰追问："没有什么？你若不曾心仪他，那这话就当我没说过。从此以后你也不必跟着他回南朝了，只管在洛都长住就是。你若是对他倾心相许，那他便该以南朝天下为聘，风光迎娶你为正室。否则，他便不值得你如此。"

珠姬再不敢作答，隔了半晌才摇头道："可是，我不想走我阿娘的老路……"

元勰叹口气，安慰她："我知道你心里替你阿娘抱屈，可你又何尝知道，你阿耶心里的苦？人生在世，不称意之事十有八九，你还年轻,如今我的话你兴许听不进去。可是以后你便会明白,有些委屈受了也就受了,只要自己觉得值得,便是值得的。"

珠姬抬眸,迎着元勰关怀的目光,终于落下泪来。她哽噎道:"叔父……我……"

元勰伸手拍了拍她的肩头,宽慰道:"好孩子,叔父知道你这些年一个人不容易。叔父也愿你能觅得幸福,可有一样你要记着,倘若你要嫁萧衍,便必须是正妻。否则,你不但愧对父母,亦对不住北魏长公主的身份。"

他话里的意思,珠姬听得明白,也知晓其中的厉害。她无力地点点头,回道:"我明白了,叔父请放心。"

放心?如何能放心?关心则乱。元勰刚才与萧衍一番谈话,也知道他心中所想,自是江山美人都要兼得。可如今这等时候,便是立逼着他休妻再娶也不合适。好在萧衍当着他的面发下重誓,说战事一过便会给他和珠姬一个交代——他对珠姬说完这些,也答允她随萧衍返回襄阳,但仍要由宋琅率人暗中护卫,再三道:"你切记不可以身犯险,若有战乱,便立即返回洛都,不得任性行事。"

他叔代父职,所叮嘱的话珠姬自然听在心里。翌日便要启程,元恪对人说是请珠姬代自己前往龙门宾阳石窟为先帝督造佛雕。这天暮晚,于后又在宫中设宴,这次来的后妃与皇子公主们众多,就连即将临盆的高贵人也群星拱月般地被簇拥着来了。

珠姬被他们轮流敬酒,到后来不免有了几分醉意。她的人生中忽然出现这么多的至亲,便是同父异母的弟弟妹妹也有了七八个。他们唤她长姐,她心里也有些感动和柔软。这是一种血亲之间与生俱来的亲切,可是长达十九年的时光仍会带来难以消除的生疏。

此刻微醺时,她想起的是远在千里之外的淑妃。她的阿妹,与她从小一起长大且喜怒相通的至亲。

齐宫中,得知萧宝融被众人拥戴举义,萧宝卷气得砸了手里的酒盏,骂道:"这些个乱臣贼子!早知今日,朕应该早些拿出决断来，将他们统统杀个干净！"

他一面骂人，一面在锦毯上踱步，周身戾气腾腾。正好吴景晖奉淑妃命给他送来一盏莲子燕窝羹，她在殿门口探了探头，一见他这副形容立即就想打退堂鼓。只是不巧被萧宝卷逮住，当即喝道："鬼鬼祟祟地站在那里干什么？给朕滚进来！"

吴景晖没办法，咬牙端着托盘进去。萧宝卷睨了梅虫儿一眼，后者立即会意，带着余下人都退了出去，临走时还不忘将殿门带上。

吴景晖想起前几次他折腾自己，不由两腿发软，手里端着的碗盏也开始颤抖。萧宝卷广袖一带，拂落托盘，一手将其按倒在地上，随手撕烂了她身上的裙裾……

正胡天黑地时，忽然听见门外传来周灵璧的声音，她问吴景晖可在，梅虫儿自是否认。她见大白天的殿门紧闭，又不禁生疑道："那里面是谁？怎么陛下会单独召见？"

梅虫儿与周灵璧不对付已久，当下拖长声调，恨恨道："陛下的事情，难道还要向你回禀不成？周太医，你这手未免伸得太长了些。"

就在吴景晖还不知该如何应付时，萧宝卷已经开始七手八脚地穿衣衫，并喝令她："找个地方躲起来！快！不许叫人发现你在这里！"

吴景晖抱着自己的衣服左右一番张望，这殿中哪里有什么地方可以躲人？唯一一处可以藏身的，就是那张金案。可她身量高挑，要躲进去必定十分局促难受。

她正犹豫时，萧宝卷已经发现了金案处。他手往金案一指，又把地上掉落的一件小衣扔到她脸上，喝道："快点躲进去！不然朕杀了你！"

吴景晖无奈，只得听命。她十分艰难地匍匐爬进案下，随后便听萧宝卷让人开门，周灵璧入内，嬉笑道："你来得正好，朕一个人十分憋闷，要不咱们来下棋吧？"

周灵璧见金砖地上还洒了一些莲子羹汤，落下一只绣着金龙的白袜，便知是吴景晖来了。她揣着明白装糊涂，也起了几分玩兴，大剌剌走进来，应道："好啊！既然陛下有此雅兴，臣自当奉陪。"

他们二人在殿中有说有笑，倒显得平日里关系十分亲昵的样子。可怜吴景晖艰难地屈身在案下，等了好一会，见萧宝卷浑然已经忘却了自己还窝在这案下，便想趁机偷偷爬出来——周灵璧此时坐在殿中的右侧，一手捏了棋子，一手支着下巴，一副悠然自得的模样。

她眼角睨着金案，见到一方芙蓉色的裙裾从那里滑出来，便故意问萧宝卷："皇上，你这殿里还有人？"

萧宝卷顿了顿，连忙回道："没有没有！哪有什么人？才刚朕一个人想静一静罢了，并没有人。"

他既如此说，吴景晖唯有咬牙，再爬回案下继续蹲着。随后又听周灵璧问萧宝卷，觉得吴景晖这个人如何？谁知萧宝卷这厮张嘴就把吴景晖骂了一顿。周灵璧对这个回答感到满意而放心，她不怕吴景晖蓄意勾引萧宝卷，反正以前什么波斯舞姬异国美人之类的，他也没少招惹。

只要他不动真心，便不会危及淑妃的地位——她打探完了，临走之前留下一句意味深长的话语："皇上心里只有淑妃娘娘，这是明眼人都知道的事情。所以有些人即便是心术不正，想要魅惑皇上，到头来也只落得为人笑柄的下场。啧啧，也是可怜呐！"

说完，她扔掉手里的棋子，朝萧宝卷拱拱手，就此扬长而去。临到门口再吩咐梅虫儿："你们怎么当差的？快叫人进去打扫干净，一股子的狐狸骚，差点没把我给熏一跟斗。"

梅虫儿狠狠地冲她的背影翻了无数个白眼，接着便见吴景晖衣衫不整双目赤红地从殿中冲出来，神色凄惶。他惊疑地走进大殿，见萧宝卷还坐在先前跟周灵璧对弈的位置，只望着棋盘上的走势，捏着手里的黑子沉吟不语。

"皇上……"

梅虫儿连唤了三声，萧宝卷这才总算回过神。他啪地放下手里的黑子，有些暴躁地问道："叫什么叫？朕又没失了魂，什么事？"

梅虫儿心道你这样子还说没失了魂？他也没拆穿，便问起几件要紧的正事,并顺嘴提了一句:"您跟吴女使的事,怕是周太医已经看出来了。她这个人历来不肯吃亏,奴怕她会在淑妃娘娘面前胡言乱语。要不,咱们先找人把她给——"

他说着,做了一个杀鸡抹脖子的动作,结果被萧宝卷一脚踢过来,吼道:"你要干什么?朕告诉你,不许动她一根头发丝!否则——朕先把你给剁了!"

梅虫儿骤然挨了一记窝心脚,爬起来后连连请罪,心里却是越发闹不明白了——这位到底是怎么了?明明隔三岔五地召幸吴景晖,可是从来也不见一个子的赏赐,更别说半个好脸色了。而对周灵璧却处处逢迎讨好……难道说,她这是给皇上吃了什么迷药了?

梅虫儿想到这里,狠狠地拍了一下自己的脑门。对啊,自己怎么早没想到要防着这一层?这个周灵璧该杀,早就不该留着她了!

想到此,他再也不敢大意。吩咐手下人好生服侍之后,便急匆匆地跑去找茹法珍商议对策了。

周灵璧却不知自己大祸将至,她从殿中出来,仍去永寿宫见淑妃。周灵璧进殿,小宫娥连忙给她打起水晶帘,又竖起一根手指头示意淑妃正在里头午睡。

她本想掉头回去,不想阿嫣却从屏风后扑过来。周灵璧伸手接住,抚了抚它周身光滑的皮毛,问宫娥:"娘娘睡了多久了?"

"有一会子了,怕是一会就要醒。"

周灵璧又闻见殿中有股盈盈的酒香,随着风向转变扑入自己鼻中。她皱起眉头:"娘娘先前喝酒了?谁怂恿她喝的?"

正说着,屏风后的八宝沉香床上传来淑妃的唤声。宫娥与周灵璧一道行近前,周灵璧环顾四下,问:"怎么不见吴女使?"

程女使与吴景晖也不太和睦,当下便对淑妃道:"娘娘午间打发她去给皇上送莲子羹,怎么这会还不见人回来?"淑妃睡醒也发蒙,随口道:"打发人去找,看她是不是回自己房里躲懒了。"

等淑妃沐浴更衣出来,吴景晖这才匆匆赶回。周灵璧见她额前微汗,手上握着芙蓉绢不停擦拭,两人对视时她勾唇露出冷笑,也不揭穿，就抱着阿嫣说了一句："以前总说你喜欢晚上出去胡闹，现在倒好，有人喜欢大白天的鬼混了。"

吴景晖走回淑妃跟前行礼，果然被程女使发现她换了一身衣裙，便道："这才五月的天，你就热成这样。早上穿的衣衫下午就要换，你可比咱们娘娘还要金贵。"

淑妃午间吃了两盏酒，这会觉得有些头晕乏力。她略看了看吴景晖，只要她下去，等她一走就问程女使："可知她这是怎么了？"

程女使心里雪亮却不敢胡言，她要先禀过老王母才可依令行事。周灵璧却不管这么多，抱着阿嫣就道："还有什么？这宫里偷鸡摸狗的事情历来不少，娘娘以后多拘着她一些，不让她四处乱走也就是了。"

淑妃并不傻，被周灵璧这么一点穿，再对着铜镜回想自己最近屡次遣她去给萧宝卷传口信或是送东西，她都迟迟才回。她心中一惊一怒，鬓上原本簪好的凤钗也因火起而拔下来丢在妆台上，咬牙道："她竟敢如此放肆？简直是——"

周灵璧将阿嫣放下，上前来给她按了按两侧的太阳穴。淑妃顿觉头晕之症见好，过了一会渐渐神志清醒。

程女使等人在帘外候着，也没听清楚二人到底耳语了什么。总之淑妃后来起身时已经收敛了怒气，对程女使冷声道："去问问太后，看她可有什么合适的人配给吴女使？"

淑妃这是要打发吴景晖出宫了，程女使诺诺而去。临走时与周灵璧对视一眼，只见她满眼无所无畏，不禁轻叹了一口气。

再说梅虫儿找到了茹法珍，跟他这么一合计，茹法珍当即嗤笑他："难道你还看不懂，皇上这是看上了周太医？"

梅虫儿一路走得火急火燎，这会正捧着一盏热茶在喝，闻言一口茶水噎在嘴里，差点就没被活活呛死。

"你说什么？皇上看中了姓周的女泼皮？这——这不是胡闹嘛！"

梅虫儿说完，再搁下手里的茶盏，开始踱步，气咻咻道："不成！这事无论如何都不成！她要真成了娘娘，可不比淑妃是个不管事的人，咱们都会折在她手里不可。"

此言茹法珍也以为然，他颔首道："不错，周灵璧性情刚烈，又是个有主见的。她若得宠，决容不下咱们。"

两人说着，一番思虑后异口同声道："那就先下手为强！"

周灵璧连打了几个喷嚏，淑妃忙让宫娥关上南面的窗扇。被她摆手拒了，低声喃喃道："她自己行为不端，就不要怨人。"

淑妃似乎也想起了吴景晖是萧衍送来的人，她随手拈起水晶盏里的波斯葡萄递到阿嫣跟前，用葡萄逗弄它玩，一面道："阿姊曾对我说过，要善待吴景晖。还说，她会对我忠心不二。"

提起珠姬，周灵璧眉目间瞬息变得安宁和缓。她点点头，道："她也并非对你不忠……只是她这个人，欲望太重野心过多，咱们约束不了。"

谁能约束得了吴景晖？自然是萧衍。可他现在正陷在北魏彭城王与高肇两位权臣的"热烈爱慕"之中，分身乏术，根本顾不得这些。

珠姬要回襄阳，自然要带玄碧等人随行。可高肇早已相中了萧衍这个美丽英气的武姬，又怎肯放过这即将到嘴的天鹅肉？

他有心想找珠姬讨要，可又碍着元勰已经有言在先。于是耐着性子等啊等，等到珠姬启程这日，眼见元勰并没有留下这个波斯武姬，当即就重燃起希望，厚着脸皮刚要开口，就见元勰从袖中掏出一样东西，递给萧衍，并道："好生服侍公主，等公主下次回洛阳时，本王便纳你为侍妾。这是信物，你可不要弄丢了。"

萧衍心里五味杂陈，当着众人的面还得微笑接过，一副不胜荣宠的模样。

小元桃这些天跟珠姬混熟了，此时见她要走，难免依依不舍。珠姬也有些留恋地牵着他的小手，一再叮嘱他要乖乖听话，元勰见她对小元桃已生出爱惜回护之心，便道："你放心吧，我会叫人好生照顾他的。"

珠姬这才松开小元桃的手，登车起行。直到宫车过了西定门，见到宋琅领着人在前方迎候时，珠姬方才惊觉，原来已经出魏宫了。

珠姬的人生里，再一次生出了一缕淡薄的不舍与眷恋。她从未想过，忽然有一天，自己就有了这么多的亲人。洛阳城里有她的叔父弟弟妹妹，甚至还有尚在牙牙学语中和怀在高贵人腹中尚未出世的小侄儿……当她登上回襄阳的马车，站在车前再度回望这座巍峨的古城时，她的心境，已与来时截然不同。

人生，始终因情义才生出无数的牵绊。

而她的牵绊，是纵横南北难以团圆；她的身份，在如此乱世，又显得格外微妙离奇。

吴景晖到底还是在宫中留了下来，她太了解淑妃的性格了，她知道要如何才能戳中她心里的软肋——夜里周灵璧不在时，她散发除服哭得声嘶力竭，抱着淑妃的脚踝哀求她不要驱逐自己出宫，声泪俱下地说起自己曾答应过萧衍，一定要在宫中好生服侍淑妃，直到他回来。

最后一句话瞬间打动了淑妃，萧衍回宫，亦意味着珠姬回宫。她盼能与阿姊相聚的心，与吴景晖渴望见到萧衍的心是一致的。至于其他，似乎便没有那么重要了。

更何况吴景晖在她面前连连磕头发誓，说以后只管在她跟前伺候，再不去御前。于是淑妃心一软，叹口气便让她起来了。

第二天周灵璧得知此事也是晚了，她连连叹气，对淑妃道："娘娘太过于心慈。"

可不等她再说服淑妃，潘太后那边又忽然病了。周灵璧赶去时见人已中风昏迷，问了跟随的人，得知太后这几日都奋战在牌桌上，就连吃饭睡觉都火急火燎时，不由摇头："这——"

看潘太后一时醒不过来，周灵璧只得留下守夜。萧宝卷是潘太后抚养长大的，听闻养母病倒自然要马上过来看看。他来时周灵璧正好去沐浴换衣了，得知太后施针后脉象好转，他欣慰地点点头，心里对周灵璧的医术感到由衷地信服。

因已是深夜，宫人便端了一盏雪参鸡汤上来，说是周太医吩咐给太后安神用的，不过炖多了一盏，便呈送给皇上。

萧宝卷不疑有他，接过来便数口喝尽。随后起身离开，却在出来大殿后的回廊下见到刚刚出浴的周灵璧。她换下了太医的褐色长袍，一身月白色的夏衫，檐下茜红色的宫灯照着，湿漉漉的长发犹如水墨，整个人犹如月下的仙子一般光洁。

他的脚下如同长出了根，再也挪不动分毫。周灵璧也看见了他，皱了皱眉头，问："皇上来了？"

萧宝卷回了："朕来看看太后。"

周灵璧哦了一下，随后看见他面颊通红，有些不正常的样子，又问："皇上不太舒服？怎么脸这么红——"

不但红，而且还热，五月初夏的深夜，萧宝卷汗如爆浆，浑身炙热。就在周灵璧狐疑地伸手过来要探他的脉搏时，他已经飞快地抓住了她的手腕。不等她惊叫出声，就这么忽然被制住了，然后他迅速地推开了身侧偏殿的门……

萧宝卷第二天早上醒来时，周灵璧早就走了。若不是脸颊上留着她昨晚挣扎时怒扇他的巴掌印，脖子里也挂了几条彩，他也以为自己就是做了一个荒谬无忌的春梦。

可萧宝卷到底是萧宝卷，他虽然惧怕敬爱淑妃，但始终还是这般行径——坐在乱糟糟的床上他手抚脸颊紧皱眉头想了又想，最后还是决定，大丈夫敢作敢当，既然已经发生，怎么也要对人家负责任。

至于名分封号什么的，她喜欢什么，便给她什么，就当是个补偿了。

再则，淑妃跟她一向关系不错，听完此事说不定不会大发脾气，反而会高兴多了一个真正的姐妹？抱着这一层侥幸的心理，他很快振作精神，复又召了梅虫儿进来伺候洗漱更衣。

不过起床时他看了一眼，心里不免有些说不出的失望——床褥上没有落红。

梅虫儿跟茹法珍本来计划着借潘太后的病来整治周灵璧，到时候不但除了潘太后，还能顺带把周灵璧也牵连进去。可没想到太后身边的一个侍女早就存了攀高枝的心，她把鸡汤里的毒药换成了春药，但最后自己没能如愿，却促成了萧宝卷跟周灵璧的一夜风流。

此刻，梅虫儿的心里万分难受。他窥着萧宝卷的脸色，问道："陛下，昨夜的事情，要不要让彤官记一笔？"

彤官专司皇帝与后妃宫女的侍寝记录，以防后妃或者宫女有了身孕查无出处。可萧宝卷却似乎对此毫无反应，他看着梅虫儿低眉垂首在自己跟前，脑中却不由想起昨夜，自己褪下她穿着的交领长衫，露出里头白色的半幅裹胸，柔滑的皮肤被光打成玉色，饱满的那一处线条极美，一直延伸到腰臀、肩颈。

也就是这片刻意乱情迷，让梅虫儿有些不安地叫道："陛下，您这是——"

萧宝卷一拍脑袋，拂袖道："朕先去给太后赔罪，再去视朝。"

他本想着下朝之后就去跟淑妃坦白，大不了挨一顿打——以淑妃的性子，这就是她惩罚他最极致的方式了。

可没想到周灵璧居然等不了，主动跑来紫宸殿找他了。

得知她就在外面候着时，萧宝卷舌头都有些不利索了。他手肘一哆嗦，就推倒了金案上摞着的一大沓奏折，然后也不管不顾，张嘴就问梅虫儿："朕头上的金冠正不正？要不要换件衣衫见她？茶——你们赶紧去沏茶……"

梅虫儿万分无奈地迎了周灵璧进去，这一回他全没了往日的神气，一副认命的衰样。

早朝已毕了，百官都回家了。华丽肃穆的紫宸殿只剩下萧宝卷和她，两人隔着一张宽广的金案，彼此不安地对望了一眼。

周灵璧很快跪下，恭敬地行了大礼，随后说出了自己的来意——她要辞官。

萧宝卷满腹的话语卡在喉咙里，半晌才茫然地发问道："你要出宫？"

周灵璧耐着性子又把自己的要求说了一遍,再看萧宝卷还是没作答,顿时又沉不住气了。站起身问他:"你不同意?"

萧宝卷反问她:"为什么?我为什么要同意?昨晚的事情——我知道是我不对,可是你有什么要求你可以说出来,我能办到的一定不含糊。你忽然说要走,还一点余地都没有,你不觉得你太——"他憋了半天,总算想到一个词,随后愤愤然指责她:"你太无情无义了!难怪他们都说你在外面好些个相好的,你说,你是不是把朕也当成那种招之即来挥之则去的男人了?"

周灵璧忍不住爽朗失笑,笑完了,才白了萧宝卷一眼。

她两手一摊,有了结论:"一夜风流而已,过后就不用再提。但我这人有自己做人的原则,既然答应了珠姬要照顾淑妃,就不能挖淑妃的墙角,所以我要走。"

萧宝卷气哼哼地想了半天,觉得不甘心。于是话锋一转,忽然问道:"实话说吧,你是不是在外头还有很多相好的?他们说你素日很是风流,所以才——"

说这话对萧宝卷而言也是一种难堪,可他到底还是忍不住问了。再看周灵璧的脸色,说是滴水成冰也不过分。

萧宝卷本来以为她会直接跳脚,可是等了一会也没有。

周灵璧只是阴沉着一张脸,过了会道:"你是想问我为什么不见落红?"

萧宝卷被她说中心事,咬咬牙点点头。却听周灵璧冷然道:"去年四月,我随珠姬一道去了一趟江南。在钱塘,我杀了袁昂的长子袁长青,一把火焚尸灭迹,所以他现在看见我就想咬几口。"

萧宝卷听过此事,但个中细节并不知晓。

周灵璧道:"那夜我除了杀人,还在袁府后院救出了十几个半大的孩子。她们最大的也就十二三岁,最小的不过八九岁——陛下,你可知袁长青辞官之后便一直号称要修仙得道?就他那副资质,他修的什么仙,又想得什么道?这些女孩子被他关在后院里,到底是做什么用的?"

萧宝卷听她这么一说，隐约也猜到了几分。可是仍不敢相信，他瞪着她，缓缓站起身走过来。

周灵璧对视上他的双眼，依稀想起那段尘封许久的血色时光。她一字一顿，字字如刀，重重镌刻在自己和萧宝卷的心上："我从小因为患有怪病，所幸得师父为我治病。八岁那年，我随师父至钱塘游医，不慎走失。后来被转卖到袁长青手里——我命大，侥幸逃出了生天。十年了，这十年当中我没有一个晚上能无梦到天明。夜夜陷入那个梦魇，梦中袁长青仍旧欺辱于我，我却无力反抗。但是那一次虽大仇得报，若不是有珠姬拼死相救，我怕是不能活着回来。所以陛下，我心里有永远不能逾越的天堑。您应该守着淑妃，她才是你此生唯一的挚爱。"

萧宝卷听得目瞪口呆，他怎么也想不到周灵璧的心里会藏着这么多不为人知的血泪与痛苦，此刻他想安慰她，又觉得万般言语皆无力。

他忽然觉得自己对不住她，也许她说得对，注定他与她只是有缘无分。

于是他反手在殿中徘徊，直到午间的日光从殿门缝隙中洒将进来，将她的背影拉长。他看见那金砖地上的背影，心里就像被绳索勒紧，有种窒息的伤感。

他终于停下脚步，问她："那你以后有什么打算？朕是说——你需要什么？只要朕能办得到的，都会尽力给你。"

周灵璧这会才觉得自己这趟来对了，她忍着心里的窃喜，竭力装出一副楚楚可怜的小模样，低垂着头脸道："我有自知之明，像我这样的人也不求别的。陛下若是手头方便，多送我一些金银，我会感激不尽。除此之外，我还想回去继续行医，若是有个朝廷的封号头衔，以后也不怕被人欺凌……"

萧宝卷只是点头，无一不允。等她说完，又忍着泪问道："就这些？没了？"

周灵璧抬起头，心想萧宝卷什么时候变得如此大方，还是自己要的太少？

可一看见萧宝卷眼里的泪意，她也绷不住那根心弦，"扑通"一声跪下，眼泪啪嗒啪嗒瞬间掉了一地："还有一样——愿陛下与淑妃白首两不离，恩爱到老。"

泪光里，萧宝卷重重颔首。片刻后转过身去，双手扶于金案之上，模糊地应了一句："好。"

暮晚时梅虫儿亲自带着人过来宣读了皇帝的旨意：萧宝卷收她为义妹，封为宝琼郡主，食邑三千。另赏金、银各一千两，珍珠十斛，翡翠玉件一匣子。

周灵璧郑重其事地跪接了圣旨，拿在手里看了又看。最后用锦盒装起来，吩咐小医女紫萱收好。对着梅虫儿，她就当从不曾有过嫌隙，还难得大方地拿了银子打赏。

梅虫儿也接了，彼此客气寒暄，出了门之后他扬眉沉吟：这丫头，倒是个厉害的。幸好她要走了，否则，还真是个大麻烦。

淑妃不知道周灵璧为何忽然要走，只是拉着她不肯放。可是周灵璧把话说得清楚，她从来就不是拖泥带水的。就连褚后也看出来难以挽留，便对淑妃道："好妹妹，以后就让我们互相做伴吧！周太医志在天下，她有自己的路要走。"

周灵璧没敢在淑妃面前过多流露自己的情感，她怕一不小心就会引来一场号啕大哭。从神仙殿出来，遇上被贬罚的吴景晖。吴景晖眼中含恨，手里端着的托盘里面盛满刚刚裁制好的衣衫，见着她也不跪不言，就这么拿眼刀剐着她。

周灵璧也懒怠跟她废话，两人擦肩而过时吴景晖恨恨地低声骂了一句："贼喊捉贼，我早知道你们两个不清白。"

周灵璧停下脚步，回头满含警告地睨了她一眼："记住你的使命，就是保护好淑妃。若淑妃有事，你以为萧衍还会践行他当初对你的承诺吗？"

吴景晖噎住，再不敢犟嘴。可是等她走远了，还是忍不住含恨暗骂了一通，神色间十分怨毒。

第十四章　相煎何急

周灵璧离宫后没有在建康多做停留，而是卷了金银细软就直接登船回句章。一路上顺风顺水，到达时正好是烈阳如火的六月。

襄阳城里，珠姬却遇上了前所未见的大难题——她和萧衍从洛阳回来，此事原本机密，但不晓得怎么回事，襄阳城内很快就流传起一个谣言，说她是北魏来的细作，混在萧衍身边就是为了探取南朝的军事机密。

谣言伊始相信的人还不多，毕竟珠姬以前为募集军需曾四处奔走，很多军民都对她颇有好感。

后来也不知是谁贴出了魏帝元宏的画像，跟她的画像绘在同一张纸上，明眼人都看出来了两人外貌上的神似，再加上丐帮那些人唯恐天下不乱地四处宣扬，很快，刺史府门外就聚集了许多要求驱逐珠姬的百姓。

郗徽对此简直喜出望外，她拼命压制着自己内心的狂喜，不停打发琼枝收集四处的消息，时不时问一句："怎么样？主君可有说什么时候送她走？"

琼枝立下大功一件，就连襄娘子也不再避忌。主仆二人商议时襄娘子就在旁边，听到后来默默掖了手，自去厨下看管夫人和几位小女君的膳食了。

萧衍对此也很烦恼——他派人四处打听，隐约得知此事与丐帮有些牵连。随后倒是想起去年在建康萧遥光作乱时，宋琅被京都尉府的人扣住了过所一事。当时他还曾与曾春照一起提审过那几个小毛贼，可是时过境迁，他不敢确定此事就是那几人所为。

况且，丐帮素来不与他打交道，如此摆明了要跟他过不去，难道就不怕他日后夹私报复？

他一面派人去与丐帮疏通，一面派人安抚城中群情激奋的百姓，一面还要关注前线的战事谍报——时间真可谓是千头万绪，处处都是火烧眉毛。

珠姬回来之后仍跟丁姬待在一块，她想不到事情会忽然变成这样。犹豫很久，最后因为周灵璧一封飞书而定下了决心——她要回句章。

如此微妙的局势，她无论是置身襄阳，还是暂住洛阳，其实都会为难。叔父元勰的意思很直白，他希望自己能站到北魏的立场。自然，作为北魏的长公主，在南朝内乱之际，她可借助萧衍之手露出一些破绽，退让雍州边境的几座小城或者私底下达成一些协议，使得北魏在关键时刻声援萧衍，而萧衍也得领受这份人情。

可她长在南朝，身上也留着南朝的血脉，于她而言，无论谁进谁退，都是一种难以言喻的煎熬。

于是她选择离开，回去芷兰岛，正好周灵璧也回去了，她可以去寻她。不管世事如何翻转，还好，她有芷兰岛可回。

这个主意打定之后，她便开始让玄碧收拾东西。丁姬想不到她刚回来又要走，很是不解地挽留道："能不走吗？"

珠姬看着她渴盼的眼神，有些不忍地摇头："我留在这里，只会让阿兄为难。如今这样的局势，他要应付的难题已经够多了，我不能再给他添乱。"

丁姬咬了咬下唇，珠姬立即就猜出了她的心思。她上前拥了拥她，拉起她有些粗糙的双手，道："我此去之后，归期不定，所以没办法带你同行。但是我会跟阿兄说，让他厚待于你，或者，让他送你去丹阳老宅……"

丁姬立即摇头，差点哭出声来："不，我哪里也不去，我就在这里等你回来——你放心，夫人她不会拿我怎么样的。"

珠姬叹口气，在她的手背上轻轻拍了拍。随后转过脸，见萧衍正在日光里大步行来。

出乎意料的是，萧衍也同意珠姬回东海。他望着她，语气坚定道："我送你回去。"珠姬点头，料想他已经经过权衡。好在萧衍这回已经安排好丁姬，让她先暂住到雍雅别苑，并派了人手去那边。

因战事告急，这一趟走到更比从前匆忙。而丁姬至今还想不明白，怎么忽然间珠姬就变成了北魏长公主？

珠姬临行前安排玄碧去见了宋琅，除了与他约定好明日码头登船同行，也向他打听了一下丐帮的事情。说起此事，宋琅立即满腹牢骚。他去年在建康因为一时大意被顺走过所，此事对于他而言简直是老马失蹄，什么脸面都丢了个一干二净。此时再旧事重提，他立即道："肯定是那几个叫花子在建康混不下去，又跑来了襄阳。认出我以后跟着我们一道去了洛阳，这才发现端倪的。也怪我，当时到襄阳就该易容改装，此事算是我对不住公主，登船之后我自会向她赔罪。"

玄碧瞪了他一眼，她让宋琅传信回洛阳给元勰，让他务必在洛阳扣住那几个丐帮的人作为质子，随后又对高兴道："咱们去洛阳之前我让你安排人盯着琼枝，人呢？总有一点蛛丝马迹吧？"

高兴连连应诺，且将那几个眼线收集来的消息都尽数汇报上来。玄碧冷笑一声，骑马去了一趟那个陈记油坊，一看除了掌柜和店小二，后门进进出出的都是一些丐帮子弟，当即便折返回来，禀明萧衍之后带着人连夜将这个油坊给一锅端了。

得知陈记油坊被抄，所有人手都落到了主君手里，琼枝急得不行，连忙过来找郗徽商议对策。

可不想，郗徽这里境况更糟——萧衍要送珠姬回东海，临走前一挥手，便将她完全架空了。刺史府内的事情有四名总管负责，丁姬也被送到雍雅别苑，那个别苑依山傍水风景优美，去年才建好，她和几个女儿都没能去住一天，如今倒便宜了她一个姬妾……

郗徽心情不好，自然懒得理会几个叫花子的下落。在她看来，她又不曾露过面，就算是琼枝被那几个叫花子供认出来，大不了便把她作为弃子，由得萧衍惩处好了。总之现在打发走了珠姬这个瘟神，对她来说才是最重要的。

其余的事情，都不要紧。

琼枝看出了她的心思，心灰意冷地退了出来。出来院子被襄娘子逮住，琼枝以为又要一通训，结果襄娘子什么都没说，还略带同情地看了她一眼。

萧衍的人很快就带走了琼枝，带去哪里，要怎么处置，没有人知会郗徽。而郗徽也并不知道，萧衍这回之所以没有索性把她也送回高平郡郗府，只是因为郗泛主动请命随军，担任要记参军一职。

而今雍、益、荆几州的大军已经长驱直入，攻到了上荆江附近。此处一破，建康便唾手可得。为了震慑天下，萧衍与王茂等人早已商定好，将于八月在江陵拥立萧宝融为帝。

江陵攻破便是建康，算算时间，正好与去岁狼狈逃回襄阳相距一年整！

一年的时间，他将再回建康。只是这一次与从前再不一样，他将不必再仰人鼻息，他誓要以萧宝卷之血来告慰兄长在天之灵！

六月的襄阳烈阳如火，但船入江河，舱内便十分清凉。人在船上，远比居于城内惬意舒服。珠姬此番再回芷兰岛，随身带了不少行李，是做好了回去长住的准备。她登船前写了一封密信，让玄碧尽快送到宫中淑妃手里。

玄碧交由萧衍看过，见其中写有，若建康告急，她将前来宫中接走淑妃，两人共返芷兰岛一事。萧衍看过信，并没有扣留也没有销毁，而是让玄碧尽快送去建康，并道："以后她给淑妃写信，不必再交给我过目。"

玄碧领命，心里自然是松了一口气。她觉得主君对女君的态度已经有了很大的改变。可在有些事情上面，他的态度又让人难以捉摸——比如对夫人，他一而再、再而三的纵容宽恕。

此次明知道是夫人在背后捣鬼，但最后主君却只拿了琼枝来开刀。这种处理,让玄碧心里很不是滋味。

船上,高兴如常来跟她搭讪,被她几次冷脸相待。委屈的高兴不知道自己什么时候得罪了她,后来得知她是为女君鸣不平,这才叹口气,开解道:"你莫急,这事主君迟早会解决的。你想,难道主君会委屈女君嫁给他做妾?就算女君肯答应,北魏那边也绝不肯吃这个亏呀!"

玄碧这才稍稍平息了不忿,一转头见高兴正迷迷瞪瞪地看着自己,当即剜了他一眼,问:"你为何这样看着我?难道我脸上长了一朵花?"

"没有没有……没有的事。玄碧姐姐你喝茶,先消消气哈!"

玄碧望了一眼他递上来的茶,正是自己素日喜欢的白牡丹。于是伸手接过来,又加上一句:"没有你慌什么?做贼心虚的样子。"

高兴垂了手站在一旁,心里道:"你这么瞧着我,能不慌吗?"不过他不敢应声,等她喝完茶走了,方才端起留有残汤的杯盏,叹口气。

六月行船,除了午间时稍显炎热之外,其余早晚都很凉爽宜人。而且午间时用完午饭,各人便回房休息,打开船窗引风对流,人卧在冰玉凉席上,脸颊肌肤尚且触手生凉。

这一路走得不算艰辛,有时候早晚还见萧衍和宋琅站在甲板上垂钓。虽然珠姬从来没见到他们钓上来一条鱼一只虾,可也不妨碍他们乐在其中。

回到芷兰岛时,正好六月初十。岛上的渔民们见到珠姬,都很是喜欢。珠姬带着玄碧和高兴一起去白沙滩涂,找到了当初挖出萧衍的地方,朝他们比画着那块金印的大小。萧衍笑着随手取出来,递给她:"是这块吧?后来几次换印,我都没舍得熔了重造。"

珠姬接过来细细一看,上面还有一条被砂石划伤的痕迹,正是自己当时握住时看到的那样。

她朝萧衍嫣然一笑,将金印握在手里,偏了偏头:"这东西可归我了。"

萧衍哈哈一笑:"本来就是你的。"

就连高兴都发现了,一回到芷兰岛,珠姬就跟换了个人似的。褪下华服锦衣,重又穿上素衫草鞋,太阳大的时候戴上高高的帷帽,玄碧跟她一起挽着竹篮去滩涂上捡拾鱼虾贝壳。每日里都能看见她的笑容,就跟岛上普照的太阳一样,照亮整个青厝大宅。

萧衍也做了渔民的装扮,带起了露边的草帽。在宋琅的传授下,他很快学会了撑船撒网。有一次玄碧架不住好奇,想下水看看岛下的海底是不是真的有珍珠和绛树,珠姬当即拉着她入水。

萧衍亲自撑船,眼看她扎入水中,犹如一尾灵动欢快的美人鱼。海面波光粼粼,清澈的海水中游弋着无数的鱼虾。玄碧第一次见识到珠姬得天独厚的优良水性,在海底的一刻钟,她只换了三次气,还顺手从海底采到了一只带珠的蚌蜊。

但玄碧实在受不了在海底憋气,她奋力向上,终于冲破水面看见外面雪亮的天光时,她几乎恨不得高声呐喊。但不等她张开嘴,一口咸热的海水已经涌了进来……

在萧衍豢养的死侍当中,玄碧的身手算是一等一。但这一次下水,回来后她足足修养了两三天。这一天爬起来,一个人悄没声地走到了滩涂边,正要蹬掉脚上的草鞋走入水中时,被高兴一个踉跄拖住了:"玄碧姐姐——你这是干啥?你可不要想不开啊!"

玄碧一脚踹开了他,笑骂道:"你才想不开!我就是想熟悉一下这片海,下次再陪女君下水采珠时,也不至于这般无用了。"

高兴这才恍然,暗笑自己杞人忧天,接着问她:"你们还要下水啊?哎呀,我看还是不要去了,据岛上的渔民说,就算是生在岛上的人十个里头也有九个不能下海采珠的。女君那是天生的水性好,咱们一般人比不得。"

玄碧若有所思地点点头,却仍执意要下水:"女君喜欢海,她一进海里就跟鱼一样自在。你没看过她在水里的样子,所以我还是要练一下水性。"

高兴没办法,拦不住她便只能陪着。可那天傍晚,高兴回来时的模样,让萧衍和珠姬都吓了一跳。见他鼻青脸肿身上带伤,宋琅还以为有人来攻岛,连忙抄了家伙就道:"谁这么不长眼敢来芷兰岛找碴?管教他有来无回!"

高兴心里又甜又苦又涩又酸,捂着被打的脸愣是说不出一句完整的话来。还是萧衍从他的表情里看出了一些端倪,挥手让他下去休息,又着人给他送了些消肿化瘀的膏药。

一回头,见珠姬捏着手里的棋子微笑着看向自己,萧衍便摊手道:"其实我早看出来了,不过这小子一直掩着不肯说,我也没办法帮他。"

珠姬问他:"玄碧若是愿意嫁给高兴,你可愿成全他们?"

萧衍有些讶然,立即颔首道:"当然愿意!难道我看上去像这么不通情理的主君?"

珠姬忍着笑放下手里的棋子,进屋问玄碧对高兴可有意?玄碧难得涨红了脸,她支支吾吾半天,最后用双手捂住脸道:"我杀孽太重,不想连累了他。"

这就是愿意了——珠姬出来见萧衍站在庭院当中,身侧是一树开得烈烈如焚的石榴。

暮晚的海岛,霞光绚丽。两人在晚霞斑斓的石径上散步,慢慢走到了青厝外的凤凰木下。

萧衍仰望着这棵高大如云的凤凰木,喃喃道:"也不知道莫园那棵长得怎么样了?回京之后我先去给它浇浇水,建康不太好养这样的高树。"

珠姬"嗯"一声,心里自然是感动的。萧衍顺势牵住她的一只手,柔声道:"我说过,我欠你一个交代——今日,我便将这个交代给你。"

两人又走到那片白沙滩涂上,暮色四沉,白沙被笼上一层明晃晃的金。萧衍将自己的大蒲扇做垫,珠姬拢了裙摆坐下来,两人凝视着不远处的海滩,心间充溢着一种难言的安宁与感慨。

潮水拍打着滩涂,送来几只慌张的小青蟹。萧衍赤着脚走过去拈起一只,就势在自己身前画了一个圈圈,将青蟹丢在中间。可怜的小青蟹尚且不知道发生了什么事,它张牙舞爪四处横行,可每每都被高深的沙墙阻挡,生生受困于方寸沙地。

萧衍在暮色即将落尽时开口,缓缓道:"我娶郗徽时,曾答应她,此生绝不纳妾,亦绝不会有负于她。"

珠姬没有去看他的神色,只是淡淡地"嗯"了一声,心中五味杂陈。

萧衍随后道:"我八岁时的冬日,阿娘失足落下府里的水井而亡故。彼时我阿爹还在建康为官,他一时回不来,萧鸾便派人来接我们兄弟几个,说先去他府上住些时日——我阿兄萧懿那年也才不过十二岁。正在毫无头绪时,幸得我阿娘生前的至交寻阳公主赶来。她救了我们兄弟四人的性命,将我们带去了建康。"

珠姬若有所思地点点头,忽然猜到了什么,惊道:"萧鸾他为何要接你们兄弟去他的府上暂住?当时他应该还是宣城太守,宣城离丹阳郡并不算近——"

萧衍又伸手在小青蟹身边画下一个更深更小的圈,他点头,语含沉痛:"我阿娘是被萧鸾害死的,我亲眼所见,他在后院对我阿娘不敬,我阿娘一时惊怕才失足落下水井当中——可恨他心狠手辣,事发之后便转头离开。我哭着跑去找了人来,可已经晚了……"

珠姬心中一震,难以想象,对于一个八岁的孩子而言,目睹了自己母亲的冤死,这样隐秘的仇恨藏在心里这么多年,此刻揭开,会是何等痛心!

她忍不住从沙墙包围里捧起那只迷茫的小青蟹,伸手抚去它身上的细沙,柔声道:"阿兄已经为母亲复仇了,你是当世的英雄,足以告慰亡灵。"

萧衍的脸庞隐没在夕阳余晖的阴影之中,他摇头,目光爱怜地从她身上划过,又从她手里接过那只小青蟹,仍将其放回原处。

"彼时的寻阳公主,就是如今的松溪县主。她对我,对我阿兄及两个阿弟,对我们整个萧氏都有大恩。我迎娶郗徽时曾跪在她面前起誓，此生一定会善待她的女儿，绝不会有丝毫怠慢——可是，我万万没想到，阿紫并不是我的女儿，她是郗徽与昔日情郎所生。此事隐藏在我心里数年，除了你，我未曾跟任何人提及。"

珠姬闻言愕然，她细一回想，这才恍然——原来萧衍与郗徽的婚姻早已走到了山穷水尽的地步。只是因为松溪县主对萧氏有恩，她如今又患有重病，萧衍这才勉力忍着，他对珠姬道："我与郗徽早有协定，等她母亲病逝后，我们便和离，但我仍会供养她。"

珠姬点头，有些歉疚地说道："对不起阿兄，我不该——"

萧衍没让她说完，便笑着截断道："还叫我阿兄？"

珠姬有些回不过神，嗔他一眼，咬唇问道："那叫什么？我——"

"叫我萧郎，或者练郎——我阿娘在世时，就唤我练儿。"

他说完，竟目含期待地等着。珠姬想了想，觉得练字十分有趣，刚要问他由来，便听身后传来高兴等人的呼喊声。

夜幕下星光熠熠，海水开始涨潮，潮水翻滚着带来腥甜的气息。也不知高兴从哪摘来这么多的缅栀子花，还用丝线串好，他胸前挂着一串，玄碧胸前也挂了一串。宋琅等人簇拥着他们两个，个个手舞足蹈，见到萧衍和珠姬就说要去红树林那边的高台上烤鱼和野鸡，问他们要不要一起？

珠姬有些心动，刚要应声，就被萧衍抢先答道："你们去，玩就要自在些。"

得他这句话，众人更加喧闹。还有人嚷嚷着要去船上取酒，说今夜要不醉不归。

两人踏着星光与月色往回走，珠姬回头看时，见潮水已经淹没了他们刚才坐过的沙滩，那只被困的小青蟹想来已经随着潮水奔向了属于它的星辰与大海。

就像人生一样，许多当时以为无解的难题，再回头看时，也唯有释然。

青厉，院内红烛高照，养着睡莲的那口水缸上漂浮着许多新采的缅栀子花，珠姬一看便知道是高兴的杰作，问萧衍："今天是什么特殊的日子？"

萧衍牵着她的手走进花厅，回道："你猜。"

桌上摆着满桌的酒菜，一碗长寿面总算让珠姬明白过来。她想了想，认识他三年，第一年的六月他回雍州治水，第二年自己下了江南，到今年才知道，原来他的生辰就在六月。

萧衍给她斟满酒，珠姬闻见浓郁花香，当即拢起眉头："百末旨。"

萧衍斟酒的手腕随着她的眉梢而顿住，惊疑道："你不喜欢？"

"也不是，酒很香，但后劲足，阿兄你……"说着话，又卡在了称谓上。珠姬有些娇羞地抬眼看了看萧衍，最后敛了眉眼问道："为什么你小字叫练郎？"

萧衍放下那壶百末旨，自己斟了一盏稍烈的屠苏，饮了一口才道："因为我小时候脾气很坏，经常为了一点小事跟人打架。阿娘为了磨砺我的心性，带我去布坊。她让我看着那些师傅如何将棉麻纺成生丝布帛，又如何将它们煮熟、漂洗，最后变成我们穿到身上的白绢和丝缎。练是阿娘对我的期许，她希望我生如白练，不染尘埃。也教导我做人要懂得忍辱负重，不要总是任性妄为……"

珠姬忽然觉得心疼，她抬手，与他举杯相碰，努力想要让气氛不那么凝重："正好，春娘以前还留了有一架纺机，明日得空了，你来教教我如何使。"

萧衍哈哈大笑，约好两人明日早上出海打鱼，午后回来纺纱。两人笑意盈盈，又说起岛上的许多趣事，萧衍的目光始终流连在珠姬身上。最后在分吃那碗长寿面时，他挑出了面里卧着的一只煎到两面金黄的珍珠蛋，将其夹到她碗里，道："在洛阳时，我答应过你叔父，来日必定以正妻之礼迎娶你，绝不让你受半点委屈。珠姬，我说到做到，决不食言。"

珠姬"嗯"了一声，心里却觉得他此时说这话有些突兀。但萧衍却似真的有了几分醉意,他乘势握住她的手,忽然道:"明日带我去拜祭你母亲吧,我要在她跟前起誓,这辈子,我一定会一心一意对你好……珠姬,你可知道,在岛上第一次看见你时,我已经对你无法忘怀。我承认,那时候接近你的目的并不单纯,可我就是想离你近一些,希望你不要对我那么抗拒。三年了,这三年当中,每一个夜里,我都想着你……"

他说着,骤然起身,将珠姬紧紧拥入怀中。珠姬闻见他呼吸间刺鼻的酒香,方才看见那壶屠苏已经见了底。她扶着他回房,想要给他打一盆凉水过来净面。萧衍却有些步履跟跄,道:"要不我们再喝几杯……我今天高兴,我还有话要说……"

屠苏酒烈,此时他一个跟跄踩到珠姬的裙幅,二人站立不稳,一起摔倒在地。

房内铺着蜀褥,珠姬落在他怀里,有他垫着倒没有觉得摔痛了哪里。只是他衣服上的熏香混着酒香的味道让人神智眩晕,萧衍紧紧拥住她,两人贴在一块,她听见他在自己耳边喃喃道:"珠姬,从见到你的第一眼,我就觉得自己有些不能与你相配……"

"怎会……"珠姬既是好笑又有些好气,刚要开口就觉有滚烫的气息落入自己颈间。

"练郎……"珠姬只说得两个字,嘴唇便被他封印住,那温度灼热滚烫融化掉心上的寒冰,嘴角有淡淡咸涩味道跟着漫进。

身子忽然好似凌空踏风飞起,原是萧衍将她抱着站起身来,地上铺着的蜀褥簇新柔软,脚踏上去无声无息,让人恍然置身在九天云雾之中。薄透的夏衣无声委地,柔如羽毛的抚摸掠过珠姬的身体……

窗外似乎起了风,烛火摇曳着爆出一个清脆的灯花。片刻明灭之后烛火烧得更亮,金鼎内轻烟氤氲缭绕,笼得满室如春。

翌日本来说好早上要出海打鱼,可是萧衍死活赖床不起,又拉着珠姬也不让起。两人在床上并排躺着说话,听远处的海潮起起落落,珠姬见外头天光大盛,忍不住撑起身来。

随后便听外头传来一阵纷乱的脚步声,玄碧有些激动地禀道:"主君,女君,周女郎来了。"

听闻周灵璧来了,珠姬自然喜出望外,唯有萧衍有些不虞地站在窗前,想了一会才厚颜无耻道:"不管周灵璧来做甚,总之今天晚上我还要过来。"

珠姬被他闹了个大红脸,连忙道:"不许瞎说,咱们这样——本来已经是越界了。人家远来是客,我得好生招待着。"

于是这天,接到周灵璧之后,萧衍便惨遭冷落。周灵璧一看他带着人马已在岛上暂住了好些日子,当即心里警铃大作。她是个说话没把门的,无人时问清楚珠姬,得知她已经委身于他时忍不住霍然起身,噔噔噔地两手抱胸徘徊几圈,最后定下脚,咬牙道:"不成!你就这样给他占了便宜,回头他要是不认账怎么办?得让他写封血书,发誓一辈子对你不离不弃!要不然,管教他天打五雷轰!还有,你喝了避子汤吗?别回头一不留神还有了孩子,到时候他更加有恃无恐……"

她啰啰唆唆的样子,犹如春娘附体。珠姬坐在榻上听着看着,眼泪却不禁洒了出来。

她问周灵璧:"你见到你师父了吗?我阿妹的孩子如何?可养得好一些了?"

几句话戳破了周灵璧气鼓鼓的神态,她一屁股坐下来,摇头道:"没有,我回去藏识海,几位师弟说师父根本就没有回来。我又在附近找了一圈,都没有发现他的行踪。当然,也可能是他临时想到有什么神药可以救小皇子,所以才不曾归来……"

珠姬却想起上次在东海的匆匆一见,她摇头道:"不对,三月我曾回来过岛上,遥遥见到过典先生的大船。只是当时海面风急,未能谋面。所以照说,他必定还在东海。"

周灵璧也颇为意外,她想了想,只能道:"那我再四处找找,若师父人在那里,总能遇上的。"

珠姬点点头，问她如何来的芷兰岛，离开建康时宫中众人如何？周灵璧捡着她关心的都答了，只是避开萧宝卷只字不提。珠姬得知淑妃服了忘川神水，再有半年便会想起孩子下落不明。当即也提了一口气，朝周灵璧道："那就拜托你再找一下，若是需要我做什么，你只管开口。"

周灵璧这会才把胸脯一挺，拍了几下道："不怕，我如今也有一艘大船，离京时皇上封了我做宝琼郡主，所以东海一带便没有我不能去的地方。左右还有半年，我就不信我师父还能跟我玩这么久的躲猫猫。"

说话间阿离跳着跃上了周灵璧的胸前，被她当胸接住，珠姬有些意外萧宝卷忽然间变得如此大方，再一想，或许也是为了小皇子罢，便也没有追问。只是后来周灵璧再问起萧衍为何在此时，珠姬并没有替他瞒着，便将郗徽一事大概说了几句。

周灵璧想不到此中还有这样的关键，想一想，若萧衍真能以正室之礼迎娶，那么也不算太委屈珠姬。只是一想到日后自己就要唤他做姐夫，关系还要更深一层，不免叹口气，道："果然是烈女怕男缠，你嫁给他，他可是占了大便宜了。哼！到时候来迎亲，看我怎么重重地敲他一记竹杠。"

她这边惦记着敲人家的竹杠，一抬眼就见正主老神在在地坐在院子里的石桌旁看书。似乎也听见了几句，萧衍颇为怨念地瞪了她一眼。

周灵璧立即毫不示弱地挺胸瞪回去，并示威般地挽住了珠姬的手臂，一面撇嘴道："姐姐，你快点降住他，他就跟老虎要吃人一样。"

珠姬牵袖微笑，想起之前她在书信上得意扬扬地炫耀自己如何跟萧宝卷干架，又如何让他吃瘪。朝她瞋了一眼，嗔道："他就是老虎，你也是能从虎口里夺食的小皮猴子。连萧宝卷都被你收拾得没脾气，你还怕他作甚？"

她一提到萧宝卷，周灵璧又立即岔开话头。两人在屋里说着话,不知不觉就到了午间。萧衍好不容易逮着个机会单独跟珠姬相处了片刻,又被她推开,满面娇羞道:"别这样,回头让人看见,多不好——"

可怜萧衍心中那把烈火还得强忍着。掀了帘子走出来,一看周灵璧正在院子里的那棵石榴树下发呆,当即负手走过去,幽幽地提醒她:"你可是答应她和淑妃,要找到你师父和小皇子的下落。"

周灵璧侧过脸来看他一眼,忽然发觉萧衍如今看上去有了几分少年才有的意气风发。果然是人逢喜事精神爽,她撇嘴冷笑,道:"此事不劳你提醒,我自会尽力。"

周灵璧说完转身要走,却被萧衍叫住。他负手望着满树繁华的石榴花,悠悠道:"你说起萧宝卷,反倒提醒了我一件事——你如何能从他手里讨来这艘大船,又如何得封的宝琼郡主?周灵璧,我不是珠姬,她与淑妃都单纯善良,我却没有她那么好说话。"

周灵璧冷不防被他揭穿老底,当即涨红了脸。也是气恨自己,怎么忘了萧衍才是一等一的老狐狸?可这样的事,要她如何跟珠姬开口?

她说不出来,于是愤愤地在原地站了一会,等到珠姬收拾好了从屋里走出来时,她已经打定了主意,吃饭时便主动说一会离岛去寻师父的下落。

珠姬想着自己会在岛上住一段时日,日后她随时都可以再来。加上心忧小皇子的境况,便也没有留她。

周灵璧走后,珠姬与萧衍站在码头目送她的大船没入夕阳余晖之中。萧衍想起第一次离岛时的情景,再次攥紧她的手,低声道:"以后我们可以时常来此,看潮起潮落,日出日没。"

珠姬倚靠在他怀里,有些模糊地应了一声,两人在晚霞里站了许久,她才道:"玄碧说,江陵有飞书传来,你该回去了。"

萧衍"嗯"了一声,细密的吻落在她的颈间,渐渐撩拨起一串的火星,她待要推开他,他却将她拥得更紧了一些:"珠姬,我只想与你在一起。管他什么江陵会战,管他什么——"

她笑着止住他的孩子气，劝道："你去吧，我等你。"

虽是江陵一再催促，萧衍还是在岛上多留了两日，方才恋恋不舍而去。这两日终日的厮守，让萧衍更觉得温柔乡才是他此生最大的慰藉。可惜他身负重任，到底不能任性妄为，只是临别时好生不舍，当着众人的面将她抱了又抱，最后放开手，叮嘱道："等我回来。"

珠姬颔首，微笑着目送他离去。才刚被攥住的手上还残留着他的余温，唇齿间还有缠绵悱恻的浓情。可他到底还是走了，江陵一战，事关生死与天下存亡。

他不得不去，她也只能放手让他离开。

可不知为何，等他的大船消失在海面，珠姬心里却隐隐生出了一种不安。她一路患得患失，回到青厝的闺房，坐在床上，手抚过被褥，依稀还留有他身上的气息。屏风后挂着几件衣衫，都是他近日穿过的便服。

他坚持不让高兴收走，说有几处都挣开了口子，央她做个贤惠娘子，有空时好歹给他缝上几针……她随手取了一件下来，握在手里，又将其贴在自己脸上。

衣服洗净了，仍有他身上的气息，阖上眼，忽然觉得身子有些说不出的疲惫与沉重。檐下挂着一盏砗磲风铃，正在清风里叮咚作响。

珠姬在铃声轻响中睡去，醒来时见玄碧在自己身前，正在换金鼎内的香息。珠姬坐起身，身上盖着的披风也窸窣委地。玄碧笑了笑，朝她道："女君这一觉睡得沉，刚好起来用午饭。"

珠姬这才看见窗外的日头都晒了进来，她问玄碧可跟高兴定下了婚期，却见她脸色有些不好看，勉力道："如今局势紧张，还是等安定下来再做打算吧。"

珠姬一想，也有些惆怅。她担心远在建康的淑妃，却不知道就在昨晚玄碧还为自己跟高兴吵了一架。起因是周灵璧走时提点玄碧，说吴景晖不是个安分的人。玄碧知道后便要高兴留意，去到建康之后不论主君有何举动，都要如实与她通气。

她本一心为珠姬打算，怕吴景晖勾着主君到时候会让她伤心。可不想高兴也是个一根筋的人，要说他对玄碧好，那是掏心掏肺的好。玄碧也知道他对自己一腔真情，可偏偏一扯到主君身上，他就开始犯难。

先是敷衍点头，后来被逼得急了，只能道："你放心，主君对女君的情意，不比咱们浅。照我看那什么吴景晖不过是个棋子罢了，也值得你这般提防？没得抬举她。"

玄碧这才发现他内心里是无条件地维护着主君，当即沉下了脸，一言不发扭头就走。黑灯瞎火害得高兴追了一路，结果一不留神脚下滑了一跤，今天走的时候脸上还带着彩。

其实不但是高兴不明白玄碧为何要如此执着，就连珠姬也想不到，她心里到底在担忧着什么？

宫中，吴景晖午觉睡醒后便自回神仙殿当差。但如今淑妃不叫她在跟前露脸了，只拨给一些无关紧要的琐事，让她终日忙碌却又捞不到半点好处，还时常被人挤兑得满心窝火。

可就是这样，吴景晖仍做得让人无可挑剔。就连淑妃跟前与她素来不对付的程女使最近也不怎么找她麻烦了，偶尔想起来，便摇摇头道："有这心思和耐性，怎么不干脆好好做人？似这样偷鸡摸狗的，她也不嫌憋屈。"

吴景晖还真是不嫌憋屈，不但不嫌，甚至还有几分霍然的洒脱——如今她不在殿前当值了，每天晚上回到自己的房间只管倒头就睡。好几次听到门外有陆陆续续的敲门声，她都只做听不见。

如此招了半个月，这一天下了差，总算等到萧宝卷亲自候在了她必经的长廊中。四下里无人，檐下灯笼火光通明，她朝他行了个礼，随后若无其事地要走，被萧宝卷一把攥住手，逼问道："叫了你几次，怎么都不来？真是欠收拾了……"

这一夜，萧宝卷就没有回神仙殿，而是拉着吴景晖就在紫宸殿的寝殿中胡闹了一宿。正好是淑妃的小日子,她腹痛难忍,睡前喝了安神汤,根本就不知道爱郎正背着自己跟别人颠鸾倒凤。

吴景晖渐渐在萧宝卷跟前有了底气,她开始向他索要财物和好处。萧宝卷的态度起初是很恶劣的,要什么都一律摇头。可是到了后来,他似乎也琢磨过味道来了——只要她守口如瓶,不到淑妃面前胡言乱语,不给自己添麻烦,给便给了,也不值什么。

到乞巧节那晚,淑妃闹着要出去宫外看花灯,萧宝卷哪里敢答应?如今这个局势,说不得建康城里混入了多少细作,只要帝与妃两人敢出宫门,下一刻便要被人盯上。

他耐着性子哄了半天,淑妃仍是噘着嘴一脸的不高兴。最后还是吴景晖出了主意,让人在宫里收拾出一条街面,也照着外头的样子,甬道两旁摆满了琳琅满目的小玩意儿,再加上赶制的各色花灯,又悬赏各宫的宫人都拿出看家本事来,会捏面人的捏面人,会吹糖的吹糖,御膳房里只要会做各地特色小吃的,统统都要呈上菜品。

再弄些个舞姬歌姬的,摊子前摆下一只打赏的大海碗,看客们看得高兴、听得满意了,随手撒下一把银钱……这一晚上,齐宫内当真是热闹!就连病后一直闭门不出的潘太后也忍不住现了身,她在街市上吃饱喝足玩闹到半夜,临要回宫时抓住萧宝卷,赞道:"这样过节甚好,哈哈!"

萧宝卷也玩得兴致盎然,他发现吴景晖的确是吃喝玩乐一把好手。跟淑妃孩子气地玩闹不一样,她精于享乐,通懂人欲。这也许跟她的生平经历有关,一般人做不到如此八面玲珑。

发现她这一好处之后,他对其又暗中亲厚了几分。而他自然不知道,吴景晖如今千方百计讨好他,愉悦他,怂恿他各种胡闹,甚至讨好他身边的所有人,只是为了宫变时能够顺利脱身。

她有萧衍的人递进来的消息,自然知道如今外头的情势,并得知江陵会战在即。

而在她的怂恿下,萧宝卷每日大量服食五石散,有时就连早朝也不上了。

吴景晖还给他搜罗了一些美艳妩媚的舞姬和歌姬,陪他没日没夜地在紫宸殿中胡闹。淑妃得知后跟他吵过几次,可是无用——如今就连淑妃也知道宫外的世界动乱了,萧宝融在江陵称帝,叛军只要突破江陵这道天然防线就能直取建康,要变天了。

淑妃如今常与褚后在一起,两人说起局势也是唯有叹息。淑妃自从服了忘川神水后很多事情都想不起来了,有时便是让人送信到襄阳,珠姬也是有时回有时不回。她不知其中缘由,只以为阿姊对自己的感情变淡了,又担心萧衍不肯看在阿姊的缘故上放过萧宝卷,因而时常半夜从噩梦中惊醒过来。

细心的褚后发现淑妃渐渐变得沉默、笑容淡薄,时常会对着窗外的半空发呆。她提醒过萧宝卷,可是被他一声叹息打断:"朕知道了,可是如今这个时候,朕——怕也难顾及她。"

褚后骤然惊醒,发现或许皇帝还不如自己和淑妃成熟。他扛不住这样的重压,每日只想着如何舒缓心情,如何能顾及淑妃的失落?

于是她往神仙殿来往的次数更多了些,常与淑妃抵足而眠。到八月初,宫中又要筹办中秋宫宴,她索性将许多小事都交给吴景晖去办,自己则与淑妃和潘太后、曹太妃几个关起门来,在神仙殿中做月饼,包饺子,还学做鲜花饼和百花羹汤。

不管世事如何,日子总是要过下去的——江陵一战,对峙了月余时间,各方势力都胶着于这方弹丸之地,但芷兰岛上的生活,却是一如往昔的平静。

珠姬近日总是觉得困倦难耐,说不清是什么缘由,总之晨间不肯起,用完午饭又是昏昏欲睡。虽是苦夏,但她从来没有这般乏力无神。后来起了疑心,给自己把了一会脉,只觉得有些不敢置信——脉象是喜脉,她这是有孕了?

因有些不敢确信,她提笔写了一封书信让玄碧飞书送给周灵璧。玄碧进来接过,又递给她另一封飞书,道:"襄阳别院来的信,应该是丁姬给您的。"

珠姬接过信拆开，看完便再也坐不住——信是丁姬让人所书，她被郗徽陷害与人私通，现已扣押在别院牢房之中。因为萧衍人在江陵无暇顾及，所以郗徽索性将此事的发落权交给了萧氏族中几位长辈。

珠姬看完信，问玄碧："若是族中女眷与人私通，按律会如何判处罪责？"

玄碧回道："一般人家会将罪妇沉潭，或者更有残忍些的，会判处罪妇骑木马游街示众。"

珠姬生生打了一个寒战，再不犹豫："收拾一下行装，我们明日一早启程回襄阳，希望来得及。"

玄碧甚是讶然，随后看过珠姬递来的书信，皱起眉头劝道："女君少安毋躁，奴以为，信中的内容未必属实。"

珠姬摊开手，内里卧着一朵干透的青色早樱。那是今春两人在清樱阁中闲谈时的约定，丁姬自惭书画不佳，珠姬便让她先请人代笔，随后在信中夹入一朵樱花，作为她的徽记。

见珠姬坚持要回襄阳，玄碧也阻拦不得。她一面派人飞书传信给萧衍，一面打点行装。至于写给周灵璧的信，自然也由飞鸽送了出去。不过这月余时间周灵璧行踪不定，一直都在海上漂流，也不知道信什么时候才能到她手里。

有孕一事，珠姬不曾向玄碧提起。兵乱无情，她不愿让萧衍在江陵为此分心，便想或许暂且瞒下，等解了丁姬之困后再做打算。

中秋这日一早，大船抵达襄阳檀溪码头。宋琅等人先行下船，珠姬随后改乘马车前往雍雅别苑。甫一落地，就见别苑前列了两排侍卫，大门紧闭之中透出一股的肃杀之气。

她不敢迟疑，立即入内要见丁姬。管事的得知她的身份，也没敢拦着，只是满面难色道："女君，丁姬如今关在刺史府内的牢房，明日一早族里就要提审。您要见她，也得经由夫人点头才可。"

珠姬无法，只能折回刺史府。这一回她有意避人耳目，等到夜色浓稠时才让玄碧上前叫人,一行人无声无息地入了府。

后来的情形,等她醒过来时才零星依稀地想起来——进府后见到郗徽,她让人领着自己去看丁姬。玄碧先是随行的,只是到了牢房门口被人拦住,说只许珠姬一人入内。玄碧拔剑待要跟他们理论,珠姬却选择了息事宁人,让她在门口等着,并道:"这是刺史府,你还怕什么?"

果然,还是大意了。郗徽准备得周全,在牢房开了密道,将人迷晕之后转移。珠姬睁开眼,发现自己身处一个逼仄而沉闷的木房内,四壁皆是密不透风的黄花梨木板。她的手脚被牢牢捆住,嘴里也塞着一把棉布。似乎是听见响动,右侧的门板被推开,郗徽没有带人,沉着脸走到她面前。

不知为何,珠姬看着她含恨的双眸,心里忽然涌起一丝惧意——其实她根本就不用惧怕的,只是此刻,因着腹中的这个小生命,她生出惧意。

郗徽在她面前落座,姿态雍雅端庄,一如她在人前所展示的那样。

珠姬喉间发紧,她想起萧衍对自己所说的那些往事,看着郗徽,很有几分探寻之意——这一层意思很快被郗徽看破,她冷冷一笑,对她道:"他是不是都跟你说了,只要等我母亲一过世,他便会与我和离,迎娶你为新妇?"

珠姬看着她,两人四目相对,但她从郗徽的眼里找不出半点心虚之色。

木笼逼仄闷热,郗徽从袖中取出丝帕来擦汗。又拂了拂手中纨扇,问珠姬:"你以为他对你是真心真意?你以为,你的阿妹若没有被萧宝卷相中,没有成为淑妃,你不是北魏的长公主,他也会这般待你?"

珠姬"呜呜"两声,接着摇头,郗徽这才起身来,松掉她嘴里的布帛。

郗徽却没有给她开口的机会,她轻摇纨扇道:"我知道他跟你说了什么,我也知道你此刻必定对我满心不屑。可是我要告诉你,我跟他十几年夫妻，亦是从小一起长大的。我的母亲对他，对他们兄弟四个都有救命照拂之恩。可是当年，我虽然一时糊涂做下了错事，得知有孕之后我并没有想要将这个孩子生下来。是他——一开始假装懵懂，装着欢喜的样子要我好生把孩子生下来。而我也是一时糊涂，心存侥幸地想着或许能生个男嗣，待到满月时我与他商量给孩子办家宴，他冷笑着问我要不要请上孩子的阿耶……那一刻，我整个人整颗心都坠进了冰窟。原来他早就什么都知道，他要我把孩子生下来，只是想留着她做个罪证。我的阿紫，她就是个这样可怜的孩子……"

珠姬听了这样一番话，也不知道该说什么才好。稚子无辜，但于情于理，郗徽这个母亲都无法为自己辩驳得清。毕竟她背弃白首之约在先，就算真有内情也不值得被原谅。

况且萧衍从成亲到现在就没有纳过别的姬妾——便是丁姬，他也从来没碰过一根手指头，而她，却生下了别人的孩子，还养在萧府中，名正言顺地成了萧府的小女君。

见珠姬不言语，郗徽脸上的怨气更重了几分。她折了手里的纨扇，将其扔到她跟前，恨恨道："我知道你不信——不到黄河心不死，人都是这样的。你等着，一会我便让你亲耳听着，亲眼看着。我要你看清楚他到底是一个怎样伪善的人。他当初如何对我，日后也会如何对你——"

她说着，扭头转身就走了。也不管地上抛下的纨扇，就这么不管不顾地匆匆而去。

珠姬抬起脸，额前滚下一串汗珠，后背早已湿透。不知为何，她此刻心烦不已，连连深吸几口气仍是平静不下来。她阖上眼，努力摒绝那些杂乱无章的念头，开始默念心经。终于，渐渐平复下来。

有人进来，给她嘴里重新塞入那团棉布。又望了望她，冷声道："老实些，这里是密室，一会就算你听见什么看见什么也不必徒劳挣扎。没用的，外面什么都听不到。"

说完，她推开了珠姬右侧的一块木板，露出一方小小的洞眼。

珠姬从木孔中看见房内的摆设,依稀就是郗徽的寝室。正思量时,房中灯火大炽。郗徽坐在屏风前的榻上,手中似拿着一张纸笺,正在灯火下细看。门口那个玄色的身影越走越近,珠姬不由屏住呼吸,见果然是萧衍,心中不由隐隐作痛起来。

好在萧衍并未在榻上落座,他面色冷凝,拣了郗徽对面的椅子坐定,问道:"你这又是何必?丁姬对我无足轻重,你便是要取她的性命也伤不到我分毫。反倒是闹得族中长辈们都来一趟,难道你就不怕自己以前做的那些事情败露?"

郗徽抬起头,眼神中恨意深重,她厉声道:"伤不到你分毫,可是能伤到她呀!她是你的心头肉,难道你就不怕丁姬死了无法向她交代?"

萧衍叹口气,开口试探:"那你想怎样?"

郗徽再冷笑数声,道:"你问我想怎样?我倒要反问你一句,此事难道不是你派人挑的头?你明着要装个好人,说是看在我阿娘的分上愿意留我的体面。可是好端端的,他怎么会忽然来到襄阳?你不要矢口否认,我与他早就数年不通音信,我可以对天发誓绝没有邀他来襄阳共度中秋!是你——是你想要不露痕迹地败坏我的名声,好让我快些给她腾了位置出来。所以你派人以我的名义邀他来了,又故意让人散播流言,好让人知道是我对你不忠不义。而我,不过是顺势而为,趁机把这顶帽子扣在了丁姬身上罢了!反正都是你后院的事情,没人会追究到底孰是孰非。所以这回,丁姬非死不可——"

珠姬听得心里发冷,又开始觉得透不过气来。她飞快地将事情理了一遍,随后听萧衍居然只道:"就算她死了,你又能如何?不过是拖个人垫背,你从前做下的那些错事,我绝不可能再原谅!"

郗徽咬咬牙,眼中蓄满的泪水瞬间滚落下来。她倔强地不去擦拭,对峙许久,忽然问道:"练郎……事到如今,我只想要你一句真话。抛开我们两家之间的交情,抛开我阿娘对你的恩情,你当初向我提亲时……到底有没有真心爱过我?哪怕是一丁点,就那么一会……有没有……"

这句话,将本来就僵冷的气氛带入冰点。珠姬跟着悬起心,透过那一方小小的洞孔,她看见萧衍似乎笑了笑,漫不经心地伸手展平衣摆上的一道皱褶,道:"有件事你或许一直不知情,我向你提亲之前,你阿娘派人来找过我。就是你身边的襄娘子,她是你阿娘的陪嫁侍女,她知道得最清楚。"

郗徽闻言,似遭受重创。她手里的纸笺飘然落地,随后摇头惨然笑道:"果然——你从来没有爱过我,你只是为了报答我阿娘的恩情,可是你这些年,却把我骗得好惨——"

她语不成调,双手掩面抽泣。萧衍却似并无所动,他凝神望了望地上的纸笺,又看向窗外,一轮圆月高挂在半空,可是月圆了,人却再也不会团圆。

他起身,放缓了语调道:"把信收起来,你早些歇着吧,丁姬的事情我会处理,你就不要再露面了。等过了节,你也该回去高平郡看望一下你母亲。毕竟你阿兄如今征战在外,家里也没人照看……"

他的话没说完,郗徽忽然抬起脸,她指着萧衍的脸咬牙道:"你想把我送回娘家去?不!不成!我不会回去的!我郗徽不是你手里的棋子,当年你借着我和我阿娘上位,得到了族里的支持,不然怎么会有你现在的地位?而今你看我无用了,看我阿娘快要去了,便想甩开我迎娶那个珠姬?你做梦——我死也不会离开这里,你要再逼我,我就索性撕破脸,告诉天下人,你萧衍根本就是个卑鄙小人!"

她忽然间变得歇斯底里,状若疯癫,全无一丝仪态可言。

萧衍皱眉看着,刚要越过她摔门而出,却被她扑上前追问:"你以为我不知道?你对我没有真心,对她亦是如此!当年你母亲为何会被萧鸾逼死?萧鸾固然无耻,但是你阿耶痴迷长公主刘伯媛才是逼死她的真正主因!你为何看中她?为何要哄她做你的义妹?这封信是你写给你阿兄萧懿的,上面说得清清楚楚!你不就是想借着她们姐妹来完成自己的复仇大计吗?而今你大仇得报,又想借着她北魏公主的身份来夺天下!等你夺了天下,坐稳龙椅,到时候你还会拿她当个掌上珠来宠着吗？不，你不会的——萧衍，你这个人根本就无心无肝！你无情无义——"

她越骂越激动，激得萧衍喝道："住口——你也有脸，敢来骂我无情无义？"

说着，他挥手挡下她的手指，将那几张纸笺从地上拾起，冰凉道："我对她有没有真心，轮不到你来说三道四。但是当年，若不是你母亲开口，我是断然不会向你提亲的。郗徽，有些话本不该说出口，说破了，便意味着断了一些情分。你回过头想想，嫁给我的这些年，你除了高高在上颐指气使之外，还有什么德行值得我爱重？事到如今，你只要识趣懂进退，我便会保你余生富贵无忧，可你偏偏不要——莫不是你以为，我萧衍就真的不敢休了你？！"

说完，他将她拂开一边，径直拂袖而去。留下郗徽一人满脸凄苦地坐在地上，呜呜咽咽地哭个不休……

珠姬在逼仄的密室内，热到浑身大汗几近虚脱。到深夜，才有人将她从密室带到郗徽跟前。

郗徽仍坐在榻上，神色呆滞目光迷离。见她站在自己跟前，方才渐渐抬眸，似笑非笑地牵了牵嘴角。

那笑容，真是凄美茫然，又带有几分阴冷的狡黠。

她让人给珠姬沏茶，请她坐下，似乎先前那场不快的谈话从来没有发生过，她仍是那个端庄高冷的萧氏主母，只是问珠姬："你都听见了？"

珠姬有孕在身，又在夏日长途奔波，被关在密不透风的暗室许久，到此时也有些撑不住，端着茶盏的手腕都在轻颤："是，听到了。"

郗徽目含嘲讽地看着她，再问："那你现在，还想嫁给他吗？"

珠姬看着她，并不答话。过了一会，她觉得口渴难耐，刚刚掀开茶盖，便听有人断喝道："不要喝这茶！"

是郗泛！他推门大步入内，也不看郗徽脸上的神色，上前挡在珠姬跟前便道："走，我带你离开这里。"

珠姬站起身,定定地看着他。郗泛眼中波光粼粼,他拂袖扫落了桌上的茶水,回转身看着自己妹妹:"我看你这是疯了。"

郗徽仰头,眼里的泪水直直坠落下来,她颔首:"是,我是疯了,我被她和萧衍逼疯了——"

说着,她忽然拔下头上的金簪,蓦地朝珠姬脸上划过来。郗泛一惊,就手攥住她的手腕,两人争执时金簪划破了郗泛的手背,见血洒地,郗徽这才松开手,"当啷"一声脆响,簪子坠地。

她也跟着跌坐在地上,整个人如同入了魔障,喃喃道:"为什么?你们一个个都要这样逼我?我不想害人的,我只想带着几个孩子好好活着……为什么,非要把我逼到这一步?"

珠姬为郗泛止血,郗泛顺势带着她离开了主院。珠姬为他包好伤口,想起玄碧和阿离不知何在,便道:"玄碧那里有周灵璧给我的伤药,可惜现在不知她在何处,对了,你怎么会连夜赶过来?"

郗泛一身白衣,只有外头罩着的褙子是浅淡的天青色。他看上去神色极为疲惫,跟珠姬一样掩不住风尘仆仆,回道:"是襄娘子派人送信给我,说近日阿徽有些举止异常。刚好又是中秋节,军中暂时没什么要紧的事情我便连夜赶了过来。没想到,正好遇上这样的事。"

他说着,伸手揉了揉两侧的脑穴,又道:"真是对不住,我没想到她会变成如今这个样子……"

对不住?或许,就连珠姬自己也说不清此事到底是谁对不住谁吧,她有些失神地摇摇头,忽然又想起一事,再问郗泛:"近来,北魏大军可有什么动静?"

郗泛已从郗徽的书信中得知她的身世,当即摇头,像是安慰她:"没有,近日北魏与我朝边境十分平和。看来新帝元恪是个持重君子,不会趁乱生事。"

平和?持重?——作为长姐,珠姬知道元恪内心里还是个心地纯良的少年。可他已为魏主,在他身边环绕着许多人,譬如高肇这样的阴险权臣,譬如叔父元勰这样的肱骨重臣,但无论是哪一派的势力,他们都只会为北魏的兴盛而努力。

能让他们放弃如此良机，在如此动乱时袖手旁观，必然得有非同小可的利益——否则，光讲君子之道如何在乱世求生？

珠姬想到这里，忽然打了一个寒战。她看向郗泛，有些艰难地向他提出了一个请求。

郗泛起初不明其意，有些愕然地想了想。随后渐渐明白过来，却是并不赞同："这又是何必？其实人无完人，珠姬，只要你们真心相爱，我妹妹迟早会想通的。她不会永远占着萧夫人的位置，你也不必——"

珠姬却十分坚持，她笃定道："人无完人，可是，有些真相，我必须知道。"

郗泛无法，只得点头道："好，我去试试。你在此等我消息。"

他这一去便是大半个时辰，珠姬一直怔怔地坐在圈椅上。阿离交给了玄碧，此刻也不在她怀里。她几次抬手，又失魂地掖回袖中。手边的茶水早就凉透，要说心里的滋味，不像是难过，也不像是愤怒。

她只是定定地回想着两人从初遇到现在，所经历的所有事。许多从前不被留意的小事和细节，此时被慢慢地放大了——从他流落芷兰岛，到后来句章城再遇，他无意中亮出了他阿耶留给他的七宝手钏，上面的赤绛树珠与她的思无邪系出同源；再后来，在回建康的宝船上，他向她说出两位长辈曾相交甚密，她拆了他的七宝手钏，认他为义兄，至此开始互相倚靠；到后来他处处体贴，嘘寒问暖，两心相依，情不知所起……一切都像是天定的缘分，他与她在这乱世中同生共死，一路携手走到现在，她终于心甘情愿地将自己托付给他，满心欢喜地等着来日的幸福美满，可谁知道，原来都是算计。

她想起在岛上那一夜，他对自己说，他的小字叫练。因为他的母亲希望他生如白练，不染纤尘；亦希望他能经得住人生的千锤百炼，终成大器——而今想来，多么可笑，又多么荒谬。如果说他也曾有过少年郎的清澈纯净，那么这世道的浑浊和龌龊，早就已经将他染黑成墨。所以是白纱入缁，不练自黑。要成大器的人，怎能纤尘不染？

只可惜，这样的真相，自己到底是知道得太迟了……

第十五章　别亦难

她在郗泛的房中等到三更过，远远听见夜风里的梆子声。也不知道后来又等了多久，郗泛才推门而入。

他有些担忧地看了看她惨白的脸色，无神的双眸，坐定之后，才将袖中几张折好的纸笺递给她。

珠姬哆嗦着将发黄的信笺展平，细细一看，果然，这是萧衍两年前写给他阿兄萧懿的。其中的内容甚为详尽，只是有几行字，正如郗徽所言，彼时的萧衍谋划借助她们姐妹完成复仇大计，并叮嘱萧懿若相见不得露出破绽——她看完，眼前骤然一黑，整个人就滑入了无尽的深渊当中。

再醒来时，窗外日光大盛，光从窗屉流淌进来，绡纱轻拂，像个柔软的梦。

珠姬撑身坐起，就见郗泛和衣伏在不远处的几上，正睡得沉稳。

她倏然一惊，终于想起前因后果。怔然间郗泛醒来，走近前对她说道："我问了阿徽，玄碧就在府里，暂时被她扣押着，人没事，你可以放心。"

珠姬点点头，随后想起萧衍，心口一痛，皱起眉头想要下地。却听郗泛随后道："你现下走，怕是来不及——叔达就在府里，他的人可能已经知道你也在此。"

珠姬点点头，心道既然走不了，那就索性摊开来说吧，反正自己没什么可心虚的。她很快就理清了头绪，可是身体却不争气，下地时一阵眩晕，手脚也跟着发软般地颤抖。

郗泛忙扶她坐下，目光中满是怜惜："你怀孕了？月份尚浅，实在是不宜劳累和受惊吓。"

珠姬颔首，口中模糊地说道："是，我本想悄悄返回芷兰岛再做打算，如今既然他也在，不如索性坐下来说个清楚。"

说完，又觉得自己这话容易引起误会，描补道："我不是那个意思，我是说，既然一开始他就心有所图，那现在，就算是走到这步田地，我也不想一错再错……"

郗泛听到这里，也明白了她的想法，大概是要跟萧衍就此恩断义绝了。但他讲出了自己的想法，直摇头道："此事怕是不易，你了解叔达这个人，他想做的事情甚少会轻易放手。更何况你如今怀着他的孩子，他更不可能会放手。"

他说的都是实情。孩子，想到孩子珠姬骤然拧起眉头。她对郗泛道："如果我跟他生下这个孩子，一个带有魏国皇室血脉的孩子，将来，这个孩子必定会成为他手里的利器，他会用孩子来胁迫我阿弟，他长大之后必定陷于两难之中。到那时，我这个做母亲的岂不是罪孽深重？"

也是到此时，珠姬方才明白，原来自己母亲当年真的无可选择。若不避世，便要违背自己的良心，苟活于世。到如今，她也跟她一样，母女二人殊途同命。情深错付，真是糊涂。

郗泛想要宽慰她，却又情知她说的都是实情。他是极为喜爱孩子的人，不但对自己的一双儿女视若珍宝，就连郗徽的三个女儿也统统视作掌上珠。当即也陷入沉默中，随后抬头，见珠姬神色恍然，隐约带上几分决绝之意，心中一震，脱口道："其实也不是没有别的法子……倘若你愿意，我会护着你和孩子——我对天起誓，会将此子视若己出。如果，你信得过我的话。"

信得过？自然是信得过的。他是谦谦君子，既这样说，便是一诺千金。

珠姬只是有些诧异，想一想，命运兜兜转转，原来竟会有这样的转折。

见她久久不语，郗泛还以为她不愿意，就在他渐带出几分尴尬神色时，珠姬倒笑了笑，朝他道："多谢使君……你这提议很好，无论如何总算是保全了我们母子。只是我自知不配使君，更何况你是灵儿心上的爱郎。所以来日生下孩子，还请你费心，暗中送我们离开。对外，便只说是我难产而死，就此了结这一切红尘夙缘。"

郗泛想不到她会这么快就想清楚退路，心中也不知是喜是忧，更像是五味杂陈。最后点点头，走近她跟前道："既如此，那我们便算是有了君子约定。走吧，一会有话你千万缓和着说，宁可反悔也不要赌一时之气。"

简单地洗漱过后，郗泛领着她往外走。一路上见到不少下人，都对女君以及郗泛的忽然出现感到十分震惊。萧衍昨夜与郗泛喝了一点酒，此时尚未起身。两人入了主院花厅，先见到郗徽，正端坐在堂上端着一盏茶要抿。

显见她昨夜未曾合眼，眼下挂着一片青色，唇色倒是十分秾丽，只是脸色白得出奇，又衬着一身的紫衣深衫，手里捏着一块雪绸的帕子，鬓上簪一朵硕大的秋海棠，步摇上的金叶子相扣簌簌作响，隐约就带出了几分病态的美。

见到兄长与珠姬联袂而来，郗徽倒是吃了一惊。她站起身，惊疑不定地问："你们——"

郗泛一摆手，示意除了襄娘子之外余下的人都散了。他三言两语道明来意，得知珠姬要嫁给兄长，郗徽脸上的表情很是变幻莫测，进而瞠目结舌："这是真的？你真愿意嫁给我阿兄？阿兄，这……"

郗泛看时候不早，尽量长话短说，只问她到底是要守着萧府主母的虚名维系着表面的荣华，还是愿意放手，跟自己回去高平老家过些清净自在的日子？

郗徽有些犹豫地捏紧了手里的雪绸菱帕，当着自己兄长的面，她最终如实道："阿兄，我实在没脸回去……"

郗泛叹口气，不愿继续听她往下说，便道："作为兄长，我只有一句话，路是你自己选的，将来无论好与不好，你都怨不得旁人。"

说完便让她立即释了玄碧，郗徽茫然点头应下，又看向珠姬："那你们……"

郗泛知道珠姬不愿在襄阳多待，立即道："我们会尽快启程回高平，至于婚事，我即刻派人知会家里。定好日子后再通知你，届时——"

他的话没说完，便被人打断。萧衍面沉如水，掀了珠帘入内，负手在门口站定，环视一圈后目光落在珠姬身上，问："婚事？谁的婚事？这样的大事，我竟然不知？"

他语意森冷满面寒霜，除了珠姬之外，郗氏兄妹皆是默然以对。珠姬定定地看着他，眼神里的戒备与冷淡如利刃一般刺痛了他的心。萧衍走近前，不顾室内还坐着余下两人，只朝她道："我不知道他们跟你说了什么，你又相信了什么。我只能告诉你，我对你的心是真的，情也是真的。就算以前——或许一开始的时候，我目的不纯，但到如今，我可以对天发誓，我萧衍此生只爱你一人，只爱过你一人。余下的人和事，都不及你万分之一要紧。"

此言激得郗徽立即按捺不住，冷笑道："这是自然，难不成你还能再找个公主吗？再说了，谁也不能拿刀剖开你的心来看看，看看里头到底装了谁？"

郗泛止住她的刻薄，劝道："阿妹！"

郗徽愤然，扭头看向窗外。

剩下萧衍，徒然觉得自己百口莫辩。他见珠姬寒着眉眼，一副不愿开口的冷漠之态，只能朝郗泛道："能不能让我们单独说会话？"

郗泛怔了怔，看向珠姬。见她不言语，当即拉了郗徽起身，留下一句："你们自便。"

也得亏是他，换了其余人肯定镇不住郗徽。萧衍等人走了，方才行至珠姬跟前，见她神色憔悴目光凄迷，叹口气，就在她跟前蹲下身，含了几分央求地问她："为什么要这样？我有什么不是，你可以当面来问我，为什么要跟郗泛在一起？珠姬，你回答我……"

珠姬将那几张信笺展平，递到他手中，萧衍一眼带过，并不分辩,只道:"是,我知道以前自己的目的并不纯,可是我——"

珠姬抬手,再问他:"洛阳回来时,我叔父与你有过一番密谈。你现在能不能告诉我,当时你许诺了什么?"

萧衍身形一顿,神色变得犹豫起来。珠姬见他不语,便道:"我有心追问,难道你觉得你能瞒得住吗?"

萧衍为她所迫,终于开口道:"我的确答应你叔父,过几年,将我的长女嫁到魏宫——届时两国联姻,从此便不必再终年兴兵……"

这话一出,珠姬唯有愕然。心中百转千回,原来竟是如此——是了,他的一颗心早已历经千锤百炼,为了名利权势可以将亲女嫁到魏宫,为了取得萧宝卷的信任和器重,不惜利用自己和淑妃……说到底,在他心里,自己又算得了什么呢?

她心头空空的,白茫茫一片什么也想不起来。任由他摇着自己的手腕,再听他提起思无邪时忍耐不住,冷笑道:"不要再提思无邪,先辈们的爱恨情仇,到底恪守着自己的本心。可是你呢——"

她望着他,从他眼里看见自己的身影,两人四目相对,她泪眼婆娑。他急急说当时只想能与她接近些,并不知道长辈们之间的细节。她听了一会,忽然叹口气,勉力止住眼泪,问他:"那好,我再来问你,玉奴所中的冰璜虫,是不是你的谋划?"

这句话问出口,萧衍再也没有了辩驳的力气。他情知淑妃在她心里有着怎样重要的位置,而此事说来话长,他本意绝不是要害淑妃,但无论如何却已成既定的事实。他也曾在心里反复斟酌过许多回,试图找个合适的时机向她吐露真相,可如今却已晚了……经由她开口询问,他便只能垂下眼眸,定定地应了一句:"是。"

果然是他!竟然真的是他——

珠姬霍然起身就走,再不想看他一眼。如果说在开口之前她还曾抱有过一丝幻想,希望自己所猜度的并不是事实,而此刻幻念破灭了,就连多停留一刻也难以容忍。她不知道从前的三年情义算什么?她唤了他三年的阿兄,他表面上待她亲厚体贴,可内心里却无时无刻不在算计着一切。

她与他共过生死患难，齐宫那夜，她真的是用性命护在他身前，替他挡下了那些箭雨。随后两人一路逃回襄阳，几近九死一生。

如果这样都不算是人间至亲至近的缘分，还有什么可以让人眷恋和信赖？

遥想当初，她曾满怀憧憬地随他到襄阳，为他抛下相依为命的阿妹，为他甘冒天下之大不韪，到最后落得这样的下场，知道一切的真相原来竟是如此不堪——她但凡有点血性，还留在这里做什么？

天大地大，她就算无处可去，却也必须离开。她跌跌撞撞往外走，眼泪止不住地落下来，伸手狠狠擦干。迈出了花厅的门槛，迎面就见郗徽站在眼前。

郗徽好像是受了很大的惊吓，两眼发直地看着人。珠姬顾不得其他，就往外走。谁知刚刚迈过门槛，就听身后传来一声闷响——郗徽不声不响地昏了过去，郗泛赶来时，见珠姬已将人扶起，道："快去请大夫。"

玄碧已被郗徽释出，就等在院子里听候吩咐。得知夫人病倒女君召见，她入内先行了礼，再把怀里的阿离小心翼翼地捧了出来，道："阿离昨夜十分不安，也不知道是不是担心女君的缘故。"

珠姬有心从她手里接过阿离，却觉浑身酸软。她见萧衍和郗泛都守在主院，想是等着几位名医会诊之后再做商议，当即起身道："扶我回去休息，我累得很。"

怎能不累？她怀着身孕几近无眠，又伤心煎熬伤神，回到从前的韶华阁寝房倒头就睡。玄碧一直守在她身旁，中间听她呓语一般问道："难道在你心里，名利权势便如此重要吗？我算什么，你昔年曾对我发过的誓言又算什么？"

玄碧聪慧，先前便猜到了一些东西。等过了大半个时辰，高兴一路小跑地奔进院子里，尚未喘匀气，便被她拉进来细问了一番。

得知主君与女君决裂反目，女君还忽然立意要嫁给郗泛，这事本已经足够让人震撼得回不过神。且不但如此，还有夫人郗徽，听几位名医说她如今毒入五脏，只怕命不久矣。玄碧再也忍不住，问高兴："那主君怎么说？夫人到底是真的命不久矣，还是她想用这招来挤走女君？"

高兴也是连连叹气，一脸苦瓜状道："怕是真的，几位名医会诊呢！"

玄碧无言以对，只能默默地咬住下唇看着高兴。高兴本跑出一身的汗意，刚用帕子擦拭了一下头脸，一抬头看见她这副神色，当即心里着了慌，忙道："玄碧，咱们的事……你可不能反悔啊！我……我可不想像主君一样，我不行的，我做不到……"

他说着，便伸手牵住了玄碧的右手来央求。玄碧叹口气，斜着眼睛打量他："主君那是自己理亏在前，总想着瞒骗过关，结果现在被拆穿也是活该——你呢？自己说吧，以前都做过哪些对不住我的事，趁如今有机会，你自己一五一十地交代。"

她说着，还真捡了把椅子就坐下来，一副准备听他坦白的做派。

高兴愣了愣，他在玄碧跟前一向反应慢半拍，此时回过神，很是费力往回想了想，糟糕！自己到底要交代啥？可如果什么都不交代，那是不是又会被她质疑不够真心？

高兴想啊想，越想越觉得后怕，他就势便抱住了玄碧的一条腿，指天指地赌咒发誓半天。说完见玄碧不为所动，还真站起身来四处张望，一副准备自尽以证清白的模样。

看得玄碧忍不住勾唇一笑，伸手朝他招了招："谁要你投河悬梁了？你过来，我有话问你。"

高兴疑惑地怔了怔："什么话？"

后来高兴走的时候整个人都是云里雾里不知所以，说是走，不如说是飘。

玄碧站在韶华阁的檐下，见院子里的石榴树上已经垂下了累累硕果，有些已经青中泛红。遥想暮春时那一树繁花开得何等热烈，一转眼，已到了深秋。

阿离从寝房中踱步走出来，蹲在她脚边跟着她一起打量这个曾经的家。玄碧叹口气，将它抱起，抚摸着它光滑的皮毛，絮絮问它："你昨晚是怎么了？担心女君吗？还是——你也有心事，想要尽快离开这里？"

阿离没法作答，只是伸长肉肉的脖子，看向建康的方向。

玄碧心中一黯，手上的动作渐渐放缓下来。入夜，到了约定的时辰，高兴果然在秋香亭见到了早就等候在此的玄碧。他好奇地看了看亭子里悬挂起来的幔帐和风灯，再看地上也铺了簇新的桃红色蜀褥，玄碧正倚靠在矮几上把盏，满桌子的好菜，壶里酒香浓郁，当即咽下口水，嘴里"咦"了一声，盘腿坐到几旁，问玄碧："这些都是你张罗的？劳你费心了，该是我去办的。"

玄碧看了他一眼，把手里的酒盏递过去，问："主君怎么说？可是答应了夫人？"

其实也不用问，事到如今，就算不看昔日的情分，到底还有三个孩子。更何况郗家和萧氏数代交好，高兴一面抿着酒，一面颔首："嗯，主君心软，答应舅爷说会好生照顾夫人，连带三位小女君，也一定会好生教养。"

那么，便是不会休妻了。

玄碧"嗯"了一声，抬手接着给他斟酒。高兴见她脸色有些古怪，既像是高兴，又像是不高兴，便问她："你怎么了？是不是有什么心事，有话你只管跟我说，或许我能宽解一二。"

玄碧笑了笑，颔首道："你自然能宽解，不过不急，咱们先喝酒。"

如此这般，酒倒是一盏接一盏地喝下一大壶。高兴开始有些犯晕，嘴巴也有些把不牢，拉着玄碧便开始表露衷心，指天为誓说明自己绝不会负她。玄碧叹息着，在他柔软的唇瓣上嘬了好几下，高兴立马闭上嘴，开始回应。

和他唇齿相依时，整个亭子里都是甜蜜的味道。

也不知道是不是酒喝得太多，脑子晕沉沉的，可是对着心爱的女郎，他紧张兴奋得就跟个捧着芝麻糖的孩子，却是不知道该从何回应。

玄碧心内暗暗好笑，脑子里回想着周灵璧以前跟自己说过的悄悄话——这个不正经的，说起这种事情来总是绘声绘色，也不知道她到底有过几个郎君？还是只作吹牛皮的臆想？

两人就在茜红色的幔帐中就着一对红烛的摇曳火光喝了交杯酒，爱慕令人疯狂，拥吻缠绵中，有秋风卷来亭边金桂枝头落下的花粒，些许飞入幔帐中，又落在裸着的身体上，酥痒一片。

正好她绾发的簪子上也垂挂了两片细小的金叶子，她听见叶片相扣，沙沙作响，与那些金桂落地的声响倒正好相和。

等风停了，亭中也渐渐归于静谧，她靠在他怀里，温热的身体，汗气氤氲。一抬眸，见茜色的幔帐随风轻轻飞扬着，已是深夜，夜空里只有一轮下弦月，弯弯如钩。

初更的梆子声响起来，玄碧捡了落在地上的衣裳穿起，又垂眸看看睡在身侧的高兴。也不知他梦见了什么好事，唇角挂着一缕深深的笑意。

真是个容易满足的人，高兴，真希望他这一生，就跟他的名字一样，总是高兴开怀。她慢慢站起身来，临走时给他掖好了被角，在他手掌心里放入一只事先准备好的香囊。亭中矮几上的红烛已经火光微黯，她伸手从头上拔下了那支坠有金叶的簪子，随意拨弄一下，火光瞬时大亮。

可是顿一顿，她转念又索性挑灭了那一缕火光，就这么飘然离去，再不看睡在蜀褥上的人一眼。

东海的秋季，其实也炎热难当。可是周灵璧如今有了大船，又有可供差遣的奴仆，所以船上的日子她也过得逍遥自在。

唯一让她心悬的是，一直没有找到自己的师父典春秋，也不知道小皇子萧连城到底怎么样了。一想到这里，她就会忍不住心里发虚。想着离京时对淑妃和萧宝卷的承诺，有时半夜醒来她也会叹气，然后睁着双眼自我安慰——没有找到就说明师父还在努力，说明还有希望可以治愈。

于是日复一日地继续在海上四处搜寻，到这日总算得到点音信，原来师父已经到了波斯，他在某处码头暗中上岸之后便让船工原路返回。而周灵璧只见到了随船的杂役，他们说见到典先生抱着小皇子登岸，看上去小皇子像是睡着了，一路都甚少听到他的哭声。

周灵璧回到自己的船上，越想越觉得心凉——她了解自己的师父，若不是走投无路，他不会轻易登上波斯的地界。尽管他身上流着一半的波斯血脉，但终究是违背了他的本意。

能让他做出这样违心的决定，说明小皇子的确病势沉重。也许，最终能不能活下来，也是未知。

得到这一消息后，周灵璧整个人都有些泄劲。烦恼之下，她索性关起门在房内喝酒寻欢。喝着喝着，忽然想到了吴景晖，也不知是哪根筋不对路了，就在她身上琢磨起来——对啊！吴景晖一直跟萧宝卷有内情，只是没有过明路，她每次侍寝之后还花钱悄悄找自己徒弟兰香要避子汤。

对！避子汤……如果让兰香在避子汤里做些手脚，让她神不知鬼不觉地怀上了，到时候就算小皇子真的有意外，自己最起码对萧宝卷也算有个交代不是？

她是说干就干的性子，想到这里当即就把酒壶一推，唤人进来磨墨写信，再将书信飞鸽传送至春和堂。

收到信之后，兰香毫不含糊，她连夜配药，正好第二天午后吴景晖又来找她要避子汤，她还装模作样地给她把了一下脉，得知她月事刚过十来天，正是适宜受孕的时机，当即就把加了料的"避子汤"送过去。

又叮嘱她一碗汤药只能做一次用途，再有房事还得再来取——吴景晖不疑有他，因为每次她都给了银子，料想这小医女也不会跟钱过不去。

孰料自己喝下去的根本不是什么避子汤,而是加足料的坐胎药。当然,等她发现事情不对时,已经是两三个月之后的事了。

一场秋雨一场寒,珠姬记得去岁的襄阳城并没有下过这么久的雨,也没有这么长的阴霾天气。这一次因为郗徽的病情,郗泛在襄阳多待了几天,等到八月底总算要启程回高平郡了,又是天公不作美。不但暴雨连绵,而且听闻附近几州都相继暴发了洪涝天灾,官道被冲毁,水路也变成了沼泽。

既是如此,启程的时日只有一再宽延,好在萧衍也忙于公务,甚少在府里露面。郗泛多陪伴在郗徽跟前,到了九月初雨势渐收,郗泛接到高平郡家中来信,与珠姬商议过两日便启程上路。

临走前,郗泛做了一个惊人的决定,他让郗徽将家中一些琐碎的杂事交由丁姬处置,并尊丁姬为侧夫人。

可怜曾经任人呵斥凌辱的丁姬,终于走到了人前。可惜离别在即,珠姬也不能跟她说太多的实情。对于她忽然要嫁郗泛一事,丁姬其实也很有几分疑惑。但她历来都深信珠姬所为必定有她的道理,再加上郗泛的为人和品行她也一直十分感佩,于是很快接受了事实,在清樱阁内搭起了绣绷,要绣一幅龙凤呈祥作为新婚贺礼。

珠姬披了披风,带着玄碧去了后花园那边散步。

犹记得来时也正好赶上郗泛和他母亲松溪县主在府里做客,当时萧衍指着后院一大片的紫薇花告诉她襄阳乃是紫薇之城。而今到了深秋,泰半的紫薇都已经谢了。唯有一种名为"百日红"的品种仍开得热烈繁盛。玄碧见她盯着那一树繁花出神,便要上前去折,被珠姬拦住,摇头道:"不必了,留在枝头开得好好的,难得能有百日红的花。"

说完,她抱着阿离说要一个人走走,就让玄碧留在了原地。

她漫无目的,独自一人在小径上散步,脑子里空空的,半炷香时间,叹了无数口气,一次比一次更沉重。转过身来,忽见背后站了个人,她悚然一惊。再仔细看,原来是他。

第十五章 别亦难

她拍着胸口蹙眉,"……你怎么回来了?"

他没有正面回答,只说:"你想好了,真要嫁去郗府?"

她展平了目光打量他,"不然,我也可以回洛阳大都的,叔父说会为我挑选一位才俊,或者办一场甄选驸马的花会,也不算麻烦。"

他心中一沉,明知道她此时不过是有意激怒自己,却也只能生生忍下这口气,问道:"郗泛与我自小相识,他的人品我当然信得过。他跟我坦白,说从前见你第一眼便对你一见钟情。你呢?是不是也早对他有仰慕之心,所以才想着嫁给他?"

珠姬的话全堵在喉咙里,堵得她泪水横流。原来他并不在乎她嫁给别人,只是在乎她是不是早有异心?

她咬着牙说:"是又如何?我觉得他好,嫁他就是我自己的选择,不用你来操心。你还有别的话吗?若没有就走吧。"

他愣了一下,垂手站在那里,模样消沉,缄默了很久才道:"我就想来看看你,我知道自己对不住你,但如今说这些也已经晚了——人生没有后悔药,若有,我一定倾尽一切去换。你若真想嫁他,我不会卑鄙地阻拦。可是我还有一句话,就这一句,在我心里,你比什么都要珍贵……你不要以为我不择手段钻营只是为了权势,跟你相比,那都不值一提。"

珠姬别过脸不再看他,心里刀割似的。她不知道自己究竟在坚持什么,明明舍不下,可是也绝计不能回头了。

她故意恶言恶语,心里巴望他立刻就走。随后听见他浅浅的叹息,稍过了会,递了个小小的盒子给她。

她不解地看了他一眼,"这是什么?"

他说:"你恨我欺骗你,恨我用心不正,恨我利用你和淑妃,这些罪名我都认。我无话可以为自己辩驳,就把这颗赤绛树的珠子还给你。从此以后思无邪就是完完整整的一串,你再也不用分出一些心思给我,上一辈的恩怨情仇,也就在我们这里停止吧。"

所以,这次他是下了狠心来了结的。

心在胸腔里悖动,闷闷的,疼得厉害。她抓紧裙裾,把锦盒接了过来,"那你呢?还了珠子,从此就能心安理得了?"

他摇了摇头,嘴角浮起苍凉的笑意,"我自作孽,不可活。余生只剩下回忆了,不能忘。就等着老天怎么惩罚我吧!"

天上淅淅沥沥下起雨来,他挥了挥手,道:"我还要赶回江陵,就此别过了。这辈子欠你的,来生再来偿还。你与郗泛的婚事我怕是不能去了,你多保重。"

她没有挪步,心痛如刀绞。想不通他何苦把自己弄得这么悲情,难道只是为了让她心软吗?不!正因过去的种种心软,才造成了如今的难堪境地。

她狠起心肠转身,雨密起来,打得她睁不开眼。掌心里盒子的锋棱压得她手掌生疼,但再疼也疼不过他给她带来的伤痛。她一步步往前走,真的要忘记吗?忘了他,不记得他曾经在她的生命里出现过。

不要回头!她对自己说,不要回头!可是脚下像灌了铅似的,举步维艰。她控制不住自己,挣扎犹豫,还是慢慢顿了下来。

雨里夹带着寒冷,她的脑子似乎很久没有这么清醒过了。深深吸了口气,她开始动摇,如果他已经离开,那么就松手吧,放彼此一条生路。

如果没有……她慢慢转回身,雨帘重重,透过万道银针,她看见他还在,被雨淋得通透,玄衣如墨,脊梁依旧挺得笔直。

见她回过身,他走过去,伸出两臂,把她紧紧搂在怀里。抹了抹她脸上的雨水和泪水,轻声道:"回去吧,你这样会淋坏的。"

她不说话,只是隔着雨帘看着他。玄碧拿着伞赶到挡在她头顶,着急地唤她避雨,她也充耳不闻,只是紧紧地盯着他。

"这颗珠子……"她嗓音嘶哑,"是你阿耶留给你的。"

他沉默了下,接过锦盒,说好。

她抬起眼,在玄碧的搀扶下慢慢起身,望着他:"你走吧,记得你答应我的,攻入建康,一定要保住玉儿的性命,不能伤她分毫。"

他再颔首,一张脸被雨水冲刷的如同玉雕一般:"我记得,你放心。"

她再不停留,在他的注视下走远。如注的雨水落在地上,激起一片白花花的水雾。只是几步之外便看不清人影,高兴撑着伞走上前,满面悲戚道:"主君,咱们走吧!"

珠姬随郗泛回到高平郡郗府时,已是九月底。因为她怀着身孕,这一路走得很慢,等到了高平,早晚已经有了些寒意。最初得知长公主要下嫁给郗氏,宋琅等人都不免吃了一惊。为不使叔父等人担心,珠姬特地写了一封书信,让他派人送到洛阳大都。

信里自然详尽地说明了自己与萧衍决裂的原因,也提了一下郗泛的为人与品行。可因为诸多原因,珠姬没有告诉叔父元勰自己已经怀有身孕一事。谁知书信刚送到洛阳,转天就接到了元恪的来信。珠姬将密信展开一看,不由大惊失色——元恪在信里告诉她,元佻忽然病逝了。而今丧事都已妥帖,他追封为殇王,以亲王礼仪将其安葬在文昭皇后陵东。

许是幼弟的死牵动了元恪的柔肠,再加上前两个月,他与高贵人所生的小皇子也早夭,因而他心中感伤,在信里反复叮嘱珠姬若在外头受了委屈只管回来洛阳,他必定好生奉养。

看完信,珠姬默默垂泪了一会。对于元恪待自己的一番真情,她着实有些意外。天家的孩子难养活,他自己的孩子也早夭了,再加上元佻暴毙,这样的事情怎能不让人心中抑郁?难得他还牵挂着自己,似乎这封密信是避开了叔父元勰和高肇的耳目送来的。

婚期很快定下来,就在冬月的初九。这日收到郗府送来的喜服和赶着打造的几套头面首饰,珠姬试穿了一下,那仆妇满脸堆笑,朝玄碧道:"不瞒女郎,这些衣衫本是上次议亲时老夫人就让人赶着裁制出来的。后来虽然搁置了,但如今总也派上了正途不是?可见这世间好事多磨,有时候良缘到了,就是挡也挡不住的呀!"

她说得喜形于色,倒让玄碧这个清冷的性子也跟着笑了笑。打发走了来人,进来屏风后,玄碧道:"老夫人可真是盼望着这门亲事,听说自从收到喜讯后她的病情好多了,如今里里外外的许多事情都是她亲自过问,就怕下人们办事不仔细。"

珠姬早褪了那一身喜服,这会坐在榻上看书。闻言也只"嗯"了一声,随后问玄碧:"洛阳可有书信来?"

玄碧摇头,心里算算时间,照说上一封飞书早就送到了。不论如何,珠姬的婚事,元勰和元恪不可能无动于衷。正在惊疑时,宋琅求见,他向珠姬行过礼,禀道:"王爷正启程赶往高平,他说要来送嫁,还为您备了嫁妆,想来三五日便可抵达。"

珠姬心中又惊又喜,手里的书卷差点滑落下地。她自小便没有阿耶的疼爱,叔父这是叔代父职,让她如何能不感动?

她想了想,又觉叔父这一趟行程有些危险,先让宋琅提前去打点好住处等细项。坐下来一番思虑后,到底还是请了郗泛过来,与他商议此中细节。

得知彭城王要来,郗泛也有些意外。他与珠姬商议好,此事秘不外传,就连元勰的身份也要保密。只是一想到届时北魏的军士侍卫都要出入高平,如此众多的人手集结于高平,必然会引来人侧目。

于是不得已写了几封书信,邀请与自己交好的几位世家子弟。届时便是人不能来,也务必要派家中管事摆足排场前来贺喜,如此方可遮掩住元勰随从等人的痕迹。

而其中一封书信,便送到了刚好告假回老家的曾春照手里。收到书信他打开一看,顿时目瞪口呆——珠姬要嫁给郗泛?这是打哪说起的事?他心里为萧衍焦急,又怕郗泛是不明缘由胡乱娶错了妻。两边都是至交好友,这喜酒真是喝也不是,不喝也不行。

正愁肠百结时,随他一道回来贺寿的夫人发了话,问他:"你何不去一趟高平?等见了郗泛,一问自然明白。"

曾春照又是点头又是叹气,道:"去高平不难,难的是我怎么跟叔达交代?那珠姬跟他可是……"

曾夫人的性子直爽,当即撇嘴冷笑道:"是什么?你又没吃酒,怎么脑子就跟一团糨糊似的?珠姬是萧衍的义妹,她嫁给郗府,只怕萧衍还备了不少嫁妆。你要是不信，先打听这一遭不就得了。"

一语惊醒梦中人，曾春照连忙照办。因婚期已近，很快便打听到丹阳郡的萧氏族中已经派了几位长辈前来高平送嫁。至于珠姬的十里红妆，单子是由襄阳刺史府的长史亲自送来的，据说排场堪称近几年名门联姻中的大手笔。

这样的消息瞒不住人，也根本不需要瞒，所以曾春照打听得很顺当。听完之后他愣了愣，道："这叫什么事？好端端的，怎么叔达就想起要把义妹嫁给自己的大舅哥了？"

旁边的曾夫人早就知道他终日心思活跃，当即一把拎着他的耳朵，咬牙骂道："什么事？人家萧衍干的这叫人事！他还知道自己义妹不能伸手，你倒好，外头那些脏的臭的，你统统给我领回家来！曾春照——你怎么就不学学好？"

这一对欢喜冤家在屋子里打闹得热火朝天时，珠姬已经在高平接到了特地前来主婚的叔父元勰。鉴于萧氏与郗氏都是当朝名门，这一桩亲事就算他们不想张扬，也被外界传得热闹，如今半个高平郡都在盯着郗府的动静。

而随着前来道贺的世家一起来到的，还有他们的仆役车马与贵重礼品，这些人和物将半个高平郡挤了个水泄不通，以至于元勰的卫队在入城时还耽搁了一下。自然，也让他们的入城显得不那么突兀。

郗泛果然甚合元勰的眼缘，叔侄二人相谈欢愉，以至于翌日晨间，珠姬来请元勰用早膳时他还笑眯眯地望着她，道："其实南朝多英才，如郗泛这等博学儒雅的君子，将来若能为我大魏效力，也是求之不得的。"

他言语中多有收拢之意，珠姬也不意外。只是她思虑再三，还是没有将自己怀孕的真相告诉元勰。或许是做母亲的私心吧，她更希望自己的孩子能平安顺遂的长大，做个快乐自在的人。

宫中，淑妃收到珠姬的来信，得知她要嫁给郗泛了，把信传给褚后看了看，两人凑在一块议论道："怎么忽然间就要嫁给郗泛了？"

淑妃有些费力地回想从前的事情,慢慢摇头:"我觉得我阿姊并不喜欢郗泛……"

褚后知道她失忆是因为服了忘川水,怕她勾连着想起一些伤心事,忙先她一步截住了话头:"这胭脂色泽真好,怎么做的?"

侍女上前道:"上年的牡丹花瓣存起来,拿雪埋住了,今年立春这天挖出来杵烂绞汁,加入云母和珍珠粉,阴上七七四十九天,就做成了。"

褚后"哦"了一声,颇为赞许道:"怪费心思的。"

侍女笑着看淑妃:"我们娘娘也喜欢用,回头做成了献一盒给皇后娘娘,可好吗?"

淑妃自是点头不迭,"那是自然的。"

侍女端着纱绷去了,褚后方叮嘱淑妃:"如今珠姬既决定嫁给郗泛,从前怎么样,便都不要提了。否则让人听了去,只怕会对她的闺中清誉不好。她是你阿姊,你自然是希望她能幸福和美的,我也一样。这些话咱们说说不要紧,就怕有些人特别有心,总喜欢把话往歪了传。"

淑妃眨着眼睛看她,"嗯,皇后姐姐说得对,我也是一时口快了。其实现在想想,郗泛挺好的,尤其是他现在做了我阿姊的郎君,那就更是百里挑一了。"

褚后笑一笑,她记性好,其实脑子里勾起来的是那夜在太液湖边听到的周灵璧与珠姬之间的谈话。想不到兜兜转转,竟然是珠姬嫁给了郗泛。

她心里有些惊疑,但并没有说出来。只能在心里叹口气,盼着珠姬婚后美满顺遂吧!跟郗泛郎情妾意,珠联璧合,从此以后忘了那个萧衍,一辈子做个快乐纯真的郗夫人。

随后又劝着淑妃:"你跟皇上又闹了?这次是为的什么事,还是因为那些个狐媚子吗?"

淑妃"嗯"了一声,微微咬紧下唇,道:"不但是那些狐媚子,还有吴景晖……不知为何,我总觉得她跟皇上之间没有了断。可是偏偏每次都抓不到凭据，实在是气死人！"

褚后点点头，想一想，便说："好妹妹，你也知道皇上心里只有你。现下江陵会战，他受各方煎熬，心里肯定不好受。每次来了你这里，你不能再一味给他使性子，你得哄着他，让他离不得你。这样一来旁人便没有机会可乘，而你只要一跟他闹腾，就是亲者痛仇者快。要收拾那个吴景晖，也就是一句话的事。可你就算杀了她，不把皇上的心哄回来，你也是不高兴的。"

淑妃听着愣了下，褚后和她并肩坐在一起，小声道："这几天，他晚上来你这过夜吗？"

淑妃开口时有些含恨："不曾！"

褚后觉得事情有些不好，便附耳对淑妃低语了几句，并道："我设法让人盯住吴景晖，今晚一定要请皇上过来你这里，拖住他不许走。我自有办法能让吴景晖开口。"

两人商议好各种细项便分头行动，待入了夜，褚后便开始坐等猎物入网。

高兴的书信，比他预计的要晚半日送到玄碧手中。玄碧接到书信，拆开看了看，随后送到珠姬跟前，道："江陵一战，主君胜券在握，高兴说最多腊月前就能攻入建康。"

萧颖胄与萧衍本就走得亲近，既是族中兄弟，又早有联络。如今他们大权在握，萧宝卷人在建康，不过是迟早等着被人千刀万剐罢了。

珠姬看完书信，将其交还给玄碧。抱着阿离抚了抚，摇头黯然道："萧宝卷一死，我怕玉儿会过分伤心。"

说完，她便坐到了书案前，开始提笔给老王母写信。玄碧想起吴景晖便是主君安排在淑妃身边的内应，顺口提了一句："我回信给高兴的时候，也让他劝一下主君。千万记得宫变时护淑妃周全。"

珠姬略点了点头，她如今只心悬玉奴的安危，自然不会想到别的。玄碧的回信到了高兴手里，他也立马呈送到萧衍跟前。提起以后对淑妃的安排，萧衍心中顿了顿，回道："怎么来的便怎么送回去吧，建康她是不能再待了。看在珠姬的分上，保住她一条性命，不能让人伤了她。"

可他们还不知道，此时宫中，褚后已经派人扣押了吴景晖。吴景晖一开始死活不承认，被关了两天之后，渐渐没了精力喊冤。而最为不妙的是，她几次感到恶心眩晕——她出身章台，当然知道这很有可能是有孕的征兆。可想不通的是，自己明明每次都有喝避子汤，为什么还会怀上？这实在是太蹊跷了！

因为担心自己有孕的事情被发现，吴景晖到底乖乖地供认了一切。但她把罪责都推到了萧宝卷身上，非说是他服食了五石散逼着缠着自己侍寝……

褚后听完她的供词，想一想，这样的事就连自己听了也会受不了，更不用说淑妃了。于是拿着供词让吴景晖按手印画押，恫吓她以后再魅惑主上就是死罪一条，见吴景晖泪水涟涟的可怜样，到底心软，还是把人给放了。

吴景晖一出天牢，就赶紧往太医院跑。她气愤地照面就甩了兰香一记耳光，指着她的鼻子骂道："我不是让你给我熬了避子汤吗？怎么可能怀孕？"

兰香心里雪亮，捂着脸颊一脸委屈地回道："这就要问娘子您自己了，是不是每回都有喝，可有超过时辰再喝的？"

吴景晖心里慢慢回想，的确，有那么一两回自己晨起已经晚了，要赶着回来当差所以来不及取避子汤。到了夜里又被萧宝卷叫过去，一来二去的，便忘了这回事……她心里发凉，一屁股坐在药房的石凳上，禁不住心里的悲伤痛哭起来。

哭完之后咬咬牙，再问兰香要配堕胎药，兰香却一脸为难地指着身后的药屉子，一连拉出来好几个给她看："倒不是我不想给娘子效力，只是如今这情势，咱们药房里也是十样九空。院正几次上折子要内府拨银钱买药，统统都被梅大人驳回了。"

这是实情，梅虫儿中饱私囊，如今嚣张的就连太医院的钱都敢吞。吴景晖有气无力地走出太医院，心里想着此事该如何了局？若叫主君知道自己怀了萧宝卷的孽种，往后的荣华富贵，岂不是统统化为乌有？

她心里着实难过，第一次对前路生出了无力与茫然。走着走着眼前一黑，就这么晕倒在了甬道上。

等醒过来一看，眼前似乎是紫宸殿的偏殿？她心里惊疑不定，听到推门声连忙闭紧双眸。随后听到萧宝卷和梅虫儿的声音，两人一问一答，更把她吓得魂不附体。

原来萧宝卷早就怀疑她是不是有了身孕，但一直按兵不动。梅虫儿则暗中派人跟着她，等她昏倒之后便抬过来紫宸殿。如今确定她怀孕之后，萧宝卷这才下定了决心，他沉吟道："要设法保住她腹中的孩子，让她平安生下来。之后——若朕有不测，你要将此子转送出宫。再设法交给淑妃，告诉她，这就是她与朕所生的小皇子。如此，朕才可放心。"

吴景晖听得阵阵揪心，几欲窒息。再听梅虫儿问："那吴景晖呢？可要留着她的性命？还是——"

他做了一个惯用的抹脖子动作，萧宝卷心领神会地点点头，并道："做得干净些，不要让人发现。"

等萧宝卷和梅虫儿一走，吴景晖就立即从床上爬起来。她战战兢兢浑身剧颤，咬碎了牙还没处声张——萧宝卷早命人从外头上了锁，他要将她幽禁在这暗无天日的偏殿里，让她给他生下这个孩子，再把这个孩子送给自己心爱的淑妃！至于她，从头到尾他就没想过给她留一条活路！

但吴景晖并不是那种一味只知道害怕的人，她在风尘堆里打滚，深知求生才是第一位。等冷静下来之后，她就开始分析自己的现状——萧宝卷既然要留着她生下孩子，那么只要孩子还在她的肚子里，她的性命暂时是无忧的，只是出不去，没法寻求外援。

但是也不怕，她找不到外援，却必定有人能找到她——想到此，她擦干了脸上的泪痕，安定心神在榻上坐了下来，心里开始盘算着以后。

第十六章　大结局

珠姬的婚礼如期在冬月初九举行，大婚那日，整个高平郡都是张灯结彩。有元勰在场，郗府所请的主婚人难免黯然失色。他将珠姬亲手交到郗泛手中，肃然叮嘱他："好生待她。"

郗泛长作一揖，郑重应下。

轻柔的纱紫盖上珠姬的头脸，脚下是看不到尽头的赤红蜀褥。冬月的风已有些寒凉，珠姬将手掖在袖内平展，心里却觉得一切就像是个不真切的梦。

是梦吗？自然不是。她的理性告诉自己，从此以后她就要与过往作别了。踩过满地的花瓣与金箔，坐上前来接亲的马车。纱紫被帘外的清风吹动时，她看见一个熟悉的身影，就挤在围观的人群当中。

她心中一紧，连忙掀开车帘去看——并没有，都是一些陌生的面孔，她在人群里找了一圈，失望地轻轻放下车帘。闭上眼，纱紫落在脸庞上，带来一种奇异的触感。

就在昨夜，叔父元勰还问她："你真要嫁给郗泛？你心仪他吗？"

元勰是聪明人，他见过珠姬与萧衍在一起时的情投意合，那种有情人之间的默契，是眉目流转时便会不经意带出来的，自然看得出来，她与郗泛不过是性情相近，但并不相吸引。

但郗泛心仪她，这一点是确定的。

他是男子，先后娶过两位正妃四位侧妃，对于姻缘的看法，也许站在男子的立场而言，应该是要娶一位贤惠温柔的妻室，以后安心照顾自己与这个家。但若站在珠姬的角度来看，嫁个深爱自己百依百顺的郎君，未来的幸福会显得更容易。

当然，郗泛本质上与她是一样的人，都有一颗淡泊名利权势的心。这样的人做了大魏长公主的驸马，虽然不算十分出众，总也省下许多的麻烦。

对珠姬这个侄女，元勰有着一颗十足的慈父之心。他秉持早逝阿兄的心愿，宁可委屈旁人也不能委屈了她。因此他没有告诉珠姬，萧衍在他来高平之前特地送来一封书信，信中仍是立誓，只要他夺了建康，此生除非不立后，若立，只能立她。

而珠姬思来想去，也始终没有向叔父吐露自己怀有萧衍骨肉的实情。她想自己作为母亲，首要的便是保护好这个孩子。他的身世知道的人越少，他将来才越可能平安无虞。

耳畔是不停的喜乐，珠姬想起的却是一些不太合时宜的事情。元勰此来也向她提及，元恪有意废后，改立他深爱的高昭仪。而问起当初为何会立于后，元勰摇了摇头，叹息道："大魏历来严防外戚坐大，高昭仪出身文昭皇后的母族，所以从前她即便是与皇上相爱，终究也没能入选为中宫。此事在皇上心中搁置许久，如今他渐渐有了主张，加上高昭仪此番失子，他有意宽慰，便许了诺言。"

珠姬听完默然，心里何尝不觉得立子杀母这样的宫规实在太过冷血残酷？继而想起元恪在上次的书信中十分感伤幼弟元佻的死，只有最后才一笔带过自己与高昭仪的孩子。

彼时珠姬沉浸在悲伤之中并没有深思，而今想来，元恪到底是在回避什么？孩子是他与高昭仪的骨肉，难道在他心里，一个同父异母的弟弟会比自己的儿子来得更重要？真相呼之欲出，却没有人愿意把它挑明。因为那太残忍，无法面对。

所以在望着珠姬登上迎亲的马车时，元勰心里模糊地想：或许这样也好吧，不嫁给萧衍，做个寻常的人间贵妇。相夫教子、举案齐眉，何尝不是美满幸福的人生？

从午前到暮晚，珠姬只觉自己笑到两颊僵硬，这才被送入了新房。此后，郗泛对珠姬果然极好。两人日间读书作诗品画，日子暖融得就好像在世外桃源一般。

只是还没等到腊月,松溪县主便骤然病重了。其实她这口气算是吊得够久了,因为盼来了自己和儿子都喜欢的儿媳妇,临终时她的嘴角带着安详的笑容。

翌日,高平便下了今年的第一场雪,府中下人忙着将大红的绸花取下来,换上素白的白幡孝练。珠姬院子里的龙游梅绽出了串串花苞,隐约有了绽放之意。

至腊月初,郗泛接到襄阳来信——就在松溪县主出殡后不久,郗徽也走了。她临终前留下一封遗书给自己阿兄,请他代为照应几个孩子,也谢过这一世的兄妹之情。最后问了一句,阿兄,你得到了喜欢的人相伴,是否觉得人生欢喜无限?我去了,今生我没能得到的圆满,希望你能得偿所愿。

珠姬看过郗徽的绝笔信,回想从前,前尘往事恩怨情仇,一切的一切,都随着生死这道帷幕的落下而宣告了终结。

战事的缘故,高平至襄阳的水陆两道都已不通。故松溪县主过世时襄阳未能有人前来吊唁,而今郗徽走了,郗泛也未能前去治丧。但接连送走两位至亲,郗泛纵然强打精神也不免心伤。重孝在身,他时常闭门不出,每日都是待在书房看书或是抄写经幡。

随着江陵之战的推进,情势又发生了一些变化。到腊月,骁骑将军夏侯亶从京师来到江陵,称宣德太后有令:"西中郎将、南康王萧宝融宜继承大统,登临帝位。等待清除宫内叛逆之后,便可施行帝王的号令。"

至此,萧宝融算是正式登基称帝,遥废萧宝卷帝位,封为涪陵王。不久,他又下诏封萧衍为梁王,并征东将军。三日后,大军攻入建康,齐宫已摇摇欲坠。

吴景晖被关在紫宸殿的偏殿里,长久不见日光也不见人,开始有些神志恍惚。但她的确是心智坚韧的人,这日在殿内忽然听见轻轻的敲门声,有人从门缝里塞进来一张纸条。她连忙跑过去将其捡起,拿在手里展平一看,果然是自己的内应送来的消息。说明日送饭时就有人会趁乱救她出去,又告诉她主君已经攻入了建康,想来入主宫中也就是这两天的事情。

拿着纸条,吴景晖心里高兴极了。她在殿中徘徊,心中定下了主意,过一会便开始捂着肚子喊痛。这一次太医来得慢。听完她的描述,太医又再三探脉,最后留下一副方子和几句不痛不痒的话便走了。

到晚饭时,送来的饭菜中果然多出了一碗安胎药。吴景晖喝下去,早早便上床睡下。她养足了精力,第二天午饭后正在左等右等时,有人从壁橱后走出来,对她做了个招手的姿势,她连忙跟了上去。

吴景晖一边跟那人走,一边打听外头的局势,得知萧衍的大军已经围宫两日,如今眼看便要大功告成,她心里欢喜不已。等出了密道一看,外头正好是通往神仙殿的一条甬道。

她让接应自己的人在此等候,自己悄悄从后殿走进了淑妃的寝殿。入了寝殿后她便在一个衣橱内藏好,随后便听见萧宝卷与淑妃的声音,两人似乎是起了争执,淑妃还甩了萧宝卷一记耳光,哭道:"原来你一直都在骗我——你这个骗子!你把孩子还给我!还给我——"

吴景晖在衣橱里听得清楚,心中暗自冷笑——果然纸包不住火,萧宝卷给淑妃喝的忘川水药效过了,淑妃已经想起了过去的事情。而今他百口莫辩,只能忍气吞声,还哀求淑妃:"我知道不该瞒着你,可是当时你那么伤心难过,要是不让你缓一缓,我怕你会……玉儿你听我解释,我也是为你好。再说了,孩子不是已经让典春秋带回医治了吗?他医术高明,肯定有法子的……"

淑妃哭得上气不接下气,几乎就没说出一句完整的话来。她对着萧宝卷又打又骂,可是萧宝卷也统统受了。到了后头两人不知怎么的,就哭着抱在了一起。萧宝卷把淑妃拥在怀中,无限自责道:"是我对不起你,玉儿,其实我早就应该果断些,放下这些富贵权势,跟你一起长居芷兰岛。我们可以在那里生儿育女,一家子快快活活的。我也不用被拘在这宫里……"

又道:"如今萧衍兵临城下,我知道自己难逃一死。不过他看在你阿姊的分上,肯定会保你性命的。你放心,我给你留了一批宝物,到时候你见到萧衍就让他送你出宫。你去找你阿姊,或者回去芷兰岛。忘掉我这个无用的人吧,将来你就算另嫁他人,重新再跟别人生儿育女,我也不会怪你的……"

他说得如此动情,淑妃又岂会无动于衷?两人到底还是深爱,淑妃便摇头道:"你若是死了,我也不会独活着。你忘记我们大婚时喝下的那杯合卺酒了?当时我们发过誓,这辈子都要死生相依!"

说完,她擦拭了一下眼泪,理了理头绪道:"萧衍不会要你性命的,到时候你把皇位交给他,这宫里的东西我们统统都不要了。我们回去芷兰岛,或者找个偏僻的山里隐居。只要我们还能在一起,我就什么都不怕。"

她说着,又倾入萧宝卷怀里,两人紧紧拥成一团。萧宝卷也被感动,忽然收回了之前浑然不惧的心理,问她:"萧衍他真能被你说服?我倒是知道他一直惦记着你阿姊,可是阿姊如今早就嫁给旁人了。"

淑妃点点头,十分肯定地说道:"会!总之只要你不放弃自己的性命,我就有法子说服他答应我们的条件。"

"好吧,那我就听你的。只要你高兴,我什么都听你的安排……"

两人说着,便动情地拥吻在了一起。后来梅虫儿又急急忙忙进来,说是有要紧事等萧宝卷的示下。萧宝卷这才恋恋不舍地去了,还一再叮嘱淑妃:"等我回来。"

他走后,淑妃在寝殿里叹息了一会。随后吩咐人摆驾,说要去老王母那里坐坐。

吴景晖出来时,外头已是暮色四合。瞅准空子离开神仙殿之后,想起淑妃最后说她要去宣德殿见老王母,这句话倒给了她一些提示。她找到那个内应,让他设法去通知宣德殿的阮氏。自己则细细思量了一番说辞,等见到阮氏后第一句话便道:"淑妃要向主君求情,让他保全萧宝卷的性命。"

阮氏自然吃了一惊,随后摇头:"这怎么可能?萧宝卷不死如何能改朝换代?"

吴景晖却冷笑道:"不!如果是淑妃开口,搬出了她的阿姊,那么梁王必定会答应的。你信我!"

她如此一说,阮氏也跟着神色凝重起来。此事性命攸关,绝不可儿戏,当即便道:"那我们要设法阻止淑妃见到梁王,只要不让她有机会与梁王谋面,自然也就谈不上求情了。"

吴景晖连连点头,随后咬牙道:"我们不但要阻止淑妃面见梁王,还要想法子杀了她……否则,这后宫只会是她们姐妹二人的天下。你我,将永无出头之日。"

阮氏听得此言不免有些害怕,她惊疑道:"你要杀淑妃?此事非同小可,我怕老王母不会点这个头。"

吴景晖朝她望了望,咬唇道:"如果老王母不知呢?咱们可以借刀杀人,神不知鬼不觉地除了淑妃,然后再把这个罪过推到梁王身上。到时候他必定会与珠姬女君反目成仇,咱们也才有机会,摆脱如今这样尴尬不明的身份。"

不得不承认,吴景晖很是了解阮氏的心理。她从章台一步步走到这里,为的当然不是要伺候一个老太后,而是想做个人上人。而吴景晖的话给她指明了可行的方向,她沉吟再三,最后才道:"你要我做什么?"

腊月里风雪满天,又兼府里新丧,珠姬终日守在自己的院子里甚少露面,但是因为月份渐大,她才让玄碧把自己有孕的喜讯传了出去。算来是坐床喜,这是福泽深厚的祥瑞。百年望族郗氏,因为这个消息多少扫去了一些丧期的哀凉。

不论任何时候,新生总意味着无限的希望。

寂静的冬夜窗外风雪飘飞，傲然的梅花被风吹着在半空打着转。书房内的火盆毕剥作响，玄碧掖袖在旁侍立，偶尔为两位主人斟茶续水，研墨加炭。

她看见珠姬眼里柔和的眸光，嘴角笑意嫣然。阿离伏在一旁慵懒地打着盹，而郗泛手握书卷侃侃而谈，说到兴起时一扫往日的淡然，隐约带出几分肆意的孩子气来。

如此安静谧的时光，真是岁月悠然静好。

日子就这样平平展展的过去，很快逼近年关。这一日是小年，照着规矩珠姬要与郗泛一道前往家祠上香，回来再跟两个孩子一起吃小年饭。

一早上就停了雪，家祠内的大半枝叶也褪了银装，雪化成水，绵绵从枝头滴落。珠姬正与玄碧说话，突然见郗泛往自己这边靠过来，镶了一圈黑裘的广袖一扬，将她罩在底下，道："小心些！"

他如此关怀体贴，就连玄碧都不由得为之感动。珠姬且笑了笑，与他并肩往前。待拜祭过后，郗泛才道："高平的守将罗中瀚坚持不肯降，今晨已经举兵起事。我估计年后会有动乱，府里也要提前做些安排。"

珠姬骤然听见此言有些心惊，她怔了怔，问去洛阳的路可还畅通？郗泛苦笑了一声，摇头道："怕是难，你且忍耐一二。等西北数州安定下来之后，再做理论也不迟。"

既说到此处，郗泛便就势提起了萧衍，听说他已攻入建康，珠姬当即心悬起淑妃的安危。郗泛安慰她："不怕，淑妃只是一介女流之辈，况且她素日又与人无怨，料想定会平安出宫的。"

珠姬若有所思地点点头，晚课时跪在菩萨跟前长久的祝祷祈愿。外面的雪停了，檐下只掌着一盏小巧的莲灯。禅房内珠姬的身影倒影在窗棂上，桃花纸上落下倩影，尤其是高挺小巧的鼻翼，连带着莲花一般的唇瓣，勾勒出神女一般的模样。

院子里的风声呼啸，席卷来冬日的萧瑟与荒凉。郗泛经过禅房时凝了凝神，静静地候了一会，到底还是掖袖默默走了。

除夕这晚，宫中四面楚歌，宫里只有神仙殿这边点着红色的吉灯，殿前还有一群歌舞姬们在舞弄丝竹。

围宫之后，褚后也搬来与淑妃同住，只是不同寝而已。萧宝卷在淑妃这里陪她们过节，三人坐在一块强颜欢笑地吃了一顿团圆饭。饭后褚后自回寝宫休息，留下淑妃与萧宝卷两人喝酒守岁。

淑妃让人开的是一坛百末旨，屋子里酒香浓郁。昨日她与萧宝卷一起扎了一盏九重宝莲灯，就跟他记忆里的一模一样。花灯燃着火光，照得一室绯红。

两人似乎都有意喝醉，推杯换盏之间再看花灯下的人，淑妃慵懒卧于长榻上，穿的一身藤紫的襕袍，金线缠绕的广袖也晕染了一层迷离的水色。她头晕得厉害，被萧宝卷揽入怀里时看他的脸都是重影的。

萧宝卷手抚着她柔软乌黑的发丝，说起两人的初遇，又说起之后发生的事。末了才叹口气，对她道："以前想让你每日都开心欢笑，所以带你来建康。原来是我错了，从前承诺给你的，到头来一样都没有做到。"

他絮絮说着，一边说一边看向淑妃。见她伏在自己怀里，年轻的脸庞稚嫩，鬓角缠绵着细细的茸毛，安静的时候有种爱不释手的美。像琉璃，清澈纯净，稍稍用一点力气都怕会被捏碎。

他抬起手指划过她的脸颊，见眼窝处只有微微的一点跳动，长长的黑睫浓密如蝶翼。他抱起她，送她回到内室，又给她盖上丝被，掖好了被角，在她脸上落下深深的一吻。

再看一眼，记忆中在东海沙滩上欢笑明媚的小女郎。他向上天求来了三年，这三年里的朝夕相伴，是他短暂人生中最温馨最甜美的时光。

他将好些羽林卫都留在了神仙殿，临走时还问梅虫儿："都吩咐好了吗？"

梅虫儿连忙道："陛下放心，整个宫中，就数娘娘这里防卫最是森严了。"

萧宝卷若有所思地点点头,再看了看那盏燃得正旺的九重宝莲花灯,转身走向殿外。外头风雪乍停,靴底踩在积雪上,咔咔轻响。

有歌姬弹着古琴在唱:

> 落日出前门,瞻瞩见子度。
> 冶容多姿鬓,芳香已盈路。
> 芳是香所为,冶容不敢当。
> 天不绝人愿,故使侬见郎
> ……

他走得很慢,分明应该很满足,却又觉得好像丢了什么,心里七上八下。他把她留在这里,把自己此生这段朦胧而深刻的爱情也留在了这里,自己从容赴死。

可是她醒来以后,会不会再度伤心惊怕?他一步一步,越走越沉重,忽然停下来,甩袖便往回走。他以前不懂什么是恐惧,可是现在却真实地感到害怕。他向寝殿奔跑,十来丈的距离却显得那么远,跑得心急如焚。

这一刻他的脑子里只有一个念头,那就是自己不能就此把她丢下,他得守在她身边,哪怕死也要死在她面前,因为他觉得她看不到自己,必定会更加害怕。

可他还没有跑进淑妃的寝殿,就见到闻声出来的褚后。她穿着一身茜色的宫装,掖袖站在门口,像在候着他:"陛下。"

萧宝卷一见褚后,也就停下了脚步。他的脑子慢慢清明过来,话语中既有关怀又有客气:"你还没睡?"

褚后摇摇头,走近前伸手给他抚平了衣襟上的一处皱褶,定定地望着他:"臣妾一直在等你。"

他嘴角的笑容滞了滞,叹口气,看着这位年轻的发妻。

两人大婚时他不过十四岁,因为是奉命迎娶,所以他对她从来没有过夫妻之间的情分。可算算也相处了五年,很长的一段时间,她都是个安分得体的皇后。她从来不曾向他索求过除了名分以外的任何东西,除了此刻,她眼里水光莹莹,这样柔软哀求的神色,刺得他一直无动于衷的良心都阵阵作痛。

他搜肠刮肚地找话宽慰她:"朕以为你睡下了,就没有过去打扰……"说完,又看看她身上的宫装,道:"皇后,你要好好保重自己,你穿得太单薄了。"

褚后的眼泪慭慭而下,牵袖擦拭道:"谢陛下关心,陛下放心,我会尽力照顾淑妃妹妹的。"

萧宝卷伸手替她簪好头上歪掉的那支九转凤钗,那是中宫的象征。心里有些奇怪的感觉升起,似乎这是两人成婚以来少有的亲昵与关怀之举——想到这里,他慢慢地放下手,朝褚后道:"朕还有事回紫宸殿,你去睡吧!明日一早若不下雪,朕带你和淑妃一起去梅园杀鹿烤肉吃。"

褚后含泪点头,见他转身走远,还禁不住追了十几步。随后她越走越慢,步履蹒跚,终于满面泪水情难自禁,就倚在大殿门口掩面哭道:"陛下,你可真是个狠心的冤家……"

萧宝卷走至殿外,隐约听到"冤家"二字,不过他也没有回头。他知道,自己这辈子怀中停留过许多的女人,心里却只装着淑妃一人。

人啊,一生就如大梦一场,糊里糊涂地来,无可奈何地去……

他叹了口气,转头看天色,星月俱灭,只有一盏橘色灯笼高高悬在甬道上,照出细雪纷飞的夜。

回到紫宸殿,仍命人摆上酒肉,再传了歌姬舞姬们进来热闹。这些人也是可怜,先前还牵袖拭泪呢,这会便挤出了欢颜。

萧宝卷躺在榻上自顾自地喝酒,手边用茶缸盛着金豆子,听到唱得好的,看见跳得妖娆的,不由分说抓起一把就往人身上洒。

一时间殿里十分喧哗,噼里啪啦的金豆声响与丝竹欢笑声混作一团。梅虫儿在旁看着也笑,后来被人附耳叫了出去,他这一走便进来两个面生的宦官。两人手掩于袖中,一左一右慢慢凑近萧宝卷。

其中一人不小心踩中了几颗金豆子,被滑得脚下一个踉跄,当即"哎哟"一声摔向御前宝榻。萧宝卷本来已是醉眼蒙眬,陡然见有人朝自己扑过来,也是吓得一个激灵滚下了榻。就在这慌乱间,那宦官袖内藏着的匕首掉在了地上。

萧宝卷一看刀光,连忙爬起来就往外跑。只是他没跑几步,就被人从身后抱住,随后膝盖一阵剧痛,匕首见血后那宦官再次持刀刺下。殿中诸人见皇帝遇刺早已乱作一团,也有胆大的波斯舞姬,跟殿中的侍卫一起高喊护驾。

只是来者早有准备,持匕首者见不能得逞,另外一人飞快地抽刀而出,高喊道:"昏君!拿命来——"那人身手了得,一刀砍下萧宝卷的首级,随后拎在手里便飞快往殿外走去。待侍卫们冲出殿门时,只见外面火光冲天,想是叛军已经攻入皇城,当即丢盔卸甲,皆各自逃命去了。

神仙殿中,褚后跪在那盏九重宝莲灯前默默祝祷着。她也听见风里传来的喊杀声,只是不愿细想。少顷,有女使裹着寒风细雪奔进殿中,朝她颤声道:"娘娘——不好了!陛下他……"

褚后睁开眼,见莲灯的灯芯愈发微弱,她缓缓拎起裙裾,心里纵使做好了最坏的打算,此时亦不免泪意盈盈:"陛下怎样了?"

待听说萧宝卷已被斩下首级,那行刺之人将其头颅拎去邀功之后,褚后无力地跪坐下来。再回头看向莲灯,见灯芯已然熄灭,她掩面失声痛哭,摇头道:"此事……暂不必告知淑妃,你们都记住了。淑妃在,你们才有活路,否则,本宫也难保你们周全。"

女使宫女们齐声应诺,她们都知道其中利害,可是褚后伤心之下也忘记了,宫里还有一个下落不明的吴景晖,她藏在暗处,如毒蛇释出了猩红的蛇芯,正在伺机而动。

除夕夜,郗泛陪在珠姬身边,两人守岁到半夜,三更的梆子敲过之后，方才各自歇下。屏风后摆着一张三尺宽的罗汉床，郗泛日常便睡在这里。这天夜间下起了暴雪，珠姬躺下不久便听见屋顶瓦片被雪粒子敲得噼啪作响。阿离焦躁地在屋里来回踱步，发出细微的响声。

珠姬披衣下地，将它抱在怀里，抚摸着它的脑袋问："怎么了？是想阿嫣了吗？"

小狸猫没有作声，捧爪牵住了她的衣袖，将脑袋钻进袖袋内。珠姬抱着它在床上和衣躺下，心里遥想着远在建康的淑妃，都说每逢佳节倍思亲，不知不觉自己与她已经分开两个除夕了。岁月无痕，回想从前仿佛昨日，可是不知为何，此刻她心潮起伏涌动，就如阿离一样难以安宁。

她在想淑妃此刻是否有萧宝卷陪在身侧，建康城破，围宫的日子，她是否惊怕难安？不知不觉眼泪从眼角坠下，缓缓滑入鬓角，浸润了颈下的玉枕……等听到新岁的鞭炮声响起时猛然乍醒，但觉胸口阵阵作痛，而怀里的阿离早已不知去向。

珠姬忙唤玄碧入内，连同院子里的几个仆妇好一通寻找，终于在覆满积雪的梅树顶上找到了神色萎靡的阿离。

真像是心有灵犀——珠姬抱阿离在怀，眼泪忍不住汹涌而出。此刻她听不进任何宽慰的话语，只觉得淑妃必定出了事。但高平离建康万里之遥，便真是有事也无法立时得知。她将自己关在屋子里，饷午过后忽然如梦初醒，睁着一双红肿的眼睛颤声道："扶我去书房。"

玄碧心中一叹，也知道她是被逼到了绝路，不得不忍气低头。信是直接写给萧衍的，珠姬哀求他务必保全淑妃的性命，姿态卑微诚恳，落笔处隐约有泪痕。

因实在不放心，珠姬将信交给宋琅，叮嘱他亲自去一趟京城，若见到淑妃便将其带回高平。宋琅领命，临行前玄碧悄悄过去与他叙话，最后恳求他："若淑妃娘娘有什么意外，你记得先来信知会我——你放心，我并非想隐瞒什么，只是如今女君身怀有孕，受不得刺激。"

宋琅颔首，领着十余精锐不顾风雪疾驰出府。

此时宫中，淑妃正与褚后以及潘太后坐在一处，潘太后和褚后都早已得知萧宝卷被杀，但在淑妃跟前只作什么都不曾发生。淑妃问起萧宝卷时，众人都异口同声，咬定他被叛军劫持，此时必定已被软禁。

淑妃心中怏怏不安，也不好哭闹纠缠，只能与褚后和潘太后待在一起。好在神仙殿周围早已被重兵把守，萧衍之前有令，命王珍国等人入宫之后务必保全淑妃，不得惊扰。吴景晖听得这一消息恨得咬牙切齿，她手握成拳，放在案几上，正凝神时见阮氏走来，朝她道："梁王有令不得惊扰淑妃，妹妹，看来你这一计是难以成事了。"

吴景晖本来就焦心，被这么一激更是心火难耐。她冷笑道："我不能成事，难道你还能讨到好处？我早说过，若不除去珠姬与淑妃两姐妹，来日这建康的后宫，必定还会是她们的天下！你我都是仰人鼻息罢了，何必五十步笑一百步？"

阮氏并不动怒，颔首扶了扶鬓角簪着的那支金簪，道："既如此，那咱们何不以其人之道还施彼身？萧宝卷要你为他生下儿子，来日好便宜给淑妃做伴。若是让萧衍知道淑妃已经怀有身孕，你以为，他会放任这个孩子生下来吗？"

吴景晖闻言一震，再一想，果然在理——随后皱起眉头，问道："但淑妃并没有身孕，这样的消息如何让人相信？"

阮氏此时才露出意味深长的笑容，她执起吴景晖的手道："你放心，只要咱们将这个消息散播出去，到时候太医把脉之后便有定论。有没有身孕，总要以脉案为准的。"

吴景晖转了转眼眸，大概明白过来，原来阮氏早就抢在自己前面下了手。她做得神不知鬼不觉，果然是深藏不露。

两人计定，随后便暗中放出消息。萧衍入宫之后诸事缠身，许多事情便交由王珍国、曾春照等人决断。王珍国听说淑妃有孕当即就心中一沉,与曾春照和沈约商议道:"淑妃不能留,此女本来就是个祸国的妖孽。梁王不杀她那是仁义,而今她怀有余孽的血脉,便更不能留着了。"

曾春照与沈约也是面面相觑,沈约老成几分,按住王珍国道:"先不急,让人去给她把了脉,看看脉案再做定论。"

王珍国是个老大粗,不懂这其中的诀窍,还好曾春照会意过来,他拉着王珍国走到一边与他细细说了一遍梁王与珠姬之间的纠葛,得知淑妃的阿姊竟然还是梁王的心上人,王珍国当即咂舌:"那可怎生是好?"

曾春照瞪他一眼:"自然是要由梁王来决断的。"

王珍国听了曾春照这一句再不言语,也就胡乱点了点头。少顷,曾春照让人传太医进来为淑妃诊脉,得知淑妃果然已经有了三个月的身孕,三人再不敢含糊,立即就去禀告了萧衍。

萧衍也觉此事颇为棘手。他保全淑妃自然是为了向珠姬示好,也想扣留其在自己手中,等珠姬主动来见。但而今淑妃有孕,情况便发生了巨变,他思来想去,最后招来太医查问详情。又得知淑妃此前曾经历早产,因而此胎需格外留神,若再行小产怕是性命不保之后,陷入了深思。

神仙殿中,褚后与潘太后得知淑妃有孕的消息,各自心里都是又惊又喜又担忧。但淑妃是不禁欢喜,有了这个孩子,她也就不会再为以前发生的事情患得患失了。她甚至迫不及待想要离开建康,褪下这一身的华服丽裳,重新做回以前那个快乐无忧的渔女。

管他什么皇位什么权利,她要的从来就不是这些。

可偏偏天不从人愿,她这一腔欢喜,而在有些人那里就是如坐针毡。譬如王珍国,他改投萧衍为主,当日便是他提着萧宝卷的首级去向萧衍邀的功,自然不愿再见旧主还有遗孤出世。思来想去,也不知是谁在他耳边提了个馊主意,道:"淑妃这是还不知道萧宝卷已死了,若知道了,但凡有几分气性的女子,都会自尽以表气节。"

他心中一沉，仿佛看到了一线光明。

淑妃让人重新点燃了那盏九层宝莲灯，她一手小心翼翼地护着肚子，一手抚摸着细腻的绸缎灯面，问褚后："梁王这两日会不会见我？我想求他早点放了萧郎，到时候我们一起离开这里。姐姐，你喜欢东海吗？若喜欢的话，就跟我们一块去那过日子。"

褚后心里发涩，勉力忍下苦楚颔首道："我从来没出过建康，要有机会的话当然想跟你一起去看看。不过眼下只怕梁王不得空吧，你有着身孕，还是早些休息。"

她说着，起身回去自己寝殿。临迈出门槛时忽然转过脸，再看了看站在莲灯旁的淑妃。她脸上的神色欢喜而虔诚，真像是个容易满足的孩子。

褚后几乎是掩面奔回自己的寝殿，沿途泪洒衣襟。潘太后正在她的寝殿等她，见到她来，褚后叹口气，问道："怎么办？这孩子来得不是时候，我怕梁王容不下。"

褚后与潘太后四目相对，皆是默然。要说萧宝卷的确不是什么有为的明君，为人处世也多有道德上的瑕疵，但他对身边的人，譬如潘太后和褚后，虽不是关怀备至，却也算宽和大度。潘太后抚养他一场，两人多少有几分母子之情，至于褚后更不必说，她心中始终以萧宝卷为夫为君，因而此时两人对坐愁肠，所谋也不过是想替他保全这一线血脉。

但两人都知道此事不容易，最后还是褚后道："要不我去求一下阿耶，让他设法请梁王来见淑妃妹妹。我想，只要淑妃见到梁王，她就有机会说动他。"

潘太后也没有别的主意，唯有附和点头，又道："淑妃性情柔弱，她禁不住事。陛下驾崩一事，还得先瞒着她才好。"褚后颔首，两人又说了几句其余的话，随后潘太后也自顾自回去了。

淑妃在莲灯前站了许久，刚要回去寝殿休息时，依稀听见有人在门外说道："淑妃娘娘真是可怜，怀着陛下的孩子，却不知道陛下已经被梁王杀了。"

"就是,听说当时行刺的人提着首级去邀功领的赏。哎呀,要是淑妃娘娘知道了,怕是要吓哭……"

"嘘!这话你可别乱说,太后和皇后都吩咐下来了,谁也不许在淑妃跟前提起……"

两个宫娥说着闲话,脚步声渐渐远去了。淑妃却似被抽离了最后一丝力气,她伏在门框上,脑中一片空白,想要追上去却是半点力气也没有。

忽然之间,身体空了,心也空了,她伏在那里泪流成河。再回想宫娥所说的话——那么活生生的一个人,瞬间就身首异处。他死了,留下自己和孩子孤零零地活在这个世界上。如今他不在了,阿姊也不在了,自己如何还有勇气活下去?

淑妃跌跌撞撞地爬起来,费了很大的力气一步一个踉跄来到莲灯旁。她两手扶在莲灯的灯面上,几乎就要把自己整个人都贴上去。眼泪落在橘色的丝缎上,嘴里嚼着苦涩,反复问道:"为什么你走了也不带个梦给我?萧郎,你疼吗?你有想着我吗?"

灯芯无言,只是熠熠跳动着明亮的火光。直至半夜,宫人们发现神仙殿起了火,纷纷奔走疾呼道:"走水啦!走水啦!快来人——淑妃娘娘还在里面……"

这一夜珠姬几乎未能合眼。她从未有过这样的痛楚,仿佛心腔中被刺入了一柄利刃,一点一点将她整个人都搅了个稀碎。晨间时仍有寒风扑窗棂,桃花纸像吹气似的鼓胀起来,翕动着,发出噗噗的声响。郗泛命人请了几位大夫进来,珠姬挣扎着翻个身,蒙蒙看窗外天色。

天还没亮透,守夜的灯笼在檐下发出微弱的光。

她,沉沉呼了口气,昨夜经久不散的痛已经退去,就是四肢沉重。她从来没觉得如此乏力过,虚汗出了一轮又一轮。屋子里烧着地龙,床前又摆着炭火,贴身的里衣却永远焐不干,略动一动,被子外面的空气钻进来,透骨寒凉。

她重新闭上眼,混沌中又回到芷兰岛,还是熟悉的青昏,院子里芳草萋萋,满树繁花。玉奴站在花树底下,怀里抱着个玉雕似的娃娃。她很好奇,走过去看,想碰一碰,玉奴却让开了,隔着一条小径对她微笑,"阿姊,我走了,不要担心我。我会跟萧郎和孩子过得好好的,你要多保重。"

她怔忡着,看着那个孩子,心里惊疑不定。

孩子见到她却似乎很高兴,襁褓里伸出两只白藕似的双臂,嘴里哇哇喊叫着,使劲向她这里倾倒。

她欲上前,又觉得玉奴离自己再远了一些,于是无措地张着两手不敢靠近。

玉奴朝她笑了笑,"阿姊,你说过会一直陪着我的,可是你为了那个男人,到底还是忘记了我们之间的姐妹情分。现在我走了,你也不必顾虑太多,你还有你的大好人生,不管来日如何,我都不会怪你的。"

她才知道原来玉奴心里一直怪自己当日离去,其实她心里也甚是后悔,可惜来不及了。

她啜泣着伸出手,"阿姊错了,玉儿,你先别走……"

玉奴摇摇头,"你没有做错,很多事冥冥中有定数。就像你我姐妹的缘分,缘尽了,只能各奔东西。"

她讶然望着玉奴,见她眉目间温润平和,轻声道:"你只管放心,我会好好照顾自己和孩子的。若有来世,我们还做姐妹好吗?真正不要分离的姐妹。"

珠姬难过至极,胸口钝钝作痛。一挣一扎间忽然醒过来,原来只是一场梦,随后又怔住,直愣愣盯着房顶发了半天呆。

珠姬病了,孕中呕血,焦心难安。郗泛怕她出事,半刻都不敢离开她身侧。高平附近的名医都被请到了郗府会诊,院中的游龙梅和龙游梅开得甚是雅致,只是无人有心欣赏。

宫中，得知神仙殿走水，淑妃将自己生生烧死在寝殿之中，萧衍震怒之下招来负责守卫的参将审问。不过这些都是走过场，就连王珍国和沈约等人都清楚，他内心里必定喜忧参半。可沈约和曾春照也有另外一层担忧，那就是事到如今，要如何向珠姬交代？

曾春照是个心软的人，他顾念跟珠姬昔日的交情，总觉得淑妃一介女流罪不至死。可惜诸人当中他人微言轻，还被沈约看出了心思，提醒他："淑妃怀着萧宝卷的孩子，非死不可。你莫要以为单凭梁王对珠姬的一片情意就能扭转乾坤。再说了，梁王已不再是昔日的叔达，你我日后都是他的臣下，孰轻孰重，你该有些分寸。"

曾春照心里有些说不出的不安，他问沈约："你觉得叔达是不是变了？他以前那样爱重珠姬，为了她连性命都可以不顾，现在——"

沈约拍了拍他的肩头，一声喟叹："你呀！有时候就是太感情用事了。其实人有贪欲，有人对权，有人对情。且听我一句劝，以后千万不要再对叔达提旧事。如今我们都要称他一声梁王，来日——或许就是君要臣死，臣不得不死。人嘛，怎么会一直不变呢？"

说完，他拂袖转身而去。那疏阔恬淡的样子，又有了从前竟陵八友的风华。

殿中，梁王萧衍发落了十几个负责看守神仙殿的侍卫，又被诸位臣僚一番疏导劝谏，渐渐也压下了火气。想一想，叫人去传了吴景晖进来，他有许多话要细细问她。

吴景晖有备而来，神色间又是欢喜又是恰到好处的憔悴支离。虽是朝见，身上的宫装也是素雅沉稳的，她之前心里一直悬着，如今淑妃和萧宝卷都死了，一切都在往好的方向发展，这叫她如何能不欢喜？

萧衍命她起身时，她弯着一双眼，微微笑着，比任何时候都美。

萧衍对她不多留意，开口先追问她知不知道那棵赤绛树的下落,吴景晖心中一沉,仍含笑回道:"听说萧宝卷将那棵宝树藏得很隐秘,但是梅虫儿与茹法珍必定是知情的。"

萧衍望了望她,问道:"那梅、茹二人现在不知去向,你可有什么发现?"

吴景晖等的就是这一句,她早与梅虫儿约定,只要她能保住他的性命,他便会相应供出自己所知道的一应机要之事。于是颔首回道:"回主君,奴愿带人在宫中搜寻梅、茹二人的下落,为主君分忧。"

萧衍听得这一句,紧锁的眉宇总算纾解开几分。再看吴景晖,眼神也带上了几分柔和。他不忘前言,安抚道:"那你就再辛苦几日,找到梅、茹二人之后,我自会有奖赏。"

吴景晖心里一热,连忙拜谢:"奴不敢领主君的赏,只求主君日后还能让奴在您跟前侍奉,持巾煮茶,都是奴莫大的荣幸。"

她既如此说,萧衍也不免想起旧事。他从座上起身,踱步到吴景晖身前,伸手虚扶了她一把:"我知道你在宫中历经艰险,一直忠心耿耿。这很好,你放心,我定不会忘记从前的承诺。"

他抬着手,袖笼里飘出沉水的味道,醺人欲醉。吴景晖有点脸红,他就在她眼前,她想看又不敢看,目光总在闪烁,但愿他没有察觉她的心虚。深吸一口气,自觉反应应该还算正常。为了尽量靠近他,她将上身前倾,颈间的幽香散发出来,引得萧衍几不可见地失了神。

那是蔷薇水的香气,彼时,他曾在珠姬抬手时的袖间闻到过。这香气勾得他失魂落魄,心中情海翻腾,甚至就连高兴什么时候带着人退下去了也不曾察觉。

吴景晖既是有备而来,便不会轻易退下。她趁机向萧衍说道:"奴已经笼住了淑妃从前养着的那只小香狸,主君看要如何处置?"

萧衍终日繁忙,这两日隐约有些头风发作,见他揉了揉两侧的太阳穴,吴景晖乘势轻轻用指尖覆压上来。她以前就服侍过萧衍,自然知道他的喜好。

此时手上张弛有度的按压着，很快就让萧衍原本紧皱的眉头舒缓开来。

因头痛减缓，加上吴景晖手上沾着宁神作用的安息香，萧衍慢慢在长榻上躺了下来。吴景晖一边替他揉着太阳穴一边跟他絮絮说着话，萧衍不时"嗯"一声，殿中便静谧下来了。

萧衍次日醒来，自然不知道自己被吴景晖算计了。他犹记得昨夜梦里的软玉温香，那熟悉的香息更令他怀念珠姬。随后在高兴进来伺候时期期艾艾的眼神中看出了端倪，此时吴景晖也下去洗漱装扮了。

得知自己竟然召幸了吴景晖，萧衍立时脸色滞了滞，他有些犹豫地望了望立着的大铜镜，问高兴："淑妃的消息没有外传吧？"

高兴窥着他的脸色点头，如实道："宫里宫外都封锁了消息，只说那日宫中大火，淑妃娘娘被主君命人救下，现已妥善安置好。余下的内情，怕也就老王母和皇后几人知情。老王母自不会乱说，倒是那个皇后褚氏……"

萧衍想了想，摆手道："皇后顾忌自己家人，只要妥善安置便是了，不足为患。倒是老王母这边——"

他想起从前的誓言，不免有些分神。正好吴景晖洗漱装扮妥了，款款行出来向他行礼谢恩。萧衍望了望她满面春风的脸庞，有些敷衍地叫起身，胡乱搪塞了几句，便道："孤还有事，你先退下吧。"

吴景晖称是，临别时抬头投来一个恋恋不舍的眼神，惹来高兴一身的鸡皮疙瘩。还好她乖觉识趣，只道："妾一定设法打听到宝树的所在，只盼能为主君分忧。"

萧衍点点头，想起宝树他更加思念珠姬。他的心思没有逃过吴景晖的眼神，可是对此她只是淡然一笑，从殿中出来便去找了自己的好姐妹阮氏。

高平郗府，听闻外面叛军四处流窜杀人越货，城中有富贾之家半夜被洗劫一空,连带着妇孺老仆都未能幸免之后,郗泛再三斟酌,还是决定将珠姬先送往离郡城八十余里的春山汤驿别院避乱。

他对珠姬说起当下的乱象,并喟叹道:"叔达入主建康,听说是已派人去请萧宝融回宫继位。可谁人不知萧宝融就是个幌子,他这皇位能坐几天谁也说不准。为今之计,若不是你身怀六甲行动不便,倒真不如送你回洛阳更妥当些。"

初春二月,珠姬此时已经怀有近六个月的身孕,只是腹部并不太明显,衣饰却一应清减素雅了许多。此时她手里拿着一件婴孩大红的肚兜,正在上面飞针走线。闻言用顶针在头上耙了耙,望着郗泛点头道:"春山要是比城里安全,那就暂时搬到那边别院吧!我也许久不曾上山了,倒是有些怀念从前在建康时——"

她说着,语气渐缓下来,想起曾经陪在老王母跟前的日子,犹如昨日一般。随后心中一叹,眼角测到郗泛有些欲言又止,问他:"你怎么了?有什么心事吗?"

郗泛略一犹豫,道:"我的确有一事想与你商议,如今叛军盗匪四起,战乱不休。我想入州府大军,协同长史周珩一起平乱,也算为百姓们做点事情。只是要委屈你,我送你到春山之后便要离开。但是府中的家丁都会留在那边,还有你身边的人,我也会——"

珠姬对此并不意外,她放下手中的针线,欣慰地笑而颔首:"去吧,不用担心我。我知道春山别院内有机关,是一处天然的屏障。我会在那里安心养胎,静待天下升平之时。"

郗泛将自己的一双儿女也一并托付给珠姬,并道:"我知道你担心淑妃,也请京中的好友代为打听消息。此后若有我的书信,你只管拆阅便是,不必顾忌。"

珠姬点点头,垂眸看见他长袖的一处边琚发了线,当即让他褪下来替其缝好。郗泛向她道谢,却引来她一声低叹,摩挲着指间的顶针若有所思道:"许久不见丁姬姐姐了,也不知她境况如何?"

其实丁姬一直都有书信送来高平郗府,她识字不多,如今也在一边学着打理中馈一边读书断文。每有书信来,都是寥寥数语,仍是谦逊谨慎,对珠姬关怀备至,也会给她绣些东西。

帕子、香囊、扇坠这些小物常见,也有一些大幅的裙面和当季的新衣。

珠姬收到之后觉得不安,便回信让她不要再绣了。绣花熬夜伤眼,她如今担着整个萧府的中馈内务,侧夫人不比从前默默无闻的丁姬,她要面对的事情太多了,珠姬推己及人,只盼丁姬能早日适应新的身份。

郗泛也记起那位淡泊如水的女子,他点点头,平展声调道:"叔达入主建康,想来,丁姬也快被接去了。"

建康,看来是自己生命中注定避不开的一座城。

周灵璧赶到建康时正是阳春三月,她收到书信得知吴景晖有孕,沿途又听闻萧衍大军围城,萧宝卷被困宫中,不由心中忐忑。等到了建康码头,见往来百姓们偶尔有戴孝者,再一打听便知萧宝卷已被诛杀,而今宫中新主萧衍正在迎萧宝融入主建康。

她顿时一阵晕眩,堪堪扶住旁边一个随从,方勉力稳住身形。随从问她:"郡主,可还要入城?"

周灵璧含泪凝噎,心中一片惨然,思虑再三后,回船易容改装成一名年轻郎君,用了一个随从的过所只身入了建康城。

京城被围时百业凋敝,百姓们每日战战兢兢,除了屯粮闭门不出,许多酒楼茶肆都关了张,幸而春和堂仍照常开着。

周灵璧让人下了门板,向大伙打听了一下宫中的情形。人都散去后,从兰香口中得知吴景晖曾向她要过堕胎药,未遂,当即冷笑一声,颔首道:"她倒是聪明,这时候自然想把以前的事情都摘干净。"

兰香又忐忑道:"可是听说她如今又在梁王跟前得宠了,这孩子的事……指不定她还真能蒙混过去。大人,您跟她素来不合,如今这个风头上,不如还是暂避锋芒吧!"

周灵璧自然明白吴景晖对自己恨之入骨，可是她此来建康，只是放心不下淑妃。想到淑妃，不禁又生忧心。虽然兰香告诉她淑妃无恙，只是暂时被梁王派人软禁了，但周灵璧仍隐约觉得不安。

她思虑再三，先提了两壶梨花白去定安陵拜祭萧宝卷。

陵墓清冷，看守的禁军收了银钱之后便散去。周灵璧立在墓前踟蹰许久，见坟茔上落满了园中新开的梨花与樱花。时已暮春，风中飘来不知何处响起的欢快笛声。时长时短，倒像是放牧的孩童初学之音。

她慢慢蹲下身，将两壶梨花白的封口打开，其中一瓶尽数倒在了坟茔四周。随后才撩起裙摆爬到了一棵盛开的梨花树上坐定，遥遥举起手里的酒壶对墓碑说道："知道你讲究，这壶梨花白是我从徽州带来的珍品。自己都没舍得喝呢，算便宜你了。你知道吗，徽州有个宛平城，那里是梨花之乡，盛产最好的梨膏。小时候我跟师父经过的时候看见漫天遍野的梨花，人走在树下脖子里都是雪白的花瓣。那时候我就想，要是我到时也能葬在这样的花树下，那也挺好的……"

她说着，不知不觉间泪水流了满脸。花开如云间依稀还能看见那个穿着金缕衣卧躺在锦榻之上的纨绔少年，满目骄矜中自带着一种空茫的冷意。到如今，鲜衣怒马转眼变成了一抔黄土，再也不会对她嬉笑怒骂，也不会再叫嚣着要砍她的脑袋，罚她的俸禄了。

她脑中所记得的，只有两人最后相见时他待她出奇好。他成全了她所有的心愿，还有那阴差阳错的一夜，那一段无法启齿不可描述的情。

周灵璧不知该如何形容自己此刻的心情，人生的命途没有定数不可捉摸。明明是她先遇到了萧宝卷，可上天又给他安排了比她更美更动人的淑妃。要说她喜不喜欢萧宝卷其实还是其次，最可怕的是一开始就知道自己受轻视。

她就是这样的一个人，骄傲和自负都深埋在放荡不羁的表象之下。她觉得如果自己在乎的人看不起你，那绝对比他不喜欢你还要来得伤人。所以她宁愿把一腔情感都放到了明知无望的郗泛身上。

与珠姬和淑妃对感情的炽热忠贞相比,她敏锐也敏感,对萧宝卷的态度她一直很理性,与其受伤,不如不动情。

可是没想到,真等到生离死别的这一刻,心,到底还是痛得无法言喻。

周灵璧倚在树上慢慢地喝完了一坛酒,花影朦胧间仿佛听见远处有脚步声传来,她穿了一身素衣,借着花树的遮蔽并不显形。春风里听见那一队禁军的闲聊,有人走近墓碑,一面巡查,一面道:"还好当初下葬的时候没有封死这个墓,不然现在要再塞一具棺材进去还真是个麻烦事。"

"就是,多亏咱们当初想得长远啊!我当时就觉得这个昏君肯定不甘一个人在地下寂寞,这不,梁王马上就给他把潘淑妃也送来了。哈哈!听说淑妃是个绝色美人啊,今晚棺材送来之后,咱们哥几个要不打开来瞧瞧……"

"你可拉倒吧!一个死人有什么好看的?再说了,梁王派了亲卫来盯着咱们干活,要是有什么闪失,咱们的人头统统都不必要了。"

这句话吓得余下的人都噤若寒蝉,一行人很快就结队离开,只有周灵璧呆若木鸡地藏在树上,紧紧地抓着手里已经空掉的酒坛不放。

直到天色都暗了,她才从树上下来,脚步虚浮地立在墓碑前,一动不动。

一阵晚风吹来,她躬下身,抚摸着墓碑哭道:"不会的,我刚才听得都是假的。你告诉我,淑妃还没有死,一定是我听错了,对不对?"

晚风无言,吹得梨花如雨般落下,有花瓣落进了周灵璧的颈间,她木然无觉地立在墓碑前。直到夜幕黑透,她藏身在一棵高大的花树上,将淑妃棺椁入陵的经过都看在了眼里。

三月的天气正是绿意勃发的时候,杨柳依依花瓣满地,山庄建在半山之上,前院和后院都有天然的温泉泉眼。珠姬带着郗泛的一双儿女刚刚下了马车,两个孩子就被池中的氤氲水汽吸引,欢笑着围拢了过去。

珠姬已有近七个月的身孕,虽然四肢依然纤细苗条,可腹部隆起,行走时已经需要玄碧小心搀扶。

郗泛从前面的马车上跳下来,迎向她指着一旁正在嬉闹的孩童道:"我让人多带了两名乳母,到时候就让她们带着孩子住在前院。你素来喜欢清静,后院隔着天井,于你养胎有益。"

珠姬点头,看着几个孩子拉着做成鱼状的幡子从汤泉池子边跑过去,风从鱼嘴灌入,浑圆的鱼身款摆起来,很是活泼有趣。

玄碧扶着她在一张藤椅上坐下,送上新沏好的茶,忽然恍然道:"今天是三月三,女儿节呀!难怪一路上的山民们都在头上挽着花环。"

珠姬捧着茶水,仰起头看潇潇的天,今天天气很好,一丝云彩也无。青石路蜿蜒伸展到山庄门口,顺着山脉走势眺望,远远能够看到山寺的翘角飞檐。郗泛在汤山只留了两日,便行色匆匆地带了十来个随从赶赴前线。珠姬送他到山脚,两人分别时,她对他说了一句:"若有机会见到周灵璧,你一定要好好把握住机会。她对你,有一片赤诚之心。"

郗泛神色复杂地望了望她,心中无声轻叹,却也郑重颔首。两人挥手别过,珠姬站在山脚目送他行远,脑中依稀想起那日岛上,雨后霓虹之下的初见——如今却徒留这么多伤感与彷徨。

对于郗泛喜欢自己,珠姬其实一直都明白。可她对他的感情,却只有着初见时的欣赏,以及如今如同亲人一般的温情。

汤山的避世生活很是养人,珠姬不过是在山庄住了十来天,手上戴着的思无邪手钏便略显得有些紧。玄碧怕勒着她,晚间梳头时便从她腕上褪了下来,一面就着案上的烛火将内里的鲛丝扣子松开些许,一面道:"女君真要撮合周女郎与使君的姻缘?恕奴眼拙,倒看不出使君对周女郎有这份心。"

珠姬望着铜镜中明灭不定的光影不语，山间的夜总有风，便是最平静的春夜，精心糊好的窗纱也会被吹得嗡嗡细响。山庄内的房舍仿照高平的大宅而建，却因地势而比高平郡府更加高深宽广。素色的幔帐从高远的房梁上悬坠下来，拂动时带动了金兽首内袅袅而上的青烟。

她如今有孕，日常少用熏香，便是驱潮散味，多也是沉水香。

可到底心乱，沉水香也让她生出了杂念，对着玄碧，珠姬只能回道："他们都曾历经磨难，余生若能做个伴，于彼此于我，都是一个慰藉。"

说完又望了望玄碧，问她："说起来最近都没听你提起高兴，他可有书信来？咱们移居汤山，他知道吗？"

玄碧在灯下专注地拨弄着那条极细几近莹白的鲛丝，闻言"嗯"了一声，随后将手钏递过来请珠姬试戴，却再不说其他细项。珠姬见状不免有些留心，因为往常说起高兴来她都不曾这样。往日冷艳如冰的玄碧，自从有了意中人便也免不了时常展露小女儿的情态。虽然多是笑骂的口气，可眼里心里分明是爱着的。

再一想，也就是近来这大半个月她闭口不再提起高兴，至于原因，她既不想说，珠姬也不会追问。

但对玄碧而言，高兴这个名字如今真成了卡在她喉间的一根刺。算算日子，两人断了书信来往已经有大半个月。她不知道宫中到底发生了什么，可是高兴却为此愁白了头。

在老王母的力主下，梁王很快就被赐加九锡，升任大司马。其加封典礼甚至远超才刚回京的新帝萧宝融。

中兴二年三月初九的清晨，建康开启了只有天子祭天才会开启的毓光门，高兴立于茫茫细雨中，看着连绵数十米的朱红色巨门缓缓打开。

那些才刚从睡梦中惊醒过来的人们，在一阵交头接耳之后纷走出了家门，成为无数努力向城门奔流的水滴之一。威风凛凛的黑甲卫卒从朱红中鱼贯而出，宛如泄洪的黑色奔流，顷刻之间就蓄满百米宽的天门街。

"大司马回来了！"

穿着布衣的男女老少在天门街道路两边欢天喜地，一边呼喊一边高举手中花束。春风，细雨，将华丽威严的辇车前后左右所缀挂的空灵铃声送上九天，送入天尽头的遥遥皇城。道路两旁的酒馆茶坊中，穿着长袍的书生与只着短褐的武生们毫不避嫌地挤在一起临街观望。

酒楼和客栈的二楼纷纷开窗，挤满粉团花红的纱衣和青蓝绿玄的箭袖。毓光门下，黑色奔流不断向前，在万众期盼中，带出一辆精美绝伦的玉辇。

瑰丽的绢纱和鲜艳的繁花在欢呼声中，从四面八方涌向辇车。厚重的车帘与重重侍卫隔绝了端坐在车中的萧衍向外窥探的视线，不过在临近下辇时他还是命人传了高兴近前，问他："事情办得如何了？"

高兴跪在辇中，恭敬地略抬起两分头颅，勉力笑道："回主君，奴已命人对外公布喜讯。侧室夫人丁姬有喜，此胎若诞下世子，主君便有意扶正其为王妃。如今想来，宫内宫外，已经无人不知此事了。"

萧衍颔首，再问："丁姬到汤山了吗？你可安排妥当了？"

说到丁姬，高兴忙掩下心绪，回道："是，昨日收到的飞书，人已入了高平郡内。照算，今天也就到汤山了。"

萧衍抬眼望了望他，缓缓放下手里的文书，欲言又止地启了启唇，最后却只是挥手道："好，此事交由你全权负责，不得有误。"

丁姬到达汤山的傍晚，晚霞绚丽如锦似火。珠姬事先并没有得到音信，听闻人已到了山脚时不由喜出望外，朝玄碧道："快快快，扶我出去迎接丁姬姐姐。"

玄碧搀住她，一面吩咐人铺上迎客的蜀褥准备晚宴，口中道："丁姬夫人如今贵为梁王侧室，这会她不该奉旨入京受封吗？怎么忽然来咱们这了？"

珠姬听出她话里的质疑，不过是故人忽然得见实在太欢喜了，就未将此放在心上。等人真到了跟前，不但她眼中蓄泪，丁姬也早已泪流满面，两人执手牵袖互感慨道："一别宛如隔世啊！"

这一日正好是三月初十，山民们要点灯祝祷山神的祭日，于是万盏灯笼顺着山势延绵不断，绚丽斑斓的光点飘浮在夜空之中，蓄成光的海洋。

光影憧憧，夜风袅袅。

珠姬与丁姬饭后坐于前院的拔步床上，执笔描画着手里的灯面。

飞鸟和繁花在灯上相遇，相聚，相依，相离。

珠姬盘腿坐在拔步床上，隆起的腹部因为宽大的广袖遮掩而并不明显。在她的头顶便是一盏盛开的牡丹花灯，她手执一只狼毫，寥寥数笔，便在一盏白灯笼上变出一只展翅欲飞的蝴蝶。

她画完了一盏灯笼，身边的侍女就接去一盏，灯笼连成的山脉也会又长一点。夜风吹拂着她如瀑的长发，飘逸的大袖飞舞若蝶，更显她纤弱梦幻，似乎一个眨眼，就会于夜色中消散。

丁姬的画技不佳，但她精于绣工，加上这段时间延请了名师教习，如今也总算有了几分模样。珠姬一个抬眼，见她所绘的多是花与鱼儿，便问她："姐姐喜欢鱼？以前也没见你在院子里养过。"

丁姬"嗯"了一声，笑盈盈道："我喜欢看鱼儿在水里游来游去的样子，多自在多欢喜……不过蝴蝶也好，就跟女君你一样，天南地北的，可以随意来去。"

珠姬嘴角泛出一个艰涩的笑容，劝她："何必这样自轻？你如今不同往日了，将来入了京城，那些贵妇们跟前，你万不可如此看低自己。"

丁姬见她搁下手中的狼毫，乘势握住那只手，灯下有些瑟瑟道："女君，我怕，我不想入京——我知道自己是个什么出身，哪里能真正入得了她们那些贵人的眼？我这辈子，所见过的贵人当中,只有你不看低我,只有你真正待我好……"

丁姬说着,眼泪婆娑而下,几滴溅落在一旁调好的颜料缸子里。

珠姬放下手里的花灯,转身与她隔案而坐。叹道:"你入京,来日便没有人会再盯着你的出身不放。我知道你并不心仪他,可他却是你此生的倚靠。郗使君当日既替你争到了侧夫人之位,将来无论他是位极人臣还是君临天下,你都会贵不可言。姐姐,你我相逢于萍水,以后的路我无法陪你一起走下去。你要自强,我亦如此。"

丁姬闻言只是颔首,眼泪依然扑簌而下。说到郗泛,她忽然道:"说起来,郗使君真是个君子,是个大好人。"

珠姬自然附和:"是啊,郗使君为人善良高洁,当世不可多见。只可惜——"想到郗泛如今随军征战在外,虽是平叛,但刀剑无眼,又怎能不叫人为之牵挂?可那是他的梦想与追求,又不能阻拦,万千言语只化作一声低叹。

两人一番畅谈,自然各有感慨。待到夜深安寝时,玄碧在旁替珠姬梳理着一头长发,却有些不解地说道:"女君难道不觉得奇怪?丁姬夫人如今身份贵重,却不肯入京而是来了咱们这寒僻之地。且不论此事梁王是否知情,但她素来胆小怕事,实在不像是能做得了这样主张的人。"

珠姬叹口气,颔首道:"我何尝不知道此事另有内情,可她待我却是掏心掏肺的好。更何况她这样的一个人,你也知道她绝不会有半分害人之心。我与她也算难得投缘,她既然来了,不论如何我都要好生相待着。有些事情倘若她不愿说,或不便说,我便不会去问。问了,怕是要伤了她的心。"

玄碧见珠姬如此说,也不能再劝。只是出于她的职责所在,等正屋熄了灯下了帘,她叮嘱守夜的侍女好生警醒着之后,便一个人悄悄去了东面的客舍。

到了客舍一问,丁姬却不在。伺候的仆妇回说她带了些东西去看望小女君和小郎君,玄碧心中更是疑窦丛生。她紧赶慢赶,最后在书房的檐下找到了正在痴痴凝神的丁姬。

　　此时夜深人静,玄碧并未凑近前,只是见丁姬手持一封书信站在书房的窗前。明知道里面并没有人,她依然喃喃轻声道:"使君,当日襄阳城,多谢您在甬道上扶起我。后来您力主立我为侧室,我知道您只是想让女君宽怀,可是对我而言,这已是我毕生不可多得的一份恩情与善意……"

　　她尾音低沉,夜风中几不可闻。但玄碧练武之人耳力敏锐,方才听到这零星数语。她心中暗暗震惊,藏匿于圆柱之后直到丁姬从长廊的那一侧离去,这才手抚胸口道:"原来还有这一节,她心仪于郗使君,难怪了……"

　　书房所见,玄碧自然不会对珠姬隐瞒。晨起梳妆时两人密语数句,珠姬索性打发走其余的人,对玄碧叮嘱道:"也难怪她有这样的心思,郗使君为人高洁善良,只可惜,她与他之间真正是有缘无分……此事,你以后只做不知便是了。"

　　玄碧叹口气,忧色道:"女君,此事怕不止这么简单。奴不怕丁姬夫人觊觎使君,只怕她此来汤山是另有所图啊!"

　　珠姬心中一惊,手里攥着的玉簪都险些跌落地去:"你说她会对我不利?不,这绝不可能!"

　　见珠姬不肯听信自己的判断,玄碧这才将昨日半夜所见一一道来。原来丁姬此来携有数十随从,其中侍女六人,管事娘子三人,余下便都是萧府亲卫。而据玄碧所探,这些亲卫都不是从前襄阳府中所用之人,而是出自丹阳萧氏老宅精心栽培的"死侍"。

　　因玄碧从前也出身于此中,因此她十分笃定,听到这里珠姬方才略有迟疑,问玄碧:"丹阳老宅那里出来的死侍……难道便不能派来保护丁姬?她如今已是萧府的侧夫人。"

　　玄碧断然摇头:"不会,当年就算是主母郗徽,她身边也没有一个死侍——并不是她不要,而是死侍培养不易,若非必要,绝不会轻易现身。"

　　珠姬愣了愣,脱口道:"那他为何要把你安排到我身边?……

他……"

玄碧默了默,轻叹:"女君,主君曾经喜欢你,心仪于你,为你殚精竭虑,也为你费尽思量——我想,这大概是他此生唯一一次如此对待一个人吧。"

珠姬心中一窒,片刻后她手握玉簪平展广袖,对着铜镜稳稳将簪子送入高髻之中。当玉簪尾端的流苏在鬓角轻颤时,她几不可见地朝着铜镜里的自己笑了笑。

前尘往事,多少爱恨恩怨,多少波澜壮阔,都付之于这一笑之中。

汤山的时光悠然淡泊,有丁姬做伴,珠姬每日的闲情逸致又多了一项,那便是与丁姬一道绣花,或是看她绣花。这种细致烦琐而又讲究心境的功夫,在玄碧看来十分不解。她对丁姬处处提防,是因为预料到她此来必有用意。

但看她绣花时那种浑然忘我的心境,峰峦叠嶂与流水潺潺,蝶舞花间绿荫渲陈,这样精巧的功夫又容不得心中夹有杂念。于是观望数日之后,这天晨起时便换上了丁姬派人送来的一条月蓝淡绣隐花裙,罩上杨妃色绫纱对襟半臂,衣短裙长,腰佩长剑,倒正显出了她舞刀弄枪的英姿飒爽。

珠姬即将临盆,身形略显丰腴。时近夏日,她穿了一件红花黄梗半臂,一条石榴红的长裙。鸳鸯绣带束在胸上,直通通的长裙垂坠下来,把她衬得隐约有种青梅将熟的韵致。

玄碧进来时她正与丁姬二人坐在榻上对弈,丁姬是新学的初手,每落一子都要思量半天。随后看向珠姬,只等着她回应。珠姬漫不经心,一手抚着隆起的腹部,一手执子,不时还对丁姬道:"你放心,慢慢你就能摸出些门路了。"

玄碧侍奉在旁,见她们你看我我看你,彼此都觉得很是欢喜。好像移居汤山之后,人生都不一样了。没有大起大落的过去,她们只是寻常人家的妇人,闲来无聊时结伴玩乐罢了。

可是玄碧心里清楚，有些过去是永远抹不掉的。她的目光落在珠姬的腹部，想象着里面到底生长着一个怎样可爱的小小人儿。但这个小人儿生来便不会是一个平凡人，拥有如此显赫的血脉，一旦落地，那位远在建康的新主便不会再忍耐——她猜想，丁姬此来，多半就是为了这个孩子。

撇下郗氏派来汤山的一干人等不提，也不提北魏那边的势力，只要她还有一口气在，就不会容忍任何人动珠姬母子一根头发。

想到此处，玄碧不由暗中握了握藏在袖中的短匕。她目光泛冷，如刀一般落在丁姬脸上，却见她笑意盎然，向珠姬展了展捏在手心里的那枚白子。

"我真是太笨了。"

珠姬捏起那枚白子往棋盘上一摆，笑道："你不是笨，你是太心善。你连几颗棋子都不肯吃我的，所以我知道，你这辈子绝不会伤害任何一个人。"

两人再说什么，玄碧也恍惚了。她只是回想着珠姬那句话，追问自己——她真的不会伤害任何一个人吗？

那么，她所为何来？

周灵璧离开建康那日已是三月中，数日后，高兴再奉命前去迎接大将军沈约回京。可巧，车马仍是在那一日的城门处相交。

对已过不惑之年的沈约来说，这一年真是人生中波澜壮阔的岁月。

这一日，沈约入宫，宣德太后王宝明传下萧宝融的禅位诏书，梁王萧衍受禅为新帝。年仅十五岁的萧宝融改封为巴陵王，移居姑苏城。

四月初，宋琅从洛阳回来，呈上魏帝与彭城王的亲笔书信，又转述其旨意，仍是请珠姬尽快启程前往洛阳大都安养。

宋琅此去数月，一路历经战乱兵荒，整个人都憔悴消瘦不少，想也十分不易。珠姬看过书信之后坐在榻上沉默片刻，随后安排他先下去休息,又对玄碧道:"玄碧,你看将来若有变故,宋叔是会力忠于我,还是听命于洛阳大都?"

玄碧被问住,也不敢随意作答。反倒是一旁的丁姬拨了拨手里的绣花针,笑道:"自然是忠诚于女君的,难道女君看不出来,宋将军即便是身上负伤也强忍着,怕就是不想让你为他担心,为他分神罢了。"

珠姬闻言一惊,对玄碧看了一眼,后者立即会意,提裙快步离去。

不多时玄碧回来,对珠姬点了点头,道:"宋将军伤势不轻,奴先去给他送药。待他好些了,再来向女君请罪。"

须臾之间,珠姬已经想明白了事情的原委——以宋琅的身手和他的人马,这一路上的流匪乱兵其实很难拦住他的去路。真正伤他的人怕是就在大都洛阳,那里有人不愿意他再回来南朝,因为不想看见她这个长公主回大都。

所以丁姬说得对,宋琅能回来,便已是冒着九死一生的危险。他是忠诚可靠之人,应该感到羞愧的是她这个不辨是非的女君。

珠姬推测到扣留宋琅的应该是魏帝新立的皇后高英,因为除此之外再无第二人有这样的势力能瞒得住魏帝元恪。但猜测不透高英的用意,许是她以为自己与于后有些交情?

历来后宫与前朝之事相连后便会变得十分复杂,她如今身在南朝也搞不清其中的缘由。想了一会,珠姬起身想和玄碧一道去看望宋琅,谁知动作间长袖拂落了盛满茶水的茶盏,一声细响,一盏热茶都倒在了地上,碗盏碎成无数细屑。

玄碧连忙扶住珠姬,丁姬出言圆场:"碎碎平安!碎碎平安!"珠姬因挂心宋琅,便让丁姬坐下等一会儿,自己急急走开了。

好在玄碧早扶了珠姬离去,仆妇们进来打扫时见丁姬躬身收拾残局,一不小心被碎片划破了指尖。而她却将指尖含在嘴里,低声道:"原来血竟然是甜的。"

还有,刚才划破指尖也不觉得怎么痛,来日,便是生死之间,应该也会因心愿得偿而感到欣慰与从容吧?

珠姬去看宋琅,问起一路上的情形,他果然支支吾吾,再三遮掩。因他有伤在身,珠姬也没有再做追问,回到自己房中将两封书信展开,细细再看,果然从叔父元勰的信中找到一处极为荫蔽的暗号——信纸上透着一股淡淡的药草气息,细细一闻,是当归的味道。

珠姬有些犹豫,如果是魏帝元恪请自己回洛阳,她有诸多理由可以搪塞推托。但叔父元勰之意,她却要再三斟酌。

玄碧对归魏并无任何态度,她只在意珠姬的喜好。不过如今珠姬临盆在即,便是再赶时间也不能此时动身。宋琅显然也是这样想的,所以他担着风险瞒下了元勰的叮嘱,其实元勰是希望珠姬能带着孩子回洛阳的。

毕竟各人都有各人的立场,宋琅看着珠姬长大,关键时刻到底还是心软了几分。他故意激怒新后高英,被她派人一顿毒打后扣押了大半个月,这才拖延了回来的进度。认真说来,高英对珠姬并无不喜,毕竟只是一介公主,真的回魏,对她也不会构成任何威胁。

得知内情后众人都松了一口气,果真是碎碎平安,珠姬夜间便设宴为宋琅接风洗尘。将他从洛阳带来的东西也择了一些出来,分送众人。

其中有一块上好的麝香,珠姬看过礼单觉得送给周灵璧入药最好。可惜如今也不知道她人在哪里,想到别后数月,心中微有惆怅,到夜间睡下时还对玄碧说:"也不知道灵璧如今在哪?我们要回洛阳,还要先传书信给她才好。"

玄碧给她掖好被子,缓缓退出内室。她走到檐下,望着天边的星芒微光,思绪有片刻的游离,模糊地想起了万里之外的高兴。

夜深了,风露生寒。

玄碧立在那里,一任夜风吹拂起衣裙,人却屹然不动。

四月初十这日,在路上奔波了半月有余的周灵璧终于辗转来到了汤山。她一路疾驰,马蹄踢踏,尘土飞扬,到得别院门口时举目仰望,泪已禁不住盈眶。正好玄碧就在院中,听到声响迎出来,四目相对,玄碧先奔上前拥住了她,道:"别来无恙。"

别来无恙。

周灵璧听到这四个字时放弃了最后一丝矫情,任由自己脏的跟个花子一样,被玄碧领着来到了珠姬面前。

珠姬看见她,几乎不敢置信。几个人又哭又笑,又笑又哭,所有的眼泪和笑容里都盛满了欢喜。

她先囫囵吃了些东西,随后就跳进了后院的温泉池子洗浴。人泡到水里时她方才顾得上去看身上大大小小细碎的伤,其实所有皮肉伤都不要紧,要紧的是她内心还有那股向上的气。倒是洗浴时无意间发现这处汤泉居然还与别处相通,周灵璧回来后与珠姬说起,不想后者只是莞尔一笑:"是啊,这处汤山妙就妙在此处。遇上危急时,人可从泉眼中逃匿脱身,只是此等隐秘,府中仆妇都不知晓罢了。"

周灵璧闻言,心中更是感佩郗泛为珠姬所虑,真是尽心尽力,全无一丝私念。

想到此,她又禁不住心酸。抬眸看见铜镜里黑瘦干扁的自己,忙自嘲道:"都是一路上风餐露宿煎熬的,我之前养得可好了。那时候在建康,就连淑妃娘娘都夸我……"

提起淑妃,她懊恼悔恨不已。正好玄碧去给她找了回春膏过来,这才堪堪圆过去这一句。

周灵璧一来,珠姬越发高兴与心定。虽说产期将至,她仍叫人摆了筵席。还特地取来几坛子美酒,请玄碧作陪,让丁姬和周灵璧这两位贵客喝个痛快。

周灵璧为怕珠姬问起淑妃,来到席间便开怀畅饮,不多时便有了醉态。还几番拉着丁姬要一起出来跳舞,还好被众人劝住了。珠姬坐在蒲团上举杯回想以往,确实诸多感慨。要说男女之情曾令她无比灰心,但比之阿娘,她有幸的是遇到了这么多的至交好友。每一个都待她掏心掏肺，不离不弃。

想到此，她心中甚感欣慰。自觉腹中的胎儿也跟着高兴起来。

只有玄碧留意到日常都跟在珠姬身边寸步不离的阿离不见了，她暗中安排人手去找，结果回禀说是阿离悄悄进了周灵璧的房间。玄碧紧跟过去，见到阿离时它已经焦躁不安地蹲在了窗棂上。看见她来，哧溜一下子，忽又不见了踪影。

玄碧以为阿离又是发情，连忙叫人四处去找。也就是此时，原本正在紫宸殿中批阅奏折的萧衍忽然觉得胸口一阵剧痛，跟着眼前天旋地转，吓得高兴连忙上前扶住，又连声叫人传御医。

萧衍痛不可止，不但四肢抽搐，口中也开始狂呼。高兴从未见过他如此癫狂的模样，一时间殿中诸人皆乱成一片，待到沈约等重臣闻讯赶来时，御医们已会诊完毕，皆束手站在殿中，低声议论不绝。

沈约上前请安，却见天子脸色发青，剑眉紧锁卧于榻上，一副人事不省的模样。再问御医，个个都说是急症。正不得头绪时，也不知是谁胆大包天，居然说出了邪祟所致这样的结论。

沈约气得仰倒，怒斥："荒唐！"

吴景晖领着两个侍女进来，她在龙榻前端详片刻，随后让人换了殿中的龙涎香，改为清幽的沉水香，又对沈约施了一礼，惶然不安道："陛下骤然病倒，妾却一筹莫展。苦于不懂医道不敢添乱，只能求助于神佛，望菩萨保佑陛下龙体康泰。"

沈约对此不置可否，暗中命人严查萧衍近日起居要项，就连每日菜谱都亲自过目。如此忙碌到深夜，萧衍总算醒转，睁开眼第一句话，便是："孩子！阿耶在此！"

此时沈约正好在旁边，听得这一句不由心中大感。却见萧衍已经撑着走下地来，对他说："朕的太子出生了。"

别院中，夜幕四沉灯火大炽。因为发作得急，稳婆也差点慌了手脚。幸好有周灵璧这个现成的大夫，她守在珠姬旁边，吩咐人烧水备参汤，一盆盆的血水端出去，眼见孩子就要冒出头来，她紧紧攥着珠姬的手，不停给她打气擦汗。

眼泪和汗水跟着一起流下来，早已分不清。心里说不上是感动还是欢喜，抑或是心疼，翻来覆去地也只有一句话："珠姬，你再使点劲……再使点劲，孩子马上就要出来了，阿宝马上就要见到他阿娘了……"

阿娘……自己真的要做阿娘了吗？梦里看到的那个小宝，他真的要到自己怀里来了？无数的景象交错，汗水冲刷过珠姬的脸庞。她闭上眼，心里又急又怕，胸口发闷，憋在腹中的那口气似乎下一刻就要提不上来。这种情形从未有过。她被海浪冲刷着，失去方向渐渐体力不支，四肢百骸都好像被车轮碾压过，那种痛与惶恐让人心中生畏。

她甚至想到了放弃，不想再费力挣扎，只想随波逐流而去。但所幸很快就被周灵璧察觉，她用力地拍打着珠姬的脸庞，伸手按压她的人中，歇斯底里地叫道："珠姬！醒醒！你不能睡过去……小宝，你的小宝就要出来了！"

意识混沌的时刻，"小宝"这两个字给了珠姬鲜活的希望。她猛然睁开眼，在剧烈的痛与无法畅快的憋闷中长长地深吸了一口气，然后顺着周灵璧的摆布，将她的一只手死死地扣在自己的掌心里，仰起脸对着无尽的夜色喊道："玉儿！小宝要出生了！"

"哇！"一声婴孩响亮而稚嫩的啼哭，穿透即将破晓的夜色。珠姬在濡湿的汗水中睁开眼，她听见小宝的哭声，如同梦呓一般问道："是小宝吗？他在哪——快点抱来我看看。"

小小软软的婴孩，被仓促收拾好包进绣满忍冬花纹的襁褓里。玄碧小心翼翼地将孩子的脸贴到珠姬的脸上，对她笑道："是位俊俏的小郎君，十足十像极他的阿娘。"

周灵璧也笑着凑过来，与珠姬一起看着孩子。珠姬产后疲惫，很快就依偎在婴孩暖软的身体旁睡去。玄碧领着人退出来，先安排了厨下去做补身的汤药。等到丁姬现身时才拦住问她："孩子生出来了,你待如何?现在还不肯说吗?"

丁姬双眸泛光,目视玄碧,朝她展颜道:"孩子生下来了,我也该走了。玄碧姑娘,希望你答应我,以后不论发生何事,你都会始终守护在女君身边,绝不让任何人伤害她。"

玄碧被她说得有些糊涂,她瞪着丁姬,目露警惕。丁姬很快就转身离去,她走得决然,有种云淡风轻的释怀。但玄碧看着她的背影,却觉出一种不祥的意味。

因为忙碌,她很快就将此事放下。次日待珠姬醒来,几个人说笑一会,却不见丁姬露面。玄碧这才回禀说她要回去,许是京中有急事传召。珠姬尚且沉浸在初为人母的欣喜之中回不过神来,只顾逗弄着怀里的婴孩。

周灵璧反倒想起了什么,她借口去煎药出来一探究竟,到了丁姬所住的客院,但见侍卫与仆妇们都列队站在院中。推开丁姬的房门,只见她正专心致志地伏在案上绣着一件衣裳,哪里像是收拾行囊要走的样?

周灵璧以为她跟玄碧不快,走近一些,方才看清楚丁姬手中所绣的乃是一件凤袍。所有工序都已完成,而今只差一对凤目,正在精雕细琢中徐徐展现。

周灵璧上前,轻触这件华丽的凤袍,问丁姬:"夫人此来,就是为了给姐姐送这件凤袍吗?"

丁姬手上不停,"嗯"了一声,待绣好那只凤目之后方才剪断丝线,问周灵璧:"我绣得好吗?"

尽管心中负气,但周灵璧依然得承认,这真是一件巧夺天工的绣品。华丽、精湛、恢宏,绝对是丁姬的心血之作。

但她还是如实道:"姐姐不会穿这个的,管他什么中宫皇后,什么母仪天下。我们都知道,萧衍逼死了淑妃,姐姐绝不可能原谅他!"

丁姬颔首,将绣好的凤袍挂于屏风上,细细展开每一处的细节看了又看,口中喃喃道:"这么美的衣衫,普天之下只有女君才配穿上。你说是不是？"

周灵璧看着她神色不同寻常，终于想到了什么。她夺步上前，一把攥住丁姬的手，只觉满手生凉："你到底怎么了？丁姬，有什么事你说出来，我们可以帮你分担……"

话未说完，便见丁姬已经缓缓倒下。周灵璧扣上她的手腕，随后大惊失色："你——你怎么这么傻？你这是为什么呀？……"

丁姬颤不成声，嘴角沁出了黑褐色的血液。似乎是听见声响，外面的仆妇鱼贯而入，为首的一人见状不慌不忙地将凤袍收起，以托盘盛出。另有两人跪于丁姬身前，叩首道："请夫人登天。一应后事，奴等都已筹备妥当。"

到此时，周灵璧还有什么不明白的？无外乎是萧衍命丁姬前来替死，随后再将珠姬接回宫中，从此以后天下间再无海岛渔女珠姬，更无北魏长公主。活在寂寂深宫之中的只有为新帝生下皇长子的丁姬夫人，抑或者，她便是来日的皇后丁氏……

真是好心机好算盘，算无遗漏，这才是他萧衍的做派。

周灵璧心念一动，先给丁姬喂了一颗自己随身带着的九转金丹，随后将匕首架在了一名仆妇的颈间，逼问她："解药呢？"

仆妇缩瑟摇头："没有……这是宫中秘药，没有解药的。"

周灵璧气得骂了一句脏话，将二人轰了出去。再看丁姬脸色已经开始发青，忍不住跺脚道："你说你这是为什么呀？你愿意以身替姐姐去死，可是你想过吗？姐姐她并不愿意用你的身份活着！活在他萧衍的后宫里！"

丁姬似乎是听见了她的话语，也不替自己辩解，只是含笑摇头。

不多时玄碧也来了，她望了望丁姬，随后朝周灵璧道："才刚宋琅来报，说如今山上山下都是不明身份的黑衣人。看来，还是咱们太大意了。"

周灵璧不忍丁姬最后时刻依然是孤苦无依，便留在此中陪她。至暮晚时，丁姬果然咽气，临走时神态安详，嘴角还带着一丝恬静的笑意。这样的事情也瞒不住，玄碧便索性一五一十告知了珠姬。

得知萧衍果然用尽手段要接自己回宫，珠姬抱着孩子在怀中，反倒镇定下来。

她让人传了萧衍的心腹近前，得知宫中的意思是要这几日就启程时，冷笑道："我才刚生下孩子便要舟车劳顿，要是落下了什么病根，你们可担待得起？"

众人听她如此发作皆不敢作声，为首那女官赔笑上前道："娘娘勿要怪责，实在是陛下思念您过甚，也盼着早日见到小皇子，这才——"

好说歹说，总算拖延了几日，先将丁姬的后事办了再论。珠姬心中悲伤，唯有抱着刚出世的孩子才能稍稍有所舒缓。但别院内外，包括整座汤山如今都是萧衍的人手。她再无别的选择，唯有抱着孩子启程回建康——那个令她心魂皆伤，不堪回首的伤心地。

时近夏日天气渐热，遗体不宜久放，丁姬的葬礼就定在三日之后。入棺时珠姬也穿了孝服前去相送，当望见灵堂上所摆放的牌位分明刻着自己的名字时，她心中百感交集。回想自己与丁姬的一场相识，到头来她是用自己的性命来成全了她的苟活于世。

真说不清自己和丁姬之间，到底是一种什么样的缘分？如果是缘，那么，自己这一生亏欠她的实在太多！

三日后，丁姬落葬。礼毕，内廷女官们便延请珠姬准备启程回宫。珠姬说要先沐浴更衣才可动身，女官们不敢不从，只能随侍在汤泉旁。

这一处泉眼乃是药浴，天然便有硫磺之效，可祛病强身。珠姬入浴之后不久，山中便起了雾，池中更是一片白茫茫。女官们忽然发现她匿于水中不见了，当即便派人入水寻找，却是半晌也一无所获。

即将入宫的新后，就此遁于汤泉之中，不知所向。而与之一起失踪的还有那位前朝医官周灵璧，以及原本负责宿卫的魏将宋琅等人。

最令人讶然的是，本来应该早已入棺下葬的丁姬，此刻居然毫发无损，手奉珠姬的血书怀抱着年幼的皇长子，下令启程前往建康向新帝复命。

半月后，这一队马车缓缓驶入京城建康皇宫。初登大宝的新帝萧衍掩不住满面喜色，华服重礼出迎。一路上他步履生风，心中充满了无限畅快与喜悦。虽然恍惚觉得这一切都似乎有些不真实，但毕竟苦等的人就在眼前。

他急切地步下那高高的台阶，拂开广袖张开双臂——他看见那个熟悉的身影，头上拢着轻盈的帷幕，怀中却分明抱着一个小小的人儿。

那是他与她的孩子！他们的亲生骨肉！滚烫的泪水触不及防地从眼眶中落下，他也顾不上擦拭，只是更加急切的迎上前，对那一抹倩影唤道："珠姬！我终于等到你了——"

而，那倩影缓缓止步，盈盈拜下后撩开那一方帷幕，露出另一张脸孔来，朝他展颜一笑："陛下，妾携皇长子归来，拜谢皇恩。"

萧衍如被雷击，半晌也回不过神。而后他一把拉起丁姬，如遭受重创的猛兽般诘问："为什么是你？怎么是你？珠姬呢？她人在哪里？"

丁姬不言，只是从袖中缓缓取出了一方血书，递给新帝。

后来的南梁后宫除了丁姬，再无人知道这方血书上到底写了什么。只见新帝看完之后抚胸大哭，就这么穿着深衣华服，不管不顾坐于殿前白玉长阶上。那一种彻骨的哀伤与悲凉、悔恨，可谓是痛不可当。

而当日的丁姬就这么抱着尚不足月的太子，眼睁睁看着新帝在那里痴狂流泪。她屹然不动，不发一言。只有高兴等人走近了，方才看清楚她满面纵横的泪。

次年十一月，建康初雪。梁武帝萧衍昭告天下，册封皇长子萧统为东宫太子，另册其生母丁姬为丁贵嫔，赐居昭阳殿。

世人皆盛传，太子名讳"统"字，寓意南北大统，天下大同。

实在是人心所望，众望所归。

册封前夜，武帝萧衍驾临丁姬宫室。夫妇二人对坐，他让高兴呈上内阁诸臣所甄选的诸多名字以供丁姬择用，但丁姬最后提笔蘸墨，写下的却是"令光"二字。

武帝萧衍只看了一眼，便默默转过了脸。在他沉重的颔首间，丁姬隐约窥见了他眼眶内盈盈转动的泪光。

是你令我黯淡的生命从此洒入了明亮的光，这束光指引着我向前，无论任何坎坷与磨难，都永不言弃。

图书在版编目(CIP)数据

思无邪 / 胭脂水著. — 上海：上海社会科学院出版社，2023
 ISBN 978-7-5520-3763-0

Ⅰ.①思… Ⅱ.①胭… Ⅲ.①长篇小说—中国—当代 Ⅳ.①I247.5

中国版本图书馆CIP数据核字(2021)第271307号

思无邪

著　　者：胭脂水
出 品 人：佘　凌
责任编辑：邱爱园
封面设计：周清华
出版发行：上海社会科学院出版社
　　　　　上海顺昌路622号　邮编200025
　　　　　电话总机021-63315947　销售热线021-53063735
　　　　　http://www.sassp.cn　E-mail: sassp@sassp.cn
照　　排：南京理工出版信息技术有限公司
印　　刷：上海景条印刷有限公司
开　　本：890毫米×1240毫米　1/32
印　　张：12.75
插　　页：1
字　　数：352千
版　　次：2023年4月第1版　2023年4月第1次印刷

ISBN 978-7-5520-3763-0/I·446　　　　　　　定价：59.80元

版权所有　翻印必究

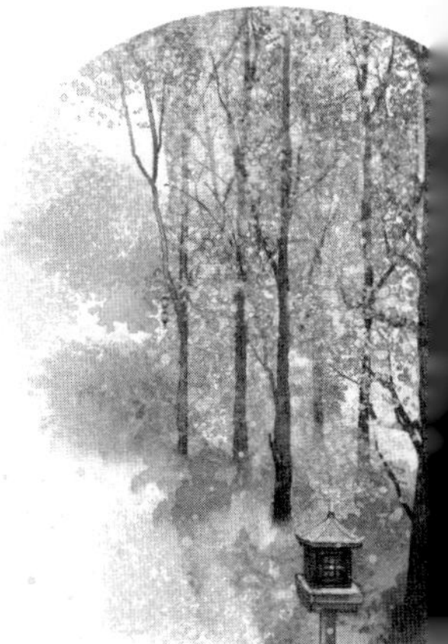